Knaur.

Knaur.

Über die Autoren:

Joseph Telushkin ist erfolgreicher Autor einer Krimitrilogie um den Rabbi und unfreiwilligen Ermittler Daniel Winter. Er lebt und arbeitet in New York City.

Allen Estrin arbeitet als Produzent und Drehbuchautor für Film und Fernsehen sowie als Dozent am American Film Institute in Los Angeles.

Joseph Telushkin / Allen Estrin

Die Todesbotin

Kriminalroman

Aus dem Englischen
von Sabine Reinhardus

Knaur Taschenbuch Verlag

Die englische Originalausgabe erschien 2004
unter dem Titel »Heaven's Witness« bei The Toby Press, London.

Deutsche Erstausgabe März 2008

Redaktion: Ralf Reiter
Umschlaggestaltung: ZERO Werbeagentur, München
Umschlagabbildung: getty images
Satz: Adobe InDesign im Verlag
Druck und Bindung: Clausen & Bosse, Leck
Printed in Germany
ISBN 978-3-426-63436-3

5 4 3 2 1

Für Ron Temkin, den verständnisvollsten aller Freunde
und einen Mann von unendlicher Güte

Joseph Telushkin

Für Susan, die alles möglich macht

Allan Estrin

Inhalt

Er hat eine Grube gegraben und ausgeführt,
und ist in die Grube gefallen, die er gemacht hat.
Sein Unglück wird auf seinen Kopf kommen,
und sein Frevel auf seinen Scheitel fallen.

Psalm 7, Vers 16–17

Prolog

San Fernando Valley, 1970

Ihr Plan war einfach – Papa aus der Reichweite von Puddinggesicht manövrieren, dafür sorgen, dass er ihr die Antwort gab, die sie brauchte, und anschließend verduften.

Um halb drei war der richtige Augenblick gekommen. Ihre Mutter hatte sich in den rückwärtigen Teil des Hauses verzogen und kümmerte sich um die Wäsche, während Papa in der Küche seine geliebte *Daily News* las. Sie holte einen Pappkarton mit Orangensaft aus dem Kühlschrank, goss sich ein kleines Glas ein und beobachtete ihn aufmerksam. Mit der Brille auf der Nasenspitze hatte er sich den Finanzteil vorgenommen und studierte aufmerksam die Aktienkurse, die Zeitung dicht vor Augen. In beiläufigem Ton fragte sie, ob sie sich nach der Probe noch mit Freunden treffen könne. Ohne aufzusehen erkundigte er sich, wo das Rendezvous denn stattfinden solle.

»Das Restaurant heißt *Hamburger Heaven*«, erwiderte sie zwischen zwei Schlucken Orangensaft.

»*Hamburger Heaven?* Noch nie gehört. Wo ist das denn?«
»Ach, es … es ist hier in der Gegend. Sie haben sagenhafte Pommes frites.«
»Aha.« Er nickte, immer noch völlig auf die Lektüre konzentriert.
Plötzlich ertönte es hinter ihnen: »*Hamburger Heaven?* Liegt das nicht in Malibu?«
Es war die Stimme ihrer Mutter, jener unverkennbare nasale Jammerton, der sie zum Wahnsinn trieb. Was zum Teufel wollte sie hier? Sie würde ihr noch einen Strich durch die Rechnung machen.
Ihr Vater schlug die Zeitung zurück, faltete sie am Kniff und blätterte um.
»Warum willst du denn nach Malibu?«, bohrte ihre Mutter.
»Heute Abend treffen sich dort ein paar Freunde von mir. Das ist alles.«
»Was für Freunde denn?«
»Na, Freunde eben. Ein paar jedenfalls. Hab ich dir doch schon gesagt.« Sie wandte sich ihrem Vater zu. »Wie stehen die Aktien heute, Papa?«
»Wie gedenkst du denn dorthin zu kommen?«, erkundigte sich ihre Mutter und zog eine Flasche Weichspüler unter dem Spülbecken hervor.
»Ich wollte das Auto nehmen. Papa hat heute frei, deswegen …«
»Hört sich doch ganz annehmbar an«, erwiderte ihr Vater, das Gesicht erneut in der Zeitung vergraben. »Fahr nur schön langsam und vorsichtig, Schätzchen.«
»Bill, ich finde, sie sollte abends nicht allein auf dieser kurvenreichen Strecke durch den Canyon fahren. Sie hat doch erst vor sechs Monaten den Führerschein gemacht.«

»Aber Papa hat's mir gerade erlaubt«, protestierte sie lauter als beabsichtigt.
Ihr Vater blickte von der Zeitung auf und runzelte nachdenklich die Stirn. »Da hat Mama nicht ganz unrecht, Pip.«
»Ich kann Auto fahren. Ich kann ja in den Kurven besonders gut aufpassen.«
»Tagsüber wäre es etwas anderes«, sagte ihre Mutter. »Aber am Abend ist es einfach zu gefährlich. Damit meine ich nicht nur die Straßen, sondern auch die Leute, die unterwegs sind.«
»Zu gefährlich?«, gab sie schreiend zurück. »Alles, was ich machen will, ist zu gefährlich. Warum sperrt ihr mich nicht gleich zu Hause ein? Dann braucht ihr euch keine Sorgen mehr zu machen.«
Ihre Mutter wurde blass vor Wut. Der Weichspüler rutschte ihr aus der Hand und fiel auf ihren Fuß. Als sie sich bückte, um die Flasche aufzuheben, blickte sie ihren Mann drohend an.
»Hör mal, Pip«, sagte ihr Vater besänftigend. »Ich möchte nicht, dass du in diesem Ton mit deiner Mutter sprichst.«
Peter, ihr kleiner Bruder, kam mit dem Basketball unter dem Arm herein. »Warum schreit ihr denn alle so?«
»Geh wieder nach draußen!«, herrschte seine Mutter ihn an.
»Mann, was hab ich denn jetzt verbrochen?«
»Du hast gehört, was deine Mutter gesagt hat.« Peter verdrehte die Augen und schnitt eine Grimasse. »Ich glaube, es ist am besten«, sagte ihr Vater abschließend und bemüht um einen geduldigen, sachlichen Ton, »wenn du nach der Probe direkt nach Hause fährst. Du bist sowieso nicht vor acht Uhr abends hier. Anschließend kannst du dann nach Herzenslust mit deinen Freunden telefonieren – bring meinetwegen die

neue Telefonverbindung, die wir für dich eingerichtet haben, zum Qualmen.«

»Alle, die mir etwas bedeuten, sind heute Abend dort, nur ich bin nicht dabei. Wie soll ich denn da je zu einer Gruppe gehören und Freunde finden? Oder irgendwas tun? Wie stellt ihr euch das vor?«

Ihr Vater sah unschlüssig aus. *Vielleicht,* dachte sie, *vielleicht überlegt er es sich ja anders.* Doch dann warf er einen Blick zu Puddinggesicht hinüber.

»Komm nach Hause«, sagte er schließlich.

Sie hätte am liebsten geschrien.

»Pip«, mahnte er, »komm schon, reiß dich zusammen.«

Sie blickte in das teigige Gesicht ihrer Mutter mit der plumpen, kleinen Nase und den breiten Wangen. Das war einzig und allein ihre Schuld.

»Ich will doch nur, dass dir nichts passiert«, hauchte ihre Mutter und versuchte, den kleinen Triumph herunterzuspielen.

Beverly stand wie erstarrt und nagte an ihrem Daumen. Die Nagelhaut war schon ganz blutig vom vielen Knabbern.

»Nachdem wir das geklärt hätten«, verkündete ihre Mutter, »wie wär's heute Abend mit einem Eisparfait zum Nachtisch?«

Statt einer Antwort riss sie den letzten Hautfetzen von ihrem Daumen und stürzte aus der Küche.

Direkt nach der Probe lief sie zu den Münztelefonen in der Eingangshalle der Schule. Sie schob ein Geldstück in den Schlitz und schickte ein Stoßgebet zum Himmel, dass ihr Vater den Hörer abnehmen würde. Sie hatte Glück. Er war am Apparat. »Papa, die Probe dauert heute etwas länger. Mister Childs ist ausgerastet wegen der Clambake-Nummer und besteht darauf, dass wir so lange proben, bis es einwandfrei klappt. Bis zur Aufführung haben wir nur noch einen Monat Zeit.«

»In Ordnung, Schätzchen. Viel Glück und sei bitte *besonders* vorsichtig auf dem Heimweg.« Sie ahnte, dass er ihre Notlüge durchschaut hatte. Ihr Vater hatte zwar nichts dagegen, wenn sie sich mit ihren Freunden traf, doch er war nicht bereit, sich das Gejammer ihrer Mutter anzuhören. Dafür hatte sie volles Verständnis.

Sie legte auf und ging eilends zum Auto hinüber, einem braunen Pontiac Grand Am. Die Kiste war wirklich peinlich. Papa hatte ursprünglich einen Firebird kaufen wollen, aber eine ganz bestimmte Person hatte diese Idee im Keim erstickt und sich nicht davon abbringen lassen, dass ein Firebird »viel zu unpraktisch und teuer ist« und außerdem »sieht es komisch aus, wenn wir in einem Sportwagen herumfahren«. Wenn es nach ihrer Mutter ginge, hätte sie nicht einmal ein eigenes Telefon bekommen. »Damit du die ganze Nacht telefonierst und die ersten fünf Klassen verschläfst.«

Sie fuhr in Richtung Topanga Canyon und bog dann links zum Meer ab. Die Straße wand sich wie eine Schlange über die Berge von Santa Monica. Sie steuerte problemlos durch die Kurven und vertrieb sich die Zeit mit Musik von ihrem Lieblingssender. Kurz bevor sie das Restaurant erreichte, hielt sie sich noch einmal vor, dass es keinerlei Probleme geben würde, solange sie nicht allzu spät zu Hause auftauchte. Sie stellte das Auto auf dem Parkplatz ab und warf einen prüfenden Blick in den Rückspiegel; dem Himmel sei Dank, dass sie die hohen Wangenknochen ihres Vaters geerbt hatte. Mit gespitzten Lippen trug sie ihren Lieblingslippenstift auf: Midnight Moon.

Als sie das Restaurant betrat, hallte in ihrem Kopf immer noch *Black Magic Woman* von Santana nach. Ihre Freundinnen, Linda, Julie und Melissa, waren schon seit einer halben Stunde da. Ausnahmsweise war es heute im *Hamburger Heaven* ziemlich leer, bis auf einige verstreut sitzende Pärchen, vereinzelte Gäste und einen auffallend glatt rasierten Mann im weißen Kurzarmhemd an einem Tisch in der Nähe ihrer Freundinnen. Der Mann war ungefähr Mitte zwanzig und wirkte mit seinem dichten schwarzen Haar im Bürstenschnitt und den muskelbepackten Armen wie ein Marinesoldat. Er rührte nervös in seinem Kaffee, wobei jedes Mal ein Quietschen ertönte, wenn der Edelstahllöffel gegen das Porzellan stieß. Obwohl Beverly ihn nicht weiter beachtete, ließ er sie nicht aus den Augen. Während er in seine Kaffeetasse starrte, konnte er jedes Wort hören, das die Mädchengruppe zwei Sitzecken weiter miteinander wechselte.

»Da kommt ja der Star des Abends«, verkündete Linda.

»Wie war die Probe?«, fragte Julie.

»Toll«, erwiderte sie, während sie die leichte Windjacke auszog und in die Sitzbank rutschte.

Linda stippte eine Fritte in den Klacks Ketchup auf ihrem Teller und hielt sie dann wie ein Zündholz hoch. »Also, was gibt es Neues, Babs?« Ihre Freundinnen nannten sie Babs, zu Ehren von Barbra Streisand. Ihr Vater nannte sie Pip. Ihre Mutter war die Einzige, die sie Beverly nannte. »Hat Larry Keeton dich zur Schulfeier eingeladen?«

Die Mädchen blickten sie gespannt an.

Sie nickte.

»Was hat er denn gesagt?«, bohrte Melissa.

»Was soll er denn schon gesagt haben?«, fragte sie, obwohl sie ganz genau wusste, was Melissa meinte.

»Ach komm schon, erzähl«, bat Julie zwischen zwei geräuschvollen Zügen aus ihrem Erdbeershake.
Linda, Julie und Melissa waren ihre besten Freundinnen. Obwohl sie alle vier die Madison Highschool in Woodlands besuchten, liebten sie die gelegentlichen Abstecher nach Malibu. Knapp sechzehn Meilen Luftlinie entfernt, lag hier der sagenumwobene Ort, wo die Beach Boys und Hollywood-Filmstars lebten, eine Welt voller Verheißungen und Romantik – so nah und doch so fern.
»Na ja, zuerst haben wir uns eine Weile über den Englischunterricht im letzten Jahr unterhalten, er mochte *Franny und Zooey* wirklich gern.«
»Ein sehr gutes Zeichen«, merkte Julie an.
»Und dann sagte er plötzlich, mitten in der Unterhaltung: ›Gehst du schon mit jemandem zum Schulfest?‹ Ich wollte natürlich nicht nein sagen, damit er nicht denkt, keiner hätte mich gefragt. Ich wechselte also irgendwie das Thema, aber er sagte: ›Würdest du mit mir zusammen hingehen?‹, und ich sagte: ›Okay.‹«
»Hattest du Herzklopfen?«, fragte Julie.
»Nein, natürlich nicht«, erwiderte sie von oben herab, als sei das eine besonders dumme Frage, gestand dann jedoch: »Ja, und wie«, und die anderen Mädchen stimmten sofort in ihr Kichern ein.
»Was hat er denn sonst noch gesagt?«, fragte Julie.
»Nicht besonders viel. Kurz darauf hat ihm sein Vater zugerufen, er sollte jetzt auflegen.«
»Ich kann's einfach nicht glauben«, kreischte Linda. »Jetzt haben wir alle eine Verabredung, und die Schule hat noch nicht mal angefangen.«
»Er ist süß, oder?«, fragte sie.

»Total«, bestätigte Melissa. »Aber er ist mehr als nur süß. Er wirkt irgendwie so ernsthaft.«
»Ich frage mich, ob er gut küsst«, überlegte Linda.
»Stille Wasser sollen ja angeblich tief sein.« Julie lächelte und zwinkerte. »Die ganze aufgestaute Leidenschaft und so. Außerdem hat er einen schönen Mund.«
»Hey, Leute!«, protestierte Beverly und lief glühend rot an.
In der folgenden Stunde redeten sie darüber, was sie auf der Feier anziehen würden, gingen noch einmal gründlich die letzte Wiederholung von *Twen Police* durch und tratschten ausgiebig über Lehrer, insbesondere Mr. Petersen, den Algebra-Lehrer, den sie im neuen Schuljahr bekommen sollten und der angeblich entsetzlich aus dem Mund roch. Ja, sie gehörte dazu. Sie war keine unbeteiligte Zuschauerin mehr, sondern steckte mittendrin. Außerdem, beinahe noch wichtiger, spürte sie, dass die anderen Mädchen sie insgeheim zu beneiden begannen. Ausgerechnet sie. Andererseits, warum eigentlich nicht? Sie hatte beliebte Freundinnen, spielte die Hauptrolle bei der diesjährigen Aufführung des Schultheaters und ging obendrein mit einem Jungen, den sie sehr gern mochte, zum Schulfest.
»O Gott, ich muss los«, rief sie plötzlich erschrocken, nachdem sie einen Blick auf ihre Uhr geworfen hatte.
»Es ist doch erst Viertel nach zehn«, sagte Julie. »Sei doch kein Spielverderber. Wir haben doch Ferien …«
»Eigentlich sollte ich gar nicht hier sein. Wahrscheinlich alarmiert meine Mutter gerade die Polizei.«
Als sie sich erhob und in die Windjacke schlüpfte, verfing sich ihr langes blondes Haar im Kragen. Mit einer routinierten, geschmeidigen Bewegung legte sie die Hand in den Nacken, umfasste das Haar wie ein Stück Seil und lockerte

es, so dass die blonden Strähnen schwungvoll über ihre Schulter fielen.

»Bis demnächst, Leute«, sagte sie und warf ihren Anteil an der Rechnung auf den Tisch.

Zum Abschied hoben die Mädchen die halbleeren Milchshakes.

»Vergisst du uns auch nicht, wenn du einmal ein berühmter Star bist?«, neckte Linda.

Sie neigte den Kopf und warf das Haar mit der melodramatischen Geste einer Stummfilm-Schauspielerin zurück. »Aber natürlich nicht, meine Süßen.«

Lachend eilte sie an der Kasse vorbei hinaus in die kühle Meeresluft.

Später am Abend erhielten ihre Eltern einen Telefonanruf. Von einem Mann. Ohne seinen Namen zu nennen, sagte er, er habe eine Nachricht für sie. Von ihrer Tochter. Er teilte ihnen die Nachricht mit und legte auf. Dann geschah nichts mehr. Zweiunddreißig Jahre lang.

Sonntag

Los Angeles, Kalifornien, 2002, 21 Uhr 40

In Jordan Gellers Familie kursierte der Witz, seine ersten Worte seien weder *Mama* noch *Papa* oder *Fläschchen* gewesen, sondern *Warum?* Warum fallen die Wolken nicht vom Himmel? Warum haben wir einen Schatten? Warum sind die Menschen böse?

Mit zunehmendem Alter wurden diese Fragen natürlich immer schwieriger. Warum fliegt ein Baseball eine Kurve? Warum hat Gott Moskitos erschaffen? Warum gibt es so viel Böses in der Welt?

Warum? Warum? Warum?

Obwohl er inzwischen achtundzwanzig Jahre alt war und in drei Monaten als jüngster Kandidat aller Zeiten die Abschlussprüfung am angesehenen Dittmyer-Institut für Psychoanalyse ablegen würde, spielte die Frage *Warum?* immer noch eine wichtige Rolle für Jordan und führte bisweilen sogar zu einer gewissen Lähmung. So wie beispielsweise in diesem Augenblick, als er sich fragte, warum ausgerechnet er vor

ausgerechnet dieser Tür stehen musste. Warum hatte er überhaupt Harry Stantons Einladung zu der Party angenommen? Und wieso zum Teufel war er deswegen so nervös?
Schon während der Fahrt war er kurz davor gewesen, einfach den Wagen zu wenden und schnurstracks zu seinem Apartment, seinen Büchern und den wissenschaftlichen Zeitschriften zurückzukehren. Schließlich hatte er weiß Gott genug zu lesen, und die Sitzungen der vergangenen drei Tage waren auch noch nicht protokolliert. Trotzdem war er weitergefahren und der Wegbeschreibung – rechts Richtung Amalfi, links Richtung Toulon – gefolgt, die ihm der unverbesserliche Stanton gegeben hatte.
Warum?
Vor zwei Tagen hatte er Stanton zufällig in der Border-Buchhandlung getroffen, und der beleibte Notfallarzt hatte ihn auf der Stelle zu seiner Party eingeladen. Jordan hatte die üblichen Entschuldigungen vorgeschützt: Er habe noch jede Menge unerledigter Arbeit und sei nicht in der Stimmung. Stantons Antwort hatte darin bestanden, Daumen und Zeigefinger dicht aneinanderzulegen und direkt vor Jordans Gesicht zu halten.
»Es fehlt nur noch so viel, dann bist du ein meldepflichtiger Eremit. Wahrscheinlich schreiben sie demnächst ein Musical über dein Leben, *Das Phantom in der Buchhandlung*.«
»Ich bin nun mal gern in Buchhandlungen, Harry.«
»Ich doch auch. Aber du hältst dich ausschließlich hier, in deinem Büro, in deiner Wohnung oder in *Stan's Grill* auf.«
»Also im *Trader Joe's* lasse ich mich auch gelegentlich blicken.«
Stantons braune Augen musterten ihn durchdringend. »Jordan, inzwischen ist ein Jahr vergangen. Langsam ist es an der

Zeit, ein paar Dinge in Angriff zu nehmen. Das erzählst du deinen Patienten garantiert auch immer, oder? Außerdem weißt du genau, dass Carrie dir dasselbe sagen würde, wenn sie könnte. Warum willst du das nicht begreifen?«
Er kritzelte eine Wegbeschreibung auf ein Blatt Papier und stopfte es in Jordans Tasche. »Sieh zu, dass du kommst, sonst gibt's Ärger.«
In diesem Augenblick, als er vor dem Haus im eleganten spanischen Missionsstil stand und den Saum seines dunkelblauen Sportsakkos glattstrich, wünschte er, er könnte direkt in den Himmel blicken und Carrie ohne Umschweife fragen, was sie tatsächlich wollte. Im Unterschied zu Stanton, der Carries Wünsche offenbar genau kannte, tappte Jordan diesbezüglich völlig im Dunkeln. Die außerordentlich besitzergreifende und hochgradig eifersüchtige Carrie – Charakterzüge, die Stanton nicht an ihr kannte – erging sich gern in ausufernden Monologen darüber, dass es für jeden nur einen Menschen geben könne, der ihn aufrichtig liebe, und wie glücklich sie und Jordan sich schätzen könnten, dass sie einander so jung gefunden hatten. Ein liebenswerter Gedanke, dachte Jordan, wenn ein Paar gemeinsam die achtzig erreicht hatte, aber eine verdammt deprimierende Ansicht, wenn einer dieser beiden schicksalhaft füreinander bestimmten Partner mit siebenundzwanzig von einem betrunkenen Autofahrer auf dem Westwood Boulevard überfahren worden war. Der erbitterte Streit wenige Minuten vor Carries Tod machte die Sache nicht einfacher.
Er straffte die breiten Schultern und strich sich übers Haar. Eine überflüssige Geste, da er seinen dichten Schopf so kurz geschnitten trug, dass ihm nicht einmal ein Wirbelsturm die Frisur ruiniert hätte. *Es ist doch bloß eine Party*, dachte er.

Elinor würde sich freuen, wenn sie wüsste, dass ich hier bin. Sie würde das als Fortschritt bezeichnen. In Carries Augen wäre es allerdings ein Betrug. ›Bist du schon bereit, mich zu vergessen?‹ ›Ja, er ist dazu bereit‹, antwortete Elinor in ihrer direkten Art. ›Für dich ist es vielleicht traurig, aber man muss Jordan einfach zugestehen, dass er ein Leben führt, in das du dich nicht ständig einmischst.‹

Die beiden Frauen, seine Verlobte und seine Mentorin, Elinor Fischer, eine tot, die andere lebendig, diskutierten das Problem in seinem Kopf, als stünden sie direkt neben ihm. Er versuchte, beide mit einem tiefen Atemzug zu vertreiben, und blickte entschlossen auf die Türklingel. Gerade als er den Finger ausstreckte, vibrierte der Pager. Er überprüfte die Nummer und seufzte. Innerhalb von zwanzig Minuten würde der zweite Anruf erfolgen, und zwar von dem einzigen Menschen, der höchstwahrscheinlich an diesem Sonntag noch einsamer war als er selbst. Nun blieb ihm nichts anderes mehr übrig, als hineinzugehen. Er brauchte dringend ein Telefon. Das Handy hatte er im Auto gelassen.

Eine Frau öffnete. Sie war fast so groß wie Jordan. Durchtrainiert, dunkelhäutig, tiefschwarzes Haar und mandelförmige Augen. Sie begrüßte ihn mit einem selbstsicheren »Hallo«. Im Wohnzimmer hinter ihr drängten sich die Gäste.

»Immer hereinspaziert«, sagte sie und lächelte. »Ich heiße Donna Sanders.«

Er trat ein und reichte ihr zur Begrüßung die Hand. »Jordan Geller.«

»*Doktor* Jordan Geller«, verbesserte Harry Stanton, der jetzt in den Flur trat, in der fleischigen Hand ein Plastikglas mit rosafarbener Flüssigkeit. »Nur keine falsche Bescheidenheit.«

»Hallo, Harry, oder sollte ich lieber sagen *Doktor* Stanton?«

»Wir haben zusammen Medizin studiert und uns eine Wohnung geteilt«, klärte Stanton Donna auf, die lächelnd nickte. »Er hätte Gehirnchirurg oder Neurochirurg werden können. Ihm stand alles offen. Stattdessen wird er Seelenklempner. Ich habe ihm gesagt, dass sich damit kein Geld verdienen lässt, aber auf mich hört er ja nicht. Natürlich gibt er sich nicht damit zufrieden, bloß Psychiater zu sein. Er will auch noch Psychoanalytiker werden. Jetzt ist er am Dittmyer-Institut gelandet und Elinor Fischers blonder Wunderknabe. Schon von Elinor Fischer gehört? Die Frau kann einem Angst machen.«

»Falls Sie Harry kennen«, sagte Jordan zu Donna gewandt, »wissen Sie ja, dass er nur von seinen Lieblingskrankheiten was versteht und ansonsten keine Ahnung hat, wovon er eigentlich redet.«

»Demnach muss man sich also nicht vor ihr fürchten?«

»Sie ist eine geistreiche und charmante Person. Genau wie Sie.«

Stanton kniff ihn in die Wange. »Ich mag diesen Kerl. Er ist einfach putzig.«

»Was ist in diesem Punsch, Harry?«, fragte Jordan und lachte.

»Komm rein und finde es selbst heraus.«

»Erst muss ich noch schnell telefonieren«, erwiderte Jordan und deutete auf den Pager.

»Versuchen Sie's mal mit dem Telefon in der Küche«, riet Donna.

»Danke.«

Während Donna zu den Gästen zurückkehrte, verdrehte Stanton gereizt die Augen. »Könntest du vielleicht erst mal hereinkommen, ehe du deine Anrufe abarbeitest?«

»Es geht um einen meiner Patienten«, erklärte er und hielt

den Pager hoch. »Oder willst du etwa, dass ich so tue, als hätte ich nichts gehört?«
Harry tippte auf das Zifferblatt an Jordans Uhr. »Na gut, aber ich bestehe auf einem Zeitlimit. Nicht länger als fünf Minuten. Ich kenne dich doch.«
Jordan arbeitete sich durch das Wohnzimmer in die Küche vor. In einer Ecke standen drei Frauen ins Gespräch vertieft neben dem Geschirrspüler. Er nahm den Hörer ab und wählte.
»Ich versuche schon den ganzen Abend, Sie zu erreichen«, ertönte eine anklagende männliche Stimme. »Wo sind Sie?«
»Nun, Simon, im Moment bin ich auf einer Party.«
»Wunderbar. Ich drehe durch und Sie lassen sich's gutgehen.«
»Weswegen drehen Sie durch?«
»Suchen Sie sich was aus. Meine Mutter, mein Vater, meine Schwester, mein verdammter Abteilungsleiter.«
»Etwas präziser müssten Sie schon sein.«
»Das ist nicht drin, Doktor Geller. Alles stinkt zum Himmel. Präziser schaffe ich es einfach nicht.«
Jordan schwieg einen Augenblick. »Sind Sie allein?«
»Nein, ich bin nicht allein. Nebenan stöhnt Cindy Crawford und erwartet mich … Na klar bin ich allein. Meine Güte!«
Jordan unterdrückte ein Lachen. Simon war zwar ein ausgesprochen anstrengender Patient, aber zumindest unterhaltsam.
»Ich weiß, dass das Wochenende ziemlich schwierig für Sie ist, Simon.«
»Sie wissen überhaupt nichts, Partyboy«, gab Simon zurück.
Genau, ich bin ein echter Partylöwe. Wenn du nur wüsstest, Freundchen.

»Wenn Sie beleidigend werden, lege ich auf.«
»Warten Sie.« Sein Patient klang plötzlich beunruhigt. »Das dürfen Sie mir nicht antun. Ich muss unbedingt mit Ihnen reden. Sie sind mein Arzt. Ich brauche Hilfe. Es handelt sich um einen Notfall.«
Simon Cox' Wochenend-Spezialität: »Ich brauche Hilfe. Es handelt sich um einen Notfall.« Wenn Jordans Lieblingswort *Warum* hieß, lautete das von Simon *Hilfe*. Er hatte Probleme im Überfluss. Simon war das jüngste Kind einer chronisch kranken Mutter und eines arbeitswütigen Vaters, der jedes Anzeichen von Verletzbarkeit bei seinem einzigen Sohn verachtete. Obendrein hatte er eine ältere Schwester, die alles stillschweigend duldete. Simon hatte von klein auf gelernt, dass ihm nur die große dramatische Geste Aufmerksamkeit sichern konnte. Es war daher keine Überraschung, wenn ihn bereits die geringfügigste Drohung, wie beispielsweise aufzulegen, in Panik versetzte.
»Na gut, Simon«, sagte Jordan beschwichtigend. »Ich höre. Was beunruhigt Sie?«
»Es geht um meine gottverdammte Schwester. Sie hat mir vorgeworfen, dass ich Vater nicht häufiger anrufe. Ich habe ihr klipp und klar gesagt, wie ich die Sache sehe. Wenn er sich so heftig danach sehnt, meine Stimme zu hören, kann er mich ja anrufen. Ich für mein Teil werde jedenfalls nichts unternehmen. Jetzt will sie ihm das Ganze brühwarm auftischen, die alte Tratsche.«
Jordan blickte zu den drei Frauen am Geschirrspüler hinüber. Würde eine von ihnen glauben, dass der Mann, mit dem er telefonierte, vierunddreißig Jahre alt war und außerdem als angehender Professor der amerikanischen Geschichte an der UCLA arbeitete? Doch der berufliche Erfolg trug kein Jota

dazu bei, Simon die Angst vor den Eltern oder seiner Schwester zu nehmen. Was seine Familie oder andere menschliche Beziehungen betraf, benahm sich Simon an guten Tagen höchstens wie ein Vierzehnjähriger.

»Simon, es ist schon spät, und ich kann hier keine ausgedehnten Gespräche führen. Ich mache Ihnen einen Vorschlag. Wie wär's, wenn Sie morgen einfach mal bei Ihrem Vater anrufen? Aber melden Sie sich früh, damit Sie Ihrer Schwester zuvorkommen.«

»Ich weiß aber nicht, worüber ich mit ihm reden soll.«

»Dann reden Sie eben über das Wetter.«

»Wir sind in L.A. Hier ist immer dasselbe Wetter.«

»Dann wählen Sie eben ein anderes Thema, Hauptsache, es ist neutral. Wie wär's mit Film?«

»Er geht nie ins Kino.«

»Irgendein Lieblingsthema hat er doch bestimmt.«

»Immobilien.«

»Wunderbar. Erzählen Sie ihm, dass Sie zwischen einer festverzinslichen und einer variablen Hypothek schwanken, und fragen Sie ihn, was er davon hält. Sie müssen nur ein paar Minuten lang mit ihm reden, ohne zu streiten. Dann sprechen wir beide morgen in meiner Praxis über diese Unterhaltung und über Ihre Schwester.«

»Vielleicht haben Sie recht … ich versuch's.« Simon klang schon etwas munterer. »Hey, ich habe eine Idee. Wie wär's, wenn ich zu Ihrer Party komme? Vielleicht könnten Sie mich mit ein paar Leuten bekanntmachen, und wir plaudern ein bisschen.«

Jordan lächelte; Simon gab nicht so schnell auf, das musste man ihm lassen. »Ausgeschlossen. Das wäre nicht besonders professionell.«

»Nein, wahrscheinlich nicht. Hören Sie, Doktor, hoffentlich falle ich Ihnen nicht allzu sehr auf den Wecker.«

»Sie machen sich selbst fertig, Simon. Das muss nicht sein. Wir reden morgen darüber.«

Damit beendete Jordan das Gespräch und sah sich in der Küche um. Die drei Frauen hatten sich nicht vom Fleck gerührt. Sie waren immer noch ins Gespräch vertieft, den angespannten Mienen nach zu urteilen ging es vermutlich um Männer. Plötzlich fühlte er sich hoffnungslos davon überfordert, mit so vielen Menschen zusammen zu sein, die, abgesehen von Stanton, allesamt Fremde waren. Ausgerechnet durch seine berufsmäßige Rolle als Ratgeber und Problemlöser vom Dienst fiel es ihm ironischerweise schwer, in gesellschaftlichem Rahmen mit Menschen zusammen zu treffen. Insbesondere, wenn man sich vier Jahre lang nicht in diesem Rahmen bewegt hatte. Insbesondere, wenn die eigenen Gedanken hauptsächlich um eine Frau kreisten, die tot war. Er beschloss, eine Stunde lang durchzuhalten, genau wie er es seinem Freund versprochen hatte. Als er aus der Küche trat, erfuhr er allerdings, dass Stanton große Pläne mit ihm hatte. »Sie mag dich.«

»Wer mag mich?«

»Donna Sanders, die Frau, die dich vorhin begrüßt hat. Du hast sie beeindruckt.«

»Harry, sie hat mich höchstens eine Minute lang gesehen. Was hat sie denn so beeindruckt? Die Art und Weise, wie ich darum gebeten habe, dass ich telefonieren darf?«

Stanton rang verzweifelt die Hände. »Hör mal, Jordan, sie sieht doch ziemlich gut aus, kannst du mir zumindest in diesem Punkt zustimmen?«

Er blickte zu Donna hinüber. Sie bildete den Mittelpunkt eines Grüppchens und unterhielt sich angeregt. Schlank, mit selbstbewussten Gesten und exotischen Augen, die ihm gleich aufgefallen waren. *Doch, da gebe ich dir recht.*

»Außerdem ist sie intelligent«, fuhr Stanton fort, während Jordan den Blick schweifen ließ und die anderen Frauen in Augenschein nahm. »Sie sitzt in der Chefetage bei Cedars. Nachdem du dich in die Küche verzogen hast, hat sie mich nach dir gefragt. Ihrer Meinung nach hast du viel *Präsenz.*«

»Was soll das denn heißen?«

»Ich vermute, damit deutet man so nebenbei an, dass jemand zwar nicht gerade umwerfend aussieht, dafür aber Charme hat.«

»Besten Dank.« Stanton war offenbar in kämpferischer Stimmung und würde keine Ruhe geben, bis Jordan ihm nicht wenigstens ein paar Schritte entgegengekommen war. »Okay, Harry, du hast gewonnen, gib mir ihre Telefonnummer.«

»*Ihre Telefonnummer?* Aber sie steht doch direkt da drüben!«

Jordan dachte daran, wie viel Energie es ihn kosten würde, sich zu einer neuen Bekanntschaft aufzuraffen. »Ich glaube, das ist nichts für mich«, sagte er schließlich. »Nicht heute Abend.«

»Ich verstehe dich einfach nicht. Den ganzen Tag überzeugst du Neurotiker davon, dass sie mit der Selbstquälerei aufhören sollen, und verbringst die Nächte damit, dich selbst zu quälen. Donna ist ein Mensch aus Fleisch und Blut und außerdem sehr sympathisch, ich kenne sie schließlich.«

»Dann geh du doch mit ihr aus.«

Stanton deutete auf seinen umfangreichen Bauch. »Ich fürchte, für ihren Geschmack habe ich etwas zu viel Präsenz.«

»Hör mal, Harry, es tut mir …«

»Es geht hier nicht um mich, Jordan.«

»Harry …«

»Was erwartet dich denn zu Hause? Die neueste Ausgabe der *Psychoanalytic Review?* Ich habe mir sagen lassen, dass sie gerade einen bahnbrechenden Beitrag über Ödipus-Komplexe von Wiener Versicherungsvertretern des frühen zwanzigsten Jahrhunderts veröffentlicht haben.«

Jordan musste wider Willen lachen. »Tut mir leid, Harry. Ich weiß deine Absichten zu schätzen, aber ich bin einfach noch nicht so weit.«

»Ich verstehe voll und ganz.«

»Danke. Du bist ein echter Freund.«

»Viel besser, als du ahnst.« Stanton hob seine großen Hände und klatschte dreimal lautstark. »Herrschaften«, verkündete er mit dröhnender Stimme, und die Gespräche ringsum verstummten. »Was ist eine Party ohne Show-Einlage? Heute Abend befindet sich ein Mann unter uns, der euch dazu bringen wird, Dinge zu tun, von denen ihr euch nie hättet träumen lassen.«

Jordan blickte zu Harry hinüber. *Er wird es niemals wagen. Doch, er wird es wagen. Das ist typisch Stanton.* Jordan warf einen panischen Blick in Richtung Eingangstür. Doch Stanton war bereits dabei, ihn zum Sofa zu bugsieren.

»Harry, bitte lass das!«, stieß er hervor, die Stimme zum Bühnenflüstern gesenkt.

»Was für Tricks hast du denn so drauf, Meister?«, ließ sich ein Zwischenrufer vernehmen und deutete mit dem Glas auf den Notarzt.

Stanton zwang den Blick des Mannes nieder. »Ich schneide Körperteile aus Menschen, die Leberzirrhose haben.« Er wandte sich wieder seinen Gästen zu. »Ich habe also, wie gesagt, heute Abend das Vergnügen, euch einen der bedeutendsten, Hypnose praktizierenden Psychiater Amerikas vorzustellen, den unwiderstehlichen Doktor Jordan Geller.«

Du hinterlistiger Mistkerl. Vor fünf Jahren, während seines Studiums an der Medizinischen Fakultät, hatte Jordan sich intensiv mit Hypnose beschäftigt, nachdem er eine Gallenblasenoperation an einem nicht betäubten, hypnotisierten Patienten miterlebt hatte. Er hatte dreißig Stunden Hypnoseunterricht genommen und einige Monate jedermann hypnotisiert, der den Fuß in die Wohnung setzte, die er sich mit Stanton teilte.

Obwohl er niemals Patienten für eine Operation hypnotisiert hatte, war er ein gefragter Mann auf Universitätspartys; einmal, nur wenige Monate bevor er Carrie kennengelernt hatte, war ihm sogar eine Simultanhypnose von sechs Personen gelungen.

Inzwischen waren allerdings seit der letzten Hypnose drei Jahre vergangen. Er konnte doch nicht mir nichts, dir nichts aufstehen und wieder damit anfangen. Jordan wollte gerade bedauernd ablehnen, als er Donna Sanders' bewundernden Blick auffing. Mit einem Mal fiel ihm eine Frau unter den Anwesenden auf, die er bisher noch nicht bemerkt hatte. Sie war Mitte zwanzig, hatte dichte, kupferfarbene Locken und neugierig blickende, grüne Augen. Ihr klarer, makelloser Teint schimmerte wie Perlmutt. *Wo hast du dich denn versteckt?*, fragte sich Jordan überrascht.

Stantons ausgestreckter Finger deutete auf Jordan. »Herr Doktor Geller«, kündigte er mit starkem deutschem Akzent an, »Ihre Patienten erwarten Sie.«

Fieberhaft versuchte Jordan sich daran zu erinnern, wie er damals auf den Studentenpartys vorgegangen war. Während er Stanton insgeheim leise verfluchte, schritt er auf die Grup-

pe zu. In der Mitte des Zimmers angekommen, räusperte er sich und ergriff das Wort, wobei er sich bemühte, mehr Selbstvertrauen auszustrahlen, als er tatsächlich verspürte.
»Ich möchte, dass sich alle Anwesenden erheben und die Hände mit zueinander gewandten Handtellern ausstrecken.«
Eine Bitte, die die meisten mit nervösem Lachen quittierten. Einige der Gäste plauderten weiter, als hätten sie überhaupt nichts gehört, und ein anderes Grüppchen verzog sich in die Küche. Schließlich scharten sich ungefähr zwölf Personen um Jordan, unter denen sich, wie er zufrieden feststellte, auch Donna und der Rotschopf befanden.
»Die Technik der Hypnose ist einfach und harmlos«, erläuterte er und blickte dabei jedem potenziellen Versuchskaninchen kurz in die Augen.
»Ich zähle jetzt langsam rückwärts von drei bis eins, und wenn ich bei eins angelangt bin, werden Sie spüren, dass sich auf Ihren Handtellern sehr kräftige Magnete befinden. Die Anziehungskraft dieser Magnete ist so stark, dass sich Ihre Handteller aufeinander zubewegen«, sagte Jordan mit lauter, fester Stimme. »Drei … zwei …«
Alle Freiwilligen schlossen die Augen, und einige Handteller schoben sich aufeinander zu. Jordan stand direkt vor Donna. Ihre Finger waren noch weit voneinander entfernt. »Während sich die Handteller zueinanderbewegen«, sagte er zu ihr, »wird die magnetische Anziehungskraft immer stärker.« Obwohl er einen besonders festen, selbstsicheren Ton angeschlagen hatte, bewegten sich Donnas Hände keinen Millimeter. Prüfend musterte Jordan die restliche Gruppe. Ungefähr die Hälfte davon schien zumindest etwas von dem Magnetismus zu verspüren. Allen voran der Rotschopf: Ihre Fingerspitzen berührten sich beinahe.

Jordan stellte sich direkt vor sie. Von nahem bemerkte er das zarte Netz von Sommersprossen über ihrer Stirn und den Wangen. »Sobald sich die Fingerspitzen berühren«, sagte er, »spüren Sie, wie Ihre Finger sich umklammern.« Sekunden später hielt sie ihre Hände umfasst. »Konzentrieren Sie sich in den nächsten Minuten darauf, wie der Griff Ihrer Finger immer fester wird«, sagte er. Währenddessen ging er zu den anderen Teilnehmern, tippte ihnen vorsichtig auf die Schulter und teilte ihnen flüsternd mit, dass sie jetzt ihre Augen öffnen und Platz nehmen könnten. Drei oder vier der Freiwilligen waren gute Kandidaten, aber nach der langen Pause war er aus der Übung. Heute Abend wollte er sich auf keinen Fall in multipler Hypnose versuchen.

Er kehrte zu dem Rotschopf zurück. »Finger und Hände fühlen sich jetzt an, als seien sie untrennbar und wie aus einem Stück Holz geschnitzt. Ich zähle jetzt bis drei und fordere Sie dann auf, die Hände zu lösen. Sie werden feststellen, dass Ihre Hände sich desto fester umfassen, je kräftiger Sie ziehen. Eins – Sie haben das Gefühl, als seien Ihre Hände aus einem Stück Holz geschnitzt. Zwei – je kräftiger Sie ziehen, desto fester umschließen sich Ihre Hände. Drei – versuchen Sie jetzt, Ihre Hände zu lösen.«

Mit zusammengezogenen Brauen versuchte die junge Frau erfolglos, der Aufforderung zu folgen. Jordan ließ sie es noch einige Male versuchen, bis ihre Finger rot vor Anstrengung waren.

Nicht ohne eine gewisse Genugtuung stellte er fest, dass die Gruppe aus der Küche nach und nach wieder ins Wohnzimmer zurückgekehrt war.

»Hören Sie auf, sich so anzustrengen«, sagte Jordan besänftigend. »Sie sind jetzt sehr ruhig. Ich werde jetzt gleich meine

Hände über Ihre Arme und Finger gleiten lassen, und überall dort, wo ich Sie berühre, werden sich Ihre Glieder entspannen und sich nicht länger wie ein Stück Holz anfühlen. Sobald ich Sie anschließend auffordere, den Griff zu lockern, wird Ihnen dies keinerlei Schwierigkeiten bereiten.«
Jordan ließ die Hände flüchtig über ihre Arme gleiten und bat sie dann, die Hände voneinander zu lösen. Sie tat es mühelos.
Einige Gäste klatschten. Jordan wies sie an, die Augen zu öffnen.
Sie erwachte lachend aus der Hypnose.
»Wow«, sagte sie zweimal. »War ich hypnotisiert?«
Jordan nickte.
»Woher wissen Sie das?«
»Umfassen Sie Ihre Hände und lösen Sie dann den Griff.«
Sie tat es.
»Nun können Sie Ihre Hände mühelos voneinander lösen. Noch vor einer Minute war Ihnen das unmöglich, weil ich Sie unter Hypnose dazu gebracht hatte, zu glauben, Ihre Hände seien aus einem Stück Holz.«
»Was können Sie denn noch so?«, rief ein Mann.
Jordan musterte die rothaarige Frau nachdenklich. Er erinnerte sich noch gut genug an seine früheren Hypnosestudien, um zu wissen, dass sie zu den zehn Prozent Menschen gehörte, die man sehr rasch in Tiefentrance versetzen konnte.
»Würden Sie sich noch einmal hypnotisieren lassen?«, fragte er schließlich.
»Ich will aber nicht auf allen vieren durchs Zimmer laufen und bellen.«
Alle lachten, aber Jordan blickte ihr direkt in die grünen Augen. »So etwas würde ich niemals tun.«

»Was würden Sie denn stattdessen tun?«, erkundigte sie sich.
»Ich würde Sie zuerst körperlich und dann geistig entspannen. Vielleicht würde ich Ihnen vorschlagen, dass Sie nicht mehr wissen, wie man zählt.«
Wieder erklang ihr melodisches, trillerndes Lachen, das ihn zum Lächeln brachte. »Auf keinen Fall.«
»Wollen Sie es versuchen?«
Sie überlegte kurz und nickte dann.
»Übrigens«, sagte Jordan, »müsste ich dafür wissen, wie Sie heißen.«
»Robin Norris«, antwortete sie und streckte ihm die Hand entgegen. Ihr Händedruck war fest, die Haut weich. Seit langem hatte er die Berührung einer Frauenhand nicht mehr als so aufregend empfunden. Unversehens war diese Hypnose für ihn eine sehr wichtige Angelegenheit.
»Robin«, schlug er vor, »zuerst möchte ich, dass Sie es sich bequem machen.«
Er führte sie zu einem gepolsterten Lehnsessel. Nachdem sie Platz genommen hatte, forderte Jordan sie auf, die Arme locker hängen zu lassen. In den nächsten Minuten folgte sie seinen Anweisungen, bis ihr Körper vollkommen entspannt war. Sie sackte leicht im Sessel zusammen, und ihre Augenlider wurden so schwer, dass sie sie nicht mehr zu öffnen vermochte.
»Nun«, fuhr er fort, »nachdem wir Ihren Körper entspannt haben, möchte ich auch Ihren Geist entspannen. Ich werde jetzt an Ihre Stirn tippen und Sie bitten, von hundert an rückwärts zu zählen. Ihr Geist wird die Zahlen jedoch sofort aus ihren Gedanken löschen und wie einen Lufthauch vergehen lassen.«
Plötzlich ging die Eingangstür auf. Ein Mann, dessen grauhaarige Löwenmähne zu einem Pferdeschwanz gebunden

war, trat ein. Jordan sah flüchtig zu ihm hinüber und schätzte ihn auf Anfang fünfzig, vielleicht etwas älter. Er wartete einen Augenblick, um dem Gast Gelegenheit zu geben, sich zu setzen, aber der Neuankömmling blieb an der Tür stehen.

Jordan wandte sich wieder seiner langsam atmenden Versuchsperson zu und berührte leicht ihre Stirn.

»Einhundert«, sagte Robin sehr langsam.

»Die Zahlen verschwinden allmählich aus Ihrem Geist«, äußerte Jordan.

»Neunundneunzig … achtundneunzig …« Ihre Stimme klang, als stünde sie unter dem Einfluss von Drogen. »Siebenundneun…«, setzte sie an und verstummte.

Jordan ließ sie für einen Augenblick ruhig sitzen und brachte ihr dann die Zahlen wieder in Erinnerung. »Ich werde die Hypnose jetzt beenden, und wenn Sie erwachen, fühlen Sie sich ruhig, voller Selbstvertrauen, entspannt und konzentriert. Sie werden nicht mehr wissen, dass Sie Robin Norris heißen. Dieser Name ist Ihnen vollkommen unbekannt. Sie heißen Myra Apple. Aber sobald ich mit dem Finger schnippe und *Schlaf jetzt* zu Ihnen sage, werden Sie augenblicklich in tiefste Trance versetzt.«

Er brachte Robin rasch wieder zu sich.

Sie schlug die Augen auf und dehnte sich wie jemand, der gerade aus tiefem Schlaf erwacht.

»Nun, wie haben Sie sich dabei gefühlt?«, erkundigte sich Jordan.

»Toll«, erwiderte Robin. Sie gähnte. »Als hätte ich stundenlang geschlafen. Es ist trotzdem eigenartig. Ich habe das Gefühl, als würde ich mich an alles erinnern.«

Jordan nickte. »Irrtümlicherweise wird angenommen, dass man unter Hypnose alles vergisst.«

»An was erinnern Sie sich?«, rief eine Frau.

»Daran, dass ich meine Augen nicht öffnen konnte. Ich war mir sicher, ich würde es schaffen, aber es war einfach unmöglich. Ich erinnere mich auch daran, dass ich von hundert an nicht mehr rückwärts zählen konnte.«

»Zählen Sie jetzt noch einmal rückwärts«, bat Jordan. »Beginnen Sie mit einhundert.«

»Walter«, sagte sie zu dem grauhaarigen Mann gewandt. »Seit wann bist du hier?«

»Wir warten alle gespannt darauf, wie du rückwärts zählst, mein Engel«, erwiderte er mit der geschliffenen Aussprache eines englischen Theaterschauspielers.

Sie ratterte rasch die Zahlen herunter. »Einhundert, neunundneunzig, achtundneunzig …«

»Ausgezeichnet«, gratulierte Walter.

»Du solltest das auch mal versuchen, Walter. Es ist faszinierend.«

»Ein andermal.« Walter wandte sich den anderen Gästen zu. »Ich übernehme hier nur ungern die Rolle des Spielverderbers, aber ich fürchte, ich muss diese entzückende junge Dame jetzt nach Hause bringen. Robin?«

Robin starrte ihn überrascht an.

»Robin, wir hatten doch ausgemacht, dass ich dich um elf Uhr abhole.«

Sie sah äußerst verwirrt aus. Das Wohnzimmer glich plötzlich dem Ascheplatz in Wimbledon, als die Gäste mit ruckartig hin und her gewandten Köpfen den Schlagabtausch zwischen dem Engländer und dem Rotschopf verfolgten.

»Wie heißen Sie?«, fragte Jordan.

Robin schwieg eine Minute und dachte angestrengt nach. »Myra Apple«, erwiderte sie schließlich.

Walter warf Jordan einen Blick zu. »Ich würde ja gern mitmachen, aber ich muss … Miss Apple jetzt wirklich nach Hause bringen. Sie hat morgen einen anstrengenden Tag mit Kostümanproben und Proben vor sich.«
»Ach, Walter, komm schon. Ich bin überhaupt nicht müde.«
»Robin, hör mal …«
»Warum nennst du mich die ganze Zeit Robin? Wer ist diese Robin?«
»Außerordentlich eindrucksvoll«, sagte Walter zu Jordan. Er wandte sich wieder Robin zu. »Ich wünschte, du würdest meinen Anweisungen genauso widerstandslos Folge leisten wie denen dieses Herrn.« Mit Blick auf Jordan fuhr er fort: »Aber es ist schon spät. Ich finde, Sie sollten jetzt wirklich Schluss damit machen.«
»Wer ist Robin?«, fragte Robin erneut.
»Myra«, sagte Jordan, »bitte setzen Sie sich wieder in den Sessel.« Sie hatte kaum Platz genommen, als er auch schon mit den Fingern schnippte und befahl: »Schlaf jetzt.« Sie schloss augenblicklich die Augen, und ihr Kopf sank schlaff auf die Brust.
»Ich werde Ihre Hypnose jetzt beenden. Sie werden sich an alles erinnern, was heute Abend geschehen ist. Sie werden sich daran erinnern, dass Ihr Name Robin Norris lautet und dass ich Ihnen unter Hypnose gesagt habe, Ihr Name sei Myra Apple.« Jordan zählte bis fünf und befahl ihr dann, die Augen zu öffnen.
»Wie heißen Sie?«, fragte Jordan.
Robin zögerte kurz und antwortete dann: »Natürlich Myra Apple.«
»Verdammter Mist!«, rief Walter.
»Aber Walter«, sagte Robin. »Das war doch bloß ein Witz.

Ich bin's, Robin.« Und dann, mit theatralischem Überschwang: »Ich bin wieder bei dir, Liebster.«
Walter quälte sich ein dünnes Lächeln ab. »Das ist das Beste, was ich gehört habe, seit ich hier hereingekommen bin.« Er ging zu Robin hinüber. »Können wir jetzt bitte gehen?«
Eine Minute später winkte sie Jordan zum Abschied hastig zu, formte ein stummes Dankeschön mit den Lippen und trabte hinter ihrem Regisseur zur Tür hinaus.
Harry Stanton eilte augenblicklich zu Jordan hinüber. »Du hast es immer noch drauf, Kumpel. Donna war beeindruckt.«
Jordan blickte ihn fragend an. »Donna?«
»Hallo? Bist du noch hier? Erinnerst du dich nicht mehr an Donna? Sie arbeitet bei Cedars?«
»Doch, klar.«
»Willst du ihre Telefonnummer?«
»Wessen Nummer?«
Stanton schnaubte geräuschvoll. »Donnas Nummer natürlich.«
Jordan hatte die Augen immer noch auf die Eingangstür geheftet. »Was weißt du von Robin Norris?«

Montag

2 Uhr 15

Er parkte neben dem kleinen Gästehaus aus Lehmziegeln und stieß einen tiefen Atemzug aus. Dann warf er einen Blick auf die Uhr am Armaturenbrett. Es war schon nach zwei Uhr. Obwohl er seit sieben Uhr morgens auf den Beinen war, fühlte er sich überhaupt nicht müde. Ausgezeichnet. Er musste nämlich noch eine Kleinigkeit erledigen.

Er ging ins Schlafzimmer, zog einen kleinen, dunkelroten Samtbeutel aus der Hosentasche und leerte den Inhalt auf die Kommode. Der Beutel enthielt zwei Ringe, einer davon aus Silber mit einem kleinen Türkis, der andere aus Gold mit winzigem ägyptischem Prägemuster, des weiteren ein Paar goldene, wie Kleeblätter geformte Steckohrringe und ein Perlenhalsband, das selbst gemacht aussah. Er rollte den Schmuck in seinem Handteller hin und her. Mein kleines Mädchen, *dachte er versonnen. Endlich war sie in Sicherheit. Dort, wo ihr niemand mehr wehtun konnte.*

Vorsichtig ließ er den Schmuck in den Beutel zurückgleiten und legte das Täschchen auf den Nachttisch. Später würde er den

Schmuck in den Safe bringen. Rasch streifte er seine Kleider ab und stopfte sie in den Wäschekorb.

Anschließend gönnte er sich eine ausführliche Dusche und schrubbte sich mit dem Waschlappen mehrmals von Kopf bis Fuß ab. Obwohl er keine Aufregung verspürte, schlug sein Herz immer noch wie rasend. Sie war so still gegangen. Kaum ein Wort war gefallen. Er hatte ihr befehlen müssen, zu reden. Als sie begriff, was geschah, war sie vor Schock wie erstarrt. Der Schock der endgültigen Erkenntnis. Er hatte trotzdem versucht, ihr alles zu erklären. Aber sie hatte es einfach nicht verstehen können. Nicht, dass es eine große Rolle gespielt hätte. Er wusste genau, was am besten für sie, was am besten für alle seine Mädchen war.

Er drehte den Wasserhahn zu, schlüpfte in seinen dunkelroten Bademantel und ging in die Küche. Er nahm eine Bratpfanne aus dem Geschirrschrank und stellte sie auf den Gasherd. Frühstück nach Mitternacht war jedes Mal ein besonderer Leckerbissen. Immer noch durchströmte ein elektrisiertes Kribbeln seine Hände, als er den Schalter umlegte und beobachtete, wie die Gasflamme aufflackerte. Die Flammen züngelten kreisförmig um den Brenner. Er nahm Eier und Schinken aus dem Kühlschrank, legte das Fleisch auf ein Brett und schnitt eine große Scheibe ab.

Nach dem Essen ging er zu seinem Auto. Er hatte die Fensterscheiben heruntergekurbelt, und die kühle, frische Nachtluft blies ihm kräftig ins Gesicht. Es war beinahe drei Uhr morgens, die Straßen waren so still, als sei er das einzige Lebewesen in einer Millionenstadt.

Er wünschte, er könnte sich endlich entspannen, doch es gelang ihm nicht. So fühlte er sich jedes Mal, wenn er eine seiner Missionen ausgeführt hatte. Nur dann.

Er hasste dieses Gefühl. Aus seinem Mund und aus dem Inneren seiner Zähne ertönte ein zischendes, schnappendes Geräusch. Als *seien Moskitos und Motten dort gefangen und würden lebendig verbrannt werden. An einer geschlossenen Tankstelle entdeckte er ein Münztelefon. Er schob fünfzig Cent in den Schlitz, blickte mit zusammengekniffenen Augen auf das Blatt Papier in seiner Hand und wählte.*

»Monica?«, fragte eine ängstliche Männerstimme am anderen Ende der Leitung.

»Nein, aber ich habe eine Nachricht von ihr.« Er sog an seiner Fingerspitze und versuchte, die verdammten Lippen zu schließen.

»Wer spricht da?«

»Ich habe Monica gefragt, ob es etwas gibt, was ich Ihnen ausrichten soll.« Zapp.

»Wer spricht dort?«, wiederholte der Mann. Im Hintergrund war eine Frauenstimme zu hören. »Keith, ist sie dran?«

»Sind Sie Monicas Vater?«, fragte er.

»Ja, der bin ich. Sagen Sie mir jetzt, wer Sie sind.«

»Sie haben Sie nicht beschützt.«

Sssst.

Was war das für ein Geräusch?

»Sie haben Ihre Pflichten vernachlässigt. Da musste ich etwas unternehmen.«

»Wer spricht da?«

»Ein Freund von Monica.«

»Ich habe Ihre Stimme noch nie gehört.«

»Natürlich nicht. Woher auch?«

»Hören Sie, ich verliere allmählich die Geduld. Wo ist meine Tochter?«

»Wollen Sie nun Monicas Nachricht hören oder nicht?«

Das Knacken und Zischen wurde immer lauter, er konnte einfach nichts dagegen machen.

»Keith, was ist denn los?«, hörte er die Frauenstimme ängstlich im Hintergrund.

»Ja, ich möchte ihre Nachricht hören.«

»Sie hat gesagt, dass sie Sie liebt. Ich bin sicher, Sie hatten mehr erwartet. Ich übrigens auch. Aber es war schon schwer genug, das aus ihr herauszubekommen. Tut mir leid.«

»Wer zum Teufel sind Sie?«

»Sie war schüchtern. Das hat mir an ihr gefallen.«

»Ich lege jetzt auf und verständige die Polizei.«

»So ist es am besten. Sie bleibt für immer rein. Eines Tages werden Sie das auch verstehen. Monica hat es verstanden.«

»Soll das irgendein kranker Witz sein? Falls ja, dann …«

»Über so etwas würde ich nie im Leben einen Witz machen.«

»Bitte, hören Sie doch, falls Sie wissen, wo meine Tochter ist, müssen Sie es mir sagen, ich werde auch niemandem etwas davon erzählen. Ich vergesse diesen Anruf einfach. Ich verspreche es Ihnen.«

Seine Lippen zuckten, und die Nackenmuskeln versteiften sich mit einem Mal. »Warum sind Sie plötzlich so besorgt um Monica? Sie haben sie einfach spätabends draußen herumlaufen lassen. Wo waren Sie denn, als Ihre Tochter Sie brauchte? Nein, Sie haben es einfach mir überlassen.«

»Was? Wovon reden Sie eigentlich?«

»Ich rede jetzt nicht mehr.«

»Legen Sie nicht auf!«

Doch es gab nichts mehr zu sagen.

Montag, 6 Uhr

Zum dritten Mal innerhalb der letzten zehn Tage war Lieutenant Ben Lemoski mitten in der Nacht aufgewacht, weil ihn Geldsorgen plagten. Zwei Stunden und eine Packung Oreo-Kekse später hatte sich daran nichts geändert. Es gab nur zwei Möglichkeiten – entweder er musste mehr Geld verdienen oder einen radikalen Sparkurs fahren. Eines so ausgeschlossen wie das andere. Er arbeitete seit siebzehn Jahren bei der LAPD-Mordkommission, war sozusagen ein altes Schlachtross und befand sich seit zehn Jahren auf der höchsten Gehaltsstufe der West Valley Division. Als Vater von drei Töchtern, von denen eine in achtzehn Monaten aufs College gehen würde, war nicht anzunehmen, dass seine Ausgaben in nächster Zukunft sinken würden.

Das Telefon klingelte. Bereits nach dem ersten Klingeln war er am Apparat.

»Lemoski.«

Noch ehe der Anrufer ein Wort gesagt hatte, wusste Lemoski, dass es schlechte Nachrichten gab. Es war noch nie vorgekommen, dass sein Telefon um sechs Uhr morgens geklingelt hatte, weil ihm jemand eine Freudenbotschaft hatte übermitteln wollen. Höchstwahrscheinlich war das Universum eines anderen in dieser Nacht für immer ausgelöscht worden.

»Sie sind ja schon auf den Beinen.«

»Was gibt's, Jimmy?«, fragte Lemoski ungeduldig.

Der Mann am anderen Ende der Leitung räusperte sich. »Wir haben eine Leiche gefunden. Weiblich, weiß. Sie wurde erst vor kurzem ermordet.«

»Wo ist die Leiche gefunden worden?«

»Eagle Canyon.«

»Von wem?«
»Jemand, der frühmorgens den Hund ausgeführt hat. Außerdem gab es anscheinend einen Anruf von Eltern, deren Tochter nicht nach Hause gekommen ist.«
Lemoski fluchte leise vor sich hin. »Wann kam der Anruf rein?«
»Gegen zwei Uhr morgens.«
»Bin schon unterwegs.«
»Ich ruf Sie im Auto an und gebe Ihnen die genaue Wegbeschreibung durch.«
Lemoski legte den Hörer auf. Seine Geldsorgen waren mit einem Mal ganz unwichtig geworden.

Montag, 6 Uhr 10

Jordan Geller wälzte sich mühsam aus dem Bett. Trotz der frühen Uhrzeit plagten ihn unruhige Gedanken. Normalerweise wirkte im Licht der Morgensonne alles freundlicher, aber heute war seine Stimmung ausgesprochen düster. Die Ursache seiner dröhnenden Kopfschmerzen war nicht etwa ein Kater – er hatte keinen Tropfen angerührt –, sondern Angst. Was war, wenn sich sein gestriger Auftritt auf Stantons Party herumsprach? Wenn Elinor und die anderen Mitarbeiter des Instituts Wind davon bekamen? Er wäre die Zielscheibe des allgemeinen Spotts. Und wozu das alles? Bloß wegen einer Gefühlsanwandlung, weil ihm jemand für einen Augenblick gefallen hatte? Ja, er wollte sie wiedersehen. Aber das war ausgeschlossen. Jedenfalls in der nächsten Zeit.
Gestern Abend hatte er keinerlei Katzenjammer verspürt. Im

Gegenteil, er war in Hochstimmung gewesen, beflügelt von der Begegnung. Ihr munteres Lächeln und der feste Händedruck hatten ihn aufgerüttelt. Und dieses Gefühl hatte ihm gefallen. Doch als er schlaflos im Bett lag, nagten erste Zweifel an ihm.

Gegen Morgen war seine Hochstimmung restlos verflogen. Sein Benehmen gestern Abend wunderte und beschämte ihn, er wusste, dass er etwas getan hatte, was er nicht hätte tun dürfen. Etwas Verkehrtes. Sogar etwas Dummes. Trotzdem musste er sich eingestehen, dass es ihm Spaß gemacht hatte, diese Macht zu besitzen, die Aufmerksamkeit auf sich zu lenken und Ehrfurcht einzuflößen. Wie viele Menschen hätten dasselbe fertiggebracht?

Er schleppte sich ins Badezimmer. Das morgendliche Schwimmen und zwei Eier mit Bratkartoffeln bei *Stan's* würden ihn hoffentlich wieder einigermaßen herstellen. Ihn in die Alltagsroutine zurückführen. Vielleicht sah er die Dinge etwas zu negativ. Sein voller Terminkalender würde ihn schon auf andere Gedanken bringen. Außerdem fand heute Abend eine Wohltätigkeitsparty zugunsten des Dittmyer-Instituts statt. *Los, reiß dich zusammen. Wie soll sich das je herumsprechen?* Nein, er brauchte sich überhaupt keine Sorgen zu machen. Er musste nur seine Ängste überwinden. Sie ganz tief in sich vergraben. Das tat er schließlich nicht zum ersten Mal.

Montag, 6 Uhr 30

Detective Jimmy Lee hielt Lemoski zur Begrüßung einen Pappbecher mit lauwarmem Kaffee entgegen.

»Das müssen Sie mit eigenen Augen sehen, sonst glauben Sie's nicht.« Der Weg durch das taunasse Gras bis zur Leiche war kurz. »Der Typ ist ein richtiger van Gogh.«

Lemoski trank einen Schluck Kaffee und betrachtete das Opfer.

Im Geäst des Baumes hing eine junge, höchstens achtzehnjährige Frau. Ihre schräg nach oben gereckten Arme waren von beinahe durchscheinender Blässe. Lederschnüre, die an den Handgelenken befestigt und am darüberliegenden Ast festgezurrt worden waren, hielten sie in Position. Ihre Fußgelenke waren mit Isolierband zusammengebunden, und sie trug ein langes weißes Spitzenkleid – es hätte ein Hochzeitskleid sein können. Auf ihrem Rücken waren ein Paar weiße Engelsflügel festgeschnallt, wie man sie gewöhnlich kleinen Mädchen für ihr Halloween-Kostüm kauft.

Doch dieser Engel lächelte nicht. Stattdessen quollen seine Augen hervor. Wie ein Halsband zeichneten sich dunkelrote Würgemale an der Kehle der Toten ab.

Lemoski warf einen Blick zum Himmel. »Gott Allmächtiger«, betete er, »hilf mir, diesen Schweinehund endlich zu fangen.«

Montag, 9 Uhr

Walter Amicke drehte den Schlüssel und öffnete die Eingangstür des kleinen Hauses, das Robin Norris in der Greenfield Street in Westwood gemietet hatte. Wie jeden Morgen trug er eine Schachtel mit Bagels und zwei Becher Starbucks-Kaffee.

»Robin, wo steckst du?«, rief er.

»Bin gleich so weit«, ertönte ihre Stimme aus dem Badezimmer.

»In weniger als einer Stunde ist die Kostümprobe.«

»Ich weiß, ich weiß.«

Er ließ sich auf dem kastanienbraunen Sofa im Wohnzimmer nieder und griff nach der Fernbedienung auf dem gläsernen Couchtisch. »Und denk dran, um Viertel vor drei erwarte ich dich zur Probe.« Er nahm einen Schluck Caffè Latte und schaltete den Fernseher ein.

Kurz darauf betrat Robin das Wohnzimmer und rubbelte ihr rotes Haar kräftig mit einem Handtuch.

»Hast du gehört, was ich über die Probe gesagt habe?«, hakte Walter nach, ohne den Blick vom Bildschirm zu lösen.

»Viertel vor drei.«

»Punkt Viertel vor drei«, betonte er. »Nicht etwa drei Uhr. Die Lage ist ernst, Robin. Sehr ernst sogar.«

Robin blickte zum Fernseher hinüber. Dort waren Fotos zweier kürzlich ermordeter Mädchen zu sehen. Wie die Nachrichtensprecherin berichtete, hatte die Polizei gerade eine dritte Leiche gefunden, bei der es sich ebenfalls um eine Schülerin handelte. Der Name des dritten Opfers war noch nicht bekannt und würde auch geheim bleiben, bis man die Familie umfassend informiert hatte. Alle drei Mädchen waren innerhalb der letzten Monate ums Leben gekommen, und seit dem Tod des letzten Opfers waren nicht mehr als vierundzwanzig Stunden vergangen, wie aus polizeilicher Quelle verlautete. Hübsche Mädchen, dachte Robin, während sie die Fotos auf dem Bildschirm betrachtete. Die beiden hätten Schwestern sein können. Die Nachrichtensprecherin berichtete mit melodramatischer Miene, die Polizei vermute, dass ein neuer Serientäter in der Gegend sein Unwesen treibe.

»Walter, schalte das bitte aus«, sagte Robin, der die Nachricht aufs Gemüt schlug. »Das ist das Letzte, was ich am frühen Morgen gebrauchen kann.«

Walter drückte auf die Stumm-Taste und reichte Robin einen Becher Kaffee. Sie fühlte sich plötzlich sonderbar leicht und schwindelig, als sei zu wenig Sauerstoff im Zimmer oder in ihren Lungen. *Verdammt noch mal, jetzt passiert das schon wieder!* Sie holte tief Luft, sank auf das Sofa und umklammerte ihren doppelten Caffè Latte wie eine Ertrinkende. Sie nahm einen winzigen Schluck – gerade so viel, wie die millimetergroße Öffnung im Plastikdeckel zuließ – und spürte, wie sie allmählich ruhiger wurde.

»Du liebe Zeit, du wirst doch hoffentlich nicht krank«, sagte Walter und musterte sie. »Das hätte mir gerade noch gefehlt.«

»Mir geht's gut. Diese Nachrichten sind einfach schrecklich, das ist alles. Besser, du schaltest um, egal welcher Sender, meinetwegen auch den Wetterdienst. Alles, außer diesen Nachrichten.«

»Schalte doch selbst um«, gab er zurück und kratzte den letzten Klecks Streichkäse von der Schachtel mit den Bagels.

Das Koffein entfaltete allmählich seine belebende Wirkung.

Robin fühlte sich wieder besser und innerlich ausreichend gefestigt, um ein Thema anzuschneiden, das sie in den letzten zwölf Stunden beschäftigt hatte.
»Ich habe über alles nachgedacht, was gestern Abend passiert ist. Wer weiß, vielleicht könnte mir Jordan Geller ja helfen, meine Schluckprobleme zu überwinden? Er könnte mich dazu bringen, sie genauso zu vergessen wie gestern Abend meinen Namen.«
»Wer ist Jordan Geller?«, fragte Walter, der gerade den ersten, langersehnten Bissen von seinem Bagel nahm. Der Genuss dieser kulinarischen Köstlichkeit beanspruchte ihn derart, dass es einige Sekunden dauerte, bis der Groschen fiel. »Das ist hoffentlich nicht dein Ernst.«
»Mein voller Ernst.«
Walter knurrte und biss erneut herzhaft in den Bagel, wobei ihm etwas Streichkäse am Mundwinkel hängenblieb. »Warum solltest du deine Zeit mit irgendeinem Armleuchter verplempern, der sich auf Partytricks spezialisiert hat«, sagte er und wischte sich mit einer Serviette den Mund ab.
»Du weißt doch nicht, ob er ein Armleuchter ist«, erwiderte sie bestimmt und betonte Walters neues Lieblingswort besonders nachdrücklich.
»Stimmt. Diese Seelenklempnerin, die unbedingt wollte, dass du mit einer Schaumstofffledermaus auf einen Stuhl einschlägst, die war ein Armleuchter. Der Typ von gestern ist noch schlimmer. Der ist ein echtes Arschloch.«
Statt zu antworten, beschränkte sich Robin auf ein vernehmbares Seufzen.
»Er zieht doch nur eine Show ab, und fertig.«
Direkt neben Walter klingelte das Telefon, aber er achtete nicht darauf. »Welcher Psychiater würde die Leute sonst dazu

bringen, ihren Namen zu vergessen? Glaub mir, der Kerl ist eine ausgewiesene Landplage.«

Beim dritten Klingeln nahm er endlich den Hörer ab.

»Sie sitzt direkt neben mir, Adrian«, hörte Robin ihn sagen. »Warte, ich gebe sie dir.« Zu ihr gewandt legte er die Hand auf die Hörermuschel. »Apropos Landplage …«

»O nein«, flüsterte Robin. »Ich will jetzt nicht mit ihr sprechen.«

»Du willst sowieso nie mit ihr sprechen«, tuschelte er zurück und reichte ihr den Hörer.

»Hallo, Mama.«

»Es wäre schön, Liebling, wenn ich einmal bei dir zu Hause anrufen würde und einen Mann an der Leitung hätte, der sich zu Frauen hingezogen fühlt.«

Robin verdrehte die Augen und wartete, bis ihre Mutter weitersprach. »Hast du die Nachrichten über diesen Serientäter gesehen?«

Jetzt geht das schon wieder los, ächzte Robin stillschweigend.

»Ja, Walter und ich haben davon gehört. Entsetzlich.«

»Danach ruft er die Eltern an. Hast du das gehört? Ich möchte, dass du besonders vorsichtig bist. Ich will nämlich keinen solchen Anruf erhalten.«

»Ja, natürlich. Es ist grauenhaft.«

»Steig nicht zu unbekannten Männern ins Auto.«

»Nein? Aber sind nicht alle Männer unbekannte Wesen?«

Aus den Augenwinkeln sah sie Walter Streichkäse von seinen Fingern lecken.

»Darüber solltest du keine Witze machen, Robin. Für die Eltern dieser armen Mädchen ist es jedenfalls kein Witz.«

»Du hast recht.«

»Schätzchen, deswegen rufe ich aber nicht an. Ich mache mir

wirklich Sorgen wegen deiner Schluckprobleme. Es macht mir Angst.«

Warum habe ich ihr nur davon erzählt? Ich hätte ihr nie sagen dürfen, dass ich bloß noch Suppe schlürfen kann. Ich sollte ihr überhaupt nichts mehr erzählen. Das muss ich endlich lernen. Ich darf ihr nichts mehr erzählen.

»Ich habe jetzt keine Zeit für lange Gespräche. Ich bin schon spät dran für die Anprobe.«

»Heute fahre ich zu dieser Ferienanlage in den Rocky Mountains. Wolltest du mir nicht mal auf Wiedersehen sagen?«

»Doch, natürlich … Auf Wiedersehen.«

»Dort gibt es kein Telefon, Robin. Ich bin dann nur schwer zu erreichen.«

»Ich hoffe, ich werde es überleben.«

»Robin, ich glaube, du solltest aus dem Musical aussteigen.«

Angespannte Stille.

»Seine Gesundheit sollte man niemals aufs Spiel setzen«, fuhr Adrian fort.

»Mir geht es gut. Ich habe ein kleines …«

»Dir geht es überhaupt nicht gut. Irgendwas stimmt nicht mit dir. Du kannst keine feste Nahrung zu dir nehmen und kaum singen. Solange du nicht weißt, woher das kommt, halte ich es nicht für richtig, ein derartiges Risiko einzugehen. Wenn es dir selbst egal ist, könntest du wenigstens an mich denken. Deinen Vater habe ich bereits verloren.«

»Das reicht, Mama.«

»Stell dir vor, du fällst während der Vorstellung in Ohnmacht oder du öffnest den Mund und kein Ton kommt heraus.«

»Ich werde nicht ohnmächtig«, sagte sie und betonte jedes einzelne Wort. Walters Aufmerksamkeit war sofort geweckt, und er blickte auf.

»Es gibt doch auch andere Rollen. Natürlich, wenn du einfach wieder studieren würdest …«

»Hör auf damit!« Das Telefon klebte an ihrer Hand wie festgeleimt.

»Ich will damit nur sagen, dass es für dich wichtigere Dinge gibt.«

»*Wichtigere?* Für mich gibt es nichts Wichtigeres.«

»Liebling, niemand interessiert sich für die Westwood Civic Light Opera.«

»Walter und ich interessieren uns jedenfalls dafür. Damit wären wir schon zu zweit.«

»Diese Show ist es einfach nicht wert, dass du dafür deine Gesundheit ruinierst. Ich habe deinem Vater gesagt …«

Sie streckte den Hörer auf Armeslänge von sich weg und konnte Adrians Stimme durch die kleinen Löcher in der Muschel knistern hören.

Kein Wunder, dass ich keine Luft mehr bekomme. Sie erwürgt mich. Erwürgt mich. Sagt mir, was ich zu tun habe und wann. Es ist wie eine Verwünschung, wieder in Los Angeles zu sein. Warum kann diese Show nicht in Nome, Alaska, laufen, verdammt noch mal? Überall, Hauptsache weit weg von ihr. Robin legte den Hörer wieder ans Ohr. In einem Atemzug ratterte sie herunter: »Ich lege jetzt auf. Erhole dich in den Ferien, und besten Dank für die ermutigenden Worte.« Damit knallte sie den Hörer auf die Gabel.

»Was hatte die gute alte Adrian denn jetzt wieder?«, fragte Walter, als das Telefon erneut klingelte.

»Geh nicht ran«, befahl Robin.

»Besonders freundschaftlich scheint die Beziehung zu deiner Mutter ja nicht zu sein«, merkte Walter an, ganz in der Tradition britischer Untertreibung.

»War sie nie … und wird sie auch nie sein.«
Nach dem vierten Klingeln schaltete sich der Anrufbeantworter ein. Robin vernahm die entfernt klingende Stimme ihrer Mutter und konnte gerade noch verstehen, wie sie sagte: »Schatz, sei mir doch nicht böse. Ich will ja nur dein Bestes. Robin, ich weiß, dass du da bist, bitte nimm ab. Bitte, Robin … bitte, bitte …«

Montag, 11 Uhr 50

Die ersten Sonnenstrahlen tauchten hinter den Pinienspitzen am Canyon auf. Das Licht am wolkenfreien Himmel war kalt und sogar grausam, wenn man bedachte, was es beleuchtete. Der Tatort, der vor fünf Stunden im Morgennebel noch einem bösen Traum geglichen hatte, wirkte inzwischen nur allzu realistisch.
Lemoski setzte die Sonnenbrille auf, um die Augen vor dem grellen Licht zu schützen. Obwohl es noch nicht einmal Mittag war, sehnte er sich nach einem Nickerchen. Doch er würde sich mit einem weiteren schwarzen Kaffee – dem vierten heute Morgen – begnügen müssen.
Normalerweise setzte die Untersuchung eines Mordfalls immer besondere Energien in ihm frei. Er wollte sich in den Sattel schwingen und den Bösewicht jagen und packen. Das war sein Job, seine *raison d'être*, und so gefiel es ihm. Aber dieser Mord löste keinen Adrenalinstoß aus. Er deprimierte den Lieutenant lediglich. Vielleicht, weil der Mörder so unverhohlenes Vergnügen an seiner Tat verspürt hatte. Vielleicht aber auch, weil er ahnte, wie schwer dieser Fall zu lösen sein würde. Und vielleicht, weil er älter wurde und allmählich

das Gefühl hatte, dass sein Kampf gegen das Böse ziemlich erfolglos verlief.
Vor zehn Minuten hatte er angeordnet, die Leiche der jungen Frau vom Baum herunterzuholen und ins Leichenschauhaus der West Valley Station zu überführen. Die Leute von der Spurensicherung – Fingerabdrücke, Gewebespuren, DNA-Analysen und so weiter – würden noch heute und in den nächsten Tagen hier beschäftigt sein. Er hatte eine ganze Einheit von Beamten zusammengetrommelt, die den Tatort vor der Presse abriegelten. Die Fernsehnachrichten hatten zwar bereits über den Mord berichtet, doch er wollte unbedingt verhindern, dass besonders forsche Fotografen oder Mini-Cam-Spezialisten die grauenhafte Szenerie ablichteten. Für ihn war der Schauplatz eines Mordes ein geheiligter Ort, und er achtete pedantisch darauf – manche unterstellten ihm darin sogar eine gewisse Besessenheit –, dass dieser Ort nicht entweiht wurde. Schlimm genug, dachte er, wenn die Leute von der Spurensicherung, die Polizeifotografen und die Detectives überall herumtrampelten. Doch sie leisteten immerhin wertvolle Arbeit. Die Bluthunde von der Presse hingegen nicht.
Er hatte bereits mit seinem Chef und dem Bürgermeister telefoniert. Sie hatten die üblichen Klischees abgeliefert: ihre volle Unterstützung zugesagt, sich nach ersten heißen Spuren erkundigt und auf täglicher Information bestanden. Er hatte auf alles die entsprechenden Antworten gegeben. Alle Beteiligten waren sich darüber im Klaren, dass es bei diesen Gesprächen nur um Formalitäten und nicht um etwas Wesentliches ging, doch bisher war noch niemandem eingefallen, wie man die Spielregeln verändern könnte. Wenn man die Ermittlungen in einem so aufsehenerregenden Mordfall

leitete – und dieser Mordfall erregte von Stunde zu Stunde mehr Aufsehen –, war man ebenso sehr Politiker und Diplomat wie Leiter der Ermittlungen.
Die Eltern von Monica Johnson hatten ebenfalls angerufen. Sie hatten die Nachrichten im Fernsehen gesehen und waren in Panik geraten. Nicht Lemoski selbst, sondern Jimmy Lee hatte mit ihnen gesprochen. So leid Lemoski die Eltern auch taten, gab es nichts, womit er sie hätte beruhigen können. Die Leiche des Mädchens konnte erst nach der Autopsie zur Identifizierung freigegeben werden.
Er wusste, dass den Johnsons ein furchtbarer Tag und eine noch schrecklichere Nacht bevorstanden. Wie sie sich danach fühlten, wollte er sich lieber erst gar nicht vorstellen.

Montag, 13 Uhr 45

Pat Hamann, Sekretärin am Dittmyer-Institut für Psychoanalyse, betrat Jordans Büro. Sie trug einen großen roten Macintosh-Apfel in der Hand.
»Der gehört mir nicht«, sagte sie, als sie Jordans verwunderten Blick bemerkte. »Draußen steht eine Frau, die gern mit Ihnen sprechen möchte.«
Jordans Erstaunen wuchs. »Eine Patientin?«
»Ich habe sie noch nie in der Praxis gesehen. Aber sie meint, sie hätte Sie vor kurzem kennengelernt und der Apfel würde Sie vielleicht daran erinnern, wer sie ist.«
Jordans Finger trommelten auf dem Schreibtisch. »Hat sie sonst noch etwas gesagt?«
»Sie scheint ein etwas verspielter Typ zu sein.«
Die zehn Jahre am Empfang des Instituts waren nicht spurlos

an Pat Hamann vorübergegangen. Auch ohne medizinischen Abschluss stand sie ihren Kollegen in der intuitiven Einschätzung von Menschen in nichts nach. »Sie sagte, falls der Apfel Ihnen nicht auf die Sprünge hilft, wäre sie zwar enttäuscht, aber in diesem Fall sollte ich Ihnen ihren Namen nennen.«

»Wunderbar, wir kommen voran.«

»Myra Apple«, sagte Pat kichernd. »Meinen Sie, das ist Ihr richtiger Name, oder soll das nur ein Witz sein?«

Jordan warf einen raschen Blick auf den Terminkalender. »Bitten Sie Miss Apple herein.«

Dann stand sie plötzlich in seinem Büro. Da er beschlossen hatte, auf keinen Fall selbst die Initiative zu ergreifen, überraschte ihn das Wiedersehen. Der Gedanke, dass sie vielleicht auf ihn zugehen könnte, war ihm nicht gekommen.

Jordan versuchte erfolglos, möglichst gelassen zu wirken. Er spürte, wie er rot wurde, und hoffte, dass sie es nicht bemerkte. »Wie soll ich Sie denn nennen, Myra oder Robin?«

Sie lachte ihr gewinnendes, ansteckendes Lachen. Gestern Abend hatte Jordan dieses Lachen auf Anhieb gefallen, und heute gefiel es ihm noch besser. »Ich habe mich bei einer Bekannten, die gestern Abend auch auf der Party war, nach Ihrer Adresse erkundigt. Sie sagte mir, Sie seien ein äußerst gefragter Analytiker. Daher dachte ich, ich müsste mir schon etwas Besonderes einfallen lassen, um Sie zu sehen.«

»Ist Ihr Besuch dann eher privat oder geschäftlich?«

»Privat oder geschäftlich?«, überlegte Robin laut. »Falls Sie damit meinen, ob ich mich einer Psychoanalyse unterziehen möchte, nein, eher nicht.«

Genau die Antwort, die er sich erhofft hatte. »Das freut mich.«

Robin zog die dunkelroten Brauen zusammen. »Wieso freut Sie das? Verdienen Sie damit nicht Ihren Lebensunterhalt?«

Jordan wurde nervös. »Ich glaube«, sagte er schließlich, »ich wollte damit nur sagen, dass sich neunzig Prozent aller Leute, mit denen ich zu tun habe, entweder gerade einer Analyse unterziehen oder eine hinter sich haben oder sich demnächst analysieren lassen wollen oder selbst Analytiker sind. Es ist für mich eine nette Abwechslung, wenn jemand auftaucht, der sich in keine dieser Kategorien einordnen lässt.«

Er schwieg und versuchte, ihre Reaktion einzuschätzen. »Was kann ich für Sie tun, Miss Apple?«

»Führen Sie in Ihrer Praxis ebenfalls Hypnosen durch?«

Jordan schüttelte den Kopf. »Falls ich je versuchen sollte, einen meiner Patienten hier zu hypnotisieren, würde mich Elinor Fischer, die Direktorin, einen Kopf kürzer machen. Wir sind hier ein ziemlich orthodoxer Verein am Dittmyer. Keine ausgefallenen Experimente. Heutzutage betrachten die meisten Analytiker Hypnose als Experiment.«

»Warum denn?«

»Ihrer Ansicht nach übt man durch Hypnose einen zu direkten Einfluss auf den Patienten aus. Sie halten nur das für bedeutsam, was der Patient selbst äußert.«

»Demnach ist Hypnose«, sie überlegte einen Augenblick, bis ihr Walters gestrige Bemerkung wieder einfiel, »lediglich dazu geeignet, auf Partys eine Show abzuziehen?«

»Das nun auch wieder nicht. Vor einigen Jahren, als ich noch Medizinstudent war, habe ich an einigen Workshops zum Thema Hypnose teilgenommen. Ich denke, die Anwendungsmöglichkeiten auf diesem Gebiet sind zwar begrenzt, aber durchaus sinnvoll. Vielleicht beschäftige ich mich später, wenn ich meine Ausbildung beendet habe und Arzt bin, wieder intensiver damit.« Er hielt inne.

»Robin, wieso interessiert Sie das eigentlich? Ich hoffe, der

gestrige Abend hatte keine unangenehmen Nachwirkungen für Sie.«
»Nein, überhaupt nicht. Ich war nur verwundert, dass ich meine Augen nicht öffnen und nicht mehr rückwärts zählen konnte. Ist das eine ungewöhnliche Reaktion?«
»Eine so starke Reaktion ist zwar ungewöhnlich, kommt aber andererseits viel häufiger vor, als man denkt. In der Fachliteratur bezeichnet man Menschen wie Sie, die sehr schnell und sehr tief hypnotisiert werden können, als Tiefentrance-Hypnotanten.«
»Und diese Menschen kann man in hypnotisiertem Zustand besonders leicht beeinflussen?«
»Schon möglich.«
»Ich würde Ihnen gern eine Frage als Arzt stellen.«
Er hob abwehrend die Hand. »Im Augenblick nehme ich keine neuen Patienten an, falls Sie das meinen.«
Jordan suchte nach den richtigen Worten. Er wollte nicht abweisend klingen, aber eines wusste er genau: Er wollte auf keinen Fall Robins Arzt sein. Das bedeutete nämlich nicht etwa den Beginn einer Beziehung, sondern im Gegenteil deren Ende.
Ärzte waren verpflichtet, mindestens zwei Jahre nach Abschluss der Behandlung zu warten, bevor sie den persönlichen Kontakt zu ehemaligen Patienten aufnahmen. Dabei handelte es sich nicht um eine bloße Empfehlung der Ärztekammer, sondern um kalifornisches Gesetz. Im Hinblick auf Zahnärzte mochte das etwas übertrieben erscheinen, aber für Psychiater war diese Anordnung ein Gebot der Vernunft. Viele Patienten entwickelten eine Schwäche für ihren Arzt. Das lag schon fast in der Natur der Sache. Wie sollte man sich nicht in denjenigen verlieben, dem man seine geheims-

ten Gedanken und Geheimnisse anvertraute? Jordan wusste genau, wie brennend gern er Robin Norris' verborgene Gedanken und Geheimnisse ergründen würde – nur eben nicht als ihr Psychoanalytiker.

»Wenn Sie möchten, kann ich Sie an einige sehr tüchtige Psychoanalytiker vermitteln.«

»Ich wollte Sie nur etwas über Hypnose fragen.«

Jordan hatte sich jetzt wieder hinter seinen Schreibtisch zurückgezogen, Robin saß auf einem bequem gepolsterten Sessel gegenüber.

»Schießen Sie los.«

»Von allem, was Sie gestern Abend mit mir angestellt haben, Doktor …«

»Wie wär's mit Jordan?«

Sie lächelte. »Gut, Jordan. Gestern Abend fand ich es besonders erstaunlich, wie Sie es fertiggebracht haben, dass ich meinen Namen vergaß.«

Jordan lächelte. »Mir fiel plötzlich ein, dass ich das früher auch immer gemacht habe. Das hat die Leute jedes Mal umgehauen. Genau wie Ihren Freund, vermute ich.«

»Walter hätte darauf verzichten können, da bin ich mir sicher. Aber darauf wollte ich nicht hinaus.«

»Dann erzählen Sie weiter.«

»Wenn Sie mich dazu bringen können, dass ich den Namen vergesse, den ich von Geburt an täglich gehört habe, vielleicht würden Sie es unter Hypnose dann auch schaffen, dass ich ein Problem vergesse, das seit kurzem in meinem Leben aufgetaucht ist?«

»Vielleicht ja, vielleicht nein. Diese Frage ist zu theoretisch. Darauf kann ich keine eindeutige Antwort geben.«

»Natürlich würde ich auch dafür bezahlen.«

»Geld spielt in diesem Fall keine Rolle.«
»Nein, wirklich, ich will nichts umsonst und auch keine Sonderbehandlung.«
»Robin, hören Sie zu«, antwortete Jordan, »falls ich Sie tatsächlich ein zweites Mal hypnotisieren sollte, würde ich das nur als Freund tun, der Ihnen einen Gefallen erweist. Hypnose übe ich nicht beruflich aus.«
»Ich verstehe.«
»Okay, dann verraten Sie mir jetzt, warum ich Sie noch einmal hypnotisieren soll, und zwar von Anfang an.«
Vor sechs Wochen, berichtete sie Jordan, sei sie von New York nach Los Angeles gezogen, um hier, an der Westwood Civic Light Opera, die Rolle der Julie in dem Musical *Karussell* zu übernehmen. Bereits wenige Tage nach der Ankunft hatten sich bei den Proben Probleme mit der Kehle eingestellt. Sie habe ständig das Gefühl gehabt, dass etwas in ihrer Kehle feststecke. Aufgrund dieser Atemprobleme konnte sie weder richtig singen noch schlucken. Eines Tages sei ihr in der Mittagspause ein Bissen Huhn in der Kehle stecken geblieben. Einer der Bühnentechniker hatte den Heimlich-Griff angewandt, sonst wäre sie vielleicht sogar erstickt. Nach diesem Zwischenfall sei sie zu einem Laryngologen gegangen, der mehrere Tests durchgeführt habe, die jedoch keine Auffälligkeiten zeigten.
Anschließend habe sie Hilfe bei einer Psychologin gesucht, die sie an drei aufeinander folgenden Tagen aufgesucht habe. Bei der dritten Sitzung kam die Psychologin zu dem Schluss, Robin sei als Kind von ihrem Vater missbraucht worden und der Stress, den die Proben in einer fremden Stadt auslösten, setze diese unterdrückte Erinnerung frei.
Sie überreichte Robin einen blauen, wie eine Fledermaus ge-

formten Schwamm und forderte sie auf, mit diesem Utensil dreimal täglich auf einen Stuhl einzudreschen und dabei zu schreien: »Ich hasse dich, Papa! Ich hasse dich für das, was du mir angetan hast.«

»Ich sagte *Nein, danke* und verließ die Praxis«, schloss Robin. »In meinem Leben gab es zwar einige Tiefpunkte, aber mein Vater hat mich mit Sicherheit niemals missbraucht.«

»Kurz, Sie haben bereits einen Arzt und eine Psychologin aufgesucht und wollen es jetzt einmal mit Hypnose versuchen.«

»Bis gestern Abend wäre mir der Gedanke nie gekommen. Wie gesagt, Sie haben es fertiggebracht, dass ich meinen Namen vergesse, und daher dachte ich, ich könnte auf diese Art vielleicht auch die Probleme mit meiner Kehle vergessen. Meine Stimme ist in katastrophalem Zustand, und bis zur Premiere sind es nur noch zwei Wochen. Ich bin verzweifelt.«

Jordan tippte mit dem Stift auf den Deckel seines Laptops. »Sie hatten vorher noch niemals Schluck- oder Atemprobleme. Kein Asthma …«

»Nicht dass ich wüsste.«

»Gab es schreckliche Erinnerungen oder Ereignisse in Ihrem Leben?«

»Der Tod meines Vaters.«

»Tut mir leid. Ich begreife, warum der Vorschlag der Psychologin besonders unangenehm für Sie gewesen sein muss. Wie alt waren Sie, als er starb?«

»Vierzehn. Er hatte Krebs.«

Jordan schüttelte mitfühlend den Kopf. Er dachte einen Moment an seinen eigenen Vater, der vor sieben Jahren an einem Herzinfarkt gestorben war.

»Gibt es noch andere schmerzliche Erinnerungen?«

»Was meinen Sie damit?«
»Hat man Sie in sexueller Hinsicht je zu etwas gezwungen?«
»Sie meinen vergewaltigt?«
»Gegen Ihren Willen zu sexuellen Handlungen gezwungen?«
Robin schüttelte energisch den Kopf. »Ich hatte ein paar aufdringliche Verehrer, aber mit denen bin allein fertiggeworden.«
Jordan fielen mindestens hundert weitere Fragen ein, die er noch hätte stellen können. Doch damit würde er schon in den Bereich der Therapie hineinschlittern.
»Ich habe schon seit Wochen keine feste Nahrung mehr zu mir genommen, die ich nicht vorher zu Brei zerkaut hätte, und bin seit sechs Tagen überhaupt nicht mehr bei Stimme. Ich will einfach wieder normal sein. Einfach in irgendwas beißen, ohne dass gleich eine Riesensache daraus wird.«
»Könnte es sich dabei vielleicht um einen besonders ausgeprägten Anfall von Lampenfieber handeln? Das Stück ist offenbar ein echtes Karrieresprungbrett für Sie.«
»Ich weiß, was Lampenfieber ist. Das hier ist etwas anderes. Falls es sich um irgendeine Phobie handelt, werde ich mich nach der Show damit auseinandersetzen. Aber ich brauche jetzt sofort Hilfe. Heute noch.«
Er dachte einen Augenblick über das nach, was sie gesagt hatte, und schüttelte dann den Kopf. »Robin, tut mir leid. Das kann ich einfach nicht machen.«
»Aber gestern Abend hatten Sie keine Probleme damit.«
»Gestern Abend war es nur Spaß. Hier ist mein Arbeitsplatz. Wie gesagt, Hypnose ist am Dittmyer verboten.«
Sie erhob sich plötzlich. »Vielleicht haben Sie recht. Vielleicht war das ein dummer Einfall von mir. Entschuldigen Sie bitte.« Sie drehte sich um und marschierte zur Tür.

Lass sie einfach gehen. Lass sie gehen.
»Robin, ich weiß ja nicht einmal, ob eine Hypnose überhaupt helfen würde.«
Sie drehte sich um. »Wenn es nicht hilft, bleibt eben alles, wie es ist.«
Damit hat sie allerdings recht. Was ist der Haken an der Sache?
Du weißt sehr gut, was der Haken daran ist.
Trotz besseren Wissens sagte er: »Also gut, aber Ihnen ist klar, dass ich Sie nicht als Doktor Jordan Geller, Psychiater, hypnotisiere, sondern nur als Jordan Geller, Amateur. Sind Sie damit einverstanden?«
Robin nickte. »Ein besonders begabter Amateur«, fügte sie hinzu.
»Sind Sie damit einverstanden?«
»Legen wir los.«
Es gefiel ihm, wie sie das sagte. Sie hatte Mumm. Außerdem rührte ihn ihr Vertrauen und erfüllte *ihn* mit mehr Selbstvertrauen, als er, angesichts dieser Aufgabe, vernünftigerweise hätte haben dürfen.
»Geben Sie mir eine Minute Zeit.«
Er verließ das Büro und ging zu Pat Hamanns Schreibtisch am Empfang. »Bitte stellen Sie keine Anrufe durch, bis ich Ihnen Bescheid sage.«
Pat hob eine Braue. »Wie Sie wollen, aber sie hat kein Formular ausgefüllt. Wir haben nicht einmal eine Adresse, an die wir die Rechnung senden könnten.«
»Keine Rechnung, Pat. Das ist privat, nicht geschäftlich. Ich möchte einfach nicht gestört werden.«
Pat zuckte mit den Achseln. »Ganz wie Sie wollen, Doktor Geller.«
Im Büro ließ Jordan Robin in dem Ledersessel vor seinem

Schreibtisch Platz nehmen. »Denken Sie daran«, sagte er, »jede Hypnose ist zugleich eine Selbst-Hypnose. Sie werden nichts gegen Ihren Willen tun oder sagen. Wir lassen lediglich Ihr Unterbewusstsein zu Wort kommen, ohne dass ich mich einmischen würde.«

Er forderte Robin auf, die Arme locker hängen zu lassen und sich völlig auf einen unsichtbaren Punkt an der Decke zu konzentrieren. Anschließend bat er sie, tief einzuatmen, bis ihre Lungen gefüllt waren, und dabei unaufhörlich auf den Punkt an der Decke zu blicken.

Die ausgeflippte Psychologin, die ihr gesagt hatte, sie solle auf den Stuhl einschlagen, war zwar auf dem Holzweg gewesen, was Methode und Schlussfolgerung anging, doch zumindest in einer Hinsicht hatte sie sich nicht getäuscht: Der Umzug nach Los Angeles und vielleicht auch die Rolle in diesem Stück hatten vermutlich tief vergrabene Erinnerungen freigesetzt, die sich mit einem Mal als Symptome zeigten. Er würde sie zu der Quelle jener traumatischen Erinnerung zurückführen, diese an die Oberfläche befördern und ans Licht bringen. Klare Anweisungen würden die Suggestion noch wirksamer machen. Der Plan gefiel ihm. Er war schnell und einfach. Vielleicht würde er funktionieren.

Innerhalb von zwei Minuten befand sich Robin in tiefer Trance, und Jordan spürte, dass sie diesmal noch tiefer hypnotisiert war als gestern Abend. »Konzentrieren Sie sich auf Ihre Atmung«, sagte er. »Wir gehen jetzt noch tiefer, wesentlich tiefer. In einigen Augenblicken zähle ich bis zehn, und wenn ich bei der letzten Zahl angekommen bin, werden Sie sich bei einem Erlebnis Ihrer Vergangenheit befinden, das irgendwie mit Ihren jetzigen Schluckproblemen verknüpft ist. Sie werden alles, was sich damals ereignete, erneut durchleben. Sie erinnern sich an alles und sind in der Lage, es exakt zu beschreiben. Sie werden sich an all das erinnern und es realisieren, sobald Sie die Zahl zehn hören und ich Ihre Stirn berühre.«

Zufrieden stellte Jordan fest, dass Robin gleichmäßig und ohne jedes Anzeichen von Stress atmete. »Eins«, sagte er und begann mit der Regression, »Ihre Gedanken entfernen sich aus der Gegenwart. Zwei, Sie gehen weiter und weiter zurück und wandern zu jenem Unbekannten, das zu Ihren derzeitigen Schluck- und Stimmproblemen führt. Drei, Ihre Gedanken gehen zu diesem Erlebnis zurück.« Etwas schneller zählte er dann bis neun und äußerte mit jeder Zahl eine weitere Suggestion.

Schließlich sagte er: »Bei der nächsten Zahl werden Sie sich in einer anderen Zeit befinden, zurück bei jenem Unbekannten, das Ihre Ängste verursacht. Sobald ich die nächste Zahl ausgesprochen habe, berühre ich Ihre Stirn, und Sie werden mir alles schildern können, was sich ereignet. Zehn.« Er berührte sanft ihre Stirn. »Befinden Sie sich im Freien oder in einem Zimmer?«

Robin schwieg. Auf ihrer Stirn bildeten sich Sorgenfalten. Sie wandte langsam und vorsichtig den Kopf von rechts nach links, blieb aber immer noch stumm.

»Befinden Sie sich im Freien oder in einem Zimmer?«, wiederholte Jordan.

»Im Freien«, antwortete sie schließlich beinahe flüsternd.

»Ist es Tag oder Nacht?«

»Es ist Nacht.«

»Sind Sie allein oder in Gesellschaft?«

»Allein.« Sie rutschte auf ihrem Stuhl vor, als wollte sie aufspringen und davonrennen, und die nächsten Worte klangen halb erstickt: »*Aber er kommt zurück.*«

»Wer kommt zurück?«
»Ich weiß nicht. Er hat mir befohlen, ihn John zu nennen.«
»Er hat es Ihnen *befohlen?*«
»Ja.«
»Aber Sie wissen nicht, ob das sein richtiger Name ist?«
»Als ich ihn fragte, hat er mich geschlagen.« Robins Gesicht war weiß.
»Denken Sie daran, dass Sie in diesem Zimmer vollkommen sicher sind«, sagte Jordan, der sie unbedingt beruhigen und auch sich selbst Mut zusprechen wollte. »Sie beschreiben mir nur Erlebnisse, die lange zurückliegen und nicht mehr geschehen können, das ist alles. Sie befinden sich in völliger Sicherheit, wie furchtbar die Erinnerung an diese Erlebnisse auch sein mag. Verstehen Sie, was ich Ihnen sage?«
Robin nickte.
»Gut, dann machen wir weiter. Wann haben Sie diesen sogenannten John getroffen?«
»Ich hatte eine Autopanne am Topanga Canyon.«
»Wie spät war es?«
»Kurz vor halb elf, vielleicht auch zehn Minuten später. Ich hatte die ganze Zeit gehofft, dass ein Streifenwagen vorbeikommen würde. Aber es kam keiner.«
»Kein Streifenwagen?«
»Es kamen so gut wie keine Autos. Und die paar, die kamen, fuhren einfach vorbei.«
Jordan überschlug in Gedanken rasch die Zeitangaben. *Wenn sie bereits Auto fahren konnte, musste ihr Vater schon lange tot sein.* »Haben Sie Ihre Mutter angerufen?«
Wieder schien Robin kurz vor dem Zusammenbruch zu stehen. Die Sirene eines Feuerwehrautos übertönte beinahe ihre bebende Stimme. Jordan rückte so dicht an sie heran, dass

sein Ohr nur Zentimeter von Robins Mund entfernt war. »Ich hatte Angst davor, auszusteigen. Ich konnte nirgendwo ein Telefon entdecken. Außerdem wusste ich, dass Mama und Papa mich umbringen würden.« *Mama und Papa.* Jordan war verwundert über diese Worte. »Ich hätte eigentlich gar nicht dort sein dürfen. Ich hatte ihnen versprochen, abends nicht durch den Topanga Canyon zu fahren.«

Vergebens versuchte Jordan, aus diesen Informationen schlau zu werden. Robin war Mitte zwanzig. Wie lange lag dieses Erlebnis zurück? Vielleicht war sie noch sehr jung gewesen, fünf oder sechs, und hatte die Erinnerung verdrängt. Halt, das war unmöglich. Sie konnte bereits Auto fahren. Demnach musste sie mindestens sechzehn oder siebzehn Jahre alt sein. Selbst für den Fall, dass sie noch zu jung zum Autofahren gewesen sein sollte – aber nein, ihre Eltern hatten ihr ja das Autofahren erlaubt. Und warum sprach sie von ihrem Vater? Hatte ihre Mutter erneut geheiratet? Nannte sie ihren Stiefvater *Papa?*

»Wie alt sind Sie?«, fragte er.

»Siebzehn. Ich hatte vor einem Monat Geburtstag.«

Na gut, dieses Geheimnis wäre also gelüftet.

»Gut, machen wir weiter. Sie sind im Auto, haben eine Panne, es ist spät am Abend, und keine anderen Autos kommen vorbei. Was geschah als Nächstes?«

»Ein Auto hielt an. Ein älterer Typ stieg aus.«

»Wie alt?«

»Wesentlich älter als ich. Vielleicht fünfundzwanzig. Ich weiß nicht warum, aber er kam mir bekannt vor.«

»Woher?«

Robin schüttelte stumm den Kopf.

»Okay. Was passierte dann?«

»Er parkte. Er stieg aus und fragte, ob ich Hilfe bräuchte. Ich sagte ja, und er sagte, ich sollte die Motorhaube öffnen. Er hob sie hoch und sah in den Motorraum. Er sagte, die Zündung sei total im Eimer. Allerdings hat er sich nicht so ausgedrückt, er benutzte Fachausdrücke, als wäre er ein Automechaniker oder so. Er machte einen netten Eindruck, also stieg ich aus und wir schoben das Auto an den Straßenrand. Er sagte, er würde mich zu einem öffentlichen Telefon bringen, falls ich meine Eltern anrufen wollte. Ich hatte Angst allein auf der Straße und nahm das Angebot an.«

»Sie sind jetzt mit ihm in seinem Auto«, stellte Jordan fest. »Erzählen Sie mir, was als Nächstes geschieht.«

»Zuerst war alles in Ordnung. Wir haben geplaudert. Er wollte wissen, auf welcher Schule ich bin. Dann hat er das Radio eingeschaltet.«

»Einen Musiksender?«, fragte Jordan. Falls sie sich genauer an die Lieder erinnerte, könnte er den Zeitpunkt des Geschehens präziser bestimmen.

»Ich weiß nicht. Wir haben Nachrichten gehört.«

Jordan nickte. »Erinnern Sie sich an Einzelheiten?«

»Es ging um den Kram, von dem alle schon den ganzen Tag über geredet haben. Dieser Manson hat vor Gericht eine Zeitung mit riesengroßer Schlagzeile hochgehalten. Der Präsident hatte gesagt, Manson sei schuldig.«

»Manson?«, fragte Jordan nach.

»Ja, Charles Manson. Der Kerl, der seinen Anhängern befohlen hatte, Sharon Tate umzubringen.«

Jordan saß reglos da und verdaute diese Antwort. *Wie war Charles Manson plötzlich in die Geschichte hineingeraten?*

»Sie sind siebzehn Jahre alt, nicht wahr?«

»Ja.«

Jordan überlegte und formulierte seine nächste Frage möglichst unverfänglich. »Aber seit den Manson-Morden sind mehr als dreißig Jahre vergangen, oder?«
»Was soll das heißen?« Ihre Stimme klang plötzlich gereizt.
»Das ist doch erst zwei Jahre her …«
»Robin, sagen Sie mir, in welchem Jahr Sie sich befinden.«
Sie schwieg.
»Warum antworten Sie mir nicht?«
»Sie haben mit jemand anderem gesprochen.«
»Robin, ich spreche mit Ihnen. Sonst ist niemand hier.«
»Wer ist Robin?«, fragte sie.
Jordan spürte, wie ihm der kalte Schweiß im Nacken ausbrach. Er hielt sich eine Hand vor das Gesicht und blies vorsichtig in den Handteller.
»Ich spreche mit Ihnen, Robin Norris. Nennen Ihre Freunde Sie anders oder haben Sie vielleicht einen Spitznamen?«
»Ich kenne keine Robin Norris«, gab sie ungehalten zurück.
»Wie heißen Sie?«
»Beverly Casper.«
Jordan wusste aus eigener Erfahrung – erst gestern Abend hatte er dasselbe mit Robin erlebt –, wie leicht man einen Menschen in tiefer Trance dazu bringen konnte, den eigenen Namen zu vergessen. Aber er hat noch niemals von einem hypnotisierten Menschen gehört, der spontan und unaufgefordert eine neue Identität annahm.
»Wissen Sie, welches Datum heute ist?«
»Der vierte August.«
»Und welches Jahr schreiben wir?«
»Neunzehnhundertsiebzig.«
»Und wann sind Sie geboren?«
»Am elften Juli neunzehnhundertdreiundfünfzig.«

Er vermerkte die Angaben auf einem Zettel, legte die Fingerspitzen aneinander und saß eine Weile stumm da. Er hatte jedoch keine zündende Idee, sondern kam sich ausgesprochen dumm vor. Und je dümmer er sich vorkam, desto mehr wuchs seine Angst. Er konnte weder Antworten noch Lösungen anbieten und hatte keine Ahnung, was hier vor sich ging. *Wir stecken im Kaninchenbau fest*, dachte er und spürte, dass ihm nichts anderes übrigblieb, als Robin in jene Raum- und Zeitgefüge zu folgen.

»Na gut«, sagte er schließlich, »Sie befinden sich im Auto, und Manson ist in den Nachrichten. Wie geht es weiter?«

»Er lachte. Dann sagte er: *Wir wollen keine Geschichten von Menschen hören, die andere Menschen aufschlitzen, oder?* Damit drehte er das Radio ab.«

»Weiter.«

»Wir sind inzwischen schon seit einer ganzen Weile unterwegs. Ich frage ihn, wo das öffentliche Telefon ist. Er antwortet nicht. Stattdessen fragt er mich, ob ich ihn mag. Ich weiß nicht, was ich sagen soll. Mein Herz klopft wie verrückt. Ich glaube, es zerspringt gleich. Ich sage schließlich, dass ich ihm sehr dankbar für seine Hilfe bin.«

Jordan stellte fest, dass Robin von der Vergangenheitsform in die Gegenwart gewechselt war. Sie durchlebte die Erfahrung erneut.

»*Magst du mich?*, will er wieder wissen. *Bin ich dein Typ?* Ich versuche zu erraten, was er hören möchte. Ich erwidere: *Sie machen einen sehr sympathischen Eindruck, aber ich komme gerade erst in die Oberstufe der Highschool. Sie sind ein bisschen zu alt für mich.*«

»Wie reagiert er darauf?«, fragte Jordan.

»Meine Antwort gefällt ihm nicht. *Du brauchst einen älteren*

Mann, ruft er. *Wer soll dich sonst beschützen?* Ich weiß nicht, ob er darauf eine Antwort erwartet. Ich sitze schweigend da, und er beginnt auf mich einzureden. Seine Stimme ist jetzt leiser. *Ich weiß natürlich, dass du noch jung bist. Aber du brauchst jemanden wie mich und ich jemanden wie dich. Du bist noch unberührt, da bin ich mir sicher. Ich will keine Schlampe, die es schon mit allen getrieben hat.*
Er hat eine Hand am Steuer, die andere lässt er durch mein Haar gleiten. Es ist furchtbar, aber ich bin wie erstarrt. *Du hast noch nicht viel Erfahrung, oder?*
Was meinen Sie damit?
Du weißt schon, mit Jungen.
Nein, erwidere ich, *ich habe noch nicht viel Erfahrung mit Jungen.* Ich weiß nicht, was ich sagen soll. Ein Teil von mir möchte, dass er mich für total verdorben hält. Vielleicht stößt ihn das ab und er fährt mich einfach zu einer Tankstelle oder einem Supermarkt und schmeißt mich aus dem Wagen. Aber er hat sich so wütend angehört, als er das mit *der Schlampe, die es schon mit allen getrieben hat* sagte, und ich habe Angst vor dem, was er vielleicht tut, wenn er mich für ein Flittchen hält.«
»Kannst du mir sagen, wo du dich jetzt befindest, Beverly?«
Keine Antwort.
»Versuch einmal, es dir so genau wie möglich vorzustellen«, drängte Jordan.
Ihre Stimme klang mit einem Mal aufgeregt. »Er ist in eine Nebenstraße abgebogen, sie ist unbefestigt. Ich schreie ihn an, dass er umdrehen soll. Äste schlagen gegen die Frontscheibe. Nirgendwo sind Häuser, es gibt hier nur Bäume.
Drehen Sie um!, kreische ich. *Lassen Sie mich raus.*
Er bremst und zieht mich sehr fest an den Haaren. *Ich warne dich, schrei mich nie mehr an, hast du verstanden?* Ich zittere am

ganzen Körper. *Ich hab dich was gefragt. Hast du verstanden?* Er ist sehr wütend.
Ich nicke heftig mit dem Kopf. Meine Kehle ist wie zugeschnürt, und ich kriege keine Luft mehr.
Er lässt mein Haar los. *Schon besser*, sagt er. *Tut mir leid, dass ich dich anschreien musste … Du siehst aus wie ein Engel. Hat dir das schon mal jemand gesagt?* Er streicht mir mit dem Finger über die Wange. *Wie heißt du, Engel?*
Ich will ihm den erstbesten Namen nennen, der mir einfällt, bekomme aber kein Wort heraus. Schließlich sage ich: *Bonnie Jackson.*
Sagst du mir auch die Wahrheit? Er nimmt meinen Geldbeutel. Ich will schreien, doch es kommt nur ein heiserer Ton heraus. Mit einer Hand packt er mich an der Schulter und sucht mit der anderen nach meinem Führerschein. *Sieh mal einer an. Was haben wir denn hier?*
Ich sage nichts. Ich bin fassungslos über meine eigene Dummheit. Wie konnte ich ihn belügen? Er schaltet die Innenraumbeleuchtung ein. Sie ist trübe und gelblich. Er betrachtet die Fotografie sehr lange und sieht immer wieder zwischen dem Bild und mir hin und her. Dann liest er die Personenangaben vor: *Augenfarbe: braun.*«
Jordan warf Robin einen Blick zu, und wieder überkam ihn Verwirrung. Robin Norris hatte auffallend grüne Augen.
»Er starrt mich an«, fuhr die Hypnotisierte jetzt fort, »und befiehlt mir, ihn anzusehen. Ich spüre, wie seine feuchtkalte Hand mich am Kinn packt und mein Gesicht in seine Richtung dreht. Sein Gesicht ist nur ein paar Zentimeter von meinem entfernt. *Du heißt Beverly, richtig?* Ich nicke. *Beverly, weißt du denn nicht, dass du mich nicht anzulügen brauchst? Ich bin dein Freund. Hast du das denn noch nicht verstanden? Ich*

würde alles für dich tun. Also, lüg mich nie wieder an. Versprochen?

Ja, sage ich.« Robins Stimme war nur ein Hauch.

»*Gut. Ich bin froh, dass du das verstanden hast*. Er streichelt erneut meine Wange … und meinen Nacken.«

Robin brach in leises, abgerissenes Schluchzen aus. »*Es tut mir leid, dass ich gelogen habe*, sage ich. *Ich habe noch nie einen Mann wie Sie kennengelernt.*

Da hast du verdammt recht. Bis jetzt hattest du es wahrscheinlich nur mit pickligen Highschool-Jünglingen zu tun. Es ist aufregend, mit einem richtigen Mann zusammen zu sein, nicht wahr? Habe ich dir schon erzählt, dass ich bei der Marine war? Die nehmen nur die Besten … nur das Beste für meinen Engel. Er lächelt wieder dieses breite, entsetzliche Lächeln und zeigt dabei seine Zähne. Ich höre, wie sie knirschen.

Bitte, bringen Sie mich nach Hause, flehe ich ihn an.

Das hatte ich dir doch schon versprochen, oder? Er blickt erneut auf meinen Führerschein. *Alles Gute zum Geburtstag, Bev. Wie ich sehe, bist du gerade erst siebzehn Jahre alt geworden.* Er lächelt immer noch und gibt ein merkwürdiges Geräusch von sich, als würde etwas in seinem Mund zerplatzen. Er redet jetzt immer schneller. *Nachdem du dich vorgestellt hast, oder genauer gesagt, nachdem ich alles aus deinem Führerschein erfahren habe, sollte ich dir vielleicht auch meinen Namen sagen. Man nennt mich John.*

Dann habe ich diese Sache zu ihm gesagt. *Ist das Ihr richtiger Name?* Ich hatte den Satz kaum ausgesprochen, da wusste ich auch schon, wie dumm das war. Ich wollte seinen richtigen Namen überhaupt nicht wissen. Er schlug mich, diesmal viel härter als vorher. Dann lachte er. *Hat man dir denn noch nie gesagt, dass man einen John niemals nach seinem Namen fragt, Mädchen?*

Ich will etwas sagen, das ihn dazu bringt, mich aussteigen zu lassen, doch ich weiß nicht, wie ich mit ihm reden soll. Plötzlich sehe ich Licht. Es ist nicht besonders nahe, aber auch nicht allzu weit entfernt. Ich reiße die Tür auf und versuche zu schreien. Er stürzt sich sofort auf mich, reißt mich in den Wagen zurück und presst mir die Hand auf den Mund.
Ich dachte, du wärst ein nettes Mädchen, sagt er. *Da habe ich mich wohl wieder mal getäuscht. Kein Engel, sondern wieder eine von diesen Lügnerinnen und Herumtreiberinnen, genau wie meine Freundin.* Ohne die Hand von meinem Mund zu nehmen, zieht er mit seiner freien Hand Handschellen aus der Jackentasche. Er legt sie um mein linkes Handgelenk und befestigt die andere Seite am Steuer. *Ich bin bald zurück*, sagt er. *Ich muss mich nur schnell darum kümmern, dass wir keine ungebetenen Gäste haben.* Er zückt ein großes Messer. *Und wir bleiben schön ruhig, kapiert?* Meine Kehle ist trocken und brennt, in meinen Ohren ertönt ein Klingeln. Nachdem er ausgestiegen ist, gelingt es mir, einen Blick aus dem Rückfenster zu werfen. Ich kann kein Licht mehr sehen.«
Jordan überlief ein Schauer, und seine Gedanken überschlugen sich. Erst vor knapp einer halben Stunde hatte Robin ihm erzählt, dass sie keinerlei Erinnerung an sexuelle Traumata habe. War das möglich? War sie, ohne dass es in ihr Bewusstsein gedrungen wäre, mit siebzehn körperlich bedroht und höchstwahrscheinlich vergewaltigt worden?
Noch schlimmer war, dass dieser Mann sich nicht wie ein Vergewaltiger anhörte, sondern wie ein Mörder. Dabei war es unmöglich, dass er Robin umgebracht hatte; sie saß ja hier, direkt vor ihm, und berichtete, was sie vor sieben Jahren erlebt hatte. Was war hier eigentlich los? Dachte sie sich das alles nur aus, oder hatte die erwachsene Robin sich vollkom-

men von diesem Erlebnis abgekoppelt, indem sie die Persönlichkeit der Beverly Casper annahm? Vielleicht hatte sie ihr Unterbewusstsein mit der Lüge beruhigt, dass nicht Robin Norris, sondern Beverly Casper vergewaltigt worden war.
Und wie zum Teufel passte der verdammte Fall Manson in die ganze Geschichte? Zum Zeitpunkt dieser Mordfälle war Robin überhaupt noch nicht auf der Welt gewesen. Das ergab alles keinen Sinn. Missbrauchte Kinder, so viel wusste er, schützten sich häufig vor ihren schrecklichen Erinnerungen durch einen vorübergehenden Zustand der Persönlichkeitsspaltung. Aber konnte eine erwachsene Frau, die mit siebzehn Jahren, also kurz vor Ende der Pubertät, vergewaltigt worden war, ein derartiges Erlebnis tatsächlich aus ihrem Bewusstsein verbannen?
»Er geht weg«, fuhr Robin fort, »aber dann schaut er zu mir zurück und sieht, wie ich mich nach dem Rückfenster umdrehe. Er fährt sich mit dem Messer über die Kehle, und ich ducke mich.«
Sie verstummte und fing nach einer Weile wieder an zu reden. »Ich habe Angst, entsetzliche Angst. Ich will zu meinem Papa, ich will zu meiner Mama. Ich bete lautlos, flehe Gott an, mir zu helfen. Ich will nie mehr etwas Böses tun. Ich weiß, wie schlecht es war, meine Eltern anzulügen und dass ich mich von einem Fremden habe mitnehmen lassen. Ich werde es nie mehr tun, lieber Gott, das verspreche ich.«
Jordan nahm Robins rechte Hand sanft zwischen seine Hände. »Robin«, sagte er, verbesserte sich dann aber selbst. »Beverly, du bist hier vollkommen sicher. Dir kann nichts passieren. Du kannst mir alles erzählen, damit du dich selbst besser verstehst und gewisse Ängste und Probleme beim Atmen und Schlucken überwindest. Denk daran, du kannst nur des-

wegen alles ausdrücken und fühlen, weil du hier vollkommen sicher bist. Das, woran du dich erinnerst, ist zweifellos etwas sehr Unangenehmes, was du vielleicht einmal erlebt hast, aber es wird dir nie wieder zustoßen. Kannst du verstehen, was ich sage?«

Robin nickte.

Jordan hob ihre rechte Hand am Daumen an. »Ich möchte, dass du deinen Arm vollkommen entspannst«, forderte er sie auf, »und sobald ich deinen Daumen loslasse, fällt dein Arm wie ein nasses, schweres Geschirrtuch auf den Oberschenkel. In diesem Augenblick wirst du feststellen, dass du einen kleinen Zeitsprung nach vorn gemacht hast. Vielleicht kommt der Mann gerade zum Auto zurück oder es handelt sich um ein noch später stattfindendes Ereignis, jedenfalls wird es etwas sein, wovon du mir erzählen kannst, etwas, das uns dabei helfen wird, eine Erklärung für deine Schluck- und Atemprobleme zu finden.«

Er ließ ihren Daumen los, und ihre Hand fiel herab wie die einer Toten. Sie saß schwer atmend vor ihm, sagte jedoch kein Wort.

Jordan rieb sich mit der Hand über den Schädel und versuchte, sich an die verschiedenen Techniken zu erinnern, mit deren Hilfe sich das Erinnerungsvermögen stimulieren ließ.

»In einigen Augenblicken«, sagte er schließlich, »zähle ich bis fünf und berühre deine Stirn. Sobald du die Berührung spürst, bist du in der Lage, meine Fragen zu beantworten.«

Als er *Fünf* gesagt hatte, tippte er leicht mit dem Zeigefinger an ihre Stirn.

»Erzähl mir, was gerade passiert.«

»Wir stehen an einer tiefen Grube.«

»An einer Grube?«

»An einem großen Loch. Es sieht aber so aus, als hätte es jemand gegraben.«
»Wieso glaubst du das?«
»Direkt daneben liegt ein großer Erdhaufen.«
»Erzähl weiter.«
»Ich knie, meine Hände sind mit Handschellen hinter dem Rücken gefesselt. Er zieht aus seiner Tasche ein Tuch mit einem Muster aus kleinen Engeln. Er legt es mir um den Hals. *Ein kleines Geschenk von deinem Freund*, sagt er. *Ich bin dein Freund, Bev, stimmt's?*«
Die in ihrem Sessel sitzende Robin nickte mit tränenüberströmtem Gesicht.
»Er zieht seinen Gürtel aus. *Komm schon, Bev*, sagt er, *dein Freund möchte gern wissen, wie sehr du ihn liebst.*
Ich versuche, das Gesicht abzuwenden, aber er packt mich am Haar. *Sieh mich an*, befiehlt er. Dann drückt er mein Gesicht nach unten.«
Jordan wurde übel, schlimmer noch, er fühlte sich vollkommen machtlos. Er wollte dieser Frau unbedingt helfen, doch alles, was er tun konnte, war zuzuhören.
»Es ist entsetzlich. Ich nehme ihn in den Mund. Er ist riesig. Ich würge. *Ich weiß, dass du mich lieben wirst. Ich weiß, dass du mir dankbar sein wirst …* Er bohrt mir die Finger in die Schulterblätter. Ich versuche zu saugen, würge aber nur. Mit einem Fußtritt kickt er meinen Kopf weg. *Du verdammte Fotze! Du warst schon immer eine Fotze.*
Bitte, bitte, flehe ich ihn an.« Robins Stimme klang sehr schrill und hoch, beinahe hysterisch. *»Bringen Sie mich nach Hause. Ich schwöre, dass ich niemandem davon erzähle. Ich erzähle nichts. Niemals. Warum kapierst du das denn nicht?*, brüllt er mich an. *Warum kapierst du das einfach nicht? Ich habe doch versucht, es*

dir zu erklären, oder? Er steht jetzt hinter mir. Ich höre, wie er zwischen jedem Wort mit den Zähnen knirscht. Zuschnappt. Knackt. *Jetzt ist es an der Zeit, dass du nach Hause gehst. Genau, wie ich's dir versprochen habe.*

Ich spüre, wie sich etwas um meinen Hals legt. Es ist sein Gürtel. Er schneidet tief in meine Haut ein! Er zieht ihn enger zusammen.

Die meisten Menschen werden alt, krank und sterben dann. Du nicht. Du gehst auf deinem Höhepunkt. Ich spanne vergeblich die Nackenmuskeln an. *Noch einige letzte Worte, bevor du gehst? Vielleicht eine Nachricht für deine Eltern?*«

»Nein, nein … nicht«, keuchte Robin.

»Das ist die letzte Gelegenheit, sagt er. *Sie würden bestimmt gern von dir hören.* Ich kann die Worte kaum hervorbringen. *Bitte sagen Sie meinen Eltern, dass mir alles leid tut, dass ich sie liebe und dass ich weiß, wir werden uns eines Tages im Himmel wiedersehen.*«

Plötzlich begann Robin, durchdringend zu schreien. »Luft! Ich kriege keine Luft!«

Mit pochendem Herzen nahm Jordan ihre Hand in seine. »Doch, du kannst atmen. Beruhige dich, Beverly, alles ist vorbei. Du bist in Sicherheit. Dieser Mann kann dir nichts mehr tun.«

An der Tür klopfte es zweimal kurz hintereinander. Pat Hamann öffnete hastig die Tür. Sie sah verstört aus und runzelte besorgt die Brauen. »Ich habe einen Schrei gehört. Ist alles in Ordnung?«

»Schließen Sie bitte die Tür, Pat. Alles in Ordnung«, sagte Jordan kurz angebunden.

Hamann blickte ihn zweifelnd an. »Schließen Sie die Tür.«

Die Sekretärin folgte der Aufforderung. Jordan wandte sich

wieder Robin zu. Sie schien kurz vor einem hysterischen Ausbruch zu stehen. Er musste sie unbedingt aus der Hypnose holen. Er befahl ihr, tief ein- und auszuatmen und sich ausschließlich darauf zu konzentrieren, wie Luft in ihre Lungen strömte und wieder daraus entwich. »Mit jedem Atemzug zirkuliert kühle, frische Luft in deinem Körper, vom Scheitelpunkt bis zu den Fußspitzen. Jedes Mal, wenn du ausatmest, beförderst du die Anspannung, Angst und alle entsetzlichen Erinnerungen an das, was John getan hat, aus deinem Körper heraus. Deine Entspannung nimmt mit jedem Atemzug, mit jedem Aus- und Einatmen zu.«
Die Augen unverwandt auf seine Patientin gerichtet, lehnte Jordan sich in seinem Stuhl zurück. Ängstlich beobachtete er, wie Robins Atemzüge allmählich gleichmäßiger wurden. Die Farbe kehrte in ihre Wangen zurück, während ihr Gesicht nach und nach den charakteristischen maskenhaften Ausdruck hypnotisierter Menschen annahm. Damit war eine Krise überstanden, doch die nächste kündigte sich bereits an. In einigen Minuten musste er Robin aus der Hypnose holen. Wie sollte er dabei vorgehen? Was war besser: Wenn sie sich an alles erinnerte, was sie ihm beschrieben hatte, oder wenn sie alles vollständig vergaß und keines der grauenhaften Details in ihrem Gedächtnis haftenblieb? Er hatte Robin auf der Party erzählt, dass Hypnotisierte im Allgemeinen genau wussten, was während der Hypnose geschehen war. Es sei denn, der Hypnotiseur erteilte ihnen die Anweisung, alles zu vergessen.
Sein erster Impuls war, ihr die Erinnerung an das Geschilderte nicht zu nehmen. Warum auch? Es handelte sich nur um eine Art Alptraum und nicht um ein echtes Trauma. Schließlich saß sie hier vor ihm, und demnach hatte niemand, auch kein

John, sie umgebracht. Offenbar hatte Robin sich diese Phantasie selbst zurechtgelegt. Andererseits musste die Phantasie etwas mit ihren Schluck- und Atembeschwerden zu tun haben. Er hatte sie durch Suggestion zu dem Trauma, das ihre Ängste ausgelöst hatte, zurückführen wollen, und sie waren bei diesem Erlebnis angelangt. War es also schlecht, wenn sie sich an das, was sie ihm über Beverly Casper erzählt hatte, erinnerte? Vielleicht hatte sie in ihrer Jugend jemanden gekannt oder von jemandem gehört, dem dieses Schicksal widerfahren war? Wenn nur diese verdammt genauen Zeitangaben nicht gewesen wären, der 4. August 1970 und der 11. Juli 1953. Woher stammten sie? Vielleicht war es am besten, wenn er sie aus der Hypnose holte, ohne dass sie etwas vergaß, und dann mit ihr darüber sprach.

Aber, überlegte er, selbst wenn es sich bei allem, was er soeben gehört hatte, um ein reines Produkt ihrer Phantasie handelte, könnte diese Phantasie unter Umständen nicht verheerende Auswirkungen haben, sobald sie in Robins Bewusstsein auftauchte? Er dachte an seine Mutter, eine sehr empfindsame Frau mit äußerst lebhafter Vorstellungskraft, die sich stets geweigert hatte, gewalttätige Filme anzusehen, weil die Action-Szenen, egal wie unrealistisch sie auch sein mochten, ihr den Schlaf raubten. Dabei hatte es sich lediglich um Tomatenketchup-Blut und Plastik-Körper gehandelt, während Robins Phantasie schockierend realistisch klang. Jordans Gedanken wanderten zu seinem Vater, einem Überlebenden des Holocaust. Auch er litt unter solchen Vorstellungen, und dabei handelte es sich nicht um Ausgeburten seiner Phantasie.

Die Unentschlossenheit wirkte lähmend. Irgendwo musste doch ein Ausgang aus diesem Labyrinth sein. Sofort. Die Digitaluhr auf seinem Schreibtisch zeigte an, dass der nächste

Patient in wenigen Minuten eintreffen musste. Erst im letzten Moment wusste er, wie er sich entscheiden sollte. Er würde Robin auffordern, alles zu vergessen, was sie ihm erzählt hatte. Vor der Hypnose hatte es keinerlei Anzeichen gegeben, dass sie etwas von diesem Vorfall wusste – fraglos hatte ihr Bewusstsein nichts davon aufgenommen –, und eine gut formulierte hypnotische Suggestion würde das Beschriebene in ihrem Unbewussten ruhen lassen, ohne weiter daran zu rühren. Falls er es später einmal für nötig halten sollte, dass sie sich an den Vorfall erinnerte, hatte er jederzeit die Möglichkeit, die Erinnerungen durch eine erneute Hypnose freizusetzen. Ja, es war am besten, wenn sie zunächst einmal alles vergaß. In der Zwischenzeit würde er mit Elinor über den Fall sprechen. Er wusste genau, was Elinor von Hypnose hielt. Bestimmt würde sie fuchsteufelswild werden. Dennoch benötigte er dringend ihren Rat. Sie konnte ihm weiterhelfen.

In den wenigen Minuten, die inzwischen vergangen waren, hatte die sitzende Robin sich kaum bewegt und gleichmäßig aus- und eingeatmet.

»Gut«, sagte Jordan schließlich, »nach einigen Sekunden werde ich bis zehn zählen, und wenn ich bei zehn angelangt bin, werden Sie sich wieder in der Gegenwart befinden. Sie erinnern sich daran, dass Sie Robin Norris heißen, und haben alles vergessen, was sich ereignet hat, seit Sie auf diesem Stuhl Platz genommen haben, um sich hypnotisieren zu lassen. Sie werden sich weder daran erinnern, dass Sie die Identität eines jungen Mädchens namens Beverly Casper angenommen haben, noch an die gewalttätige Begegnung mit einem Mann, der Ihnen sagte, sein Name sei John.

Das Durchleben dieser Erfahrung, auch wenn diese nicht in Ihrem Bewusstsein verankert ist, wird ein friedliches Gefühl in Ihnen auslösen und dazu führen, dass Ihre Probleme beim Schlucken, Atmen und Singen nachlassen. Sie werden feststellen, dass Sie mühelos essen und mit voller Stimmkraft singen können. Ihre vollständige Rückkehr in die Gegenwart wird natürlich und sanft erfolgen, während ich bis Zehn zähle. *Eins.* Sie spüren, wie Sie sich von jenem unangenehmen Ort wegbewegen, den Sie mir beschrieben haben. Jede Erinnerung daran verblasst und wird rasch aus Ihren Gedanken gelöscht. *Zwei* …«, fuhr er fort und holte Robin besonders behutsam aus der Hypnose zurück. Er wollte unter keinen Umständen das Risiko eingehen, dass sie bei zehn die Augen aufschlug und schrie, als wolle man sie erwürgen. »*Neun*«, zählte er, »Sie kehren wieder ins Hier und Jetzt zurück. Ihr Name ist Robin Norris, und Sie befinden sich in der Gegenwart. Wenn Sie die nächste Zahl hören, werden Sie die Augen aufschlagen und sich ruhig, voller Selbstvertrauen, entspannt und aufmerksam fühlen. *Zehn.* Öffnen Sie die Augen.«

Robin folgte der Aufforderung und blinzelte mehrmals.

»Ich dachte, Sie wollten mich hypnotisieren.«

»Sie waren unter Hypnose. Wie fühlen Sie sich?«

Sie straffte die Schultern und streckte die Arme aus, genau wie gestern Abend auf der Party. »Als hätte ich gerade ein herrliches Nickerchen hinter mir.« Sie unterdrückte ein Gähnen und warf dann einen Blick auf ihre Armbanduhr. »Ach, du liebe Zeit. Ich muss ja vierzig Minuten lang unter Hypnose gewesen sein. Was ist passiert?«

»Zuerst möchte ich Ihnen einige Fragen stellen«, sagte Jordan.

Robin nickte.

»Wie gut kennen Sie den Topanga Canyon bei Malibu und die Gegend dort in der Nähe?«

»Ich bin ein- oder zweimal durchgefahren. Ich kenne die Gegend zwar nicht besonders gut, aber ich weiß, wo sie liegt.«

»Haben Sie eine Verwandte oder Freundin namens Beverly?«

Sie fixierte einige Sekunden lang einen unsichtbaren Punkt an der Wand über Jordans Kopf. »In der Grundschule saß in den beiden letzten Klassen ein Mädchen neben mir, das so hieß.«

»Waren Sie eng mit ihr befreundet?«

»Das kann man nicht sagen. Ich erinnere mich dunkel daran, dass ich einmal bei ihr zu Hause auf einer Geburtstagsparty eingeladen war. Aber vielleicht war es auch andersherum, und sie war bei mir. Mehr war da nicht.«

»Wissen Sie, ob diesem Mädchen etwas Schlimmes zugestoßen sein könnte, ein Verbrechen oder Ähnliches?«

Robin schüttelte den Kopf.

»Wussten Sie …«

»Einen Augenblick, Jordan. Soll das heißen, dass ich unter Hypnose von Beverly Walls gesprochen habe?«

»War das ihr Nachname?«

»Ja. Aber das ist doch aberwitzig. Warum sollte ich plötzlich an Beverly Walls gedacht haben?«

»Wie steht es mit dem Namen Casper? Kennen Sie jemanden mit diesem Nachnamen?«

Robin lachte. »Den einzigen Casper, den ich kenne, ist der freundliche Geist aus dem Film. Hoffentlich habe ich nicht über Gespenster geredet. Das klingt ja alles sehr merkwürdig. Könnten Sie mir bitte sagen, was passiert ist?«

»Gleich. Zuerst muss ich Ihnen noch ein paar Fragen stellen.« Die Türklingel schrillte. »Wissen Sie, wer Charles Manson ist?«

»Natürlich, das ist der Irre, der all diese Leute umgebracht hat.«
»Kennen Sie einige Namen der Opfer?«
Robin schüttelte den Kopf. »Das ist vor meiner Geburt passiert. Ich weiß nur, dass er eine schwangere Schauspielerin erstochen hat, aber an ihren Namen kann ich mich nicht mehr erinnern.«
»Wie fühlen Sie sich jetzt, Robin?«
»Körperlich gut. Aber Ihre Fragen verstören mich etwas. Offensichtlich muss ich von Beverly Walls, Charles Manson und einem Mann namens John erzählt haben.«
Einem Mann namens John? Danach habe ich sie doch gar nicht gefragt.
»Erzählen Sie mir, was Sie von diesem John wissen, Robin.«
»John? Keine Ahnung. Der Name kam mir einfach so in den Sinn. Ich erinnere mich an keinen John.« Robin blickte ihn durchdringend an. »Spinne ich jetzt völlig, oder was?«
»Ich sehe keine Veranlassung, das anzunehmen.«
Es klingelte erneut. Jordan blickte auf seine Uhr.
»Also habe ich keinen Dachschaden?«
Jordan stieß ein beruhigendes Lachen aus. »Nein, Robin, bestimmt nicht. Ich wünschte, ich könnte Ihnen mehr erzählen, aber Sie ahnen wahrscheinlich, was das Klingeln bedeutet. Mein nächster Patient ist da. Wir haben bereits einige Minuten überzogen, und ich kann ihn nicht länger warten lassen.«
»Das war's also? Wir sind fertig? Wird es mir jetzt bessergehen?«
»Wir müssen abwarten und beobachten.«
»Werden Sie mir je erzählen, was passiert ist?«
»Das hängt ganz von Ihnen ab, Robin. Wenn Sie es wissen möchten, rufen Sie mich einfach an.«

»Einverstanden.« Ihr Blick streifte den Macintosh-Apfel auf Jordans Schreibtisch. »Haben Sie vor, diesen Apfel zu essen?«

»Nehmen Sie ihn ruhig, wenn Sie wollen.«

»Ich fürchte, ich kann nicht widerstehen. Ich komme um vor Hunger.« Sie biss ein großes Stück von dem festen roten Apfel ab, schluckte und nahm einen zweiten, noch größeren Bissen. »Mmmh, schmeckt der süß«, sagte sie. Dann öffnete sie die Tür. »Wir sprechen uns bald wieder, Doktor Geheimnisvoll.«

In völliger Missachtung der Praxisgepflogenheiten quetschte sich Simon Cox an Robin vorbei in Jordans Behandlungszimmer und begann sofort loszuplappern. »Ich habe Ihren Rat befolgt und meinen Vater angerufen. Dank Ihres Einfalls stelle ich die Finanzierung meines Hauses jetzt auf neue Beine. Er sagt, ich solle lieber mit variablen Hypotheken arbeiten. Was halten Sie davon?«

Während Cox eifrig auf ihn einredete, war Jordans Blick auf die halb geöffnete Tür geheftet. Robin Norris hatte ihm erzählt, dass sie seit Wochen nur unter größter Mühe feste Nahrung zu sich genommen habe, und jetzt, direkt nachdem sie diesen entsetzlichen Alptraum – er wusste nicht einmal, wie er das Gehörte bezeichnen sollte – durchlebt hatte, knabberte sie vollkommen sorglos an einem Apfel. *Was zum Teufel war hier eigentlich los?*

Montag, 15 Uhr 10

Die fünfzehn Minuten, die sie für die Fahrt vom Dittmyer-Institut zum Theater brauchte, vergingen wie im Fluge. Der Apfel war problemlos durch ihre Kehle gerutscht, und jetzt sang sie alles, was ihr gerade einfiel, *Karussell*, die Beatles, Cole Porter. Aus vollem Halse. Sie fragte sich, was die anderen Fahrer, die sie während der Rotphase an der Ampel schmettern hörten, wohl denken mochten.

Hat dieser Jordan Geller wirklich etwas entdeckt, oder war das einfach so dahergesagt? Sie wusste es nicht, und im Augenblick war es ihr auch ziemlich gleichgültig. *Er hat es wirklich geschafft.* Aber wer war er eigentlich? Dieser »Mann mit der Maske«, dieser Arzt und Psychiater, der vor zwei Tagen noch ein Fremder für sie gewesen war? Gestern Abend war etwas zwischen ihnen geschehen. Zeichen waren ausgesandt worden, Zeichen, mit denen Männer Frauen wortlos zu verstehen geben, dass sie sich zu ihnen hingezogen fühlen. Heute Nachmittag waren diese Zeichen noch deutlicher gewesen, beispielsweise das Gerede, dass er sie nicht als Patientin behandeln wollte. Sie hatte seine Aufregung nicht verstehen können, aber nachdem ihr Gehirn wieder mit frischem Sauerstoff versorgt war, ging ihr plötzlich ein Licht auf. Er wollte sich mit ihr verabreden. Oder sich zumindest die Möglichkeit offenhalten. Jordan hatte mehrere medizinische Abschlüsse und stand im Ruf, ein Überflieger zu sein, doch Robin hatte keinerlei Arroganz an ihm bemerkt. Soweit sie das beurteilen konnte, schien er ausgesprochen nett zu sein. Und obendrein ausgesprochen süß. Ganz zu schweigen davon, dass eine buchstäblich hypnotische Wirkung von ihm ausging. Bei diesem Gedanken lachte sie unwillkürlich auf.

Aber warum habe ich was über Charles Manson, Beverly Walls und einen Mann namens John erzählt? Und der Topanga Canyon? Wo liegt der überhaupt? Warum kann ich mich an diese Hypnose nicht mehr erinnern? Nach der Party wusste ich alles noch ganz genau.

Schluss damit, befahl sie sich, und ihre Stimme fiel wie von selbst in eine lautstarke Wiedergabe von *I've Got You Under My Skin.* Sie parkte das Auto auf dem Parkplatz am Theater und hatte es mit einem Mal sehr eilig, die guten Nachrichten zu verkünden. Hinter der Bühne hastete sie an den Garderoben und ausrangierten, an den Wänden aufgestapelten Bühnendekorationen vorbei. Zum ersten Mal, seit sie Jordans Praxis verlassen hatte, warf sie einen Blick auf ihre Armbanduhr. Sie war eine halbe Stunde zu spät, und Walter hatte einen ziemlichen Wirbel um diese Probe von *Was nützt alles Grübeln*, die große, romantische Ballade des Musicals, veranstaltet.

Als sie sich der Bühne näherte, hörte sie die Stimme von Deb White, ihrer zweiten Besetzung. Erst nach einigen Sekunden begriff sie, dass ausgerechnet diese Ballade gerade aus Deb Whites Mund erklang.

Robin wartete bis zum Ende des Liedes, bevor sie die Bühne betrat. »Das hat sich ziemlich gut angehört«, sagte sie betont gleichmütig.

Deb, eine klassische Naive mit unschuldigem Gesicht, deren schulterlanges flachsblondes Haar in der Mitte gescheitelt war, runzelte die Stirn. »Am Schluss klang es etwas piepsig, oder?«

»Also, da würde ich mir keine Sorgen …«

»Daran arbeite ich noch mit dir«, fiel ihr Walter ins Wort. Deb nickte und verzog sich.

»Komm bloß nicht noch mal zu spät«, sagte der Regisseur in schneidendem Ton und versuchte gar nicht erst, seine Wut zu verbergen. »Das ist die letzte Warnung. Haben wir uns verstanden?« Ohne ihre Antwort abzuwarten, begann er direkt mit der Probe und riss einen schmalen, gelben Markierstreifen vom Bühnenboden. »Wenn du mit dem Lied anfängst, möchte ich, dass du langsam zur Bühnenmitte vorgehst, bis du genau hier stehst.« Damit klebte er die Markierung auf einer neuen Position fest.

»Gut«, sagte Robin. »Bei der Anprobe lief alles glatt.«

Immer noch vorgebeugt und die Augen auf die Holzplanken geheftet, erwiderte Walter: »Freut mich, dass wenigstens irgendwas läuft.«

»Walter, es tut mir ja leid, dass ich ein paar Minuten zu spät bin. Aber ich finde, du übertreibst etwas.«

»Du hast vollkommen recht. Dass du hier seit Wochen weit unter deinen Möglichkeiten bleibst und dann zu einer wichtigen Probe auch noch eine halbe Stunde zu spät auftauchst, ist ja wirklich kein Grund für mich, wütend zu werden.«

»Hast du deswegen diesen kleinen Auftritt mit Deb vorbereitet?«

»Deb White hat zwar einige Schwächen, aber immerhin ist sie da, wenn man sie braucht, und sie kann diese Rolle schaffen. Wie steht es mit dir?«

»Ich kann das auch.«

»Beweise es mir.«

Kochend vor Wut marschierte Robin in ihre Garderobe. *Ob ich die Rolle schaffe? Ha! Ich hab mich toll angehört im Auto, oder? Aber das war ja nur im Auto und nicht im Theatersaal.* Als sie die Garderobe wieder verließ, hatte sie das Gefühl, sie würde noch einmal zum Vorsingen antreten.

Von der Bühne aus sah sie Walter in der mittleren Reihe des verdunkelten Zuschauerraums sitzen. Rick Kauf und Tom Reiberman, die Darsteller von Billy und Jigger, warteten in den Kulissen auf ihren Auftritt. »Okay, Robin«, dröhnte Walter.

Schon bei der ersten Note wusste sie, dass sie es schaffen würde.

Was nützt alles Grübeln,
Ob er gut ist oder schlecht
und welche Art von Hemd er für sich wählt?
Ach, was nützt alles Grübeln,
Ob er gut ist oder schlecht?
Er ist dein, und du gehörst ihm –
Nur das ist es, was zählt.

Sie sang leidenschaftlich, voller Ausdruck und dennoch nuanciert. Seit Wochen hatten alle Mitwirkenden, Schauspieler, Bühnentechniker und jeder, der mit der Produktion zu tun hatte, angenommen, dass sie die Hauptrolle nur deswegen bekommen hatte, weil sie eine so gute Freundin des Regisseurs war. Nun wurden sie endlich allesamt eines Besseren belehrt.

Walter eilte auf die Bühne. Er legte den Arm um Robin und zog sie beiseite. »Das war phantastisch. Genau die Robin, die ich von früher kenne. Was ist denn passiert?«

Wozu von der Sitzung bei Jordan Geller berichten? »Ich glaube, der Auslöser war, dass ich Debbie singen hörte. Ich war mit einem Mal so wütend und dann … Walter, du bist ein Genie! Ich weiß, das hast du dir nur meinetwegen ausgedacht.«

Er legte ihr die Hand unter das ausgeprägte Kinn. »Genau deswegen bin ich doch hier, mein Engel: Ich will dir nur dabei helfen, die Flügel auszubreiten!«

Montag, 18 Uhr

Nach einem kurzen Blick auf die Armbanduhr unterdrückte Jordan einen Fluch. Er hätte sich diese Party gern erspart und stattdessen lieber Robins Geschichte überprüft, insbesondere die präzisen Zeit- und Ortsangaben. Aber im Gegensatz zum gestrigen Abend war seine Anwesenheit auf der heutigen Party, der jährlichen Wohltätigkeitsveranstaltung zugunsten des Dittmyer-Instituts, Pflicht.

Der Gastgeber war Avery Conniston, ein Fernsehproduzent, der in den achtziger und frühen neunziger Jahren ein halbes Dutzend sagenhaft erfolgreicher Glamour-Soaps herausgebracht hatte. Conniston hatte einen erheblichen Teil seiner Fernsehmillionen in moderne Kunst investiert und damit sein zweites Vermögen gemacht. »Schund produzieren, Kunst kaufen«, lautete denn auch sein Motto, das er sogar, in einem unvorsichtigen Augenblick, einem Journalisten anvertraut hatte.

Die Glanzstücke seiner Sammlung – ein Jackson Pollock, ein früher Hockney und ein Jasper Johns – schmückten die Wände seiner Villa in Bel Air. Der *Architectural Digest* hatte in den letzten neun Jahren drei Fotoreportagen über Connistons Haus veröffentlicht, ein absoluter Rekord.

Vor fünf Jahren war Conniston mit seiner schwer an Bulimie erkrankten Tochter April zum ersten Mal in Elinor Fischers Praxis erschienen. Während alle anderen scheiterten, hatte Elinor Fischer Erfolg gehabt. Dank ihrer Hilfe war es Connistons begabter Tochter innerhalb kürzester Zeit gelungen, ihre Essstörungen zu überwinden. Im Frühjahr hatte sie ihren Abschluss an der Yale Law School gemacht und dort auch die fakultätseigene Zeitschrift redigiert. Seither war ihr

dankbarer Vater ein treuer Anhänger Elinor Fischers und großzügiger Mäzen des Instituts.
»In diesem Smoking machen Sie eine sehr elegante Figur, Doktor Geller«, stellte April Conniston fest, die Jordan als Erste begrüßte, als er die drei flachen Parkettstufen zu dem weitläufigen Wohnzimmer der Connistons hinunterstieg.
Elinor Fischer hatte auf Smoking und schwarzer Krawatte bestanden. Normalerweise beschränkte sich die formelle Kleidung in Los Angeles auf ein Sakko, und es gab lediglich zwei Ausnahmen: den Academy Award und diese Veranstaltung.
»Nun, dasselbe kann man zweifellos von Ihnen sagen«, erwiderte Jordan. April trug ein trägerloses, mit silberfarbener Spitze geschmücktes Abendkleid. Um dieses Kleid tragen zu können, benötigte man eine so makellose Figur wie April – kleine feste Brüste und schmale Hüften.
»Vielen Dank.«
»Wir haben uns nicht mehr getroffen, seit …« Jordan verstummte. Vor etwas mehr als einem Jahr war April bei Carries Beerdigung gewesen, damals war sie gerade über Weihnachten von New Haven nach Hause gekommen. Er erinnerte sich, wie sie ihm nach der Trauerfeier kondoliert und hinzugefügt hatte, wie sehr sie es bedauere, nicht für ihn da sein zu können. »Wie ich gehört habe, haben Sie inzwischen das Examen bestanden. Herzlichen Glückwunsch.«
April nahm zwei Gläser von einem der zahlreichen Tabletts, die vorbeigetragen wurden, reichte Jordan eines davon und hob das andere.
»Und ich habe gehört, dass Elinor Sie zu Ihrem besonderen Schützling auserkoren hat. Also dann, von Musterschüler zu Musterschüler, prost!«
Ein Kellner bot Jordan eine Schale mit *hors-d'œuvres* an.

»Nein, danke.«
»Ach, nehmen Sie schon.«
»Hoffentlich bekommen Sie jetzt keinen schlechten Eindruck von mir, aber ich vertrage keinen Kaviar.«
Das entsprach der Wahrheit. Aber etwas anderes ließ sich ebenfalls nicht leugnen. Seit Robin Norris vor vier Stunden Jordans Praxis verlassen hatte, plagte ihn eine leichte Übelkeit. Allein bei der Vorstellung, wie diese Fischeier in seinem Magen herumschwammen, zuckte er zusammen.
»Wahrscheinlich haben Sie noch nie richtigen Kaviar probiert. Versuchen Sie's mal. Das ist Beluga. Kostet an die siebenhundert Dollar pro Pfund.«
Sie nahm einen Cracker und biss hinein. »Mmmh. Sie haben keine Ahnung, was Ihnen entgeht.«
»Wie gefällt es Ihnen denn, nach drei Jahren wieder in L.A. zu sein?«
»Besser als erwartet. Wissen Sie, es ist ja etwas ungewöhnlich, mitten im Jahr den Abschluss zu machen, aber alles lässt sich gut an. Ich bin bei einer kleinen Kanzlei angestellt, die hauptsächlich mit Strafverteidigung beschäftigt ist. Mafiabosse, Drogendealer, ein Sammelsurium an Axt-Mördern … kurz, lauter reizende Menschen.«
Er überlegte, ob das ein Witz sein sollte. »Ich dachte, Sie hätten sich auf Körperschaftsrecht spezialisiert.«
»Vielleicht kennen Sie mich nicht so gut, wie Sie glauben. Wissen Sie, wir sollten uns häufiger treffen. Denken Sie nur an die vielen Gemeinsamkeiten, angefangen bei Elinor. Das allein liefert uns schon Gesprächsstoff für mindestens ein Jahrzehnt.«
Seit sie sich vor zwei Jahren zum ersten Mal bei der Wohltätigkeitsveranstaltung im Haus ihres Vaters getroffen hatten,

machte April keinen Hehl aus ihrer Schwäche für Jordan. Obwohl er nur drei Jahre älter war, hatte Jordan den Altersunterschied zwischen ihnen damals als sehr stark empfunden. Außerdem gab es sowieso Carrie, mit der Jordan lebte und für immer leben würde, zumindest hatte er das geglaubt. Inzwischen waren jedoch zwei Jahre vergangen, und diese zwei Jahre in Yale hatten April verändert. Klug und schlagfertig war sie schon immer gewesen, und nun besaß sie auch noch die richtige Portion Selbstsicherheit.

»Ich weiß nicht, ob das eine so gute Idee wäre.«

Die Versuchung war, weiß Gott, groß. Dennoch hatte er ein unbehagliches Gefühl, falls es um mehr als einen diskreten Flirt bei einem Glas Wein gehen sollte, denn obwohl sich April zweifellos bereits in New Haven einer Behandlung unterzogen hatte, war sie Elinor Fischers Patientin. Noch schwerer wog, dass Jordan bereits eine Menge über April wusste. Elinor hatte den Fall *Nancy D.* oft genug in ihren Seminaren erörtert.

»Menschen verändern sich, Doktor Geller. Ich bilde da keine Ausnahme. Vielleicht könnte es vom klinischen Standpunkt aus für Sie interessant sein, das herauszufinden.«

In diesem Augenblick und zu Jordans großer Erleichterung gesellte sich ein gut gebauter Mann zu ihnen, dessen glattes, faltenloses Gesicht sein Alter Lügen strafte. »Möchtest du mich mit deinem Freund bekanntmachen?«

»Jordan Geller, darf ich Ihnen Mike Fields vorstellen. Er wohnt hier bei uns im Gästehaus.«

»Nur so lange, bis ich wieder auf die Beine komme. Ich lasse mich gerade scheiden.«

»Mike ist der Cousin meines Vaters«, erklärte April, deutlich verärgert über die Störung.

»Avery will mich ins TV-Geschäft einführen.« Fields rückte seine Krawatte gerade. »Finden Sie diese Dinger auch so unbequem?«

»Doktor Geller arbeitet am Dittmyer-Institut«, warf April ein.

»Sie sind Arzt? Wie eindrucksvoll. Wie wär's, könnte ich Ihnen mal eine berufliche Frage stellen?«

Eine Gefahr, in der alle Ärzte, insbesondere Psychiater, schwebten: Sobald sie auf einer Party auftauchten oder auch nur beim Gemüsehändler Schlange standen und jemand herausfand, welchen Beruf sie ausübten, versuchten die meisten, eine Sechzig-Sekunden-Diagnose aus der Begegnung herauszuholen, und zwar vorzugsweise eine, die vollständig mit ihrer Selbsteinschätzung übereinstimmte. Am liebsten hätte Jordan geantwortet: Meine Praxis ist zwischen neun und siebzehn Uhr geöffnet. Doch das verkniff er sich natürlich. Schließlich war dies die Dittmyer-Wohltätigkeitsveranstaltung, Mike Fields war Avery Connistons Cousin, und Conniston wiederum war einer der wichtigsten Geldgeber des Instituts.

»Schießen Sie los.«

»Warum sollte eine glücklich verheiratete Frau eines Tages aus heiterem Himmel die Koffer packen und ihren Mann verlassen?«

»Sind Sie sicher, dass sie glücklich verheiratet war?«

»Tja, das ist die naheliegende Frage, oder? Ich weiß es nicht. Ich habe ihr alles gegeben. Vielleicht hat es irgendwas mit unterschiedlichen Kulturen zu tun. Sie kommt von den Philippinen.« Fields seufzte.

»Wie lange waren …«

»Mike«, schaltete April sich ein, »Doktor Geller ist auf einer Party. Ich glaube, es ist etwas viel verlangt, wenn …«

»Natürlich. Du hast völlig recht, April.« Er wandte sich Jordan zu. »Tut mir leid.«
»Sie brauchen sich nicht zu entschuldigen.«
»Sie war immer so süß. Wahrscheinlich hat Amerika zu sehr auf sie abgefärbt.«
Jordan nickte mitfühlend. Er überlegte, ob Fields Averys direkter Cousin war. Wahrscheinlich schon, sonst hätte er ihn nicht im Gästehaus einquartiert, aber was Intellekt und geschliffene Umgangsformen anging, konnte er dem Produzenten nicht das Wasser reichen. Andererseits hatte Jordan keine Ahnung, wie Avery diese Fähigkeiten erworben hatte. Waren sie angeboren oder erlernt? Falls Mike Fields' ungehobelter Stil ein Indiz war, kam nur die zweite Möglichkeit in Betracht.
»Du kannst jederzeit einen Termin mit Doktor Geller vereinbaren.« April lächelte Jordan zu. »Ich bin sicher, Mike kommt für den Familienrabatt in Frage.«
Fields lachte. »Von dem, was dein Vater mir bezahlt? Versteh mich nicht falsch, ich liebe Avery wie einen Bruder, aber ich muss meine paar Kröten zusammenhalten. Produktionsassistent hört sich zwar gut an, aber mit den Kosten für die Scheidung komme ich gerade so über die Runden. Mensch, jetzt hätte ich beinahe vergessen, warum ich gekommen bin. Dein Vater lässt ausrichten, dass wir die Gäste allmählich hineinlotsen und mit dem Essen anfangen sollen.«
April drückte Jordans Hand. »Rufen Sie mich mal an.« Dann ging sie mit Fields davon.
Kurz darauf trat Elinor Fischer zu ihm. »Sie ist ein kluges Kind. Und außerdem äußerst attraktiv, finden Sie nicht?«
Jordan musste unwillkürlich lächeln.
»Sie fühlt sich offensichtlich zu Ihnen hingezogen. Nicht

ohne Grund, schließlich sind Sie ein gutaussehender, talentierter, ehrgeiziger junger Mann mit aussichtsreicher Zukunft.«

Jordan blickte über seine Schulter, als würde Elinor mit jemandem reden, der hinter ihm stand.

»Falsche Bescheidenheit kann auch langweilig sein«, erklärte seine Mentorin.

»Ich bin nur überrascht, dass Sie mich plötzlich verkuppeln wollen.«

»Um Himmels willen, niemals. Aber gelegentlich, mein lieber Junge, sehen wir den Wald vor lauter Bäumen nicht. Wie wär's, wollen wir uns jetzt den anderen anschließen und zu Tisch gehen? Das Essen sieht köstlich aus.«

Wie sich allerdings bald herausstellte, regte keine dieser Köstlichkeiten Jordans Appetit an, weder der Endiviensalat noch die grünen Buschbohnen, ja nicht einmal der mit Mesquite gewürzte, gegrillte Lachs mit Gurken-Salsa konnte ihn locken. Jordan, der am runden Tisch zwischen Avery Conniston und Elinor Fischer saß, aß gerade genug, um den Gastgeber nicht zu verärgern.

Nach dem Tiramisu tippte Avery Conniston seine goldlegierte Gabel gegen das Kristallweinglas. Knapp einen Meter siebzig groß, schmächtig und kahl bis auf ein braunes Kränzchen, hatte Conniston sein Vermögen hauptsächlich dazu verwandt, alle Spuren seiner Herkunft aus dem unteren Kleinbürgertum auszumerzen. Seine tadellos manikürten Hände, der seidene, maßgeschneiderte Smoking und die Krokodillederschuhe waren der Beweis seiner erfolgreichen Bemühungen. Er wollte nur das Beste – die beste Kunst, das beste Haus, die beste Masseuse, den besten Fitnesstrainer, den besten Schönheitschirurgen und den besten Psychoanalytiker.

Conniston ließ die wachsamen, durchdringenden Augen über die 150 geladenen Gäste schweifen. »Es ist mir eine besondere Ehre«, setzte er an, »Ihnen heute Abend eine Frau vorzustellen, deren Hilfe so tiefgreifenden Einfluss auf mein Leben gehabt hat, dass unsere Familie für immer in ihrer Schuld steht. Ich weiß, dass viele von Ihnen ähnliche Erfahrungen gemacht haben. Sollte dies nicht der Fall sein, muss ich Ihnen dringend raten, einen Termin mit ihr zu vereinbaren … falls das möglich ist.« Er wartete, bis das leise Lachen verklungen war. »Eine Zeile aus einer begeisterten Rezension in der *New York Times* über ihr jüngstes Werk *Wandlungen der Persönlichkeit in der Lebensmitte* fasst zusammen, welche Rolle Elinor Fischer in der gegenwärtigen Therapie und Kultur Amerikas spielt: ›Zwischen Freud und Fischer gibt es nur eine von ihrem Schlag.‹«

Die Psychoanalytikerin erhob sich. Ihr Englisch war steif und nicht akzentfrei, da ihre deutschstämmige Familie vor den Nationalsozialisten fliehen musste und Elinor in Argentinien zur Welt gekommen war.

Nach einigen Dankesworten an Conniston und die anderen Schirmherren legte sie scharfsinnig dar, dass es gerade heutzutage, im Zeitalter der Radio-Psychologen und einfachen Antworten auf komplexe Fragen, wichtiger denn je sei, den hohen Standard des Instituts aufrechtzuerhalten. »Und nicht nur aufrechtzuerhalten, sondern noch zu verbessern. Das Dittmyer ist ein Elite-Institut, und dafür müssen wir uns nicht entschuldigen. Wofür wir uns hingegen entschuldigen müssen, ist die Tatsache, dass wir unsere Therapien nur einem Bruchteil der Hilfesuchenden anbieten können. Wenn wir jedoch expandieren und unser Team und damit auch die Anzahl unserer Patienten vergrößern, liegt es im Rahmen unserer Möglichkeiten, weiter vorzustoßen und unsere Gesellschaft tiefer zu durchdringen.«

»Hört, hört«, ließ sich Brad Markus, der Filmproduzent, vernehmen, ein häufiger Besucher in Elinors Praxis. »Wir sind nicht Fort Knox, Elinor. Wie viel Geld sollen wir heute Abend denn eigentlich über den Tisch schieben?«

»Ich erzähle Ihnen jetzt eine Geschichte, Brad. Ein ziemlich wohlhabender Mann, genauer gesagt ein Filmproduzent«, die Zuhörer kicherten leise, »befand sich auf einer Dinnerparty, als er sich plötzlich an einer Gräte verschluckte. Es gelang ihm nicht, die Gräte zu lockern, bis schließlich einer der Gäste, ein Arzt, aufstand und sie herauszog. Der Mann wäre beinahe erstickt. Erleichtert sagte er zu dem Arzt: ›Wie kann ich Ihnen je danken? Wie kann ich mich erkenntlich zeigen, Doktor?‹

Der Arzt erwiderte: ›Geben Sie mir einfach die Hälfte der Summe, die Sie mir geben wollten, als die Gräte noch in Ihrem Hals steckte.‹«

Als das Lachen allmählich abebbte, ergriff Elinor wieder das Wort. Ihr Gesicht war sehr ernst. »Die meisten unter Ihnen hatten bereits solch eine Gräte in ihrer eigenen Kehle oder in der Kehle eines Menschen, der Ihnen nahesteht. Wir haben die Möglichkeit, Tausende von Menschen von dieser Gräte zu befreien.« Sie wies auf Jordan. »Doktor Geller kennen Sie bereits aus vorhergehenden Veranstaltungen. Er ist ein glänzender junger Arzt, und ich habe noch selten jemanden getroffen, der einen so durchdringenden, scharfen Verstand besitzt. Vielleicht ist er derjenige, der uns in die nächste Generation führen wird. Aber er und ich und Amerika, wir alle brauchen noch mehr Männer und Frauen wie ihn, um die Zukunft zu meistern. Schlecht ausgebildete Psychologen und

Psychoanalytiker, die ihre Patienten lediglich dazu ermuntern, Tabletten zu nehmen, sind heutzutage im amerikanischen Gesundheitssystem an der Tagesordnung. Doch unser Beruf darf sich nicht darauf beschränken, dass wir Prozac und Zoloft verschreiben. Unsere Aufgabe ist es, die Funktionen des Gehirns zu verstehen und unsere Erkenntnisse dafür zu nutzen, Menschen die Kontrolle über ihr Leben zurückzugeben. Das Dittmyer-Institut ist dazu in der Lage. Sie, die Sie heute Abend hier zusammengekommen sind, verfügen über die nötigen Mittel. Mit vereinten Kräften können wir einer neuen Stimme der Gesundheit in Amerika Gehör verschaffen.«

Nachdem das letzte Händeklatschen verklungen war und alle wieder Platz genommen hatten, erhob sich Jordan wie abgesprochen, um Elinor Fischer zu danken. »In der Bibel steht: ›Der Beginn der Weisheit ist die Furcht vor Gott.‹ Als ich diesen Satz einmal Elinor gegenüber zitierte, erwiderte sie: ›Noch häufiger ist es der Beginn einer Neurose.‹ Was das Dittmyer-Institut betrifft, so ist der Beginn der Weisheit die Furcht vor Elinor Fischer.«

Die Gäste nickten und lachten.

»Aber Furcht, oder besser gesagt Ehrfurcht, ist nur ein kleiner Teil meiner Gefühle für Elinor Fischer. Zuneigung ist ein anderer Teil. Ich habe von dieser bemerkenswerten Frau mehr gelernt, als ich je mit Worten auszudrücken vermag. Ich stehe für immer in ihrer Schuld.«

»Das reicht jetzt, Jordan«, flötete Elinor von ihrem Sitz.

Jordan deutete auf sie. »Sehen Sie nur! Obwohl Elinor so freigiebig ihr Lob an andere verteilt, verträgt sie es nicht, einmal selbst gelobt zu werden.«

Die Gäste, Elinor eingeschlossen, brachen erneut in Gelächter aus, diesmal noch lauter.

»Sprechen Sie bitte nicht von Schulden, die man nie mehr zurückzahlen kann«, ließ sich Elinor vernehmen, beflügelt von der guten Stimmung. »Das macht mich ganz nervös.«
Jordan lächelte seiner Mentorin zu und wartete einen Augenblick, ehe er fortfuhr.
»Ganz ernsthaft, ich fühle mich von Elinors Worten sehr geehrt. Ich empfinde es auch als eine große Ehre, dass sie mich gebeten hat, nach meiner Abschlussprüfung weiter am Institut zu bleiben. Ich freue mich sehr darauf, in Zukunft weiterhin mit ihr zusammenzuarbeiten und von ihr zu lernen, und hoffe, dass noch viele gemeinsame Jahre vor uns liegen. Vielen Dank.«
Jordan verabschiedete sich so früh wie möglich und mit Sicherheit früher, als Elinor Fischer wünschte. Sein Magen hatte sich allmählich wieder beruhigt, und er wollte unbedingt noch zu seiner Lieblingsbuchhandlung, dem Borders Bookstore, die um zehn Uhr abends schloss. April Conniston begleitete ihn zur Eingangstür. Sie schob ihm einen Zettel in die Jackentasche, drückte ihm einen raschen Kuss auf die Wange und flüsterte: »Rufen Sie mich an. Ich beiße nicht, es sei denn, Sie wünschen es ausdrücklich.«

Montag, 22 Uhr

»Wissen Sie, ob es irgendwelche Bücher über die Manson-Morde gibt?«
Der junge Angestellte bei Borders, dessen Namensschild ihn als Chris auswies, lachte auf. »Verbrechen ist nicht gerade Ihr Spezialgebiet, stimmt's?«
Er ging mit Jordan zu der Abteilung ›Wahre Verbrechen‹

hinüber und reichte ihm eine Kopie von *Helter Skelter*. »Bugliosi war der Vertreter der Anklage und wusste am besten über den Fall Bescheid.«
Ungewiss, was die Lektüre ergeben würde, bedankte sich Jordan und steuerte das zur Buchhandlung gehörende Café an. Abgesehen von den paar Happen auf der Party hatte er seit dem Frühstück nichts mehr gegessen. Er bestellte ein Stück Käsekuchen und nahm Platz. Da der Buchladen in fünfundvierzig Minuten schloss, herrschte kein Mangel an freien Tischen.
Zuerst schlug er die Inhaltsangabe auf. Jedes Kapitel war mit einer Überschrift versehen, unter der Bugliosi die wichtigsten Daten vermerkt hatte.
Schon nach kurzer Durchsicht zeigte sich, dass der Prozess zwischen dem 15. Juni und dem 19. November 1970 stattgefunden hatte, was genau mit den Daten übereinstimmte, die Robin unter Hypnose genannt hatte. *Das muss nichts bedeuten, oder? Vielleicht hat sie das Buch gelesen.* Trotzdem wäre es ihm lieber, sehr viel lieber gewesen, wenn sie ihm falsche Daten genannt hätte.
Er versuchte, sich so genau wie möglich an Robins Worte zu erinnern; irgendwas mit Manson, der vor Gericht eine Zeitung mit der Schlagzeile, der Präsident erkläre ihn für schuldig, hochgehalten hatte. Aber welcher Präsident war damit gemeint? Der Präsident einer Universität? Wahrscheinlich hatte damals jeder gesagt, Manson sei schuldig, das allein hätte also keine Schlagzeile abgegeben. *Der Präsident der Vereinigten Staaten?* Schwer vorstellbar, dass ein amerikanischer Präsident sich offiziell zu einem laufenden Mordprozess äußerte. Andererseits war Manson einer der berüchtigtsten Mörder der amerikanischen Geschichte. Wer war 1970

Präsident gewesen? Jordan war in amerikanischer Geschichte sattelfest und wusste sofort: Richard Nixon.

Irgendwie konnte er sich nicht vorstellen, dass Bücher, die sich mit Verbrechen befassten, über den in der Fachliteratur üblichen Index verfügten. Er sandte ein stillschweigendes Gebet zum Himmel, schlug die letzten Seiten auf und wurde fündig: Es gab einen detaillierten Index. »Nixon, Richard Milhous.« Äußerlich ruhig blätterte Jordan die erste Seitenangabe auf, doch als er die erste Zeile las, schien sein Herzschlag für einen Augenblick auszusetzen. »Es war Montag, der 3. August, 1970«, begann Bugliosis Bericht. »Kurz vor zwei Uhr nachmittags befand ich mich nach der Mittagspause erneut auf dem Weg zum Gericht, als mich plötzlich Journalisten umringten. Sie redeten alle gleichzeitig auf mich ein, und es dauerte einige Sekunden, bis ich verstand, was sie mir sagten: ›Vince, haben Sie die Neuigkeit schon gehört? *Präsident Nixon hat Manson soeben für schuldig erklärt.*‹«

Offenbar hatte Nixon in Denver ein Gespräch mit der Staatsanwaltschaft geführt. Dabei war er seiner Lieblingsbeschäftigung nachgegangen und hatte der Presse vorgeworfen, sie verherrliche Verbrecher, um dann plötzlich auf den Fall Manson zu sprechen zu kommen: »Hier ist ein Mann, der direkt oder indirekt acht Morde begangen hat. Dessen ungeachtet wird dieser Mann auf den Titelseiten wie ein Star gefeiert.«

Jordan stieß unwillkürlich einen überraschten Pfiff aus. Um Himmels willen, Nixon war doch Rechtsanwalt. Wie hatte er nur etwas so Dummes sagen können! Nixons Kommentar war an diesem Tag durch alle Zeitungen gegangen. Der Richter hatte daraufhin unverzüglich verfügt, dass sich die Geschworenen weder im Radio noch im Fernsehen noch in der Presse äußern durften. Gleichwohl hatte Manson am darauf-

folgenden Tag im Gerichtssaal ein wahrscheinlich durch einen der Verteidiger eingeschmuggeltes Exemplar der *L.A. Times* mit der Schlagzeile NIXON ERKLÄRT MANSON FÜR SCHULDIG gut lesbar für alle Geschworenen hochgehalten. Auf Geheiß des Richters wurden diese anschließend sofort aus dem Gericht gewiesen.
Jordan ließ das Buch sinken. Diesen spektakulären Auftritt hatte Manson einen Tag nach Nixons Rede hingelegt, am 4. August 1970. *Genau wie Robin es gesagt hatte.* Wie hatte sie das wissen können? Robin war 1977 geboren. Als er sie im Anschluss an die Hypnose nach dem Vorfall gefragt hatte, hatte sie behauptet, sie wisse nichts über den Fall Manson, lediglich der Name sei ihr bekannt. Beverly Casper hingegen hatte genau Bescheid gewusst. Sogar Jordan selbst, der sich nicht sonderlich für Kriminalfälle interessierte, hatte von Mansons prominentestem Opfer, Sharon Tate, gehört. Er wusste auch, dass Manson an dem Gemetzel nicht selbst beteiligt gewesen war, sondern seine treuergebenen Anhänger damit beauftragt hatte. Robin hatte das nicht gewusst, Beverly hingegen schon. Robin hatte angenommen, dass Manson selbst der Mörder gewesen war. Sie wusste nur, dass er eine Schauspielerin umgebracht hatte, deren Namen sie nicht kannte.
Wie hatte sie dann von diesem Vorfall um Präsident Nixon wissen können, einem Detail, das nur Zeitgenossen oder jemandem, der sich intensiv mit dem Fall beschäftigte, bekannt sein dürfte? Wobei vermutlich nicht einmal einem Kenner der Materie das genaue Datum des Prozesstages geläufig gewesen wäre. Darüber hinaus machte es ihn auch stutzig, wie beiläufig sie von dem Vorfall gesprochen hatte – »Es ging um den Kram, von dem alle schon den ganzen Tag geredet hatten.

Dieser Manson hat vor Gericht eine Zeitung mit riesengroßer Schlagzeile hochgehalten. Der Präsident hatte gesagt, Manson sei schuldig«, als sei es tatsächlich der 4. August 1970 und jeder Bürger der Vereinigten Staaten wisse natürlich, was an diesem Tag im Gerichtssaal passiert sei. Das konnte er sich allerdings mühelos vorstellen. Die Berichterstattung über den O.-J.-Simpson-Prozess war ihm noch gegenwärtig. Als O.-J.-Simpson die Handschuhe nicht passten, hatte es jeder gewusst. Na gut, das war ja auch verständlich. Aber würde sich im Jahre 2020 auch noch jemand an diese Einzelheit erinnern? Wie hoch war die Wahrscheinlichkeit, dass eine Frau, die sieben Jahre nach dem Simpson-Prozess geboren war, in die Praxis eines Psychiaters kam und sich unter Hypnose an die Rundfunkübertragung dieser Geschichte erinnerte?

Nichts war unmöglich. Er blätterte zum Index zurück und prüfte die Eintragungen unter ›C‹ wie Beverly Casper nach. Vielleicht gab es eine Beverly Casper, die im Zusammenhang mit den Manson-Verbrechen ermordet worden war. Aber die Suche verlief ergebnislos. Es gab einen Eintrag unter Paul Caruso und darunter einen unter Winifred Chapman. Dazwischen kein Casper.

Plötzlich stieg erneut Übelkeit in ihm auf. Er lehnte sich zurück und konzentrierte sich auf die Atmung. Während er sich selbst Anweisungen zum Ein- und Ausatmen gab, fiel ihm sonderbarerweise ein Jugenderlebnis ein. Er erinnerte sich an eine Fahrt quer durch Amerika, als er sieben Jahre alt gewesen war. Sein Vater wollte zurück ins südliche Kalifornien, seine Mutter wollte in New York bleiben, wo ihre Familie und ihre Freunde wohnten. Während der ganzen Reise litt Jordan unter heftigen Magenkrämpfen. Im Nachhinein kam

es ihm so vor, als hätte er jede Pause, die sie einlegten, mit dem Kopf über der Toilettenschüssel verbracht.
Als die Übelkeit nachließ, erhob er sich, bezahlte das Buch und machte sich auf den Heimweg. Während der Fahrt kurbelte er die Scheiben herunter. Die feuchte, kühle Luft erfrischte ihn.
Wie immer musste er an der Kreuzung zwischen Wilshire und Westwood endlos warten, bis die Ampel auf Grün schaltete, und seine Gedanken glitten zu dieser Odyssee seiner Kindheit zurück. Er erinnerte sich an die hitzigen Streitgespräche der Eltern vor dem bevorstehenden Umzug. Schließlich einigten sie sich auf den Satz: »Jordan soll entscheiden«, und er hörte förmlich, wie sein Vater diesen Satz aussprach. Wenn ihm Los Angeles gefiel, würde die Familie umziehen. Wenn nicht, würden sie in New York bleiben.
»Jordan soll entscheiden.« Das war Frank Geller, wie er leibte und lebte, ein Mann, der sich zu nichts durchringen konnte und nie eine Entscheidung traf. Wenn es sich gar nicht umgehen ließ, suchte er nach jemandem, der ihm diese Entscheidung abnahm, selbst wenn es sein siebenjähriger Sohn war. Natürlich gab es für diese Neurose eine Ursache, eine so offensichtliche, dass Elinor Fischer sie fast auf der Stelle erkannte, als Jordan vor drei Jahren seine Analyse bei ihr begonnen hatte. Er schämte sich beinahe dafür, dass er nicht selbst darauf gekommen war. Franz Geller (der sich nach seiner Emigration in die Staaten Frank nannte) war 1941 in Budapest ein herausragender Medizinstudent gewesen, der Klassenprimus. Er war auf dem besten Wege, Chirurg zu werden und der Liebling aller Professoren. Es gab nur ein Problem. Franz Geller war Jude. Bei Kriegsausbruch baten ihn seine beiden Schwestern, Leah, die ein Jahr jünger war,

und die zwei Jahre jüngere Celia, sie aus der Stadt und aus Europa wegzubringen. Leah ahnte, was ihnen bevorstand. Franz hingegen, der nur sein Studium im Kopf hatte und dessen angeborene Arroganz durch seinen Erfolg noch größer geworden war, reagierte gereizt auf die Bitten seiner Schwestern. Das Judentum bedeutete ihm nichts. Er war zwar als Jude zur Welt gekommen, lebte aber aus freiem Willen als Atheist. In seiner Welt der Wissenschaft war kein Raum für altmodischen Aberglauben. Selbst wenn die Nazis genauso schlimm waren, wie allgemein behauptet wurde, vertraute er darauf, dass Ärzte nichts von ihnen zu befürchten hatten. In den Augen des jungen Rationalisten wäre das auch vollkommen sinnlos gewesen. Obwohl die Schwestern ihn wieder und wieder anflehten, weigerte er sich, auf sie zu hören. Die Geschwister hatten erst vor drei Jahren die Eltern verloren, und die beiden Schwestern verehrten ihren begabten großen Bruder. Franz seinerseits dachte zwar in Glaubensfragen modern, fühlte sich aber in allem, was die Familie betraf, der Tradition verpflichtet. Seine Schwestern empfanden genauso. Wenn er blieb, so blieben sie auch.

Natürlich kamen die Nazis. Sie machten keinerlei Unterschied zwischen Juden, die ihren Glauben praktizierten, und jenen, die es nicht taten. Nazis hatten keine Probleme mit Entscheidungen. Sie wollten, dass alle Juden starben. Noch im Operationssaal nahmen sie Franz fest, als er gerade von der Aussichtsplattform einem seiner Professoren bei einer Leberresektion zusah. Der Professor, ebenfalls ein Jude, wurde auch verhaftet. Den jüdischen Patienten ließen die Nazis auf dem Operationstisch sterben. Als die Nazi-Schergen ihn die Treppe zum Haupteingang der Medizinischen Fakultät hinunterstießen, brach sein linker Arm an drei Stellen. Er überlebte den Unfall, konnte aber für den Rest seines Lebens mit der Linken nichts mehr festhalten. Er überlebte auch die zwei Jahre im Arbeitslager und ein Jahr im Konzentrationslager. Er sah seine Schwestern nicht wieder. Er fragte jeden, den er traf, nach den beiden, doch niemand wusste über ihr Schicksal Bescheid. Sie waren spurlos in der Nacht verschwunden.

Von Schuldgefühlen gepeinigt, dass er, Franz, in seiner maßlosen Arroganz für den Tod seiner Schwestern verantwortlich war und dass ausgerechnet er, so anmaßend und begabt, aber doch dumm, überlebt hatte, während seine weitsichtigen, gutherzigen Schwestern hatten sterben müssen, tauchte er als ein Anderer aus den Flammen des Holocaust auf. Wenn er nie wieder eine Entscheidung traf, würde er auch nie wieder die falsche Entscheidung treffen. Er wanderte in die Vereinigten Staaten aus, heiratete eine andere Überlebende des Holocaust und vergaß, dass er je Medizin studiert hatte. Ärzte mussten jeden Tag Entscheidungen treffen. Den Rest seines Lebens arbeitete er als Vertreter, meist im Juwelen-Großhandel. Er traf und heiratete Jordans Mutter nach der Scheidung von seiner ersten Frau. Sie war fünfzehn Jahre jünger als er, und Jordan war eine unerwartete und vielleicht auch – über diesen Punkt war sich Jordan noch immer nicht im Klaren – unerwünschte Überraschung.

Nach der Reise zur Westküste ging Frank Geller mit Jordan wegen dessen Magenproblemen zum Kinderarzt. Nachdem der freundliche Arzt in einige Einzelheiten der Reise eingeweiht worden war, zog er die Brauen zusammen und lächelte. »Mit dir ist alles in Ordnung, junger Mann. Die Magenprobleme sind nur in deinem Kopf.« So klar sich diese Diagnose auch jetzt anhören mochte, für den siebenjährigen Jordan kam sie einer Offenbarung gleich. Die Vorstellung, dass Gedanken einen so weitreichenden Einfluss auf den Körper haben konnten, beeindruckte ihn tief. So tief, gestand er sich einundzwanzig Jahre später unmerklich lächelnd ein, dass er schließlich selbst Psychiater geworden war.

Zu Hause nahm Jordan als Erstes eine Schlaftablette – er musste unbedingt schlafen – und spülte sie mit Pepto Bismol hinunter. Anschließend ging er zum Bücherregal und zog ein Buch heraus, das er seit der Junior Highschool nicht mehr gelesen hatte. Obwohl er viele Bücher während der Zeit an der Highschool, dem College oder der Universität verloren oder weitergegeben hatte, war ihm dieses Buch, *Über die menschliche Natur* von Dr. Hugo Miller, nie abhandengekommen.

Nachdem die Gellers bereits einige Jahre in Los Angeles lebten, hatte Jordans Englischlehrer der vierten Klasse seine Schüler aufgefordert, ein Buch zu lesen, das mit ihrem zukünftigen Berufswunsch zu tun hatte. Die meisten Klassenkameraden hatten Sportlerbiographien gewählt, aber Jordan entschied sich für *Über die menschliche Natur*, ein Buch, das er per Zufall beim Stöbern in einem antiquarischen Buchladen in Santa Monica entdeckt hatte. Es bestätigte alles, was der Kinderarzt damals über den Einfluss des Geistes auf den Körper gesagt hatte, und obendrein gab es noch eine lange Liste verblüffender Beispiele aus der eigenen Praxis Dr. Millers. Jordan pustete den Staub vom Buchrücken und schlug das Buch in der Mitte auf. Wichtige Passagen auf beiden Seiten waren mit Klammern und Sternchen markiert, eine Angewohnheit, die er nie aufgegeben hatte.

Natürlich war ihm der Grund seiner plötzlichen Übelkeit klar. Jemand, der vier- oder fünfmal pro Woche in *Stan's Grill* tüchtig zulangte, musste einen Magen wie ein Pferd haben. Nein, es waren die für morgen geplanten Nachforschungen, die ihm so zu schaffen machten. Falls sich nur etwas von dem bestätigte, was Robin ihm heute erzählt hatte, musste er Elinor in die Sache einweihen, eine Aussicht, bei der selbst dem stärksten Mann mulmig wurde. Außerdem gab es noch etwas anderes, das ihn weitaus mehr einschüchterte als Elinor Fischer. Er musste jede seiner grundlegenden Überzeugungen, auf denen sein Leben basierte, seit er vor sieben Jahren das Medizinstudium begonnen hatte, auf den Prüfstand stellen. Er fragte sich unwillkürlich, ob er nach dem jahrelangen medizinischen und analytischen Training tatsächlich so viel mehr über den menschlichen Geist wusste als damals, nach seiner ersten Begegnung mit Dr. Millers Buch.

Vielleicht wusste er inzwischen sogar weniger. Vielleicht überwand das Geistige tatsächlich Körper und Zeit. Ein mächtiger Impuls befahl ihm, vor diesem Gedanken davonzulaufen. Hatte er denn nicht gehört, was Elinor in ihrer Rede auf dem Wohltätigkeitsfest gesagt hatte? Er war Kronprinz und Thronfolger und würde aller Wahrscheinlichkeit nach der führende Kopf in einem der renommiertesten Institute für Psychoanalyse in diesem Land, wenn nicht sogar der Welt, werden.

Es war ein Gebot des gesunden Menschenverstands oder, besser gesagt, der reinen Vernunft, diesen Weg einzuschlagen.

Allmählich beruhigte das Pepto seinen Magen. Die Schlaftablette zeigte leider keinerlei Wirkung. Um fünf Uhr morgens war Jordan noch immer hellwach.

Dienstag

9 Uhr

Während seines Studiums an der UCLA hatte Jordan Amerikanische Geschichte als Nebenfach belegt. Er war mit der Zeitungsrecherche wohlvertraut und fand sich problemlos in der Mikrofilmsammlung der *L.A. Times* der Bücherei zurecht. Im Augenblick – es war neun Uhr morgens und er hatte höchstens zwei Stunden geschlafen – war er gerade dabei, sich die Kopien der Augustausgaben vorzunehmen und den Mikrofilm ins Lesegerät einzulegen. Was seinen Verstand betraf, so hoffte er inständig, dass er sich durch die gesamten Augustausgaben der Zeitung arbeitete, ohne die geringste Notiz von Beverly Casper zu entdecken. Andererseits musste er allmählich feststellen, dass bei dieser Geschichte weit mehr betroffen war als nur sein Verstand.
Er fing mit dem 4. August an, und sein Blick fiel als Erstes auf die berüchtigte Schlagzeile: NIXON ERKLÄRT MANSON FÜR SCHULDIG. Aufmerksam las er den Artikel und studierte dann alle anderen Beiträge, die die verschiedenen Mei-

nungen zu der Äußerung des Präsidenten widerspiegelten. Im Grunde die reine Zeitverschwendung; Nixons Rede hatte nichts mit dem zu tun, wonach er suchte. Offenbar wollte er nur den Augenblick der Wahrheit hinauszögern. Zutreffend oder nicht, wahr oder falsch, innerhalb weniger Minuten würde es keinen Zweifel mehr geben. Beides jagte ihm Angst ein. Schließlich nahm er sich die Ausgabe vom 5. August vor. Falls irgendetwas an der Beverly-Casper-Geschichte dran war, konnte die Zeitung unmöglich schon am 4. August darüber berichtet haben.

Robins Bericht zufolge war Beverly in der Nacht zum 5. August entführt worden, die früheste Meldung über den Vorfall war also erst an diesem Tag möglich. Er studierte die gesamte Zeitung von der ersten bis zur letzten Seite und las jede einzelne Schlagzeile. Nichts.

Er wechselte zur Ausgabe des darauffolgenden Tages und war entschlossen, jede *L.A. Times* bis zum 10. August durchzulesen. Die Mühe konnte er sich jedoch sparen. Bereits am 6. August fand sich unten auf der dritten Seite des Lokalteils von Woodland Hills folgender Artikel:

ANGST UM VERMISSTEN TEENAGER WÄCHST

5. August, *Woodland Hills*. Polizeibeamte der im westlichen Teil des San Fernando Valley gelegenen Stadt Woodland Hills haben eine umfangreiche Suche nach der seit Dienstagabend verschwundenen siebzehnjährigen Beverly Casper, Schülerin der hiesigen Madison Highschool, eingeleitet.

Laut den Eltern der Vermissten, William und Alice Casper, fehlt seit Mittwochnacht, ein Uhr, jede Spur von ihrer Tochter. Der Mutter, Alice Casper, zufolge, hatten sie und ihr Mann zunehmend nervös bereits seit einiger Zeit auf die Tochter gewartet, die an jenem Abend früher zu Hause hätte sein sollen.

Um zehn vor eins habe das Telefon geklingelt. Ein männlicher Anrufer, so die Mutter, habe ihr gesagt, er habe eine Nachricht von Beverly. Als die schockierte Mrs. Casper mit ihrer Tochter sprechen wollte, habe der Mann gesagt, Beverly schliefe. Nach einigen weiteren Worten habe er aufgelegt.

Der bizarr anmutende Anruf verängstigte Mrs. Casper derart, dass sie auf der Stelle die örtliche Polizei alarmierte.

Obwohl bei Vermisstenanzeigen im Allgemeinen erst nach vierundzwanzig Stunden entsprechende Nachforschungen eingeleitet werden, ordnete Lieutenant Michael Broder unverzüglich den Beginn der Ermittlungen an.

Folgende Tatsachen sind bisher bekannt: An jenem Abend war Beverly zu einer Probe für die im September, zu Beginn des neuen Schuljahres, stattfindende Schulaufführung unterwegs. Nach der Probe hatte sie sich mit einigen Freundinnen im *Hamburger Heaven* in Malibu getroffen.

Eines der Mädchen, Melissa Wine, berichtete, sie und Beverly seien dort mit zwei anderen Freundinnen verabredet gewesen. Miss Wine zufolge hatte Miss Casper, die die letzte Klasse der Madison Highschool besucht, das Restaurant gegen Viertel nach zehn verlassen. Ihr Pontiac Grand Am wurde Mittwoch, gegen drei Uhr morgens, von der Polizei im Topanga Canyon entdeckt.

Die örtliche Polizei und die Familie der Vermissten bitten dringend darum, dass jeder, der auch nur die geringsten Hinweise auf das Verbleiben von Beverly geben könnte oder weiß, was ihr am Abend des 4. August zugestoßen ist, sich melden möge.

Die Polizei hat eine besondere Telefonleitung mit der Rufnummer 555-6150 eingerichtet.

Mit weit aufgerissenen Augen starrte Jordan auf den Artikel.

Beverly Casper hatte gelebt. Beverly Casper war mit siebzehn Jahren spurlos verschwunden.
Er ließ den Kopf in die Hände sinken und rieb sich Schläfen und Stirn. Vielleicht gab es ja eine einfache Erklärung. Vielleicht hatten die Eltern des Mädchens Woodland Hills nach dem tragischen Vorfall verlassen und waren in die Nähe von Robins Eltern gezogen. Vielleicht hatte Robin als Kind von der Geschichte gehört und diese Erinnerungen verdrängt.
Er sagte sich wieder und wieder, dass es irgendeine Verbindung zwischen den beiden Familien geben musste. Darauf liefen diese Geschichten am Ende doch immer hinaus, oder? Trotzdem las er wie gebannt weiter.
Am 7. August wurde nichts über den Vorfall berichtet, aber am nächsten Tag, dem 8. August, erschien folgender Artikel in der Zeitung:
FREUND DES VERMISSTEN MÄDCHENS VERHÖRT
8. August, *Woodland Hills.* Lawrence Keeton, Gerüchten zufolge der Freund der vermissten Schülerin Beverly Casper, von der bisher jede Spur fehlt, seit sie das *Hamburger Heaven*-Restaurant in Malibu am Dienstagabend gegen 22 Uhr verließ, wurde von der Polizei verhört. Am Abend ihres Verschwindens hatte Casper ihren Freundinnen anvertraut, Keeton habe sie angerufen und sich mit ihr verabreden wollen.
Die Polizei hatte am Morgen nach dem Verschwinden des Mädchens von der Verbindung Keetons zu der Vermissten erfahren und den Jungen daraufhin kurz zu Hause verhört. Wie aus polizeilicher Quelle verlautete, hat sich das Interesse der Polizei an Keeton erheblich gesteigert, seit ein anonymer Anrufer der Polizei den Hinweis gab, er habe Miss Casper nach dem Verlassen des Restaurants zusammen mit Mr. Keeton gesehen.

Keeton seinerseits bestreitet offenbar, Miss Casper an jenem Abend getroffen zu haben. Einer anderen Quelle zufolge hatte er der Polizei erzählt, er habe sich lediglich mit Miss Casper verabreden wollen, und sie seien keineswegs ein Paar. Nach zweistündigem Verhör entließ die Polizei Keeton in die Obhut seines Vaters, des hier ansässigen Anwalts Frederick Keeton.

Als der Reporter dieser Zeitung die Keetons vor ihrem Haus traf, bestritt Keeton aufgebracht, Casper am Abend des 4. August begegnet zu sein. Auf die Frage, warum ein anonymer Anrufer etwas anderes behauptet habe, gab Keeton keine Antwort. Als die Frage erneut gestellt wurde, erwiderte der Vater des Jungen: »Mein Sohn steht unter Schock. Die Ereignisse der letzten Tage haben ihm sehr zugesetzt. Beverlys Verschwinden geht ihm sehr nahe, und er betet, dass sie sicher zurückkommen möge. Mein Sohn hat selbstverständlich nicht das Geringste mit Miss Caspers Verschwinden zu tun.«

Anschließend wurden die Artikel immer kürzer und spärlicher. Im Index der Zeitung fand Jordan noch drei weitere Einträge für das Jahr 1970. Im frühen Oktober eine kurze Notiz mit der Bekanntmachung Lieutenant Broders, es gebe in diesem Fall keine heiße Spur. Einen Monat später wurde eine bereits teilweise verweste Leiche in Malibu Canyon gefunden, und in der Presse wurden Vermutungen angestellt, dass es sich dabei um die Leiche Beverlys handeln könnte. Die Obduktion ergab jedoch, dass man die Leiche Norma Thompsons entdeckt hatte, einer neunzehnjährigen Studentin aus Orange County, die am Pierce College studiert hatte. Jordan, der zusehends neugieriger wurde, schlug nun Thompsons Namen im Index nach. Er erfuhr, dass man ihren ehemaligen Freund, Franklin Jonathan Cole, zwei Tage später festgenommen und des Mordes angeklagt hatte. *Franklin Jonathan Cole*, las Jordan. *Sie nennen mich John.* Es war lächerlich, eine Verbindung herzustellen, überlegte er, oder etwa nicht? Unwillkürlich notierte er Coles Namen auf einer Karteikarte.

Am 31. Dezember wurde Beverlys Verschwinden in einem Jahresrückblick erwähnt, der sich mit ungelösten Gewaltverbrechen und vermissten Personen im Großraum Los Angeles beschäftigte.

Jordan saß nachdenklich am Tisch und überdachte seine frühere Gewissheit, dass zwischen den Familien Casper und Norris irgendeine Verbindung bestehen müsse und Robin als Kind höchstwahrscheinlich detaillierte Erzählungen über diesen Mord zu Ohren gekommen waren. Doch sogar unter dieser Voraussetzung war die Geschichte immer noch äußerst rätselhaft. Warum sprach Robin unter Hypnose über diese Vorfälle, als seien sie ihr *selbst* zugestoßen? Unbeantwortet blieb auch die beinahe noch wichtigere Frage, wie sie von John gehört haben konnte. Jedenfalls nicht von den Caspers, so viel stand nach der Zeitungslektüre fest.

Jordan schlug den Zeitungsindex aus dem Jahr 1971 auf. Lediglich ein Artikel vom 6. Februar beschäftigte sich mit Beverly Casper. Er suchte den Mikrofilm rasch nach dem Beitrag ab, doch als er den Bericht schließlich fand, enthielt er keine neuen Informationen. Gleichwohl stimmte ihn das, was er las, besonders traurig.

HIGHSCHOOL-SCHÜLER TOT AUFGEFUNDEN

5. Februar, *Woodland Hills.* Lawrence Keeton, siebzehnjähriger Schüler der Madison Highschool, der im August letzten Jahres im Zusammenhang mit dem Verschwinden der immer noch vermissten Beverly Casper von der Polizei verhört wor-

den war, wurde am Mittwochabend tot in den Wäldern des Topanga Canyons aufgefunden. Ersten Untersuchungen zufolge soll er dabei der Verletzung erlegen sein, die er sich mit einer Schusswaffe selbst zugefügt hat. Der Vater des Toten, Frederick Keeton, ein Anwalt in Woodland Hills, bestätigte, dass die Schusswaffe, die man neben der Leiche seines Sohnes fand, ihm gehöre. Frederick Keeton behauptet, die Waffe vor einem Jahr erworben zu haben, als das kleine beschauliche Städtchen im westlichen Teil des San Fernando Valleys von einer Serie von Überfällen heimgesucht wurde.

Gegenüber dem Reporter dieser Zeitung warf Frederick Keeton der Polizei nach dem Tod seines Sohnes vor, die im Anschluss an Beverly Caspers Verschwinden geführten Verhöre unter großem Medienrummel abgehalten zu haben. »Mein Sohn wurde daraufhin an seiner Schule regelrecht gequält. An seinem Spind hingen Schmierzettel, auf denen man ihn als Perversen und Mörder beschimpfte.«

Als der Reporter dieser Zeitung Lieutenant Michael Broder mit den bitteren Äußerungen Frederick Keetons konfrontierte, beschränkte sich der Beamte darauf, sein Bedauern auszudrücken. »Ich möchte der Keeton-Familie mein tiefes Beileid über dieses unglückliche Ereignis aussprechen.«

Auf die Frage, ob Broder definitiv ausschließen könne, dass Keeton mit dem Verschwinden von Beverly Casper zu tun hatte, verweigerte der Lieutenant die Antwort. »Der Fall Casper bleibt ungelöst. Wir wissen immer noch nicht, was dem Mädchen zugestoßen ist. Mehr habe ich dazu nicht zu sagen.«

Was für eine Antwort! Ob nach diesem Kommentar jemand außer den engsten Familienangehörigen bei Larry Keetons Beerdigung aufgetaucht war?

Sollte ›John‹ wirklich existieren, dann war in jener Nacht nicht nur Beverly Caspers Leben beendet worden. Zweifellos gehörte auch Larry Keeton zu den Opfern des Mannes.

Dienstag, 10 Uhr 32

»Warum sind wir hier? Ich will zurück nach Hause«, drängte Claire Johnson ihren Gatten. »Komm, lass uns gehen.«

»Claire, Liebling, ich bitte dich. Wenn Lieutenant Lemoski uns hergebeten hat, dann hat er dafür bestimmt seine ...«

»Vielleicht wartet Monica zu Hause auf uns«, fiel sie ihm ins Wort. »Wenn wir uns nicht beeilen, verpassen wir sie womöglich.«

Widerstrebend wandte sich Johnson von seiner Frau ab. Der Leichenbeschauer hob das Tuch von Monicas Gesicht. Er zog es nur bis zum Kinn zurück. Den Anblick der schrecklichen, tiefroten Würgemale am Hals wollte er den Eltern ersparen.

»Sie wird auf die CSUN gehen«, sagte Claire zu Lemoski, ohne den Leichenbeschauer oder ihren Mann zu beachten.

Aus dem Augenwinkel sah Lemoski Tränen über Keith Johnsons stoppelige Wangen rinnen. Er konnte sich gut vorstellen, wie sehr diese Tränen brannten. Die Tochter des Mannes war tot. Abgesehen von ein paar Metern unter die Erde würde sie nirgendwohin mehr gehen. Die Folgen dieser düsteren Tatsache würden diese beiden freundlichen Seelen für den Rest ihres Lebens bedrücken.

Plötzlich blickte Claire Johnson auf die Leiche herunter und schüttelte heftig den Kopf. *»Das ist nicht meine Monica.«* Sie wandte sich ab und blickte sich dann erneut um. *»Das ist sie nicht! Das ist sie nicht!«*

Keith nahm seine Frau behutsam am Ellbogen und geleitete sie zur Schwingtür, die die beiden aus der Leichenhalle hinaus und in ein neues Leben voll Kummer führte.
»Sie lassen sie doch nicht einfach so davongehen, oder?«, fragte Jimmy Lee, der Lemoski in der Eingangshalle einholte. »Wir haben die beiden noch nicht befragt.«
»Jimmy«, sagte Lemoski, »diese Frau ist außerstande, der Wahrheit ins Auge zu sehen, und ihr Mann hat alle Hände voll zu tun, sich um sie zu kümmern, ganz zu schweigen von seinem eigenen Kummer.«
»Aber …«
»Morgen haben wir auch noch Zeit für ein Gespräch mit den beiden. Ich sorge jetzt dafür, dass man sie nach Hause bringt.«
Lee beschränkte sich auf ein mürrisches Schulterzucken. Der Lieutenant hatte seine eigene Art und Weise, die Dinge anzupacken.
»Sie wird Tierärztin«, erzählte Claire Johnson Lemoski, als er ihr die Tür des Einsatzwagens öffnete. »Sie kann besonders gut mit Tieren umgehen. Sie spricht ihre Sprache, findest du nicht auch, Keith?«
Ihr Mann starrte nur wortlos geradeaus, die blutunterlaufenen Augen auf den Horizont gerichtet.
Lemoski hatte die unterschiedlichsten Reaktionen auf Mordfälle erlebt. Er hatte gesehen, wie Menschen auf ihre toten Geliebten blickten und in Gelächter ausbrachen. Er hatte Männer gesehen, die wie Klageweiber zu jammern anfingen. Er hatte sich häufig gefragt, wie er selbst reagieren würde, wenn er einen ihm nahestehenden Menschen identifizieren müsste. Man konnte es weder vorhersehen noch sich darauf vorbereiten. Wer würde das auch wollen?

Als das Polizeiauto davonfuhr und die Johnsons in ihr Zuhause zurückbrachte, dessen Bewohnerschaft gerade um ein Drittel abgenommen hatte, glitten Lemoskis Gedanken unversehens zum gestrigen Morgen zurück und seinen Sorgen darüber, wie er die Aufnahmegebühr für Kathys College zusammenkratzen sollte. Aufnahmegebühr bezahlen. Mit einem Mal war er dankbar, dass er dieses Problem überhaupt hatte.

Dienstag, 11 Uhr 09

Obwohl nicht einmal vierundzwanzig Stunden vergangen waren, seit Robin sein Büro verlassen hatte, kam es Jordan vor, als könne sein bisheriges Leben in *v. H.* und *n. H.* aufgeteilt werden: vor und nach der Hypnose. Dass er so aufgewühlt war, lag natürlich nicht nur an der Sitzung mit Robin, sondern alles, was er gestern Abend in der Buchhandlung und heute Morgen in der Bücherei herausgefunden hatte, trug ebenfalls dazu bei. Dennoch fragte er sich während des ganzen Weges zum Institut, was Elinor dazu sagen würde.

Im Institut angekommen, stellte er fest, dass die Tür zu Elinors Büro nur angelehnt war. Er klopfte vorsichtig an.

»Ja?«

»Ich bin's, Elinor«, sagte er. Jordan hatte einmal einem Freund anvertraut, er würde sich an dem Tag, wenn Elinor ihm anbiete, sie beim Vornamen zu nennen, so fühlen, als sei er von einer Baseballmannschaft am College direkt in die Nationalmannschaft aufgestiegen. Er trat ein. »Hätten Sie einen Augenblick Zeit?«

Elinor Fischer warf ihm einen Blick zu, ohne dabei den Kopf zu bewegen. »Wird das denn ausreichen?«

Sie trug ein Kostüm in zartem Hellgelb, das ihren olivenfarbenen Teint unterstrich, und hatte einen wohlwollenden, förmlichen Ton angeschlagen. »Setzen Sie sich, Jordan.« Sie wies auf den Lederstuhl vor ihrem Schreibtisch. »Mir schwant, dass Sie nicht hier sind, um mir zu erzählen, wie sehr Ihnen die gestrige Wohltätigkeitsveranstaltung gefallen hat.«

»Alles lief wie am Schnürchen, würde ich sagen«, gab er zurück, um nicht allzu hastig auf sein eigentliches Thema loszusteuern.

»Ihre Rede war sehr gelungen, obwohl wir ohne Ihr sattsam bekanntes Bibelzitat hätten auskommen können. Ich jedenfalls war etwas enttäuscht, dass Sie sich so schnell nach dem Abendessen verabschiedet haben. Einige Gäste haben sich nach Ihnen erkundigt, unter anderem auch April.«

»Ich hatte leider noch dringende Arbeiten zu erledigen.«

»Ich vermute, dieser Arbeit verdanke ich auch Ihren heutigen Überraschungsbesuch. Ihrer Körpersprache kann ich entnehmen, dass Sie nicht hier sind, um zu plaudern. Sie strömen den Duft folgenschwerer Erkenntnisse aus.«

Jordan ging auf den scherzhaften Ton ein. »Ist das wirklich so unübersehbar?«

»Sie sehen mich voller Spannung warten.«

Obwohl Jordan diesen Augenblick herbeigesehnt hatte, fürchtete er sich nun plötzlich davor. Er wollte unbedingt wissen, was Elinor von der ganzen Geschichte mit Robin hielt. Allerdings musste er sie dafür zunächst einmal rückhaltlos aufklären, angefangen mit der Party, auf der er Robin kennengelernt hatte. Jordan war kein Einfaltspinsel, und plötzlich beschäftigte ihn nur noch eine Frage: Würde Elinor wegen der Hypnose lediglich etwas verärgert reagieren oder richtiggehend in Wut geraten?

So beiläufig wie möglich schilderte er alle der Hypnose vorausgegangenen Einzelheiten und erwähnte nur, wie überrascht er gewesen sei, als Stanton seinen Plan verkündet und anschließend ihn selbst vorgestellt habe.

»Nur noch einmal zur Sicherheit, ob ich Sie da auch richtig verstanden habe«, fiel ihm Fischer ins Wort. »Sie haben auf einer Party zur allgemeinen Unterhaltung eine Hypnose durchgeführt?«

»Ja, aber …«

»Und als Ihr sogenannter Freund, dieser Stanton, Sie vorgestellt hat, hat er Ihnen da vielleicht auch die Ehre erwiesen und allen Anwesenden mitgeteilt, dass Sie Arzt sind?«

Jordan nickte niedergeschlagen.

»Genauer gesagt ein Psychiater?«

Ein weiteres, ebenso niedergeschlagenes Nicken.

Fischers Blick wurde hart wie Stein. »Hat er Ihre Verbindung zum Dittmyer-Institut ebenfalls erwähnt?«

»Nein«, erwiderte Jordan lauter als beabsichtigt.

»Immerhin. Für so viel Umsicht sollten wir dankbar sein«, sagte Elinor. Sie blickte Jordan durchdringend an und schüttelte dabei den Kopf. »Jordan, ich weiß, Sie sind hier, um mir von einem Erlebnis zu erzählen, das Sie beunruhigt und aufregt. Ich werde Ihnen selbstverständlich zuhören. Aber bevor ich das tue, junger Freund, müssen Sie mir für eine Minute Ihre Aufmerksamkeit schenken.«

Sie hielt inne und suchte nach den richtigen Worten, Worte, die ihn, wie sie hoffte, überzeugen würden. »Ich stehe voll und ganz zu dem, was ich gestern Abend über Sie sagte. Sie besitzen alle Eigenschaften, die einen erstklassigen Analytiker auszeichnen, und verfügen außerdem, was beinahe noch wichtiger ist, über Führungsqualitäten. Trotzdem fürchten

Sie immer noch, Sie könnten auf Ihre Mitmenschen zu wenig Eindruck machen. Dadurch schaden Sie sich letzten Endes selbst. Denn eines kann ich Ihnen mit Sicherheit prophezeien: Wenn Sie sich auf Partys für Hypnose-Spielchen hergeben, ist Ihre Karriere schneller zu Ende, als sie begonnen hat. Würden Sie viermal pro Woche zu einem Analytiker gehen, der auf Partys irgendwelche Zaubertricks vorführt?«
Jordan spürte, wie ihm das Blut ins Gesicht stieg. »Es wird nicht wieder vorkommen.«
Fischer nickte langsam. »Das kann ich nur hoffen. Jetzt erzählen Sie mir, was Sie auf dem Herzen haben.«
Jordan kam ohne Umschweife zur Sache und berichtete von dem Test, den er durchgeführt hatte, um geeignete Hypnose-Kandidaten zu finden, und wie ihm Robin rasch als eine Versuchsperson aufgefallen war, die in besonders tiefe Trance versetzt werden konnte.
»War Robin die Einzige, deren Hände sich berührten?«
»Nein, es gab auch noch einige andere, aber bei ihr war es am deutlichsten.«
»Warum haben Sie dann nicht versucht, mehrere Personen gleichzeitig zu hypnotisieren, so wie Sie es offenbar schon auf einer früheren Party mit diesem Stanton getan haben?«
»Robin machte einen besonders erfolgversprechenden Eindruck.«
Fischer gluckste. »Erfolgversprechend in Bezug auf was?« Sie winkte auffordernd. »Weiter.«
Während er redete, versuchte Jordan die ganze Zeit, aus dem Gesichtsausdruck seiner Mentorin schlau zu werden, ein beunruhigendes Unterfangen, da Elinor inzwischen eine vollkommen undurchdringliche Miene aufgesetzt hatte. Noch vor einer Stunde in der Bücherei war er voller Vertrauen

gewesen. Er hatte sich ausgemalt, wie er in Elinors Büro sitzen und sie in alles, was er herausgefunden hatte, einweihen würde, während sie seinen atemberaubenden Entdeckungen fasziniert lauschte. Die Wirklichkeit, versinnbildlicht durch die unduldsamen dunkelbraunen Augen der Argentinierin, hatte indessen keinerlei Ähnlichkeit mit Jordans Phantasien.

»Robin«, ließ sich Fischer jetzt vernehmen, »machte also einen beunruhigten Eindruck und sagte, sie sei nicht an einer Analyse interessiert und lege vor allem Wert auf eine rasche Lösung ihrer Probleme.« Jordan nickte. »Warum beschleicht mich nur plötzlich das ungute Gefühl, dass Sie mir als Nächstes berichten werden, wie Sie diese junge Frau in den Zustand tiefer Hypnose versetzten und ihr die Anweisung erteilten, dass von jetzt an jeder Bissen in ihrem Mund schmelzen und sie wie eine Nachtigall singen würde? Dann haben Sie dieses sozusagen neu erschaffene Wesen nach Hause geschickt, und siehe da, heute Morgen hat die junge Dame Sie angerufen und wissen lassen, dass sie gestern Abend ein Steak verspeist hat und im nächsten Monat ein Solokonzert im Music Center geben wird.«

»Das ist unfair, Elinor«, gab Jordan ärgerlich zurück. »Es ist mir wirklich ernst damit.«

Elinor schlug kräftig auf die Schreibtischplatte. »Psychoanalyse ist eine ernstzunehmende Angelegenheit, Jordan. Hypnose nicht. Wenn die junge Frau von ihren Beschwerden geheilt werden soll, so muss sie allein, nur mit Hilfe der professionellen Beratung eines Analytikers, die *Ursachen* dieser Beschwerden erkennen. Sobald sie diese erkannt hat, steht einer Besserung und höchstwahrscheinlich vollständigen Gesundung nichts mehr im Wege. Aber wenn Sie irgendetwas an diesem Institut gelernt haben, dann sollten Sie wissen, dass man derartige Heilungsprozesse nicht durch vermeintlich weniger mühsame Schnellschussverfahren umgehen kann, die am Ende nur dazu führen, dass der Weg zur Heilung dreimal so lange dauert. Jordan, wissen Sie, warum Freud …«

Zum ersten Mal in all den Jahren am Institut fiel Jordan seiner Mentorin ins Wort. »Entschuldigen Sie, Elinor, aber ich bin nicht hier, um mit Ihnen über Hypnose zu diskutieren.«

Sofort verwandelte sich Elinor Fischers Gesicht wieder in eine ausdruckslose Maske. Die aufeinandergepressten Lippen zu einem entschlossenen Strich geformt, forderte sie ihn mit einem Nicken auf, fortzufahren.

»Also gut«, fing Jordan an. »Ihre Vermutung war richtig, Ihre Analyse hingegen nicht. Ich hypnotisierte Robin ein zweites Mal, und in weniger als zwei Minuten befand sie sich in tiefer Trance. Ich führte dann eine Regression durch. Ich hatte die Absicht, sie zu der traumatischen Erfahrung zurückzuführen, die ihre Schluckbeschwerden verursachte.«

Jordan sprach immer schneller. Er fasste rasch die Höhepunkte von Robins Hypnose zusammen und erzählte Fischer von Bugliosis Buch und den Erkenntnissen, die er heute Morgen in der Bücherei gewonnen hatte. »Ich weiß nicht mehr, was ich glauben soll«, schloss er. »Unter Hypnose hat Robin ihre Identität vollkommen aus dem Gedächtnis gelöscht und dafür eine andere angenommen. Zuerst hielt ich das für das Musterbeispiel einer vorübergehenden Persönlichkeitsspaltung. Aber inzwischen habe ich herausgefunden, dass alles, was sie mir über diese andere Person namens Beverly Casper erzählte, nicht das Geringste mit Schizophrenie zu tun hat.«

»Und deshalb …?«, hakte Fischer nach.

»*Und deshalb*«, Jordan schrie jetzt beinahe und hob die Hände,

»und deshalb, Elinor, möchte ich jetzt Bescheid wissen. Könnte das alles wahr sein?«
»Könnte was wahr sein?«
»Na ja, alles. Reinkarnation. Ein Leben nach dem Tod. Diese Dinge eben.«
Fischer rieb sich langsam die Augen und gönnte Jordan ein sehr kurzes Lächeln. »Jordan, Sie sind einer meiner Studenten, Sie sind mein Freund und bald schon mein Kollege. Ich kann nicht behaupten, dass ich glücklich über das bin, was Sie getan haben. Ich denke, dass ich Ihre Motive verstehe, aber glücklich bin ich nicht darüber.«
»Aber ...«
Sie senkte die Rechte, als wolle sie seinen Mund verschließen. »Jordan, hören Sie, ich gebe Ihnen mein Wort, dass ich auf alles eingehen werde, was Sie mir soeben erzählt haben. Zu gegebener Zeit. Vorab möchte ich Ihnen jedoch einige Fragen stellen.«
Mit einem Mal war Jordan alles wieder vertraut, und er entspannte sich zum ersten Mal, seit er das Büro betreten hatte – sei es nun trotz oder womöglich sogar wegen der Spannung zwischen ihm und Elinor Fischer.
Seine Mentorin reagierte genau so auf ihn, wie er seinerseits auf Robin reagiert hatte. Sie gab keine Antworten, sondern stellte Fragen. Unwillkürlich streifte ihn der Gedanke, inwieweit Elinors Person und die Art ihrer Gesprächsführung für sein eigenes Verhalten gegenüber den Patienten maßgebend war.
»Was empfanden Sie, als Robin Ihnen erzählte, dass sie nicht an einer Analyse, sondern nur an der schnellen Lösung Ihrer Probleme interessiert sei?«
»Na ja, ich dachte ...«

»Schildern Sie nicht Ihre Gedanken, sondern Ihre Gefühle. Beschreiben Sie, was Sie empfanden.«

»Ich war aufgeregt«, räumte Jordan ein.

»Warum?«

Jordan schwieg.

»Könnte es möglich sein«, fuhr Fischer fort, »dass Sie sich zu dieser Person hingezogen fühlen und die Hypnose eine Möglichkeit darstellt, sie von sich abhängig zu machen?«

Erneut wurde Jordan flammend rot.

»Sehr gut möglich«, fasste Fischer zusammen. »Sogar höchst wahrscheinlich. Tatsächlich kommen Sie seit Carries Tod heute zum ersten Mal in mein Büro und erzählen mir begeistert von einer Frau. Das ist sehr gut, Jordan. Der Grund, warum Sie gestern nach so langer Pause wieder eine Hypnose durchgeführt haben, ist die Angst, dass diese Robin einfach aus Ihrer Praxis und Ihrem Leben verschwinden könnte, falls Sie sich weigern sollten, sie zu hypnotisieren. Aus Ihrer Praxis und Ihrem Leben verschwinden«, wiederholte Fischer mit leiser werdender Stimme. »Genau wie Carrie. Sie marschierte zur Tür hinaus … und ein betrunkener Fahrer riss sie für immer aus Ihrem Leben.« Fischer schwieg eine Weile. Als sie erneut zu sprechen begann, war ihre Stimme fest. »Robin Norris hätte gestern beinahe Ihr Büro verlassen. Sie gefällt Ihnen, doch Sie befinden sich in einer Zwickmühle. Hätten Sie ihr nahegelegt, Ihre Patientin zu werden, wäre die Möglichkeit einer Beziehung damit von vornherein ausgeschlossen. Hätte Robin Ihr Büro einfach verlassen, wäre es Ihnen vermutlich unangenehm gewesen, die junge Frau einfach anzurufen. Also tun Sie das, was Ihnen als Einziges übrigbleibt, um sie an sich zu binden. Sie hypnotisieren sie, ein sofort und zeitlich sehr begrenzt wirkendes Placebo. Vermutlich haben

Sie inzwischen selbst herausgefunden, dass Sie besser daran getan hätten, die junge Frau an einen Arzt zu verweisen, der ihr dauerhaft hilft.«

Noch während Fischer sprach, waren Jordans Gedanken zu jenem letzten Abend mit Carrie zurückgekehrt. Nicht nur zu dem Unfall, sondern insbesondere zu dem vorausgegangenen Streit, einem erbitterten Streit. Fischer wusste das meiste darüber, aber nicht alles; das Wesentliche hatte er ihr verschwiegen. Sie ahnte nicht, was ihn am meisten quälte. Diese Einzelheiten behielt er für sich, und nicht einmal Elinor Fischer konnte sie ihm entlocken.

»Nehmen wir einmal an, Sie hätten recht, was mich betrifft«, erwiderte Jordan. »Trotzdem klafft in Ihrer Argumentation eine Lücke. Sie liefern nämlich keinerlei Erklärung für die bemerkenswert exakten Informationen, die Robin über Beverly Casper gegeben hat.«

Fischer nahm die Herausforderung bereitwillig nickend an. »Gut. Wenden wir uns also von der Hypnose zur Reinkarnation, die vermutlich der Grund dafür ist, warum Sie sich heute Morgen so aufgeregt hier eingefunden haben. Ich möchte Ihnen gern von einem Fall berichten, der sich in den fünfziger Jahren zugetragen hat. Es geht dabei um einen kanadischen Psychiater namens Rosen, der, genau wie Sie, gern mit Hypnose arbeitete. Als Doktor Rosen eines Tages einen seiner Patienten in Trance versetzte, begann der Mann in einer vollkommen unbekannten, hochkomplizierten Schrift auf ein Blatt Papier zu schreiben. Als Rosen die Hypnose beendete und seinem Patienten zeigte, was er geschrieben hatte, reagierte der Mann schockiert. Weder er noch Doktor Rosen hatten die geringste Ahnung, was die Schriftzüge bedeuten sollten. Rosen geht es ähnlich wie Ihnen oder, bezogen auf unser Gespräch, wie mir. Neugier packt ihn. Er zeigt die Aufzeichnungen einem Professor der Universität. Alle stehen vor einem Rätsel. Schließlich sagt ihm ein Student alter Sprachen, dass er die Schrift erkennt. Es handle sich um Oscanisch.«

»Oscanisch?«, wiederholte Jordan.

»Seien Sie unbesorgt, das ist keine Bildungslücke. Ich hatte auch noch nie davon gehört. Offenbar wurde die Sprache vor zweitausend Jahren im westlichen Italien gesprochen und ist schon seit langer Zeit, ich glaube seit dem ersten Jahrhundert vor Christi Geburt, ausgestorben und durch das Lateinische ersetzt worden. Sie können sich vorstellen, dass nur wenige Beispiele des Oscanischen überliefert wurden. Das berühmteste Exemplar ist der sogenannte *Fluch der Vibia*, eine Schriftrolle, die die Oscanier damals den Toten als Grabbeigabe mitzugeben pflegten. Sie sollte die Toten auf der Reise in die Unterwelt beschützen. Es war nun, unglaublich, aber wahr, genau jener *Fluch der Vibia*, den Rosens Patient unter Hypnose zu Papier gebracht hatte.«

Fischer hielt inne. »Überflüssig hinzuzufügen«, fasste sie dann rasch zusammen, »dass der Patient, ein gebildeter Mann, der die Universität besucht hatte, noch niemals von der oscanischen Sprache gehört oder sie oder eine andere alte Sprache gar studiert hätte. Ein außergewöhnlicher Vorfall, nicht wahr? Wie würden Sie diese Begebenheit beurteilen, Jordan?«

Erwartungsgemäß blieb Jordan die Antwort schuldig.

Sie fuhr fort: »Ein Fall, der, darüber sind wir beide uns wahrscheinlich einig, noch bemerkenswerter ist als eine hypnotisierte Person, die über ein Mädchen spricht, das erst vor zweiunddreißig Jahren in dieser Gegend verschwunden ist.

Wenn also das, was gestern mit Robin Norris geschehen ist, Sie bereits an Reinkarnation denken lässt, können Sie sich vorstellen, was Doktor Rosen durch den Kopf gegangen sein muss. Ein Mann in Toronto schreibt Worte in einer seit zweitausend Jahren ausgestorbenen Sprache nieder. Obendrein wurde diese Sprache in einer Gegend gesprochen, die Tausende von Kilometern entfernt liegt. Wie hätten Sie sich an Doktor Rosens Stelle verhalten?«

»Ich hätte alles noch einmal überprüft. Vielleicht ist dieser *Fluch der Vibia* im Geschichtsunterricht über die Antike besprochen worden, den der Mann …«

»Bravo! Ihre Antwort gefällt mir. Freut mich zu hören, dass Sie unserem guten Doktor Rosen keinesfalls den Rat erteilen würden, sofort mit einem Bericht über diesen Fall ans Licht der Öffentlichkeit zu treten.«

»Andererseits handelt es sich vielleicht doch um Reinkarnation«, beharrte Jordan.

»Nun ja, es gab mehrere Möglichkeiten, die Rosen in Betracht ziehen musste. Natürlich hätte er einen aufsehenerregenden Bericht über den Vorfall publizieren können: wie in seinem eigenen Büro ein Mann als Oscaner wiedergeboren wurde und Informationen preisgegeben hatte, die er nur in einem früheren Leben erworben haben konnte. Glücklicherweise war Rosen ein vorsichtiger Mann. Er hypnotisierte also den Patienten ein zweites Mal und fragte ihn, ob er jemals etwas von der oscanischen Sprache gesehen oder gehört habe. Diesmal erinnerte sich der Mann, dass er in einer Bibliothek gesessen hatte, während sein Nachbar die Seite eines Buches aufschlug, die eine Abbildung des *Fluch der Vibia* zeigte. Das Wort *Fluch* hatte die Aufmerksamkeit des Mannes geweckt, vielleicht hatte er, während der andere Besucher gerade auf

die Toilette gegangen war, das Buch genommen und die Seite gelesen. Verständlich, dass er keine bewusste Erinnerung daran hatte, die Seite gesehen oder jemals von der oscanischen Sprache gehört zu haben. Die Buchstaben hatten sich jedoch so stark in sein Unbewusstes eingeprägt, dass er sie mit erstaunlicher Genauigkeit wiederzugeben vermochte.«
Fischer legte eine Kunstpause ein, ehe sie zusammenfasste: »Wer weiß, Jordan? Robin Norris hat vielleicht eines Tages im Bus gesessen, während sich die Gespräche der anderen Passagiere um den Fall Beverly Casper drehten, und so ist der Vorfall zu einem Teil ihres unbewussten Gedächtnisses geworden? Wir bezeichnen es als Kryptoamnesie, wenn Menschen etwas über normale Informationskanäle erfahren, an die sie sich später nicht mehr erinnern können. Das haben Sie gewiss während Ihrer Ausbildungszeit gelernt, Jordan. Offen gestanden muss ich mich über Sie wundern. Wie können Sie sich so leicht an der Nase herumführen lassen?«
Jordan warf einen Blick auf das Zifferblatt seiner Uhr und spielte mit dem elastischen Band herum. Dieser letzte Seitenhieb war ausgesprochen überflüssig. »Ich bin viel länger geblieben, als ich ursprünglich vorhatte. Ihre Sichtweise wirft ein vollkommen neues Licht auf die Angelegenheit. Ich möchte in aller Ruhe darüber nachdenken, Elinor. Ich danke Ihnen.« Er machte Anstalten aufzustehen.
»Nur noch eines«, sagte Elinor und bedeutete ihm, wieder Platz zu nehmen. »Wie Sie meinen Ausführungen entnehmen konnten, sind die Behauptungen der Reinkarnationsanhänger mir nicht neu. Ihre Argumente klingen durchaus überzeugend und bisweilen sogar verführerisch.« Als sie weiterredete, vibrierte ihre Stimme plötzlich so dramatisch, als würde sie sich an ein großes Publikum wenden. »Wir werden

wiedergeboren! Wir sind für unsere Probleme nicht verantwortlich. Ereignisse und Traumata, die sich vor einer halben Ewigkeit ereignet haben könnten, sind die Ursache unserer Probleme! Jordan, der Glaube an die Wiedergeburt ist für manche Menschen wie eine Droge. Dieser Glaube kann die kritischen Fähigkeiten und am Ende sogar die Karriere beenden. Der bemerkenswerteste Professor während meines Studiums war Geoffrey Bolton. Jahrelang war er mein Vorbild. Überdies war er auch ein herausragender Wissenschaftler und Verfasser eines grundlegenden Lehrbuchs der psychiatrischen Diagnostik. Wie aus heiterem Himmel, in einer Art Midlife-Crisis, genau wie einige Fälle, die ich in meinem Buch über Persönlichkeitswandel untersuche, wurde Bolton zu einem begeisterten Anhänger der Reinkarnation und behauptete, Störungen, die früher ignoriert oder missverstanden worden seien, hingen mit traumatischen Erfahrungen aus einem früheren Leben zusammen. Blitzschnell machte sich die gesamte Fachwelt über ihn lustig. Die Menschen benutzten sein Lehrbuch nicht mehr, vor lauter Angst, es könnte sonderbare Gedanken beinhalten. Die Universitäten veröffentlichten nichts mehr von ihm: Soweit ich weiß, hat er in den letzten Jahren lediglich Abhandlungen über die Reinkarnation herausgebracht, Bücher, die im Allgemeinen von esoterischen Verlagen publiziert werden. Ich brauche wahrscheinlich nicht noch zu erwähnen, dass man ihm ohne viel Federlesens den Austritt aus der UCLA nahelegte.«
Fischer öffnete eine Schreibtischschublade und holte einen Briefumschlag heraus. »Wie ich gerade gehört habe, gibt es sogar eine Interessengruppe, die ihn aus dem Verband der amerikanischen Psychiater ausschließen will. Sehen Sie mich an, Jordan, und hören Sie mir genau zu, so genau wie noch

nie. Ich habe miterlebt, wie die verheißungsvollsten Karrieren von solchem Wahnsinn zerstört wurden. Wenn Sie mit dieser Frau ausgehen möchten, lassen Sie sich etwas anderes einfallen als bizarre Behandlungsmethoden, die Ihre berufliche Zukunft zerstören und den Namen des Instituts beflecken könnten. Reißen Sie sich zusammen, solange noch Zeit dazu ist.«

Dienstag, 12 Uhr 20

Geläutert verließ Jordan Elinors Büro und trat ins Freie. Er brauchte frische Luft, um noch einmal in Ruhe über alles nachzudenken.

Er ging das gesamte Gespräch durch. Die Geschichte über die oscanische Sprache hatte ihn unsicher gemacht, aber trotzdem, selbst wenn Robin irgendwie von Beverly Casper erfahren hatte, was war mit diesem John? Seinen Namen hatte sie bestimmt nicht zufällig im Bus aufgeschnappt. Andererseits, wer konnte wissen, ob John tatsächlich existierte? Vielleicht war er ein Produkt ihrer Phantasie, das sie sich aus Gehörtem und Personen, denen sie begegnet war, zusammengebastelt hatte? Vielleicht hatte sie deswegen auch nach der Hypnose den Namen John erwähnt. Sie hatte den Mann nicht vergessen, weil er jemand war, den sie kannte.

Plötzlich und ohne recht zu wissen, wie er dorthin geraten war, fand er sich im Borders wieder, seinem zweiten Zuhause, und stöberte in der Abteilung New Age, dem einzigen Bereich der Buchhandlung, in dem er noch nie gewesen war.

Er stellte rasch fest, dass New Age eine Welt für sich war, die sich in viele verschiedene Themen aufspaltete: Engel, Metaphysik, Übernatürliches, Spirituelles, Zauberei, Okkultes. Manche der Wörter hatte Jordan erst vor kurzem zum ersten Mal gehört, beispielsweise »Channeling« oder, natürlich, Reinkarnation. Er hatte schnell zwei Bücher von Geoffrey Bolton ausfindig gemacht, ein sehr dickes Taschenbuch mit dem Titel *Wenn Leben auf Leben folgt: Fallstudien eines Reinkarnations-Psychiaters* sowie eine teure, gebundene Ausgabe: *Reinkarnation – Für und Wider – Beweise.*

Jordan blieb direkt vor dem Regal stehen und nahm sich zuerst die Taschenbuchausgabe vor. Schon beim raschen Überfliegen des Textes zeigte sich, dass Bolton mit dem Thema in Berührung gekommen war, weil er mit Patienten Ähnliches erlebt hatte wie Jordan mit Robin. Als Psychiater hatte Bolton bei Patienten, die nicht auf konventionelle Therapiemethoden ansprachen, gelegentlich mit Hypnose gearbeitet. Bei verschiedenen Gelegenheiten hatte er sie darum gebeten, zu einer frühen, traumatischen Erfahrung zurückzugehen, die ihre jetzigen Schwierigkeiten verursacht haben könnte. Im Allgemeinen gab es dabei keine Schwierigkeiten, und sobald Bolton die Patienten aus der Hypnose geholt hatte, diskutierten und analysierten sie das erinnerte Trauma. Häufig, wenn auch nicht immer, verschwanden daraufhin die Symptome, unter denen die Patienten bisweilen jahrelang gelitten hatten. Mitunter berichteten Boltons Patienten jedoch von Vorfällen, die sich in einem früheren Leben ereignet hatten. Diese Erinnerungen verwirrten Bolton zunächst; er nahm mit Sicherheit nicht an, dass sie objektive Realität widerspiegelten. Was ihn indessen erstaunte, war nicht nur der Reichtum an anschaulichen Details, von denen seine Patienten im Plauderton berichteten, sondern dass sich ihr Zustand entscheidend besserte, nachdem sie über diese Erinnerungen berichtet und sie mit Bolton durchgesprochen hatten. Als sich die Therapie noch auf die Ereignisse aus dem jetzigen Leben der Patienten beschränkt hatte, war keinerlei Heilungserfolg erzielt worden. Beim Lesen nickte Jordan unwillkürlich vor sich hin; er dachte daran, wie Robin glückstrahlend in den Apfel gebissen hatte, nachdem er sie erst Sekunden zuvor aus der Hypnose geholt hatte.

Boltons zweites Buch erwies sich als schwieriger. Der Stil – und vielleicht auch der Inhalt – erinnerte Jordan an die medizinische Fachliteratur seiner Ausbildungszeit. Nachdem Jordan einige Sätze gelesen hatte, tauchte vor seinem geistigen Auge das Bild des verstoßenen Bolton auf, der sich mit dieser Abhandlung die Wertschätzung seiner früheren Kollegen zurückerobern wollte.

Er schlug den hinteren Klappentext auf und hoffte, dort vielleicht das Foto des Doktors zu entdecken. Leider enthielt die Buchklappe, so wie es bei Lehrbüchern allgemein üblich war, dem Leser ein Autorenfoto vor und beschränkte sich auf einen kurzen Lebenslauf, in dem Bolton als Student der Harvard Medical School und früherer Professor der Psychiatrie an der UCLA vorgestellt wurde. Bolton, so schloss die Kurzbiographie, wohne und arbeite inzwischen in Venice, Kalifornien, und beschäftige sich ausschließlich mit Reinkarnationstherapie und Forschung.

Während Jordan das nüchterne Fachbuch durchblätterte, versuchte er sich vorzustellen, wie Elinor den Inhalt einer kritischen Prüfung unterzog. Er schüttelte den Kopf. Es war einfacher, sich vorzustellen, wie Elinor seufzte oder einen saftigen spanischen Fluch ausstieß und das Buch in den Mülleimer beförderte.

Außer Jordan stöberte nur noch ein Mädchen in der New-

Age-Abteilung. Sie war Anfang zwanzig und hatte Piercings im Ohr, am Finger und einen Ring an der Braue.

»Entschuldigung«, sagte Jordan und hielt ihr die beiden Bücher unter die Nase. »Ich habe mich gerade gefragt, ob Sie je von Geoffrey Bolton gehört haben.«

Sie riss erstaunt die großen braunen Augen auf. »Also, Geoffrey Bolton ist wie ein, ein ... Ich weiß nicht. Er ist überwältigend.«

»Ich nehme an, Sie haben seine Bücher gelesen?«

»Viel besser, ich war in seinen Seminaren.«

»Über Reinkarnation?«

»Es war unglaublich. Er hat vierhundert von uns hypnotisiert.«

»Gleichzeitig?«, fragte Jordan. »Er hypnotisiert vierhundert Menschen gleichzeitig?«

»Das war echt total cool«, erwiderte sie. »Sie sollten es unbedingt mal probieren.«

Jordan ging nicht weiter auf diesen Vorschlag ein. »Haben Sie sich dabei an ein früheres Leben erinnert?«

»Fünf«, gab sie zurück. »Ich habe mich an fünf Leben erinnert.« Je länger die Frau redete – sie begann die Aufzählung ihrer *Reisen* mit ihrem Leben als Sklavin in einer altägyptischen Adelsfamilie –, desto vernünftiger fand er Fischers Einwände. Dass im Ausnahmefall eine Einzelperson aus jener schmalen Minderheit, die in Tiefentrance versetzt werden konnte, womöglich Erinnerungen an ein vergangenes Leben oder insbesondere an ein Trauma hatte, nun, diese Möglichkeit hielt er nicht für ausgeschlossen. Aber was ihm dieses Mädchen hier auftischte, war kompletter Humbug.

»Mein letztes Leben liegt weniger als ein Jahrhundert zurück«, schloss die junge Frau. »Ich sehe mich so deutlich, wie ich Sie jetzt vor mir sehe. Ich lebte auf einer Farm in Süd-Carolina. Ich pflückte Baumwolle, und meine Hände waren mit kleinen Schnittwunden übersät.«

»Führt Bolton nur Gruppenregressionen durch?«

»Aber nein. Doktor Bolton arbeitet wie ein echter Psychiater. Er hat Einzelsitzungen in seiner Klinik, unten am Strand. In Venice.«

Der Bericht des Mädchens hörte sich befremdlich an, Hypnose dem Dutzend nach. Boltons Zeugnisse waren aus akademischer Sicht über jeden Tadel erhaben, doch das allein musste noch nichts bedeuten. Er erinnerte sich, einmal von einem herausragenden Linguisten am MIT gehört zu haben, einem international angesehenen Mann, der das Vorwort eines Buches verfasst hatte, das die Existenz des Holocaust bestritt. Aber so böse und lächerlich das auch sein mochte, bestand zumindest kein direkter Zusammenhang mit dem eigentlichen Arbeitsgebiet des Linguisten. Bolton hingegen ging in seiner Eigenschaft als Psychiater davon aus, dass Reinkarnation wirklich existierte, und glaubte offenbar, Psychiater, die das Phänomen bestritten, seien außerstande, einem nicht unwesentlichen Prozentsatz ihrer Patienten zu helfen. Jordan war verwirrt. Fischers eindeutige Missbilligung hatte ihn beeindruckt, doch die Sitzung mit Robin beeindruckte ihn ebenfalls. Ebenso wie die Informationen in dem Buch von Bugliosi und die Artikel der *L.A. Times* aus dem Jahr 1970. Er durfte sich nicht nur auf Fischers Meinung verlassen. Er musste Bolton selbst aufsuchen und sich ein eigenes Urteil bilden.

»O ja«, sagte die junge Frau. »Eine Freundin von mir hat versucht, einen Termin bei ihm zu bekommen. ›Sie müssen mit zwei Jahren Wartezeit rechnen‹, hat die Sekretärin in Boltons Büro gesagt.«

»Und wie hat sich Ihre Freundin entschieden?«

»Bolton ist der Beste«, antwortete das Mädchen. »Was blieb ihr also übrig? Sie hat sich in die Liste eingetragen. Wozu auch die Eile? Wenn Bolton sie viertausend Jahre in die Vergangenheit zurückversetzen kann – einer seiner Patienten hatte einundsiebzig frühere Leben –, dann ist eine zweijährige Wartezeit nicht besonders lang, oder?«

Für mich schon, dachte Jordan stillschweigend. *Wenn dieser Bolton mir etwas beibringen kann, muss ich es sofort wissen.*

Dienstag, 17 Uhr

Die Nachrichten um 17 Uhr.
Alle lokalen Sender.
Die verpasse ich nie.
Wie könnte ich auch?
Ich mache die Schlagzeile, ich bin der Star der Sendung.
Der Messenger.
Gefällt mir.
Die unbescholtenen Fernsehzuschauer.
Sie versuchen, ruhig zu bleiben.
Aber sie spüren die Hitze.
Meine Hitze.
Das macht sie an.
Die Gefahr.
Sex und Gewalt.
Ist gut fürs Geschäft.
Die Einschaltquoten steigen wegen mir.
Sie bewundern mich heimlich.
Beneiden mich um meine Macht.

Jubeln mir insgeheim zu.
Obwohl sie das nie zugeben würden.
Schade, dass ich ihnen nicht die Wahrheit erzählen kann.
Bei einer Pressekonferenz.
Die ruhmreiche Wahrheit.
Aber ich muss die großen Ziele im Auge behalten.
Die Opfer, die ich bringe.
Meine Mädchen.
Sicherheit. Sie sind alle in Sicherheit.
Genau wie Loni.
Ich habe sie vor dem Ertrinken gerettet.
In all diesem Dreck.
Jetzt warten andere.
Auf mich.
Ich komme, meine Lieblinge.
Der Engelmacher ist auf dem Weg zu euch.

Dienstag, 17 Uhr 35

Geoffrey Boltons Büro befand sich in einem zweistöckigen Holzhaus an der Rose Avenue, nur ein paar Straßen vom Venice Beach entfernt. Auf dem kleinen Schild neben der Eingangstür war zu lesen: *Zentrum für ewiges Leben - Dr. G. Bolton.* Auf der gegenüberliegenden Straßenseite hatte ein pfiffiger Schuster ein weit größeres Ladenschild mit der Aufschrift *Schuhsohlen für die Ewigkeit* angebracht.
Jordan drückte auf die Klingel, und die Tür öffnete sich mit einem Summton. Er trat ein und blickte sich um. Vielleicht war Bolton ja ein vielbeschäftigter Mann, doch sein Büro vermittelte nicht den Eindruck, als schöpfe er aus dem Vollen.

In jedem Fall knauserte er, was die Inneneineinrichtung anging. Sie bestand aus einem Mahagonisofa, das dringend einen neuen Bezug brauchte, einigen altersschwachen Stühlen und billigen, vollgestopften Bücherregalen, die von einer Wand zur anderen reichten.
Eine Milchglasscheibe wurde zur Seite geschoben, und eine kraushaarige Frau Ende vierzig musterte ihn über die Ränder ihres silberfarbenen Brillengestells. Das Namensschild auf ihrem Schreibtisch wies sie als Marion Tenner aus.
Sie blickte von Jordan zu ihrem Terminkalender und wieder zu ihm zurück. Ihre Lippen formten sich zu einem etwas höhnischen Lächeln, als sie fragte: »Gehe ich recht in der Annahme, dass Sie nicht Barbara Simon sind?«
»Jedenfalls nicht in diesem Leben«, gab Jordan zurück.
Tenner ächzte.
Jordan konnte sich nur ausmalen, wie viele Witze dieser Art sie bereits gehört hatte. Er trat einen Schritt vor und streckte die Hand aus. »Doktor Jordan Geller. Wie Sie bereits richtig zu vermuten scheinen, habe ich weder einen besonders ausgeprägten Sinn für Humor noch einen Termin.« Er legte eine kurze Pause ein und kam dann forsch zur Sache: »Aber ich muss unbedingt mit Doktor Bolton reden, es handelt sich um eine wichtige und dringende Angelegenheit.«
»Das sagen alle Patienten.«
»Glauben Sie mir, ich übertreibe nicht.«
»Selbstverständlich nicht«, erwiderte Tenner. »Leider nehmen wir nur dann Patienten ohne Termin an, wenn ein Notfall vorliegt.«
»Und wie viele dieser Patienten waren Ärzte?«, fragte Jordan.
»Was ist denn Ihr Fachgebiet?«

»Ich bin Psychiater.«
Mrs. Tenners rechte Braue hob sich. »Wo haben Sie studiert?«
»An der UCLA.«
»Interessant.«
»Warum?«
»Weil die meisten, die hier hereinkommen und sich als Ärzte vorstellen, keine Universitätsausbildung haben.«
»In diesem Fall …«
»In diesem Fall können Sie Doktor Bolton heute trotzdem nicht sprechen.« Tenner blickte wieder in den Terminkalender und begann, die Seiten umzublättern, Woche für Woche. »Also, falls Sie am …«
»Ich muss ihn jetzt sprechen«, beharrte Jordan.
»Doktor Bolton hat bis zweiundzwanzig Uhr heute Abend einen Termin nach dem anderen«, gab sie ungeduldig zurück.
Jordan warf einen Blick auf seine Armbanduhr. Es war noch nicht einmal achtzehn Uhr.
»Ist seine Praxis jeden Tag so lange geöffnet?«
Tenner nickte. »Ja, außer montags. Da macht er früher Schluss. Wenn er um zehn Uhr abends fertig ist, war's das auch. Dann geht er direkt nach Hause.«
»Wenn ich eine Nachricht für Doktor Bolton aufschreibe, könnten Sie ihm den Zettel gleich nach seinem jetzigen Termin geben?«
Tenner seufzte. »Das wird zwar nichts nutzen, aber wenn es Sie glücklich macht …«
Jordan nahm rasch einen Notizzettel vom Tisch und schrieb nach kurzem Überlegen etwas darauf nieder. Er faltete das Blatt und überreichte es der Sekretärin.
Fünf Minuten später verließ ein Mann Boltons Büro, und

Tenner marschierte hinein. Als sie herauskam, war ihr Gesicht leicht gerötet. »Doktor Bolton hat jetzt Zeit für Sie.«

»Vielen Dank.«

Geoffrey Bolton musste an die siebzig sein. Er war leger gekleidet, trug Jeans, ein offenes weißes Hemd und einen silbergrauen, äußerst gepflegten Bart. Jordan hatte erwartet, dass sich auf dem Gesicht des Arztes die Spuren seiner schwierigen Vergangenheit abzeichneten, aber Bolton wirkte heiter und gelassen.

Obwohl sich der Arzt zur Begrüßung nicht erhob, lächelte er Jordan freundlich zu. Mit geneigtem Kopf las er durch die Brille Jordans Nachricht laut vor: *»Ich komme im Auftrag meiner Professorin, Elinor Fischer.«*

»Ich gestehe, dass ich der Wahrheit ein bisschen nachgeholfen habe«, erwiderte Jordan, als Bolton mit leiser Ironie die Augen verdrehte. »Aber sie hat mir von Ihnen erzählt, so viel ist zumindest richtig.«

»Ich sehe Elinors entzückte Miene geradezu vor mir, wenn sie erfährt, dass Sie mich aufgesucht haben.«

»Daran habe ich noch nicht gedacht«, gab Jordan zu. Ehrlich gesagt wusste er nicht, warum er Elinor überhaupt davon erzählen sollte.

Bolton gluckste vergnügt. »Das Gesetz der unbeabsichtigten Folgen. Ich bezweifle, dass Elinor sie zu einem Besuch meiner Praxis ermuntern wollte, als sie von mir erzählt hat.«

»Sie haben früher zusammengearbeitet?«

»Elinor war eine meiner besten Studentinnen. Später wurden wir Freunde, und diese Freundschaft hat mir sehr viel bedeutet. Ihre Diagnosen waren brillant, bestechend präzise und ...«

Jordan wartete darauf, dass Bolton den Satz beendete.

»Doktor Bolton?«
Die Augen des Arztes richteten sich erneut auf Jordan. »Elinor sieht die Welt auf eine sehr geradlinige Art und Weise. Sie schätzt keine Umwege. Wir erreichten gemeinsam eine Mauer. Ich entdeckte eine Tür und ging hindurch. Elinor blieb davor stehen.«
Obgleich Dr. Bolton den Blick nicht von Jordan wandte, musste man kein Analytiker sein, um zu verstehen, dass er in Gedanken weit von diesem Zimmer entfernt war. Beschrieb er nur einen beruflichen Konflikt oder auch einen persönlichen – einen Konflikt, der Liebende und Kollegen entzweit hatte?
»Wie geht es ihr?«, fragte Bolton schließlich, und seine Miene entspannte sich.
»Doktor Fischer geht es ausgezeichnet. Ihr Institut ist sehr erfolgreich.«
»Ich meine, wie geht es ihr selbst? Ist sie glücklich? Sie war immer so ehrgeizig.«
»Ihr Tatendrang ist ungebremst, keine Frage. Ich kann Ihnen jedoch nicht sagen, ob sie glücklich ist. Sie kennt mich zwar sehr gut, aber …«
»Aber Sie wissen nicht viel von ihr … Ihre Nachricht hat so manche Erinnerung geweckt«, sagte Bolton. Er rollte einen Bleistift zwischen den Händen. »Bestimmt sind Sie nicht hier, um mit mir über Elinor Fischer zu sprechen. Was kann ich für Sie tun?«
Jordan berichtete Bolton von der Hypnosesitzung mit Robin. Im Unterschied zu Fischer spiegelten sich auf Boltons Miene die unterschiedlichsten Empfindungen wider, die weißen Brauen hoben und senkten sich, und bei jeder neuen dramatischen Enthüllung Robins riss er die wässrigen Augen weiter

auf. »Höchst ungewöhnlich, ganz außerordentlich«, murmelte er mehrmals.
»Was würden Sie sagen, klingt die Erzählung dieser Patientin wie eine authentische Erinnerung an ein früheres Leben?«, erkundigte sich Jordan.
»Zunächst möchte ich gern Ihre Meinung dazu hören. Kam Ihnen der Bericht aufrichtig vor?«
»Ob er mir aufrichtig erschien? Zweifellos! Ich habe mich allerdings noch nie mit Reinkarnation beschäftigt, meine Kenntnisse beschränken sich auf den Fall Bridey Murphy, wo unter Hypnose alles ebenfalls vollkommen überzeugend wirkte.«
»Sie benutzte alte irische Worte«, warf Bolton ein, »und erinnerte sich an minuTiöse persönliche Einzelheiten ihres früheren Lebens in Cork und Dublin. Sie tanzte eine komplizierte irische Gigue aus dem neunzehnten Jahrhundert und …«
»Bis herauskam, dass die hypnotisierte Frau in Chicago als Kind Tür an Tür mit einer Bridey Murphy wohnte …«
»Ja«, räumte Bolton mit leiser Stimme ein. »Ein derartiges Detail scheint die Glaubwürdigkeit der hypnotischen Regression in Frage zu stellen.«
»*Scheint*, Doktor Bolton? Das ist aber sehr vorsichtig ausgedrückt.«
»Nicht, wenn dieses Detail auf eine bestimmte Art und Weise ausgelegt wird. Glauben Sie mir, die Rationalisten bekämpfen mit aller Macht jeglichen Glauben, dass etwas den Tod überdauern könnte. Dabei machen sie vor nichts halt. Virginia Tighe, jene Frau, die unter Hypnose zu Bridey Murphy wurde, wuchs in Chicago in der Nähe einer Frau auf, die Bridey hieß. Sie hat jedoch kein einziges Wort mit ihr ge-

wechselt, und der Nachname dieser Bridey war auch nicht Murphy.«

»Aber in den Zeitungen stand …«

»Zeitungen!«, höhnte Bolton. »Sie wissen doch, wie der Spruch lautet: Alles, was Sie in der Zeitung lesen, entspricht zu hundert Prozent der Wahrheit, abgesehen von gelegentlichen Geschichten, über die Sie persönlich Bescheid wissen.« Bolton hielt inne. »Na gut, ich frage Sie also noch einmal. Ohne die Vorurteile, die aus Ihrer medizinischen Ausbildung herrühren, und ohne die Einflüsterungen Elinors, kam Ihnen diese Regression wahrhaftig vor?«

Jordan wich dem Blick des anderen aus. »Ihre Gefühle schienen aufrichtig zu sein. Doch, ja. Daran habe ich keinen Zweifel.«

»Und die Heftigkeit von Robins Erinnerungen? Erschien Ihnen das auch wahr?«

»Sehr sogar. Offen gestanden hat es mir Angst eingejagt.«

Bolton nickte mitfühlend. Seine rechte Braue wölbte sich zu einem winzigen Bogen. »Ich erinnere mich genau, wie schockiert ich das erste Mal war, als mir jemand berichtete, wie er umgebracht wurde.«

»Das *erste* Mal?«

»Das kommt viel häufiger vor, als man glaubt. Man fragt sich unweigerlich, wie hoch die Dunkelziffer von Menschen ist, die gewaltsam ums Leben kommen.«

»Demnach hatten Sie auch solche Fälle?«

»Viele. Aber keiner davon war so detailliert. Dass Robin beispielsweise den vierten August neunzehnhundertsiebzig erwähnt und Sie tatsächlich feststellen, dass Beverly Casper an diesem Tag verschwand. Ich muss gestehen, etwas neidisch bin ich schon.«

Jordan brachte ein dünnes Lächeln zustande. »Reines Anfängerglück.«
Bolton lehnte sich in seinem Sessel zurück. »Vor einigen Monaten hatte ich einen Fall, in dem eine Frau zu mir kam, die darüber klagte, dass sie seit Jahren unter verstörenden Alpträumen litt. Obwohl die Alpträume sich nicht wiederholten, ging es immer um das Gleiche. Sie wurde im Traum von jemandem verfolgt, der sie umbringen wollte, und jedes Mal, nachdem sie Momente der Todesangst durchlitten hatte, umgebracht.«
»Wie?«
»Das war unterschiedlich. Meistens wurde sie erschossen, manchmal erstochen oder erwürgt und einmal ertränkt.«
»Und wenn Sie unter Hypnose eine Regression durchführten?«
»Genau wie Robin konnte auch diese Patientin in besonders tiefe Trance versetzt werden. Bei der ersten Hypnose war sie ein fünf Jahre altes Mädchen, das auf einem Bauernhof lebte und sich vor ihrem Großvater auf dem Dachboden versteckte.
Wie sich bald herausstellte, hatte sie, während ihre Eltern tagsüber abwesend waren, ihren Großvater dabei gesehen, wie er, um ihre Worte zu gebrauchen, *auf einem Mädchen lag, das keine Kleider anhatte.* Das Mädchen, erzählte sie, sah sehr unglücklich aus. Meine Patientin, die Fünfjährige, gab ein Geräusch von sich, während sie alles heimlich beobachtete. Der Großvater hörte es, drehte sich herum und blickte sie wütend an. In diesem Augenblick flüchtete sie auf den Dachboden. Ich machte mit ihr einen Zeitsprung nach vorn, um festzustellen, was geschehen war. Sie wurde hysterisch und schrie: *Ich höre, wie er die Treppe heraufkommt! Ich höre ihn!* Eine Minute

später kam der Großvater ins Zimmer. Er packte sie und schüttelte sie wie eine Stoffpuppe. Dann schleuderte er sie gegen einen Dachbalken und zerschmetterte ihr den Schädel.«

»Und als Sie die Patientin aus der Hypnose holten?«

»Nun, sie war natürlich vollkommen verstört, genau wie ich. Ich hatte die entsetzliche Angst des fünfjährigen Mädchens gespürt. Später erzählte mir die Patientin noch viel mehr als das, was sich unter Hypnose herausgestellt hatte.«

»Das verstehe ich nicht.«

»Ich weiß, es hört sich merkwürdig an, aber unter Hypnose berichtet der Hypnotisierte nur das, wonach der Hypnotiseur fragt. Tatsächlich sieht er noch viel mehr Dinge, die er einfach deswegen nicht erwähnt, weil er nicht danach gefragt wird. Nach der Sitzung erzählte mir meine Patientin, dass diese Fünfjährige immer wieder von ihrem Großvater vergewaltigt wurde und er ihr mit dem Tod drohte, falls sie ihren Eltern erzählte, was er ihr antat.«

»Was wohl aus diesem Großvater geworden ist?«, fragte Jordan. Ein Gedanke durchzuckte ihn: *Was war aus John geworden?*

»Sie meinen, ob er je ertappt und bestraft wurde?« Bolton zuckte mit den Achseln. »Das bleibt für immer im Dunkeln. Aus einigen Einzelheiten ihrer Erzählung habe ich abgeleitet, dass sich die Geschichte während der letzten Jahrhundertwende zugetragen haben muss, doch den genauen Zeitpunkt kenne ich natürlich nicht.«

»Hat Ihrer Patientin diese Erfahrung geholfen?«

»Ob die Alpträume aufhörten?«

Jordan nickte.

»Zuerst reagierte sie nicht besonders positiv … Sie konnte einige Nächte lang überhaupt nicht mehr schlafen, sondern lag im Bett und dachte an das kleine Mädchen. Sie können sich gewiss vorstellen, welche Depressionen diese Kombination aus Schlaflosigkeit und zwanghafter Beschäftigung mit der tragischen Geschichte bei meiner Patientin auslöste. Ich darf hinzufügen, dass ich mir ernstliche Sorgen um sie machte.«

»Was haben Sie unternommen?«

»Sie kam täglich in mein Büro. Ich hypnotisierte sie und versuchte es mit Entspannungssuggestionen, indem ich ihr erzählte, dass sie in der folgenden Nacht tief schlafen würde. Am nächsten Morgen rief sie mich dann an. Sie hatte immer noch nicht geschlafen. Zu diesem Zeitpunkt befand ich mich wirklich in einer vertrackten Lage. Sie hatte mir unter Hypnose gesagt, dass sie ein Leben ohne Geheimnisse führen wolle.«

»Klingt einleuchtend«, kommentierte Jordan. »Schließlich war sie ja gezwungen, das Geheimnis des Großvaters vor den Eltern zu hüten.«

»Richtig, sehr richtig«, sagte Bolton und drohte Jordan wohlwollend mit dem Finger. »Ich konnte sie also nicht einfach hypnotisieren und ihr die Anweisung erteilen, die schreckliche Geschichte zu vergessen. Denn indem ich alles in ihr Unterbewusstsein zurückbeförderte, untergrub ich ja ihren Wunsch nach einem Leben ohne Geheimnisse und löste dadurch vielleicht erneute Symptome ihres Traumas aus.«

»Wie sind Sie dann vorgegangen?«

»Unter Hypnose befahl ich ihr, sich nur an Einzelheiten zu erinnern, bei denen sie spürte, dass ihr Bewusstsein sie aufnehmen konnte.«

Eine sehr elegante Lösung. »Und das reichte aus?«

»Es dauerte eine Weile, aber im Grunde genommen war es nicht lange … höchstens ein paar Tage. Jedenfalls schlief sie allmählich durch und hat, noch erfreulicher, bis zum heutigen Tag keinen Traum mehr gehabt, in dem sie verfolgt oder verletzt wurde.« Bolton lehnte sich im Sessel zurück und verschränkte die Hände hinter dem Kopf. »Verstehen Sie, das halte ich für meine Aufgabe, sofort zu helfen, im jetzigen Leben. Regressionen sind nur ein nützliches Mittel, um dieses Ziel zu erreichen.«

»So wie ein Analytiker, der sich konventioneller Methoden bedient, mit freier Assoziation oder Traumdeutung arbeiten würde.«

Bolton nickte, sichtlich darüber erfreut, dass Jordan diesen Zusammenhang hergestellt hatte. »Ich erwarte natürlich nicht, dass Sie mir die Geschichten sofort abnehmen, Doktor Geller. Ich hatte zuerst auch einige Vorbehalte. Ich bitte Sie lediglich darum, nichts von vornherein auszuschließen.«

»Hatten Sie jemals einen Fall«, fragte Jordan, »in dem das Leben des Patienten sehr kurz nach dem Ende seines vorherigen Lebens begann?«

»So wie bei Ihrer Robin?«

»Ja.«

»Nein, bisher noch nicht. Aber es gibt durchaus ähnliche Fälle. Der berühmteste davon ist ein Fall aus Indien, er trug sich in den siebziger Jahren zu. Alles darüber findet sich in diesem Buch.«

Bolton ging zum Bücherregal hinüber und zog ein dickes Taschenbuch aus einer Buchreihe. »Ein sehr junges Mädchen namens Reena Gupta behauptete damals, von ihrem Ehemann ermordet worden zu sein. Wie sich herausstellte, war eine Frau namens Gurdeep Kaur in einem anderen Teil Neu-Delhis wenige Jahre zuvor unter Umständen von ihrem Ehemann getötet worden, die denen von Reena beschriebenen auf höchst beunruhigende Weise ähnelten.«

»Sie wurde also in derselben Stadt getötet und wiedergeboren?«

»Anscheinend werden Ermordete häufig kurz nach ihrem gewaltsamen Tod und in der Nähe ihres früheren Umfelds wiedergeboren. Vielleicht könnte man das als göttliche Gerechtigkeit bezeichnen.«

»Ihr Leben war kurz, also dürfen sie sich ganz vorn in der Schlange einreihen.«

»Das ist eine Betrachtungsweise.« Bolton reichte Jordan das Buch. »Dies ist wahrscheinlich der berühmteste und gleichzeitig auch der am besten dokumentierte Fall Hemendra Banerjees.«

»Wer ist Hemendra Banerjee?«

»Er gründete das Indische Institut für Parapsychologie und arbeitete sogar eine Zeitlang mit Ian Stevenson zusammen, bevor es zwischen den beiden zum Bruch kam.«

»Wer ist Ian Stevenson?«, fragte Jordan, der sich allmählich wie ein Erstklässler vorkam.

»Stevenson war Professor der Psychiatrie und der spätere Direktor der Fachschaft an der Universität von Virginia. Mitte der Fünfziger entwickelte er ein lebhaftes Interesse an Berichten über Kinder, die sich detailliert an ein vergangenes Leben erinnerten. Im Laufe von fünfundzwanzig Jahren studierte er insgesamt über zweitausend solcher Fälle. Er beschränkte seine Forschung dabei auf Kinder, insbesondere auf sehr kleine, weil er spürte, dass sie weder durch gezielte Fragen zu detaillierten Antworten manipuliert werden konnten, noch ihre Informationen durch Lesen oder Fernsehen erworben hatten.«

»Der Oscan-Fall.«

»Sie haben davon gehört?«

»Elinor hat mir davon erzählt.«
»Nun, dann wissen Sie ja Bescheid«.
Bolton lächelte. »Diese Probleme wollte Stevenson in der Tat umgehen.«
»Aber Sie beschränken Ihre Behandlung keineswegs auf Kinder. Warum …«
»Weil es mir nicht in erster Linie darum geht, die Reinkarnation zu beweisen, sondern Menschen beim Bewältigen ihrer Lebenskrisen zu helfen. Und deswegen behandle ich auch Erwachsene, ja.«
Bolton warf einen Blick auf die Uhr.
»Wie soll ich mich jetzt in Bezug auf Robin verhalten?«, fragte Jordan. »Soll ich ihr sagen, was unter Hypnose passiert ist, oder ist es besser, wenn sie nichts davon erfährt?«
»Ich schätze, Sie müssen ihr davon erzählen. Sie sagten, sie habe bereits den Namen ihres Mörders erwähnt.«
»John …«
»Und zwar nach der Hypnose, ohne dass Sie eine entsprechende Frage gestellt hätten.«
»Stimmt.«
»Ich vermute daher, dass sie sich über kurz oder lang auch von selbst an einige Einzelheiten der Hypnose erinnert.«
»Ja, der Gedanke ist mir auch schon gekommen.«
»Nun, Sie müssen abwarten, wie sie reagiert. Was für eine Persönlichkeit ist sie denn?«
»Ich kenne sie kaum. Wie schon gesagt, ist sie nicht als Patientin zu mir gekommen. Soweit ich das bis jetzt beurteilen kann, steht sie mit beiden Beinen auf der Erde.«
»Sagten Sie nicht, dass sie Schauspielerin ist?«
Jordan nickte.
Bolton pfiff anerkennend. »Eine Schauspielerin, die mit

beiden Beinen auf der Erde steht? Robin muss eine interessante Frau sein.«

»Sollte ich sie noch einmal hypnotisieren?«

»Vielleicht ist das hilfreich, vielleicht aber auch nicht. Ihre instinktive Einschätzung ist sehr gut, Doktor Geller. Ich will mich darauf beschränken, Sie auf eines hinzuweisen: Sollten Sie noch einmal eine Regression mit ihr durchführen, beenden Sie die Hypnose nicht so rasch. Bleiben Sie länger bei ihr.«

Jordan fragte sich, ob Bolton ihn auf den Arm nehmen wollte. »Ich musste die Hypnose doch beenden. Sie war ja tot.«

»Beverly Caspers Körper war tot«, entgegnete Bolton im Brustton der Überzeugung. »Ihr Geist nicht.«

»Was wollen Sie damit sagen?«

Ein Summen ertönte im Büro, aber Bolton achtete nicht darauf. »Nun, damit will ich sagen, dass die junge Frau, wenn Sie sie zu der Zeitspanne kurz nach ihrem Tod zurückführen, gute Aussichten hatte, dort ihren Geist wiederzufinden, der ihren eigenen Körper betrachtet. Sie könnte ein paar äußerst interessante Dinge berichten, wer weiß.«

Jordan rutschte unbehaglich hin und her.

Hat Elinor am Ende recht? Hat die ständige Beschäftigung mit Reinkarnation Bolton geistig zugesetzt? Noch vor wenigen Minuten hatte sich alles, was er sagte, ausgesprochen vernünftig angehört. Aber das? Er dachte an die Mauer, die Bolton durchschritten hatte. *Vielleicht hat er gar keine Tür gesehen. Vielleicht rennt er die ganze Zeit gegen die Mauer an, und durch die vielen Zusammenstöße haben sich allmählich ein paar Schrauben gelockert.*

Es summte erneut. Bolton schrieb seine private Telefonnummer auf eine der Visitenkarten und bot Jordan an, sich zu melden, falls er noch weitere Fragen hatte.

»Denken Sie an meinen Rat. Führen Sie sie in die Zeitspanne direkt nach ihrem Tod zurück.«

Jordan zog es vor, zu schweigen, aber als er sich der Tür zuwandte, summte der etwas kauzige Arzt mit leisem Spott: »Sag Elinor nichts und lass sie nicht grüßen, wenn du weißt, was gut für dich ist …«

Dienstag, 18 Uhr 10

Lemoski hatte seine »Omabrille« aufgesetzt und betrachtete die Aufnahmen, die der Polizeifotograf am Tatort vom zweiten Opfer des »Messengers«, Rachel Gordon, gemacht hatte. Die Achtzehnjährige war im Kofferraum eines verlassenen Autowracks auf dem Spielfeld des Baseballteams der Anaheim Angels entdeckt worden. Ihre Hände waren mit Isolierband verschnürt und ihre Knie so eng an den Körper angezogen, dass sie in den engen Kofferraum passte. Nachdem man sie aus dem Kofferraum herausgenommen und auf die Erde gelegt hatte, stellte Lemoski fest, dass die Tote sich in demütiger Gebetshaltung befand. Genau wie bei den beiden anderen Opfern, Monica Johnson und Erica Braun, hatte der Mörder ein Paar Engelsflügel auf dem Rücken des Mädchens festgeschnallt und auch ihr den Schmuck abgenommen und Nagellack und Make-up entfernt.

Zu allem Überfluss, als hätte die Polizei mit den Verbrechen und dem Fehlen jeglicher Spur nicht schon genug Probleme, trieb der Mörder im gesamten Umkreis von Los Angeles sein Unwesen. Die Opfer waren im Norden, in Pasadena, im Süden bei Anaheim und jetzt im Westen aufgefunden worden. Unterschiedliche Zuständigkeiten würden die Aufklärung des

Falls noch zusätzlich erschweren. Ermittlungsbeamte des gesamten Bezirks, die alle ihre eigene Arbeitsweise hatten, strömten in Lemoskis Büro. Alle Räumlichkeiten, die Kantine eingeschlossen, waren zur Verfügung gestellt worden, um die Beamten unterzubringen, und obwohl Lemoski die zusätzlichen Arbeitskräfte durchaus zu schätzen wusste, waren die damit einhergehenden zusätzlichen Kopfschmerzen weniger nach seinem Geschmack. Je länger die Aufklärung des Falls dauerte, desto mehr würde er sich mit reinen Verwaltungsaufgaben herumschlagen müssen. Vermutlich musste er sich schon bald mit ersten Beschwerden über unzureichenden Computerzugang oder den Zustand der Damentoilette auseinandersetzen.

Natürlich konnte er diese lästigen Probleme delegieren, bestimmt fand sich ein Beamter, der über das nötige diplomatische Geschick verfügte, aber letzten Endes würde doch alles auf seinem Schreibtisch landen. Trotzdem war Lemoski entschlossen, so lange wie möglich aktiv zu ermitteln.

Ein älterer Polizist mit breitem Brustkasten und Bierbauch betrat das Büro des Lieutenants. Er wies auf Lemoskis Dienstapparat. »Ihre Frau.«

Der Lieutenant blickte erst auf das blinkende Lämpchen und dann zu dem Überbringer der Nachricht zurück.

»Der Anruf ist versehentlich zu mir durchgestellt worden. Ihre Frau hat mich gebeten, Sie persönlich zu informieren. Wahrscheinlich hat sie's schon ein paarmal versucht.«

»Gemeinsam mit dem Rest der Welt.« Sein Chef hatte bereits viermal angerufen, und drei Stadtverordnete hatten die Nachricht hinterlassen, dass sie in Kürze von ihm zu hören wünschten. »Danke, Fred.«

Fred Swain und Lemoski arbeiteten seit langem miteinander.

Schon damals, als Lemoski im West Valley angefangen hatte, zählte Fred zum Urgestein der Dienststelle. Er war der Älteste in der Abteilung, und einige seiner jüngeren Kollegen nannten ihn bereits Opa, obwohl er noch keine sechzig war. Swain arbeitete seit Menschengedenken im West Valley, beinahe bevor es dort überhaupt ein Polizeirevier gegeben hatte. Swain war ungefähr zehn Jahre älter als Lemoski, wurde bei Beförderungsrunden grundsätzlich übergangen und war mit seinen zweiunddreißig Jahren Berufserfahrung auf dem Buckel so etwas wie ein Veteran in einem Job, in dem zwanzig Dienstjahre bereits als eine Ewigkeit galten.

Alle Burschen, die damals gemeinsam mit Swain die Ausbildung an der Polizeiakademie absolviert hatten, waren mittlerweile entweder in Frührente oder weideten auf grüneren Auen, doch der zweimal geschiedene Detective, der jetzt wieder allein lebte, blieb bei der Stange. Falls es für ihn überhaupt so etwas wie ein Zuhause gab, kam das Revier dem Begriff noch am nächsten.

»In der Grube warten schon alle, Lieutenant«, fügte Swain hinzu.

»Bin sofort da.« Lemoski griff nach dem Hörer. »Was gibt's, Liebling?« Er bedeutete Swain, auf ihn zu warten.

»Ben, rede du mit deiner Tochter.«

»Später, Pen. Das gesamte Polizeiteam wartet auf mich.«

»Nein, Ben, *jetzt sofort*.«

Kurze Stille. »Hallo, Papa.«

»Was ist los, Kathy? Das ist wirklich ein total unpassender Augenblick …«

»Mama lässt überhaupt nicht mit sich reden. Ich will mich bloß später mit ein paar Freundinnen treffen, und sie erlaubt es mir einfach nicht.«

»Warum nicht?«
»Ja, genau! Warum nicht? Sie will mich so lange zu Hause einsperren, bis du diesen Messenger eingebunkert hast.«
Penelope Lemoski war wieder am Apparat. »Ben, ich habe die Nachrichten gesehen. Ich halte das für keine gute Idee.«
»Lass mich mal mit ihr reden, Pen.« Während Lemoski wartete, beobachtete er aus den Augenwinkeln, wie Swain eine Akte durchblätterte. »Kathy, wo willst du denn hingehen?«
»Das Lokal heißt *Hamburger Heaven.* Christy, Jenny, Judy und noch ein paar andere treffen sich dort. Es ist keine große Sache.«
»*Hamburger Heaven?* Wo liegt das?«
Swain blickte von der Akte auf. »In Malibu. Gibt es schon seit Ewigkeiten.« Er setzte sich in Richtung Tür in Bewegung.
Lemoski bedeckte die Hörermuschel mit der Hand. »Sagen Sie den anderen, dass ich gleich komme.«
»Hör mal, Kathy, das liegt in Malibu.«
»Ich weiß, wo es liegt. Na und?«
Lemoski warf einen Blick auf das Foto von Rachel Gordon. Schon den ganzen Tag quälte ihn die Frage, wie die Mädchen in das Auto eines Fremden geraten waren.
»Kathy, wenn du eine Autopanne hättest und jemand anhält und dir anbietet, dich nach Hause zu bringen, würdest du dann einsteigen?«
»Natürlich nicht.«
»Auch nicht spätabends, wenn es kalt wird und du mitten in der Pampa steckst?«
»Na ja, ich denke, das würde dann von dem Typen abhängen.«
»Anders ausgedrückt, wenn er ordentlich und gepflegt aussieht, würdest du eventuell einsteigen?«

Kathy lachte. »Papa, ist dir eigentlich klar, dass du hier lauter stichhaltige Gründe für ein Handy zusammenträgst?«
»Könntest du meine Frage beantworten?«
»Nur bei dir, Papa.«
»Was soll das denn heißen?«
»Ich würde nur in deinen Wagen einsteigen. Kann ich jetzt zum *Hamburger Heaven?*«
»Auf gar keinen Fall.«
»Mensch, Papa!«
»Du bleibst zu Hause und erledigst zur Abwechslung mal deine Hausaufgaben. Und jetzt gib mir deine Mutter.«
Eine Sekunde später: »Danke, Ben.«
»Hör mal, Liebling, das geht vielleicht ein oder zwei Abende, aber auf Dauer können wir sie nicht einsperren.«
»Vielleicht hast du diesen Kerl dann schon geschnappt.«
»Na klar, und außerdem haben wir noch sechs Richtige im Lotto und können die Hypothek zurückzahlen.« Swain tauchte wieder im Türrahmen auf, sichtlich wartend. Lemoski musste das Gespräch beenden, doch er zögerte noch. Es tat ihm immer gut, mit Penelope zu reden, und gerade in diesem Augenblick wollte er ihr nahe sein, sei es auch nur via Kupferdraht.
»Vermutlich weißt du nicht, wann du heute Abend kommst«, sagte Penelope.
»Nein, aber ich versuche, dass es nicht allzu spät wird.«
Sie lachte. »Als ob du eine Wahl hättest … Ich liebe dich.«
Am liebsten hätte Lemoski Swain mit einer unmissverständlichen Daumenbewegung verscheucht, aber das war natürlich unmöglich. »Ich auch«, sagte er schließlich.
Sie gingen den Flur entlang zur Grube, dem Besprechungszimmer im Polizeirevier des West Valley. In dem überfüllten

Raum angekommen – zwei Detectives beantworteten Anrufe an den unaufhörlich klingelnden Telefonen, zwei andere tackerten die neuesten Fotos vom Tatort an ein Wandbrett, andere waren ins Gespräch vertieft –, warf Lemoski einen prüfenden Blick auf die Neuen in seinem Team: Karen Romero, Greg Davis und Josh Bobley. Sie ermittelten zum ersten Mal in einem Fall mit Serientäter. Die drei wirkten dermaßen eifrig und strahlten so viel Selbstvertrauen aus, dass Lemoski ein Lachen unterdrückte. Er wusste genau, wie sie sich fühlten. Damals, vor vielen Jahren, als er über die Einzelheiten des Falls »Nacht-Stalker« informiert worden war, hatte er sich genauso gefühlt. Aber inzwischen wusste er, dass man Richard Ramirez keineswegs aufgrund herausragender Polizeiarbeit gestellt hatte; es war reines Glück gewesen. Aufgebrachte Nachbarn hatten den Schweinehund bei dem stümperhaften Versuch, ein Auto zu klauen, erwischt und festgehalten.

Serientäter lebten in einer eigenen Welt. Die meisten Mörder wurden durch gesunden Menschenverstand gefasst. Im Leben eines Durchschnittsmenschen war der Täterkreis überschaubar, da meist nur wenige Personen als Mörder in Frage kamen. Genau dieser Umstand machte es jedoch so überaus schwierig, Serientäter zu fassen. Sie hatten keine Motive, zumindest keine ins Auge springenden, und keine frühere Verbindung zu ihren Opfern. Auch genaueste Detailkenntnisse aus dem Leben des Opfers führten nicht weiter. Um den Messenger zu finden, musste ihnen ein glücklicher Zufall zu Hilfe kommen. Die Frage war nur, wie viele Mädchen noch sterben mussten, bevor dieser Zufall kam.

»Greg, was sagt das FBI? Wann schicken sie uns einen ihrer Profiler?«

Der vierschrötige, schwarze Polizist schüttelte den Kopf. Mit einem Gewicht von über hunderfünfzehn Kilo und als Verteidiger im Football-Auswahlteam der USC machte er auf Tatverdächtige immer gehörigen Eindruck. Sein Abschluss in Kriminologie bewies, dass seine geistigen Fähigkeiten seinen körperlichen nicht nachstanden. »Sie schicken uns so bald wie möglich Hilfe, aber im Augenblick sind sie total überlastet. Ehrlich gesagt glaube ich nicht, dass wir so schnell von denen hören. Zu viele Morde und zu wenig Profiler, würde ich tippen.«

»Vielleicht muss man eben bestimmte Mindestanforderungen erfüllen. Unter fünf Morden rücken die gar nicht erst an«, ließ sich Swain nur halb im Scherz vernehmen. »Das sagt zwar keiner offen, aber ich habe es schon einmal gehört.«

»Ein Minimum von fünf Morden?«, sagte Karen Romero. »Hört sich an wie die Bestellung in einem Pfannkuchenrestaurant.«

Bobley lachte kurz auf. »Dann brauchen wir uns ja keine Sorgen zu machen. Ich hab so das Gefühl, als würden wir das Minimum bald schaffen.«

»Wo zum Teufel steckt Lee?«, blaffte Lemoski, gereizt von Bobleys typischer Klugscheißerei. Dass er höchstwahrscheinlich auch noch recht hatte, machte den Zynismus noch ätzender. »Wir brauchen jeden bei dieser Besprechung. Was der eine sagt, kann den anderen auf eine gute Idee bringen.«

»Er telefoniert«, erwiderte Davis. »Dachte anscheinend ...«

»Wir sollten mal einen Blick auf die Tatabstände werfen«, fiel ihm Bobley ins Wort. Er wusste genau, wem die kalte Miene seines Chefs galt. Jetzt bloß keine schlauen Bemerkungen mehr. Einfach Fakten liefern und die Diskussion auf eine sachliche Ebene zurücksteuern. »Zwischen dem ersten und dem zweiten Mord ist ein voller Monat vergangen und nicht einmal zwei Wochen zwischen dem zweiten und dem dritten.«

Lemoski pflichtete mit kurzem Nicken bei. »Karen«, sagte er, zu Romero gewandt, »Sie sind die Computerspezialistin. Versuchen Sie herauszufinden, ob es irgendwelche Mörder in Kalifornien oder in den Staaten gibt, die ähnlich vorgehen wie unser Mann. Vielleicht hat sich der Typ erst vor kurzem hier niedergelassen.«

»Wie weit soll ich dabei zurückgehen?«, erkundigte sich Romero.

»Vielleicht zwei, drei oder nein, sagen wir mal fünf Jahre.«

»Außerdem benötige ich Zeugenaussagen von allen Personen, die Monica Johnson am Sonntagabend oder zwei, drei Tage vorher gesehen haben«, sagte Lemoski. »Der Killer muss sie vorher beobachtet haben. Diese Aussagen vergleichen wir dann mit den Zeugenaussagen über die letzten Tage von Rachel Gordon und Erica Braun. Vielleicht ist ja irgendein Muster erkennbar, oder jemand erinnert sich an etwas Wichtiges … Wissen wir schon, wie er das mit den Autos hinkriegt?«

»Sand in den Tank. Verstopft nach fünfzehn Minuten die Zuleitung. Einfach und sehr wirksam«, erklärte Davis.

»Wer könnte so etwas wissen?«, fragte Romero.

»Falls du damit meinst, ob man dafür Automechaniker sein muss, lautet die Antwort: nicht unbedingt.«

»Hat jemand eine Idee, warum diese Mädchen in das Auto eines Fremden eingestiegen sind?«

»Sie hatten eine Autopanne«, erwiderte Romero. »Und sie hatten Angst.«

»Aber wie groß war diese Angst?«, hakte Lemoski nach. »Ich

habe meine Tochter Kathy gefragt, ob sie in das Auto eines Fremden einsteigen würde, und sie sagte, das würde sie nie tun.«

»Weil ihr Vater Polizist ist«, antwortete Romero. »In der Beziehung hat sie den meisten Mädchen etwas voraus.«

Jimmy Lee, das letzte Mitglied des Teams, platzte aufgeregt herein, ein Meter zweiundsiebzig groß, fünfundsechzig Kilo Lebendgewicht. »Ich hatte gerade einen Typen am Telefon, der Monica Johnson mit einem Mann am Sonntagabend gegen dreiundzwanzig Uhr am Eagle Canyon gesehen haben will.«

»Einzelheiten, Jimmy«, drängte Lemoski.

»Er sagt, der Mann war Mitte zwanzig, hatte schulterlanges, dunkles Haar …«

»Was trug er?«, warf Davis ein.

»Eine weiße, schicke Jacke.«

Romero lachte. »Weiße, schicke Jacke? Du meinst bestimmt eine weiße Strickjacke.«

»Du warst einfach zu lange bei der Sitte, Jimmy.« Bobley kicherte.

»Schicke Jacke? Strickjacke? Was weiß ich.«

»Hautfarbe?«, fragte Davis.

»Weiß, könnte aber auch ein Indianer oder Hispano gewesen sein. Jedenfalls mit Sicherheit nicht schwarz.«

»Und wo ist dieser Zeuge?«, wollte Lemoski wissen.

»Er hat von zu Hause aus angerufen.«

Lemoski verdrehte die Augen. »Gibt es wenigstens einen Namen?«

Lee blickte auf seinen Notizblock. »Avery Conniston«, sagte er.

Dienstag, 20 Uhr 45

Eine Stunde nach dem Gespräch mit Bolton kehrte Jordan wieder in sein Apartment in Brentwood zurück. Er bewohnte eine kleine Zweizimmerwohnung mit hübscher Aussicht auf eine baumbestandene Straße, deren bescheidene Größe, neben dem Mangel an modernem Komfort wie etwa einer Klimaanlage, die begehrte Postleitzahl Lügen strafte. Trotzdem konnte er von Glück sagen, dass er sie gefunden hatte. In diesem Stadtteil gab es nicht viele Wohnungen, die er sich leisten konnte. Als Carrie noch lebte, hatte er einen Großteil seiner Freizeit in ihrem Apartment in Westwood verbracht. Diese Möglichkeit bestand jetzt nicht mehr.

Um seinen knurrenden Magen zu besänftigen, ging er direkt in die Küche und nahm ein Stück kalte Domino-Käse-Pizza und eine Cola aus dem Kühlschrank. Während er das Buch, das ihm Bolton geliehen hatte, mit einer Hand aufschlug und mit der anderen Hand die Pizza zum Mund führte, vertiefte er sich in das sonderbare Leben und Sterben der Reena Gupta. Bereits mit zwei Jahren, nachdem sie gerade erst sprechen gelernt hatte, eröffnete Reena ihrer verblüfften Großmutter, sie habe einen Ehemann. »Ich habe einen *gharwala*. Mein *gharwala* war ein sehr böser Mann. Er hat mich getötet.«

Reena stand häufig auf dem Balkon ihrer Eltern und beobachtete die Passanten. »Ich suche nach meinem Mann und meinen Kindern«, erklärte sie dann. Sie erzählte ihren Eltern, dass sie vier Kinder gehabt habe, und beschwerte sich unaufhörlich darüber, wie unglücklich sie über die Trennung von ihren Kindern sei. Einige Jahre später berichtete ein Freund der Familie, der von den Erinnerungen des Mädchens wusste, Reenas Mutter, dass er von einer Sikh-Familie in Neu-

Delhi gehört habe, deren Erlebnisse anscheinend mit Reenas Erinnerungen übereinstimmten. Gemeinsam mit den Eltern nahm der Mann Kontakt zur Familie von Gurdeep Kaur auf, einer Frau, die 1961 von ihrem Ehemann, Surjeet Singh, umgebracht worden war.

Kaurs Eltern statteten der Familie Gupta einen Besuch ab. Bei der Ankunft schlief Reena, aber als sie erwachte und die Besucher erblickte, breitete sich ein strahlendes Lächeln auf ihrem Gesicht aus. »Das sind mein Vater und meine Mutter«, erklärte sie.

Am darauffolgenden Tag brachten die Eltern von Gurdeep deren jüngere Schwester zu Reena, und das Mädchen nannte sie sofort bei ihrem Kosenamen, Sarno. Bald darauf geschah wieder etwas Merkwürdiges. In gewissen sozialen Kreisen Indiens ist es üblich, dass jemand nur dann Geldgeschenke annehmen darf, wenn der Schenkende älter ist als der Beschenkte. Als Sarno Reena eines Tages zwei Rupien anbot, schockierte das Mädchen alle, als es sagte: »Wie kann ich Geld von Sarno annehmen? Sie ist jünger als ich.« Bald darauf erkannte sie auf einer Fotografie mühelos Gurdeep Kaur. Inzwischen war Surjeet Singh, der Mörder, nach zehn Jahren Haft wieder aus dem Gefängnis entlassen worden und hörte von dem Mädchen, das behauptete, Gurdeep zu sein. Er bekundete Interesse, sie kennenzulernen. Reena jedoch hatte keineswegs den Wunsch, ihm zu begegnen; sie fürchtete, er könne sie erneut umbringen.

1975, als Reena neun Jahre alt war, wurde ein Treffen arrangiert. Das sonderbare Rendezvous war auf einer verstörenden Fotografie festgehalten, wo ein dunkelhäutiges Mädchen verängstigt auf der Lehne eines Sessels kauerte und aussah, als wollte es am liebsten fliehen; neben ihr saß ein fuchsgesichtiger Mann mit Turban und dem Lächeln eines Schlangenbändigers.

Noch vor einer Woche hätte Jordan diese Geschichte als eine Erzählung aus Tausendundeiner Nacht abgetan. Inzwischen war er nicht mehr so sicher. Das Buch enthielt zahlreiche Geschichten von Menschen, die aus einem früheren Leben berichteten, einige davon überprüft von jenem Dr. Ian Stevenson, über den Bolton gesprochen hatte. *Entweder sind die Forscher allesamt Betrüger, oder sie lassen sich schnell an der Nase herumführen, oder zumindest einige unter uns, wie zum Beispiel Robin Norris, haben mehr als ein Leben gelebt.*

Mit dieser ebenso einfachen wie beunruhigenden Erkenntnis ging Jordan zu Bett und fiel beinahe augenblicklich in tiefen Schlaf.

Mittwoch

7 Uhr 30

Nachdem Jordan um sieben Uhr morgens aufgestanden war, begann er den Tag so wie beinahe jeden Mittwoch (wie auch Montage und Freitage), indem er einen Kilometer im Schwimmbad der Universität zurücklegte. Während er im Freistil das kühle Wasser durchpflügte, versuchte er sich ein klares Bild über die Ereignisse der letzten Tage zu verschaffen. Seine Gedanken schienen bei jeder neuen Bahn eine andere Richtung einzuschlagen. Kaum schickte er sich an, Fischers warnende Worte zu akzeptieren, fielen ihm unweigerlich Dr. Bolton und die bezwingenden Erzählungen in dem Buch ein, das der Arzt ihm geliehen hatte. Neigte er dazu, den Schlussfolgerungen des Arztes zu vertrauen, dachte er sogleich an die Warnung seiner Mentorin und den letzten, bizarren Ratschlag Dr. Boltons. Davon abgesehen bestand kein Zweifel an dem, was er selbst während der Sitzung mit Robin gesehen und gehört hatte. Er ermahnte sich trotzdem selbst zur Vorsicht und hielt sich als abschreckendes Beispiel den Fall

Oscan vor Augen. Er wollte nichts überstürzen und sich zum Narren machen. Oder womöglich noch Schlimmeres. Er musste sich unbedingt gründlicher mit dem Fall auseinandersetzen und sich umfassendere Informationen verschaffen.

Pat Hamann begrüßte ihn, als er das Dittmyer-Institut betrat. »Die junge Dame mit dem Apfel hat angerufen.«

»Hat sie eine Nummer hinterlassen?«

»Nein, sie sagte, sie würde zurückrufen. Ich habe ihr geraten, es zwischen den Terminen zu versuchen.«

Jordan nickte und ging in sein Büro. Er fragte sich, ob Pat den aufgeregten Klang seiner Stimme bemerkt hatte.

Er hatte um 9, 10 und 11 Uhr Termine mit Patienten. Ein fünfundvierzigjähriger Drehbuchautor, der wegen eines Karriereknicks unter panischen Angstzuständen litt; ein Vierundzwanzigjähriger, der zwanghaft japanische Bondage-Pornos konsumierte und sechs- bis achtmal am Tag masturbierte; eine Studentin der UCLA mit einem ans Pathologische grenzenden Hass auf ihre Mutter, eine außerordentlich engagierte feministische Scheidungsanwältin.

Den ersten Patienten behandelte Jordan seit Beginn seiner psychoanalytischen Ausbildung, den zweiten seit sechs Monaten und die Studentin erst seit zwei Wochen. Als Gegenleistung für die deutlich geringeren Behandlungskosten, die nur einen Bruchteil dessen betrugen, was sie einem niedergelassenen Psychoanalytiker hätten zahlen müssen, hatten sich die drei damit einverstanden erklärt, dass Dr. Jordan Geller, der sich noch in der Ausbildung befand, ihre Behandlung übernahm.

Jordan empfand Mitgefühl und sogar Sympathie für jeden seiner Patienten. Der Drehbuchautor besaß wirklich Talent, Jordan hatte einige seiner Sendungen im Fernsehen gesehen.

Vor zehn Jahren hatte der Mann noch sechsstellige Beträge pro Jahr eingefahren. Inzwischen musste er erfolgreiche Produzenten, die halb so alt wie er selbst waren, regelrecht anbetteln, damit er eine Episode für sie schreiben durfte und seine Krankenversicherung bezahlen konnte. Der früher vielbegehrte Gag-Lieferant, dem man ansehnliche Summen dafür überwiesen hatte, dass er Drehbücher aufmöbelte, kam plötzlich mit der Wirklichkeit nicht mehr zurecht. Zum einen lag das am veränderten Stil der Serien. Diese waren mittlerweile nicht mehr auf einem durchgehenden Handlungsstrang aufgebaut, sondern gehässige Dialoge, in denen sich alle an Beleidigungen überboten, spielten die entscheidende Rolle. Sitcoms kamen plötzlich ohne ›Situation‹ aus. Auf dem Höhepunkt seiner Schaffenskraft fühlte sich der Drehbuchautor wie ein Dinosaurier oder Fossil aus einer längst vergangenen Epoche. Doch wovon sollte er leben, wenn er keine Drehbücher mehr schrieb? Jordan versuchte behutsam, seinen Patienten zum Schreiben längerer Drehbücher anzuregen, aber dafür fehlte dem Autor die Geduld. »Meine Scripts sind exakt dreiundzwanzig Minuten lang«, erklärte er Jordan. »Sprinter haben beim Marathon nichts verloren.«
Jordan schlug ihm vor, sich auf seine anderen Interessen zu konzentrieren; der Drehbuchschreiber hatte eine Schwäche für gutes Essen und Wein und immer von einem eigenen Weingeschäft geträumt. Aber war das finanziell überhaupt machbar? Der Mann war verheiratet, hatte zwei Kinder, zwei Geländewagen und zwei große Hypotheken. Konnte er bei seinen geringen Einnahmen dieses finanzielle Risiko eingehen? Würde er einen weiteren Misserfolg überhaupt verkraften? »Es schlägt nicht immer ein, wenn es blitzt«, erwiderte der Autor auf Jordans Vorschlag. »Ich hatte meine große Zeit

als Drehbuchautor. Ich kann mir nicht vorstellen, dass ich zum Guru im Weingeschäft werde.«

Stein für Stein aufeinander setzend arbeitete Jordan behutsam daran, das Selbstvertrauen seines Patienten wieder zu festigen. Mitunter schien das Gebäude auf festen Pfeilern zu stehen, doch der unausrottbare Zynismus des Patienten brachte es immer wieder zum Einsturz. Früher hatte dieser Zynismus seinen Drehbüchern die nötige Würze verliehen, doch nun untergrub er dadurch seine Chance auf ein glückliches Leben.

Das Gesicht des jungen Porno-Liebhabers war mit Aknenarben übersät, der Körper auf ungesunde Weise mager, und obendrein hatte er einen Überbiss. Seine Erfolgsaussichten bei Frauen waren, milde ausgedrückt, bescheiden. Dieses Manko kompensierte er durch Masturbation vor Bildern dominanter Sex-Szenen, die er sowohl in japanischen Bondage-Büchern als auch in seiner eigenen Vorstellungswelt fand. Dort war er König, dort konnte ihm niemand widerstehen. Die Faszination, die diese pornographischen Abbildungen und sein eigener Penis auf ihn ausübten, machte es ihm jedoch unmöglich, Kontakt mit dem anderen Geschlecht aufzunehmen. Falls er es jemals fertigbringen sollte, eine Beziehung einzugehen, würde es ihm dann gelingen, seine zwanghafte Masturbation, die jede Frau abschrecken würde, zu kontrollieren? Jordan stellte fest, dass sein junger Porno-Liebhaber sich zunächst einmal besser in die Hand bekommen musste … ohne Witz. Das größte Problem war sein mangelndes Selbstwertgefühl. Andererseits war der Junge keineswegs auf den Kopf gefallen. Wenn er nicht gerade an sich selbst herumspielte, schrieb er Computerprogramme. Falls es ihm gelang, Geld zu verdienen und sich vielleicht sogar einen Namen zu machen, konnte das unter Umständen eine gewisse Anziehungskraft auf Frauen ausüben, zumindest für eine erste Verabredung, zumindest, um einmal den Versuch zu wagen. Geld und beruflicher Erfolg waren in seinem Fall entscheidend. Jordan beschränkte sich daher nicht nur darauf, dem jungen Mann in der Beziehung zu seinen Eltern, die ihn immer wie den letzten Dreck behandelt hatten, zu unterstützen, sondern bemühte sich auch, ihm so viel Selbstvertrauen wie möglich einzuflößen. Keine leichte Aufgabe. Der Porno-Fan benötigte rund um die Uhr seelischen Beistand. Aber Jordan wusste genau, wie schwer es ist, andere zu lieben, wenn man sich selbst nicht liebt.

Die Letzte des morgendlichen Trios war die Studentin mit dem ausgeprägten Hass auf ihre Mutter. Ihr Hass war selbstzerstörerisch. Die junge Frau hatte sieben Piercings, jedes davon als Messerstich mitten in Mamas Herz geplant. Doch sie hatten alle ihr Ziel verfehlt. Mama, so wenigstens lautete die Erklärung der Studentin, besaß eben kein Herz, das man durchbohren konnte. Die Mutter hatte sich eine radikale Feministin zur Tochter gewünscht, die eines Tages in ihre Fußstapfen treten würde, und sah sich stattdessen mit einem Mädchen konfrontiert, das sich schon als Kind nichts sehnlicher als Rüschenkleider und Ballettunterricht gewünscht hatte.

Inzwischen strebte die zur jungen Frau herangereifte Tochter nach genau jenen bürgerlichen Errungenschaften wie einem Ehemann, Kindern und einem Haus mit Swimmingpool in der Vorstadt, die ihre Mutter vollkommen ablehnte. Rein äußerlich war der Studentin davon allerdings nichts anzumerken. Die Piercings sowie der schwarze Gothic-Look, den sie bevorzugte, waren von den Wertvorstellungen des Durchschnittsamerikaners meilenweit entfernt. Dennoch war sie den Idealen der amerikanischen Mittelschicht (die sie wahrscheinlich von ihrem glücklosen, seit langem verstorbenen Vater übernommen hatte) erheblich näher als jenem Bild einer Gegenkultur, das sie nach außen hin vermittelte. Die Annäherung an die Mutter und damit der Weg aus der eigenen Krise waren nur möglich, wenn die Studentin diese Ideale der Mittelschicht akzeptierte. Es war jedoch ein schwieriges Unterfangen, der Patientin die Rezeptur schmackhaft zu machen.

Einmal in der Woche besprach Jordan diese Fälle mit Elinor. Obwohl er sich große Mühe gab, gelang es ihm heute nicht, sich auf die unterschiedlichen Obsessionen seiner Patienten zu konzentrieren. Selbst die Raffinesse der japanischen Bondage-Literatur, die er sonst seltsam faszinierend fand, ließ ihn kalt. Er wollte im Grunde nur eines: mit Robin reden. *Warum zum Teufel hat sie keine Nummer hinterlassen?*

Kurz vor Mittag kam endlich ihr Rückruf.

»Wie geht es Ihnen?«, erkundigte er sich.

»Bestens.«

»Und die Schluckprobleme?«

»Gestern Abend habe ich zum ersten Mal seit Wochen wieder ein Menü mit drei Gängen verputzt. Ich kann Ihnen gar nicht sagen, wie dankbar ich bin.«

In Gedanken an das Gespräch mit Bolton überkam ihn große Erleichterung. »Freut mich, dass es Ihnen bessergeht.«

»Leider ist gestern Abend etwas Seltsames, ziemlich Verstörendes passiert. Ich dachte, ich sollte Ihnen besser davon erzählen.«

»Schießen Sie los.« Obwohl er versuchte, einen ruhigen Ton anzuschlagen, fühlte er sich alles andere als ruhig.

»Nein, nicht jetzt. Ich muss Ihnen etwas zeigen. Kann ich am Spätnachmittag in Ihr Büro kommen?«
Jordan stellte sich augenblicklich vor, wie Robin sein Büro betrat und direkt Elinor in die Arme lief. »Nein«, entgegnete er, »das ist alles inoffiziell. Wir sollten uns lieber woanders treffen.«
»Was schlagen Sie vor?«
»Wie wär's mit dem Starbucks bei Westwood und Lindbrook, gegen vier?«
»Fünf wäre mir lieber«, gab sie zurück.
»In Ordnung, dann um fünf Uhr.«
Er legte auf und begann über ihre Worte ›etwas Seltsames, ziemlich Verstörendes‹ nachzugrübeln. Von der Erleichterung bis zur düsteren Vorahnung hatte er genau dreißig Sekunden benötigt.

Mittwoch, 12 Uhr 35

»Mit seinen ständigen Wiederholungen im Fernsehen verdient der Typ in einer Woche mehr als wir im ganzen Jahr«, sagte Romero. »Sie müssen hier abbiegen.«
Lemoski schlug das Steuer nach links ein, und lenkte den Wagen durch die engen, aufwärts führenden Gässchen von Los Angeles' schickstem Stadtteil, der Traumwelt von Bel Air. Nicht nur die gepflegte, exotische Flora und Fauna, umhegt von ganzen Armeen ausländischer Gärtner, schoss üppig ins Kraut, auch Geld schien sich hier wie von selbst zu vermehren.
Lemoski kurbelte das Fenster herunter und atmete tief den scharfen, süßlichen Duft der Eukalyptusbäume ein.

»Und am schlimmsten ist«, fuhr Romero fort, »dass diese Shows alle so dämlich sind. Nur Schund und Reklame.«
»Eine sehr originelle Ansicht«, lobte Lemoski. »Hier muss es sein.«
Er hielt vor einem schwarzen Stahltor. »LAPD. Wir haben einen Termin mit Avery Conniston«, teilte er dem beigefarbenen Kasten mit.
Innerhalb von Sekunden schwang das Tor auf. Lemoski fuhr die breite Einfahrt entlang bis zu der frisch geweißten Villa im spanischen Stil.
»Angeblich soll er eine einzigartige Kunstsammlung besitzen«, fuhr Romero fort, als sie vor der imposanten Eingangstür aus Mahagoni standen. »Der einzige Grund, warum ich sie zu Gesicht bekomme, besteht darin, dass wir ermitteln …«
Lemoski drehte sich rasch zu seiner Mitarbeiterin um. »Um das gleich mal klarzustellen: Wir sind nicht zu Gast bei Avery Conniston. Wir sind nicht hier, um seine Kunstsammlung zu bestaunen oder uns durch seine Villa führen zu lassen. Wir sind lediglich hier, weil wir klären wollen, ob er etwas gesehen hat, das für unsere Ermittlungen in diesem Mordfall von Bedeutung ist.«
Romero nickte widerstrebend. Früher hatte sie in Berkeley Kunstgeschichte als Nebenfach belegt. Wie oft würde sie noch mal die Gelegenheit haben, eine so einmalige Kunstsammlung wie die Connistons aus der Nähe zu sehen?
Lemoski streckte die Hand nach der Türklingel aus, doch noch ehe er sie berührt hatte, wurde die Tür geöffnet. Die beiden Polizisten standen vor einem Mann um die fünfzig. Er trug ein schwarzes, enganliegendes T-Shirt, das seine athletische Figur und die schmale Taille betonte, und aus den

Manschetten des Tweedsakkos ragten auffallend kräftige, breite Handgelenke hervor. Die grünen Augen des Mannes blickten zwischen den Besuchern hin und her, verweilten aber länger auf Romero.

»Mister Conniston?«, erkundigte sich Lemoski.

Ehe der Mann antworten konnte, tauchte ein zweiter, ungefähr gleichaltriger, aber kleinerer und schmächtigerer Mann auf, der eine Sonnenbrille mit einem Schildpattgestell trug und in den Türrahmen trat.

»Ich bin Ihr Mann, Lieutenant«, sagte Avery Conniston leutselig, als sei er bereit, sich den Fragen eines Fernsehdetektivs aus einer seiner früheren Sendungen zu stellen. »Das ist Mike Fields.« Er legte lässig den Arm um die Schulter des anderen. »Wir sind Cousins. Erkennen Sie die Familienähnlichkeit?«

Lemoskis Blick wanderte zwischen den Männern hin und her. *Was Conniston betrifft, ist die Familienähnlichkeit reines Wunschdenken.* »Tut mir leid, falls ich Sie überrascht haben sollte«, sagte Lemoski zu Fields gewandt.

»Nicht der Rede wert«, erwiderte Fields.

»Ben Lemoski, Kriminalpolizei Los Angeles.« Damit schüttelte er zuerst Connistons Hand und dann die seines Cousins.

Fields musterte Romero. »Sie sind viel zu hübsch, um namenlos zu bleiben«, sagte er. »Wie heißen Sie?«

»Detective Romero«, stellte Lemoski vor.

»Haben Sie auch einen Vornamen?«, wandte sich Fields direkt an die Polizistin.

»Mike, das hier ist kein Höflichkeitsbesuch«, tadelte Conniston, eher belustigt als verärgert.

»Karen«, erwiderte Romero.

Fields blickte in Karens braune Augen. »Sie würde sich viel-

leicht gut in dieser Sendung machen, Ave. Du weißt schon, meine neue Idee, von der ich dir neulich erzählt habe.«
Der Produzent lächelte. »Na ja …«
»Karen Romero«, wiederholte Fields. »Wenn ich je mit einem Polizisten sprechen muss, weiß ich einen Namen, der zu einem Gesicht gehört. Und Sie, Lieutenant, bearbeiten den Messenger-Fall, richtig?« Lemoski nickte. »Ich habe Sie im Fernsehen gesehen. Da haben Sie ja eine ziemlich harte Nuss zu knacken. Gibt es schon eine heiße Spur?«
Wieder mischte sich Conniston ein. »Die beiden Polizeibeamten sind bestimmt nicht gekommen, um über den Fall zu berichten.« Er legte die Hand auf den Rücken seines Cousins und schob ihn zur Auffahrt hinüber. »Wenn du das Drehbuch hast, könntest du dann noch die Zigarrenkisten aus den Havana Studios mitnehmen? Sie liegen schon bereit.«
»Na klar, Ave.« Fields sah Lemoski an und ließ den Blick dann wieder zu Romero zurückschweifen. »Macht's gut, Leute. Ich wünsche euch viel Glück, damit ihr den Messenger erwischt.«
»Ist das Ihr Bodyguard?«, erkundigte sich Lemoski, während sie das Haus betraten.
»Bodyguard? Interessanter Gedanke. Nein. Mike stemmt nur gern Gewichte. Er hat sich scheiden lassen und ist vor ein paar Monaten aus Phoenix hierher gezogen. Die Geschichte hat ihm ziemlich zugesetzt. Er möchte hier ins Geschäft einsteigen, und ich greife ihm ein bisschen unter die Arme.« Conniston schüttelte ein wenig abwesend den Kopf. »In meiner Kindheit hat er mir auf dem Spielplatz ein paarmal das Leben gerettet, so viel kann ich Ihnen verraten.«
Einige Minuten später hatten sie alle in dem tiefer liegenden, weitläufigen Wohnzimmer Platz genommen. Conniston

beugte sich auf dem weißen Ledersofa vor. »Auf dem Rückweg von meiner Ranch in Santa Barbara fahre ich oft durch den Eagle Canyon. Das ist für mich direkter als der Freeway, und außerdem ist die Strecke abwechslungsreicher.«
»Es muss doch schon ziemlich dunkel gewesen sein«, äußerte Lemoski.
»Ja, aber das macht die Fahrt noch reizvoller. Ich habe mir gerade einen neuen Jaguar zugelegt, den XK8. Haben Sie den schon mal gesehen?«
»Mindestens ein Dutzend Mal.« Conniston sah überrascht aus. »In Autozeitschriften.«
»Aha, guter Spruch.« Conniston lachte kurz auf. »Jedenfalls wollte ich wissen, was das Auto so draufhat, und habe ein paarmal kräftig auf die Tube gedrückt.«
Romero, Nebenfach Kunstgeschichte, hatte den Auftrag, Notizen des Gesprächs zu machen. Leider fand sie Connistons Inneneinrichtung bedeutend interessanter als seine Fachsimpeleien über Autos.
Unwillkürlich wanderte ihr Blick von einem Meisterwerk der Moderne zum anderen. Um die Ecke, im angrenzenden Zimmer, glaubte sie einen Claes Oldenburg erspäht zu haben, hätte aber den Platz wechseln müssen, um sicherzugehen. Da Lemoski sie ohnehin schon auf dem Kieker hatte, blieb sie also lieber, wo sie war.
»Sie haben Detective Lee erzählt«, fuhr Lemoski fort, »dass Sie einen Mann mit langen Haaren gesehen haben.«
»Ja, ich glaube, er trug einen Pferdeschwanz.«
»Können Sie sich an die Haarfarbe erinnern?«
»Sicher bin ich nicht, aber ich würde sagen, eher hell als dunkel.«
»Konnten Sie erkennen, was der Mann trug?«

»Wie ich am Telefon schon sagte, wahrscheinlich eine dicke Strickjacke.«
»Wissen Sie ungefähr, wie spät es war?«
»Nein, das kann ich wirklich nicht sagen …«
»Ungefähr?«
Conniston sah nachdenklich zur Decke hoch. »Irgendwann zwischen Viertel vor elf und Viertel nach elf abends, schätzungsweise. Oder ist es wichtig, dass ich noch präzisere Angaben mache?«
»Könnte sein. Um auf den Mann mit dem Pferdeschwanz zurückzukommen – womit war er in Bezug auf die junge Frau beschäftigt?«
»Na ja, ich habe ihn nur ein paar Sekunden gesehen, aber es wirkte so, als würde er ihr helfen.«
»Wieso haben Sie das angenommen?«
»Die Motorhaube war hochgeklappt.«
»Und warum glauben Sie, dass er ihr geholfen hat?«, hakte Romero nach. »Vielleicht waren die beiden nur gemeinsam unterwegs.«
»Ein zweiter Wagen mit eingeschalteten Scheinwerfern parkte hinter dem ersten. Vermutlich habe ich daraus geschlossen, dass er ihr Freund oder ein guter Samariter war, der ihr zu Hilfe geeilt war.«
»Sind Sie überhaupt sicher, dass es sich bei der Person mit dem langen Haar und dem Pferdeschwanz um einen Mann handelte?«, warf Romero ein.
Conniston überlegte. »Hmm, davon bin ich einfach ausgegangen … Mein instinktiver Eindruck war, dass ich einen Mann gesehen habe, ich vermute um die vierzig, und eine jüngere Frau.«
»Können Sie die beiden Autos genauer beschreiben?«

»Der erste Wagen mit der geöffneten Motorhaube war ein dunkler Viertürer.«
»Marke?«
»Ein preiswertes Modell, genauer kann ich es nicht sagen.«
»Könnten Sie den Wagentyp nicht etwas präziser beschreiben?«
»Tut mir leid, nein.«
»Und das zweite Auto?«
Conniston vertiefte sich in den Anblick der ausgewaschenen Eichenbalken, die die sechs Meter lange Decke unterteilten. »Das war ein Pick-up, glaube ich. Daran kann ich mich jedenfalls erinnern.«
»Welche Marke?«
Der Fernsehproduzent schüttelte den Kopf und lachte etwas kleinlaut. »Was soll ich Ihnen sagen? Wenn ich gewusst hätte, dass die ganze Geschichte mit einem Mord zu tun hatte, hätte ich bestimmt genauer hingesehen.«
»Gut, also Sie sahen die beiden im Scheinwerferlicht Ihres Wagens.«
»Ja.«
»Und dann sind Sie weitergefahren?«
»Genau.«
»Mit welcher Geschwindigkeit?«
»Nicht sehr schnell. An dieser Stelle schätzungsweise nicht mehr als sechzig. Die Straße durch den Canyon ist ja bekanntlich ziemlich kurvenreich und sehr gefährlich.«
»Immerhin«, stellte Lemoski fest. »Sie haben eine Menge gesehen.«
»Na ja, ich kenne die Strecke wie meine Westentasche. Außerdem gehören bewegte Bilder nun mal zu meinem Leben. Ich sehe Dinge, die anderen entgehen.«

»Sie haben aber nicht daran gedacht, die Polizei oder eine Pannenhilfe zu verständigen?«, fragte Romero.
»Ich habe kurz überlegt, ob ich umkehren und meine Hilfe anbieten soll. Aber Sie wissen doch, wie das ist, man sieht etwas, und eine Minute später hat man es schon wieder vergessen. Außerdem dachte ich, dass sie bei einem Notfall bestimmt auf sich aufmerksam gemacht hätten. Das war aber nicht der Fall, das Mädchen stand einfach neben dem Mann.«
»Wie würden Sie das Mädchen beschreiben?«
»Nun, sie kehrte mir den Rücken zu. Ihr langes blondes Haar fiel mir auf.«
»Ihr Gesicht konnten Sie nicht sehen?«
»Nein. Sie kennen das ja vielleicht, wenn man eine Blondine – wohlgemerkt keine Brünette, sondern eine Blondine – von hinten sieht, möchte man sofort einen Blick auf ihr Gesicht werfen. Aber das war unmöglich.«
»Besten Dank«, sagte die schwarzhaarige Romero.
Conniston errötete. »Mein Cousin hat recht. Sie sind sehr hübsch.«
Romero lachte. »Sie und ihr Cousin machen Frauen wohl gern Komplimente, Mister Conniston.«
»Nein, im Ernst. Sie haben wundervolle, empfindsame Augen. Hat sie nicht besonders empfindsame Augen? Da möchte man doch auf der Stelle ein vollständiges Geständnis ablegen.«
In diesem Augenblick betrat Connistons Tochter das Wohnzimmer. »Papa, du bringst unsere Gäste ja in Verlegenheit.«
»April, ich möchte dich mit Lieutenant Lemoski und Detective Romero bekanntmachen.«
April Conniston, im modischen, seeschaumgrünen Kostüm, dessen Rocksaum knapp über dem Knie endete, und eine

schmale, hellbraune Lederhandtasche in der Hand, ging die drei Stufen zum Wohnzimmer hinunter. »Detectives?«

»Du hast doch von dem entsetzlichen Mord vorgestern im Eagle Canyon gehört. Vielleicht habe ich den Täter im Vorbeifahren gesehen, als ich von der Ranch zurückkam.«

April ließ sich aufs Sofa fallen. »Um Gottes willen!« Sie sah ihren Vater an. »Vorgestern Abend? Davon hast du noch gar nichts erzählt.«

»Da gibt es auch nicht viel zu erzählen. Ich habe bloß einen Mann gesehen, der einer Frau bei einer Autopanne half. Aber gestern Abend war in den Nachrichten ein Aufruf, ob jemand am Sonntagabend eine Autopanne im Eagle Canyon beobachtet hat. Da habe ich natürlich Lieutenant Lemoski angerufen. Er leitet die Ermittlungen.«

»Vielleicht sollte ich während des Gesprächs hierbleiben.«

»Meine Tochter ist Anwältin«, erklärte Conniston. »Ausgerechnet Strafverteidigerin. Sie hat gerade ihr Studium in Yale beendet.« Zu April gewandt fuhr er fort: »Ich glaube, du bist ohnehin schon spät dran. Ich habe nur versucht, ein wenig zu helfen, ziemlich erfolglos, fürchte ich.«

»Wenn es Ihnen nichts ausmacht«, sagte Lemoski, »würde ich Sie bitten, mit einem Beamten meines Teams noch einmal zu der betreffenden Stelle im Eagle Canyon zu fahren.«

»Ich kann mir nicht vorstellen, warum …«

»Manche Erinnerungen kehren am Schauplatz des Geschehens zurück. Würde es Ihnen morgen passen?«

»Ich sage meine Termine ab.«

»Wir wissen Ihr Entgegenkommen sehr zu schätzen.«

Conniston begleitete die beiden Beamten ins Foyer. »Ich bin neugierig. Gibt es noch einen Zeugen, der dieses bedauernswerte Mädchen und den Mann zusammen gesehen hat?«

»Tut mir leid, dazu darf ich nichts sagen.«
Sie schüttelten sich die Hände, und Conniston brachte sie zur Tür.
»Seine Fernsehsendungen sind ja unter aller Kanone, aber er selbst hat Geschmack«, sagte Romero, während sie einen prüfenden Blick in ihren Taschenspiegel warf.
Lemoski ließ den Wagen an und steuerte über die lange Einfahrt zurück zum Tor. »Was halten Sie von ihm?«
»Aalglatt.«
»Ich meinte nicht seine Persönlichkeit. Ich meine, was er uns erzählt hat.«
»Nicht viel. Vielleicht wissen wir jetzt, dass unser Mann einen Pferdeschwanz trägt und mittleren Alters ist, das wäre zumindest etwas, vorausgesetzt Conniston sagt die Wahrheit. Aber andererseits könnte er, wie ich schon sagte, genauso gut eine Frau gesehen haben.«
»Das halte ich für unwahrscheinlich. So wie er Sie gemustert hat, schätze ich, dass er ganz genau weiß, ob er Männlein oder Weiblein vor sich hat, egal aus welchem Blickwinkel.«
»Diese Bemerkung über mich war irgendwie sonderbar. Sie wissen schon, Augen, bei deren Anblick man sofort ein volles Geständnis ablegen möchte.«
»Ich bin mir sicher, der Kerl hat bestimmt ein umfangreiches Sündenregister, von dem er Ihnen erzählen könnte«, räumte Lemoski ein. »Aber ich glaube nicht, dass er unser Mann ist. Wann haben Sie das letzte Mal von einem erfolgreichen Fernsehproduzenten und namhaften Kunstsammler gehört, der bei Mondlicht als Serienkiller sein Unwesen treibt?«
Romero nickte bedächtig mit dem Kopf. »Soll ich morgen mit ihm zum Eagle Canyon fahren?«
»Nein, Ihr Anblick lenkt ihn zu sehr ab. Das übernimmt

Davis. Irgendwie kann ich mir nicht vorstellen, dass Conniston mit ihm flirtet.«
Während Lemoski sich bei geöffnetem Fenster langsam über die kurvigen Straßen nach unten schraubte, sog er genießerisch einen letzten Hauch des Eukalyptusduftes ein. *Ich frage mich, wie ein Leben ohne Geldsorgen wohl aussieht … Avery Conniston? Was ist das eigentlich für ein Name? Er spielt den verantwortungsbewussten, durch und durch selbstgerechten Bürger, und ich habe den ganzen Morgen vergeudet …* Aber andererseits war er dem Büro für ein paar Stunden entkommen, hatte eine schöne Fahrt gemacht und sich den aromatischen Duft von Wohlstand und privilegiertem Dasein um die Nase wehen lassen. Bei Mordfällen, so viel hatte Lemoski inzwischen gelernt, galt es, auch die kleinen Freuden zu genießen.

Mittwoch, 17 Uhr

Als Jordan die Starbucks-Filiale Ecke Westwood und Lindbrook betrat, begrüßte ihn der anheimelnde Duft gemahlener Kaffeebohnen. Die betörenden Schwaden, jenes in einer kleinen Bohne enthaltene Geruchskonzentrat aus Mutter Natur, tropischer Sonne, Erde und Regen, geröstet und dann wieder freigesetzt, lockte die Menschen in diese Cafés wie Motten ans Licht. Wer hätte da widerstehen können? Allein in Los Angeles gab es vierhundert Starbucks, und jeden Monat kamen neue hinzu.
Robin saß bereits an einem Tisch, eine Kaffeetasse in der Hand. Als Jordan hereinkam, winkte sie ihm zu, aber er hatte ihren roten Schopf schon von draußen durch die Fensterscheibe entdeckt. Sie erhob sich, reichte ihm zur Begrüßung

die Hand, und wieder war Jordan deutlich bewusst, wie sanft sich ihre Haut anfühlte.

»Hoffentlich bin ich nicht zu spät?«

»Ich war zu früh«, entgegnete sie. »Ich habe einen hektischen Tag hinter mir, bis zur Premiere sind es nur noch zehn Tage. Ich brauchte unbedingt einen Kaffee und konnte einfach nicht warten.«

Jordan ließ sich auf dem gegenüberliegenden Sitz nieder.

»Möchten Sie nichts trinken?«, fragte sie.

»Vielleicht später.« Er musterte Robins Gesicht. »Ihre Nachricht hat mich beunruhigt. Alles in Ordnung?«

»Danke, alles bestens.« Sie hob das zur Hälfte vertilgte Croissant auf ihrem Teller hoch. »Ich kann wieder essen und singe aus voller Brust. Sogar Walter hatte ausnahmsweise nichts auszusetzen.«

Jordan spürte einen Stich der Eifersucht. »Um was geht es denn dann?«

Robin zog die Brauen zusammen. »Ehrlich gesagt, je länger ich darüber nachdenke, desto unsicherer bin ich, ob die Angelegenheit überhaupt mit der Hypnose zusammenhängt. Vielleicht war es dumm von mir, Sie anzurufen.«

»Natürlich nicht. Wir haben doch vereinbart, dass wir in Kontakt bleiben. Aber Sie haben sich am Telefon so geheimnisvoll angehört. Erzählen Sie mir, was Sie beunruhigt.«

»Na gut«, sagte sie. »Besonders viel gibt es da nicht zu erzählen. Heute Morgen beim Aufwachen fühlte ich mich ganz normal. Doch dann entdeckte ich den beschriebenen Umschlag auf meinem Nachttisch, und als ich las, was dort stand, bin ich zu Tode erschrocken.«

»Sie konnten sich nicht daran erinnern, etwas aufgeschrieben zu haben?«

»Nicht im Geringsten. Ich kann es mir nur so erklären, dass ich geträumt und den Traum dann aufgeschrieben haben muss.«
»Hört sich doch ganz vernünftig an.«
»Jordan, mich beunruhigt ja nicht, dass ich etwas aufgeschrieben habe, sondern was es war.«
Robin kramte in ihrer großen schwarzen Tasche. Sie zog einen langen Briefumschlag heraus und überreichte ihn Jordan. *Er wird mich umbringen*, stand etwas krakelig und in hastig hingeworfenen Schriftzügen auf dem Papier, und darunter: *Ich muss ihn daran hindern. Aber wie?*
Jordans Mund war plötzlich wie ausgedörrt. Sofort fiel ihm die Szene mit Robin in seinem Büro ein. Dort hatte sie dasselbe gesagt, aber auf dem Papier wirkten die Sätze noch wesentlich bedeutungsvoller.
»Schauspieler sind leicht zu beeinflussen, wissen Sie«, unterbrach Robin seine Gedanken. »Während der Proben zu *Bei Anruf Mord* hatte ich plötzlich Angst davor, Scheren zu benutzen, und einmal träumte ich sogar, dass mich ein Mann erwürgen wollte.«
Ein Mann wollte mich erwürgen, dachte Jordan. Diesen Satz hätte er sich gern notiert.
»Aber dies«, sagte sie, beugte sich zu Jordan vor und hob den Umschlag, »hat überhaupt nichts mit *Karussell* zu tun.«
»Nein, das stimmt«, pflichtete er bei. »Sie überlegen vermutlich, ob es mit der Hypnose zu tun haben könnte.«
Sie blickte ihn durchdringend an. »So ist es doch, oder?«
Jordan nickte. »Robin, was ich Ihnen jetzt sage, hört sich etwas sonderbar an. Ich kann Ihnen auch keine Erklärung dafür anbieten, da ich es selbst nicht verstehe. Vielleicht hat es mit dem Traum zu tun, von dem Sie mir gerade erzählt haben.«

Dann berichtete er ihr, was in seiner Praxis geschehen war. Als er seine Erzählung beendet hatte, stieß Robin ein schrilles, nervöses Lachen aus, das er noch nie von ihr gehört hatte. »Und Sie behaupten, ich sei nicht verrückt.«

Er blickte in ihre empfindsamen grünen Augen. »Sie sind nicht verrückt, das wissen Sie genau.«

Sie hob die Arme, deutete auf die anderen Gäste und sagte mit gesenkter Stimme: »Dann verraten Sie mir einmal, Doktor, wie viele der anderen Besucher hier kranke Phantasien über …«

Jordans eindringlicher Ton brachte sie zum Schweigen. »Robin, Ihre Geschichte hat einen zweiten Akt.« Er erzählte ihr, was er in dem Buch von Bugliosi und im Mikrofilmarchiv der Universität gelesen hatte. Während sie zuhörte, keuchte sie mehrmals leise auf.

»Dann ist das alles wirklich *passiert?*«, vergewisserte sie sich, als er geendet hatte.

Er zog einige Seiten aus der Innentasche seiner Jacke. »Das sind Fotokopien der Artikel, die damals in der *Times* erschienen sind. Glauben Sie …«

Robin riss ihm die Seiten aus der Hand, ehe er seine Frage stellen konnte. Er beobachtete, wie sie die Blätter auf den Tisch legte und zu lesen anfing. Ihre Hände zitterten dabei mehrmals. Mindestens fünf Minuten waren vergangen, bevor sie wieder zu ihm aufblickte. Ihr Gesicht war bleich. »Sie haben nichts von dem Anruf bei Beverly Caspers Eltern erwähnt.«

»Ich wollte Sie nur über die wichtigsten Punkte aufklären«, sagte Jordan. »Einige Einzelheiten habe ich weggelassen.«

»Zum Beispiel?«

»Nun, hören Sie zu.«

Er beschrieb, wie John, kurz bevor er sie erwürgte, sie gefragt hatte, ob sie ihren Eltern eine Nachricht hinterlassen wollte. Robin sah ihn mit weit aufgerissenen Augen an. »Das ist jetzt hoffentlich kein kranker Witz. Das müssen Sie mir versprechen, Jordan. Es ist mir ernst. Ich habe Sie kennengelernt, als Sie auf einer Party Tricks vorgeführt haben. Aber das hier ist überhaupt nicht lustig.«
»Ich versichere Ihnen, das ist kein Witz.«
Robin starrte in ihre Kaffeetasse. Erst nach einer Weile sah sie wieder auf. »Denken Sie dasselbe wie ich ... wegen dieses Mordfalls vor einigen Tagen?«
»Welchem Mordfall?«
»Im Eagle Canyon. Überall wurde darüber berichtet.«
»Ich sehe nie fern und lese nur selten die Zeitung«, erwiderte Jordan. »Ganz bestimmt keine Berichte über Verbrechen.«
»Das Mädchen verließ irgendein Restaurant im Valley und verschwand spurlos, bis ihre Leiche gefunden wurde.«
»Das ist entsetzlich, Robin, aber schätzungsweise hat es Dutzende von Morden gegeben ...«
»Und auch in diesem Fall«, fuhr sie mit lauter werdender Stimme fort, die ihn zum Schweigen brachte, »haben die Eltern einige Stunden später einen Anruf mit einer verrückten Nachricht erhalten.«
Schweigend verdaute Jordan diese Eröffnung. »Sind Sie sicher?«, fragte er schließlich.
»Sämtliche Zeitungen haben darüber berichtet. Meine Mutter hat mich sogar deswegen angerufen und mich davor gewarnt, zu fremden Männern ins Auto zu steigen.« Jordan kniff fragend die Augen zusammen. »Sie kennen meine Mutter nicht!«
»Und alles wegen dieses Verbrechens?«

»Die Polizei hat inzwischen bekanntgegeben, dass es der dritte Mordfall dieser Art innerhalb der letzten zwei Monate war. Einer in Pasadena, den Tatort des zweiten habe ich vergessen, und jetzt hier in der Gegend.«

Jordan blickte zur Decke hoch und überlegte. »Sagen Sie mal«, erkundigte er sich schließlich. »Der letzte Mordfall, wann genau war das?«

»Erst vor ein paar Tagen. Warten Sie … es muss am Montag passiert sein. Ja, genau. Ich habe den Bericht zusammen mit Walter im Fernsehen gesehen. Es war kurz vor meinem Besuch in Ihrer Praxis.«

Wenn die Leiche am Montag entdeckt worden war, musste etwas darüber in der Zeitung von gestern stehen.

»Wie viel Zeit haben Sie?«, fragte er Robin.

Sie warf einen Blick auf ihre Armbanduhr. »Nicht mehr viel.«

»Noch genug, um zu meinem Apartment mitzukommen, damit wir schnell einen Blick in die Zeitung werfen? Meine Wohnung liegt ganz in der Nähe. Ich muss unbedingt mehr über diesen Mord erfahren.«

»Das würde ich auch gern«, sagte Robin und ergriff impulsiv seine Hand. »Aber ich muss los. Wenn ich noch mal zu spät zur Probe erscheine, bekommt Walter einen Tobsuchtsanfall.«

Sie machte Anstalten, ihren Pullover anzuziehen, hielt aber plötzlich inne und sah ihm direkt in die Augen. »Jordan, ich muss mich bei Ihnen entschuldigen.«

»Wofür denn?«

»Sie haben mir sehr geholfen. Ich kann wieder essen und singen. Und wie danke ich es Ihnen? Erst gehen bei mir die Sicherungen durch, und anschließend beschuldige ich Sie auch noch, kranke Witze zu reißen. Es tut mir wirklich leid. Ich bin einfach total überwältigt. Ich bin in dem festen Glauben hergekommen, einen eigenartigen Alptraum gehabt zu haben, und dann erzählen Sie mir plötzlich, dass ich schon einmal gelebt habe und ermordet wurde.«

»Robin, ich habe nicht behauptet, dass Sie schon einmal gelebt haben. Es könnte auch eine vollkommen harmlose Erklärung geben.«

»Klar. Ich höre …«

»Vielleicht haben Sie irgendwo etwas von diesem Mord aufgeschnappt, und …«

»Das glauben Sie doch nicht im Ernst, oder?«

Jordan nagte an seiner Unterlippe, dachte an Fischers Kritik, an den Mann, der Oscanisch geschrieben hatte, und an Reena Gupta. »Ich weiß es eben einfach nicht«, erwiderte er schließlich.

Robin blickte wieder auf ihre Uhr. »Ich muss jetzt unbedingt los.«

»Ich halte Sie auf dem Laufenden, wenn ich noch mehr herauskriege.«

»Sie stecken ja tatsächlich voller Geheimnisse.«

Wir haben beide unsere Geheimnisse, dachte er und sah ihr nach, während sie davonging.

Mittwoch, 17 Uhr 53

Zehn Minuten später war Jordan zu Hause. In Sekundenschnelle arbeitete er sich durch die Zeitungen der vergangenen beiden Tage und hatte den Artikel, der unübersehbar auf der Titelseite der heutigen Ausgabe prangte, rasch gefunden.

Ein achtzehnjähriges Mädchen namens Monica Johnson (unter der Schlagzeile war ein unpassend wirkendes Foto der Toten abgebildet, das ein glücklich lächelndes Mädchen mit langem blonden Haar und Grübchen zeigte) hatte am Sonntagabend ein Restaurant namens *Denny's* in Agora Hill verlassen und war danach nicht mehr gesehen worden. Einige Stunden nach ihrem Verschwinden hatten die Eltern den Anruf eines Mannes erhalten, der behauptete, er habe eine Nachricht von Monica für sie. Die Eltern alarmierten sofort die Polizei, die das Auto der Vermissten rasch in einer unbefestigten Haltebucht im Eagle Canyon Drive aufspürte. Die Leiche wurde nur wenige Stunden später von einem Spaziergänger gefunden, der bei Tagesanbruch seinen Hund in einem bewaldeten Gebiet unweit des verlassenen Autos ausgeführt hatte. Neben dem Artikel über Monica Johnson fanden sich noch weitere Informationen. Ein Lieutenant Ben Lemoski vom Morddezernat des LAPD berichtete, dass im Großraum Los Angeles anscheinend ein neuer Serientäter aufgetaucht war.

Lemoski behauptete, die Polizei habe Übereinstimmungen zwischen den Morden an Monica Johnson, Erica Braun, die vor sechs Wochen in Pasadena ermordet worden war, und der einen Monat später getöteten Rachel Gordon festgestellt.

In Jordans Kopf überschlugen sich die Gedanken. Alle drei Opfer waren zwischen siebzehn und neunzehn Jahre alt. Auch Beverly Casper war siebzehn Jahre alt gewesen. Zwei Mädchen absolvierten die Abschlussklasse der Highschool, eines war gerade aufs College gekommen. Beverly war ebenfalls in der Abschlussklasse der Highschool gewesen. Jedes der Mädchen war nach dem Besuch eines Restaurants verschwunden, jedes war allein im Auto gefahren und hatte eine

Autopanne gehabt. Auch hier war alles genauso verlaufen wie bei Beverly. Und zum Schluss noch das: Jedes Mal hatten die Familien der Opfer direkt nach deren Verschwinden einen Anruf erhalten.

In Boltons Praxis hatte sich Jordan zum ersten Mal Fragen über John gestellt. Falls er tatsächlich existierte, was war mit ihm geschehen? Nun drängte sich noch eine weitere Frage auf:

Trieb sich John noch immer in dieser Gegend herum?

Mittwoch, 22 Uhr 15

»Wann schnappt dein Vater denn endlich diesen Messenger?«, fragte Deena Tulipan zwischen zwei Schlucken Cherry-Cola. »Wenn das so weitergeht, können sie mich genauso gut ins Nonnenkloster sperren.«

»Du brauchst mir nichts zu erzählen«, sagte Kathy Lemoski und nickte. »Ich habe meiner Mutter gesagt, dass wir Cheerleader-Training haben, und sie hat mir mit dem Finger gedroht und gesagt: ›Geh danach nur nicht mit deinen Freundinnen aus.‹ Ich darf kaum noch vor die Tür, und dabei habe ich überhaupt nichts ausgefressen.«

Vier Schülerinnen der Abschlussklasse der Highschool, Deena Tulipan, Kathy Lemoski, Judy Cinch und Grace Ashworth, hatten eine Sitzecke im hinteren Teil des Restaurants mit Beschlag belegt. Einer Tradition folgend, die von einer Abschlussklasse an die nächste weitergegeben wurde, waren die Mädchen vom West Valley, wo sie wohnten, über die Santa Monica Mountains nach Malibu gefahren, wo sie nur allzu gern wohnen würden.

Wie ein Leuchtturm thronte das an die Hügelflanke geschmiegte *Hamburger Heaven* an der Nordseite des Pacific Coast Highways. Im Lauf der Jahre waren die meisten Gebäude an der Straße entweder durch einen Erdrutsch oder eine Feuersbrunst vernichtet worden, lediglich dieses Restaurant hatte alles unbeschadet überstanden. Abgesehen von einigen neuen Plastikstühlen war die Inneneinrichtung seit vierzig Jahren beinahe unverändert.

»Das ist echt überhaupt nicht witzig«, sagte Judy Cinch. »Ich war nämlich echt auf derselben Straße, wo dieses Mädchen vor zwei Tagen …«

Grace Ashworth tippte leicht gegen Judys Kopf. »Hallo, Judy, du sagst schon wieder in jedem Satz *echt*.«

»Ich hab's nur einmal benutzt.«

»Zweimal. Du hast mir extra gesagt, ich soll …«

»Aber irgendwie war nicht die Rede davon, dass du total übertreibst.«

»Bestens«, fuhr Grace fort. »Mach nur weiter. Dann hörst du dich eben an wie eine Witzfigur aus dem Fernsehen. Kann mir doch egal sein.«

Damit nahm sie sich eine Fritte von Kathy Lemoskis Tellerrand.

»Wie sieht meine Haut aus? Ganz ehrlich?«, fragte Deena die Gruppe.

»Viel besser als letzte Woche«, versicherte Kathy.

»O Gott, sah ich letzte Woche wirklich so schlimm aus?«

»Na, Lemoski, sieh zu, wie du dich da rausredest«, schnaubte Grace belustigt.

»Ach, komm schon, Deena, du weißt doch, wie das gemeint ist«, sagte Kathy. »Jedenfalls hätte ich lieber Pickel als Sommersprossen. Pickel verschwinden, Sommersprossen nicht.«

Es stimmte. Kathy Lemoskis Gesicht war übersät mit Sommersprossen.

»Das sieht doch echt süß bei dir aus«, warf Judy ein.

»Na klar. Wollen wir tauschen?«

Als Kathy Lemoski acht Jahre alt war, hatte ihr Vater ihr oft erzählt, dass Gott persönlich jede einzelne Sommersprosse auf ihr Gesicht gemalt hatte. Schon damals hatte sie gewusst, dass ihr Vater sie nur trösten wollte und natürlich alles noch schlimmer machte. Aber im letzten Jahr, seit sie begonnen hatte, ihr Spiegelbild ausführlich zu studieren, musste sogar sie selbst zugeben, dass sie ausgesprochen hübsch war. Nachdem sie jahrelang davon überzeugt gewesen war, dass ihr Äußeres sich gegen sie verschworen hatte, schien plötzlich alles zusammenzupassen: die glänzenden rotblonden Haare, die klaren braunen Augen und die Sommersprossen.

Der untrügliche Beweis dafür war, dass Jungen sie mit einem Mal wahrnahmen. Anders als zu Beginn der Highschool oder im zweiten Jahr blickten sie Kathy in die Augen, wenn sie sie auf dem Korridor trafen und grüßten. Zuerst hatte die ungewohnte Aufmerksamkeit sie etwas verwirrt, inzwischen fand sie es jedoch süß.

»Chip Estes ist da ganz einer Meinung mit Judy«, ließ Grace lässig fallen.

»Woher weißt du das?«, erkundigte sich Kathy misstrauisch.

»Die Leute reden eben mit mir. Erzählen mir ihren persönlichen Kram. Keine Ahnung, warum, aber so ist es nun mal. Wenn ich groß bin, werde ich Psychologin.«

»Klasse«, sagte Judy. »Ich weiß schon einen echt guten Werbespruch für dich: Nervtötende Psychologin hat noch Termine frei.«

Grace setzte eine entrüstete Miene auf.

»Klappe, Judy«, fiel Kathy ihr ins Wort. »Was genau hat Chip Estes denn gesagt?«

»Er hat gesagt, er findet dich süß.«

»Wie süß?«, hakte Deena nach.

»*Très* süß.«

Diese Neuigkeit ließ sich Kathy Lemoski auf der Zunge zergehen. Chip Estes gefiel ihr schon, seit er im zweiten Schuljahr ins Valley gezogen war. Sie hatten ein unkompliziertes Verhältnis und gingen mit einer gemeinsamen Clique ins Kino oder zum Basketball, aber sie war immer auf sicherer Distanz geblieben.

Nun wusste sie, dass ihre Gefühle erwidert wurden, und der Tratsch wurde noch genussvoller, weil sie alles live und im Beisein ihrer Freundinnen erfuhr statt am Telefon. Diese kostbare Info wog die Lüge vom Cheerleader-Training, die sie ihrer Mutter aufgetischt hatte, tausendmal auf.

»Sieh mir in die Augen, Grace«, sagte Kathy.

Grace Ashworth riss die blauen Augen auf und heftete sie mit gespielter Dramatik auf Kathy.

»Wenn du mich verkohlst, was Chip Estes angeht, brauchst du dir keine Sorgen mehr wegen des Messengers zu machen. Dann kriegst du es nämlich mit mir zu tun.«

»Hey, Baby! Anscheinend hab ich da einen Nerv getroffen.«

»Das ist mein voller Ernst.«

»Na ja, mir ist es auch ernst. Er hat's mir gesagt. Bin ich damit sicher vor dir und dem Messenger?«

»Hätten die sich nicht einen besseren Namen einfallen lassen können als ausgerechnet Messenger?«, ließ sich Deena vernehmen. »Hört sich doch ziemlich lahm an.«

»Nach den Morden ruft er die Eltern an«, sagte Grace.

»Ähh! Das ist so widerwärtig.«

»Wenn der Typ meine Eltern anrufen würde, würden sie bloß fragen: *Was für eine Judy?*«

»Melodrama!«, riefen Deena, Kathy und Grace gleichzeitig, die übliche Antwort, wenn eine der Freundinnen vor Selbstmitleid zerfloss.

»Ihr müsstet mal ein paar Wochen bei meinen Eltern wohnen, dann würdet ihr echt anders reden«, protestierte Judy. »Ich bin der einzige Teenager in den Staaten, der häufiger zu Hause ist als seine Eltern.«

Die Mädchen wussten zwar, dass dies eine Übertreibung war, aber keine allzu große. Judys Vater war ein bekannter Kardiologe, ihre Mutter leitete eine Capital-Venture-Firma. Beide waren ständig auf Achse. Als Judy noch kleiner war, hatte sich eine Kinderfrau um das Mädchen gekümmert. Inzwischen war sie dafür zu groß und wurde nur noch von einer Hausangestellten aus El Salvador beaufsichtigt. Am liebsten trafen sich die Mädchen daher in Judys Haus. Ohne die aufgrund des Messengers verhängte Ausgangssperre wären sie anschließend bestimmt bei Judy gelandet. Sie besaß eine tolle CD-Sammlung, und dank der Hausangestellten war der Kühlschrank im Hause Cinch stets gut gefüllt.

Kathy wandte sich Grace zu. »Also hat Chip das wirklich gesagt?«

»Genau so. Wer weiß, vielleicht hat er eine Nachricht für dich hinterlassen, wenn du nach Hause kommst.«

»Nach Hause? Mist, wie spät ist es eigentlich?«

»Ja, wir sollten uns besser auf die Socken machen. Wir wollen ja schließlich zu Hause keine Panik auslösen«, sagte Deena.

Kathy rutschte als Erste aus der Sitzbank. Sie zog ihren dunkelroten Cheerleader-Minirock gerade und trat beiseite, um Platz für Grace zu machen.

Die Mädchen hatten es zu eilig, um den Mann zu bemerken, der in der benachbarten Sitzecke Platz genommen hatte und ihnen den Rücken zuwandte. Er lächelte sonderbar und hatte die Hand auf den Mund gelegt. Als sie zur Kasse gingen, nahm er die Hand weg und trank hastig einen Schluck Kaffee.

Er sah den Mädchen hinterher, vor allem der Tochter des Lieutenants, während sie das Restaurant verließen und sich auf dem Parkplatz zum Abschied zuwinkten, und beobachtete aufmerksam, in welches Auto jedes Mädchen stieg. Er war aufgeregt und in rührseliger Stimmung.

Er zog ein kleines Notizbuch aus der Innentasche seines Mantels, nahm einen Stift und trug mit kleiner Schrift und in Großbuchstaben zwei Worte ein: CHIP ESTES.

Mittwoch, 23 Uhr 30

Jordan rechnete. Beverly war vor zweiunddreißig Jahren umgebracht worden und hatte ihren Mörder auf ungefähr fünfundzwanzig geschätzt. Also musste der Mann inzwischen ungefähr Mitte fünfzig sein. Er war immer noch im besten Alter.

Aber war das überhaupt möglich? Hatte John drei Jahrzehnte lang nicht gemordet und jetzt plötzlich wieder damit begonnen? Oder hatte er die ganze Zeit getötet und war unentdeckt geblieben? *Oder bin ich jetzt schon so durchgedreht, dass ich keinen klaren Gedanken mehr fassen kann?*

Er stellte sich vor, wie absurd es wäre, mit dieser Geschichte zur Polizei zu gehen. »Ich weiß vielleicht, wer der Täter ist.« Dann würden sie fragen: »Wer?«

»Ein Mann mittleren Alters. Er nennt sich John.«
»Wie heißt John mit Nachnamen?«
»Das weiß ich nicht. Und ich bin mir auch nicht sicher, ob John sein richtiger Vorname ist.«
»Und wie lautet sein richtiger Vorname?«
»Ich weiß nicht. Aber vor zweiunddreißig Jahren hat er ein Mädchen auf dieselbe Art umgebracht.«
»Woher wissen Sie das?«
»Das hat mir eine Frau erzählt, die ich hypnotisiert habe.«
»Und woher will sie das wissen?«
»In ihrem früheren Leben war sie das ermordete Mädchen.«
Nachdem sich die Beamten die Lachtränen abgewischt hätten, steckten sie ihn unter Umständen in eine Zwangsjacke, und er würde Elinor anbetteln müssen, die Polizei von seiner geistigen Gesundheit zu überzeugen.
Falls er diese Information jemals benutzen wollte, war es unbedingt notwendig, dass er noch wesentlich mehr über Beverly, die Mordnacht und John herausbekam. Insbesondere über John.
Er las noch einmal alles durch, was er nach der Sitzung mit Robin aufgeschrieben hatte. Einerseits hatte man den Eindruck, dass sie ihm eine Menge erzählt hatte: Beverly Caspers Namen, ihr Alter, das Datum, die Stelle, wo sie die Autopanne gehabt hatte, und, alles andere überschattend, die plastische, grausige und schockierende Beschreibung von Beverly Caspers letzter Stunde auf Erden.
Als er die Notizen durchging, ohne seine Aufmerksamkeit auf Beverlys entsetzliche Qualen zu richten, sondern nach Anhaltspunkten für Johns Identität suchte, musste er sich eingestehen, dass er weit weniger wusste, als er zunächst angenommen hatte. Welche Informationen besaß er tatsächlich

über John? Abgesehen davon, dass der Mann ungefähr fünfundzwanzig Jahre alt war und bei der Marine gedient hatte, hatte Beverly so gut wie nichts erzählt. Ansonsten hatte sie nur den sonderbaren Spruch »Man nennt mich John« zitiert. Man konnte also davon ausgehen, dass John ganz normal aussah, ohne Tätowierungen oder andere äußerliche Auffälligkeiten, die Beverlys Misstrauen geweckt und sie davor gewarnt hätten, in den Wagen einzusteigen. Vermutlich machte er einen ordentlichen und gepflegten Eindruck.

Wie stand es hingegen mit den sonderbaren Geräuschen, die der Mann von sich gegeben hatte, jenem Schnappen und Zischen? Hätte sie das nicht misstrauisch machen sollen? Nicht, wenn sich diese Geräusche erst eingestellt hatten, als er Beverly bereits in seiner Gewalt hatte. Daran gab es keinen Zweifel – wenn er in aufgeregte Stimmung geraten war und die Kontrolle über sich verloren hatte.

Gab es noch weitere Fakten? Anscheinend kannte er sich mit Autos gut aus. Jordan hätte diesen Trick niemals anwenden können, aber John hatte ein rascher Blick unter die Motorhaube genügt, um das Problem zu erkennen und zu wissen, welches Teil repariert werden musste.

Unversehens lachte Jordan etwas mutlos auf. Wer hatte denn behauptet, dass John etwas von Autos verstand? Niemand anders als John selbst. Toll. Das bewies natürlich überhaupt nichts. Wenn er ohnehin nicht vorgehabt hatte, das Auto seines Opfers zu reparieren, konnte er alles Mögliche als Fehlerursache angeben. Es war ja niemand da, der es besser gewusst hätte.

Jordan griff rasch nach dem gelben Notizblock und beschloss, seine Notizen erneut durchzugehen, so unvoreingenommen, als lese er sie zum ersten Mal. Plötzlich erschienen ihm Einzelheiten, die er zuerst überflogen hatte, in ganz anderem Licht.

Beispielsweise Beverlys Kommentar, als sie beschrieb, wie sie John zum ersten Mal gesehen hatte. »Ich weiß nicht warum, aber er kam mir bekannt vor.«

Auf Jordans Nachfrage, woher sie ihn kannte, hatte Beverly lediglich den Kopf geschüttelt.

»Bekannt.« Zuerst hatte Jordan die Äußerung nicht beachtet, sondern war während und sogar nach der Sitzung einfach davon ausgegangen, dass es sich bei Beverlys Ermordung um einen entsetzlichen Zufall handelte, ein klassischer Fall von jemandem, der sich zur falschen Zeit am falschen Ort befand. Ihr Auto hatte den Geist aufgegeben, dann kam ein Psychopath vorbei, der sie zuerst missbrauchte und anschließend ermordete. Je länger Jordan darüber nachdachte, desto mehr roch das Verbrechen nach einer im Voraus geplanten Tat.

Dass Beverly nicht wusste, warum John ihr bekannt vorkam, musste nichts heißen. Vielleicht war er dem Mädchen bereits seit einigen Tagen gefolgt. In diskretem Abstand. Möglicherweise hatte sie ihn undeutlich wahrgenommen, so wie man mitunter einen anderen Menschen bemerkt, ohne sich dessen bewusst zu sein. Vielleicht hatte sie sich einmal auf der Straße umgedreht und den Mann hinter sich gesehen. Falls das zutraf, war es eine weitere Bestätigung seiner Annahme, dass John ein unauffälliger Typ war. Zumindest was Erscheinung und Benehmen anging. Wäre etwas Besonderes an ihm gewesen, eine Narbe, unübersehbare Tätowierung oder dergleichen, oder wäre er entweder sehr hässlich oder vielleicht auch sehr gut aussehend gewesen, hätte Beverly sich genauer an ihn erinnert.

Während Jordan die Möglichkeit in Betracht zog, dass John

seinem Opfer über mehrere Tage hinweg gefolgt war, kamen ihm beim zweiten Nachdenken neue Ideen. Wenige Minuten zuvor hatte er John einfach abgesprochen, dass er sich mit Autos gut auskannte. Eine etwas voreilige Schlussfolgerung, wie er jetzt fand. »Er benutzte technische Fachausdrücke«, hatte Beverly gesagt, »wie ein Automechaniker oder so.« Berücksichtigte man Beverlys Aussage, dass John ihr bekannt vorgekommen war, konnte sich alles auch ganz anders abgespielt haben. Wenn John Beverly nun gefolgt war? Handelte es sich dann überhaupt um einen Zufall, dass sie eine Autopanne hatte und er ausgerechnet in diesem Augenblick vorbeifuhr? Mit einem Mal wirbelten die wildesten Szenarien durch Jordans Kopf. Beverly hatte den Abend im *Hamburger Heaven* verbracht, genau wie in der *L.A. Times* beschrieben. Vielleicht war John ebenfalls unter den Gästen gewesen. Entweder er war ihr dorthin gefolgt, oder er war zufällig auch dort eingekehrt und hatte sie hereinkommen sehen.

Jordan stellte sich vor, wie John an einem Tisch am Fenster saß, lustlos an seinem Kaffee oder einer Cola schlürfte und müßig aus dem Fenster blickte. Plötzlich fährt ein junges Mädchen auf den Parkplatz. John beobachtet, wie sie aus dem Auto steigt. Sie gefällt ihm. Während Beverly mit ihren Freundinnen plaudert, geht er zum Parkplatz und bringt es fertig, ihr Auto schnell und zumindest teilweise fahruntüchtig zu machen, vielleicht durch ein Leck oder etwas Ähnliches, und er weiß, dass ihr Auto nur kurze Zeit fahren wird, bevor es stehen bleibt. Er kann hinter ihr herfahren und in die Rolle des rettenden Engels und hilfsbereiten Pfadfinders schlüpfen.

Na gut, angenommen er macht sich an ihrem Wagen zu schaffen, folgt ihr dann und bietet seine Hilfe an. *Und nehmen wir auch gleich mal an, dass ich unter Halluzinationen leide. Das kauft die Polizei mir nie und nimmer ab. Sie werden sagen, dass ich mir da eine vollkommen unbegründete, komplizierte Theorie zusammengebastelt habe.*

Aber andererseits war sie vielleicht doch nicht so unbegründet. Welche anderen Erklärungsmodelle könnte man denn noch konstruieren? Dass der Killer rein zufällig an einem Auto vorbeifuhr, das rein zufällig eine Autopanne hatte und in dem sich rein zufällig nur eine einzige Insassin befand, und zwar ausgerechnet ein siebzehnjähriges Mädchen? Dass alles weitere ganz spontan geschah? Dass der Mörder Beverly, einer plötzlichen Eingebung folgend, zu einer abgelegenen Stelle in Topanga mitnahm, sie dort zum Oralsex zwang und anschließend erdrosselte?

»Ganz genau«, wie Elinor in ihrem abgehackten argentinischen Akzent erwidern würde. »Nur weil eine Theorie kompliziert ist, bedeutete das keineswegs, dass sie wahr ist, und umgekehrt muss eine Theorie nicht deswegen falsch sein, weil sie einfach ist.«

Abgesehen von einem Detail, für das es keine einfache Erklärung gab: die Grube. John hatte eine Grube vorbereitet. Jordan erinnerte sich an Beverlys Worte: »Es sah so aus, als hätte sie jemand mit der Schaufel gegraben«.

Also hatte John von Anfang an gewusst, dass er jemanden umbringen würde.

Plötzlich fiel ihm ein weiteres Detail der Aufzeichnungen ein. Nichts Handfestes, aber ausgesprochen bedeutsam: der Anruf bei der Polizei.

Einen Tag nach dem Verschwinden Beverly Caspers hatte ein anonymer Anrufer behauptet, die Vermisste sei direkt vom *Hamburger Heaven* zum Haus ihres Freundes gefahren.

Larry Keeton – auf den sich der Anrufer bezogen hatte – war jedoch keineswegs Beverlys fester Freund. Er hatte sich lediglich mit ihr verabreden wollen. Davon wussten nur wenige Personen. Melissa Wine und die anderen Mädchen im *Hamburger Heaven* gehörten zu den Mitwissern, denn Beverly hatte ihnen diese Neuigkeit gerade anvertraut. Womöglich hatte Keeton den einen oder anderen Freund ebenfalls eingeweiht.

Wer war dieser anonyme Anrufer? Ein Freund, der Keeton eins hatte auswischen wollen? Unwahrscheinlich. Einen Mitschüler als Verdächtigen in einem Mordfall hinzustellen überstieg bei weitem das Ausmaß normaler Pennälerstreiche.

Was aber, wenn John ebenfalls in dem Restaurant gesessen hatte, vielleicht sogar an einem der Nebentische, und das Gespräch belauscht hatte? Wenn er der Gruppe von Schülerinnen zugehört hatte, die kichernd und in voller Lautstärke den neuesten Tratsch ausgetauscht hatten, wie das bei Mädchen in diesem Alter üblich war? Dann musste er auch gehört haben, wie Beverly Casper ihren Freundinnen aufgeregt erzählte, dass Larry Keeton sie um eine Verabredung gebeten hatte.

Sie war vom *Hamburger Heaven* direkt zu Keetons Haus gefahren, hatte der Anrufer behauptet. Ein belastendes Indiz, genau nach dem Geschmack der Polizei. Überdies konnte sich Jordan gut vorstellen, dass Johns Verstand genau auf diese Weise arbeitete. Er hatte kaum fünf Minuten mit dem Mädchen im Auto verbracht, als er bereits erwartete, dass sie ihn als ihren festen Freund akzeptierte. Für jemanden, der so dachte, reichte die Bitte um eine Verabredung vollkommen aus, um Beverly zu Keetons fester Freundin zu machen. Welch heimtückisches Vergnügen John wohl empfunden

haben mochte, als er erfuhr, wie viel Schaden er seinem vermeintlichen Rivalen mit diesem Anruf zugefügt hatte.
Je länger Jordan darüber nachdachte, desto einleuchtender erschien ihm seine Theorie. Beverly hatte gesagt, John sei ihr bekannt vorgekommen. Bestimmt hatte sie ihn schon einmal gesehen, ebenso wie er das Mädchen an jenem Abend bereits vorher gesehen und etwas mit ihrem Auto angestellt haben musste. Um anschließend wie ein Ritter auf seinem Ross zu ihrer Rettung herbeizueilen.
Als Jordan erneut seine Notizen durchging, begriff er, dass er doch mehr über John wusste, als er ursprünglich gedacht hatte. Allerdings war die Polizei bekanntlich geradezu versessen auf genaue Einzelheiten und Indizien. Selbst wenn man die höchst unwahrscheinliche Möglichkeit in Betracht zog, dass sie seine Hypothese nicht sofort verwarfen, würden ihm die Beamten trotzdem entgegenhalten, dass alles, was sich aus dieser Hypothese ergab, aus ihrer Sicht nur von begrenztem Wert war. Denn welche Fakten lieferten Jordans Notizen? Zwei. John war damals Mitte zwanzig gewesen – keine unerhebliche Einzelheit – und musste jetzt um die fünfzig sein. Außerdem hatte er behauptet, bei der Marine gedient zu haben. Das war wichtig. Vielleicht gab es entsprechende Akten. Doch abgesehen davon?
Auf den ersten Blick war das alles. Beverlys Schilderung enthielt indessen noch weitere wichtige Fingerzeige.
John hasste Frauen und empfand Vergnügen dabei, sie zu erniedrigen. Sogar als John Beverly gezwungen hatte, seinen demütigenden Befehlen zu gehorchen, hatte ihn das nicht besänftigt. Sein Frauenhass war besonders stark ausgeprägt. Was Beverly auch tat, es war nie genug. Obwohl sie jedem seiner Befehle gehorchte, hatte er sie am Ende doch erdrosselt.

»Was soll denn daran neu sein?«, stellte er sich die Frage eines gewieften Detective vor. »Natürlich hassen perverse Serientäter Frauen. Deswegen bringen sie sie ja um.«
Ein berechtigter Einwand.
Aber selbst wenn man den Einwand gelten ließ, enthielten die Aufzeichnungen der Sitzung immer noch viele Einzelheiten, die der Polizei helfen konnten, den Kreis der Verdächtigen und damit auch die Suche einzugrenzen.
Er erinnerte sich an die Worte, mit denen John Beverly angebrüllt hatte. »Du verdammte Fotze! Du warst immer eine verdammte Fotze!« Bisher war Jordan davon ausgegangen, dass die Beschimpfungen sich auf Beverly bezogen hatten. Aber wie konnte das sein? Der Mann hatte sie doch gerade erst kennengelernt. Er musste zu einer anderen Frau gesprochen und in seinem schizophrenen Zustand das Mädchen mit ihr verwechselt haben. Wer aber mochte diese *sie* sein? Eine Freundin? Seine Frau? Seine Mutter? Wer konnte das wissen?
Toll! Jedes Mal, wenn er auf die Zielgerade einbog, rückten die Zielpfosten ein paar Meter weiter vor.
Er zwang sich, die Aufzeichnungen ein letztes Mal zu studieren. Der Name Robin stand nicht mehr auf seinem gelben Block. Weder Robin noch Robin/Beverly, sondern ausschließlich Beverly. Hieß das, dass er Beverlys Beschreibung glaubte? Sein Verstand ließ ihn daran zweifeln. Doch was sein Herz anging, so hatte er bereits eine Entscheidung getroffen. Beverly Casper war ermordet und ein Teil von ihr, seien es auch nur ihre letzten Erinnerungen, in Robin Norris wiedergeboren worden.
Bei dieser Erkenntnis brach ihm der kalte Schweiß aus.
Er ging zum Waschbecken, schöpfte etwas Wasser in die

Hände und bespritzte sein Gesicht. Das half, aber nur für wenige Sekunden. Kurz darauf fühlte er sich bereits wieder krank und sank auf den Küchenstuhl, während er eine plötzliche Übelkeit niederkämpfte. War er eigentlich total verrückt? Er konnte auf keinen Fall mit diesen dürftigen Spekulationen, diesen dünn miteinander verknüpften Fäden, die einen Zusammenhang zwischen dem Mord an Beverly Casper und den derzeitigen Morden herzustellen versuchten, zur Polizei gehen. Auch wenn ihm sein Instinkt noch so deutlich sagen mochte, dass er sich nicht täuschte, riet ihm sein Verstand etwas vollkommen anderes. In den vergangenen sieben Jahren hatte er vor allem seinen Verstand ausgebildet, insbesondere in den letzten drei Jahren. Elinor Fischer, die ihm den Weg zu Wahrheit und Vernunft geebnet hatte, war eine strikte Anhängerin Freuds, und ihr fehlte jegliches Verständnis für alternative New-Age-Therapien. Genau aus diesem Grund hatte er sich entschlossen, bei ihr zu studieren, oder? Es hatte ihm gefallen, wie sie mit ihrem kühlen und mitunter auch gefühllosen Verstand die Neurosen der Patienten diagnostizierte. War das nicht seine Idealvorstellung eines Psychiaters, strebte er nicht genau danach? Warum machte er sich dann mit einem Mal das Leben so schwer? Er musste überhaupt keine Entscheidung treffen. Er konnte ohnehin nichts tun, höchstens, allerhöchstens weitere Informationen zusammentragen. Plötzlich hatte er das Gefühl, am Rand eines Abgrunds gestanden und sich selbst vor dem drohenden Absturz bewahrt zu haben.

Doch keine Minute später befand er sich wieder an genau derselben Stelle. Dort draußen war ein Mörder, ein Mörder, dessen Bösartigkeit auch Elinor Fischer nicht erklären konnte, und dieser Mann quälte und tötete unschuldige junge

Frauen. Ausgerechnet er selbst, Jordan Geller, verfügte aufgrund seltsamer Umstände oder durch blinden Zufall über Informationen, die diesen Mann aufhalten konnten. In seinem zukünftigen Beruf war es vielleicht möglich, dass er, nach jahrzehntelanger Tätigkeit als Psychiater, seine Patienten behutsam in die geistige Gesundheit zurückführte, aber wie oft würde er in seinem Leben noch einmal Gelegenheit haben, ein Menschenleben oder womöglich sogar mehrere zu retten?

Unentschieden wie er war, dachte Jordan, wie häufig in den frühen Morgenstunden, plötzlich an Carrie. Zwei Jahre bevor der betrunkene Autofahrer sie für immer auseinandergerissen hatte, hatte Jordan Carrie verlassen wollen. Er hatte deswegen sogar seine Facharztausbildung nach Sloan-Kettering verlegt. Das war der einfachste Weg, oder, wie er sich Elinor gegenüber einmal ausdrückte, der Ausweg eines Feiglings aus der Beziehung. Wenn ein ganzes Land zwischen ihnen lag, schaffte er es vielleicht auch, ihr zu gestehen, dass er sie nicht mehr liebte. Aber Carrie verfügte über eiserne Entschlossenheit und einen unbeugsamen Willen. Als kleines Mäuschen brachte man es schließlich nicht bis zur Nachrichtendirektorin des NBC-Studios in Los Angeles. Verbissen arbeitete sie daran, dass Beruf und Freund in der gleichen Stadt blieben. Jordan hatte Carries Ehrgeiz und ihre Beharrlichkeit immer bewundert, ja, er hatte diese Eigenschaften sogar geliebt, doch schließlich kamen ihm Zweifel, ob dies Eigenschaften waren, die er sich bei einer Frau, mit der er sein Leben teilen wollte, wirklich wünschte. Carries Charakter war so beschaffen, dass ihre Ängste paradoxerweise in dem Maß zunahmen, je selbstbewusster sie sich nach außen gab und je höher sie auf der Karriereleiter des Nachrichtenstudios nach oben kletterte. Man musste sie ständig beruhigen, ermuntern und unterstützen, genau das, was Jordans Patienten ihm ohnehin schon den ganzen Tag abverlangten und womit er nicht auch noch den Abend verbringen wollte. Nach und nach hatte sich seine Liebe verbraucht. Er wollte es ihr tausendmal sagen und brachte es doch nicht fertig. Hätte er Carrie reinen Wein eingeschenkt, wäre sie jetzt noch am Leben. Seine Unentschlossenheit hatte sie das Leben gekostet. Ironischerweise war es ausgerechnet Carrie, die dafür sorgte, dass er Elinor kennenlernte. Carrie drehte einen Fernsehbericht über das Dittmyer-Institut und kehrte am Abend aufgeregt nach Hause zurück. Sie habe die Mentorin gefunden, nach der Jordan schon so lange suche. Es gebe überhaupt keinen Grund mehr, nach New York umzuziehen. Alles, was er brauche, liege direkt vor seiner Nase. Carrie hatte recht. Während des ersten Gesprächs machte Elinor großen Eindruck auf ihn. Noch vor zwei Nächten hatte seine privilegierte Position als Elinors Schützling und die damit einhergehende Verbindung zum Dittmyer-Institut zu den wenigen Konstanten seines Lebens gehört. Mit einem Mal war auch das ungewiss.

Beverly Casper ... John ... Robin ... Carrie ... Unschlüssigkeit ... Tod. Eine Assoziation führte zur nächsten ... Und ein neuer, überraschender Gedanke in der nächtlichen Stille: Kitty Genovese. 1964 war die arme Frau in Queens, einem New Yorker Stadtteil, direkt vor den Augen ihrer Nachbarn niedergestochen und ermordet worden. Keiner der vielen Zuschauer hatte versucht, den Mörder aufzuhalten. Es ging nicht einmal jemand zum Telefon, um die Polizei zu alarmieren. Die Nation war peinlich berührt und entsetzt. Wie hatte das geschehen können? Jordan hatte den Fall in einem seiner

ersten Psychologie-Seminare untersucht und war immer fasziniert davon gewesen. Nachdem Psychologen die Protokolle des Falls studiert hatten, erklärten sie, die Nachbarn seien Kitty nicht etwa aus Angst, in die Geschichte verwickelt zu werden, nicht zu Hilfe gekommen, sondern weil jeder davon ausgegangen sei, dass bei so vielen Zuschauern bereits *jemand anders* die Polizei verständigt habe. Wären nur ein oder zwei Menschen Zeugen des Verbrechens gewesen, hätten sie wahrscheinlich etwas unternommen, um Kitty Genovese zu helfen. Beging er etwa gerade denselben Fehler mit dem Messenger? Das war die Arbeit der Polizei und ging ihn nichts an. Er brauchte sich nicht einzumischen. Und wenn die Polizei noch gar keine heiße Spur hatte, wer dieser Messenger war? Wenn alle noch völlig im Dunkeln tappten? War es dann nicht sogar seine Pflicht, etwas zu unternehmen?
Vor sechzig Jahren hatte sein Vater die folgenschwere Entscheidung getroffen, dort zu bleiben, wo er war, und diese Entscheidung hatte dazu geführt, dass seine beiden Schwestern und alle direkten Verwandten ausgelöscht worden waren. Jordan wusste nur zu gut, dass sein Vater in seinem Leben nie mehr eine wichtige Entscheidung getroffen hatte. Vielleicht war das einer der Gründe, warum er, Jordan, sich zu starken und entschlussfreudigen Frauen wie Carrie und Elinor hingezogen fühlte. Vielleicht hatte er auch aus diesem Grund Psychiater werden wollen, denn in diesem Berufsstand half man anderen Menschen dabei, Entscheidungen zu fällen, ohne selbst dazu gezwungen zu sein.
Er dachte über die sonderbaren Verkettungen nach, die ihn in diese Situation gebracht hatten. Stanton zwang ihn zu einer Hypnose-Vorführung, Robin hatte ihn daraufhin am nächsten Tag gebeten, ihr bei den Schluckbeschwerden zu helfen,

und diese zweite Hypnose hatte zu atemberaubenden Enthüllungen geführt. War alles reiner Zufall oder eine Art kosmische Botschaft? Und falls es eine kosmische Botschaft war, woher stammte sie? Von Gott?

Wie ist Gott denn plötzlich in die Geschichte hineingeraten? Er hatte seinen Glauben nie aufgegeben, obwohl er dessen Rituale nicht praktizierte. Trotzdem hatte Jordan an einem Punkt seines Lebens durchaus erwogen, Rabbi zu werden. Sein Vater zuckte nur mit den Schultern, wenn Jordan mit ihm über Gott reden wollte. Elinor machte sich gern über seine häufigen Bibelzitate lustig. Sie nahm seinen Glauben hin, weil er für sie keine Bedrohung darstellte. Bestimmt war sie davon überzeugt, dass ihr Einfluss auf ihn bei weitem größer war als der Gottes. Vielleicht handelte es sich hier um eine Prüfung, ersonnen von einer übernatürlichen Macht. An wen sollte er sich halten? An Elinor oder den Schöpfer des Universums? Vielleicht war es aber auch einfacher. Gott war über die Morde aufgebracht und hatte Jordan einen Boten gesandt, der ihm wichtige Fingerzeige lieferte, die wiederum der Polizei dabei helfen sollten, den Mörder seiner gerechten Strafe zuzuführen.

Mit einem kühlen Waschlappen auf dem Gesicht, ließ sich Jordan auf die Couch fallen. Es musste einen Ausweg geben, eine vernünftige Lösung, die es ihm erlaubte, sowohl der Polizei zu helfen, falls er tatsächlich etwas Hilfreiches anzubieten hatte, als auch seinen Ruf, seine berufliche Position und vielleicht sogar seine geistige Gesundheit zu bewahren.

Er betete um eine Antwort, und er fand sie einige Stunden später in einem Buch, das schon lange, bevor jemand von Sigmund Freud gehört hatte, Antworten auf die drängenden Fragen der Menschen gegeben hatte.

Donnerstag

9 Uhr 07

Er durchwühlte den kleinen Stapel Notizzettel, der sich in seiner Brusttasche angesammelt hatte, und fand schließlich, wonach er gesucht hatte. Er griff nach dem Hörer und tippte Robins Telefonnummer ein.

»Jordan hier«, sagte er, noch ehe Robin Zeit hatte, ihren Namen zu nennen. Dann kam er ohne Umschweife zur Sache, bevor ihn der Mut verließ. »Ich wollte Sie um eine Erlaubnis bitten.«

»Sie stecken wirklich voller Geheimnisse«, lachte Robin. »Wofür könnten Sie denn meine Erlaubnis benötigen?«

»Sie hatten völlig recht, was die Morde an Monica Johnson und den anderen beiden Mädchen betrifft. Sie haben alle entsetzliche Ähnlichkeit mit dem, was Sie mir unter Hypnose geschildert haben.« Er hörte, wie Robin erschrocken und hastig einatmete. »Ich glaube, ich sollte mit diesem Lieutenant Lemoski darüber sprechen.«

»Mit wem?«

»Der Polizeibeamte, der die Fahndung nach dem Messenger leitet.«

»Was genau wollen Sie ihm denn sagen?«

»Ich wollte von der Hypnose erzählen.«

»Jordan, in der Stadt ist die Hölle los, die Leute sind alle in Panik. Ich sehe schon die Schlagzeilen vor mir, wenn diese Geschichte in die Zeitung kommt: *Durchgedrehte Schauspielerin behauptet, vor zweiunddreißig Jahren Opfer des Messengers gewesen zu sein.* Danach schaffe ich nur noch den Sprung in eine einzige Top Ten: die größten Spinner Hollywoods.«

»Niemand erfährt Ihren Namen.«

»Natürlich erfahren sie den. Sie haben doch gerade gesagt, dass Sie der Polizei von mir erzählen.«

»Ich berichte nur, was Sie mir unter Hypnose gesagt haben, ohne Ihren Namen zu nennen. Ärzte unterliegen der Schweigepflicht und dürfen die Namen ihrer Patienten nicht preisgeben.«

»Aber ich bin ja nicht mal Ihre ...«

»Umso besser. Ich habe vor, der Polizei die ganze Geschichte so zu erzählen, dass sie zuerst gar keine Verbindung zu den neuen Mordfällen herstellen. Ich beschränke mich darauf, ihnen zu berichten, dass ich einen Patienten behandle, der sich zwanghaft mit einem ungeklärten Fall beschäftigt, nämlich dem spurlosen Verschwinden einer jungen Frau namens Beverly Casper vor dreißig Jahren. Mehr will ich zunächst nicht sagen.«

»Was versprechen Sie sich davon?«

»Dann eröffne ich ihnen, dass ich unbedingt so viel wie möglich über Beverly Casper herausfinden muss, weil das die einzige Möglichkeit für mich ist, meinem Patienten zu helfen. Ich werde sie bitten, mir Einblick in die Polizeiakte des Falls zu gewähren.«

»Aber selbst wenn sie Ihnen die Akte geben«, gab Robin ungehalten zurück, »was bringt das? Sie wissen ja schon über die Ähnlichkeiten Bescheid. Nur die Polizei hat noch keine Ahnung davon.«

»Sobald ich die Polizeiakte einsehe, kann ich daraus vielleicht weitere Schlüsse über Johns Persönlichkeit ziehen. Außerdem kann ich die Polizei anschließend auf die Ähnlichkeiten zwischen dem Fall Beverly Casper und den neuen Mordfällen hinweisen. Ich tue einfach so, als wäre mir das alles erst bei Durchsicht der Akte aufgefallen. Daraufhin erkennt die Polizei ebenfalls den bestehenden Zusammenhang und begreift, dass der Killer …«

»Ziemlich weit hergeholt, finde ich …«

»Es könnte doch durchaus ein und derselbe Typ sein«, fuhr Jordan fort und überging den Einwand. »Dann überlasse ich der Polizei das Feld und ziehe mich aus der Sache zurück. Ihr Name taucht gar nicht auf, und nicht einmal Elinor wird je davon erfahren.«

»Ihr toller Plan hat nur einen Haken.«

»Nämlich?«

»Wenn die Polizei die Übereinstimmungen feststellt, wird sie dann nicht mit allen Mitteln versuchen, Ihren Patienten aufzuspüren?«

Jordan tippte mit dem Stift gegen die Schreibtischplatte. »Sie können mich ja pro forma zu Ihrem behandelnden Arzt machen, dann verweise ich auf das Vertrauensverhältnis zwischen Arzt und Patient.«

»Jordan, was Sie auch sagen, über kurz oder lang kommt mein Name doch heraus. Das lässt sich einfach nicht vermeiden.«

»Erklären Sie mich zu Ihrem behandelnden Arzt.«

»Na gut. Von mir aus. Sie sind mein Arzt. Und weiter?«

Jordan zögerte. Vielleicht hatte er Robin zu sehr unter Druck gesetzt. »Ich möchte Sie natürlich zu nichts zwingen. Vielleicht sollten Sie zuerst mit Ihrem Freund darüber sprechen. Fragen Sie ihn, was er davon hält.«

»Wovon reden Sie eigentlich? Ich habe keinen festen Freund.«

»Der Typ auf der Party?«

»Walter?«

»Ja. Der mit den langen Haaren.«

»Er ist mein Regisseur. Er ist außerdem ein guter Freund, aber nur für den Fall, dass Sie es nicht bemerkt haben sollten, er ist ungefähr dreißig Jahre älter als ich. Im Übrigen habe ich das falsche Geschlecht. Egal, Walter ist jedenfalls nicht der geeignete Gesprächspartner. Er hält diesen Hypnose-Kram für ausgemachten Blödsinn.«

»Obwohl Sie seit der Hypnose wieder singen können?«

»Von der zweiten Hypnose hat er keine Ahnung. Ich habe ihm weisgemacht, es sei sein Verdienst, dass ich wieder bei Stimme bin.«

»Oh.«

»Wenn er herausbekommt, dass Sie hinter der ganzen Geschichte stecken, dreht er endgültig durch. Er hält Sie nämlich für einen Armleuchter.«

»Aha.«

»Walter nennt jeden so, den er nicht ausstehen kann. Deswegen brauchen Sie sich keine Sorgen zu machen, er kann praktisch niemanden ausstehen.«

»Und wie steht es mit Ihnen?«

Eine kurze Ewigkeit verging, ehe sie antwortete. »Was mich betrifft, ich mag Sie gern.«

»Wirklich?«

Eine Frage, auf die ein kurzes, nicht unangenehmes Schweigen folgte.

»Jordan, ich habe hart an meiner Karriere gearbeitet und möchte jetzt auf keinen Fall als verrückte Nudel abgestempelt werden.«

»Wahrscheinlich genauso wenig wie ich als Armleuchter.«

Robin lachte.

»Ich meine es ernst«, fuhr Jordan fort. »Nehmen wir mal den schlimmsten Fall an: Die ganze Geschichte mit der Wiedergeburt spricht sich herum. Das passiert garantiert nicht, doch selbst wenn, was wäre so schrecklich daran? Denken Sie nur an Shirley MacLaine. Sie ist trotzdem immer noch gut im Geschäft. Was mich betrifft, sieht die Sache schon anders aus. Viele Patienten haben große Angst davor, ihr Psychoanalytiker könnte noch verrückter sein als sie selbst.«

»Warum wollen Sie sich darauf einlassen? Was können Sie schon dadurch erreichen?«

»Ich sehe einfach keine andere Möglichkeit. Ich vertraue Ihnen jetzt etwas an, Robin. Das ist wahrscheinlich das intimste Geständnis, zu dem ein Psychoanalytiker fähig ist … Ich glaube an Gott.«

»War das eben Ihr Geständnis?«

»Ich weiß, das hört sich komisch an, aber in meiner Berufsgruppe macht mich mein Glaube bereits zum Angehörigen einer winzigen Minderheit. Ich übe meine Religion nicht praktisch aus, jedenfalls habe ich das seit langer Zeit nicht mehr getan, aber ich bin davon überzeugt, dass es etwas Höheres gibt als uns selbst.«

»Welcher Religion gehören Sie denn an?«

»Dreimal dürfen Sie raten. Mein Nachname ist Geller, und ich bin Psychiater.«

»Na gut, ich schätze, da hätte ich auch selbst draufkommen können. Übrigens, um Ihrer Frage zuvorzukommen, meine Mutter ist Jüdin und mein Vater Katholik, und ich bin nicht religiös erzogen worden. Aber ich glaube auch an Gott.«

»Ich hoffe, Sie sind damit für mein zweites Geständnis gewappnet. Manchmal suche ich in der Bibel nach Rat.«

Robin lachte. »Also, da habe ich von Männern schon Schlimmeres gehört.«

»Im dritten Buch Mose findet sich im Kapitel neunzehn ein Vers, den ich gestern Abend wieder gelesen habe. ›Du sollst auch nicht stehen wider deines Nächsten Blut.‹ Diese Worte kann ich einfach nicht vergessen. Wie würde ich mich fühlen oder wie würden Sie sich fühlen, wenn in einer Woche ein weiterer Mord geschieht und wir diejenigen wären, die ihn hätten verhindern können?«

Robin schwieg.

»Wenn Sie nicht wollen, dass ich zur Polizei gehe, richte ich mich danach.«

Zuerst herrschte Stille. Dann hörte Jordan: »Wenn Sie unbedingt gehen müssen … Ich hoffe bloß, dass Sie kein Armleuchter sind.«

Freitag

10 Uhr 45

Jordan, der öffentlich geständige Bibelleser, saß im Warteraum des Polizeireviers von Woodland Hills und dachte immer nur das eine: *Ich bin kein Prophet*.

Seit er vor einer Stunde die Wache betreten hatte, war nichts nach Plan verlaufen. Er hatte der Polizistin am Empfang mitgeteilt, er müsse dringend mit einem zuständigen Beamten über einen ungelösten Fall, der sich im August 1970 ereignet habe, sprechen. Die betreffende Person sei damals verschwunden und wahrscheinlich ermordet worden.

Die Polizistin zuckte überrascht zusammen. »Sagten Sie neunzehnhundertsiebzig?«, und eröffnete Jordan, dass sie für ihn eine Verabredung mit dem Leiter der Abteilung für ungelöste Mordfälle treffen würde, einer Polizeieinheit, die sich ausschließlich mit inaktiven Todesfall-Ermittlungen beschäftige.

»So viel Zeit habe ich nicht. Die Angelegenheit ist dringend.«

Die Frau zuckte mit den Achseln; der für derartige Fragen zuständige Detective sei gerade mit der Aufklärung eines Falls beschäftigt.

»Wachtmeister, ich bin Psychiater und behandle augenblicklich eine Patientin, deren emotionale Störungen, wie ich mit einigem Recht annehme, durch ein jugendliches Trauma hervorgerufen wurden. Dabei geht es um das spurlose Verschwinden einer damaligen Klassenkameradin an der Highschool im West Valley.« Die letzte Angabe war etwas präziser als beabsichtigt, doch angesichts dieser ersten Hürde fühlte sich Jordan dazu berechtigt. »Ich muss unbedingt herausfinden, ob die Erinnerungen meines Patienten zutreffen oder lediglich seiner Phantasie entsprungen sind.«

»Doktor, gibt es Daten, Namen, eine Stadt?«

»Ja.«

»Geben Sie mir bitte diese Daten, und wir werden sehen, was wir tun können. Wunder dürfen Sie natürlich nicht erwarten, es kann zwei Wochen oder länger dauern, bis Sie von uns hören.«

Jordan stöhnte. In zwei Wochen hatte der Messenger vielleicht schon sein nächstes Opfer umgebracht, womöglich sogar zwei. »Mein Patient befindet sich in einer akuten Krise. Ich brauche sofort eine Antwort.«

»Mal sehen, vielleicht gibt es eine Möglichkeit.« Von Jordan abgewandt, hob sie den Hörer. Als er näher rückte, um zu hören, was sie sagte, drehte sie sich um, funkelte ihn an und deutete unmissverständlich auf einen der Stühle im Warteraum.

Zwanzig Minuten später tauchte ein etwas abgekämpft aussehender Polizist namens Fred Swain auf und fragte Jordan ohne Umschweife: »Sind Sie der Psychiater?«

»Ja«, bestätigte Jordan und erhob sich.
Swain musterte ihn prüfend von Kopf bis Fuß, registrierte das glatte Gesicht und die jugendliche Gestalt eines Schwimmers. Jordan zog eine Visitenkarte aus der Brieftasche, und Swain studierte die Aufschrift.
»Was ist das Dittmyer?«, fragte er.
»Ein Institut für Psychoanalyse.«
Die Antwort weckte Swains Interesse. »Sie haben wirklich einen schlechten Tag erwischt, Doktor Geller. Wir arbeiten hier unter Hochdruck. Am besten, Sie erzählen mir rasch, worum es geht, einverstanden?«
Jordan stürzte sich kopfüber in seine Geschichte. Swain hörte ihm ungeduldig zu und folgte währenddessen jedem mit den Augen, der den Eingangsbereich betrat oder verließ. Das leicht gelangweilte Gehabe des Detective änderte sich jedoch schlagartig, als Jordan zum ersten Mal den Namen »Beverly Casper« fallen ließ.
Der Polizist wiederholte den Namen mit aufgeregter Stimme. Im ersten Augenblick glaubte Jordan schon, die Polizei habe bereits den Zusammenhang zwischen dem Mord an Casper und den neuen Todesfällen hergestellt. »Wissen Sie über das Mädchen Bescheid?«
Swains Stimme klang plötzlich wehmütig. »Ich habe 'neunundsechzig bei der Polizei angefangen, ich kam damals direkt von der Marine hierher. Beverly Casper war der erste Mordfall, mit dem ich zu tun hatte, wobei wir damals ehrlich gesagt gar nicht sicher waren, ob es sich überhaupt um Mord handelte. Ich wurde für einige der Routinearbeiten herangezogen.« Plötzlich wurde sein Gesichtsausdruck finster und er blickte Jordan durchdringend an. »Erzählen Sie mir mehr von Ihrer Patientin. Wie alt ist sie?«

»Tut mir leid, darüber kann ich keine Auskunft geben. Ärztliche Schweigepflicht, das wissen Sie ja.«
»Ich frage nur nach ihrem Alter.«
»Ich habe nichts über die Geschlechtszugehörigkeit meines Patienten gesagt.«
Swain musterte die hastig hingekritzelten Notizen auf dem Zettel. »Sie haben Wachtmeister Campbell erzählt, es ginge um ein Trauma aus der Jugend Ihrer *Patientin.* Trifft das zu?«
»Detective, bitte keine weiteren Fragen über die Identität meiner Patientin.«
Swain blickte erneut auf den Zettel. »Außerdem sagten Sie etwas über das Verschwinden einer Klassenkameradin. Wozu die Geheimniskrämerei? Warum wollen Sie uns das Alter Ihrer Patientin nicht verraten?«
»Ich habe meiner Patientin zugesichert, dass ich keinerlei Informationen an die Polizei weitergebe, die ihre Anonymität gefährden könnten.«
Swain seufzte. »Was für eine Beziehung bestand denn zwischen Ihrer Patientin und Beverly Casper?«
Jordan kam sich wie ein Esel vor. Ein einziger, selbstloser Gedanke hatte ihn dazu veranlasst, auf dieses Revier zu kommen: Er hatte Robins Enthüllungen nutzen wollen, um die Polizei auf die Verbindung zwischen dem Fall Beverly Casper und dem Messenger aufmerksam zu machen. In seinem Überschwang hatte er sich allerdings nicht einmal auf die naheliegenden Fragen vorbereitet.
Swain lehnte sich in seinem Drehstuhl zurück und überlegte laut: »Ich weiß, dass Ihre Patientin nicht die Schwester von Beverly Casper sein kann, denn Beverly hatte nur einen Bruder. An dem damaligen Abend war Beverly in Gesellschaft

einiger Mädchen. Eine davon, wie hieß sie doch gleich noch mal, Twine oder Brine …«

»Wine«, platzte Jordan heraus.

»Richtig, Wine, Melissa Wine. Ist sie bei Ihnen in Behandlung?«

Jordan schüttelte den Kopf.

»Dann muss Ihre Patientin Ihnen von Wine erzählt haben. Demnach behandeln Sie eines der anderen Mädchen.«

Jordan saß da und litt wahre Höllenqualen. Er fühlte sich stets unbehaglich, wenn er jemanden belog, ganz zu schweigen von der Polizei. Doch wenn er mit der Wahrheit herausrückte – *Meine Informantin, Detective, ist eine fünfundzwanzigjährige Schauspielerin, die sieben Jahre nach Beverly Caspers Verschwinden zur Welt kam* –, wie würde Swain darauf reagieren?

»Nun, Doktor Geller, hat Ihre Patientin Ihnen von Melissa Wine erzählt?«

»Nachdem sie begonnen hatte, über Beverly Casper zu sprechen, habe ich den Fall in der *L. A. Times* überprüft. Ich wollte sichergehen, dass es sich dabei nicht um reine Phantasien handelte. Melissa Wines Name wurde in einem Artikel erwähnt.« Das entsprach alles der Wahrheit, und Jordan erzählte es überzeugend.

»Ja, die Presse hat ausführlich über den Fall berichtet«, bestätigte Swain etwas umgänglicher. »Ein Mädchen verlässt das Restaurant und verschwindet spurlos. Ich habe damals den Vater befragt. Ich werde sein Gesicht nie vergessen. Er sah aus, als wäre er hundert Jahre alt.«

In Jordan keimte neues Selbstvertrauen. Er hatte wieder das Heft in der Hand. »Der Fall wurde nie aufgeklärt, richtig?«

Swain nickte.

»Während meiner Nachforschungen bin ich noch auf einen anderen Namen gestoßen. Franklin Jonathan Cole.«

Swain sah ihn verständnislos an. »Wer zum Teufel soll das denn sein?«

»Er hat seine Freundin ungefähr zur gleichen Zeit ermordet, als Beverly Casper verschwand, und die Leiche in den ...«

»Malibu Canyon geworfen. Ja, ja, jetzt fällt es mir wieder ein. Anscheinend eine Art wildes Sex-Spiel zwischen den beiden, wenn ich mich recht entsinne. Wir haben ihn ein- oder zweimal verhört, ich war damals auch dabei. Das ist inzwischen mehr als drei Jahrzehnte her, deswegen habe ich einige Einzelheiten vergessen, aber abgesehen davon, dass vermutlich in beiden Fällen die Opfer in einem Canyon versteckt wurden, gab es keine Übereinstimmungen. Was Beverly Casper anging, hatte er ein Alibi für die Tatzeit.«

Jordan war versucht, Swain von Robins Satz *Man nennt mich John* zu berichten. Aber wie hätte er das erklären sollen?

»Jedenfalls ist Cole nicht Ihr Mann. Soweit ich weiß, ist er einige Jahre später bei einer Gefängnisprügelei ums Leben gekommen.«

»Sind Sie sicher?«

Swain notierte sich den Namen auf einen Zettel. »Ich lasse es überprüfen.« Er blickte zu Jordan auf. »Kommen wir noch mal auf Ihre Geschichte zurück. Hat diese Frau, Ihre Patientin, Beverly Casper persönlich gekannt?«

»Könnte man so sagen.«

Swain hob die Hände. »Ich bin Polizist und kein Zahnarzt. Ich ziehe keine Zähne. Und selbst wenn ich es wollte, würde mich der Oberste Gerichtshof daran hindern. Da Sie mir keine Informationen geben wollen, frage ich mich, weshalb Sie eigentlich gekommen sind.«

»Ich möchte bitte die Polizeiakte über Beverly Casper einsehen.«

»Akten über Fälle, in denen wir ermittelt haben, werden zur Einsicht grundsätzlich nur an gesetzlich dazu berechtigte Personen weitergegeben. Wenn jemand aus der Zivilbevölkerung diese Akten lesen würde, könnte sich das herumsprechen. Alle, die was auf dem Kerbholz haben, könnten erfahren, wer gegen sie ausgesagt hat. Sie könnten sich Alibis konstruieren. Oder tausend andere Dinge.«

»Die allesamt nicht auf diesen Fall zutreffen. Beverly Caspers Mörder läuft frei herum«, wandte Jordan rasch ein, ohne sich eine Atempause zu gönnen. »Mittlerweile ist der Mann bestimmt davon überzeugt, dass er niemals erwischt wird, und denkt wahrscheinlich nicht daran, sich ein Alibi zu konstruieren. Außerdem, wer kann schon nach all den Jahren ein Alibi vorweisen …«

»Doktor Geller, das klingt beinahe so, als würden Sie den Mörder kennen. Ich frage mich, ob Sie vielleicht einen Patienten behandeln, der Ihnen anvertraut hat, dass er Beverly Casper entführte und tötete?«

»Absolut nicht.«

»Auch wenn es so wäre, würden Sie es mir nicht sagen, oder?«

»Unter Umständen schon, solange ich dabei nicht die Identität preisgeben müsste.«

Swains Lachen klang wütend. »Beispielsweise könnten Sie ja versuchen, mir einzureden, dass Sie eine Frau behandeln und keinen Mann. Nein, Doktor Geller, Sie würden mir nichts erzählen, nicht einmal wenn es darum ginge, den Mörder zu überführen. Vor fünf Minuten wollten Sie mir noch nicht einmal das Alter der Frau verraten, die von dem Fall wie besessen ist.«

»Jedenfalls handelt es sich *tatsächlich* um eine Frau«, sagte Jordan, inzwischen wieder total frustriert.
Swain quittierte das mit einem entgegenkommenden Kopfnicken und stellte seine erste Frage erneut: »Kommen Sie, Doktor Geller, verraten Sie mir endlich, aus welchem Grund Sie wirklich heute hergekommen sind.«
»Wie oft soll ich das denn sagen? Ich möchte die Akten des Falls einsehen, um an Informationen zu kommen, die mir bei der Behandlung meines Patienten helfen.«
»Sie lesen die Akte durch und bieten Ihrer Patientin danach eine neue Medizin an? Das ist doch Käse. Wenn Sie etwas über den Fall Casper zu sagen haben, dann raus mit der Sprache. Ansonsten ist mir meine Zeit zu schade.«
Jordan überlegte fieberhaft, was er tun sollte. Vielleicht hatte Robin recht gehabt und er hätte besser den Mund gehalten. Aber dafür war es zu spät. Wenn er jetzt aufstand und hinausmarschierte, würde er lediglich einen ziemlich verärgerten Polizeibeamten zurücklassen, der womöglich zu dem Schluss kam, dass Jordan den Mörder von Beverly Casper behandelte. Er stellte sich vor, wie zivile Dienstwagen seinen Patienten folgten, sobald sie das Institut verließen. War es besser, wenn er offen mit Swain redete und ihm sagte, was er wirklich wissen wollte? Der Vers aus dem 3. Buch Mose kam ihm wieder in den Sinn: *Du sollst auch nicht stehen wider deines Nächsten Blut.* Dort draußen lief der Messenger frei herum und tötete. Er konnte jetzt nicht einfach aufstehen und gehen.
»Ich habe eine Patientin, mit der ich über den Fall Casper gesprochen habe. Ich versichere Ihnen, wenn nötig auch unter Eid, dass sie *keinesfalls* die Täterin ist.«
»Warum sind Sie da so sicher?«
»Sie ist neunzehnsiebenundsiebzig geboren.«

Diesmal klang Swains Lachen eine Spur belustigter. »Na gut. Wenn das stimmt, ist es jedenfalls eine unerwartete Antwort. Andererseits könnte sie auch die Tochter des Täters sein.«
»Die Wahrheit ist noch erheblich komplizierter.«
Swain warf einen Blick auf seine Armbanduhr. »Ich gebe Ihnen jetzt zwei Minuten, um mich davon zu überzeugen, dass ich Ihnen irgendwelche Akten zeigen sollte.«
Jordan wäre vor Ungeduld beinahe geplatzt. Vielleicht konnte er diesen Polizisten dazu überreden, ihm die Akten zu geben. Aber was dann? Es würde zumindest einige Tage dauern, bevor er sie überhaupt in die Finger bekam, und dann dauerte es womöglich noch sehr viel länger, bis die Polizei die richtige Verbindung herstellte. So viel Zeit hatte er nicht. Er musste unmissverständlich klarmachen, worum es ihm hier ging. Und zwar sofort.
»Ich bin nicht nur wegen Beverly Casper hier«, kündigte er an. »Mein Besuch hat auch mit den Messenger-Morden zu tun.«
Swain richtete sich kerzengerade auf. »Wiederholen Sie das noch mal.«
»In beiden Fällen gibt es einige Übereinstimmungen.«
»Nämlich?«
»Die ermordeten Mädchen waren allesamt knapp unter zwanzig. Jedes Mädchen wurde zuletzt beim Verlassen eines Restaurants gesehen, und nach jedem Mordfall wurde ein Auto im Canyon oder an einer abgelegenen Straße aufgefunden.«
»Auf den Straßen in den Canyons werden pro Jahr ein Dutzend Morde begangen. Im Großraum Los Angeles sind diese Straßen Hunderte von Meilen lang.«
»Stimmt. Aber was hat der mutmaßliche Mörder Beverly Caspers außerdem noch in jener Nacht getan, als er sie ent-

führte? Ich weiß, seither sind dreißig Jahre vergangen, aber Sie waren damals selbst an den Ermittlungen beteiligt. Sagen Sie es mir.«

Jordan bemerkte, wie Swains Augen aufleuchteten. »Es gab einen Telefonanruf bei den Eltern.«

»Und wie oft pro Jahr kommt das vor?«

»Ausgeschlossen.« Nachdenklich wiegte Swain den Kopf. »Niemand hört einfach mit Töten auf und fängt dann wieder an.«

»Psychologisch gesehen ist das gar nicht so unwahrscheinlich«, erwiderte Jordan mit mehr Autorität, als er verspürte. »Vielleicht hat der Kerl auch nie mit Töten aufgehört.« Swains Stimme klang beinahe aufgeregt. »Vielleicht ist er einfach nie geschnappt worden.«

»Das kann man nicht ausschließen.«

»Warten Sie einen Augenblick. Ein paar Kollegen sollten sich Ihre Geschichte ebenfalls anhören.«

»Dafür brauchen Sie mich doch nicht mehr, oder?«

»Bitte bleiben Sie sitzen. Ich bin sofort wieder zurück.«

Jordan war sehr versucht, sich einfach zu verdrücken. Er warf einen Blick auf seine Armbanduhr. Bereits zwanzig nach elf. Die Aussicht auf ein neuerliches Kreuzverhör war nicht gerade verlockend; er wollte keinesfalls unbeabsichtigte Hinweise auf Robins Identität geben. Aber hatte er überhaupt eine Wahl? Er war kein Unbekannter mehr, der Polizist hatte seine Visitenkarte. Zehn Minuten später kehrte Swain zurück. Allein.

»Bitte folgen Sie mir, Sir.«

Er führte Jordan einen schmalen Flur entlang, öffnete eine Tür und bedeutete Jordan, in den fensterlosen Raum einzutreten. Vier Personen beobachteten ihn aufmerksam. Zwei

saßen an einem einfachen Holztisch, die anderen beiden, eine davon eine Frau, standen.
Der längere und ältere der beiden Männer am Tisch erhob sich, streckte eine Hand aus und stellte sich vor: »Lieutenant Ben Lemoski. Dies hier sind die Detectives Davis, Romero und Bobley.« Sie nickten Jordan nacheinander zu. »Detective Swain kennen Sie ja bereits. Entschuldigen Sie die eleganten Räumlichkeiten. Wir hatten zwar mal ein Besprechungszimmer, doch das hat man leider zu einem Büro umfunktioniert. Die üblichen Sparmaßnahmen. Lassen Sie sich bitte nicht einschüchtern.«
Das bürokratische Grün der Betonwände und die abgestandene Luft wirkten nicht gerade entspannend auf Jordan. Ebenso wenig wie die fünf auf ihn gerichteten Augenpaare.
»Detective Swain hat mir berichtet, dass Sie der Ansicht sind, die Morde des Messenger könnten mit einem zweiunddreißig Jahre zurückliegenden ungeklärten Fall eines vermissten Mädchens zusammenhängen?«, fing Lemoski an.
»Das *könnte* sein«, betonte Jordan.
»Ich habe natürlich Verständnis dafür, dass Sie als Arzt der Schweigepflicht unterliegen, aber ich möchte Sie darum bitten, uns trotzdem so weitgehend wie möglich zu informieren.«
Es fiel Jordan bedeutend leichter, die Geschichte ein zweites Mal zu erzählen. Lemoski stellte als Einziger Fragen, die er häufig wiederholte und sie jedes Mal leicht variierte.
Die anderen Polizeibeamten hörten nur zu. Wie ein aufrechter Buddah stand Davis mit verschränkten Armen in einer Ecke des Zimmers. Romero nickte in regelmäßigen Abständen. Lediglich Bobley schien sich nicht für Jordans Erzählung zu interessieren und widmete seine ganze

Aufmerksamkeit den unförmigen Wasserflecken an der Decke, deren Umrisse entfernt an einen Rorschach-Test erinnerten.

Unter Lemoskis geschickten Fragen fügte Jordan seiner Erzählung diesmal etliche weitere Details hinzu, nichts wirklich Wichtiges, fand er, aber genug, um die Glaubwürdigkeit seiner Quelle zu untermauern und die Polizeibeamten auf den richtigen Weg zu führen. Er berichtete, dass Beverly Casper nach dem Verlassen des *Hamburger Heaven* entführt worden war.

Die Beamten blickten fragend zu Swain hinüber, der dies mit einem Nicken bestätigte. Er teilte den Polizisten mit, was Robin über das Halstuch mit den aufgedruckten kleinen Engeln erzählt hatte, das der Mörder um Beverlys Hals gelegt hatte, und verschwieg ihnen nicht einmal, dass seine Patientin gehört habe, bei der Mordwaffe habe es sich um einen Ledergürtel gehandelt.

Nachdem er den Bericht abgeschlossen hatte, blickte er die Polizisten forschend an. Sie hatten keine Miene verzogen. Schließlich ergriff Lemoski das Wort.

»Also, ausgehend von dem, was Ihre Patientin Ihnen anvertraut hat, schlagen Sie vor, dass wir nach einem Mann Mitte fünfzig suchen sollten, der von Engeln geradezu besessen ist, habe ich Sie da richtig verstanden, Doktor Geller?«

»Ob die Engel-Obsession immer noch vorhanden ist, weiß ich natürlich nicht. Vielleicht manifestiert sie sich inzwischen auch auf andere Weise.«

»Beispielsweise?«

»Das kann ich Ihnen leider nicht sagen.«

»Wäre es vielleicht möglich, dass er seine Opfer als Engel posieren lässt?«, fragte Romero.

Lemoskis wütender Blick auf seine Mitarbeiterin war Jordan nicht entgangen.
»Schon möglich«, erwiderte er und wandte sich wieder Lemoski zu. »Geht er mittlerweile so vor?«
Lemoski konnte sich die Antwort sparen. Seine Miene sagte genug. Nach einer Weile nickte der Lieutenant. »Diese Information ist streng vertraulich, verstanden?«
Jordan ballte insgeheim die Hand zur Faust. Sein Verdacht hatte sich bestätigt. Damit war seine Aufgabe erfüllt.
»Doktor Geller, was Sie uns soeben mitgeteilt haben, hat weitreichende Konsequenzen. Besteht vielleicht die Möglichkeit, dass wir Ihren Patienten treffen?«
»Nein, das ist ausgeschlossen.«
»Natürlich in Ihrem Beisein«, fügte Lemoski hinzu.
»Auf keinen Fall«, bekräftigte Jordan. »Ich möchte Ihnen helfen, so gut ich kann. Aber meine Patientin hat mir nur unter der Bedingung, dass ihr Name anonym bleibt, erlaubt, hierherzukommen. Außerdem habe ich Ihnen bereits alles erzählt, was wichtig für Sie ist.«
»Vermutlich könnten wir das selbst besser beurteilen.«
»Ich bedaure, Lieutenant.«
Lemoski warf einen Blick in die Runde. »Hat jemand außer Detective Romero noch Fragen an Doktor Geller?«
Schweigen.
»In diesem Fall danke ich Ihnen, Doktor Geller. Ihre Aussage hat uns sehr geholfen.«
»Sie gehen also wirklich davon aus, dass zwischen den Morden ein Zusammenhang besteht?«, erkundigte sich Jordan.
»Sie haben die Sachlage zwingend dargestellt. Wir werden uns sehr, sehr eingehend damit befassen, so viel kann ich Ihnen versichern. Falls Ihre Patientin Ihnen noch mehr erzählt,

das bedeutsam für uns sein könnte, rufen Sie mich doch bitte an.« Er zog eine Visitenkarte aus der Brusttasche und schrieb einige Nummern darauf. »Sie können mich rund um die Uhr erreichen.«

Jordan folgte Lemoski zur Tür. »Habe ich Ihnen wirklich geholfen?«

»Mehr als Sie ahnen.«

Freitag, 12 Uhr 50

Noch bevor Jordan das Auto startete, rief er Robin auf seinem Handy an.

»Jordan hier«, sagte er, als sie den Hörer abnahm. »Ich bin in Woodland Hills. Ich war gerade bei der Polizei.«

Er lenkte seinen zehn Jahre alten BMW 325 auf den Topanga Boulevard.

»Wie ist es denn gelaufen?«

»Es hat geklappt«, sagte er mit triumphierender Stimme. »Sie haben begriffen, dass ein Zusammenhang zwischen Beverly Casper und den anderen Mädchen besteht. Ihren Namen habe ich nicht erwähnt.«

Robin stieß einen Seufzer der Erleichterung aus. »Die Polizei glaubt tatsächlich, dass die Morde etwas miteinander zu tun haben?«

»Zwingend. Das hat Lemoski, der leitende Beamte, zu mir gesagt. *Sie haben die Sachlage zwingend dargestellt.*«

»Klingt ja nicht schlecht. Aber wie haben Sie denn erklärt, woher Sie das alles wissen?«

»Ich habe mich genau an das gehalten, was wir besprochen hatten: Ich behandle eine Patientin, die sich zwanghaft mit dem Fall Casper beschäftigt. Die Polizei nimmt an, dass meine Patientin um die fünfzig sein muss.«

Plötzlich knisterte es in der Leitung und die Verbindung wurde gekappt. »Verdammt«, fluchte Jordan und gab erneut Robins Nummer ein. »Entschuldigen Sie«, sagte er, als sie sich meldete. »Ich rufe vom Auto aus an.«

»Jordan, ich bin wirklich froh, dass Sie zur Polizei gegangen sind.«

»Ich hatte das Gefühl, als wären Sie die ganze Zeit dabei. Ohne Ihre Zustimmung hätte ich den Schritt nie unternommen.«

»Sind Sie wirklich sicher, dass die Beamten den Zusammenhang erkannt haben?«

»Vollkommen sicher. Ich musste sie zwar erst auf den Gedanken bringen, aber dann war es keine Frage mehr. Außerdem haben wir jetzt alles getan, was wir konnten. Wir sind aus der Sache raus.«

»Gott sei Dank, dass alles vorbei ist.«

»Na ja, noch nicht ganz.«

»Oh!«, sagte Robin mit ängstlich klingender Stimme.

»Wir haben noch eine Kleinigkeit zu erledigen.«

»Was denn?«

»Wir sollten heute Abend zusammen essen gehen.«

Sie lachte. »Vielleicht könnten Sie vor der nächsten Verabredung Ihre Frage so formulieren, dass ich keinen Herzanfall bekomme.«

Bei der nächsten Verabredung. Das gefiel Jordan.

»Leider«, fuhr sie fort, »bin ich jetzt in Eile. Ich habe gleich Probe, und die dauert wahrscheinlich ziemlich lange.«

»Wie wär's dann mit einem späten Abendessen?«

»Spätes Abendessen? Hört sich sehr verlockend an.«

»Wann soll ich Sie abholen? Gegen zweiundzwanzig Uhr?«

»Großartig. Was halten Sie davon, wenn wir bei mir zu Hause essen?«
»Aber Sie haben doch überhaupt keine Zeit zum Kochen, oder?«
Robin lachte auf. »Sie sind nicht der Einzige mit geheimnisvollen Talenten.« Sie nannte ihm ihre Adresse und schloss das Gespräch dann. »Also, bis heute Abend. Ich muss los.«
»Bis heute Abend.«
Jordan legte das Handy auf den Nebensitz. Mit einem Mal sprudelte er vor Energie geradezu über und trommelte mit den Fingern gegen das Lenkrad.
Plötzlich kam ihm ein Einfall. Er war nur ein paar Kilometer vom Eagle Canyon entfernt, wo Monica Johnson umgebracht worden war. Die Polizei hatte den Tatort bestimmt markiert, und obwohl er nicht wusste, was ihn erwarten würde, wollte er plötzlich dorthin, um eine Art Botschaft für Monica zu hinterlassen. *Jemand nimmt Anteil an deinem Schicksal, Monica. Dieser Scheißkerl kommt nicht ungestraft davon, denn ich, Jordan Geller, habe die Polizei soeben auf seine Spur angesetzt. Ich habe etwas unternommen.*
Wer würde diese Erklärung hören? Natürlich niemand außer den Phantomen in Jordans übernächtigtem, adrenalingesättigtem Gehirn. Ja, vielleicht war das einer jener verrückten Einfälle, die sich in den letzten Tagen geradezu häuften. Dies war seine Woche der verrückten Einfälle.
Er blinkte, wartete eine Lücke im Gegenverkehr ab und lenkte das Auto dann in die entgegengesetzte Richtung. Einen Augenblick später legte er Peter Gabriels größte Hits in seinen CD-Spieler ein, trat kräftig aufs Gaspedal und glitt auf den Ventura Highway.

Freitag, 13 Uhr 05

Auf dem Weg zurück zum Besprechungszimmer musste Lemoski ein Lächeln unterdrücken. Man konnte eben nie im Voraus wissen, wann sich das Blatt wendete. Und zwar vollständig wendete. Bisher war er bei seinen Ermittlungen weitgehend im Dunkeln getappt und hatte lediglich Avery Conniston befragt, was erwartungsgemäß zu keiner heißen Spur geführt hatte. Davis war mit dem Fernsehproduzenten zu besagter Stelle gefahren, wo Conniston den Mann mit dem Pferdeschwanz und das Mädchen, bei dem es sich vermutlich um Monica Johnson gehandelt hatte, gesehen haben wollte, aber Conniston konnte seiner reichlich dünnen Aussage vom Mittwoch nichts hinzufügen. Doch das war heute Morgen geschehen und damit Schnee von gestern.

Unversehens hatte man ihm gehaltvolles Arbeitsmaterial geliefert, in das er seine Zähne schlagen konnte. Im Gegensatz zu seinen jungen Mitarbeitern hatte Lemoski allerdings gelernt, seinen Optimismus zu dämpfen; in seinem siebzehnjährigen Berufsleben hatten sich schon viele heiße Spuren in Rauch aufgelöst. Andererseits war dies eine besonders vielversprechende Spur.

»Ich würde sagen, hier gibt es drei Möglichkeiten«, verkündete Lemoski und setzte sich.

Davis ergriff als Erster das Wort. »Geller ist der Mörder, einer seiner Patienten ist der Mörder, oder er ist einfach bloß einer von diesen durchgeknallten Psychiatern.«

Lemoski lächelte, hob aber warnend den Zeigefinger. »Beweise für Möglichkeit Nummer eins?«

»Niemand außer uns und dem Messenger weiß etwas von diesem Engel-Kram«, sagte Romero.

»Er weiß, dass die Mädchen mit einem Gürtel erdrosselt wurden«, fügte Davis hinzu.
»Er hat lediglich gesagt, dass Beverly Casper auf diese Art umgebracht wurde«, korrigierte Lemoski.
»Fred«, rief Bobley zu Swain hinüber, »hast du nicht erzählt, dass man Beverly Caspers Leiche nie gefunden hat?«
»Stimmt.«
»Also, selbst wenn der ganze Quatsch über diesen angeblichen Patienten stimmt, wie kann er dann von dem Halstuch mit Engelmuster wissen?«
»Mehr noch«, ließ sich Davis vernehmen, »wie kann er wissen, dass sie mit einem Gürtel erdrosselt wurde?«
»Schon richtig«, sagte Lemoski. »Aber lassen wir den Fall Casper erst mal beiseite. Könnte etwas über die Geschichte mit den Engeln an die Öffentlichkeit gedrungen sein?«
»Ich habe jedenfalls nichts davon in der Zeitung gelesen«, erwiderte Davis.
»Er ist Arzt«, gab Romero zu bedenken. »Vielleicht kennt er den Gerichtsmediziner und der hat ihm bei einem Gläschen erzählt, dass der Mörder verrückt nach Engeln ist.«
»Ziemlich weit hergeholt, Romero«, wandte Bobley ein.
»Wir müssen alles überprüfen«, antwortete Lemoski. »Also weiß Geller zwei Dinge, die nur uns und dem Mörder bekannt sind. Das führt uns zur Möglichkeit Nummer zwei: Einer seiner Patienten ist der Täter.«
»Wozu hat er dann diese komplizierte Geschichte über den Fall Casper vorgeschoben?«, wunderte sich Romero.
»Aus Loyalität gegenüber seinem Patienten«, erwiderte Swain. »Vielleicht versucht er auch herauszufinden, ob sein Patient wirklich der Täter ist. Daher ist er auf der Suche nach weiteren Einzelheiten …«

»Die Romero ihm nur zu gern geliefert hat«, warf Bobley ein.
»Aber vielleicht ist es auch gar nicht so kompliziert«, gab Davis zu bedenken. »Vielleicht hat der Messenger Beverly Casper vor zweiunddreißig Jahren umgebracht und ist jetzt bei diesem Typen in Behandlung.«
»Wir müssen also zuerst herausfinden, ob Geller einen achtundvierzig- bis achtundsechzigjährigen Patienten behandelt. Und schließlich noch Möglichkeit Nummer drei, er tickt einfach nicht mehr ganz richtig.«
»Den Eindruck hat er nicht auf mich gemacht, aber genau kann man das ja nie wissen«, sagte Davis.
»Außerdem«, merkte Bobley an, »würde das nicht erklären, wie er an die Informationen gekommen ist.«
»Okay«, schloss Lemoski. »Wir gehen folgendermaßen vor: Wir werden den Mann rund um die Uhr überwachen, volles Programm. Auto, Telefon, Beschattung in Bild und Ton.«
»Wann soll's losgehen?«, fragte Davis.
»Ich gehe direkt zum Untersuchungsrichter und hole mir die Erlaubnis. Inzwischen hat sich Jimmy schon an seine Fersen geheftet. Greg, du und Josh«, fuhr Lemoski fort und deutete auf Davis und Bobley, »ihr richtet alles für eine lückenlose Überwachung vor seiner Wohnung ein. Ich will über jeden Pickel Bescheid wissen, den er sich ausdrückt. Karen, du überprüfst seine persönlichen Daten, die akademische Ausbildung, alles, was du in die Finger kriegen kannst. Außerdem graben wir die Akten über den Fall Casper aus. Kannst du dich darum kümmern, Fred?«
Das Telefon klingelte, und Lemoski ging sofort an den Apparat.
Er hörte einen Augenblick zu. »Das ist ausgezeichnet, wirklich ausgezeichnet. Bleibt weiter dran.«

Er legte auf. »Das war Lee«, teilte er mit. »Anscheinend ist unser Onkel Doktor direkt nachdem er uns verlassen hat zwei Meilen den Ventura Freeway runtergerauscht, hat dann plötzlich gewendet und ist jetzt im Anflug auf den Eagle Canyon.«

Freitag, 22 Uhr

»Hier ist die berühmteste und einzige Spezialität des Hauses«, gab Robin bekannt, als sie ein Brathähnchen mit geschmorten Zwiebeln, gegrillten Pastinaken und roten Paprikaschoten servierte.

Jordan blickte sie verwundert an. »Wann haben Sie das denn vorbereitet? Als ich angerufen habe, waren Sie doch auf dem Weg zur Probe.«

»Ich habe immer eine Portion davon im Tiefkühlfach.« Sie ließ sich ihm gegenüber nieder. »Ein Erbe meiner Mutter. Eines ihrer wenigen Geschenke ohne selbstzerstörerische Wirkung.« Seine Antwort vorwegnehmend, fuhr sie fort: »Falls Ihr Psychiaterhirn Ihnen jetzt sagt, dass ich echte Probleme mit meiner Mutter habe, trifft das voll und ganz zu.«

Je weniger heute Abend über seinen Beruf als Psychiater gesagt wurde, desto besser, befand Jordan. Die Gleichung $E = mc^2$ mochte ja aufgehen, aber Psychiatrie plus schwierige Mutter-Tochter-Beziehung war keineswegs gleich Liebesgeschichte. Statt einer Antwort schnitt er lieber ein Stück Huhn ab und probierte davon. »Das schmeckt wirklich köstlich.«

»Übertreiben Sie nicht.«

»Nein, ganz im Ernst.«

»Wahrscheinlich wäre jetzt die angemessene Frage: Was essen Sie denn sonst so?«

»Was gerade als Tagesgericht in *Stan's Donut Shop and Grill* auf dem Menü steht.«

»Donut Shop and Grill?«

»Die Hamburger dort gelten als ausgezeichnet.«

»Ach, du liebe Zeit. Beinahe hätten wir den Champagner vergessen.« Das war Jordans Beitrag zur Feier des Tages. Robin stand auf und ging zum Kühlschrank. Sie musterte die Flasche eingehend.

»Schönes Etikett.«

»Fand ich auch. Viel weiter reichen meine Kenntnisse nicht. Ich hoffe, es schmeckt.«

Er drehte den Metallring ab und drückte den Korken vorsichtig mit den Daumen nach oben. Nach einigen bangen Augenblicken – er wollte unter keinen Umständen einen zaghaften Eindruck machen – lockerte sich der Korken allmählich, bis er schließlich mit dem charakteristischen *Plop* in die Luft flog und von der Decke abprallte. Als das Aerosol der Traube wie ein zarter Schleier aus dem Flaschenhals aufstieg, schenkte Jordan ein. Zuerst dachte er an einen sehr persönlichen Trinkspruch, entschied sich dann jedoch vorsichtig für etwas Neutrales.

»Darauf, wieder unbehindert atmen zu können.«

Robin ließ ihr Glas mit leisem Klirren gegen seines stoßen. Jordan nahm einen kräftigen Schluck und spürte den angenehm kühlen Champagner durch seine Kehle rinnen. Endlich fühlte er sich von der Last der letzten beiden Tage befreit. Noch vor wenigen Stunden hatte er sich vor seinem Besuch bei der Polizei gefürchtet: Er wollte Robin nicht mit in die Sache hineinziehen und offen gestanden auch selbst nicht darin verwickelt werden. Aber alles war geheim geblieben: Robin, die Hypnose und vor allen Dingen die Reinkarnation.

»Wissen Sie«, sagte Robin jetzt, »auf dem Heimweg habe ich über das nachgedacht, was in Ihrer Praxis passiert ist. Dann habe ich beschlossen, dass ich nicht darüber reden will. Zumindest nicht heute Abend.«
»Warum?«
»Weil wir uns auf diese Art kennengelernt haben. Sie haben mich hypnotisiert, dann waren Sie mein Arzt. Ich möchte nicht, dass es so weitergeht.«
Zuerst hatte der Champagner ihn erwärmt. Jetzt waren es ihre Worte.
»Wie soll unsere Beziehung denn weitergehen?«, fragte er.
»Das weiß ich noch nicht. Vermutlich einfach, indem wir uns besser kennenlernen, so, als würden wir uns zu einem Blind Date treffen. Schließlich wissen Sie alles über mein früheres Leben«, Robin lachte, »und nur wenig über mein jetziges. Was mich betrifft, so weiß ich von Ihnen praktisch nichts, egal, aus welcher Zeit.«
»Was würden Sie denn gern wissen?«, forschte Jordan.
»Ganz ehrlich?«
»Unbedingt.«
»Bist du mit jemandem zusammen?«, fragte sie.
»Nein.«
»Gut. Das wäre schon mal geklärt.«
»Und du?«, fragte Jordan.
Robin schüttelte den Kopf. »An der Ostküste hatte ich eine ernsthaftere Beziehung, er war Investmentbanker und hieß Saloman Smith Barney, Abschluss in Harvard. Alles, was das Herz begehrt. Meine Mutter vergötterte ihn natürlich.«
»Er hört sich sehr liebenswert an – jedenfalls aus mütterlicher Sicht.«
»Wahrscheinlich hat genau das gegen ihn gesprochen.«

Das Thema lässt sie offenbar nicht los, dachte Jordan. »Falls ich jemals deine Mutter kennenlernen sollte, werde ich mich bemühen, einen möglichst schlechten Eindruck zu machen.«

»Das wird wahrscheinlich schwierig sein. Alleinstehende Ärzte …«

»Wenn ich ihr sage, wie wenig Psychiater heutzutage verdienen, schreckt sie das mit Sicherheit ab.«

Robin lachte. »Ich fürchte, meine Mutter schafft es immer wieder, sich in die Unterhaltung einzumischen. Wahrscheinlich sollte ich daran arbeiten. Hast du noch ein paar Termine frei?«

Jordan lächelte. »Was ist denn mit Mister Harvard summa cum laude passiert?«

»Lenny vergeudet keine Zeit. Er weiß genau, wie sein Leben verlaufen soll. Als ich ihm sagte, dass ich nach L. A. gehe, um eine Rolle in *Karussell* zu übernehmen, hat er mir ein Ultimatum gestellt. Entweder das Musical oder er. Also habe ich das Angebot angenommen.«

»Vermisst du ihn?«

Robin nahm einen Schluck Champagner. »Hätte ich Lenny geheiratet, dann wüsste ich jetzt genau, wie mein Leben in Zukunft aussehen würde. Das wollte ich aber nicht.« Sie lächelte. »Meinetwegen kann es ruhig geheimnisvoll bleiben.«

Robin deutete mit dem Glas auf Jordan. »Wie steht es mit dir? Kurz vor der Hypnose sagte mir eine der Frauen auf der Party, dass du zu den zehn begehrtesten Junggesellen in Los Angeles gehörst. Wann warst du zuletzt fest mit jemandem befreundet?«

»Das ist etwas über ein Jahr her.«

Robin wartete darauf, dass er weitersprach, aber Jordan schwieg. »Was ist denn passiert?«

Jordan blickte zur Seite. Obwohl er versuchte, Robin anzusehen, starrte er nur auf einen Punkt neben ihrem Kopf. »Sie wurde überfahren, und der Fahrer beging Fahrerflucht.«
»Das tut mir wirklich sehr leid.«
Eine tiefe, nicht unbehagliche Stille senkte sich.
Jordan griff nach der Gabel. »Danke.«
»Bist du noch nicht darüber hinweg?«, fragte Robin mit einfühlsamer Stimme.
»Mein Freund, Harry Stanton, den du auf der Party kennengelernt hast …«
»Der Mann, der dich vorstellte?«
Jordan nickte. »Er hat mich letzte Woche zufällig in einer Buchhandlung getroffen und mir vorgeworfen, dass ich ein Eremitendasein führe. Dann hat er mir einen Zettel mit seiner Adresse in die Tasche geschoben und mich eingeladen.«
»Darauf kann ich nur eines sagen: Ein Hoch auf Harry!«
Jordan hob ebenfalls sein Glas. »Auf Harry.«
Später bestand Robin darauf, ihn zu seinem Wagen zu begleiten. Er öffnete die Vordertür und wandte sich dann zu ihr um.
»Heute Nachmittag hast du mich sehr glücklich gemacht.«
Sie runzelte die Stirn. »Heute Nachmittag?«
»Am Telefon. Als ich dich zu Tode erschreckt habe und du erwidert hast: Bei der nächsten Verabredung musst du die Frage so formulieren, dass ich nicht gleich einen Herzanfall bekomme. Ich mochte, wie du das sagtest, *beim nächsten Mal*.«
»Meine Mutter würde jetzt äußern, dass ich mich dir an den Hals werfe.«
»Schon wieder deine Mutter.«
»Sie findet, Mädchen sollten die Rolle der Unnahbaren spielen.«

»Wegen mir muss das nicht sein.«
»In diesem Fall …« Sie legte ihre Hand um seinen Hinterkopf und zog ihn zu sich heran. Ihre Lippen berührten sich wie zum Gruß. Es dauerte lange, bis sie sich trennten.
»Ich hatte schon den Verdacht, dass du wunderbar küssen kannst«, sagte Robin.
»Mit etwas Übung wird es bestimmt noch besser.«
Den restlichen Weg zu seinem Wagen schwebte er wie auf Wolken. *Das Leben ist sehr komplex*, dachte er, heute war wieder ein perfektes Beispiel dafür. So chaotisch der Tag begonnen hatte, so wunderbar geordnet war er zu Ende gegangen.

Samstag

11 Uhr 19

Den ersten Witz, an den Elinor Fischer sich erinnern konnte, hatte man ihren Eltern direkt nach der Rückkehr der Familie nach Argentinien erzählt. »Um drei Uhr morgens hört ein Ehepaar lautstarkes Klopfen an der Eingangstür. Der zu Tode erschrockene Ehemann geht zur Tür und erkundigt sich mit ängstlicher Stimme: ›Wer ist da?‹ Daraufhin antwortet ein Mann: ›Keine Angst. Ich bin nicht von der Polizei. Es ist auch nichts Ernstes. Ich wollte euch nur sagen, dass euer Haus brennt.‹«

Elinor Fischer lebte inzwischen zwar schon seit dreißig Jahren in Amerika – einer Gesellschaft, in der sie sich mitunter fragte, ob die Polizei nicht sogar zu wenig Macht besaß –, aber nicht einmal diese lange Zeit hatte ihr die Angst nehmen können. Sie blickte erneut auf den kräftigen Mann, der vor fünf Minuten ihr Büro betreten und sich als Lieutenant des LAPD vorgestellt hatte. Es war nicht auszuschließen, dass die Antworten auf seine Fragen verheerende Auswirkungen auf die Zukunft von Elinor Fischers Institut haben konnten.

»Arbeitet Doktor Jordan Geller an Ihrem Institut?«, hatte Lemoskis erste Frage gelautet.

»Ja, er gehört zu unseren Anwärtern.«

»Was genau bedeutet das?«

»Im Falle Doktor Gellers heißt das, dass er in einigen Monaten als niedergelassener Arzt arbeiten kann, vorausgesetzt er besteht die mündliche Prüfung.«

»Behandelt Doktor Geller Patienten?«

»Ja, das ist ein Teil der Ausbildung. Lieutenant, ehe Sie mir weitere Fragen stellen, muss ich unbedingt wissen, worum es eigentlich geht. Ich bin sicher, Sie wissen, dass das Vertrauensverhältnis zwischen Arzt und Patienten strengen Regelungen unterworfen ist.«

»Ist Doktor Geller Ihr Patient?«

»Diese Frage beantworte ich nicht. Bitte sagen Sie mir, warum Sie hier sind.«

Lemoski dachte einen Augenblick nach, bevor er in ruhigem, bedächtigem Ton erwiderte: »Ich ermittle in einem Mordfall, wahrscheinlich handelt es sich dabei um einen Serientäter.«

»Und was haben die Morde mit Doktor Geller zu tun?«

»Darüber werden Sie gleich mehr erfahren. Vorher muss ich einen Punkt klären. Als Leiterin des Instituts sind Sie Doktor Gellers Chefin. Ist das zutreffend?«

»Seine Professorin, ja.«

»Doktor Geller hat uns berichtet, dass einer seiner Patienten Augenzeuge eines dreißig Jahre zurückliegenden Mordfalls war oder sich zumindest im Besitz einiger diesbezüglicher Informationen befindet. Wissen Sie etwas über diesen Patienten?«

Elinor Fischer versenkte sich einen Moment langin den Anblick ihrer lackierten Fingernägel und setzte sich auf ihrem Drehstuhl zurecht. Ihr Blick wanderte dabei suchend über den Schreibtisch. *Ist Jordan mit dieser Reinkarnationsgeschichte etwa zur Polizei gegangen? Ausgeschlossen, so naiv kann er einfach nicht sein. Aber auf welchem Weg hat der Lieutenant sonst davon erfahren?*

»Doktor Geller hat keinen derartigen Patienten«, sagte sie schließlich, »ebenso wenig wie die anderen Ärzte unseres Instituts.«

Lemoski neigte den Kopf zur Seite und rieb sich über das Kinn. »Wie viele Psychiater sind hier beschäftigt?«

»Sechs.«

»Und Sie wissen über alle Patientenakten dieser Ärzte Bescheid?«

»Da Doktor Geller seine Ausbildung noch nicht abgeschlossen hat, bin ich mit den Krankengeschichten seiner Patienten vertraut.«

»Sie sagten aber, einen solchen Patienten gebe es nicht am Dittmyer.«

»Richtig.«

»Ich muss Sie daher noch einmal fragen, ob Sie alle Patientenakten der Ärzte hier kennen?«

»Wenn etwas Ungewöhnliches geschieht, und das, was Sie beschreiben, hört sich sehr ungewöhnlich an, werde ich konsultiert. Ich kann Ihnen also versichern, dass wir keinen solchen Patienten haben.«

»Demnach hat niemand, insbesondere Doktor Geller nicht, mit Ihnen über einen Patienten gesprochen, der davon berichtet hat, dass er zu dem zweiunddreißig Jahre zurückliegenden Verschwinden einer Person oder sogar deren Ermordung in irgendeiner Verbindung steht? Habe ich Sie in diesem Punkt nicht richtig verstanden?«

»Wie ich schon sagte, einen solchen Patienten gibt es hier nicht.«

Lemoski nickte kurz. »Daraus muss ich schließen, dass Doktor Geller, als er Mitarbeitern unserer Abteilung von der Existenz des Patienten berichtete, entweder ein Fehler unterlaufen ist oder dass er gelogen hat. Ist diese Schlussfolgerung zutreffend?«

Fischer starrte an Lemoski vorbei. Als sie antwortete, klang ihre Stimme eisig. »Die junge Frau, auf die sich Ihre Frage bezieht, hat Doktor Geller zwar hier aufgesucht, aber nicht als seine Patientin.«

»Als was dann?«

»Ich habe Ihnen schon zu viel gesagt.«

»Sie haben mir überhaupt nichts gesagt, Doktor Fischer. Wenn diese Frau keine Patientin ist, unterliegt ihr Verhältnis zu Doktor Geller auch nicht der ärztlichen Schweigepflicht. Sie haben mir gerade mitgeteilt, dass sie in Doktor Gellers Praxis kam. Normalerweise gehen Menschen in psychoanalytische Institute, um sich dort als Patienten behandeln zu lassen. Wer ist sie, wenn nicht Doktor Gellers Patientin? Seine Freundin, eine …«

»Lieutenant, es gehört zur Ausbildung eines Psychoanalytikers, dass er sich selbst einer Psychoanalyse unterzieht. Diese Regelung gilt selbstverständlich auch für Doktor Geller. Er hat mir im privaten Gespräch von seiner Beziehung zu dieser Frau erzählt. Mehr kann ich über unsere Unterhaltung nicht sagen, tut mir leid.«

»Gehört Doktor Geller zu Ihren Patienten?«, hakte Lemoski nach.

»Mehr kann ich Ihnen über dieses Thema nicht sagen.« Elinor hatte beschlossen, dass sie Zeit brauchte und unbedingt mit Jordan sprechen musste. »Sie meinten, Sie würden in einer Serie von Mordfällen ermitteln …«
»Sagt Ihnen der Name Messenger etwas?«
»Der Serientäter?«, fragte Elinor.
»Doktor Geller ist anscheinend der Ansicht, dass es einen Zusammenhang zwischen den jetzigen Morden und dem Verschwinden einer Frau vor zweiunddreißig Jahren gibt.«
Fischers exakt nachgezogene Brauen schoben sich verwundert zusammen.
»Das klingt absurd, finde ich.«
»Wir ermitteln im Augenblick, ob eine derartige Verbindung tatsächlich besteht.«
»Wie wollen Sie dabei denn vorgehen?«
»Tut mir leid. Polizeiliches Dienstgeheimnis«, erwiderte Lemoski mit unverhülltem Sarkasmus. »Doktor Fischer, ich würde gern ein kurzes Gespräch mit Ihrer Sekretärin führen.«
Damit verließ er das Büro und ging zum Empfang, dicht gefolgt von Elinor Fischer. »Dieser Detective möchte Ihnen einige Fragen stellen, Pat.«
Lemoski zog ein Foto aus der Tasche, das Jimmy Lee gestern Abend vor dem Haus der Schauspielerin von Jordan und Robin aufgenommen hatte. Er reichte ihr das Bild. »Haben Sie diese Frau schon einmal gesehen?«
Pat Hamann warf ihrer Chefin einen fragenden Blick über Lemoskis Schulter zu.
»Miss Hamann«, sagte Lemoski, »Doktor Fischer hat mir bereits erzählt, dass diese Frau keine Patientin hier ist. Sie sind also nicht an die Schweigepflicht gebunden. Noch ein-

mal, haben Sie diese Frau zusammen mit Doktor Geller gesehen?«

»Doktor Fischer?«, fragte Pat.

Elinor Fischer hatte die Lippen zu einem dünnen Strich zusammengepresst. »Beantworten Sie bitte die Frage, Pat.«

»Ja, sie war einmal in seinem Büro.«

»Wann?«

»Am Montag.«

»Vor fünf Tagen?«

»Ja.«

»Wissen Sie, wie sie heißt?«

»Sie hat mir einen Namen genannt, aber ich hatte den Eindruck, dass es sich dabei um eine Art Privatwitz zwischen ihr und Doktor Geller handelte.«

»Welchen Namen nannte sie?«

»Myra Apple.«

»Anders ausgedrückt«, sagte Lemoski, »diese Frau gab, entweder aus eigenem Antrieb oder vielleicht auch auf den Vorschlag Doktor Gellers hin, einen falschen Namen an. Haben Sie eine Ahnung, warum?«

Pat Hamann schüttelte den Kopf.

»Noch eine letzte Frage. Hat Doktor Geller männliche Patienten zwischen achtundvierzig und achtundsechzig?«

Pat Hamann blickte zu Elinor Fischer hinüber.

»Wenn Ihnen das bei Ihren Ermittlungen weiterhilft«, erwiderte Fischer, »dann kann ich Ihnen versichern, dass dem nicht so ist. Aber das ist die letzte Frage dieser Art, die ich Ihnen beantworte.«

»Vielen Dank, Doktor Fischer und Miss Hamann.«

Kaum hatte Lemoski das Büro verlassen, als Elinor Fischer auch schon einen Befehl bellte. »Holen Sie Jor… Doktor

Geller ans Telefon und sagen Sie ihm, dass er umgehend in mein Büro kommen soll.«
Während die Sekretärin den Hörer abhob, marschierte Elinor mit lautstark knallenden Absätzen vor der Empfangstheke auf und ab.
Die Angst war verflogen. Dr. Elinor Fischer schäumte vor Wut und war auf dem besten Wege, sich in einen ihrer gefürchteten Anfälle hineinzusteigern.

Samstag, 13 Uhr 15

»Er ist nicht aktenkundig«, sagte Romero und nippte an ihrem Miller Lite-Bier. Sie hatte einmal zu ihrer Freundin gesagt: »Alkoholfreies Bier ist am schlimmsten, wenn man mal von den anderen Bieren absieht.« Aber was sollte sie denn sonst bestellen, wenn sie mit den Jungs einen trinken ging – vielleicht ein Mineralwässerchen?
»Hätte mich auch überrascht«, gab Davis zurück. »Wir haben es hier nicht mit dem typischen Taschendieb oder Straßenräuber zu tun. Der ist Arzt, Menschenskind.«
»Mit einer unglaublich erfolgreichen akademischen Karriere«, beharrte Romero. »Er hat sein Medizinstudium mit vierundzwanzig Jahren abgeschlossen.«
Bobley verdrehte die Augen. »Wenn er so irre schlau ist, warum ist er dann kein Gehirnchirurg geworden?«
Davis lachte. »Vielleicht ist er Psychiater, weil er so gestört ist und den Grund dafür rauskriegen wollte.«
»Gestört?«, wiederholte Bobley. »Das ist ja wohl ziemlich milde ausgedrückt. Der Typ hat einen echten Drang zum Töten.«

»Das glaube ich einfach nicht.«
»Warum denn nicht, Romero? Weil er so süß ist? Schon mal den Namen Ted Bundy gehört?«
»Ted Bundy war ein Versager. Dieser Typ hier ist ein richtiger Überflieger.«
»Die Morde an drei Frauen eingeschlossen. Vielleicht sind es sogar noch mehr.«
Bobley hob sein Glas und nickte der Bedienung zu. »Noch eine Runde.«
»Für mich nicht«, sagte Romero.
»Und eine Cola Light für die Dame«, rief Bobley der davoneilenden Bedienung hinterher. »Sie hasst Bier.«
»Das stimmt nicht.«
»Sobald du ein Schlückchen nimmst, verziehst du das Gesicht.« Bobley blies die Wangen auf und schielte zum Gotterbarmen.
Romero hielt ihrem Kollegen den hochgestreckten Mittelfinger vor die Nase.
»Was ist denn mit dem Zeugen, der gesehen haben will, dass Mister Pferdeschwanz neben Monica Johnson stand?«, fragte Davis, nachdem er das kleine Zwischenspiel ausgiebig belacht hatte. »Geller trägt eine Kurzhaarfrisur.«
»Bei Mister Pferdeschwanz sind wir meiner Meinung nach auf dem Holzweg«, platzte Bobley heraus. »Er hält an, um Monica zu helfen, aber sie scheucht ihn weg. Dann kommt unser Wunderknabe des Weges, weist sich als Arzt aus und weg sind die beiden – sie Richtung Himmel und er, eines Tages, Richtung Hölle.«
»Und was ist dann mit diesem alten Fall?«, hakte Davis nach. »Dem Mord an Beverly Casper. Wie hängt der damit zusammen?«

»Habt ihr Swain währenddessen beobachtet? Er konnte kaum stillsitzen. Als ob er alles noch mal durchleben würde. Er hat mir beinahe leid getan.«

»Das war doch bloß ein Lied aus Opas goldenen Zeiten«, sagte Bobley. »Ein paar Whiskeys, und die Sache ist erledigt.«

»Diese ganzen Einzelheiten über einen Mordfall, der vor so langer Zeit passiert ist. Wie kann Geller so viel darüber wissen?«, wunderte sich Romero. »Damals war er ja noch nicht mal auf der Welt.«

»Vielleicht hat er in einer Zeitschrift oder im Internet davon gelesen«, antwortete Bobley. »Oder, noch wahrscheinlicher, er hat oder hatte einen Patienten, der von dem Fall völlig besessen ist. Du bist doch unser Computerfreak, Romero. Geh mal ins Netz. Ich wette, du findest jede Menge über Beverly Casper.«

Romero formte mit Daumen und Zeigefinger einen Kreis. »Nada. Hab ich schon gecheckt. Es gibt keine Sites über Beverly Casper. Sie wird im Netz überhaupt nicht erwähnt. Schließlich ist sie ja auch *v. C.* gestorben. Vor Computer«, fügte sie hinzu, als sie die verständnislosen Mienen ihrer Kollegen bemerkte. »Aber ob es nun daran liegt oder nicht, soweit ich sagen kann, hat man sie jedenfalls vollkommen vergessen.«

»Ich weiß nur eines: Dieser Typ ist total scharf drauf, dass wir ihn endlich erwischen, er ist nicht einmal davor zurückgeschreckt, einfach ins Maul des Löwen zu marschieren und uns die ganze Geschichte zu erzählen.«

»Aus welchem Grund?«, fragte Davis.

»Weil er kein direktes Geständnis ablegen kann. Sein Bewusstsein hindert ihn daran, deswegen hat er den Fall Beverly Casper, der Freundliche Geist, aufgegriffen, um uns einen Einblick in sein wahres Ich zu geben.«

»Mit anderen Worten, er wirft uns Brotkrumen hin? Folgt Beverly Casper, dann fangt ihr mich?«
»Exakt.«
»Und diese falsche Fährte ist nur ein Hilferuf?«
»Wieder richtig.«
»Das kaufe ich dir nicht ab.«
»Mann!«, explodierte Bobley. »Er fährt zu dem Ort seines jüngsten Verbrechens, kaum dass er die Polizeiwache verlassen hat. Findet ihr das nicht auch etwas seltsam? Das ist doch wie aus dem Lehrbuch!«
»Aus welchem denn, bitte?«, fragte Davis herausfordernd.
Die Eingangstür der Bar schwang auf, und Lemoski trat ein. Noch im Gehen rief er der Bedienung zu: »Die nächste Runde geht auf mich.«
Romero rutschte dichter an die Wand, um Lemoski Platz zu machen.
»Zwei Neuigkeiten. Gerade habe ich einen Anruf aus der Wache erhalten. Der Typ, den Avery Conniston gesehen haben will ...«
»Mister Pferdeschwanz«, ließ sich Bobley eifrig vernehmen.
»Den gibt es tatsächlich.«
Unwillkürlich lehnten sich die drei Detectives gleichzeitig auf den Ellbogen vor.
»Er trägt einen Pferdeschwanz, jede Menge Tätowierungen auf dem Arm und fährt einen dieser Pick-ups mit Schmutzfängern, auf denen sich appetitliche Blondinen räkeln. Leider sieht es so aus, als ob er auch noch was anderes hat, nämlich ein niet- und nagelfestes Alibi.«
»Wie habt ihr das rausgekriegt?«, fragte Romero.
»Er kam von selbst zu uns. Er wartet jetzt auf die Befragung.«

»Warum hat er …«
»Na, warum wohl. Er wollte natürlich nicht, dass sein Name in der Zeitung steht. Wahrscheinlich hatte er schon mal mit der Polizei zu tun. Wer weiß? Seine Freundin hat ihm offenbar so lange zugesetzt, bis er sich entschlossen hat, mit der ganzen Geschichte herauszurücken. Offenbar hat er angehalten und wollte Monica helfen, und als er nichts machen konnte, hat er ihr angeboten, sie mitzunehmen. Als sie sich weigerte, ist er weitergefahren.«
»Wahrscheinlich war er ihr wegen der Tätowierungen und dem langen Haar nicht geheuer«, bemerkte Davis.
»Ironie des Schicksals. Sie lässt den Rocker abblitzen und steigt ins Auto des netten Typs. Leider ist der Rocker in Wahrheit der nette Typ und der nette Typ der Psycho.«
»Wir überprüfen seine Daten, aber ich glaube, er kommt nicht in Frage.«
Niemandem entging Bobleys selbstgefälliges Hab-ich's-euch-nicht-gesagt-Lächeln. Aber so verletzend und unangenehm das Benehmen des jungen Polizisten auch bisweilen sein konnte, sein guter Riecher war unumstritten. Im Augenblick sah es so aus, als habe er wieder einmal ins Schwarze getroffen.
»Sie haben von zwei Neuigkeiten gesprochen. Was ist denn die zweite?«, erkundigte sich Davis.
»Ich komme gerade von einem Gespräch mit Gellers Chefin, Doktor Elinor Fischer«, erwiderte Lemoski, während er Platz nahm. »Dreimal dürft ihr raten, was ich dabei herausbekommen habe. Offenbar ist sie nicht nur Gellers Vorgesetzte, sondern auch seine Analytikerin.«
»Das bedeutet, dass sie nicht viel gesagt hat, nehme ich an«, schlussfolgerte Davis.

»Wusste sie etwas von einem Patienten, der sich zwanghaft mit dem Fall Casper beschäftigt?«
Lemoski lehnte sich zurück und blickte direkt in die ernsthaften braunen Augen seiner Mitarbeiterin. »Einen solchen Patienten gibt es nicht.«
Plötzlich waren alle ganz Ohr.
»Das hat sie rundheraus gesagt?«, fragte Romero.
Aus den Augenwinkeln bemerkte sie Bobleys breites, selbstzufriedenes Grinsen.
»Es gibt eine Frau. Jemanden, den Geller trifft. Er hat Fischer erzählt, dass sich diese ganzen Einzelheiten über Beverly Casper unter Hypnose herausgestellt haben.«
»Von Hypnose hat er uns kein Wort gesagt.«
»Ist doch egal, oder?«, schaltete sich Bobley ein. »Er ist damit in jedem Fall der Hauptverdächtige.«
»Wieso?«, fragte Lemoski.
»Falls es eine Lüge ist, wäre das ein weiterer Beweis dafür, dass er uns sowieso schon die ganze Zeit Mist erzählt hat. Wenn es stimmt, heißt das, dass er diese Dame hypnotisiert und ihr währenddessen irgendwelche verrückten Ideen in den Kopf gesetzt hat.«
»Haben Sie herausbekommen, wie die Frau heißt?«, wollte Romero wissen.
»Sie hat offensichtlich einen falschen Namen angegeben. Myra Apple. Sie ist …«
»Ein falscher Name«, schnaubte Bobley. »Na toll.«
»Ich hatte schon so eine Vorahnung«, berichtete Lemoski weiter, »und habe der Sekretärin die Aufnahme gezeigt, die Jimmy gestern Abend gemacht hat.«
Er nahm das Foto aus dem Umschlag und legte es vor Romero auf den Tisch.

»Haben wir ihre Identität schon überprüft?«, fragte Bobley. Lemoski nickte. »Ihr Name ist Robin Norris. Sie ist Schauspielerin.«

Samstag, 14 Uhr 01

»Lassen Sie die Finger von der Geschichte!«, forderte Elinor Fischer und durchbohrte ihren Schützling mit Blicken. »Damit meine ich die Hypnose, die Reinkarnation und diese Frau.«

»So einfach geht das nicht«, erwiderte Jordan mit fester Stimme.

»Ich habe das Dittmyer zu dem gemacht, was es heute ist. Als ich kam, gab es hier bloß ein Büro mit zwei Zimmern und eine Teilzeitsekretärin.« Elinor Fischer erhob sich. Ihre Wut wuchs mit jeder Sekunde. »Damals gab es noch keinen Avery Conniston, der eine Viertelmillion Dollar gespendet hätte. Was ich in zwanzig Jahren aufgebaut habe, kann Ihr Anfall von jugendlicher Überheblichkeit in zwanzig Minuten vernichten.«

»Ich würde niemals etwas tun, was Ihnen oder dem Institut schadet. Das wissen Sie.«

»Warum sind Sie dann mit diesem Unsinn zur Polizei gerannt, haben dadurch möglicherweise unsere Patienten in die unangenehme Lage gebracht, Fragen der Polizei beantworten zu müssen, und obendrein den Namen des Instituts ins Lächerliche gezogen?«

»Weil Menschenleben auf dem Spiel stehen.«

Elinor Fischer bedeutete ihm mit einer schroffen Handbewegung, dass das Gespräch beendet war. »Sie sind bis auf weiteres von der Arbeit am Dittmyer freigestellt.«

»Aber ich habe acht Patienten. Ich bin gerade damit beschäftigt …«

»Ich glaube, dass Sie gut beraten sind, wenn Sie sich im Augenblick auf die Lösung Ihrer eigenen Probleme beschränken.«

»Ich würde die Patienten zumindest gern selbst anrufen und ihnen alles erklären.«

»Auf keinen Fall. Das übernehme ich. Sonst setzen Sie ihnen womöglich noch andere merkwürdige Ideen in den Kopf, wer weiß.«

»Schieben Sie mich nicht einfach so ab, Elinor.«

»Ich dachte, wir hätten während der Analyse Ihre Probleme deutlich herausgearbeitet, aber jetzt erkenne ich, dass meine Diagnose viel zu optimistisch war. Das ist ausschließlich mein Fehler, und ich übernehme dafür die volle Verantwortung.«

»Dieser Fall hat nichts mit meinen Problemen zu tun.«

»Also bitte, Jordan. Dieser ganze New-Age-Unsinn ist Ihnen eindeutig aufs Gehirn geschlagen.«

»Hören Sie auf, mich zu bevormunden. Ihr herablassender Ton ist völlig fehl am Platz.«

»Dann hören Sie auch auf, sich wie ein Idiot aufzuführen.« Sie schrie jetzt beinahe. »In einem Monat ist Ihre Ausbildung abgeschlossen, und Sie können der Fakultät beitreten. Statt diesen wunderbaren Zukunftsaussichten begeistert entgegenzusehen, sabotieren Sie alles. Sie haben sich in verwickelte Phantasiegebilde geflüchtet, weil Sie Angst vor der Verantwortung haben, die Sie als Psychiater dieses Instituts übernehmen würden.« Mit mühsam unterdrücktem Zorn drehte sie sich zum Fenster um. »Mir ist plötzlich klar, dass ich alles noch schlimmer gemacht habe, als ich andeutete, eines Tages könnte die Bürde der Institutsleitung auf Ihren Schultern lasten.«

»Jetzt sind Sie diejenige, die spekuliert, nicht ich. Ich habe Fakten. Sie lassen sich von blinden Vorurteilen leiten.«

»Ist Reinkarnation inzwischen schon eine erwiesene Tatsache? Sind Sie so schnell so tief gesunken?«, bellte sie, und jeder Satz traf Jordan wie ein Peitschenhieb. »Nichts von dem, was Sie in der letzten Woche getan haben, hat irgendeinen Sinn, es sei denn, man betrachtet diese Ereignisse in Zusammenhang mit Ihrer geradezu krankhaften Angst davor, sich mit ganzer Kraft auf eine Sache einzulassen, ob es sich nun um Karriere oder Heirat handelt. Ich habe den schweren Verdacht, dass Ihre Zuneigung zu dieser Schauspielerin wahrscheinlich ebenso bedeutungslos und vorübergehender Natur ist wie Ihr Geschwätz über ein vergangenes Leben.«

Jordan wollte zu einer heftigen Entgegnung ansetzen, doch die Worte blieben ihm in der Kehle stecken.

»Sie sind ebenso schwach wie Ihr Vater«, hetzte Elinor. »In der Bibel, auf die Sie so große Stücke halten, heißt es häufig, dass die Sünden des Vaters auf den Sohn übergehen. Vielleicht hat das Buch der Bücher damit dieses eine Mal recht.«

»Elinor, bitte ...« Sogar während er sprach, spürte Jordan, wie jämmerlich er klang.

»Falls Sie den pathologischen Drang zum beruflichen Selbstmord verspüren, kann ich nichts dagegen tun, aber ich werde mit allen Mitteln verhindern, dass Sie meinem Institut schaden.« Sie drehte sich wieder zum Fenster um, den Blick auf den Horizont geheftet. »Sie lassen alle Unterlagen in Ihrem Büro. Den Beeper geben Sie Pat.«

Jordan hakte das Gerät von seinem Gürtel los.

»Gehen Sie jetzt, Jordan. Es tut mir zu weh, Sie anzusehen.«

Samstag, 15 Uhr 30

Als Gary Bart, der Bühnenintendant, Robin Norris mitteilte, dass zwei Polizeibeamte mit ihr sprechen wollten, geriet sie zuerst in Panik. Ihre Mutter musste einen schrecklichen Unfall gehabt haben. Nach kurzem Nachdenken verwarf sie jedoch diese Möglichkeit.

Adrian meditierte irgendwo auf einem Berg in der Nähe von Aspen. Selbst wenn ihr etwas zugestoßen sein sollte, würde Robin das nicht von Polizeibeamten des LAPD erfahren. Erst dann begriff sie, dass das Auftauchen der Polizei wahrscheinlich mit Jordans gestrigem Besuch im Revier zusammenhing. Aus welchem Grund wollten sie sonst mit ihr sprechen? Trotzdem betete sie auf dem Weg zur Bühne stumm, es möge sich um etwas anderes handeln, ein unbezahlter Strafzettel oder dergleichen.

Ihr Gesicht glänzte vor Schweiß. Walter hatte das gesamte Ensemble gerade zweimal durch die Picknick-Szene gejagt. Misstrauisch musterte sie das Dienstabzeichen, das der stämmige Polizist ihr unter die Nase hielt. »Detectives Greg Davis und Karen Romero, LAPD«, stellte er sich vor. »Sind Sie Robin Norris?«

»Ja.«

»Haben Sie jemals den Namen Myra Apple benutzt?«

Robins Magen krampfte sich zusammen wie bei einem Anfall von Lampenfieber, allerdings zehnmal so schlimm. Sie beschloss, die Wahrheit zu sagen, auch wenn sie das vielleicht in Teufels Küche brachte.

»Ja, einmal, vor einigen Tagen.«

»Steht das in Zusammenhang mit Doktor Jordan Geller?«

»Ja.«

»Könnten Sie uns sagen, wie Sie Doktor Geller kennengelernt haben?«
Walter eilte an Robins Seite. »Was zum Donnerwetter geht hier vor, Robin? In einer Woche ist Premiere. Jede Minute zählt. Hast du Leute zur Probe eingeladen?«
»Sie sind von der Polizei, Walter.«
»Polizei?«, fragte Walter und blickte auf Romero und Davis.
»Wer sind Sie, Sir?«, fragte Romero.
»Walter Amicke. Ich bin der Regisseur.«
»Walter, könntest du die Angelegenheit bitte mir überlassen.«
Er warf einen Blick auf seine Armbanduhr. »Worum geht es hier, Robin?«
Sie stieß einen tiefen Seufzer aus. »Um Jordan Geller.«
Walter wandte sich den Beamten zu. »Sie hat ihn am Sonntagabend auf einer Party kennengelernt. Mehr kann sie Ihnen nicht sagen.«
Sie musste jetzt mit der Wahrheit herausrücken. Nicht nur vor der Polizei, sondern auch vor Walter.
»Ich habe ihn am Montag wiedergetroffen. Ich brauchte Hilfe, wegen meiner Stimme.«
»Ich habe dir doch gesagt, dass du die Finger von ihm lassen sollst.« Walters Stimme klang heiser vor Gereiztheit.
»Ich hab mich aber nicht dran gehalten.«
»Kennen Sie Doktor Geller?«, fragte Romero.
»Ob ich ihn kenne? Ich weiß bloß, dass er auf Partys Tricks vorführt.«
»Er hat mich auf dieser Party in Hypnose versetzt«, vervollständigte Robin ihre Beichte. »Walter war davon nicht gerade begeistert.«
»Und am Montag haben Sie ihn erneut gesehen?«

»Ja, ich hatte Probleme mit meiner Kehle – Schluckbeschwerden und Atemnot. Als er mich auf der Party hypnotisierte, hat er es fertiggebracht, dass ich sogar meinen Namen vergesse.«
»Und dabei hat er Ihnen gleich einen neuen gegeben«, ergänzte Romero. »Myra Apple.«
»Genau. Jedenfalls kam mir später, nach dieser Party, der Gedanke, er könnte mir vielleicht bei meinen Beschwerden helfen, weil ich so stark auf die Hypnose angesprochen hatte. Die Schluckbeschwerden beeinträchtigten meine Stimme, und da in einer Woche Premiere ist, war ich verzweifelt auf der Suche nach Hilfe. Ich hatte schon einige herkömmliche Therapien hinter mir, ohne dass sich mein Zustand gebessert hätte.«
»Ich hoffe, damit sind Ihre Fragen beantwortet«, unterbrach Walter und ergriff Robin am Arm. »Wie Miss Norris gerade erklärt hat, stehen wir unter enormem Zeitdruck und haben noch viel zu arbeiten.«
»Tut mir leid, Sir«, entgegnete Davis, Brust an Brust mit dem Regisseur. »Wir müssen mit Miss Norris ein Gespräch unter vier Augen führen. Würden Sie uns bitte allein lassen?«
»Was hat der Kerl jetzt angestellt? Ein paar alte Knacker hypnotisiert und ihnen dabei die Schecks von der Fürsorge aus dem Kreuz geleiert?«
»Bitte, Walter.«
Der Regisseur verzog sich widerwillig. Später würde er mit Sicherheit auf die Geschichte zurückkommen, keine rosigen Aussichten für Robin. Aber vor den nächsten Minuten graute ihr noch mehr.
»Gestern kam Doktor Geller auf unsere Dienststelle«, fing Romero an. »Wissen Sie darüber Bescheid?«

»Ja.«
»Hat er Sie vorher darüber informiert?«
»Ja.«
»Miss Norris, unterziehen Sie sich derzeit einer Therapie bei Doktor Geller?«
Robin zögerte einen Augenblick. »Nein.«
»Demnach sind Sie keine Patientin von Doktor Geller?«
»Er ist mein Arzt.«
Romero und Davis wechselten einen Blick. »Sagt Ihnen der Name Beverly Casper etwas?«, fragte Romero dann.
Robin nickte.
»Sind Sie die Patientin, von der Doktor Geller uns erzählte, sie sei von dem Fall Casper besessen?«
Robin lachte unbehaglich auf. »Ich weiß nicht, ob ich das als besessen bezeichnen würde. Offen gestanden möchte ich lieber nicht an die Geschichte denken.«
»Wie alt sind Sie, Miss Norris?«, erkundigte sich Davis.
»Fünfundzwanzig.«
»Das heißt, Sie sind erst nach dem Verschwinden Beverly Caspers geboren?«
Robin nickte.
»Wie können Sie dann von ihr wissen?«
»Ich weiß nichts von ihr. Jedenfalls nicht in bewusstem Zustand.« In knappen Worten gab sie wieder, was sich, nach Jordans Erzählung, unter Hypnose herausgestellt habe und wie ihr daraufhin sofort die Morde des Messengers eingefallen seien. Als Jordan sie um die Erlaubnis gebeten habe, damit zur Polizei zu gehen, habe sie unter der Bedingung zugestimmt, dass ihr Name dabei anonym bleiben müsse. Die beiden Polizeibeamten versuchten, so unbewegt wie möglich zuzuhören, doch als Schauspielerin war Robin Expertin dar-

in, in den Mienen anderer zu lesen. Der zunehmend skeptische Gesichtsausdruck ihrer Zuhörer entging ihr nicht. Während sie zum ersten Mal die Geschichte erzählte, musste sie sogar selbst zugeben, dass alles reichlich unwahrscheinlich klang.

»Warum wollten Sie anonym bleiben?«, fragte Romero.

»Ich möchte als ernsthafte Schauspielerin arbeiten und nicht in die Klatschspalten kommen.«

»Sie sagten, Doktor Geller habe Ihnen erzählt, dass diese Vorgänge sich unter Hypnose abgespielt hätten?«

»Ja.«

»Heißt das, dass Sie selbst sich nicht daran erinnern können?«

»Das stimmt. Ich erinnere mich an nichts.«

»Ich war schon in Hypnose-Shows«, sagte Davis. »Als die Leute aus der Hypnose kamen, wussten sie genau, was geschehen war.«

»Jordan … Doktor Geller sagte mir, er habe mich angewiesen, alles zu vergessen.«

»Hat er das auch bei der Hypnose auf der Party getan?«

»Nein.«

»Lediglich nach der Hypnose, in der es um Beverly Casper ging?«

»Ja.«

»Finden Sie das nicht etwas seltsam?«, fragte Davis.

»Warum?«

»Gibt es eine Aufzeichnung dieser Hypnose?«, erkundigte er sich.

»Ich glaube nicht.«

»Sie haben also nur Doktor Gellers Wort, dass Sie hypnotisiert wurden?«

Noch vor einem Augenblick war Robin allmählich ruhiger geworden, doch nun brach ihr wieder der Schweiß aus.

»Sie können also nicht sagen«, fasste Davis zusammen, »ob Sie diese Erinnerungen tatsächlich hatten. Doktor Geller hätte Ihnen alles Mögliche erzählen können.«

»Was wollen Sie damit sagen?«

»Sie haben nur sein Wort darauf, dass Sie diese Erinnerungen an ein vergangenes Leben hatten.«

»Ja.«

»Haben Sie ihm geglaubt?«

»Natürlich.«

»Warum?«

»Warum sollte er sich das ausdenken?«

»Glauben Sie an Reinkarnation, Miss Norris?«

»Vor diesem Erlebnis habe ich noch nie darüber nachgedacht.«

»Haben Sie mit Doktor Geller gesprochen, seit er uns davon berichtet hat?«

»Ja, wir haben miteinander gesprochen.«

»Haben Sie ihn gesehen?«

»Ich hatte keine Sitzung bei ihm.«

»Haben Sie ihn gesehen?«

»Ich verstehe Ihre Frage nicht. Warum wollen Sie das wissen?«

»Hat er gestern Abend bei Ihnen zu Abend gegessen?«

»Beschatten Sie ihn etwa?«, fragte Robin mit weit aufgerissenen Augen.

»Worüber haben Sie gesprochen?«

»Nichts. Es ging nur um persönliche Dinge.«

»Rein privat?«, hakte Romero nach.

»Genau, rein privat«, erwiderte Robin abweisend.

»Sie sagten uns doch, Doktor Geller sei Ihr Arzt«, stellte Davis fest.

»Ist er auch.«

»Trotzdem treffen Sie ihn auch privat? Finden Sie das nicht etwas unpassend für einen Arzt, insbesondere für einen Psychiater?«, erkundigte sich Romero.

»Sind Sie sich dessen bewusst, dass es gesetzliche Vorschriften für das Verhältnis zwischen Arzt und Patient gibt?«, bohrte Davis.

»Ja, das hat Doktor Geller mir gesagt.«

Bei dieser Antwort hob Davis eine Braue. »Hat er Ihnen auch mitgeteilt, dass er dabei unter Umständen seine Zulassung als Arzt verlieren kann?«

»So deutlich nicht.«

»Trotzdem hat er sich mit Ihnen zum Abendessen getroffen und sich sozusagen mit Ihnen verabredet?«

»In Wirklichkeit haben wir bloß so getan, als sei ich seine Patientin«, gab Robin zu.

»Sie haben bloß so getan?«

»Damit er meinen Namen nicht erwähnen muss, wenn er zur Polizei geht.« Robin starrte in die dunklen Augen des Polizisten. »Wollen Sie mir weismachen, dass die Polizei von Los Angeles alle Ärzte beschattet, die sich privat mit ihren Patienten treffen?«

»Miss Norris, kam Doktor Geller während dieser Verabredung auf die Morde des Messengers zu sprechen?«

»Er sagte nur, wie froh wir beide darüber sein könnten, dass er mit der Information über den Fall Beverly Casper zur Polizei gegangen sei.«

»Hat er etwas von Erica Braun, Rachel Gordon oder Monica Johnson erwähnt?«

»Den ermordeten Mädchen? Nein, nicht direkt.«
»Haben Sie vor, Doktor Geller wiederzusehen, beruflich oder privat?«
»Was geht Sie das an?«
Romero beantwortete die Frage. »Bitte, Miss Norris, hören Sie jetzt genau zu. Wenn Sie Doktor Geller sehen sollten und er irgendetwas erwähnt, das für die Polizei wichtig sein könnte, besonders in Bezug auf die Morde des Messengers, rufen Sie uns bitte an.«
»Was soll das heißen, ›wichtig für die Polizei‹?«
»Das überlasse ich Ihnen. Falls er etwas über die Morde sagt, was wir Ihrer Meinung nach erfahren sollten, lassen Sie es uns so rasch wie möglich wissen. Einer von uns ist rund um die Uhr unter dieser Nummer zu erreichen.«
Davis reichte ihr seine Visitenkarte. Robin nahm sie und starrte einen Augenblick lang darauf.
»Vielen Dank, dass Sie uns Ihre Zeit geopfert haben«, sagte Davis. »Übrigens, *Karussell* ist eines meiner Lieblingsmusicals.«
Nachdem die beiden Polizeibeamten verschwunden waren, sank Robin auf den erstbesten Stuhl, einen mitgenommenen alten Küchenhocker, den die Bühnenarbeiter benutzten.
»Was hat dieser Geller angestellt?«, unterbrach Walter ihre Gedanken. Doch als er ihr ins Gesicht sah, rief er aus: »Um Gottes willen, Robin, du bist ja weiß wie ein Gespenst.«

Samstag, 16 Uhr

Jordan konnte sich später nicht mehr daran erinnern, was er getan hatte oder wohin er gegangen war, nachdem Elinor ihn aus ihrem Büro und aus dem Institut geworfen hatte, jenem

Ort, der während der vergangenen beiden Jahre sein Zuhause gewesen war. Nach Carries Tod hatte er dort häufig übernachtet. Meist war er beim Lesen auf der Couch seines Behandlungszimmers eingeschlafen und dann aus Faulheit einfach liegen geblieben. Frühmorgens hatte er im Schwimmbad der Universität seine Bahnen zurückgelegt und geduscht. Er hatte immer ein sauberes Hemd und eine Krawatte im Schrank. Elinor witzelte zwar gelegentlich darüber, dass er das Dittmyer zum Studentenwohnheim umfunktioniert hatte, hielt sich aber ansonsten zurück und äußerte keine Einwände. In den ersten Monaten nach dem tragischen Tod Carries sah Elinor ihm vieles nach, und Jordan war ihr dankbar für dieses einfühlsame Verhalten.
Während er nun ziellos durch Westwood streifte, ohne sich darum zu kümmern, wohin seine Schritte ihn führten, waren seine Gefühle für Elinor alles andere als freundlich. Wieder und wieder ging er in Gedanken die Katastrophe in ihrem Büro durch, und selbstgerechte Empörung, Selbstmitleid und Selbsthass vermengten sich zu einem zusehends dicker werdenden Gebräu. Er ärgerte sich insbesondere darüber, dass sie ihm keine Gelegenheit gegeben hatte, selbst zu Wort zu kommen und alles aus seiner Sicht zu erklären. Doch nach längerem Nachdenken begriff er, dass in den Augen seiner Mentorin ohnehin alles, was er ihr über seine Begegnung mit der verstorbenen Beverly Casper erzählt hätte, gefährlicher Unfug gewesen wäre. Es hätte nicht einmal einen Unterschied gemacht, wenn er mit Beverly Casper höchstpersönlich in Elinors Büro aufgekreuzt wäre. Elinor würde ihm niemals glauben, ganz egal, welche Beweise er haben mochte. Beweise interessierten sie nämlich nicht. Sonst hätte sie ihn darum gebeten, Robin erneut zu hypnotisieren. Das wäre

jedenfalls die korrekte, wissenschaftliche Methode gewesen, oder? Er hatte eine Behauptung aufgestellt. Elinor hätte ihn zu einer angemessenen Beweisführung auffordern müssen. Doch das hatte sie nicht getan. Wovor hatte sie Angst? Dass vielleicht eine Wirklichkeit hinter dem existierte, was der menschliche Verstand erfassen konnte? Eine andere Dimension hinter der materiellen Welt? Ja, natürlich, genau davor hatte sie Angst. Elinor, die, wie ihr geistiger Ziehvater Sigmund Freud, nur Verachtung für die Religion übrig hatte, folgte eigenen weltlichen Anschauungen, die nicht minder orthodox waren als die religiösen Überzeugungen fundamentalistischer Christen, Juden oder Moslems. »Wenn es meine Wirklichkeit in Frage stellt, kann ich es nicht akzeptieren.« So lautete Elinors erster Glaubenssatz. Daran zu zweifeln hieß, an Elinor selbst zu zweifeln.

Außerdem war da noch ihre Besessenheit mit dem Institut. *Dittmyer über alles*. Die Existenz *ihres* Instituts durfte unter keinen Umständen bedroht werden. Sie würde es mit Zähnen und Klauen verteidigen, ohne Rücksicht auf Freundschaft, Wahrheit, wissenschaftliche Nachforschung oder Loyalität. Wie viel Zeit hatte sie dafür benötigt, ihren langjährigen Schützling, Freund und Kollegen über Bord zu werfen? Ein paar Minuten. So viel oder so wenig bedeutete er ihr. Das verletzte ihn tief. Als Carrie starb, war Elinor so verständnisvoll gewesen. Bei seinen häufigen Zusammenbrüchen in ihrem Büro hatte sie ihm stets geduldig und voller Teilnahme zugehört. Sie hatte ihr ganzes Können als Psychoanalytikerin aufgeboten, die richtigen Fragen gestellt und Jordan alles entlockt, was er preisgeben wollte. Hatte er in dieser schwierigen Situation auf ebenso viel Verständnis gehofft? Hatte er darauf gezählt? Aber Carries Tod hatte nichts mit dem Institut zu tun gehabt. Damals hatte es sich um eine rein persönliche Krise gehandelt. Die jetzige Krise hingegen spielte sich in aller Öffentlichkeit ab. Polizei, Medien, das breite Publikum, alle nahmen Anteil an den Morden des Messengers. Als Carrie von einem Betrunkenen überfahren wurde, war es einfach gewesen, sich großzügig zu zeigen. Diese Krise war die weitaus schwerere Prüfung, und was Jordan anging, so hatte Elinor versagt.

Doch vielleicht war es am besten so. Vielleicht hatte es so kommen müssen. Er brauchte weder Elinor noch das Dittmyer-Institut; für ihn zählten letztlich nur Ehre und Integrität. Daran hatte er kompromisslos festgehalten, und davon würde er sich auch nicht abbringen lassen. Er verhielt sich nicht etwa aus egoistischen Gründen so, sondern ließ sich von dem hehrsten aller Beweggründe leiten, die es gab: *Pekuakh Nefesh*, das wichtigste jüdische Gesetz, alle anderen an Bedeutung überragend – ein Leben retten.

Wessen Leben hast du denn nun eigentlich gerettet, du Muster an Redlichkeit? Er wusste ja nicht einmal, ob seine Informationen der Polizei dabei halfen, dem Messenger das Handwerk zu legen. Vielmehr bestand eher Grund zu der Annahme, dass sie diese Informationen missbrauchten und alles verpatzten. Zuerst waren sie ins Institut gestürmt und hatten versucht, seinen geheimnisvollen Patienten aufzustöbern. Warum hatten sie sich stattdessen nicht zuerst die Akte über den Fall Casper herausgesucht, wie er es vorgeschlagen hatte? Sie hatten sein Geschenk mit Füßen getreten. Ob er sich womöglich nicht deutlich genug ausgedrückt hatte? Sie hatten doch selbst betont, wie wichtig diese Informationen für die Ermittlungen waren. »Ihre Aussage hat uns sehr geholfen.« Genau so hatte sich Lemoski ausgedrückt.

Ein vollkommen neuer Gedanke ließ Jordan abrupt innehalten. Wie klar arbeitete sein Verstand eigentlich noch? Er vermochte es nicht zu sagen. Ihm war schwindlig, und er lehnte sich haltsuchend gegen einen Baumstamm. *Was habe ich getan? Was soll ich tun? Soll ich zur Polizei gehen und die ganze Geschichte gestehen? Oder soll ich zu Elinor gehen und mich ohne Wenn und Aber bei ihr entschuldigen? Vielleicht hat sie ja recht, und dieses Psychoabenteuer führt mich nur in eine Wildnis, aus der ich nie wieder herausfinde.* Er fragte sich, ob er vielleicht gerade einen Nervenzusammenbruch erlitt. Das war schließlich auch nichts anderes als die Unfähigkeit, die eigenen Gedanken zu kontrollieren.
Sein Entschluss war mutig gewesen – zur Polizei zu gehen und sie in aller Deutlichkeit auf Beverly Casper und den Messenger hinzuweisen. Wahrlich, eine noble Geste, aber wohin hatte ihn dieser Edelmut geführt? Im Augenblick, während er gegen Schwindel, Übelkeit und seine verworrenen Überlegungen ankämpfte, gab es nur eine Antwort auf diese Frage: nirgendwohin.
Ziellos wanderte er weiter, bis er schließlich unversehens vor Robin Norris' Haus landete.

Samstag, 18 Uhr 30

»Was zum Teufel wollen Sie denn hier?«
Walter baute sich in Robins Haustür auf. Obwohl Jordan ihn bereits auf der Party gesehen hatte – es kam ihm vor, als seien seither Monate und nicht bloß sechs Tage vergangen –, fiel ihm die hünenhafte Gestalt des Regisseurs nun zum ersten Mal auf.

Dabei maß Jordan immerhin einen Meter achtzig. Walter musste mindestens zehn Zentimeter größer sein. Seine Cowboystiefel mit den Stahlspitzen trugen zwar beträchtlich zu diesem Größenvorteil bei, doch er hatte auch auffallend große Hände mit langen, kräftigen Fingern. Er machte auf Jordan den Eindruck, als verbrächte er seine gesamte Freizeit im Fitnessstudio.

»Ich möchte mit Robin sprechen. Ist sie zu Hause?«

»Ich habe Robin davor gewarnt, sich mit Ihnen einzulassen«, knurrte Walter. »Ich habe ihr gesagt, dass Sie nichts als Ärger machen, aber auf dem Ohr war Robin ja taub. Immerhin hört sie jetzt auf mich, nachdem die Polizei sich in die Geschichte eingemischt hat. Sie will Sie nicht sehen.«

»Die Polizei?«

»Die Polizei hat Robin heute einen Besuch im Theater abgestattet. Anscheinend wissen die Herrschaften bestens über Sie Bescheid.«

Jordan blinzelte verwirrt. »Was soll das heißen?«

Der Regisseur lachte höhnisch auf. »Fragen Sie die Polizei doch selbst. Die haben bestimmt nichts dagegen, Ihnen alles ganz genau zu erklären.«

Jordans Welt brach zusammen. Er musste unbedingt mit Robin sprechen, damit er wusste, was die Polizei ihr erzählt hatte, und ihr dann, vorausgesetzt, sie war willens, ihm zuzuhören, alles erklären konnte.

»Ich hab es doch gerochen, dass Sie nur Ärger machen. Wie wär's, wenn Sie jetzt einfach abhauen?«

»Walter, hören Sie zu. Sie können ja dabeibleiben. Ich muss unbedingt mit Robin reden und ihr einiges erklären. Das ist von größter Bedeutung.«

»Für jemanden, der Medizin studiert hat, stehen Sie ja ziemlich auf der Leitung. Noch mal im Klartext: Robin hat gesagt, sie will Sie nicht sehen.«

Jordan überlegte, ob er sich mit Gewalt an Walter vorbeidrängen sollte. Immerhin war er zwanzig Jahre jünger und ein durchtrainierter Schwimmer. Doch was dann? Robins Zorn würde sich kaum dadurch legen, dass er einfach gewaltsam in ihr Haus eindrang. Obendrein war ihr Zorn berechtigt. Er hatte Robin versprochen, ihren Namen zu verschweigen.

Trotzdem hatte die Polizei herausbekommen, wer sie war. Wie lange würde es dauern, bis sich ihr Name weiter herumsprach?

Jordan blickte in Walters drohende blaue Augen. »Richten Sie Robin aus, dass ich anrufe.«

»Sie wird den Hörer nicht abnehmen.«

Sonntag

2 Uhr 33

Obwohl Jordan sich verzweifelt nach Schlaf sehnte, gelang es ihm einfach nicht. Schon das Stillsitzen war eine Tortur. Er tigerte wie ein Gefangener in der Zelle über den verschossenen Teppich, den er vor drei Jahren von einer Reise mit Carrie aus der Türkei mitgebracht hatte.

Die Bestandsaufnahme der vergangenen Tage fiel deprimierend aus. Seine Beziehung zu Elinor war zerrüttet, vielleicht für immer. Die Beziehung zu einer Frau, in die er sich hätte verlieben können, höchstwahrscheinlich beendet. Und seine berufliche Zukunft als Psychiater toter als eine Leiche in der Pathologie. Und weswegen? Nur weil derselbe Mann, der vor mehr als dreißig Jahren ein junges Mädchen ermordet hatte, möglicherweise wieder angefangen hatte zu töten.

Jordan ging zum Bücherregal und zog die riesige hebräische Bibel heraus, das Geschenk seines Großvaters zur *Bar Mizwah.* Sonderbar, überlegte er, dass er in dieser Lebenskrise Trost in einem Buch suchte, das inzwischen kaum noch eine

Bedeutung für ihn hatte, obgleich es in seiner Kindheit und Jugend eine wichtige Rolle gespielt hatte.

Hätte ihn jemand mit fünfzehn gefragt, was er einmal werden wolle, so hätte Jordan ohne Zögern geantwortet: »Rabbi.« Im Gegensatz zu den meisten Gleichaltrigen, denen jeder Vorwand recht war, um sich vor der Religionsschule zu drücken, ging Jordan gern dorthin. Es gab Zeiten, wo er den Rabbi sogar häufiger sah als seinen Vater.

Rabbi Rosenthal war ein lebhafter, leidenschaftlicher und warmherziger Mann, lauter Eigenschaften, die Jordan an seinem eigenen Vater vermisste. Nach der Schule ging Jordan direkt zum Büro des Rabbis. Rosenthal, ein schmächtiges Männlein, dessen riesiger Kopf auf einen doppelt so großen Körper gepasst hätte, strahlte übers ganze Gesicht. »Fünfzehn Minuten Talmud!«, pflegte er dann auszurufen, doch meist wurde fast eine Stunde daraus. Das vierjährige Studium an der Berkeley-Universität in Medizin und Philosophie, vier Jahre Chemie, Biologie, Hume und Kant hatten Jordans Entschlossenheit, Rabbi zu werden, untergraben und ihn von der Religion zur Medizin geführt. Doch sobald er in schwierigen Lebenslagen keinen Rat mehr wusste, griff er zu seinem heiligen Buch.

Nun schlug er rasch das 1. Buch Samuel auf und las seine Lieblingsstelle: »Und David sprach zu Saul: Es entfalle keinem Menschen das Herz um deswillen.« Genau das brauchte er jetzt – Mut, die seltenste aller menschlichen Tugenden.

Warum war er zur Polizei gegangen?, fragte er sich selbst zum tausendsten Mal und fand zum tausendsten Mal nur eine Antwort darauf: um ein Leben zu retten. Er konnte Rabbi Rosenthal so deutlich hören, als stünde er ihm gegenüber: »Wenn einer ein einziges Leben rettet, ist es, als hätte er die ganze Welt gerettet. Das ist der Talmud.« Diesen Maßstab hätte Rosenthal angelegt. »Es ist besser, wenn die Menschen dich für verrückt halten und Gott weiß, dass du das Richtige getan hast.«

Hätte er da einfach die Hände in den Schoß legen und schweigend zusehen können, wie Elinor es ihm zweifellos geraten hätte? Die Ähnlichkeiten zwischen dem Mord an Beverly Casper und den drei getöteten Mädchen sprangen ins Auge. Dass er durch das bizarre Medium der Hypnose auf diese Verbindung gestoßen war, machte alles zwar komplizierter, änderte indessen nichts an den Fakten, ganz gleich, was Elinor davon halten mochte.

Er würde nicht mehr versuchen, die Polizei zu überlisten. Es war reine Dummheit gewesen, den Beamten nicht von Anfang an reinen Wein einzuschenken, so viel hatte er inzwischen begriffen. Er musste ihnen alles erzählen. Allerdings benötigte er dafür Beistand. Er befand sich im Amerika des 21. Jahrhunderts. Er brauchte unbedingt einen Anwalt, und zwar einen, der für weniger als 300 Dollar pro Stunde arbeitete. Sonst war er im Handumdrehen pleite. In dieser schwierigen Lage fiel ihm eigentlich nur eine Person ein, an die er sich wenden konnte. Falls sie nicht in der Lage war, ihm zu helfen, würde sie ihm vielleicht einen anderen Anwalt empfehlen. Jordan blickte auf den Zettel, den sie ihm vor ein paar Tagen in die Tasche geschoben hatte, und nahm den Hörer ab.

»Hallo«, meldete sich April Conniston mit verschlafener Stimme.

»Jordan hier«, sagte er.

»Jordan? Wie viel Uhr ist es denn?«

»Keine Ahnung. Eher spät.«

»O Gott, es ist halb drei morgens.«

»Tatsächlich?« Er warf einen Blick auf die Küchenuhr. Wie hatte das nur passieren können? Vor fünf Minuten war es doch erst elf Uhr abends gewesen.

»Jordan, sind Sie noch dran?«

»Ja, April, ich bin noch dran. Tut mir leid. Ich habe überhaupt nicht bemerkt …«

»Was ist denn los? Hatten Sie einen Unfall?«

»Nein, mir geht's gut, jedenfalls körperlich. Ich brauche rechtlichen Beistand.«

»Klar, warum rufen Sie mich nicht morgen früh im Büro an?«

»Mach ich.«

»Warten Sie mal! Legen Sie noch nicht auf.« Ein Rascheln ertönte, als würde sie sich hinsetzen. »Was zum Teufel ist los? Sie klingen besorgt.«

»Ich habe mir Schwierigkeiten eingebrockt, die Lage ist ziemlich ernst.«

»Das kann ich mir kaum vorstellen.«

»Leider ist es nur zu wahr.«

Er vernahm ein Klicken, als sie das Licht anknipste.

»Na gut, ich bin jetzt halbwegs wach.« Sie hörte sich immer noch ziemlich mitgenommen an. »Erzählen Sie.«

»Nicht am Telefon. Können wir uns im *Winchells* hier in Westwood treffen, sagen wir in einer halben Stunde?«

April lachte etwas niedergeschlagen auf.

»Was ist denn so lustig?«

»Seit zwei Jahren habe ich alles Mögliche versucht, damit Sie mich um eine Verabredung bitten. Jetzt habe ich es endlich geschafft. Um drei Uhr morgens auf ein paar Donuts.«

»Tut mir leid.«

»Es braucht Ihnen nicht leid zu tun. Aber das *Winchells* scheidet aus. Da ist es mir zu hell. Ich komme zu Ihnen.«

»Ich bin umgezogen. Ich gebe Ihnen meine neue Adresse.«
»Die habe ich schon von Elinor.«
»Von Elinor?«
»Ja, ich habe sie nach Ihrer Adresse gefragt, und sie hat sie mir gegeben. Auf der Party. Ich bin so schnell wie möglich bei Ihnen.«

Sonntag, 3 Uhr 20

Wenn Jordan Geller sich vergeblich nach Schlaf sehnte, so war Robin Norris noch schlimmer dran. Sie hatte Angst vor dem Einschlafen, Angst davor, das Bewusstsein zu verlieren, Angst davor, mitten in der Nacht aufzuwachen und eine ähnliche Nachricht wie die, die sie Jordan vier Tage zuvor gezeigt hatte, auf einen Notizzettel zu kritzeln. *Er wird mich umbringen.*
Wer war dieser *er?* Der Messenger? Ein entsetzlicher Mann namens John? In den vergangenen beiden Tagen hatten die Proben Robin so in Atem gehalten und erschöpft, dass sie über ihr *früheres Leben* nicht nachgedacht und sich nicht weiter mit Überlegungen herumgeschlagen hatte, ob sie schon einmal gelebt hatte und möglicherweise sogar ermordet worden war. Obwohl sie nicht an der Regression in ein früheres Leben zweifelte, hatte das Erlebnis nichts mit ihr selbst zu tun. Als sie allerdings jetzt mitten in der Nacht vor dem Fernseher saß und sich eine Werbesendung ansah, zog sie noch eine andere Möglichkeit in Betracht. Es gab keine Reinkarnation, Jordan hatte sie belogen, er war in irgendeiner Weise selbst in diese abstoßenden Verbrechen verwickelt und vielleicht sogar der Mörder.
Nein, nein, wiederholte sie ein ums andere Mal. Das war aus-

geschlossen. Jordan Geller war kein Mörder. Davon war sie überzeugt, trotz allem, was Walter und die Polizeibeamten angedeutet hatten. Sie verspürte heftige Gewissensbisse, weil sie ihn vor ein paar Stunden, als er überraschend aufgetaucht war, einfach abgewiesen hatte. *Wahrscheinlich hält er mich für ein herzloses Scheusal.* Sie setzte sich auf und nahm den Hörer ab. Nach dem dritten Klingeln meldete sich Jordans Anrufbeantworter. *Wo steckt er nur, mitten in der Nacht?* Robin zögerte kurz und legte auf.

Sonntag, 3 Uhr 35

April, die legere Jeans trug, wiegte nachdenklich den Kopf. »Was für eine sonderbare Geschichte«, sagte sie immer wieder.
»Ich weiß«, bekräftigte Jordan. »Alles hat sich während der Hypnose herausgestellt.«
»Nein, ich meine nicht nur die Hypnose. Diesen Lieutenant Lemoski, von dem Sie erzählt haben, habe ich schon getroffen.«
»Wann war das?«
»Vor zwei Tagen.« Sie berichtete Jordan rasch, was ihr Vater im Eagle Canyon gesehen hatte, und von dem anschließenden Besuch Lemoskis und Romeros.
»Zuerst steht mein Vater in Verbindung mit diesen Morden des Messengers und dann Sie. Beschleicht Sie da nicht auch ein merkwürdiges Gefühl?«
Jordan zog einen Stift aus der Tasche und machte sich eine Notiz.
»Was schreiben Sie auf?«
»Sie haben recht. Ich frage Bolton deswegen.«

»Bolton?«
»Ein Psychiater, der hier in der Stadt wohnt und sich mit Reinkarnation beschäftigt.«
Das Telefon klingelte.
»Bekommen Sie häufig Anrufe um drei Uhr morgens?«
Jordan machte Anstalten, den Hörer abzunehmen.
»Gehen Sie nicht an den Apparat, überlassen Sie es dem Anrufbeantworter.«
»Warum?«
»Ich bin Ihre Anwältin. Sie sollten sich nach meinen Anweisungen richten.«
Das Telefon verstummte, ohne dass jemand eine Nachricht hinterließ. April zuckte mit den Achseln und wich angewidert zurück, als sie an dem schwarzen Néscafe nippte, den Jordan für sie zusammengebraut hatte.
»Ist das alles, was Sie haben?«, fragte sie und verzog das Gesicht.
»Entschuldigen Sie.«
»Zurück zu dieser Geschichte. Hab ich das richtig verstanden, dass Sie alles auch der Polizei mitgeteilt haben?«
»Robins Namen habe ich nicht erwähnt, ebenso wenig wie die Hypnose und die Reinkarnation.«
April blickte ihm direkt in die Augen. »Ich gehe mal davon aus, dass Sie auch nicht erwähnt haben, wie viel Ihnen diese Schauspielerin bedeutet.«
Jordan kratzte sich am Nacken und wich dem Blick der Anwältin aus. »Ich glaube nicht, dass meine Gefühle für Robin Norris, welcher Art sie auch sein mögen, für diesen Fall von Bedeutung sind.«
»Ich wette, Elinor ist da anderer Ansicht.«
Er schwieg.

»Na gut. Sie haben also der Polizei alles erzählt. Daran lässt sich nichts mehr ändern. Was ist dann passiert?«

»Mittlerweile war die Polizei schon bei Elinor und Robin. Vermutlich um meine Geschichte zu überprüfen. Ich war reichlich naiv.«

»O mein Gott.« April lachte. Es war kein frohes Lachen. »Elinor muss ja stinksauer sein. Gerade wenn sie dabei ist, Spenden für ihr Institut aufzutreiben. Wie hat die Polizei die Schauspielerin ausfindig gemacht?«

»Ich vermute, Pat Hamann, die Empfangssekretärin, hat sie erkannt.« Jordan hob die Hände. »Aber das ist unmöglich. Pat kannte ihren Namen nicht. Keine Ahnung, wie die Polizei so was herauskriegt. Irgendwie schaffen sie das eben.«

»Welche Fragen haben sie denn Ihrer Robin gestellt? Hat sie Ihnen das gesagt?«

»Sie hat auf Band die Nachricht hinterlassen, dass sie der Polizei von der Regression in ein früheres Leben erzählt hat. Sie wollte nicht persönlich mit mir darüber reden.«

»Wie hat sie sich angehört? Klang sie wütend?«

»Eher distanziert. Enttäuscht. Ich hatte ihr versprochen, ihren Namen herauszuhalten.«

April biss sich mit den auf Hochglanz polierten Zähnen auf die Unterlippe und nickte nachdenklich mit dem Kopf, als würde sie mit sich selbst sprechen.

»Moment mal.« Sie wandte sich Jordan zu. »Robin war doch in Ihrer Praxis. Wieso wusste Pat Hamann dann nicht, wie sie heißt?«

»Sie hatte einen falschen Namen angegeben, Myra Apple. Der Name stammte noch von der Hypnose auf Stantons Party.«

»Und trotzdem hat die Polizei sie so schnell aufgespürt … Jordan, lassen Sie uns draußen eine Runde drehen.«

»Es ist beinahe vier Uhr morgens. Warum soll ich jetzt eine Runde drehen?«
»Die frische Luft tut Ihnen bestimmt gut. Ich muss jedenfalls raus. Kommen Sie schon.«
April hakte sich bei Jordan unter, während sie durch die menschenleere Straße schlenderten. Das orangefarbene Licht der Laternen schimmerte trübe im Morgennebel.
»Jetzt gehen wir also spazieren«, stellte Jordan gereizt fest. »Was soll das?«
»Wir mussten unbedingt aus Ihrem Apartment verschwinden.«
»Warum?«
»Wenn ich mich nicht täusche, ist es verwanzt.«
»Was?«
»Wahrscheinlich werden Sie schon beschattet, seit Sie die Polizeiwache verlassen haben. Deswegen konnten sie die Schauspielerin auch so schnell finden. Das Telefon wird bestimmt abgehört. Ich wäre nicht überrascht, wenn uns sogar in diesem Augenblick jemand beobachtet.«
Jordan wandte sich um und hielt nach fahrenden Autos Ausschau. Auf der Straße war niemand zu sehen. »Das ist doch absurd.«
»Jordan, Sie kreuzen bei der Polizei mit einer verrückten Geschichte auf, die Fakten enthält, von denen wahrscheinlich nur die Polizei und der Mörder wissen. Das allein macht Sie schon äußerst verdächtig. Dann überprüfen sie Ihre Geschichte und stellen fest, dass sie voller Lügen und Ungereimtheiten steckt. Was für eine Schlussfolgerung hat die Polizei Ihrer Meinung nach daraus gezogen?«
»Wollen Sie damit sagen, dass die Polizei mich für einen der Verdächtigen hält?«

»Nicht nur für einen der Verdächtigen, sondern für den *Haupt*verdächtigen, Jordan.«

Um fünf Uhr morgens hatte das Ermittlungsteam, das die Mordfälle des Messengers bearbeitet, vierzehn Anrufe hysterischer Eltern erhalten, die allesamt behaupteten, ein Anrufer habe ihnen eine Botschaft ihrer Tochter übermittelt. In dreizehn Fällen handelte es sich dabei um Trittbrettfahrer.

Sonntag, 9 Uhr

Lemoski wandte sein Gesicht der Videokamera zu und warf dann einen Blick auf seine fünfzig Dollar teure Digitaluhr. Er stellte Datum und Uhrzeit fest.

»Ich sitze hier mit Doktor Jordan Geller«, Bobley schwenkte die Kamera auf Jordan, »und April Conniston zusammen, der Anwältin Doktor Gellers. Für die Akten merke ich zusätzlich an, dass Avery Conniston, Miss Connistons Vater, sich kürzlich mit Mitarbeitern des LAPD getroffen hat und einem möglichen Verdächtigen gegenübergestellt wurde, den Mister Conniston in der Nähe des Tatorts gesehen hat, wo Monica Johnson getötet wurde.« Lemoski hielt einen Moment inne und räusperte sich. »Doktor Geller ist hier auf eigenen Wunsch und Entschluss erschienen und hat zur Kenntnis genommen, dass alles, was er sagt, gegen ihn verwendet werden kann.«

Lemoski drehte sich zu Jordan um. »Trifft das zu, Doktor Geller?«

Jordan nickte.

»Bitte sprechen Sie, damit Ihre Antwort aufgezeichnet werden kann.«

»Das trifft zu«, erklärte Jordan. »Ich habe Lieutenant Lemoski um ein gemeinsames Treffen mit mir und Miss Conniston gebeten.«

In den nächsten zwanzig Minuten überließ Lemoski April die Kontrolle über das Gespräch. Sie ermunterte Jordan, als er erklärte, dass sein vorhergehender Besuch bei der Polizei vor allem den Zweck gehabt habe, die Beamten auf die Akte von Beverly Casper und die Übereinstimmung zwischen dem damaligen Verbrechen und den jüngsten Morden des Messengers aufmerksam zu machen.

»Im Übrigen möchte ich die Akte immer noch einsehen«, schloss er.

Lemoski nahm einen Schluck Kaffee aus einem fleckigen, beigefarbenen Becher. Er wandte sich Romero zu. »Bitte bringen Sie Doktor Geller die Unterlagen.«

In weniger als einer Minute kehrte Romero mit einigen bis zum Platzen gefüllten Ordnern zurück, die sie vor Jordan auf den Tisch legte.

»Wie Sie sehen, Doktor Geller«, sagte Lemoski, »sind wir jederzeit zur Zusammenarbeit mit Ihnen bereit. Meiner persönlichen Überzeugung nach besteht keine Verbindung zwischen dem Messenger, dessen Verhaftung höchstwahrscheinlich unmittelbar bevorsteht, und dem Entführer von Beverly Casper. Aber weil Ihnen offenbar so viel daran liegt, die Akte einzusehen, möchten wir nicht, dass Sie das Gefühl haben, wir würden Ihren Wunsch einfach ignorieren.«

Lemoski wandte sich an April. »Nachdem Doktor Geller nun die ungewöhnlichen Gründe dargelegt hat, die ihn dazu bewogen haben, unsere Dienststelle am Freitag aufzusuchen, würde ich ihm gern einige Fragen stellen, Ihr Einverständnis vorausgesetzt.«

»Gewiss.«

»Doktor Geller, Sie haben uns berichtet, dass ein Halstuch mit Engelmuster um Beverly Caspers Hals gelegt wurde. Wie können Sie das wissen?«

»Sie, also Robin Norris, hat unter Hypnose davon erzählt.«

»Uns gegenüber hat Miss Norris behauptet, sie könne sich nicht an eine derartige Einzelheit erinnern.«

»Natürlich nicht. Bevor ich sie aus der Hypnose holte, habe ich sie angewiesen, alles zu vergessen, was während der Sitzung passiert ist.«

»Würden Sie Miss Norris als eine Person bezeichnen, die sich besonders leicht in Hypnose versetzen lässt?«

»Sie ist zur sogenannten Tiefentrance fähig und gleitet in eine sehr tiefe Hypnose.«

»Wenn Sie ihr die Anweisung erteilen, etwas zu vergessen, vergisst sie es also vollständig.«

»Ja.«

»Wenn man ihr Einzelheiten erzählt und sie auffordert, sich daran zu erinnern, würde sie sich dementsprechend auch wieder erinnern können?«

Jordan zögerte. Man musste kein Einstein sein, um zu verstehen, wohin Lemoski mit dieser Frage zielte. »Vielleicht, vielleicht aber auch nicht.«

»Sie hypnotisierten Miss Norris zum ersten Mal auf einer Party am vergangenen Sonntag, trifft das zu?«

»Ja.«

»War Ihnen von Anfang an klar, dass sie in Tiefentrance versetzt werden kann?«

»Im Verlauf der Hypnose habe ich das bemerkt.«

»Sie haben sie angewiesen, dass sie nach Beendigung der Hypnose glauben solle, ihr Name sei Myra Apple. Dieser Aufforderung ist sie dann auch gefolgt. Richtig?«

Jordan nickte.

»Bitte bestätigen Sie das mit einem Ja, damit wir Ihre Antwort aufzeichnen können.«

»Ja.«

»Gut, sprechen wir noch einmal über Miss Norris' Besuch in Ihrer Praxis. Ihren Worten nach machte sie eine Regression in ein vergangenes Leben durch und lieferte Ihnen dabei zahlreiche Informationen über Beverly Casper. Stimmt das?«

»Sie hatte …«

»Informationen, die Miss Norris anschließend, Ihrer Anweisung folgend, wieder vergessen hat. Ist das ein normaler Vorgang für einen Hypnotiseur?«

»Nein, im Übrigen bin ich kein Hypnotiseur. Ich bin Psychiater und hypnotisiere nur in Ausnahmefällen. In diesem Fall waren Miss Norris' Erinnerungen derart traumatisch, dass ich es für besser hielt, die Erinnerungen aus ihrem Bewusstsein zu verbannen und mich zunächst einmal mit Doktor Fischer über die weitere Behandlung zu beraten.«

»Haben Sie die Sitzung aufgezeichnet?«

»Nein.«

»Dem Gespräch mit Doktor Fischer habe ich entnommen, dass Sie als Analytiker in der Ausbildung alle Sitzungen mit Patienten aufzeichnen. Trifft das zu?«

»Ja.«

»Trotzdem haben Sie diese Sitzung nicht aufgezeichnet. Warum nicht.«

»Alles lief sehr spontan ab, und außerdem betrachtete ich Miss Norris nicht als meine Patientin.«

»Sie behaupten also, Miss Norris sei nicht Ihre Patientin?«

»Ja.«

»Bei Ihrem Besuch vor zwei Tagen haben Sie gesagt, Miss Norris sei Ihre Patientin. Haben Sie da gelogen?«

»In gewisser Weise ...«

April fiel Jordan ins Wort. »Diese Frage sollte mein Klient nicht beantworten.«

»Abgesehen von Ihrem Wort, Doktor Geller, das nicht immer der Wahrheit entsprochen hat ...«

»Einspruch«, rief April.

»Wir sind hier nicht vor Gericht, Miss Conniston«, belehrte Lemoski die junge Anwältin, die prompt rot anlief. »Ich bemühe mich lediglich, so offen wie möglich zu sein und Ihnen beiden zu erklären, warum ich Zweifel an der Geschichte Ihres Klienten habe.«

Jordan hatte das unangenehme Gefühl, dass er und April der Sache nicht gewachsen waren und zunehmend unter Druck gerieten. Lemoski hatte die Situation vollkommen in der Hand. *Was muss er für einen Eindruck von uns haben – der naive Psychiater und die frischgebackene Anwältin, die beide von snobistischen Universitäten kommen und keine Ahnung davon haben, wie es im richtigen Leben zugeht. Für einen alten Hasen wie Lemoski sind wir doch ein gefundenes Fressen.*

»Abgesehen von Ihrem Ehrenwort«, fuhr Lemoski unbeirrt fort, »darf man also die Schlussfolgerung ziehen, dass Sie keinerlei Beweise dafür vorlegen können, dass Robin Norris tatsächlich derartige Erinnerungen hatte?«

Jordan atmete langsam aus und konnte seine Enttäuschung kaum noch verbergen. »Ja. Ich bin der einzige Zeuge.«

»Einige Tage nach der Hypnose-Sitzung mit Miss Norris tauchen Sie auf dieser Dienststelle auf und berichten uns detailliert von einem dreißig Jahre zurückliegenden Verbrechen, das Parallelen zu einer Serie aktueller Mordfälle aufweist.«

»Das stimmt! Warum lesen Sie die verdammte Akte nicht?« Gereizt schlug Jordan mit der Faust auf die vor ihm liegenden Ordner. »Dann können Sie sich selbst davon überzeugen!«
»Ich versichere Ihnen, dass wir die Akten diesbezüglich überprüfen werden.«
»Nun, vielleicht wäre es besser, bis dahin keine weiteren dreißig Jahre zu warten, sonst sterben noch mehr unschuldige Mädchen.«
»Woher wollen Sie das denn wissen?«
Jordan warf hilflos die Hände in die Luft. »Das hier ist die reine Zeitverschwendung.«
»So schätzen Sie also unser Gespräch ein? Halten Sie sich für schlauer als alle anderen? Macht es Ihnen Spaß, gehört das für Sie zum besonderen Reiz, mit der Polizei Spielchen zu spielen? Sie kommen herein, liefern alles bis auf ein Geständnis ab, und wir können Sie trotzdem nicht belasten? Ist das Ihr Spiel?«
»Ich versuche nur, Ihnen zu helfen. Ist das denn so schwer zu verstehen?«
»Was würden Sie davon halten, wenn ich Ihnen erzähle, dass Ihr Apartment gerade in diesem Augenblick von einer Polizeieinheit nach Spuren durchsucht wird … und zwar mit einem besonders fein gezinkten Kamm?«
Jordan starrte den Lieutenant sprachlos an.
»Das ist unerhört!«, rief April aus.
Lemoski ließ nicht locker. »Sie durchkämmen alles Zentimeter für Zentimeter nach Gewebeproben, Blutflecken, DNA. Diese Leute sind sehr gut und arbeiten äußerst gründlich. Falls es was zu finden gibt, kann man sicher sein, dass sie es auch finden. Heute Nachmittag werden andere Polizeibeamte Ihre Nachbarn befragen. Also, verehrter Doktor Geller,

falls Sie noch etwas auf dem Herzen haben sollten, wäre jetzt der richtige Zeitpunkt ...«

April winkte Jordan hektisch zu. »Jordan, Sie brauchen kein Wort zu sagen.«

»Haben Sie Monica Johnson ermordet, Doktor Geller?«

»Was? Nein, natürlich nicht.« Jordan hatte in ruhigem, festem Ton antworten wollen, doch wie er jetzt entsetzt feststellen mußte, misslang ihm das gründlich.

»Haben Sie Rachel Gordon ermordet?«

»Nein.«

»Haben Sie Erica Braun ermordet?«

»Nein.«

»Das reicht jetzt«, schaltete sich April ein. »Das Gespräch ist beendet.«

»Monica wurde mit einem Gürtel erdrosselt, nicht wahr?«, fuhr Lemoski unbeirrt fort.

»Ja.«

»Woher wissen Sie das?«

Die Frage blieb unbeantwortet in der Luft hängen. »Wovon reden Sie eigentlich?«, brauste Jordan auf. »Der Messenger hat Beverly Casper mit seinem Gürtel erwürgt. Das hat sich während der Hypnose herausgestellt. Ich hatte Ihnen doch davon erzählt.«

»Ich habe Sie nicht nach Beverly Casper gefragt. Ich habe Sie gefragt, wie Monica Johnson ermordet wurde. Nur das Ermittlungsteam und der Mörder wissen darüber Bescheid.«

»Also hören Sie mal. Ich habe mich nur versprochen. Sie wissen genau, dass ich etwas anderes gemeint habe.«

»Freud misst solchen Versprechern eine große Bedeutung bei, nicht wahr? Ich bin zwar kein Psychiater, aber so viel weiß ich immerhin auch.«

April packte Jordans Arm. »Ich rate Ihnen, nichts mehr zu sagen.«

Jordan betrachtete das zufällige Muster, das durch die vielen Einkerbungen auf dem mitgenommenen Holztisch entstanden war. Kaum vorzustellen, dass Elinor ihn vor sechs Abenden auf der Wohltätigkeitsveranstaltung als den Hoffnungsträger des Dittmyer-Instituts für das neue Jahrtausend vorgestellt hatte.

»Ich *weiß* nur mit Sicherheit, dass Sie Beverly Casper nicht ermordet haben«, schloss Lemoski, dessen Stimme vor Sarkasmus troff. »Was den Fall angeht, sind Sie aus dem Schneider.«

An der Tür ertönte ein lautstarkes Klopfen.

»Jetzt nicht«, blaffte Lemoski.

Eine Sekunde später stürzte Jimmy Lee herein.

»Lieutenant, tut mir leid, aber ...«

»Jetzt nicht, Jimmy.« Lemoskis Daumenbewegung war unmissverständlich. »Raus mit Ihnen, und machen Sie die verdammte Tür hinter sich zu.«

Lee rührte sich nicht vom Fleck. »Ich muss mit Ihnen sprechen, Sir. Jetzt sofort.«

Knurrend erhob sich Lemoski und folgte Lee auf den Korridor. Jordan wandte sich April zu.

»Machen Sie sich keine Sorgen«, sagte sie. Trotz seiner Verzweiflung entging Jordan nicht, wie viel Mühe es April kostete, mit ruhiger Stimme zu sprechen.

Er fragte sich, welchen Eindruck Lemoskis Worte bei ihr hinterlassen hatten. Nach dem Gespräch mit der Polizei hatte Robin den Kontakt zu ihm abgebrochen. Was April jetzt denken mochte?

»Er will Sie einfach nur einschüchtern, das ist reine Taktik.

Versuchen Sie nicht, auf sein Spiel einzusteigen. Genau das will er nämlich.«

»Ich fasse es nicht, wie er mich reingelegt hat.« Jordan blickte forschend in Aprils Augen. »Wie tief habe ich mich schon hineingeritten?«

»Ich weiß es nicht. Jedenfalls sollten Sie lieber nichts mehr sagen. Vor allen Dingen nicht jetzt«, sagte sie mit Nachdruck. »Womöglich ist es nur ein Trick, dass Lemoski für einen Augenblick aus dem Zimmer geholt wurde. Sie belauschen mit Sicherheit unser Gespräch.«

Jordan legte den Kopf in die Hände.

April drückte aufmunternd seine Schulter. »Jordan, Sie benötigen einen Anwalt mit mehr Erfahrung. Ich habe getan, was ich konnte, aber …«

»April, ich habe nichts Falsches getan!«

Sie nickte. »Es wird schon alles gut.«

Das konnte sich Jordan kaum vorstellen. Er hatte sich in seinem ganzen Leben noch nie so mies gefühlt.

Lemoski kehrte zurück.

»Ich möchte, dass Sie mit mir kommen«, forderte er Jordan mit leiser Stimme auf.

»Verhaften Sie meinen Klienten?«, erkundigte sich April.

Lemoski ließ sie einfach links liegen. »Ich möchte, dass Sie mit mir kommen«, wiederholte er.

»Dann komme ich ebenfalls mit«, sagte April.

Lemoski wandte sich ihr zu und schüttelte den Kopf.

»Beantworten Sie meine Frage, Lieutenant. Verhaften Sie meinen Klienten?«

»Nein.«

»Warum soll er Sie dann begleiten?«

»Ich brauche seine Hilfe.«

Sonntag, 9 Uhr 30

»Du kennst sie am besten«, sagte Deb White. Sie umfasste die Kaffeetasse mit beiden Händen und führte sie an die Lippen. »Aber sie hat sich schon ziemlich merkwürdig benommen, findest du nicht?«

»Robin fängt sich bestimmt wieder«, antwortete Walter Amicke kurz angebunden, während er nach europäischer Art sein Omelett mit Messer und Gabel verzehrte, ohne es vorher in mundgerechte Happen zu zerteilen. Sie saßen beide in einem belebten Restaurant und frühstückten ausgiebig. Debbie war bereits fertig, Walter hatte offensichtlich gerade erst angefangen.

»Falls nicht«, fuhr er fort und blickte auf, »desto besser für dich.«

»Also, darauf wollte ich jetzt nicht hinaus. Ich mag Robin sehr gern und will nur ihr Bestes.«

»Daran habe ich natürlich keine Sekunde gezweifelt«, gab Walter zurück.

»Ich will nur meine Hilfe anbieten. Wenn du mich brauchst, bin ich da. Ich habe den Part jeden Abend geübt und dabei alles beachtet, was du mir erklärt hast.«

»Deb, mein Schatz, du hast nicht zufällig einen Zahnstocher dabei?«

»Nein, aber an der Theke habe ich welche gesehen. Soll ich dir einen bringen?«

»Das wäre sehr lieb von dir.«

Allein zurückgeblieben, fuhr Walter mit der Zunge über das Stückchen Brokkoli, das sich zwischen den Backenzähnen festgeklemmt hatte. Schon den ganzen Morgen weidete er sich an seinem gestrigen Triumph, und auch jetzt wanderten seine Gedanken wieder dorthin zurück, insbesondere zu den Freuden, die ihm der geschmeidige, junge Körper bereitet hatte. Er mochte Los Angeles nicht sonderlich. Für einen Mann, dessen Stimmung für gewöhnlich düster war, schien die Sonne hier viel zu hell, aber nach Sonnenuntergang gab es vieles, was ihn dafür entschädigte.

»Walter, bist du das?«

Der Regisseur blickte in das rundliche Gesicht einer ungefähr fünfzigjährigen Frau. Mit ihrem leuchtend rot gefärbten Haar, das sich über der Stirn türmte, glich sie einem rotbackigen Apfel.

»Als ich zum letzten Mal in meinen Ausweis gesehen habe, war ich's noch.«

Deb kehrte von ihrem Gang zur Theke zurück. »Ich habe gleich zwei mitgebracht«, sagte sie und reichte ihm die Zahnstocher. Walter nahm einen davon und machte sich sofort daran, den störenden Essensrest zu entfernen, ohne die vor ihm stehende Frau weiter zu beachten.

»Erkennst du mich nicht?«, fragte sie enttäuscht. »So sehr habe ich mich doch nicht verändert, oder? Peggy Kennedy«, sagte sie, zu Debbie gewandt. »Wir haben bei der Produktion von *Hair* zusammengearbeitet, hier in L.A., im Shrine. Ich spielte Sheila. Wir haben damals den ganzen Sommer lang in einem Haus zusammengewohnt, Sommer und Herbst neunzehnhundertsiebzig.« Die Frau lachte, als sie sich daran erinnerte. »Boris, ich, du, Delia … Die scheußliche Tapete war berüchtigt. In Wilcox. Wie kannst du das vergessen haben?«

Überzeugt von diesen Einzelheiten erhob sich Walter halb von seinem Platz und bemühte sich, freundlich zu klingen. »Natürlich! Wie schön, dich zu sehen, liebste Peggy. Das ist schon so lange her. Mein Gott! Bitte, setz dich doch.«

»Nein, ich habe keine Zeit. Ich konnte einfach der Versuchung nicht widerstehen, rasch hallo zu sagen.«
»Wow, du hast in *Hair* Regie geführt, Walter?«, sagte Debbie. »Das ist ja toll.«
»Nein, Walter spielte Claude. Er war sehr talentiert. Wir dachten alle, er würde ein Star werden.«
Walter quälte sich ein Lächeln ab.
»Nein, also, ich wollte sagen … natürlich bist du ein Star. Ich habe in der Zeitung gelesen, dass du *Karussell* in Wadsworth aufführst.«
»Ja, in einer Woche ist Premiere. Deb ist die zweite Besetzung.«
»Großartig! Meine Tochter möchte auch Schauspielerin werden. Sie sitzt dort drüben.« Peggy deutete auf einen blonden Teenager auf der anderen Seite des Restaurants.
»Sehr hübsch, Peggy«, sagte Walter. »Genau wie du in ihrem Alter.«
»Sie spielt immer die Hauptrolle in den Aufführungen an der Highschool. Sie hat eine wunderbare Stimme.«
»Wie ein Engel, da habe ich nicht den geringsten Zweifel«, ergänzte Walter. Er wandte sich noch einmal zu dem Mädchen um und betrachtete es ausführlicher. »Ja«, sagte er dann und erwischte endlich das lästige Stückchen Brokkoli. »Ich kann ihr Potenzial von hier aus erkennen.«
»Im Ernst?«
»Glaubst du, sie würde sich gern eine Vorstellung ansehen?«, erkundigte sich Walter.
»Und wie! Sie wäre im siebten Himmel«, erwiderte Peggy.
Walter blickte noch einmal auf das Mädchen mit dem goldblonden Haar. »Ihr müsst beide kommen. Ich schicke euch Karten.«

Nach dem Austausch von Telefonnummern und dem Versprechen, sich hinter der Bühne zu treffen, verabschiedete sich die Frau.
»Du hast Claude gespielt?«, fragte Deb. »Hier in L. A.? Das ist ja Wahnsinn.«
»Das gehört zu meinen Jugendsünden.« Walter knallte das Trinkgeld auf den Tisch. Seine aufgesetzte Herzlichkeit war mit einem Schlag verschwunden. »Je weniger man darüber sagt, desto besser.«

Sonntag, 10 Uhr

Am Ende des Korridors angekommen, stieß Lemoski die Metalltür auf und ging zügig weiter. Obwohl Jordan den Lieutenant um mindestens zehn Zentimeter überragte, konnte er kaum Schritt halten.
»Was ist eigentlich los?«, fragte er, während er Lemoski in die unterirdische Garage folgte.
Lemoski riss die Fahrertür des nicht mehr ganz funkelnagelneuen Ford Taurus auf. »Steigen Sie ein«, rief er Jordan über das Wagendach hinweg zu.
»Wohin bringen Sie mich?«
»Steigen Sie einfach ein.«
Noch ehe Jordan den Sicherheitsgurt schließen konnte, raste Lemoski aus der Parklücke. Mit quietschenden Reifen ratterte der Ford die Rampe hoch und bog auf die Straße ein.
»Es gab einen weiteren Mord. Der Clou daran ist«, fuhr Lemoski fort, »dass Sie das beste Alibi in ganz L.A. haben. Wenn wir Sie jetzt festnehmen, kann Ihr Anwalt mindestens ein Dutzend Polizisten vorladen, die zu Ihrer Entlastung aussagen.«

O Gott, April hatte recht. Die haben mich beschattet.

»Dabei hätten Sie von Rechts wegen heute die Sensation in den Fünf-Uhr-Nachrichten sein sollen.«

»Wollten Sie mich wirklich verhaften?«

»Das lag auf der Hand.«

»Scheiße«, sagte Jordan gleichzeitig zu sich selbst und Lemoski. Ironischerweise war er ausgerechnet durch die Polizeiüberwachung mit heiler Haut davongekommen. Wer konnte schon wissen, was passiert wäre, wenn die Polizei ihn weiterhin verdächtigt hätte? Larry Keeton fiel ihm ein und dessen jäher Sturz vom Verdächtigen zum Opfer.

»Scheiße ist genau das richtige Wort. Ihre Verhaftung hätte mein Leben um einiges einfacher gemacht. Vielleicht hätte ich es ausnahmsweise sogar zum Abendessen nach Hause geschafft. Das kann ich jetzt wohl vergessen.«

»Tut mir leid, dass ich Sie enttäuschen muss.«

Lemoski bog auf den Ventura Boulevard ein, ohne vorher, so kam es Jordan jedenfalls vor, nach links oder rechts zu schauen.

»Ich frage mich, wie mein Apartment inzwischen aussieht«, sinnierte Jordan.

»Wahrscheinlich genauso, wie Sie es heute Morgen verlassen haben.«

»Ich kann mir nicht vorstellen, dass Ihre Beamten bei einer Hausdurchsuchung alles mit Samthandschuhen anfassen.«

»Ach so, das meinten Sie. Das war bloß ein kleiner Scherz von mir.«

»Finden Sie das witzig?«

»Sie haben gemauert«, erwiderte Lemoski ungerührt. »Ich wollte Sie ein bisschen aus der Reserve locken.«

»Ein *bisschen* aus der Reserve locken? Sie stellen meine Woh-

nung auf den Kopf. Mein Name wird in der gesamten Nachbarschaft und wahrscheinlich auch noch in der Presse breitgetreten.« Jordan schüttelte ungläubig den Kopf. »Und dann noch dieser miese Trick, mit dem Sie mich dazu gebracht haben, die Namen von Monica Johnson und Beverly Casper zu verwechseln. Finden Sie das etwa auch witzig?«
»Da sind Sie ganz schön ins Fettnäpfchen getreten, hm?«
»Ich habe nicht viel Erfahrung mit Verhören.«
»Ein ziemlich schwerwiegender Fehler.«
»Warum sind Sie dann so überzeugt davon, dass ich nicht der Mörder bin?«
»Schließlich sind Sie nicht Houdini. Einige meiner besten Leute haben Ihre Wohnung bewacht. Wir haben jede Ihrer Bewegungen verfolgt, Minute für Minute.«
»Demnach wissen Sie auch, dass ich seit vierundzwanzig Stunden nicht geschlafen habe.«
»Sie sind Arzt. Daran müssten Sie doch gewöhnt sein, oder?«
»Ich bin an Nachtdienste im Krankenhaus gewöhnt, aber nicht daran, mir Sorgen zu machen, ob ich unter Mordverdacht stehe und womöglich festgenommen werde. Das ist ja wohl ein großer Unterschied.«
Lemoski zuckte mit den Schultern. »Leuchtet ein.«
»Würde es Ihnen was ausmachen, mir zu sagen, wohin wir fahren.«
Lemoski ignorierte die Frage. »Glauben Sie tatsächlich, dass diese Schauspielerin in einem früheren Leben Beverly Casper war? O Mann, ich fasse es nicht, dass ich überhaupt so was sage.«
»Einiges spricht dafür. Sehen Sie, Lieutenant, Sie kennen mich nicht und glauben mir daher vielleicht nicht, aber ich

bin ein rationaler Mensch. Während meiner Ausbildung habe ich gelernt, dass Reinkarnation Unsinn ist, trotzdem kann ich Fakten nicht einfach vom Tisch fegen.«

»Na ja, ich stecke jedenfalls in der Klemme. Einerseits können Sie nicht der Mörder sein, andererseits wissen Sie Dinge, die nur der Mörder wissen kann.«

Lemoski wechselte auf die linke Spur, jagte in rasantem Tempo an den Autos auf der rechten Straßenseite vorbei und verscheuchte mit heulender Sirene alle, die nicht schnell genug fuhren.

»Sie sagten, Sie bräuchten meine Hilfe. Wobei denn?«

Fünfzehn Minuten später starrte Jordan auf eine Tote – keine Leiche in der Pathologie, sondern einen weiblichen Teenager. Während seiner Zeit im Krankenhaus hatte er einige junge Patienten sterben sehen, aber sie waren allesamt todkrank gewesen: AIDS oder Leukämie, Hodgkins oder andere Krebserkrankungen. Dieses Mädchen war nicht krank. Es sah aus, als könnte ein kräftiger Elektroschock es wieder zum Leben erwecken.

In dem Geschäft, wo die Leiche entdeckt worden war, herrschte heilloses Durcheinander; der Laden war fast vollständig ausgeräumt, die restliche Inneneinrichtung verwüstet und von einer dicken Staubschicht überzogen. Jordan und Lemoski traten durch die aufgebrochene Hintertür ein. Der Betrieb war offenbar keine Goldgrube gewesen. Der Geschäftsraum stand schon seit einiger Zeit leer und musste noch vom Hausbesitzer entrümpelt werden. Ein Obdachloser, der gelegentlich in dem verlassenen Haus übernachtete, hatte den unerwarteten *Gast* gefunden und die Polizei alarmiert.

Das tote Mädchen saß auf einem mitgenommenen Friseurstuhl und starrte auf ihr Abbild in dem staubigen, zerbrochenen Spiegel. Plötzlich schoss Jordan der Gedanke durch den Kopf, dass der Mörder sie zur Zeugin ihres eigenen Todes gemacht hatte, eine Vorstellung, die ihn wütend machte und anekelte. Über den kurzen, braunhaarigen Schopf der Toten hatte der Täter eine blonde Perücke gestülpt, ihr außerdem die Schminke vom Gesicht gewischt und den Nagellack entfernt. Bis auf eine billige silberne Halskette mit Engel-Anhängern war das Mädchen nackt und ihr Körper mit Babypuder überstäubt. Jordan musste an Beverly Caspers entsetzliches Ende denken. Die Details variierten, das Ergebnis war jedoch dasselbe.

Doch das war noch nicht alles: Zwischen den Fingern der Toten steckte ein gefaltetes und liniertes Blatt Papier, das aussah, als sei es aus einem Schulheft gerissen worden.

»Um Gottes willen, ich kenne das Mädchen«, hörte Jordan plötzlich Lemoski ausrufen.

»Was haben Sie da gesagt?«, fragte Jordan.

»Sie ist eine Freundin meiner Tochter. Sie heißt Judy …« Lemoski verstummte.

»Was hält sie da in der Hand?«, forschte Bobley, der gerade, dicht gefolgt von Romero, eintrat.

»Lieutenant, ist alles in Ordnung?«, fragte Romero. »Sie sehen …«

»Dieses Mädchen ist eine Freundin meiner Tochter«, wiederholte Lemoski.

Einer der Gerichtsmediziner, der Gummihandschuhe trug, zog den Zettel mit äußerster Vorsicht aus der Hand der Toten. Der Mann reichte Lemoski ein Paar Handschuhe. Er wartete, bis der Lieutenant sie angezogen hatte, und reichte ihm dann die Nachricht. Lemoski überflog das Geschriebene und zerknüllte das Papier in der Faust.

»Was tun Sie da?«, rief Romero. »Das ist wichtiges Beweismaterial.«
Lemoski warf den Zettel auf den Boden und stürzte zur Vordertür hinaus, die gerade von einem Schlüsseldienst aus dem Ort geöffnet worden war.
Romero zog ebenfalls Handschuhe an und hob den Zettel auf.
»Lies es laut vor«, befahl Bobley.
Sie entfaltete das Stück Papier.
»Das hätte Ihr eigener kleiner Cherub sein können«, las Romero mit monotoner Stimme. *»Aber ich hatte Erbarmen. Sie haben auch so schon genug Probleme mit Ihrer sogenannten Ermittlung. Denken Sie nur abends vor dem Einschlafen daran, dass Sie mir das Leben Ihrer Tochter verdanken. Übrigens haben wir uns schon einmal getroffen. Ich freue mich auf ein Wiedersehen. Ihr Freund, der Messenger.«*
Mit vor Entsetzen weit aufgerissenen Augen blickte Romero zu Bobley hinüber.
»Was zum Teufel soll das heißen: *Übrigens haben wir uns schon einmal getroffen?*«, fragte Bobley.
Swain kam herein und steuerte auf Jordan zu. »Der Lieutenant will Sie sprechen.«
Draußen lehnte Lemoski an einem der Einsatzwagen und rauchte eine Zigarette, die er von einem Kollegen der Streifenpolizei geschnorrt hatte. Der Parkplatz des kleinen Einkaufszentrums hatte sich mittlerweile mit Dienstfahrzeugen gefüllt, und hinter der gelben Absperrung wuchs die Menge der Schaulustigen.
»Nur damit wir uns richtig verstehen«, schnauzte Lemoski Jordan an. »An Spinnern, Übergeschnappten oder Psychiatern, insbesondere Psychiatern, habe ich keinen Bedarf. Wenn

ich für jede verfrühte Stellungnahme oder Wischiwaschi-Bewertung, die irgendwelche bescheuerten Psychologen abgeben, einen Dollar bekäme, könnte ich die Studiengebühren meiner Tochter bezahlen. Ich habe also zunächst mal ein echtes Problem mit Ihnen.«

Jordan schwieg. Er hatte ebenfalls ein paar kritische Bemerkungen zum Thema neunmalkluge Polizisten auf Lager, aber jetzt war nicht der richtige Moment, sie vom Stapel zu lassen.

»Andererseits will ich diesem Scheißkerl so schnell wie möglich das Handwerk legen, und wenn ich an einer Ihrer Séancen teilnehmen muss, um dieses Ziel zu erreichen, von mir aus.«

»Ich veranstalte keine Séancen, Lieutenant.«

»Ich will, dass Robin Norris wieder zu Beverly Casper wird, und zwar in meinem Beisein.«

Damit drehte sich Lemoski um und marschierte wieder in den Laden zurück. Jordan blieb allein unter der erloschenen Leuchtreklame mit der Aufschrift *Engelshaar* zurück. Unter dem Schild, in der Auslage, befand sich ein Sammelsurium kreuz und quer durcheinanderliegender beigefarbener Schaufensterpuppen. *Diese Schaufensterpuppen sind die Zeugen eines Mordes, aber sie können ebenso wenig darüber sprechen wie das tote Mädchen im Laden.*

Dennoch hatte ein totes Mädchen bereits gesprochen – in Jordans Büro. Vielleicht würde sie noch ein zweites Mal sprechen. Vielleicht gab es doch so etwas wie ausgleichende Gerechtigkeit. Vielleicht würde der Messenger nicht der Einzige bleiben, der eine Nachricht übermittelte.

Sonntag, 14 Uhr

Sobald April Jordans Stimme am Telefon hörte, stieß sie einen Schrei aus. »Ich drehe hier fast durch«, rief sie. »Lemoski hat sich ja plötzlich so angehört, als wären Sie aus der Sache raus.«

»Das stimmt.« Der Anblick des toten Mädchens kreiste unaufhörlich durch seine Gedanken.

»Unglaublich«, sagte April. »Diese Befragung war ja die Hölle. Er wollte Sie festnageln. Was ist denn anschließend passiert?«

Jordan berichtete rasch von dem jüngsten Opfer. April keuchte laut auf, als sie die Details erfuhr.

»Er hat mir gesagt, dass er Psychiater nicht ausstehen kann«, erklärte Jordan und lachte nervös. »Aber so, wie es aussieht, bin ich der Einzige, der über wichtige Informationen verfügt.«

»Ich bin gerade dabei, mich durch die Casper-Akten zu arbeiten«, erwiderte April. »Sie sind sehr umfangreich, und ich bekomme eine Gänsehaut beim Lesen.«

»Inwiefern?«

»Ich verstehe einfach nicht, wie Robin diese ganzen Einzelheiten wissen kann. Das ergibt keinen Sinn.«

»Es ist jedenfalls ungewöhnlich.«

»Sehr ungewöhnlich«, stimmte April zu. »Es ist …«

»Verdammt«, fluchte Jordan. Die Verbindung war wieder einmal abgebrochen, was in Los Angeles ständig vorkam. In dieser Stadt, die dem Glauben an Fortschritt huldigte, waren Handys zwar allgegenwärtig, die Technologie hingegen steckte noch im Mittelalter. Keine besonders umwerfende Kombination. Es grenzte fast an ein Wunder, wenn ein Telefongespräch länger als fünf Minuten ohne Unterbrechung andauerte.

Er bog in Wilshire von der 405 ab. Als er an der Ampel warten musste, wählte er erneut Aprils Nummer.

Sie war sofort am Apparat und klang amüsiert: »Was ich noch sagen wollte, bevor ich so grob unterbrochen wurde …«

»Ich bin Ihnen was schuldig«, sagte Jordan. »Ich habe keine Ahnung, wie ich das je wiedergutmachen soll.«

»Ich dachte gerade, dass wir beide vielleicht in einem früheren Leben zusammen gewesen sind.«

Jordan lachte. »Der Gedanke gefällt mir. Denken Sie aber dran, dass Sie Elinor nichts davon erzählen.«

»Und wie steht es mit *diesem* Leben, Doktor Jordan Geller? Werden sich unsere Sterne auch diesmal vereinen?«

Jordan dachte über ihre Worte nach. April hatte ihm einen großen Gefallen erwiesen, noch dazu vollkommen selbstlos. Sie hatte sich die Geschichte von Beverly Casper angehört und ihm geglaubt. Außerdem war sie eine äußerst attraktive Frau. Warum ging er ihr immer aus dem Weg? Das war einfach ungerecht. Nach dem Gespräch mit der Polizei hatte Robin ihn plötzlich gemieden wie der Teufel das Weihwasser. April hatte zu ihm gehalten. Vielleicht hatte auch sie an ihm gezweifelt. Aber er war sich nicht einmal in diesem Punkt sicher. Eines Tages würde er sie danach fragen.

»Also, Jordan, wie steht's? In Papas Kühlschrank steht eine Flasche Dom Perignon. Er wird sie bestimmt nicht vermissen.«

Er bog in die Straße ein, wo er wohnte. »Sie meinen, jetzt sofort?«

»Haben Sie was Besseres vor?«

April hatte recht. Doch als Jordan gerade zustimmen wollte, blieben ihm die Worte in der Kehle stecken. Weiter vorn, an der Einfahrt zu seinem Haus, konnte er sie sehen. Die Frau mit den magischen grünen Augen und dem prachtvollen roten Schopf saß auf dem Kofferraum ihres Wagens und wartete auf ihn. *Was tut sie hier?*

»Jordan«, sagte April. »Dom und ich könnten in zwanzig Minuten bei Ihnen sein.«

Robin hatte sein Auto entdeckt. Sie hob den rechten Arm, winkte ihm zu und lächelte. Ihr Lächeln leuchtete wie ein Sonnenstrahl zwischen dunklen Wolken.

»Jordan, sind Sie noch dran?«

»April«, gab er zurück, »heute nicht. Ich rufe Sie an, versprochen.«

»Warten Sie nicht zu lange«, erwiderte sie. »Ich glaube nicht, dass ich die Geduld habe, bis zu meinem nächsten Leben auf Sie zu warten.«

Noch ehe er die Wagentür geöffnet hatte, kam Robin auf ihn zu. Er quittierte es mit einem kaum wahrnehmbaren Kopfnicken.

»Was für eine Überraschung, Robin«, bemerkte er sachlich, während er ausstieg.

»Hasst du mich?«

»Natürlich nicht, ich …«

»Verzeih mir«, fiel ihm Robin ins Wort. »Es tut mir so leid.«

»Was sollte dir denn leidtun?«

»Ich habe an dir gezweifelt.«

»Das überrascht mich nicht. Du kennst mich doch erst seit sechs Tagen.«

»Du warst die ganze Zeit so nett zu mir. Nur deinetwegen kann ich wieder essen und singen. Die Polizei wollte mir einreden, dass du die Hypnose auf der Party dazu benutzt hast, um jemanden zu finden, dem du in Tiefentrance sonderbare

Ideen in den Kopf setzen kannst. Aber das hättest du unmöglich planen können. In deinem Büro hast du schließlich nach Kräften versucht, mir diese Hypnose auszureden. Das hätte ich der Polizei sagen sollen. Du hast dich zuerst geweigert. Warum hast du dich dann doch dazu überreden lassen?«

»Wozu? Zu der Hypnose?«

Robin nickte.

»Andernfalls wärst du einfach wieder gegangen, und das wollte ich nicht.«

Ihre Augen leuchteten auf.

»Vermutlich hast du gehört, was inzwischen passiert ist.« Bestimmt war schon etwas über den neuesten Mord an die Öffentlichkeit gedrungen.

»Verstehst du denn nicht, was ich dir sagen will?«, beharrte Robin. »Mir ist es egal, was passiert ist. Wenn Idioten wie Romero, David und Walter, der Besserwisser, solchen Unsinn über dich denken, zur Hölle mit ihnen.«

»Augenblick mal«, entgegnete Jordan. »Du weißt also nicht, was passiert ist?«

»Natürlich weiß ich das. Die Polizei hat dich wegen dieser Morde im Verdacht. Daraus haben sie keinen Hehl gemacht.«

»Die Polizei hat mich beschattet …«

»Das weiß ich doch alles. Jemand hat gesehen, dass du mich abends besucht hast.«

»Aber ich stehe nicht mehr unter Tatverdacht.«

»Wie bitte?«

»Noch ein Mädchen ist umgebracht worden.«

»Ich verstehe kein Wort mehr.«

»Heute, am frühen Morgen. Wieder der Messenger. Hast du nichts davon gehört?«

»Nein. Noch ein Mord? O Gott, das ist ja entsetzlich.«
»Das arme Mädchen wurde innerhalb der letzten vierundzwanzig Stunden umgebracht, während die Polizei mich rund um die Uhr beschattete.«
»Das heißt, die Polizei ist jetzt von deiner Unschuld überzeugt, oder?«
»Ja, aber zu welchem Preis? Das Mädchen war sechzehn Jahre alt.«
»Aber was hättest du tun können? Selbst wenn sie die Geschichte mit Beverly Casper ernst genommen hätten, hätten sie ihn nicht rechtzeitig erwischt.«
»Jedenfalls nehmen sie sie jetzt ernst«, antwortete Jordan. »Anscheinend ist das, was wir ihnen über Beverly erzählt haben, bisher die einzige Information, die ihnen weiterhilft.« Jordan musterte Robin nachdenklich. »Wie stark sind deine Schuldgefühle mir gegenüber?«
»Furchtbar. Ich komme mir wie ein Miststück vor.«
»Dann ist das genau der richtige Zeitpunkt, dich um einen Gefallen zu bitten. Ich möchte dich noch einmal hypnotisieren.«
»Noch eine Hypnose? Als Beverly Casper?«
»Ja. Ich will dich noch einmal zu dem Mord zurückführen, um zu sehen, ob du dich an weitere Einzelheiten erinnerst.«
Robin erschauerte. »Ich tue alles für dich, Jordan, aber ich weiß nicht, ob ich noch einmal dorthin zurückwill.«
»Dieser Mann, John, der Messenger, wie er auch heißen mag, läuft immer noch frei herum. Warum? Weil er nie einen Zeugen hinterlassen hat. Doch nun hat uns der Himmel einen Zeugen geschickt. Dich.«
Robin versank in tiefes Grübeln.
»Die Polizei will bei dieser Hypnose anwesend sein.«
»Einverstanden.«

»Hast du immer noch Angst, dass sich die Sache herumsprechen könnte?«
»Dafür steht zu viel auf dem Spiel. Ich gehe das Risiko ein.«
Jordan blickte sie noch einmal forschend an. »Du wusstest also tatsächlich nichts von dem neuesten Mordfall?«
Robin schüttelte den Kopf.
»Als du hierhergekommen bist, hast du immer noch gedacht, dass ich unter Verdacht stehe?«
»Daran habe ich im Grunde nie geglaubt.«
»Du hast nichts davon gewusst«, wiederholte er. »Du hast wirklich nichts davon gewusst.«

Sonntag, 22 Uhr

Penelope Lemoski nahm den Teller mit Abendessen aus der Mikrowelle und trug ihn zu ihrem Mann hinüber. Sie hatte schon viele solcher Abende mit Ben verbracht, wenn er spät vom Dienst nach Hause kam und sie ihm dabei zusah, wie er sein aufgewärmtes Abendessen verzehrte, nachdem die restliche Familie längst gegessen hatte. Obwohl das Ritual auch heute in gewohnten Bahnen verlief, glich sonst nichts dem üblichen Feierabend.
Nachdem Lemoski das Perückengeschäft überstürzt verlassen hatte, war sie die Erste gewesen, die er anrief. Schon beim Abnehmen des Hörers hatte sie gespürt, dass etwas Entsetzliches geschehen war. Wenn er sie vom Tatort aus anrief, klang er normalerweise ruhig und gefasst. Nur in Ausnahmefällen, wenn er einen besonders abstoßenden Mord aufklären musste, hörte sich die Stimme ihres Mannes angespannt an, und er sprach stoßweise und abgehackt. So hatte er auch letz-

te Woche geklungen, als er sie vom Eagle Canyon aus angerufen hatte, wo Monica Johnson ermordet worden war. In jenem Augenblick hatte er unbedingt mit ihr sprechen müssen, um die Verbindung zur Welt der Lebenden herzustellen. Doch als sie heute Morgen den Hörer abgenommen hatte, hatte er kaum ein Wort gesagt. Zuerst hatte Penelope geglaubt, das liege an der schlechten Verbindung. Sie hatte kehlige Laute vernommen und erst nach einer Weile begriffen, dass es Ben war, der mit den Tränen kämpfte. Er sprach nicht, weil er außerstande dazu war. Das hatte ihr Angst eingejagt. Nach einer Minute, als er sich gefasst und ihr von dem Mordfall erzählt hatte, bebte sie vor Entsetzen. Sie hatte einen Mann geheiratet, der Morde aufklärte, doch noch nie war ihnen ein Mörder so nahe gekommen.

Das Schlimmste hatte er ihr allerdings verschwiegen. Von der Nachricht hatte er kein Wort erwähnt.

Nach dem Telefongespräch mit seiner Frau forderte Lemoski auf der Polizeidienststelle sofort einen Einsatzwagen an, der sein eigenes Haus rund um die Uhr bewachte. Nicht etwa, weil er eine Sonderbehandlung verdiente, sondern weil seine Tochter in der Nachricht erwähnt wurde. Damit galt sie als eine bedrohte Zeugin und wurde routinemäßig unter Polizeischutz gestellt.

Er hatte den ganzen Tag über Penelope stündlich angerufen, sogar wenn sie nur für eine Minute miteinander sprechen konnten. Er hatte auch zwei Gespräche mit Kathy geführt, aber seine schluchzende Tochter brachte kaum ein Wort heraus. Sie erzählte ihm nur, dass sie noch gestern mit Judy auf einer Cheerleader-Probe gewesen sei. »Wir haben so viel gelacht, dass sie die Schritte nicht mehr richtig hinbekommen hat. Wir konnten einfach nicht aufhören.«

Morgen würde einer seiner Mitarbeiter Kathy befragen. Sie war eine der Letzten, die Judy Cinch lebend gesehen hatte.
Lemoski hatte Penelope mitgeteilt, dass die Beamten, die zum Haus der Cinchs gefahren waren, um die Familie zu benachrichtigen, lediglich die Haushälterin angetroffen hatten. Beide Eltern befanden sich auf Geschäftsreise.
Die Polizei benötigte jemanden, der die Tote identifizierte, aber Lemoski und seine Frau waren sich einig, dass Kathy nicht dafür in Frage kam. Man musste die Rückkehr der Eltern abwarten.
»Ben«, sagte Penelope, mit verschränkten Armen gegen die Arbeitsplatte in der Küche gelehnt, »dieser Psychiater, von dem du mir erzählt hast ...«
Lemoski schüttelte den Kopf. »Er stand während der Tatzeit unter Beobachtung.«
»Vielleicht einer seiner Patienten?«
»Sehr unwahrscheinlich.«
»Also fangt ihr wieder bei null an.«
»Ich habe keine Ahnung, wie es weitergeht, Penny. Ich möchte, dass du mit den Kindern zu deiner Mutter fährst.«
Sie setzte sich neben ihn. »Du weißt, dass das unmöglich ist.«
Seit langem galt in der Familie Lemoski das ungeschriebene Gesetz, keine Geheimnisse voreinander zu haben. Die meisten Polizeibeamten erzählten zu Hause nichts von ihrem beruflichen Alltag. Lemoski bildete eine Ausnahme. Nicht, dass er Penelope jede Einzelheit berichtet hätte. Aber er verschwieg ihr nichts Wesentliches und beantwortete jede ihrer Fragen. Oft genug erzählte er auch aus freien Stücken und legte Wert auf ihre Meinung. Penelope hatte im medizinischen Bereich gearbeitet – sie war Krankenschwester in der

Notaufnahme gewesen, bevor sie sich dazu entschloss, als Hausfrau und Mutter zu Hause zu bleiben –, und abstoßende Einzelheiten erschütterten sie nicht. Es gefiel ihm, dass er mit ihr alles bereden konnte. Lemoski wusste, dass er unter anderem deswegen nie fremdgegangen war, weil er nicht auf diese Gespräche verzichten wollte, in denen er alles, was ihm durch den Kopf ging, mit Penelope bereden konnte. Hätte er eine Affäre, würde er mit ihr darüber sprechen, ja sogar ihre Meinung über die andere Frau erfahren wollen. Aber das war natürlich unmöglich. Er hätte sie anlügen und die Wahrheit vor ihr verbergen müssen. Das und die starke Anziehungskraft, die seine Frau immer noch auf ihn ausübte, waren Anlass genug, um jeder Versuchung zu widerstehen. Heute jedoch brach er diese Regeln. Er verschwieg, was auf dem Zettel in Judys Hand gestanden hatte, und würde auch in Zukunft kein Wort darüber verlauten lassen. Niemals.

»Penny, sei jetzt nicht stur. Bitte, mach einfach, was ich sage.«

»Das Haus steht doch schon unter Polizeischutz. Reicht das nicht aus?«

»Ich will keinerlei Risiko eingehen.«

»Der Leiter der Ermittlungen hält den Messenger für derart gefährlich, dass er seine Familie evakuiert. Wie sieht das denn aus?«

»Ist mir scheißegal, wie das aussieht.« Ungeduldig schob er Fleisch und Kartoffelbrei auf seinem Teller zusammen. »Vielleicht hat er es auch auf Kathy abgesehen.«

Penelope musterte ihn, während er das Essen in sich hineinschaufelte.

»Soll das heißen, der Mord an Judy war kein Zufall?« Bis zu diesem Augenblick hatte sie diese Möglichkeit noch nicht in

Betracht gezogen. Doch mit einem Mal wusste sie, dass es darauf nur eine Antwort gab.
»Ich spiele nur alle Varianten durch«, fuhr Lemoski fort. »Wer weiß, vielleicht gibt es einen Zusammenhang.«
»Er hat dieses arme Mädchen umgebracht, um dir damit eine Botschaft zu übermitteln? O Gott!« Penelope, die nichts so leicht aus der Ruhe brachte, verlor die Fassung. Mit tränenüberströmten Wangen versuchte sie erfolglos, ihr Schluchzen zu kaschieren. Lemoski eilte augenblicklich zu seiner Frau.
»Ich habe nicht gesagt, dass das seine Absicht war. Wir müssen eben nur auf alles gefasst sein. Verstehst du jetzt, warum ich möchte, dass du zu deiner Mutter gehst?«
Penelope wischte sich die Tränen ab und hatte sich wieder in der Hand. Ihre Angst verwandelte sich in Zorn, und dieser Zorn führte sie zu einer logischen Schlussfolgerung.
»Dieser Mann ist ein Teufel, Ben. Wenn er von Judy wusste, findet er uns auch.«
»Im Augenblick berichtet sowieso jede Zeitung über den Fall«, sagte Lemoski. »Es dürfte kein Problem sein, mich zu finden. Aber wie sollte er deine Mutter in Bluff City, Kansas, aufspüren? Es sei denn …«
»Was?«
»Es sei denn, der Mörder kennt mich. Kennt mich persönlich.« Plötzlich fiel ihm wieder der Satz in der Nachricht ein: *Übrigens haben wir uns schon einmal getroffen.*
»Willst du damit sagen, ein anderer Polizist könnte dahinterstecken?«
»Wäre nicht das erste Mal.« Er schüttelte den Kopf. »Ich ziehe schon voreilige Schlüsse. Der Kerl hat mich im Fernsehen gesehen. Etwas Recherche im Internet, und er hat meine Adresse. Falls … falls der Mord an Judy Cinch *kein* Zufall war.«

»Wir bleiben hier, Ben. Wir müssen bleiben.«
»Solange ich nicht da bin, ist ein anderer Polizist im Haus. Die Kinder werden von der Schule abgeholt. Ich will zu jedem Zeitpunkt wissen, wo ihr euch gerade aufhaltet.«
»Einverstanden.«
Er stieß einen Seufzer der Erleichterung aus. »Gibt's noch mehr Fleisch? Ich habe heute nicht viel gegessen.«
Penelope ging zum Kühlschrank.
»Penny, ich möchte dich um etwas bitten«, setzte Lemoski an und stockte dann.
»Um was denn?«
»Ich möchte jetzt deine ehrliche Meinung hören.«
Sie nickte.
»Deine intuitivc Meinung.«
»Na gut«, sagte sie und drehte sich fragend zu ihm um.
»Wie denkst du über Reinkarnation?«

Sonntag, 22 Uhr 45

Er musste April unbedingt anrufen, das war er ihr schuldig. Er hätte sie schon heute Nachmittag oder später am Abend anrufen sollen, war jedoch davor zurückgescheut, im Beisein Robins mit ihr zu sprechen. April hätte gewiss bestimmte Bemerkungen gemacht oder mit ihm geflirtet, und es wäre ihm unangenehm gewesen, darauf zu antworten, während Robin daneben stand.
Mittlerweile war es beinahe elf Uhr abends und Robin hatte sich auf den Heimweg gemacht.
Er hörte die Anrufe ab. April hatte zweimal hintereinander angerufen, im Abstand von zehn Minuten. Ihre Stimme

klang aufgeregt. Er spulte das Band zurück und hörte noch einmal genau hin. Beim zweiten Anruf klang sie etwas ängstlicher, beinahe nervös. Er spulte zum dritten Mal zurück. Vielleicht war sie in der Akte von Beverly Casper auf etwas gestoßen. Er fühlte sich hundsmiserabel. Gestern, als er Hilfe brauchte, hatte er April ohne zu zögern mitten in der Nacht aus dem Schlaf gerissen, und sie war sofort gekommen. Sie hatte wirklich eine bessere Behandlung verdient. Er tippte ihre Nummer ein, und nach dem vierten Klingeln ertönte der Anrufbeantworter. Jordan hinterließ eine kurze Nachricht und legte teils enttäuscht, teils aber auch erleichtert wieder auf. Er nahm sich fest vor, gleich morgen früh bei ihr anzurufen.

Montag

6 Uhr 15

Das Klingeln riss Jordan aus dem tiefsten Schlaf seit Tagen. Sein erster Gedanke war, dass Simon Cox der Anrufer sein musste, weil er als Einziger von Jordans Patienten seine Privatnummer kannte.

Er hatte sich getäuscht.

»Hallo, Jordan«, tönte es halb flüsternd im knappen, unverkennbar argentinischen Akzent.

Er war auf der Stelle hellwach.

»Ich muss dir etwas Furchtbares mitteilen«, fuhr Elinor Fischer fort. Ihre Stimme brach, und sie schwieg einen Augenblick.

Im Laufe der letzten Jahre hatte er Elinor Fischer in den unterschiedlichsten Stimmungen erlebt – analytisch, autoritär, wütend, melancholisch, leidenschaftlich – doch nie zuvor hatte er sie weinen hören.

»Es geht um April«, stieß sie schließlich hervor.

»April? Wieso?«

»Avery hat es mir gerade gesagt. April hatte einen Autounfall.«
»Wann?«
»Gestern, am späten Abend. Sie war auf dem Weg nach Santa Barbara.«
»Aber ich habe gestern Nachmittag noch mit ihr gesprochen. Sie hat nicht erwähnt, dass …«
»Jordan, ihr Auto ist im Eagle Canyon von der Straße abgekommen … Sie ist tot.« Wieder brach Elinors Stimme. »April ist tot.«
Mit schwerer, müder Stimme deutete sie einige Einzelheiten an; der dichte Nebel … die glatte Straße … eine scharfe Kurve, in die April zu schnell hineingefahren war. Schließlich beendeten sie das Gespräch und verabredeten, sich später bei Avery zu treffen.
Jordan lag reglos im Bett und starrte an die Decke. Ihm war übel. Bilder von April wirbelten durch seine Gedanken: ihr scharfer Verstand, der Humor, ihre Loyalität, wie hart sie darum gekämpft hatte, die Bulimie zu überwinden, nur um jetzt eines vorzeitigen Todes zu sterben. Er dachte auch an das gestrige Gespräch. Sie hatte ihn sehen wollen, und er hatte sie abgewiesen.
Hätte er sich mit ihr verabredet, wäre sie vielleicht nicht nach Santa Barbara gefahren. Oder erst später aufgebrochen. Einige Minuten hätten vielleicht ihr Schicksal ändern können, und sie wäre noch am Leben. Vielleicht wären die Straßenverhältnisse besser gewesen. Doch er hatte sie abgewiesen, genau wie er Carrie abgewiesen hatte. Zuerst war Carrie gestorben, jetzt April. *Warum nur, verdammt noch mal, warum?*
Da war es wieder, jenes unbarmherzige Wort, dessen Echo in seinem Schädel hallte. Er hatte es so satt, zu fragen. Er sehn-

te sich nach Antworten und nicht nach weiteren Fragen. Immer wieder hörte er Aprils letzte Worte: »Ich glaube nicht, dass ich die Geduld habe, bis zu meinem nächsten Leben auf Sie zu warten.« Nicht einmal vierundzwanzig Stunden waren seit diesem launigen Scherz vergangen. Was bedeutete er jetzt?

Montag, 10 Uhr 20

Im Haus der Connistons wurde Jordan von einem Butler im schwarzen Anzug empfangen. Jordan kannte ihn von der Party, die hier vor einigen Tagen stattgefunden hatte. »Ich war ein Freund von April«, sagte Jordan, als er das blumengeschmückte Foyer betrat.

»Eine entsetzliche, furchtbare Tragödie«, erwiderte der Butler mit Grabesstimme. »Würden Sie mir freundlicherweise Ihren Namen mitteilen?«

Hinter dem Butler ertönte eine Stimme. »Das ist Doktor Jordan Geller, Christian, lass ihn eintreten.«

Es war Mike Fields, Averys Cousin.

»Mein aufrichtiges Beileid«, sagte Jordan und streckte die Hand aus.

Fields' Augen waren gerötet. »April hat Avery alles bedeutet. Es ist unfassbar. Ich habe sie sehr gern gehabt.«

»Weiß ihre Mutter schon Bescheid?«

Fields machte keinen Hehl aus seiner Verbitterung. »Janet ist gerade mit dem Flugzeug hierher unterwegs, wahrscheinlich war sie in Monaco oder an der Riviera.«

»Wann findet die Beerdigung statt?«

»Wir müssen auf Janet warten. Vermutlich übermorgen.«

Jordan hätte noch Hunderte von Fragen stellen können. In Wahrheit wollte er die Begegnung mit Avery hinauszögern. Bei einem Trauerfall fehlten ihm immer die rechten Worte. Einmal hatte er einem Ehepaar, dessen Tochter sich im Schlafzimmer der Eltern erhängt hatte, kondolieren müssen. Damals war er dreimal um den Block gegangen, bevor er sich endlich ein Herz fasste.

Allerdings beschäftigte ihn noch eine weitere Ungewissheit. Etwas, das er unbedingt erfahren musste. Warum sollte er Fields nicht danach fragen, wo er doch gerade vor ihm stand. Avery konnte er im Augenblick nicht damit behelligen.

»Ich hätte da noch eine Frage, Mike. April wollte mir etwas geben. Eine Aktenmappe. Genauer gesagt, einen ganzen Stoß Akten.«

Fields' Augen wurden schmal. »Wie sahen sie aus?«

»Dicke Mappen. Ziemlich mitgenommen. Ich dachte, sie könnten vielleicht noch hier in Aprils Zimmer sein. Wahrscheinlich ist die Bitte im Augenblick etwas unpassend, trotzdem wollte ich Sie fragen, ob ich mich in Aprils Zimmer rasch nach den Unterlagen umsehen dürfte.«

Fields zögerte.

»Es dauert bestimmt nicht lange. Sie könnten mitkommen, während ich suche.«

»Ist es wirklich wichtig?«, fragte Fields.

Jordan nickte.

»Vermutlich hat Avery nichts dagegen.«

Er folgte Fields, der das Haus erst verließ und dann durch einen Eingang an der Rückseite wieder betrat. »Avery ist im Wohnzimmer«, erklärte Fields. »Der Weg zu Aprils Zimmer hätte direkt an ihm vorbeigeführt. Das kam mir im Augenblick nicht richtig vor.«

»Natürlich«, sagte Jordan, dankbar für Fields' Geistesgegenwart.
Aprils Zimmer war in einem angenehmen, pfirsichfarbenen Farbton gestrichen. Einige kleine moderne Gemälde hingen an der Wand, ihre Lieblingsbilder aus Connistons Sammlung. Seit gestern Abend hatte anscheinend niemand mehr das Zimmer betreten, eine Bluse lag nachlässig hingeworfen auf dem Bett, der Schreibtisch war mit Papieren übersät. Jordan nahm an, dass sie wahrscheinlich am Schreibtisch gesessen hatte, als sie gestern mit ihm telefonierte. Auf dem Nachttisch stand ein zweites Telefon, von dem aus sie zweifellos seinen nächtlichen Anruf entgegengenommen hatte. Der Anblick stimmte ihn traurig.
»Um was geht es denn in diesen Mappen?«, erkundigte sich Fields. »Vielleicht weiß ich, wo sie die Unterlagen hingelegt hat.«
»Während der Behandlung eines Patienten hatte sich etwas herausgestellt, das mit einem lange zurückliegenden Verbrechen zusammenhängt. Ich hatte April gebeten, einen Blick in die Akten zu werfen.«
»Sie war also damit beschäftigt, Nachforschungen für Sie anzustellen?«
»Sozusagen.«
»Zuerst sagten Sie, es würde sich um Ihre eigenen Unterlagen handeln.«
»Jemand hat sie mir gegeben. April war dabei, sie durchzulesen.«
»Dann sind die Unterlagen wahrscheinlich in ihrem Büro«, überlegte Fields. »In Century City.«
»Das glaube ich nicht. Ich habe ihr die Mappen erst gestern gegeben. Sonntags geht sie bestimmt nicht in ihr Büro.«

»Dann sollten Sie auf ihrem Schreibtisch nachsehen.«

Doch auf dem Schreibtisch war nichts zu finden. Weder Mappen noch Briefumschläge. »Darf ich einen Blick in die Schubladen werfen?«

Fields nickte.

Jede Menge Mappen. Allerdings nicht die bis zum Platzen gefüllten, nach denen Jordan suchte.

»Vielleicht hatte sie die Mappen dabei?«, überlegte Jordan laut.

»Sie hat gestern Abend Unterlagen mitgenommen«, gab Fields Auskunft. »Ich weiß allerdings nicht mehr, wie sie aussahen.«

»Sie haben gesehen, wie April das Haus verließ?«

»Ja.«

»Wissen Sie noch, wie spät es war?«

»Ungefähr zwanzig nach neun, vielleicht etwas später.«

»Machte sie einen unglücklichen Eindruck?«

»Überhaupt nicht«, erwiderte Fields und schüttelte den Kopf. »Sie war ganz normal, Sie wissen ja, wie April ist, immer etwas aufgekratzt.« Fields schwieg. Es dauerte einige Sekunden, bevor er weitersprach. »Ich kann mich einfach nicht an den Gedanken gewöhnen, dass sie nicht mehr zurückkommt.«

Jordan sah vom Schreibtisch auf und musterte prüfend das Zimmer, das einen seltsam unpersönlichen Eindruck auf ihn machte. Trotz der Kleidung auf dem Bett und den unordentlich herumliegenden Papieren wirkte es so reinlich und poliert wie alle Zimmer, die täglich von einem Hausmädchen gesäubert werden. Lediglich eine kleine Sammlung von Plüschtieren, ein Lamm, ein altersschwacher Teddybär und ein rundliches, rosa Schweinchen, fiel Jordan auf. Er hatte April nicht als eine Frau eingeschätzt, die Plüschtiere besaß. Wer weiß, vielleicht hatte sie ihm genau das in den letzten Tagen verständlich machen wollen – dass sie eben keinem bestimmten Frauentyp zuzuordnen war, sondern Wesenszüge hatte, die Jordan vielleicht überraschten. Gestern Abend hatte er zum ersten Mal ihre Warmherzigkeit entdeckt. Ihr Mitgefühl für seine Notlage, ihre großzügige und spontane Hilfsbereitschaft hatten ihn tief beeindruckt. April mochte zwar nicht die richtige Frau für ihn sein, doch sie hätte bestimmt einen anderen glücklich gemacht. Jordan erschauerte, als er an den sinnlosen Verlust dachte. April hatte so viel zu geben.

Oben auf dem Schreibtisch entdeckte er neben einigen juristischen Lehrbüchern ein kleines Foto mit der Unterschrift: Oxnard Highschool Debate Award 1964. Der Preisträger hieß Earl Smith.

»Wer ist denn Earl Smith?«, erkundigte sich Jordan.

»Hat das was mit den fehlenden Unterlagen zu tun?«

»Nein, ich frage aus reiner Neugier.«

»Sehen Sie sich die Aufnahme mal genau an«, riet Fields.

Jordan hob das Bild dichter heran. Das hagere Gesicht und die auffallenden Augen waren unverkennbar: Der junge Mann war kein anderer als der jugendliche Avery Conniston.

»Ich wusste nicht, dass Avery einen neuen Namen angenommen hat.«

Fields lachte leise auf. »Mein Cousin war schon immer sehr ehrgeizig. Earl Smith ist kein passender Name für einen aufstrebenden Produzenten in Hollywood. Er hat sich kurzerhand einen neuen Namen gegeben. Avery stammt aus irgendeinem Buch, und Conniston ist der Name eines Geschäfts für Männermode in der Innenstadt. Typisch Ave. Er denkt sich immer was aus. Das Lustige daran ist, dass er sich ausgerechnet an dem einzigen Ort in der Welt niedergelassen hat, wo man ihm seine Geschichten abkauft ... in Hollywood.«

Jordan lauschte nur mit halbem Ohr. Seit einigen Minuten dachte er über Fields' frühere Bemerkung nach: *April hat gestern Abend Unterlagen mitgenommen* ... Hatte es sich um die Beverly-Casper-Akte gehandelt? Wenn ja, aus welchem Grund hatte April die Akte nach Santa Barbara zu ihrem Vater mitnehmen wollen? Vermutlich weil sie geplant hatte, ein oder zwei Tage dort zu verbringen und die Akte während ihrer Freizeit zu lesen.

»Musste April leiden?«, fragte er Fields.

»Nach Schätzung der Polizei vielleicht einige entsetzliche Sekunden lang, aber nicht länger. Das ist der einzige Trost. Soweit die Polizei sagen kann, explodierte das Auto beim Sturz in den Canyon.« Jordan stellte sich Aprils schreckliche Angst vor und stöhnte.

»Das Feuer hat alles vernichtet«, fuhr Fields fort. Er musterte Jordans Gesicht. »Wieso, war das die einzige Kopie Ihrer Akten?«

»Darüber habe ich noch nicht nachgedacht«, erwiderte Jordan, zu beschämt, um zuzugeben, dass ihm ausgerechnet in diesem Augenblick der Gedanke an einen Haufen Papier nicht aus dem Kopf gehen wollte. »Wir verschwinden jetzt besser.«

Auf der Treppe zum Wohnzimmer vernahm er bereits den vertrauten argentinischen Akzent. »Natürlich wird April weiterleben«, sagte Elinor gerade. »Ihr Mut und ihre Intelligenz sind ein Teil von Ihnen, Avery, von mir, von allen, die sie kannten.«

Avery war von dem Verlust gezeichnet. Sein Gesicht war

vom Weinen geschwollen, und die Augen lagen tief in den Höhlen. Obwohl er den Blick auf Elinor richtete, war sich Jordan nicht sicher, ob ihre Worte überhaupt bis zu ihm durchgedrungen waren.

»Ich werde nie mehr mit ihr reden«, murmelte er wie im Selbstgespräch. »Dabei war sie unterwegs zu mir.«

»Sie hat Sie geliebt, Avery«, erwiderte Elinor. »Sie wollte mit Ihnen zusammen sein.«

»Jetzt wird sie nie mehr mit mir zusammen sein.«

Elinor zuckte mit den Schultern. »Ein Mensch verschwindet nicht, nur weil er stirbt. April lebt in Ihrer Erinnerung. Ihre guten Taten leben in Ihnen weiter.«

»Wozu soll das gut sein?«, schrie Avery auf. »Verdammt. Ich will sie wiedersehen.« Er fuhr sich mit der Hand über den Schädel. »Ich will ihre Stimme hören. Ich will, dass sie mich hört.«

»Es tut mir so leid, Avery«, sagte Elinor. »Wir können nicht alles haben, was wir uns wünschen, mitunter bekommen wir nicht einmal das, was wir verdient hätten.«

»Vielleicht hört April Ihre Stimme«, sagte Jordan leise.

Avery wandte sich ihm zu. Er nickte nicht einmal zur Begrüßung. »Wie meinen Sie das?«, fragte er.

Jordan hielt den Kopf gerade und sah Avery direkt in die Augen. Besser, er ließ den Blick nicht zur Seite wandern. Er spürte Elinors wütendes Funkeln geradezu körperlich. Nichtsdestotrotz konnte er nach allem, was er in den letzten Tagen gelernt hatte, nicht einfach schweigen und Avery jede Aussicht auf Hoffnung nehmen.

»Der Tod ist vielleicht nur eine Nacht zwischen zwei Morgen«, sagte er und zitierte einen Satz aus einem der Bücher Boltons. »Avery, Menschen besitzen Körper und Seele.«

Links neben sich hörte er Elinor mahnend zischen: »Jordan!«
»Der Körper ist verletzlicher als die Seele«, fuhr er fort. »Er erliegt Krankheiten und Unfällen. Die Seele hingegen, der menschliche Geist, das Bewusstsein, besitzt mehr Widerstandskraft. Ich halte es durchaus für möglich, dass Aprils Geist noch am Leben ist und sie jedes Wort hört, das wir hier sagen.« Er traute seinen eigenen Ohren kaum, als er sich diese Worte aussprechen hörte. Und doch kam es ihm so vor, als habe er noch nie zuvor etwas derart Einleuchtendes gesagt.
»Mein Gott«, rief Elinor aus, die sich einfach nicht mehr beherrschen konnte. »Wo haben Sie eigentlich in den letzten sieben Jahren gesteckt, in der medizinischen Fakultät oder auf einer Rabbiner-Schule?«
Wäre es kein so entscheidender Augenblick gewesen, hätte Jordan vermutlich aufgelacht. Elinor und er selbst waren jüdischen Glaubens. Beide hatten, auf unterschiedliche Weise, die Auswirkungen des Holocaust zu spüren bekommen. Sie als Kind jüdischer Eltern, die vor Hitler geflohen waren, er als Kind eines Überlebenden. Trotzdem hatten sie so gut wie nie über ihre jüdischen Wurzeln gesprochen. *Das ist doch wahrlich eine Ironie des Schicksals*, sinnierte er, *dass ich keineswegs durch meinen Glauben mit diesen neuen Ideen in Berührung gekommen bin*. Oder irrte er sich? Alles, woran er vorher geglaubt hatte, erschien ihm plötzlich zweifelhaft.
Elinor Fischers angespannter Blick ging durch ihn hindurch. »Oder haben Sie womöglich wieder mit Geoffrey Bolton gesprochen?«
»Jordan«, unterbrach Avery. »Alles, was Sie gerade über April gesagt haben, dass sie noch immer anwesend ist, glauben Sie wirklich daran, oder wollen Sie mich nur trösten?«

Jordans Blick wanderte von Averys schmerzerfüllten blauen Augen zu Elinor, die ihn kalt und unbeugsam anstarrte.
»Warum beantworten Sie die Frage nicht?«, fragte Elinor herausfordernd. Trotz der Trauernden ringsum war sie außerstande, den scharfen Ton in ihrer Stimme zu unterdrücken.
»Ja«, erwiderte Jordan. »Ich glaube daran.«
»Sie glauben tatsächlich daran?« Averys Stimme klang aufgeregt. »Ich will es nämlich wissen. Sie sind ein brillanter junger Mann, Jordan. Ich will es genau wissen. Wie sicher sind Sie, dass Aprils Geist noch lebt? Sagen Sie es mir!«
Absolute Gewissheit, so viel wusste Jordan, war das Kennzeichen weltlicher und religiöser Fanatiker. »So sicher, wie ich in allem sein kann, was mit meinem Glauben zu tun hat«, entgegnete er.
Zum ersten Mal, seit Jordan das Zimmer betreten hatte, lächelte Avery. »Vielen Dank, Jordan. Sie ahnen nicht, wie viel mir das bedeutet.«
Elinors Miene war so steinern wie zuvor. Ein Blick in ihr Gesicht und Jordan wusste eines mit Sicherheit: Er würde nie mehr am Dittmyer-Institut arbeiten.
Aber im Augenblick spielte das keine Rolle. Vor ihm lagen andere Aufgaben.

Montag, 14 Uhr 30

Er zählte bis zehn und tippte vorsichtig gegen ihre Stirn. »Ist es Tag oder Nacht?«
»Tag.«
Jordan musterte Robins ausdrucksloses Gesicht und ihre geschlossenen Lider. Es war Tag. Wo mochte sie nur sein?

»Bist du allein oder mit jemandem zusammen?«
»Ich bin allein.«
Hinter sich hörte er, wie Lemoski seinen Stuhl hin und her rückte.
»Wo bist du?«
»Ich bin in einem Gasthaus«, sagte sie mit breitem Akzent.
»Wo befindet sich dieses Gasthaus?«
»In Astoria.«
»Das ist ein Viertel in Queens«, flüsterte Romero, die in New York geboren war. Bobley, der neben ihr stand und alles auf Video festhielt, runzelte kritisch die Stirn.
»Liegt das in Queens?«, wollte Jordan schon fragen, unterließ es dann aber im letzten Augenblick. Er durfte Robin auf keinen Fall in eine bestimmte Richtung lenken, sonst war der ganze Plan zum Scheitern verurteilt. »Nicht sprechen«, gab er Romero wortlos mit Lippenbewegungen zu verstehen, bevor er sich erneut Robin zuwandte. »Wo liegt Astoria?«
»In Oregon«, erwiderte sie. »In den Clatsop Plains, in der Nähe des Willamette-Flusses.«
»Wo ist das?«
»In Oregon.«
»Wie bist du dorthin gekommen?«
»Wir sind zusammen hergekommen, mit dem Oregon Trail.«
Romero und Davis lachten auf. Bobley schnaubte verächtlich. Swain schüttelte den Kopf. Lediglich Jimmy Lees Miene blieb unbewegt.
Der Lieutenant trat neben Jordan und flüsterte sarkastisch: »Ich gehe vermutlich recht in der Annahme, dass wir es hier nicht mit Beverly Casper zu tun haben.«
Jordan gab keine Antwort, sondern konzentrierte sich ausschließlich auf Robin. »Bitte denke an regelmäßige Atmung«,

wies er sie an. Er spürte wieder dieselbe Nervosität wie damals bei seinem ersten Verhör auf der Polizeiwache. Dicke Schweißtropfen perlten ihm langsam von Schläfen und Haaransatz. Er wischte sie mit der bloßen Hand ab und hoffte, dass die scheinbar beiläufige Geste den anderen entging, obwohl sie Polizisten und damit geübte Beobachter waren. Bei diesem Gedanken wuchs sein Unbehagen.

»Was zum Teufel ist denn nun los?«, fragte Lemoski ungeduldig.

»Offensichtlich befindet sie sich in einem anderen Leben.«

»In einem anderen Leben? Das kann ja heiter werden.«

Obwohl sich die Hypnose nicht gerade vielversprechend für Jordan anließ, spürte er ein gewisses Mitgefühl für Lemoski. Der Lieutenant hatte sich mit diesem ungewöhnlichen Experiment sehr weit aus dem Fenster gelehnt und lief Gefahr, hinunterzustürzen. Jordan wünschte, er hätte ein paar medizinische Fachausdrücke parat, um Lemoski den Rücken zu stärken. Stattdessen klang er wie einer der wirren Anrufer beim psychologischen Notdienst.

»Sie haben ihr doch gesagt, dass sie zu ihren Erinnerungen als Beverly Casper zurückgehen soll«, äußerte Lemoski enttäuscht und aufgebracht zugleich.

»Das Unterbewusstsein lässt sich nicht übertölpeln. Robin hat diese entsetzliche Nacht schon einmal durchlebt. Ich fürchte, ihr Unterbewusstsein weigert sich, erneut dorthin zurückzukehren.«

Er blickte auf Robin, die gleichmäßig und mit entspanntem Gesicht atmete. »Ich möchte sie nicht abrupt aus der Geschichte herausholen. Offensichtlich ist diese Erinnerung viel einfacher für sie. Lassen Sie uns noch ein paar Minuten dort verweilen. Machen Sie sich keine Sorgen, ich gebe nicht auf.«

Lemoski bedeutete Jordan mit kurzem Nicken fortzufahren. Er wandte sich wieder Robin zu. »Wie heißt du?«

»Rebecca Ketchum.« Sie sprach mit dem schwerfälligen, gedehnten Akzent des Mittleren Westens, der weder an Robin noch an Beverly Casper erinnerte. Rebecca Ketchum beschrieb, wie sie in Ithaca, New York, zur Welt gekommen und dann 1852 nach Independent, Missouri gezogen war. Sie war dreiundzwanzig Jahre alt und hatte Astoria gerade über den Oregon Trail erreicht. Angespornt von Jordans Fragen, enthüllte sie, dass sie sich an einem »recht angenehm gelegenen« Ort niederlassen wollte. Als Jordan sich erkundigte, ob sie verheiratet sei, erwiderte sie: »Nein, die Männer hier sind gar zu störrisch.«

Gegen ihren Willen lauschten Lemoski, Romero und Davis wie gebannt, Romero mit halb geöffnetem Mund.

»Gar zu störrisch«, wiederholte die Polizistin stumm und zu Davis gewandt.

Der Akzent war ebenso überzeugend wie die altmodische Sprache des neunzehnten Jahrhunderts. Bobley indessen zeigte unverhüllt seine Verachtung, und auch Swain wirkte gereizt.

Jordan musste Robin unbedingt hundert Jahre weiter in die Zukunft locken. Noch ein paar Schwänke aus dem Leben von Rebecca Ketchum, und er hatte nicht nur Beverly Casper, sondern auch die Unterstützung der Polizei verloren. Da Robin offenbar nicht gewillt war, Astoria zu verlassen, beschloss Jordan, nicht die Zeit, sondern das Thema zu wechseln.

Wenn er sich auf ein tragisches Ereignis in Rebeccas Vergangenheit konzentrierte – die Annahme, dass Rebecca auf dem Oregon Trail viele Tragödien miterlebt hatte, lag schließlich nahe –, konnte er vielleicht auf diesem Weg erneut in Beverly Caspers dunkle Vergangenheit eintauchen.

Er fragte ›Rebecca‹, ob sie auf dem Trail viele Tote gesehen habe.
»O mein Gott«, sagte sie, »unsereins hat dem Tod häufig ins Angesicht schauen müssen. Mancher hat unterwegs einer toten Kuh das Bein abgenommen, gebraten und es ein Steak geheißen. So viel Hunger haben wir damals gelitten.«
»Hast du Menschen sterben sehen?«
»Den Jungen der Harveys. Er ist von der Deichsel gefallen.«
»Wie alt war er?«
»Acht Jahre alt. Ich bin jetzt müde.«
»Haben seine Eltern …«
»Ich bin sehr müde«, unterbrach ihn Robin. »Ich möchte jetzt gehen.«
Jordan hob ihre Hand. »Es war schön, dass du hier zu Besuch warst«, sagte er. »Aber wir haben noch eine andere Reise vor uns. Bist du einverstanden damit, wenn ich zuerst dafür sorge, dass du dich weniger müde fühlst, Rebecca?«
Robin nickte.
»Sobald ich deine Hand loslasse, wirst du dich entspannen.« Er lockerte seinen Griff, und Robins Hand erschlaffte und sank an ihre Seite. Langsam und die Worte mit Bedacht wählend, führte er sie aus Astoria, Oregon und dem Jahr 1853 in die Gegenwart zurück.
Anschließend wies er sie an, sich auf Beverly Caspers Lebensende zu konzentrieren, und versicherte ihr, dass sie in Sicherheit sei. Er fing an zu zählen, und bei zehn angelangt, tippte er wieder sanft an ihre Stirn.
»Ist es Tag oder Nacht?«
Keine Antwort.
»Wie heißt du?«
»Ich will hier nicht sein«, sagte sie. »Es tut zu weh.«

Lemoski hob entmutigt die Hände.
»Ich will heraus«, sagte Robin.
Jordan warf einen Blick auf die Polizisten. Ihre Enttäuschung war offensichtlich. Verzweiflung stieg in ihm auf. Er fühlte sich wie ein Kind, das sich vor Erwachsenen mit Zaubertricks gebrüstet hatte, die ihm dann einfach nicht gelingen wollten. Robin wollte *heraus*. Obwohl er ihr den Wunsch gern erfüllt hätte, beschloss er, noch einen Versuch zu wagen. *Hier stehen Menschenleben auf dem Spiel*, hätte er ihr am liebsten zugerufen. Wie aber sollte er sich Zugang zu jenen schrecklichen Erinnerungen verschaffen, ohne dabei Robin selbst zu schaden? Doch dann erinnerte er sich daran, was Bolton ihm einmal gesagt hatte.
Er wandte sich wieder der Hypnotisierten zu.
»Sag mir deinen Namen.«
Keine Antwort.
»Sag mir nur deinen Namen, sonst nichts.«
»Beverly Casper«, erwiderte sie mit leiser, verängstigter Stimme.
»Beverly, du befindest dich hier in absoluter Sicherheit. Im Zimmer sind drei Polizisten. Sie haben mir garantiert, dass sie es nicht zulassen werden, dass du noch weitere Schmerzen erleiden musst. Stimmt das?«
Er drehte sich zu den Beamten um. »Stimmt das, Lieutenant Lemoski?«, wiederholte er mit Nachdruck und sah Lemoski durchdringend an. Lemoski rutschte unbehaglich auf seinem Stuhl hin und her, schwieg aber. »Stimmt das, Lieutenant Lemoski?«, beharrte Jordan, dieses Mal noch lauter.
»Ja«, erwiderte der Lieutenant. Jordan forderte ihn mit einer Handbewegung auf, noch mehr zu sagen. »Ich bin Lieutenant der Polizei von Los Angeles, und der Mann, der dir

wehgetan hat, wird dir kein Leid mehr zufügen. Das verspreche ich.«

»Konzentriere dich für ein paar Minuten auf deine Atmung«, sagte er zu Robin und flüsterte dann zu den Polizisten gewandt: »Ich versuche es jetzt mal mit etwas Unkonventionellem. Ganz gleich, was Sie hören, bitte verhalten Sie sich still und sagen Sie nichts.«

»Wenn es noch unkonventioneller wird als das hier«, erwiderte der Lieutenant leise, »bin ich die längste Zeit bei der Polizei gewesen.«

Jordan drehte sich zu Robin um. »Wir gehen jetzt rückwärts in der Zeit, aber zu einem ganz besonderen Augenblick, direkt nachdem du ermordet worden bist.«

Er wartete einen Moment. »Bist du dort angekommen?«

»Ja«, erwiderte sie.

»Du bist jetzt ganz ruhig, Beverly, du weißt, John kann dir nichts mehr anhaben. Das weißt du, nicht wahr?«

Sie nickte.

»Sag mir, wo du bist und was du siehst.«

»Mein Körper liegt dort«, sagte sie mit ausdrucksloser Stimme, aus der die Angst verschwunden war. Aus den Augenwinkeln beobachtete Jordan, wie die Polizisten sich eifrig vorbeugten, damit ihnen kein Wort entging. »Er hat eine große Taschenlampe geholt und kommt jetzt zu mir, um zu sehen, ob ich wirklich tot bin.«

»Wer ist er?«

»John.«

»Was tut er jetzt?«

»Er hebt meine Hand, sucht den Puls. Er hält sie kurz fest, dann lässt er den Arm fallen …« Ihre Stimme nahm einen aufgeregten Klang an. »Er spricht zu mir.«

»Was sagt er?«
Sie schwieg eine Sekunde, als lauschte sie einer weit entfernt stattfindenden Unterhaltung. *»Jetzt verstehst du mich, nicht wahr? Oben im Himmel. Ich habe dich genauso gerettet wie Loni. Sie wird deine Freundin. Sie sagt dir, wie gut ich bin. Ich mache Engel. Ich bin der Engelmacher.«*
»Wer ist Loni?«, fragte Jordan.
Robin wiegte den Kopf, schwieg aber.
Lemoski kritzelte etwas auf einen Zettel, den er Jordan reichte. Jordan warf einen kurzen Blick auf die Notiz und fragte Beverly: »Kannst du John sehen, Beverly?«
»Nicht gut. Es ist sehr dunkel.«
»Kannst du sein Gesicht beschreiben?«
»Er hat dunkle Haare.«
»Welche Farbe?«
»Braun, dunkelbraun.«
Lemoski formte mit den Lippen: »Hautfarbe?«
»Welche Farbe hat Johns Haut?«
»Er ist weiß. Er öffnet mein eines Auge, richtet den Lichtkegel der Taschenlampe auf sein Gesicht und sagt: *Erzähl Loni, dass du mich gesehen hast.*«
»Hat er Narben?«, fragte Jordan.
»Nein, aber seine Augen … Ich kann jetzt seine Augen erkennen. Sonderbar, sie sind unterschiedlich.«
»Wie meinst du das? Ist eines größer als das andere?«
»Nein, nein, die Farbe. Eines ist braun und das andere grün.«
»Bist du sicher?«, platzte Lemoski heraus.
Jordan legte warnend den Zeigefinger auf den Mund.
»Wer ist das?«, rief Beverly.
»Ein Freund«, antwortete Jordan. »Einer der Polizisten, die hier sind, um dir zu helfen. Er will so viel wie möglich über

John erfahren, damit er ihn daran hindern kann, noch jemals anderen Menschen wehzutun. Verstehst du das?«

Sie nickte.

»Beverly, vor einem Augenblick hast du gesagt, ein Auge von John sei braun, das andere grün. Kannst du ihn noch immer sehen?«

»Jetzt ist alles wieder sehr dunkel.«

»Du bist dir sicher, dass er unterschiedliche Augenfarben hat?«

»Ja.« Sie zögerte. »Ja, ich bin mir sicher.«

»Was tut er jetzt?«

»Er hebt meinen Körper hoch. Er legt ihn in eine tiefe Grube.«

»Schleift er deinen Körper über den Boden?«

»Ja, und er spricht die ganze Zeit. Er klingt freundlich. *Auf Wiedersehen, mein Engel.* Er gibt merkwürdige Geräusche von sich. Wie ein Schnalzen oder … ich weiß auch nicht. Er legt meinen Körper in die Grube. Er bedeckt ihn mit Erde.«

Wieder reichte Lemoski Jordan einen Zettel. »Kannst du das Auto erkennen?«

»Es ist sehr dunkel. Ich will hier weg.«

»Kannst du irgendetwas über Johns Auto sagen? Kannst du das Nummernschild erkennen?«

»Bitte.« Ihre Stimme war jetzt wieder von Entsetzen erfüllt. »Ich will hier weg. Du hast versprochen, mir zu helfen.«

Jordan drehte sich zu den Beamten um und zuckte mit den Schultern.

»Das Nummernschild. Fragen Sie sie …«

Er unterbrach Lemoski. »Ich muss sie aus der Hypnose holen.«

Plötzlich sprach Beverly wieder. »Meine Mutter ist da.«

»Deine Mutter ist da? Bist du sicher?«
»Sie steht neben meinem Grab. Sie ist ganz allein. Nein, da sind noch mehr Menschen, aber ich kann sie nicht erkennen. Nur meine Mutter.« Über Robins Wangen liefen Tränen.
»Und ein Lied. Ich kann ein Lied hören. Es klingt so vertraut.« Sie schien angestrengt zu lauschen.
Jordan war überrascht. Die Polizisten nicht minder. Wieso tauchte Beverlys Mutter plötzlich in der Geschichte auf? Welches Lied wurde da gesungen? Wer sang es? Jordan musste auf der Stelle die Situation unter Kontrolle bringen. Er hatte Robin zu rücksichtslos zugesetzt.
»Beverly, ich hole dich zurück. Hör mir jetzt genau zu.«
Langsam und schrittweise holte er Beverly aus der Hypnose. Er wollte sicher sein, dass ihr Entsetzen mit ihrem Körper beerdigt worden war, wenn sie erwachte. Erst nach vollen sechs Minuten setzte die Entspannung ein. »Bei der nächsten Zahl öffnest du die Augen. Du fühlst dich ruhig, voller Selbstvertrauen, entspannt und hellwach. Fünf … deine Augen öffnen sich.«
Robin schlug die Augen auf und blickte sich im Zimmer um. Obwohl sie die Polizisten allesamt vor der Hypnose kennengelernt hatte, brauchte sie eine Minute, um sich wieder an sie zu erinnern.
»Wie geht es dir?«, fragte Jordan.
»Ich möchte allein sein.«
»Sollen wir alle gehen?«
»Nur sie«, sagte sie und deutete auf die Beamten.
Die Polizisten bedankten sich bei Robin und packten eilends ihre Ausrüstung zusammen. »Vielleicht können Sie mich ja wirklich noch bekehren«, waren Lemoskis letzte Worte. Jordan fragte sich, welchen Eindruck die anderen haben moch-

ten. Er warf einen Blick auf den schwarzen Polizisten und die Frau. Wenn er raten müsste, würde er sagen, dass die beiden zumindest beeindruckt waren, insbesondere die Frau. Das finstere Lächeln auf dem Gesicht des dritten Polizisten, Bobley, war unschwer zu deuten. Für ihn war die ganze Sache bestenfalls ein schlechter Scherz. Der vierte Mann in der Gruppe, ein Asiate, war der Pokerspieler. Seine Miene war undurchdringlich. Der ältere Polizist, Swain, wirkte einfach nur verwirrt.

Dann war er mit Robin allein.

Sie stand zitternd neben der Tür, und er zog sie an sich.

»Alles in Ordnung?«

»Als du mich aus der Hypnose geholt hast, hast du mir nicht gesagt, dass ich alles vergessen soll«, sagte Robin.

Obwohl Jordan sie fest in den Armen hielt, zitterte sie unaufhörlich.

»Ich weiß. Das war beabsichtigt.« Beruhigend strich er ihr über das Haar. »Als ich dich in meinem Büro gebeten habe, zur Ursache deiner Schluckprobleme zurückzugehen, hatte ich erwartet, dass du dich an ein traumatisches Erlebnis deiner Kindheit erinnern würdest. Stattdessen kam diese Geschichte von Beverly Casper zutage. Ich hatte Angst, die Erinnerungen könnten sich symptomatisch äußern, sobald ich versuchen würde, sie aus deinem Bewusstsein zu eliminieren.«

Robin rang sich ein Lachen ab. »Könntest du das noch mal für den Laien wiederholen?«

»Ich hatte Angst, du könntest wieder unter Schluckbeschwerden oder etwas Ähnlichem leiden, wenn ich diese Erinnerungen in dein Unterbewusstsein verbanne.«

Sie lehnte den Kopf an seine Brust und schmiegte sich noch

enger an ihn. »Verlass mich nicht, Jordan«, bat sie. »Ich habe Angst vor ihm. Er schien mir so nahe zu sein. Viel zu nahe!«

»Wer?«

»John. Er war hier.«

»In gewisser Hinsicht war er das auch. Obwohl du tot warst, hast du ihm ins Gesicht gesehen.«

»Das ist noch nicht alles. Ich fühle mich außerdem schrecklich traurig. Ich weiß nicht, warum. Und ich spüre ihn immer noch in der Nähe, wirklich nahe ... Jordan, ich habe eine Frage.«

»Schieß los.«

»Aber halte mich jetzt bloß nicht für verrückt.«

»Robin, du bist einer der geistig gesündesten Menschen, die ich kenne.«

»Du weißt etwas über Reinkarnation, nicht wahr?«

»Wenig. Nur sehr wenig. Ich muss noch viel mehr darüber erfahren.«

»Es gibt da etwas, was ich unbedingt wissen möchte, auf der Stelle, sozusagen.«

»Nämlich?«

»Kann ein Mörder denselben Menschen zweimal umbringen?«

Montag, 15 Uhr 45

»Okay, zugegeben, das ist ein unkonventioneller Ansatz«, sagte Romero.

»Unkonventionell?«, blaffte Bobley. »Nennt man das so an der Universität für Kriminalwissenschaften in Südkalifornien? Auf der Straße bezeichnet man es schlicht als totalen Quatsch.«

»Demnach warst du also nicht besonders beeindruckt?«

»Nein.« Bobley formte mit Daumen und Zeigefinger eine Null. »Nada. Ist das deutlich genug?«
»Und du, Jimmy, was hältst du davon?«
Jimmy neigte den Kopf zur Seite, als würde er der Frage ausweichen wollen. »Erst ist sie auf dem Oregon Trail und eine Minute später eine Tote, die auf ihre eigene Leiche schaut. Schon ziemlich abgedreht, die ganze Sache …«
»Nicht bloß abgedreht, sondern noch viel schlimmer«, fiel Bobley ihm ins Wort und nahm einen langen Zug aus dem dritten Bier, das er innerhalb der letzten halben Stunde konsumierte. »Dieser Humbug ist doch die reinste Zeitverschwendung. Wir sollten uns stattdessen lieber auf die normalen Ermittlungen konzentrieren.«
»Und wenn dieser Humbug uns dabei hilft, den Messenger zu schnappen?«
Bobley blickte sich prüfend in der Bar um, wo sich die uniformierten Beamten der Frühschicht – von sieben Uhr morgens bis fünfzehn Uhr nachmittags – drängten. Mit geringschätziger Miene wandte er sich wieder Romero zu. »Zuerst mal, was haben wir denn erfahren?«
»Zum einen, dass er verschiedenfarbige Augen hat.«
»Perfekt. Ich sehe direkt vor mir, wie wir einen armen Schlucker aufs Revier schleppen und als Messenger verhaften, weil seine Augen unterschiedliche Farben haben. Sobald sein Winkeladvokat herauskriegt, wie wir auf diese brillante heiße Spur gekommen sind, wird er so schnell freigesprochen, dass die Geschworenen aus dem O.-J.-Simpson-Prozess daneben wie die letzten Transusen wirken.«
»Wer sagt denn, dass beim Prozess etwas über die Hypnose herauskommen muss?«
»Ist doch immer so«, antwortete Jimmy Lee.

»Dann sagen wir eben, es war ein Werkzeug, ein Hilfsmittel. Wir haben uns nicht darauf verlassen.«
»Das Ganze ist doch ein Witz.«
»Na ja, bisher hat uns dieser Witz noch am meisten gebracht. Meiner Ansicht nach bleibt Lemmo nichts anderes übrig, als der Sache nachzugehen.«
Bobley blickte in sein Bierglas. »Wenn Lemoski sich hier zum Affen machen will, bitte sehr. Ich habe jedenfalls nicht die Absicht, mit drinzuhängen, das ist alles.«
»Was soll das heißen, du willst nicht mit drinhängen?«, hakte Jimmy Lee mit ungläubiger Stimme nach. »Willst du darum bitten, dass du einem anderen Fall zugewiesen wirst?«
»Weiß ich nicht. Ich habe mich noch nicht entschlossen.«
Romero lächelte spöttisch. »Wie deine Entscheidung auch aussieht, du wirst dir jedenfalls nicht die Butter vom Brot nehmen lassen, so viel steht schon mal fest.«
»Hör mal, Schätzchen, manche von uns haben es eben auf die gute alte Art bis in die Mordkommission geschafft …«
»Genau, indem sie Geständnisse aus unschuldigen Afroamerikanern und Hispanos prügeln …«
»Ich hab mir meine Beförderung *verdient.*« Er beugte sich dicht zu Romero hinüber. »Im Unterschied zu gewissen anderen Leuten.«
»Was soll das denn heißen?«, fragte Romero herausfordernd.
»Du hast den Abschluss gemacht, finde es selbst heraus. Aber ich gebe dir mal einen Anhaltspunkt, und der kommt nicht aus dem Reich der Toten. Die Anfangsbuchstaben heißen AA, sprich Affirmative Action, sprich Quotenregelung, und weiße Männer sind grundsätzlich davon ausgeschlossen.«
»Noch eine Frage, Josh. Hast du außer deiner Bierflasche eigentlich noch andere Freunde?«

»Beiß mich mal.«
»Damit ich mir Gott weiß welche Krankheiten einfange?«
»Wenn das keine Diskriminierung ist«, höhnte Bobley.
»Wusstest du, dass sich hinter der Abkürzung AA auch ein Verein verbirgt, der vorzugsweise konservative weiße Männer wie dich behandelt? Die Anonymen Alkoholiker.«
Fred Swain näherte sich dem Tisch. »Was ist denn mit denen los?«, fragte er Jimmy Lee.
»Das übliche Liebesgeplänkel.«
»Swainy«, sagte Bobley. »Detective Romero ist der Ansicht, dass wir heute Nachmittag eine tiefgehende spirituelle Erfahrung gemacht haben. Sie und unser hochverehrter Lieutenant möchten uns am liebsten allesamt durch Hexenbretter ersetzen.«
»Weißt du, was dein Problem ist?«, fiel Romero ihm ins Wort.
»Du kannst einfach nicht zugeben, dass du dich in Geller getäuscht hast.«
»Das wird sich ja noch herausstellen, ob ich tatsächlich so falsch liege.«
Romero warf ihm einen Blick zu und verdrehte die dunkelbraunen Augen. »Glaubst du etwa immer noch, er ist unser Mann?«
»Was hältst du für wahrscheinlicher, dass Geller sich heimlich aus seiner Wohnung geschlichen und unsere Ü-Leute abgehängt hat, oder dass ein Mädchen, das vor dreißig Jahren gestorben ist, in einer Schauspielerin wiedergeboren wird?«
»Wenn du persönlich für Gellers Überwachung zuständig gewesen wärst, würde ich natürlich annehmen, dass Geller hinter der Geschichte steckt. Aber augenblicklich neige ich mehr zur Variante Nummer zwei.«
»Gellers Verlobte ist erst vor einem Jahr überfahren worden.

Den Fahrer hat man nie erwischt. Das habe ich in seiner Akte gelesen.«

»Und weiter?«

»Jetzt ist seine Freundin, diese Anwältin ...«

»Sie war nicht seine Freundin.«

»Na ja, jedenfalls stürzt sie mit dem Auto in den Canyon. Wer diesem Kerl etwasnäher kommt, muss es mit dem Leben bezahlen. Findest du das nicht verdächtig?«

»Nein, eigentlich nicht.«

»Und ich sage dir, der ist mir nicht geheuer. Mit dem ganzen Hokuspokus will er uns bloß ablenken. Wenn das rauskommt, stehen wir alle wie Idioten da.« Er wandte sich Swain zu. »Was hältst du denn von der Video-Session heute Nachmittag, Opa? Totalblamage oder Aufklärungsinstrument der Zukunft für den gewieften Detective?«

»Ich habe mit den Ermittlungen nichts zu tun.«

»Das ist uns auch schon aufgefallen, aber damit ist meine Frage noch nicht beantwortet.«

Swain erhob sich. »Wollt ihr noch was trinken?«, fragte er Romero und Jimmy Lee.

Beide schüttelten den Kopf.

»Und was ist mit mir?«, erkundigte sich Bobley.

»Du trinkst sowieso zu viel. Und du quatschst zu viel.«

Bobley hob sein Bier. »Schluss mit den schlauen Reden. Gib's schon zu. In deinen Augen war das doch die reinste Zirkusnummer. So was hättest du nie gemacht. Ich habe dich beobachtet. Du hast genau den gleichen angewiderten Gesichtsausdruck gehabt wie jeden Abend, wenn sie die Bar schließen.«

»Um das noch mal klarzustellen, du Großmaul, hatte ich genau denselben angewiderten Gesichtsausdruck, als ich erfahren habe, dass du für den Messenger-Fall eingeteilt bist.«

Romero machte keine Anstalten, ihr schadenfrohes Grinsen zu verbergen, während sich Swain auf dem Absatz herumdrehte und zur Bar ging.
»Wieso ist er eigentlich nicht Lieutenant geworden?«, rätselte Jimmy Lee. »Er hat immerhin ein paar Jahre mehr auf dem Buckel als …«
»Ich will jedenfalls nicht so enden«, sagte Bobley und führte nachdenklich das Bierglas an die Lippen. »Und falls ich dabei gegen Lemoski oder einen anderen vorgehen muss, sei's drum.«

Montag, 16 Uhr 10

»Vielleicht sollte ich mir von jetzt an einen Doppelnamen geben: Robin Casper-Norris.«
Robin und Jordan waren nach der Hypnose zu einem Spaziergang aufgebrochen. Selbst nachdem die Beamten das Apartment verlassen hatten, fühlte sich Robin dort immer noch wie eingesperrt.
»Nein, im Ernst«, fuhr sie fort. »Ich weiß nicht mehr, wer ich bin.« Nach kurzem Schweigen wiederholte Robin den Satz und fügte hinzu: »Mein Gott, das hört sich an wie ein typisches Teenager-Klischee.« Sie lachte freudlos. »In meinem Fall trifft es allerdings im wahrsten Sinne des Wortes zu.«
»Robin, du hast etwas sehr Sonderbares erlebt. Trotzdem solltest du diese Geschichte nicht überbewerten. Du bist Robin Norris, Punkt. Vielleicht hat ein Teil von dir früher als Beverly Casper existiert, trotzdem bist und bleibst du Robin Norris.«
»Andererseits besteht aber kein Zweifel, wie sehr mir Beverly Caspers Erlebnisse zu schaffen machen. Bedeutet das dann

nicht auch, dass ich alles selbst erlebt habe? Sie wurde erwürgt, und ich habe plötzlich Schluckprobleme und kann nicht mehr singen.« Sie stockte. »Jordan, ich weiß nicht einmal mehr, ob es überhaupt noch eine deutliche Trennung zwischen Beverly und mir selbst gibt.«

»Du bist kein direktes Opfer von dem, was Beverly Casper zugestoßen ist, jedenfalls nicht mehr, als jemand, der von einer entsetzlichen Vergewaltigung liest und sich so stark mit dem Opfer identifiziert, dass er nachts nicht mehr schlafen kann und …«

»Aber ich habe keine Horrorgeschichte gelesen«, fiel ihm Robin ins Wort. »Ich habe eine Horrorgeschichte erlebt. Weißt du, Jordan, es gibt einiges, was ich dir nicht erzählt habe.«

»Wie meinst du das?«

»Ich habe während der Hypnose nur deine Fragen beantwortet. Es gibt vieles, was ich nicht erwähnt habe, weil du mich nicht danach gefragt hast.«

»Zum Beispiel?«

»Beverlys Mutter. Ich musste die ganze Zeit an sie denken.« In Robins Augen standen Tränen. »Ich kann es nicht genau beschreiben. Ich hatte plötzlich ein Bild vor Augen, wie ich mir in der Nacht, als ich starb, einen heftigen Streit mit meiner Mutter lieferte.«

Ihre grünen Augen wurden dunkler. »*In der Nacht, als ich starb*. Ich kann nicht fassen, dass ich so etwas ausspreche. Während ich auf Beverlys Leiche hinunterblickte, hatte ich nur diesen einen Gedanken: *Ich möchte meiner Mutter sagen, wie leid es mir tut*. Zugleich verachtete ich sie zutiefst.«

»Beverlys Mutter oder deine eigene?«

Robin schwieg einen Augenblick und stieß dann hervor: »Bei-

de.« Nach kurzem Nachdenken fuhr sie fort: »Während der Hypnose war mir alles so klar. Als Beverly kämpfte ich die ganze Zeit gegen meine Mutter, ich hatte ein paar hässliche Spitznamen für sie. Puddingbirne oder Puddinggesicht. Und dann, als ich – es klingt so merkwürdig, das zu sagen – als ich tot war, wollte ich zu ihr gehen und sie umarmen und ihr sagen, dass ich gewusst habe, wie sehr sie mich liebt und ich …«
Vor lauter Tränen konnte Robin nicht weitersprechen, und die beiden setzten sich auf die Umrandungsmauer eines Wohnhauses. Jordan wiegte sie wie ein Kind in den Armen und strich ihr besänftigend über den Rücken. »Es war furchtbar, Jordan, ich war tot! Ich hatte endlich begriffen, wie sehr ich meine Mutter liebte! Doch es war zu spät!«
Behutsam hielt Jordan Robin umfasst. »Ich verstehe«, sagte er schließlich.
Robin zog ein Taschentuch aus der Hosentasche, schneuzte sich und betupfte ihre Augen. »Kannst du mir sagen, warum ich diese Erinnerungen habe?«
Jordan dachte nach. »Ich bin mir jedenfalls sicher, dass du etwas daraus lernen kannst.«
»Etwas daraus lernen? Wie denn? Beverly Casper ist tot und hat diese Prüfung nicht bestanden. Was könnte ich aus diesen Erinnerungen, der Reinkarnation, all den Erlebnissen der letzten Tage lernen?«
Er blickte in ihre von Furcht und Verwirrung getrübten Augen. »Ich kann dir die Frage nicht beantworten, Robin, aber ich kenne jemanden, der uns weiterhelfen könnte.«

Montag, 17 Uhr

Blut macht Schlagzeilen. Das war ihr Mantra. Hier war er wieder. Seit sieben Tagen die unangefochtene Nummer eins. Die wichtigste Meldung des Tages. Sie würden erst einen Krieg entfesseln müssen, um ihn kleinzukriegen. Vielleicht genügte nicht einmal das.

Er schlürfte an seinem Bier und stellte die Flasche sorgsam auf den Untersetzer zurück. Er mochte diese Nachrichtensprecherin. Sie war süß. Eine Spur zu alt für seinen Geschmack, ein paar Schönheitsoperationen zu viel und außerdem zu mager – warum mussten diese Frauen immer so dünn sein? –, aber trotzdem war sie ihm inzwischen richtig sympathisch. Es gefiel ihm, wie sie sagte: gelähmt. Die Stadt ist vor Furcht wie gelähmt. *Sie hatte das Zeug zur landesweiten Nachrichtensprecherin. Und er konnte dafür sorgen, dass sie es wurde.*

Er mochte auch Lemoski. Die Zusammenarbeit lief gut. Sie waren ein richtiges Team. Kein Yin ohne Yang. Und umgekehrt. Er brachte sich selbst zum Lachen.

›Lemmo‹ hatte inzwischen begriffen, wer hier am Drücker saß. Anfangs hatte er das nicht kapiert. Mittlerweile war alles klar. Obendrein steht er in meiner Schuld. Und das nicht zu knapp. Ich habe ihn verschont, obwohl ich ihn hätte fertigmachen können. Er war alles andere als ein perfekter Vater. Einfach seine Tochter spätabends allein da draußen herumlaufen zu lassen. Eine Schande. Er hat seine Lektion gelernt. So wie einige andere Väter auch. Andererseits sind da noch jede Menge Väter, die nichts kapiert haben.

Jetzt erzählte sie von einem völlig nebensächlichen Banküberfall. Er stellte den Ton ab, lachte erneut – er schmiss sich regelrecht weg – und summte dann: »Wundervoll ist dieser Morgen, wenn

sich die Sonne erhebt. Frei fühlt das Herz sich von Sorgen, alles ist glücklich, was lebt.« Aber noch während er sang, brach die Furcht wie ein Krebsgeschwür in seine Träume ein. Niemand hielt sich lange an der Spitze. Das wusste er. Sobald man es nach ganz oben geschafft hatte, setzten sie alles daran, einen fertigzumachen.
Aber er hatte eine Mission. Eine heilige Mission. Das trieb ihn voran. Daraus schöpfte er seine Kraft. Loni hatte ihm einen Auftrag erteilt. Sie hatte ihm den Willen verliehen.
Den Willen, zu töten.

Montag, 18 Uhr

Als Jordan auf die Klingel drückte, ertönte ein Summen. Sekunden später meldete sich Geoffrey Bolton höchstpersönlich an der Gegensprechanlage. Außer ihm war niemand in der Praxis.
»Sie haben Glück, dass ich Ihnen so kurzfristig einen Termin geben konnte«, sagte Bolton. »Heute ist der einzige Wochentag, an dem ich abends früher Schluss mache.« Er wandte sich Robin zu. »Und Sie, liebe Freundin«, sagte er und begrüßte sie mit festem Händedruck, »müssen die Patientin sein, von der mir Doktor Geller erzählt hat.«
Robin nickte.
»Unser Gespräch ist mir nicht aus dem Kopf gegangen«, sagte Bolton zu Jordan. »Eine außergewöhnliche Geschichte. Übrigens, haben Sie Elinor davon erzählt?«
Als Jordan den Kopf schüttelte, lächelte er spöttisch. »Das habe ich mir beinahe gedacht.«
»Ich bin sowieso nicht mehr am Dittmyer. Elinor hat mich freigestellt.«

Boltons tiefliegende Augen blickten mit einem Mal hart.
»Deswegen sind wir aber nicht hier«, fuhr Jordan fort. »Robin, oder genauer gesagt wir beide, müssen unbedingt mit Ihnen reden.«
Bolton führte sie in sein Büro und bot ihnen einen Platz auf dem weichen braunen Sofa an. Er ließ sich auf dem Sessel ihnen gegenüber nieder.
Jordan benötigte mehr als zwanzig Minuten, um Bolton alles zu berichten, was sich seit ihrem letzten Zusammentreffen ereignet hatte. »Außergewöhnlich, höchst außergewöhnlich«, murmelte Bolton wiederholt und furchte besorgt die Stirn, als er erfuhr, dass die Polizei zeitweise sogar Jordan selbst für den Messenger gehalten hatte.
»Die Polizei hat Ihre Sitzung mit Robin tatsächlich auf Video festgehalten?«, erkundigte er sich.
»Ja.«
»Mir ist kein Fall bekannt, in dem Hypnose bei den Ermittlungen der Polizei eine Rolle gespielt hätte. Dieser Lieutenant Lemoski muss entweder besonders aufgeweckt oder besonders verzweifelt sein.« Bolton kicherte. »Sorgen Sie dafür, dass der Mörder die Aufnahmen nicht zu Gesicht bekommt.«
Robin erschauerte. »Was wollen Sie damit sagen?«
»Stellen Sie sich vor, er würde den Film sehen und erfahren, wie Sie einen Mord schildern, bei dem es seiner Überzeugung nach keine Zeugen gab …«
»Die einzige Kopie der Aufzeichnung befindet sich in Polizeibesitz«, fiel Jordan ihm ins Wort, ohne die Augen von Robin zu nehmen.
Bolton seufzte. »Zu schade.« Er heftete den Blick auf Jordan. »Ich würde diese Aufzeichnung sehr gern sehen.«

»Ich fürchte, das ist unmöglich. Jedenfalls solange der Messenger noch frei herumläuft.«

Bolton nickte. Dann wandte er sich wieder an Robin. »Doktor Geller sagte mir, dass er Ihnen nach der ersten Sitzung die Anweisung erteilt hatte, alles zu vergessen. Können Sie …«

»Ich erinnere mich inzwischen an alles.«

»Sehr gut.«

»Wir haben unsere Zweifel, ob das wirklich so gut ist«, schaltete sich Jordan mit Blick auf Robin ein.

»Diese Erinnerungen machen mir sehr zu schaffen«, sagte sie. »Ich kann mich nämlich nicht nur an den Mord, sondern auch an die furchtbaren Spannungen erinnern, die es zwischen mir und meiner Mutter gab.«

Bolton lehnte sich zurück. Unversehens erkannte man den routinierten Analytiker, der er einmal gewesen sein musste, bevor er neue Pfade eingeschlagen hatte. »Erzählen Sie mir davon«, bat er Robin.

»Das lässt sich mit Worten kaum beschreiben. Ich spürte sehr viel Wut. Dann bin ich gestorben, ohne Frieden mit meiner Mutter zu schließen.«

»Wenn Sie die Beziehung der beiden Frauen beschreiben müssten, worin liegt Ihrer Meinung nach das Hauptproblem, das die Spannungen zwischen Beverly und ihrer Mutter verursacht hat?«

»Meiner Ansicht nach lag das vor allem daran, dass Beverlys Mutter besonders ängstlich war.«

Mit einer auffordernden Handbewegung bedeutete ihr Bolton, dass er mehr hören wollte.

»Sie behandelte Beverly, als wäre sie noch ein kleines Mädchen und keine junge Frau. Man hatte den Eindruck, als hätte sie selbst Angst vor dem Leben. Sobald Beverly sich mit ihren Freundinnen treffen wollte, versuchte ihre Mutter jedes Mal, sie durch vorgeschobene Gründe daran zu hindern. Unter Hypnose hatte ich den Eindruck, dass ihre Mutter sie am liebsten zu Hause behalten wollte. Ich spürte, wie der Konflikt zwischen beiden schwelte und sich schließlich entlud.«

Bolton hielt den Blick auf den Füllfederhalter gesenkt, den er wie gewöhnlich zwischen den Handflächen rollte. Es dauerte eine Weile, bevor er sprach.

»Da Ihre Erinnerungen an ein früheres Leben außergewöhnlich eindringlich sind, sollten Sie meiner Meinung nach auf …«, er suchte nach dem richtigen Wort, »auf Rückblenden aus Beverlys Leben gefasst sein.« Er sah Jordan an. »Sie dürfen Sie nicht aus den Augen lassen.«

»Was meinen Sie mit Rückblenden?«, fragte Robin.

»Ich habe die Erfahrung gemacht, dass in besonderen Fällen wie Ihrem, mit derart intensiven Erinnerungen, spontane Erinnerungsschübe auftreten können …«

»Wollen Sie damit sagen, ich könnte auch dann Erinnerungen an mein Leben als Beverly haben, wenn ich nicht unter Hypnose stehe?«

»Das ist durchaus möglich. Unglücklicherweise sogar ziemlich wahrscheinlich.«

Robin sackte auf ihrem Stuhl zusammen. »Toll.«

»Wenn ich mir die Frage erlauben darf, welches Verhältnis haben Sie eigentlich zu Ihrer eigenen Mutter?«, eröffnete Bolton eine neue Reihe von Fragen.

»Was spielt das denn für eine Rolle?«

»Ich verstehe unter Reinkarnation«, erwiderte Bolton, »dass wir in dieser Welt sind, um vergangene Fehler gutzumachen. Vielleicht täusche ich mich, aber es würde mich wundern,

Robin Norris, wenn Sie eine unkomplizierte Beziehung zu Ihrer Mutter hätten.«
Zuerst beugte Robin sich vor, als wolle sie widersprechen, besann sich dann aber eines Besseren. »Wir hatten einige Probleme.«
»Glauben Sie, dass Ihre Mutter ebenfalls Angst vor dem Leben hat, Robin?«
Sie lachte. »Adrian? Im Augenblick macht sie gerade einen Yoga-Kurs im tiefsten Colorado.«
»Nennen Sie Ihre Mutter immer beim Vornamen?«
»Nein, ich habe sie bei allen möglichen Namen genannt. Sie ist der Inbegriff der jüdischen Mutter und weiß genau, was am besten für mich ist. In ihren Augen verschwende ich nur meine Zeit. Sie hat mir sogar geraten, meine Rolle wegen der Schluckprobleme aufzugeben. Können Sie sich das vorstellen? Ich habe einfach den Hörer aufgelegt.«
Bolton nickte wissend. Jordan folgte dem Gespräch wie gebannt. Die offensichtlichen Ähnlichkeiten zwischen ihr selbst und Beverly schienen Robin vollkommen zu entgehen. *Wir haben alle unseren blinden Fleck*, dachte er.
»Wann haben Sie denn das Telefongespräch mit Ihrer Mutter so abrupt beendet?«, fragte Bolton.
»Letzte Woche. Warum?«
»In der vergangenen Woche haben Sie also zum letzten Mal mit ihr gesprochen?«
»Ja, etwas später am gleichen Tag hat sie dann diese Reise angetreten, und ich ging in Jordans Praxis.« Bolton musterte Robin lange und nachdenklich.
»Sagen Sie doch etwas«, bat Robin schließlich. »Sie machen mich ganz nervös.«
Bolton antwortete so langsam, als entwickelte er seine Gedan-

ken beim Sprechen. »Beverly Casper hatte einen heftigen Streit mit ihrer Mutter, stürmte dann wahrscheinlich aus dem Haus und kehrte nie mehr zurück. Sie legen während eines Telefongesprächs mit Ihrer Mutter einfach den Hörer auf, und kehren dann, nur wenige Stunden später, im Verlauf einer Hypnosesitzung, als Beverly Casper ins Leben zurück. Ich halte das zumindest für einen höchst interessanten Umstand.«

»Aber meine Mutter hat keinerlei Ähnlichkeit mit Beverlys Mutter.«

»Vielleicht nicht in jeder Hinsicht, doch die Dynamik der beiden Beziehungen weist etliche Gemeinsamkeiten auf.«

»Entschuldigen Sie, aber das ist vollkommen absurd.«

»Glauben Sie? Sie möchten eine erwachsene Robin Norris sein, die eine liebevolle Beziehung zu ihrer Mutter hat. Sie fragen sich, ob das möglich ist. Beverly wollte mit ihren Freundinnen zusammen sein und wünschte sich, ihre Eltern, insbesondere ihre Mutter, würden die Tatsache akzeptieren, dass sie allmählich erwachsen wurde. Sie spürt jedoch, wie ihre Mutter sich dagegen sträubt. Sie verbietet der Tochter auszugehen. Unter Missachtung dieses Verbots trifft sich Beverly mit ihren Freundinnen in einem Restaurant, wird entführt und ermordet. Das muss einer ihrer letzten Gedanken gewesen sein – *hätte ich doch nur auf meine Mutter gehört.* Nun zu Ihnen. Welches Erlebnis hatten Sie? Ihre Mutter hackt auf Ihrem Schluckproblem herum, einem Problem, das Sie berechtigterweise sehr ängstigt. Sie fordert Sie auf, die Rolle hinzuwerfen und aus dem Stück auszusteigen, genau jene Sorte Ratschlag also, die Beverly Casper in helle Wut versetzt hätte und auf die auch Sie nicht minder heftig reagieren. Sie legen auf und brechen das Gespräch und damit die Verbindung zu Ihrer Mutter gleichsam ab …«

»Ich habe die Verbindung zu meiner Mutter nicht abgebrochen!«
»Nun, in diesem Augenblick schon. Kurz darauf kehren Ihre Gedanken, auf einer Ihnen nicht bewussten Ebene, zu den Erlebnissen Beverly Caspers zurück.«
»Aber das ergibt doch keinen Sinn«, protestierte Robin. »Mein ganzes Leben lang habe ich schon Auseinandersetzungen mit meiner Mutter, zum Teil sogar erheblich heftigere. Warum sollte ich ausgerechnet jetzt zu Beverly Casper zurückkehren?«
»Weil Sie Angst haben, dieses Schluckproblem könnte Ihr Leben bedrohen. Trotzdem schlagen Sie den Rat Ihrer Mutter in den Wind. Kurz darauf erinnert sich ihr Unterbewusstsein daran, dass Beverly Casper starb, als sie nicht auf den Rat ihrer Mutter hörte.« Bolton hob beschwichtigend die Hände. »Ich weiß es nicht. Sicher bin ich mir nicht. Ich spekuliere nur.«
»Doktor Bolton«, meldete sich Jordan jetzt zu Wort. »Hier liegen die Dinge anders. In diesem Fall gibt es einfach zu viele Zufälle.«
»Ich glaube nicht an Zufälle«, unterbrach Bolton ein wenig schroff. »Es geschieht nichts grundlos.«
»Nun, dann gibt es eben zu viele«, Jordan suchte nach dem richtigen Wort, »*Rätsel.* Meine Verbindung zu Robin hat zur Verbindung mit dem Messenger geführt, ausgerechnet Avery Conniston soll der Zeuge eines Vorfalls gewesen sein, der wiederum mit dem Messenger in Verbindung steht, und ausgerechnet April, die Tochter Connistons, war meine Anwältin …«
»Und wurde ermordet? Wollen Sie darauf hinaus?« Bolton trommelte auf den kleinen Tisch neben seinem Sessel. »Vieles davon könnte weit weniger rätselhaft sein, als Sie annehmen.

Wir haben herausgefunden, dass Menschen häufig wieder mit jenen zusammentreffen, die eine wichtige Rolle in ihrem früheren Leben gespielt haben. Eine meiner Patientinnen hat mir berichtet, wie sie ihrem vierjährigen Sohn Schach beibrachte. Plötzlich sagte er zu ihr: *Ich kann schon Schach spielen. Wie denn?*, fragte sie. *Weil ich dir das Spiel schon einmal beigebracht habe. Damals war ich groß und du klein.* Verstehen Sie, Reinkarnation ist keineswegs ein Zufallsprodukt: Heute leben Sie in den Vereinigten Staaten, morgen in China, ein anderes Mal in Ägypten und kehren stets mit Seelen zurück, die Ihnen völlig unbekannt sind. So ist das überhaupt nicht. Vielmehr handelt es sich um Menschen, mit denen wir noch Rechnungen offen haben und die wir treffen, mitunter sogar mehrmals, bis dieses Problem geklärt ist.«

»Wenn man jemanden nicht ausstehen kann, schließt man demnach besser Frieden, weil man ihm sonst immer wieder begegnet«, fasste Robin ein wenig salopp zusammen.

»Darüber sollten Sie nicht lachen. Da ist etwas dran. Aber wir treffen auch Menschen wieder, die uns beschützt und behütet haben.« Die buschigen Brauen hochgezogen, musterte Bolton seine beiden Besucher, die dicht nebeneinander auf dem Sofa saßen. »Wer weiß, vielleicht waren Sie beide schon einmal in einem früheren Leben gut zueinander?«

»Bedeutet das, jeder von uns, Robin, ich und die Connistons, könnten früher einmal zueinander in Verbindung gestanden haben?«

»Das ist ohne weiteres möglich. Wie ich bereits sagte, werter junger Kollege, Dinge geschehen nicht zufällig. Es gibt immer einen Grund dafür.« Bolton schwieg, den Blick auf Jordan geheftet. »Im Augenblick machen mich diese sogenannten Zufälle jedenfalls nervös.«

»An was denken Sie dabei?«
Bolton zögerte.
»Sie sollten lieber vorsichtig sein. Sehr vorsichtig sogar. Alle beide.«

Montag, 20 Uhr

Je hartnäckiger Robin darauf pochte, es sei überflüssig, dass Jordan ins Theater mitkäme, desto weniger ließ er sich davon abbringen. Nun, da Beverly Caspers Erinnerungen in ihr Bewusstsein vorgedrungen waren, wollte er sie nicht allein lassen.
»Mir geht's gut, wirklich«, beteuerte sie ein letztes Mal, während er den Wagen auf den Parkplatz des Wandsworth-Theaters lenkte. »Die Show muss weitergehen und so.«
»Ich bleibe nur ein paar Minuten, bis ich weiß, dass alles in Ordnung mit dir ist.«
Schließlich streckte Robin die Waffen. Immerhin hätte ihr Schlimmeres passieren können als einen Mann, der nicht nur Arzt war, sondern überdies auch noch einer, zu dem sie sich stark hingezogen fühlte, so besorgt um ihr Wohlergehen zu sehen.
»Such dir einen Sitzplatz«, sagte sie beim Hineingehen und deutete auf die leeren Reihen.
»Der Star beehrt uns mit seiner Anwesenheit«, ließ sich Walter vernehmen, als Robin zur Bühne vorging. Er verbeugte sich. »Wie ich sehe, hast du Doktor X mitgebracht. Ich bin entzückt.«
»Falls du mich brauchst, ich sitze hier unten«, rief Jordan, ohne auf Walters sarkastische Begrüßung einzugehen. Robin

drehte sich um, nickte ihm zu und verschwand dann in Richtung Garderobe, Walter im Schlepptau.

»Ich habe ja immer gedacht, dein Geldzähler aus New York wäre an Mittelmäßigkeit nicht mehr zu überbieten gewesen, aber verglichen mit diesem Scharlatan wirkt er plötzlich wie ein richtig toller Hecht. Zumindest konntest du abends neben Big Dollar einschlafen, ohne dir Sorgen machen zu müssen, ob du am nächsten Morgen als Tote aufwachst.«

Robin blieb abrupt stehen und wirbelte auf dem Absatz herum. »Da hätte ich gleich noch eine Neuigkeit für dich. Dieser Scharlatan hilft der Polizei inzwischen bei ihren Ermittlungen – auf Anfrage des Lieutenants.«

»Das ist mal wieder typisch für die Polizei von Los Angeles.« Walter packte sie bei den Schultern. »Ich bin seit heute Morgen hier, wo zum Teufel hast du gesteckt?«

Geduckt und mit einer raschen Drehung entwand sich Robin seinem festen Griff. »Du bist hier nur für die Show verantwortlich, Walter, nicht für mein Leben.«

»Bevor er auftauchte, warst du da anderer Ansicht.«

Robin stampfte in ihre Garderobe und schmetterte ihm die Tür vor der Nase zu. Walter starrte wütend auf ihren mit Schablonen aufgedruckten Namenszug. »Wenn er dich nicht erwürgt«, brüllte er durch die hölzerne Barriere, die sie voneinander trennte, »dann tu ich's.«

Während er wartete, bis Robin auf der Bühne erschien, glitten Jordans Gedanken rasch zu April zurück. Er konnte noch immer nicht fassen, dass sie tot war. Das war doch einfach nicht möglich. Oder gerecht. Wie konnte April im einen Moment noch sein und im nächsten nicht mehr. Falls es einen Gott gab und falls dieser Gott gut war (denn wäre Gott schlecht, dann war das Leben tatsächlich nichts anderes als ein grausamer Witz), wäre es dann nicht durchaus vernünftig, wenn man mehr als ein Leben hätte? Im Lauf einer kurzen Lebensspanne konnte man nur so weniges vollenden. Nicht einmal diese Zeit war April geblieben. Sie war bereits mit fünfundzwanzig gestorben, einem Drittel der normalen Lebenszeit. War es da kein einleuchtender Gedanke, dass sie einen zweiten Biss in den Apfel des Lebens verdient hätte? Wenn schon gewöhnliche Sterbliche Aprils vorzeitigen Tod als entsetzlich falsch empfanden, wie falsch musste ihr Tod nicht erst Gott erscheinen?

Fast sofort beschlich ihn ein anderer, weit weniger beruhigender Gedanke. Bolton hatte darauf beharrt, dass Aprils Tod mitnichten ein Zufall war. Wie aber war es dann zu dem Unfall gekommen? War ihr halsbrecherischer Fahrstil daran schuld? Eine Erklärung, die Jordan auf der Stelle einleuchtete. Er erinnerte sich an eine gemeinsame, ungefähr ein Jahr zurückliegende Fahrt mit April, als sie mit hundert Sachen im Zickzack durch den dichten Verkehr auf der Autobahn gesteuert war. Vielleicht war einem durchgedrehten, verärgerten Fahrer bei einem ihrer schnittigen Überholmanöver der Kragen geplatzt und er hatte April von der Straße abgedrängt? War das überhaupt wahrscheinlich? Wieder dachte er an Boltons kategorische Ablehnung des Zufalls. Wie groß war die Wahrscheinlichkeit, dass ausgerechnet an jenem Tag, als April den unter Mordverdacht stehenden Jordan verteidigt hatte, irgendein aufgebrachter Fahrer Rache an ihr nahm? Nun, nicht einmal Jordan, der an Zufälle glaubte, kam das plausibel vor. Aprils Tod hing irgendwie mit dem Fall Messenger zusammen. Aber wer hatte sie umgebracht? Der Messenger? Woher wusste er über sie Bescheid, und aus welchem Grund hätte er sie töten sollen? Darauf gab es nur eine

mögliche Antwort, eine Antwort, die Jordan erschauern ließ. Die Polizei. Die Polizei und Elinor waren die einzigen Personen, die über Jordans Verbindung zu April und dem Messenger Bescheid wussten.
Diese verstörende Überlegung wurde vom Klang einer so reinen und klaren Frauenstimme unterbrochen, dass sie ihn, unter Umgehung seines Verstands, mitten ins Herz zu treffen schien. Sein Körper erbebte instinktiv, als habe er einen himmlischen Akkord vernommen. Auf der Bühne stand Robin in schwarzen Strümpfen und einem weiten grauen Sweatshirt und sang, zu einem anderen Schauspieler gewandt:

Wär' es Liebe –
Tausendmal hätt' ich dir gern gesagt,
Was so vorgeht in mir.
Wär' es Liebe –
Tausendmal hätt' ich es nicht gewagt
Trotz der Sehnsucht nach dir!
Denn schon aus Angst fällt mir das Wort nicht ein,
Das du erwartest, und du lässt mich sein –
Und ich bliebe
Tausendmal mehr als zuvor allein,
Und dann wüsstest du nie,
Wie ich liebe –
Wenn ich liebe!

Inzwischen kannte er Robin seit einer Woche als Privatperson und war schon so von ihr überwältigt gewesen. Nun erlebte er plötzlich zum ersten Mal Robin Norris, die Schauspielerin und Sängerin. Eine weitere überraschende Erkenntnis in einer von Erkenntnissen ohnehin bereits gesättigten Woche. Sie bewegte sich mit natürlicher Anmut auf der Bühne, und ihre Stimme drang bis in die kleinste Ritze des Theaters vor. *O Gott, ich hatte ja keine Ahnung, wie gut sie ist.* Er lehnte sich vor, legte das Kinn auf die Handflächen und schloss die Augen. Obwohl er Robins Gesicht nicht sehen konnte, wusste er so sicher, wie er nur je etwas gewusst hatte, dass sie einzig und allein für ihn sang. Jede Note, jede Nuance war ausschließlich für seine Ohren bestimmt.

Einige Minuten später schlüpfte er aus dem Theater, ohne sich zu verabschieden. Er wollte die Probe nicht stören, und obwohl er keine Angst vor Walter hatte, verspürte er auch ebenso wenig den dringenden Wunsch, eine Szene heraufzubeschwören. Er verstand jetzt, woher Walters unbegründeter Besitzanspruch gegenüber Robin rührte. Er wollte ihre Begabung schützen. Jordan erging es mit einem Mal genauso. Er wollte alles an Robin beschützen.

Als er aus der Ausfahrt des Parkplatzes fuhr, klingelte sein Handy. Lemoski war am Apparat. Er wollte ein psychologisches Profil des Mörders, und da Jordan sich ohnehin so gut in dem Fall auskannte, wer hätte sich besser für diese Aufgabe eignen können?

»Ist dafür normalerweise nicht das FBI zuständig?«, erkundigte sich Jordan.

»Leider ist die Tanzkarte des FBI schon voll. Vermutlich waren die Psychopathen in diesem Jahr besonders tatendurstig. Bitte, Doktor Geller, ich brauche Sie. Auf der Stelle.«

Montag, 21 Uhr 17

»Könnte ich mit Detective Karen Romero sprechen?«, bat der Anrufer.

»Ihren Namen, bitte?«, fragte die Telefonistin des Polizeireviers.

»Mike Fields.«

Kurz darauf nahm Romero den Hörer ab. »Mister Fields?«

»Sie erinnern sich an mich?«

»Ich habe Sie kennengelernt, als ich gemeinsam mit Lieutenant Lemoski bei Avery Conniston war. Sie sind sein Cousin, nicht wahr?«

»Ja«, erwiderte Fields, offenkundig geschmeichelt.

»Ich habe von April Connistons Unfall gehört. Wie entsetzlich.«

»Ja. Wir sind alle vollkommen erschüttert. Avery ist am Boden zerstört.«

»Das muss furchtbar für sie alle sein.« Romero dachte daran, wie April bei ihrer ersten und einzigen Begegnung ausgesehen hatte. Elegant, reich und klug. Einfach perfekt. Ein Leben, von dem andere nur träumen konnten. Und jetzt war alles aus und vorbei. »Bitte sagen Sie Mister Conniston, wie leid mir das tut.«

»Mache ich, Detective Romero.«

»Steht Ihr Anruf in Zusammenhang mit Aprils Tod?«

»Indirekt schon.«

»Erzählen Sie.«

»Detective Romero, darf ich Sie Karen nennen?«

»Klar.«

»Sie nennen mich Mike, einverstanden?«

Romero zögerte kurz.

»Ja, einverstanden. Wenn Sie jetzt bitte diesen indirekten Zusammenhang schildern würden.«
»Am Abend, bevor sie starb, hat April mir etwas erzählt.«
»Was hat sie Ihnen denn erzählt?«
»Wir müssen uns treffen. Am Telefon möchte ich lieber nicht darüber reden.«
Karen Romero fiel ein, wie Fields sie vor einigen Tagen in Connistons Haus mit den Augen verschlungen hatte. Vielleicht war er einer von diesen Typen, die auf Frauen in Uniform flogen. »Tut mir leid, Mister, äh, Mike. Die Aufklärungsarbeit am Messenger-Fall hält uns hier sehr in Atem. Ich fürchte, ich habe in nächster Zukunft keine Zeit, Sie zu treffen.«
»Aber genau darum geht es doch gerade. Das, was ich Ihnen erzählen möchte, hat mit dem Messenger zu tun.«
»Wie kann das sein?«
»Bevor sie an diesem Abend losfuhr, hat April mir erzählt, dass sie alles herausgefunden hat und sogar weiß, wer der Messenger ist.«
Romero schnappte hörbar nach Luft. »Aber das ist unmöglich.« Andererseits hatte Lemoski der Anwältin die Beverly-Casper-Akte gegeben. Hatte sie beim Lesen etwas entdeckt? Das war zwar reichlich unwahrscheinlich, aber keineswegs so unmöglich, wie sie Fields gegenüber etwas voreilig behauptet hatte.
»Vielleicht. Ich weiß nur, was sie mir erzählt hat, und hielt es für richtig, Sie ebenfalls darüber zu informieren.«
»Haben Sie mit jemand anderem darüber gesprochen?«
»Nein. Dieser Psychiater war heute bei Avery. Kennen Sie ihn?«
»Meinen Sie Jordan Geller?«

»Ja, genau den. Ich habe ihm nichts davon erzählt. War das verkehrt?«
»Nein, nein, das war richtig so. Na gut, Mike, vielleicht sollten wir uns treffen.«
»Wunderbar. Was halten Sie von morgen früh?«
»Ich könnte es auch heute Abend irgendwie einrichten.«
»Das ist natürlich noch besser. Avery hat sich gerade zu seiner Ranch in Santa Barbara fahren lassen. Sie könnten mich zu Hause besuchen.«
»Dort, wo wir uns am Mittwoch getroffen haben?«
»Ja.«
»Mike, das hier ist rein geschäftlich, ja? Ich habe keine Zeit zu verlieren.«
»Rein geschäftlich, Karen. Versprochen.«
Romero warf einen Blick auf ihre Uhr. »Ich bin schon unterwegs.«

Montag, 21 Uhr 45

Jordan saß allein in demselben, schlecht belüfteten Verhörraum, wo Lemoski ihn einige Tage zuvor befragt hatte. Auch heute war ihm der Raum ebenso unsympathisch wie bei seinem ersten Besuch. Fünf tote Mädchen leisteten ihm Gesellschaft … Beverly Casper, Erica Braun, Rachel Gordon, Monica Johnson und Judy Cinch. Lemoski hatte ihm die Akten der letzten vier ausgehändigt. Eine Kopie der Beverly-Casper-Akte besaß er noch nicht – die einzige andere Kopie war bei April Connistons Unfall verbrannt –, aber Lemoski hatte ihm versprochen, dass er bald eine weitere Kopie bekommen würde.

Der mutige Lieutenant war offensichtlich dabei, die Regeln sehr großzügig auszulegen oder sie vielleicht sogar zu brechen, als er Jordan jetzt Einblick in die noch unbearbeiteten Akten gewährte. Bevor Zivilpersonen Polizeiakten einsehen durften, wurden diese normalerweise von einem Beamten *bearbeitet*, diesen Ausdruck hatte Lemoski jedenfalls benutzt, der alle heiklen oder vertraulichen Stellen wie beispielsweise Namen und Adressen von Zeugen, mit einem dicken schwarzen Marker unleserlich machte. Dies waren Unterlagen, die die Polizei üblicherweise dem Verteidiger zukommen ließ. Aber da Lemoski Jordan kurzerhand zu einem Mitarbeiter gemacht und ihm eine Dienstmarke angeheftet hatte, war eine Ausnahme gemacht worden. Lemoskis einziges Zugeständnis an die übliche bürokratische Vorgehensweise bestand in der Anwesenheit eines uniformierten Polizisten, der auf dem Gang neben der Tür Wache schob und dafür zu sorgen hatte, dass Jordan sich nicht mit den Unterlagen aus dem Staub machte. Dieser Fall war offenbar in jeder Hinsicht höchst ungewöhnlich.

Lemoski hatte Jordan um ein Profil des Mörders gebeten, und Jordan hatte sich rasch dazu bereiterklärt. Viel zu rasch, wie er inzwischen fand. Zum einen fühlte er sich der Aufgabe nicht gewachsen. Um ein Täterprofil zu erstellen, bedurfte es einer besonderen Ausbildung. Zum zweiten fühlte er sich emotional überfordert. Es war eine Sache, in der behaglichen Umgebung seiner Praxis in Brentwood den deutlichen, bisweilen sogar dementen Phantasien seiner Patienten zuzuhören, und eine ganze andere, mit eigenen Augen die Leiche Judy Cinchs in grotesker und erniedrigender Stellung betrachten zu müssen. Die entsetzliche Erkenntnis, dass der Mörder das Mädchen im Spiegel zur Zeugin ihres eigenen Todes gemacht hatte, ließ Jordan nicht los. Diese sachlichen

Fotos durchzusehen, die die Tat aus verschiedenen Perspektiven festhielten, war beinahe ebenso schlimm wie selbst am Ort des Verbrechens zu sein. Er brachte es einfach nicht fertig, die Fotos mit jener leidenschaftslosen Konzentration zu untersuchen, die seiner Ansicht nach für die Aufgabe unerlässlich war.
Er bemerkte erst nach einer Minute, dass er angefangen hatte zu weinen. Wie hätte man diese abscheulichen Fotos auch ansehen können, ohne dabei zu weinen? Vielleicht mussten Polizisten sich dazu zwingen, ihre Gefühle angesichts des Bösen zu unterdrücken, aber er war nun einmal kein Polizist. Er war nicht einmal ein Profiler. Und falls er je mit dem Gedanken gespielt hatte, einer zu werden, war damit jetzt endgültig Schluss. Was zum Teufel hatte er eigentlich hier verloren? Er lehnte sich zurück, atmete tief durch und wischte sich die Tränen ab. In den vergangenen Tagen hatten sich die Ereignisse einfach überstürzt. Er war zwischen Tod und Liebe hin und her geschleudert worden. Seine Sinne und seine Seele hatten die Grenzen ihrer Aufnahmefähigkeit erreicht. Seine Anwesenheit hier war geradezu lächerlich. Er wusste ja nicht einmal, was er von seinen eigenen Gedanken halten sollte. Vielleicht wäre er nach einer Woche Schlaf in der Lage, Lemoski zu helfen, aber im Augenblick konnte er nicht einmal ein Kreuzworträtsel lösen, geschweige denn sich in die Gedankenwelt eines Mörders hineinversetzen.
Ein Zitat aus dem Talmud oder zumindest die Abwandlung eines solchen Zitats kam ihm plötzlich in den Sinn. »Wer, wenn nicht ich?« Er atmete aus, griff nach der Akte Erica Braun und beugte sich erneut über die Arbeit.

Montag, 22 Uhr 35

Romero folgte Mike Fields in das Wohnzimmer, wo Avery Conniston heute Morgen die Kondolierenden empfangen hatte. Die Stühle waren immer noch im Halbkreis angeordnet.
Ehe sie Platz nahm, spähte Romero neugierig um die Ecke in den angrenzenden Raum und erhaschte einen Blick auf den Claes Oldenburg, der ihr bereits beim letzten Besuch aufgefallen war. Sie überlegte, ob sie Fields um eine kurze Führung durch das Haus bitten konnte, verwarf den Gedanken dann jedoch. Es war schon spät, und die Bitte wirkte angesichts der Umstände reichlich unangebracht.
Fields ging zur Bar im angrenzenden Zimmer. »Kann ich Ihnen etwas zu trinken anbieten?«, fragte er und schenkte sich einen Whiskey ein.
»Nein, danke.«
»Wieso geht eine Frau wie Sie zur Polizei? Sie haben offensichtlich eine Schwäche für moderne Kunst. Ich habe gleich bemerkt, dass Sie sich für Aves Sammlung interessieren.«
»Mike, ich bin hier, um zu erfahren, was April Ihnen gesagt hat.«
»Wahrscheinlich könnten Sie mir ein paar interessante Dinge über diese Meisterwerke erzählen. Ich weiß bloß, wie viel sie meinen Cousin gekostet haben und was sie inzwischen wert sind. Ave verbreitet sich gern darüber, was er für ein Wahnsinnsgeschäft gemacht hat … Wie wär's mit einer Diät-Cola?«
»Gern.«
Er riss die Dosenlasche mit einem Ruck hoch. »Ich schätze, Sie sind ungefähr siebenundzwanzig oder achtundzwanzig Jahre alt. Liege ich da richtig?« Er reichte ihr das Glas.

Romero nahm die Cola, ohne seine Frage zu beantworten.
»Haben Sie einen festen Freund?«
»Mehrere.«
»Sie sind schlagfertig. Ist mir bei Ihrem letzten Besuch schon aufgefallen.« Er nahm einen Schluck Whiskey. »Wissen Sie, das war ein ernstgemeinter Vorschlag, als ich neulich sagte, ich könnte Sie vielleicht ins Showgeschäft einschleusen. Die sind immer scharf auf Berater für ihre Polizei-Sendungen. Ave kennt jeden. Da kann man echt eine Menge Geld verdienen.«
»Wenn wir nicht sofort auf den eigentlichen Grund meines Besuches zu sprechen kommen, gehe ich.«
»Schon gut, schon gut. Nur noch eine letzte Frage: Würden Sie je mit einem Mann ausgehen, der so alt ist wie ich?«
»Das war's dann. Schönen Dank für die Cola.«
Karen steuerte auf die Tür zu.
»Was wäre, wenn diese Information, die ich Ihnen jetzt gebe, Sie wissen schon, was April mir gesagt hat, die Ermittlungen entscheidend voranbringen würde, was wäre dann?«
»Ich verstehe Ihre Frage nicht.«
»Wenn das, was ich Ihnen jetzt sage, Sie zu Karen Romero, der Polizistin, die den Messenger gestellt hat, macht, würden Sie dann mit mir ausgehen? Nur einmal. Bloß zum Kaffeetrinken. Ich weiß schon, dass ich mich zum Deppen mache, aber ich habe gerade eine Scheidung hinter mir. Ich bin total aus der Übung.«
Romero musste unwillkürlich lächeln. Fields war natürlich zu alt für sie, schätzungsweise um die fünfzig, aber er war gut in Form und alles in allem wahrscheinlich harmlos. Außerdem wirkte er, wie es häufiger bei kräftigen Kerlen vorkam, wie ein großer Teddybär. Nein, er hatte durchaus etwas Anziehendes.

»Ein Lächeln! Dem Himmel sei Dank, ein Lächeln.«

»Mike, erzählen Sie mir einfach, was Sie wissen.«

»Vorgestern Abend habe ich April zum letzten Mal gesehen, direkt vor dem Unfall. Sie schleppte ein paar ziemlich dicke Mappen mit sich herum und sagte, sie hätte sie von der Polizei bekommen.«

»Das hat sie Ihnen gesagt?«

»Hätte sie das nicht tun dürfen? War das ein Geheimnis?«

»Ich wundere mich nur, dass sie Ihnen davon erzählt hat.«

»Heute Morgen hat mich der Psychiater, dieser Geller, nach den Unterlagen gefragt. Er schien danach zu suchen.«

Romero nickte.

»Jedenfalls gehen alle davon aus, dass April ihren Vater besuchen wollte und auf dem Weg zu seiner Ranch in Santa Barbara war, als sie den Unfall hatte. Ich bin mir nicht so sicher, ob das auch stimmt.«

»Aber sie kam doch im Eagle Canyon ums Leben, oder?«, wandte Romero ein.

»Genau. Ganz in der Nähe der Stelle, wo Monica Johnson getötet wurde.«

»Reiner Zufall. Das kommt gelegentlich schon mal vor, wissen Sie. Vielleicht haben Sie ein bisschen zu viel ferngesehen, Mike.«

»Das glaube ich nicht.« Fields nippte an seinem Whiskey, ohne Romero aus den Augen zu lassen.

»Conniston hat jedenfalls angegeben, der kürzeste Weg zu seiner Ranch führe über den Eagle Canyon.« Sie erwiderte seinen Blick. »Oder hat April Ihnen gesagt, dass sie zu *jemand anderem* wollte?«

»Nein, nicht direkt.«

»Was genau hat sie denn gesagt?«

»Sie deutete auf die Mappen und sagte, es sei verrückt, wie die Polizei ständig versuchen würde, diese Verbrechen mit einer Geschichte in Verbindung zu bringen, die dreißig Jahre zurückliege. Dabei hätte das gar nichts miteinander zu tun. Hat sie jedenfalls gesagt.«

»Hat sie Ihnen auch gesagt, wie sie zu diesem Schluss gekommen ist?«

»Genau das wollte ich Ihnen ja erzählen. Sie meinte, der Messenger sei noch jung und ein durchgedrehter Teenager an der Highschool.«

»Wie hat sie das herausgefunden?«

»Durch einige Anrufe. Keine Ahnung. Sie hatte es eilig und war mächtig aufgeregt. Ich habe sie noch nie so erlebt. Karen, ich glaube, April wollte *ihn* treffen. Sie hatte sich vielleicht irgendwo unter einem bescheuerten Vorwand mit ihm verabredet. Ich weiß es nicht genau. Deswegen war sie im Eagle Canyon. Sie war unterwegs, um diesen Jungen zu treffen.«

»Hat April einen Namen genannt?« Romeros Gesicht war rot vor Aufregung.

Fields nickte. »Ein Klassenkamerad von Judy Cinch.«

»Wie war der Name?«, fragte Romero.

»Und wenn ich mich irre? Oder April sich geirrt hat? Ich möchte niemanden in Schwierigkeiten bringen.«

»Es ist wichtig, dass ich alles überprüfe.«

»Ja, das leuchtet mir ein.«

Er zog einen beschriebenen Zettel aus der Brusttasche seines Hemdes, als wolle er sichergehen, keinen Fehler zu begehen. »Ich habe es aufgeschrieben.« Der Name stand in Großbuchstaben auf dem Papier. CHIP ESTES.

Dienstag

1 Uhr 35

Der Gürtel schnitt tief in Robins Hals ein. *Woher kam er? Wie war er in ihr Zimmer eingedrungen?* Mit verzweifelter Anstrengung krallte sie die Hände um das scharfkantige Lederband und versuchte, die tödliche Umklammerung zu lockern. Ihre Nägel brachen bei dem Kraftakt ab, und aus den weichen Fingerkuppen tropfte Blut. Sie rang erfolglos nach Luft. Mit letzter Kraft versuchte sie, den Kopf zu drehen, um ihrem Mörder ins Gesicht zu sehen. Aber er presste ihren Kopf gewaltsam zurück und von sich weg und schnürte den Gürtel immer fester zusammen, quetschte den letzten Rest Atem aus ihr …

Plötzlich umhüllte sie tiefe, undurchdringliche Finsternis. Sie spürte nichts mehr, ihre Glieder waren wie taub, und sie hatte das Gefühl, hinabzustürzen … ins Schwarze … in eine bodenlose Grube … immer tiefer …

Mit einem Ruck fuhr Robin hoch, schlug die Decke zurück und sprang auf. Mit weit aufgerissenen Augen hockte sie wie ein gejagtes Tier auf allen vieren auf dem Bett und massierte sich den Nacken.

Auf der Suche nach ihrem Angreifer blickte sie hastig nach links und rechts.

Aber es war niemand zu sehen. Sie war allein.

Sie atmete mühsam ein. Beim darauffolgenden Atemzug hatte sie das Gefühl, überhaupt keine Luft mehr zu bekommen. Sie geriet erneut in Panik. Sie setzte sich auf die Bettkante und versuchte, sich zu entspannen. Sie dachte an das, was Jordan ihr während der Hypnose erzählt hatte: Konzentriere dich auf deinen Atem. Trotzdem hatte sie immer noch das Gefühl, gleich zu ersticken. *O Gott*, dachte sie verzweifelt, *ich sterbe.*

Sie stürzte ins Badezimmer, ließ Wasser in ein Glas laufen. Sie nahm einen Schluck davon und spuckte die Flüssigkeit ins Waschbecken. Ihre Kehle war wie zugeschnürt. Sie spürte, wie ihre Zehen und Finger prickelten, als glitten sie langsam in Schlaf.

Als sie sprechen wollte, ertönte nur ein heiseres Flüstern. »Test, Test.« Immerhin, wenn sie sprechen konnte, musste sie auch atmen. Doch die Erleichterung hielt nur bis zum nächsten Atemzug an.

Sie griff nach dem Telefon, wählte hastig die Notrufnummer 911 und brachte es fertig, ihren Namen und das Wort »ersticke« in den Hörer zu keuchen. Sobald sie aufgelegt hatte, öffnete sie die Eingangstür. *Wer weiß, vielleicht bin ich schon bewusstlos, wenn der Rettungswagen kommt.*

Elf Minuten später stürmten ein Mann und eine Frau in dunkelblauer Uniform und schweren Stiefeln herein. Sie fanden Robin im Wohnzimmer, kniend, schwindlig und einer Ohnmacht nahe. Während sie immer noch vergebens nach Atem rang, tropften Speichelfäden aus ihren Mundwinkeln.

Auf die Frage, was ihr fehle, deutete sie auf ihre Kehle. Als die Sanitäterin fragte, ob etwas in ihrem Hals stecke, hob sie ratlos die Hände. Sie wusste keine Antwort auf diese Frage.

»Ich glaube, sie hyperventiliert.«

Ihr Kollege rannte zum Krankenwagen und kehrte mit einer einfachen braunen Papiertüte zurück. »Legen Sie die an Ihren Mund und versuchen Sie zu atmen«, wies er an.

Robin nahm die Tüte und tat, wie ihr geheißen. Nach einem Atemzug warf sie die Tüte panisch auf den Boden; sie erstickte.

»Können Sie gehen?«, fragte die Frau.

Robin nickte.

Ihr Gesicht war aschfahl.

Die beiden Sanitäter nahmen sie in die Mitte und führten sie eilends zum Krankenwagen.

Dienstag, 2 Uhr 09

Obwohl Robin den wohlbeleibten Arzt, der den Vorhang um ihr Bett in der Notaufnahme der Universitätsklinik zurückschlug und näher trat, nicht erkannte, erinnerte er sich auf der Stelle an sie.

»Na, wenn das nicht Myra Apple ist«, scherzte Harry Stanton, während eine Krankenschwester Robins Blutdruck maß. »Was hat Sie denn hierher verschlagen?«

Als die Patientin ihn weder erkannte noch seine Frage beantwortete, beschloss er, es mit einer anderen Methode zu versuchen. Er überflog den kurzen Bericht des Sanitäters, ließ sich auf einem Stuhl neben dem Bett nieder, hörte auf zu lächeln und nahm die Patientin ins Kreuzverhör.

»Waren Sie in letzter Zeit krank?«
Sie schüttelte den Kopf, griff hastig nach der Sauerstoffmaske neben dem Bett und sog gierig die Luft ein.
»Hatten Sie schon einmal ähnliche Symptome?«
»Eigentlich nicht«, formte sie mit den Lippen.
»Haben Sie etwas verschluckt?«
Erneutes Kopfschütteln, gefolgt vom Einsaugen der reinen Luft. Stanton bemerkte, wie fest sie die Maske auf ihr Gesicht presste. Offenbar bekam sie kaum Luft oder dachte es zumindest.
»Haben Sie in letzter Zeit eine neue Arznei eingenommen, beispielsweise Schlaftabletten oder ein Mittel zur Entspannung?«
Sie verneinte jede Frage mit einem Kopfschütteln. Ihr Atem ging immer noch schwer. Obwohl er den Eindruck hatte, dass sie hyperventilierte, zögerte Stanton aufgrund der unterschiedlichen Symptome mit der Diagnose. Ihre Antworten deuteten darauf hin, dass sie womöglich unter dem Guillain-Barré-Syndrom litt, einer Erkrankung, die er genau studiert, aber bisher noch nie an einem Patienten diagnostiziert hatte. Die Krankheit konnte in jedem Alter ausbrechen, und die Ursache war weitgehend ungeklärt; man nahm an, dass es sich dabei um eine Viruserkrankung handelte. Sie trat sowohl bei Männern als auch bei Frauen auf. Die ersten Anzeichen bestanden in einem Kribbeln der unteren Extremitäten, das sich bis zur völligen Lähmung der Gliedmaßen und des oberen Brustbereichs steigerte. In schweren Fällen, und diese Patientin schien einer davon zu sein, war die Erstarrung so vollständig, dass sie zur Atemlähmung und damit zum Tode führte. Die ungewöhnlichen Symptome und das plötzliche Auftreten der Krankheit hatten ihn schon als Student faszi-

niert. Eines Tages würde er dieses Syndrom diagnostizieren. Vielleicht war der Tag heute gekommen. Sonderbar, dachte er, dass es ausgerechnet jemand war, den er, wenn auch nur flüchtig, kannte. Unwillkürlich rieb er sich vor Aufregung die Hände und wollte Robin gerade ans Beatmungsgerät anschließen, als er sich selbst zur Ordnung rief. Nicht alle Symptome waren krankheitstypisch. Guillon-Barré begann stets mit einem Taubheitsgefühl in den Füßen und breitete sich dann langsam bis in den Brustbereich aus. Diese Frau litt jedoch unter Taubheit in Füßen und Händen zugleich. Stanton spürte eine gewisse Enttäuschung. Zuerst musste er es mit traditionellen Behandlungsmethoden versuchen. Er verwarf das Beatmungsgerät, ließ einen schlichten Eisbeutel bringen und legte ihn auf Robins Stirn. Die Patientin musste sich zunächst einmal beruhigen. Dafür gab es nichts Besseres als einen Eisbeutel. Anschließend ordnete er mit leiser Stimme eine routinemäßige Überprüfung an, angefangen mit einem EKG.

Zehn Minuten später holte Robin zum ersten Mal richtig Luft und atmete tief ein. Kurz darauf gelang es ihr erneut. Wenige Minuten später machte sie bereits einen wesentlich besseren Eindruck. Welche Ursache der Anfall auch gehabt haben mochte, das Problem war beseitigt. Robin hatte das Gefühl, als sei sie endlich aus dem schrecklichsten Alptraum ihres Lebens erwacht.

Nachdem er sich mit einigen Fragen davon überzeugt hatte, dass sie wieder wohlauf war, stellte Stanton ihr dieselbe Routinefrage wie allen anderen Patienten, die mit ähnlichen Symptomen eines heftigen Angstanfalls in der Notaufnahme landeten.

»Möchten Sie mit einem Psychiater sprechen?«

»Ja.«
»Gibt es einen bestimmten Arzt, den wir verständigen sollen?«
»Doktor Jordan Geller. Seine Nummer ist in meiner Handtasche.«
»Und ich habe seine Nummer auf meinem Handy.« Stanton lächelte. »Sie erinnern sich nicht an mich, oder?«
»Doch, Sie kommen mir bekannt vor.«
»Als ich hereinkam, habe ich Sie als Myra Apple angesprochen. Hilft Ihnen das auf die Sprünge?«
Robin riss die Augen auf. »Haben Sie das tatsächlich gesagt?«
Stanton nickte.
Sie lachte. »Ich dachte, das würde noch zu meinem Alptraum gehören.« Einen Augenblick lang musterte sie sein längliches, ovales Gesicht. »Sie sind ein Freund von Jordan. Sie waren der Gastgeber der Party.«
Stanton streckte ihr die fleischige Hand entgegen. »Harry Stanton.«
»Danke, dass Sie mir heute Abend geholfen haben.«
»Haben Sie irgendeine Vermutung, warum Ihnen das passiert sein könnte?«
Robin zögerte. »Wenn Sie damit einverstanden sind, würde ich lieber nicht darüber reden.«
»Selbstverständlich. Aber Sie sollten unbedingt mit jemandem über den Vorfall sprechen. Außerdem würde ich vorschlagen, dass Sie bis morgen früh hierbleiben, nur für den Fall, dass Sie eine weitere Attacke haben sollten.«
Sie nickte.
»Wollten Sie wirklich, dass ich Jordan anrufe?«
»Ich muss mit ihm reden.«

»Sind Sie bei ihm in Behandlung?«
»Nein.«
»Aber sagten Sie nicht gerade …« Stanton unterbrach sich selbst. »Ich glaube, ich habe verstanden.«
Robins Wangen färbten sich rot.
»Sie treffen Jordan … privat?«
»Das ist eine verwickelte Geschichte. Sie sind mit ihm befreundet. Vermutlich ist es besser, wenn er es Ihnen selbst erklärt.«
Stanton neigte fragend den Kopf. »Was genau soll er mir denn erklären?«, erkundigte er sich.
»Ich kann wirklich nicht darüber reden.«
»Sie können nicht oder Sie wollen nicht?«
»Beides.«
Stanton heuchelte Verständnis, doch in Wahrheit war Tratsch das Einzige, was ihn noch mehr interessierte als gutes Essen, insbesondere, wenn es um einen so alten Freund ging. Sein Appetit war geweckt, und im Augenblick lief ihm, bildlich gesprochen, das Wasser im Munde zusammen.
Robin atmete langsam und tief ein. »Ich kann Ihnen nicht sagen, was für ein wunderbares Gefühl das ist. Von jetzt an werde ich keinen Atemzug mehr für selbstverständlich halten.«
»Glauben Sie mir, spätestens in fünfzehn Minuten verschwenden Sie keinen Gedanken mehr daran. Wissen Sie, dieser Angstanfall oder was es nun auch war, könnte da vielleicht ein Zusammenhang mit Ihrer Beziehung zu Jordan bestehen?«
»Na ja … vielleicht schon … wie gesagt, es ist verwickelt.«
»Vielleicht hilft es Ihnen, wenn Sie mir davon erzählen.«
»Ich wüsste nicht, wo ich anfangen sollte.«
Stanton konnte sich nicht vorstellen, was sie vor ihm verbergen wollte, aber er wollte, nein, er musste unbedingt dahin-

terkommen. Was konnte bei einer Frau, insbesondere einer Frau, die eine Beziehung zu seinem Freund Jordan Geller hatte, einen hysterischen Anfall auslösen? Kaum hatte er sich die Frage gestellt, wusste er auch schon die Antwort darauf.

»Hat Jordan Ihnen von Carrie erzählt? Hat Sie das aus der Fassung gebracht?«

»Wer ist Carrie?«

Dienstag, 2 Uhr 42

Jordan traf Stanton am Süßigkeitenautomat, wo sein Freund gerade ein Milky Way auspackte. »Wo liegt sie?«, fragte er.

»Im dritten Stock, im Aufwachraum. Sie ruht sich aus.«

»Im Aufwachraum?«, fragte Jordan. »Wieso denn das? Hast du sie etwa operiert?«

»Nein. Ein anderes Zimmer war nicht frei.«

»Geht es ihr gut?«, erkundigte sich Jordan.

»Mittlerweile schon, aber nicht, als sie eingeliefert wurde.«

Zum ersten Mal seit Stantons Anruf atmete Jordan auf.

»Was geht eigentlich zwischen dir und dem Mädchen vor?«

»Harry, das ist sehr verwickelt.«

»Habt ihr zwei einen Geheimcode vereinbart? Sie hat mir exakt dasselbe gesagt.«

»Na ja, sie hat recht.«

»Habt ihr eine stürmische Affäre?«

»Schön wär's.«

»Also, ich weiß ja nicht, was zwischen euch läuft, aber es muss sich jedenfalls um schwere Geschütze handeln, denn als sie eingeliefert wurde, war sie restlos fertig mit den Nerven. Im ersten Moment dachte ich schon, sie hätte Guillain-Barré.«

»Das denkst du doch immer. Es ist deine Lieblingskrankheit.«

»Immerhin musst du zugeben, dass es eine ausgesprochen coole Erkrankung ist. Sie hatte tatsächlich einige der Symptome, Atemnot, Gliederstarre, nur nicht in der richtigen Reihenfolge.«

»Ich möchte sie sehen.«

»Zuerst musst du mir mal sagen, was hier vorgeht.«

»Unmöglich, Harry.«

»Jordan, alter Kumpel, wir haben die Zimmer geteilt. Seit wann …«

»Die ganze Geschichte hat mit der Polizei zu tun. Da bist du platt, hm?«

»Es hat mit der Polizei zu tun?«, schnaubte Stanton. »Red doch keinen Mist.«

»Wenn es vorbei ist, erzähle ich dir alles, versprochen. Jetzt gehe ich erst mal zu Robin.«

»Du erzählst doch nie irgendwas«, rief Stanton dem Rücken seines davoneilenden Freundes zu.

Jordan wirbelte herum. »Tut mir leid, Harry, und vielen Dank, dass du heute Abend hier warst.«

»Was das angeht, könntest du deine Meinung vielleicht noch ändern«, gab Stanton zurück und biss ein großes Stück von dem Schokoladenriegel ab.

Mit zwei langen Schritten stand Jordan wieder neben ihm.

»Ich kann mich zur Abwechslung auch mal in Schweigen hüllen.«

»Du wolltest mir sagen, warum es für mich vielleicht kein Grund zur Freude ist, dass du heute Nachtdienst hast.«

»Ich habe ihr davon erzählt.«

»Wovon?«

»Na ja, als mir klar war, dass sie nicht an Guillain-Barré erkrankt ist, habe ich angenommen, dass sie einen Angstanfall hatte. Und zwar einen besonders heftigen. Ich wollte sie beruhigen. Deswegen habe ich ihr von Carrie erzählt.«

»*Was* hast du gemacht?«, brüllte Jordan so laut, dass die Worte von dem polierten Linoleumboden abzuprallen schienen.

»Ich kann nichts dafür, sie hat mich danach gefragt.«

»Ach, wirklich? Und wer kam zuerst darauf zu sprechen? Du oder Robin?«

»Na gut, ich.«

Jordan funkelte ihn an.

»Ich dachte, ihr Angstanfall könnte vielleicht damit zu tun haben, dass sie etwas über die Beziehung zwischen dir und Carrie herausgefunden hat.«

»Bist du total übergeschnappt?«

»Komm schon. Das liegt doch auf der Hand. Ihr zwei seid total verknallt, dann erzählst du ihr von Carrie und sie flippt aus.«

»Na klar. Ein Mann erzählt einer Frau von seiner Exfreundin, und plötzlich kriegt sie keine Luft mehr. Die klassische Diagnose. Du bist ein ausgezeichneter Internist, Harry, aber ein miserabler Psychiater. Das Ganze hat überhaupt nichts mit Carrie zu tun.« Jordan sah plötzlich ängstlich aus. »Was genau hast du ihr denn gesagt?«

»Nur das Wesentliche. Dass du sehr lange mit Carrie zusammen warst, dass ihr euch schon verlobt hattet und dass es einen schrecklichen Unfall gab.«

»Von dem Unfall hatte ich Robin schon erzählt«, sagte Jordan.

»Dann ist ja alles halb so wild. Ich habe ihr nichts gesagt, was sie nicht schon wusste.«

Jordan musterte ihn durchdringend. Harry hatte bestimmt noch mehr erzählt.

»Sieh mich nicht so an, Jordan. Sie hat immer weiter gefragt.«

»Was noch, Harry?«

Stanton biss die Zähne aufeinander. »Ich habe ihr gesagt, wie schwer du alles genommen hast und so.«

»Das war alles?«

»Keine Sorge, Kumpel. Ich hab den Ball schön flach gehalten.«

»Und wie. Gerade flach genug, damit Robin eine völlig idealisierte Vorstellung von Carrie hat.«

»Alles in allem war sie doch ziemlich ideal, Jordan, oder?«

Dienstag, 3 Uhr

Als Jordan den Aufwachraum betrat, war die Patientin eingeschlummert. Sie lag mit leicht geneigtem Kopf auf dem Rücken, und ihr volles rotes Haar breitete sich wie ein Wasserfall über dem Kissen aus.

Er trat näher und beobachtete, wie sich ihre Brust beim Atmen in gleichmäßigem, friedvollem Rhythmus hob und senkte. Während er auf diese Frau hinabblickte, die er erst seit acht Tagen kannte, zog er ernsthaft Boltons Überlegung in Betracht, dass sie einander nicht zum ersten Mal begegnet waren. Noch vor zwei Wochen hätte er diesen Vorschlag als einen Gedanken abgetan, der die Konsultation eines Psychiaters dringend erforderte. Inzwischen war er sich nicht mehr so sicher. Obwohl er derzeit alles in Frage stellte, wusste er eines ganz genau: Er hatte sich heftig in Robin verliebt. Seit wann wusste er das? Seit er sie auf der Party kennengelernt hatte? Vielleicht. Normalerweise verbrauchte sich diese anfänglich chemische Anziehungskraft nur allzu rasch. Diesmal jedoch nicht. Tatsächlich brannte die Flamme unter der Oberfläche immer heißer, genährt von einem besonders leicht entzündlichen Brennstoffgemisch aus Liebe, Gefahr und Tod.

Behutsam strich er mit dem Handrücken über ihr Haar. Sie schlug die Augen auf und lächelte ihn erschöpft an. »Hallo.«

»Tut mir leid«, sagte er.

»Was für eine romantische Begrüßung.«

»Ich hätte dich nicht alleinlassen dürfen. Du musst heute Abend Schreckliches durchgemacht haben.«

»Ich bin selbst schuld, ich habe mich richtig hineingesteigert.« Sie hielt inne. »Ich habe geträumt, dass John in mein Schlafzimmer kam, aber es war nicht mein eigenes Schlafzimmer, sondern das von Beverly. Ich versuchte, ihn zu sehen, aber er hinderte mich daran, den Kopf in seine Richtung zu drehen. Er erwürgte mich mit einem Gürtel. Als ich aufwachte, bekam ich keine Luft mehr.«

Er ließ sich auf der Bettkante nieder und strich ihr ein paar Locken aus der Stirn. »Hasst du mich, weil ich dich in die Geschichte hineingezogen habe?«

»Also ich kann nicht behaupten, dass ich vor Freude außer mir bin.«

»Aber wie hättest du wissen können, wo das alles hinführt?«

»Hast du es etwa gewusst? Du brauchst dir nicht die Schuld daran zu geben. Ich beschuldige dich bestimmt nicht.«

Jordan fiel ein, wie Bolton ihm von der Behandlung einer Frau berichtet hatte, die nach einer grauenhaften hypnotischen Regression panisch wurde und nicht mehr schlafen konnte. Er nahm Robins Hand. »Mir ist noch was eingefallen. Ich könnte dir unter Hypnose einige Anweisungen erteilen, die verhindern, dass sich dein Erlebnis von heute Nacht wiederholt.«

»Du meinst wie in deinem Büro, als du dafür gesorgt hast, dass ich alles vergesse?«

»Nein, du solltest es nicht vergessen, aber die Anweisungen könnten dir helfen, besser damit fertigzuwerden. Ich würde dir suggerieren, dass du dich nur dann erinnern kannst, wenn du dazu in der Lage bist. Dann würden die Erinnerungen dich nicht so überwältigen.«

Robin schüttelte den Kopf.

»Ich will nicht, dass du dieses Trauma noch einmal durchlebst«, erklärte Jordan.

»Das war bloß ein Alptraum. Was Beverly, Judy Cinch und den anderen Mädchen zugestoßen ist, war Wirklichkeit.«

»Aber Robin …«

»Jordan, ich weiß genau, was auf dem Spiel steht. Bolton hat mich schon vor solchen Rückblenden gewarnt. Aber wenn ich auf diese Art dazu beitragen kann, den Mörder zu stellen, will ich die Rückblenden haben. Was wäre, wenn ich im Traum sein Gesicht gesehen hätte? Vielleicht hätte ich etwas bemerkt, was der Polizei entscheidend weitergeholfen hätte. Nein, ich will nichts mehr suggeriert bekommen.«

Jordan musterte sie beeindruckt. »Robin, wenn du spürst, dass es dir zu viel wird, hast du die Möglichkeit, dich selbst zu beruhigen. Du musst dich nur auf deine Atmung konzentrieren, dann kannst du dich jederzeit entspannen. Erinnerst du dich noch, wie auf der Party dein Arm so hart wie Stahl wurde? Du kannst das selbst bewirken, aber auch das Gegenteil davon. Du musst nur deine Panik unter Kontrolle be-

kommen. Konzentriere dich völlig auf deine Atmung und Entspannung. Den meisten Menschen gelingt das nicht, aber du bist zur Tiefentrance fähig. Du schaffst das.« Er versuchte, ihre unbewegte Miene einzuschätzen. »Einverstanden?«
»Einverstanden.« Robin setzte sich auf. »Weißt du, ehe du hereinkamst, habe ich hier gelegen und nachgedacht. Ich weiß nicht einmal, wie Beverly Casper ausgesehen hat.«
Jordan nickte. »Natürlich nicht. Du nimmst alles aus ihrer Perspektive wahr.«
»Ich möchte sie kennenlernen.«
»Was willst du damit sagen?«
»Ich will in die Bücherei der Madison Highschool und mir in einem Jahrbuch ein Bild von ihr ansehen. Wer weiß? Vielleicht löst das noch weitere Erinnerungen aus.«
Er warf ihr einen besorgten Blick zu. Vor drei Stunden war sie aufgrund von Erinnerungen und deren Auswirkungen mit der Ambulanz ins Krankenhaus gebracht worden. »Willst du das wirklich machen?«
Sie nickte.
»Ich wünschte, ich könnte dich begleiten«, sagte Jordan. »Aber Lemoski hat mich in die Ermittlungen hineingezogen. Anscheinend ist das FBI im Augenblick völlig überlastet, deswegen möchte er, dass ich ein psychologisches Täterprofil erstelle.«
»Interessant«, stellte Robin fest. »Ich bin in den Gedanken Beverlys, und jetzt wirst du dich in John hineinversetzen. Hast du denn schon Erfahrungen mit solchen Psychopathen wie John?«
Er schüttelte den Kopf. »Die kenne ich nur aus Lehrbüchern.«
»Während ich hier lag, habe ich mir eine Frage gestellt. Hät-

te Beverly eine Chance gehabt zu überleben, wenn sie sich gegenüber John anders verhalten hätte?«

»Zum Beispiel?«

»Beispielsweise wenn sie so getan hätte, als sei sie mächtig davon beeindruckt, dass er bei der Marine gedient hat, oder indem sie ihm vorgespielt hätte, dass sie gern seine Freundin sein möchte. Irgendwas in der Art.«

»Schwer zu sagen«, erwiderte Jordan. »Aber sobald man verstanden hat, wie ein anderer Mensch tickt, sogar ein sehr kranker Mensch, kann man zu ihm durchdringen oder ihn vielleicht so in Rage bringen, dass er die Übersicht verliert und du die Kontrolle über die Situation bekommst.«

Robin ließ den Finger vorsichtig über die dunklen Ringe unter Jordans Augen gleiten. »Hör mal, mein heldenhafter Meisterdetektiv. Du bist erschöpft. Geh nach Hause und ruh dich aus.«

»Soll ich dir vorher noch was zu essen besorgen?«

»Mitternacht ist doch längst vorbei«, gab sie verwundert zurück.

»Genau die richtige Zeit zum Frühstücken. Ich könnte dir ein paar Eier holen.«

Robin lächelte und schüttelte den Kopf.

»Na gut, dann nicht.« Jordan drückte ihr einen Kuss auf die Stirn.

»Rufst du mich später an?«

»Natürlich. Harry ist davon überzeugt, dass sie dich morgen früh entlassen, dann bist du praktisch so gut wie neu. Hast du morgen eine Probe?«

»Glücklicherweise hat Walter mich erst nachmittags ins Theater bestellt.«

»Wann bist du voraussichtlich fertig?«

»Nicht so spät. Er hat gesagt, dass er uns um sechs Uhr allesamt aus dem Theater wirft.«

»Was hältst du von einem frühen Abendessen gegen halb sieben?«

»Großartig.«

»Im *Moustache Café*?«

Sie nickte.

»Robin, ich hätte dir noch mehr von Carrie erzählt. Harry ist ein netter Kerl, aber er …«

Robin legte ihren Zeigefinger fest auf Jordans Lippen. »Ich hätte ihn nicht fragen sollen. Ich habe mich danebenbenommen. Du bist mir keine Erklärung schuldig, Jordan. Wir kennen uns ja kaum.«

Boltons Worte fielen ihm ein, doch er behielt sie für sich. *Vielleicht kennen wir uns schon sehr, sehr lange.*

Dienstag, 7 Uhr 30

»Ist Chip Estes zu Hause?«, fragte Karen Romero die Blondine mit dem rosigen Teint, die ihr die Tür öffnete.

»Wer sind Sie?«

Jimmy Lee trat einen Schritt vor Romero und ließ seine Dienstmarke aufblitzen. »Kriminalpolizei Los Angeles. Ist Chip Ihr Sohn?«

»Ja.«

»Ist er zu Hause?«

»Hat das mit dem Mord an der armen Judy Cinch zu tun?«

»Ja.«

»Chip hat sie nur flüchtig gekannt. Sie hatten lediglich eine gemeinsame Bekannte.«

Ein Mann mit breitem Brustkorb, rotem Schopf und Bürstenhaarschnitt tauchte hinter der Frau auf.
»Kann ich Ihnen helfen?«, fragte er Romero und Lee.
»Die beiden sind von der Polizei. Sie wollen Chip einige Fragen über Judy Cinch stellen.«
»Aber er weiß doch nichts über die ganze Geschichte.«
»Sind Sie Mister Estes?«, fragte Romero.
»Ja. Hal Estes.«
»Wir haben einige Fragen an Ihren Sohn. Wir fanden es angemessener, ihn zu Hause und nicht in der Schule oder auf dem Revier zu befragen. Würden Sie mir da nicht zustimmen?«
Hal Estes trat beiseite und gab den Weg frei.
Fünfundvierzig Minuten später hatten Romero und Lee die Befragung immer noch nicht beendet. Sobald Hal Estes sich erkundigte, warum sie derart unwichtige Fragen stellten, antworteten Romero oder Lee einfach: »Reine Routine.«
Wie sich herausstellte, hatte Chip Estes eine ausgeprägte mathematische Begabung und verbrachte seine Freizeit mit Ringen. Der Junge hatte den rosigen Teint seiner Mutter und die bullige Statur des Vaters geerbt und konnte während des ganzen Gesprächs keine Minute stillsitzen; entweder kippelte er auf dem Stuhl, drehte Däumchen oder kaute an den Fingernägeln. Romero und Lee befragten Chip eingehend nach seiner Lebensgeschichte und erfuhren, dass er vor einigen Jahren in therapeutischer Behandlung gewesen war. Er war durch ungezügelte Aggression aufgefallen, doch wie sein Vater mit Nachdruck versicherte, bestand dieses Problem inzwischen nicht mehr. Ringen war sein körperlicher Ausgleich.
Romero fand den Vater ausgesprochen unsympathisch. Er

war ein regelrechter Haustyrann. Sobald seine Frau den Mund öffnete, schnitt er ihr das Wort ab. Nach einigen dieser demütigenden Zurechtweisungen verstummte sie schließlich völlig. Romero machte sich eine geistige Notiz, den Hintergrund des Vaters ebenfalls einer genaueren Prüfung zu unterziehen. Sie spürte die Wut des Mannes unter der scheinbar gelassenen Oberfläche brodeln. Vielleicht hatte etwas von dieser Wut auf den Sohn abgefärbt. Vielleicht kam Chip nicht damit zurecht. Vielleicht half Ringen allein nichts. Romero nahm sich außerdem vor, mit dem Therapeuten des Jungen zu sprechen.

Für die letzten beiden Morde des Messengers hatte der Junge ein einfaches Alibi. Er war zu Hause gewesen und hatte geschlafen. Beide Eltern waren sich sicher, dass er tatsächlich im Bett gelegen hatte. Die beiden Beamten baten, Chips Zimmer ansehen zu dürfen. Dort gab es nichts Ungewöhnliches zu entdecken: zwei Poster von Rockstars, eine USC-Flagge und ein Vorfahrtsschild, das er von einer Straßenecke abmontiert hatte. Insbesondere die eingerahmte Militärmedaille über dem Bett des Jungen erweckte Romeros Aufmerksamkeit. Als sie Chip danach fragte, mischte sich der Vater ein und antwortete für seinen Sohn.

»Es ist ein Bronzestern.«

»Waren Sie beim Militär?«, erkundigte sich Romero, um die Unterhaltung nicht abbrechen zu lassen.

»Bei der Marine … in Vietnam.«

Romero nickte.

»Chip denkt daran, nach der Highschool auch zum Militär zu gehen. Hab ich recht, mein Junge?«

»Ja, kann schon sein«, erwiderte Chip etwas mürrisch.

Das Zimmer des Jungen in dem weitläufigen Haus im Ranch-

Stil lag auf der entgegengesetzten Seite des Elternschlafzimmers, wie Romero feststellte. Für den athletischen Jungen war es ein Leichtes, aus dem Fenster hinaus- und wieder hineinzuklettern und sich davonzustehlen.
Kaum hatten sie das Haus verlassen, fragte die aufgeregte Romero Jimmy Lee, was er von diesem Besuch halte. Die Gelegenheit zu einer Antwort erhielt er jedoch nicht.
»O Scheiße«, ächzte Romero.
Die beiden Polizisten starrten auf einen Übertragungswagen, der direkt vor dem Haus der Estes parkte.
»Wie zum Teufel sind die denn hierhergekommen?«, zischte Lee.
Eine aufgekratzte schwarze Reporterin strebte auf die beiden Beamten zu, überprüfte dabei den Sitz ihres Ohrhörers und zog ihr Jackett zurecht. Während der Kameramann sich hinter ihr aufbaute, hielt sie Romero ein Mikrophon vors Gesicht. »Ist Chip Estes einer der Verdächtigen im Fall Messenger?«
»Es handelt sich hier um eine reine Routinebefragung«, erwiderte Romero.
»Werden Sie ihn noch weiter befragen?«, bohrte die Reporterin.
»Ich habe dem nichts hinzuzufügen.«
Doch das Kind war bereits in den Brunnen gefallen. Noch während Romero ein drittes Mal weitere Auskünfte verweigerte, rasten bereits drei andere Übertragungswagen die Straße hoch auf das Haus der Estes zu.

Dienstag, 10 Uhr 30

Die Schüler schoben sich an Robin Norris vorbei, als sie die gläserne Eingangstür der Woodland Hills Madison Highschool aufdrückte. Zeiten änderten sich, dachte sie, während sie die Jugendlichen musterte, aber der typische Schulgeruch, diese muffige Mischung aus Bohnerwachs, Haarspray und Essensdünsten der Schulkantine, blieb immer derselbe. Auch die Geräuschkulisse hatte sich seit ihrer Schulzeit nicht geändert: das Aufreißen und Zuschlagen der Metallspinde, Gelächter, Stöhnen und das Stimmengewirr von Zurufen in den breiten Schulfluren. Plötzlich musste sie daran denken, dass Beverly Casper damals, als sie vor drei Jahrzehnten durch diese Korridore gelaufen war, dasselbe gehört und gerochen hatte wie sie selbst in diesem Augenblick. Mindestens zum fünften Mal innerhalb der vergangenen zwei Minuten blieb sie abwartend stehen und hoffte auf ein Déjà-vu. Sie konnte sich jedoch lediglich an ihre eigene Schulzeit in der Fortham High in St. Louis erinnern.

Sie sprach eine Wasserstoffblondine im fuchsiafarbenen, nicht einmal bis zum Nabel reichenden T-Shirt an. »Kannst du mir sagen, wo hier die Bücherei ist?«

Das Mädchen blickte sie verblüfft an. »Wie bitte?«

»Ich suche die Bücherei.«

Das kräftig gebaute Mädchen neben der Blondine lachte auf. »Da war sie doch noch nie. Woher soll sie das denn wissen?«

»Ich weiß, wo die Bücherei ist«, widersprach die Wasserstoffblondine. »Die Bücherei liegt im zweiten Stock.«

»Links oder rechts?«

Das dünne Mädchen war sichtlich überfordert. »Rechts«, erwiderte sie schließlich aufs Geratewohl.

Ihre stämmige Begleiterin kicherte. »Du bist so ein zerstreutes Huhn.«
Munter Beleidigungen austauschend gingen die Mädchen weiter den Korridor entlang, während Robin zurückblieb und nach kurzem Nachdenken zu dem Schluss kam, dass die Bücherei auf der linken Seite im zweiten Stock lag. Bald darauf stürmten die von der Pausenklingel aufgescheuchten Schüler die Treppen hoch in die Unterrichtsräume. Robin folgte dem chaotischen Gewusel an den Schränken mit den Schulmedaillen vorbei zum Treppenaufgang.
In der Bücherei befanden sich lediglich zwei Menschen, ein verloren wirkender Chicano, der an dem langen Eichentisch saß und Zeitschriften durchblätterte, sowie ein Mann an der Informationstheke. Ein kleines Namensschild wies ihn als Mr. Black, Assistenzbibliothekar, aus. Er war Anfang zwanzig, hatte sich eine Brille mit auffällig breitem Gestell auf die dünne Nase geklemmt und wirkte, als komme er direkt von einer Star-Trek-Convention. Robin schätzte, dass er Bibliothekswissenschaften studierte und gerade sein Praktikum absolvierte.
»Ich bin auf der Suche nach den Jahrgangsbüchern«, sagte sie.
Er wandte sich vom Computerbildschirm ab und schob die Brille hoch, um sie genauer zu mustern. »Was ist heute eigentlich los? Veranstaltet ihr eine Art Schnitzeljagd?«
»Schnitzeljagd?«, wiederholte Robin verblüfft.
Während er sich das blaue Hemd in die Hosen stopfte, ging der Mann mit ihr zu einem hohen Regal rechts neben der Ausleihe hinüber.
»Vorhin wollte schon mal jemand die Jahrbücher sehen. Komisch, dass so was zweimal am Tag vorkommt. Sonst passiert hier nie zweimal dasselbe an einem Tag.« Er deutete auf den

jungen Chicano. »Hier herrscht schon der Ausnahmezustand, wenn zwei Leute gleichzeitig in der Bücherei sind.«

»Wie sah die Person denn aus?«

»Er war nicht halb so hübsch wie Sie.«

Robin quittierte diese Bemerkung mit einem kurzen, höflichen Lächeln. »Wie alt war der Mann, Mister Black?«

»Sagen Sie David zu mir«, sagte er und reichte ihr die Hand. »Und Ihr Name?«

Eine Sekunde lang spielte sie mit dem Gedanken, einen falschen Namen anzugeben, entschied sich dann aber dagegen. »Robin Norris ... Sie wollten mir sagen, wie alt der Mann ungefähr war.«

»Um die vierzig, vielleicht auch älter. Ich bin nicht besonders gut darin, das Alter zu schätzen, und außerdem habe ich ihn ehrlich gesagt auch nicht weiter beachtet.« Black hielt inne. »Vielleicht würde mir bei einer Tasse Kaffee ja noch mehr einfallen.«

»Normalerweise gern, David, aber ich muss mir unbedingt diese Jahrbücher ansehen.«

Der Bibliothekar zuckte mit den Achseln. »Na ja, einen Versuch war es immerhin wert. Sonst kommen bloß Minderjährige hierher, da steht man bei solchen Fragen gleich mit einem Fuß im Gefängnis.« Er räusperte sich. »Nun, für welche Jahrgänge interessieren Sie sich denn?«

»Von neunzehnachtundsechzig bis -einundsiebzig.«

Der Bibliothekar summte ein paar unheimlich klingende Takte aus der Titelmelodie von *Twilight Zone*. »Junge, Junge, jetzt flippe ich aber gleich aus.«

»Wovon reden Sie eigentlich?«

»Der Typ heute Morgen hat nach denselben Jahrgängen gefragt.«

»Hat er gesagt, warum?«
»Nein, er hat nur einen blöden Witz gerissen.«
»Was hat er denn gesagt?«
»Ach, nur dummes Zeug.«
»Was hat er gesagt?«
»Das war ein echt bescheuerter Spruch. So ungefähr wie: *Damals war an der Schule ein Mädchen, und ich habe gehört, dass sie dafür sterben würde, mich zu sehen.* Dann hat er gelacht, als sei das wahnsinnig komisch.«
Robin erschauerte. *War John hier gewesen? Hatte John von ihr gehört? Das war doch unmöglich. Andererseits schien mit einem Mal alles möglich zu sein.*
Mr. Black zog vier schmale Bände aus dem Regal und trug sie zum Lesetisch hinüber.
»Sind Sie Privatdetektivin?«, fragte er, als er die Bücher auf dem Tisch ablegte.
»Nein.«
»Oder suchen Sie vielleicht nach den Fotos Ihrer Eltern?«
Robin zwang sich zu lächeln.
»Sie wollen Ihre Ruhe haben, stimmt's?«
»Ja, das würde ich gern. Vielen Dank.«
»Vielleicht war der Mann auch ein Privatdetektiv oder sogar von der Polizei. Er hatte diesen Blick.« Er zuckte mit den Achseln. »Aber genau weiß ich es natürlich nicht.«
Damit ging er zur Theke hinüber, und Robin war froh darüber, ungestört zu sein. *Wahrscheinlich war es jemand von Lemoskis Leuten. Bestimmt sammeln sie Hintergrundinformationen über Beverly.*
Sie musterte den chronologisch geordneten Bücherstapel vor sich. Obwohl sie niemand daran hinderte, direkt mit den Jahrgängen 1970 und '71 zu beginnen, schien es ihr ratsamer,

sich in aller Ruhe heranzutasten und mit dem Jahrgang 1968, Beverlys erstem Jahr an der Schule, anzufangen.
Sie holte tief Luft und schlug den Band mit dem dunkelroten, gestanzten Lederumschlag auf. Auf der ersten Seite prangte die Aufnahme einer dunkelhaarigen Cheerleaderin, die in die Hände klatschte und dabei auf ein Football-Feld blickte. *1968 Patriots – Band 9. Veröffentlicht und redigiert von den Studenten der Madison Highschool, Woodland Hills, Kalifornien.*
Planlos schlug sie das Buch in der Mitte auf. Sie blickte auf eine Doppelseite mit Fotos lächelnder Abschlussschüler: ein Mädchen mit Hornbrille und Hasenzähnen, ein anderes mit hochtoupierter Frisur, hellen Augen und Perlenkette, darunter ein Junge mit Bürstenhaarschnitt, breitem Lächeln und hoher Stirn. Sie betrachtete die Gesichter und versuchte sich vorzustellen, was inzwischen aus diesen Schülern geworden sein mochte und ob sie zu denjenigen gehörten, die Beverly in ihrem ersten Jahr an der Schule auf dem Flur gesehen hatte. Falls ja, würden sie dann vielleicht einen vertrauten Eindruck machen? Sie blätterte weiter. Stimmübungsklassen … Aufnahmen des Schulgebäudes … Mr. Curtis Brooks, Englisch und Aufsatz.
Sie blätterte zum Namensregister am Ende des Buches. *Beverly Casper, erster Jahrgang, 122, 187.* Beim Anblick der Seite 122 zuckte Robin zusammen. Den größten Teil der Seite nahm eine Fotografie des Girls Glee Club ein. *Beverly hatte gesungen.* Robin beugte sich vor, um die Gruppenaufnahme eingehender zu betrachten. In der mittleren Reihe, mit weißer Bluse unter einem hellen Pullover, stand Beverly Casper zwischen Barbara Proesel und einem Mädchen namens Shelly King. Sie blickte direkt in die Kamera und hatte den Mund

zu einem breiten, etwas dümmlichen Lachen verzogen. Ihr Haar war hell und bauschte sich lockig um ihren Hals. Obwohl es sich um eine Schwarzweißaufnahme handelte, konnte man unschwer erraten, dass sie blond war. Auf Seite 187 fand sich eine Aufnahme des neuen Jahrgangs. Beverlys Gesicht war nicht größer als ein Punkt, aber dasselbe breite Grinsen schimmerte wie ein winziger, weiß aufleuchtender Stern durch die grauen Töne der Aufnahme.
Robin schob das Buch beiseite und griff nach dem nächsten Jahrgang. Diesmal sah sie direkt im Namensregister nach. *Beverly Casper, zweiter Jahrgang, 99, 124, 202.* Auf der ersten Seite war wieder der Glee Club zu sehen. Beverly stand nun in der letzten Reihe. Das breite Grinsen war einem entschlossenen, starren Blick und fest aufeinandergepressten Lippen gewichen. Robin stellte sich vor, wie Beverly, unzufrieden mit den Fotos vom ersten Jahr, vor dem Spiegel gestanden und diese etwas erwachsener wirkende Pose eingeübt hatte. Zufrieden konstatierte Robin, dass Beverly ein hübsches Mädchen war. Auf Seite 124 war sie auf der Bühne in *Der Held der Westlichen Welt* zu sehen, einer Aufführung des Drama-Clubs. Zuerst Sängerin, dann Schauspielerin. Zum zweiten Mal an diesem Morgen überlief Robin ein Schauer.
Im Jahrbuch von 1970 fanden sich fünf Eintragungen. Die erste war ein Schnappschuss, der Beverly zeigte, wie sie die Treppen zur Eingangstür erklomm und mit ausgestrecktem Arm nach vorn deutete. Unter dem Bild stand in Großbuchstaben: *Bringt mich zu eurem Anführer.* Das hat sie bestimmt zum Brüllen komisch gefunden, dachte Robin. Der Glee Club machte sich in diesem Jahr rar; stattdessen gab es Bilder einer Musical-Aufführung zu sehen. Die Gruppenaufnahme zeigte die Truppe, die aus ungefähr zwei Dutzend Mitgliedern

bestand, mit ausgestreckten Armen, himmelwärts gewandten Köpfen und weit aufgerissenen Mündern, als würden sie allesamt ein Lied schmettern. Die Unterschrift lautete: *Bye Bye Birdie, September 1969.*

Auf Seite 94 war das erste Einzelfoto von Beverly. Obwohl die Aufnahme nicht so groß war wie die Fotografien der Abschlussjahrgänge, reichte es, um Beverly genauer studieren zu können. Beverly trug einen Mittelscheitel und langes Haar. Sie hatte dichte Brauen, einen breiten Mund mit schmalen Lippen und ein markantes, schwungvolles Kinn. Ihr Lachen, das im zweiten Jahrgang verschwunden war, zeigte sich erneut in Form eines gemäßigten Grinsens, das beginnendes Selbstvertrauen signalisierte. Jeder Vater hätte diese Aufnahme mit Freuden aus der Brieftasche gezückt und den Kollegen gezeigt. Es war ein Bild voller Lebensfreude und Verheißung.

Sie griff zum letzten Buch, das Beverlys letztes Jahr an der Schule hätte dokumentieren sollen. »Ob es eine besondere Seite für Beverly gibt? Das will ich doch schwer hoffen«, murmelte sie finster vor sich hin.

Sie fand das Gedenkblatt gleich auf der ersten Seite und war tief erschüttert.

Die Aufnahme war ganzseitig. Beverly stand auf der Bühne, kostümiert als einfaches Mädchen eines Fischerdorfes in New England und sang zu einem verwegen aussehenden jungen Mann gewandt.

Robin brauchte die Unterschrift nicht erst zu lesen. Beverly stellte Julie dar, die weibliche Hauptrolle von *Karussell*, genau dieselbe Rolle, die auch Robin in einigen Tagen im Wandsworth-Theater spielen würde. *O Gott! Beverly muss damals den ganzen Sommer über für die Rolle geprobt haben.*

Mitten auf der Seite war eine vergrößerte Abbildung von Beverlys Foto aus dem vorhergehenden Jahr zu sehen. In weißen Buchstaben stand dort: *Beverly Casper, 1953 – 1970? Dann gehst du nie allein! Die Studenten, Lehrer und Angestellten der Madison Highschool.*

Die Seite verschwamm vor Robins Augen …

»Aber alle, die mir was bedeuten, sind heute Abend dort, bloß ich bin nicht dabei. Wie soll ich da je zu einer Gruppe gehören und Freunde finden? Oder irgendwas tun?«

Ihr Vater zögerte sichtlich. Vielleicht habe ich noch eine winzige Chance, dachte sie. Doch dann bemerkte sie, wie er fragend zu ihrer Mutter hinübersah und deren missbilligenden Blick registrierte.

»Komm einfach nach Hause«, sagte er schließlich.

Sie hätte am liebsten aufgeschrien.

»Komm schon, Pip, reiß dich zusammen.«

Sie nickte. Ihre Miene war wie versteinert.

»Ich mache mir doch nur Sorgen, dass dir etwas passieren könnte«, erklärte ihre Mutter mit leiser Stimme …

Robin schmeckte Salz auf ihren Lippen. Erst jetzt bemerkte sie, dass sie weinte. Sie schlug das Buch zu und brach in ein abgehacktes, heftiges Schluchzen aus, das tief aus ihrer Brust zu kommen schien. Plötzlich konnte sie nur noch an eines denken: *Warum gebe ich vor, meine Mutter zu hassen? Ich hasse sie nicht! Ich liebe sie! Sie muss es unbedingt erfahren. Ich muss es ihr sagen. Ich muss es ihr sagen.*

Der verloren wirkende Chicano sah von seiner Zeitschrift auf und starrte zu Robin hinüber. Er blinzelte ein paarmal und wandte sich dann ratlos wieder seiner Zeitschrift zu. Der Bibliothekar eilte an Robins Tisch und bot ihr Taschentücher an. »Was ist los? Geht es Ihnen nicht gut?«

»Nein, alles in Ordnung, danke, vielen Dank ...«
Sie nahm rasch einige der Taschentücher, die er ihr reichte, sprang auf und stürzte aus der Bücherei. Sie musste unbedingt mit ihrer Mutter sprechen. Auf der Stelle. Sie musste ihr alles erklären. Hastig lief sie durch das ausgestorbene Treppenhaus. In der Nähe der Eingangstür entdeckte sie einige Münztelefone. Sie warf Geld in den Schlitz und wählte ohne weiter nachzudenken eine Nummer.
»Hallo«, meldete sich eine matte weibliche Stimme am anderen Ende. Robin hatte diese Stimme noch nie gehört.
»Mama?« Plötzlich erinnerte sie sich wieder. Ihre Mutter war ja in den Rocky Mountains. Was hatte sie sich nur gedacht? Und wer war diese Fremde, die sie angerufen hatte?
»Sie müssen sich verwählt haben«, tönte es.
»Einen Augenblick. Legen Sie nicht auf. Welche Telefonnummer haben Sie?«
»673-0928.«
Auch die Telefonnummer war Robin unbekannt.
»Wer spricht da?«, fragte die Fremde.
»Ich heiße Robin Norris.«
»Also ich kenne keine Robin Norris. Auf ...«
»Verzeihen Sie«, bat Robin. »Mit wem spreche ich?«
»Ich gebe meinen Namen grundsätzlich nicht an Unbekannte weiter.«
»Bitte, es ist wirklich sehr wichtig.«
Eine lange Pause trat ein.
»Ich heiße Alice Casper, falls Sie das irgendetwas angehen sollte. Guten Tag.«

Dienstag, 11 Uhr 05

Da ihm die nötige Ausbildung fehlte, hatte Jordan beschlossen, sich zunächst auf den Fall zu konzentrieren, mit dem er am besten vertraut war, der Verbindung des Mörders zu Beverly Casper. Wenn es ihm gelang, sich in den jungen John hineinzuversetzen und ihn zu verstehen, würde er auch in der Lage sein, die Vorgehensweise des reifen Mannes zu begreifen. Das unpassende Wort brachte ihn fast zum Lachen. Reife setzte voraus, dass man erwachsen war und moralische Verantwortung übernahm. Davon konnte bei John keine Rede sein. Er glich einem Monster, das sich im Körper eines Mannes verbarg. Was er auch sein mochte, eines war er jedenfalls mit Sicherheit nicht: reif.

Als er erneut durchlas, was er sich anfangs und später notiert hatte, konnte er ein bittersüßes Gefühl des Stolzes nicht unterdrücken. Alle Schlussfolgerungen, die er vor seinem ersten Besuch bei der Polizei gezogen hatte, waren zutreffend gewesen. Der Messenger ging gezielt vor, beobachtete seine Opfer sehr genau, bevor er zuschlug – der Mord an Judy Cinch hatte diese Annahme zur Gewissheit gemacht –, und kannte sich mit Autos gut genug aus, um sie so zu präparieren, dass sie auf einer einsamen Straße liegen blieben und ihm die Gelegenheit gaben, rechtzeitig seine ›Hilfe‹ anzubieten. Er empfand außerdem ein sadistisches Vergnügen daran, die Eltern der Opfer zu quälen, höchstwahrscheinlich war Johns Beziehung zu seiner eigenen Mutter von einer schwierigen Hassliebe geprägt. Jordan vermutete, dass die Anspielungen auf eine geheimnisvolle Loni direkt nach dem Mord, von denen in der zweiten Hypnose die Rede gewesen war, wahrscheinlich Anspielungen auf Johns eigene Mutter waren. Vielleicht

hatte sie ihn mit dem Lederriemen geschlagen. Das würde auch die Wahl der Mordwaffe erklären. Er rächte sich an seinen Opfern für das, was ihm seine Mutter angetan hatte. Möglicherweise war Johns Mutter eine Prostituierte gewesen. Die sonderbare Wendung, mit der der Täter sich selbst beschrieben hatte, *Man nennt mich John*, schien jedenfalls darauf hinzudeuten. Kein Wunder, dass er ein *John* sein wollte. Freier verwendeten diesen anonymen Namen gerne. Es waren die Johns, die seiner Mutter nahekamen und nur die Schokoladenseiten, aber nicht den Lederriemen kennenlernten. Wahrscheinlich war es Johns sehnlichster Wunsch, seiner Mutter nahe zu sein. Daher hatte er seine Wunschphantasien nach außen projiziert und sich einen neuen Namen gegeben. Eine Annahme, die auch seine zwanghafte Vorliebe für Engel erklärte. Er ermordete junge Mädchen, weil sie für ihn ein idealisiertes Bild seiner Mutter darstellten, bevor diese Prostituierte geworden war. Er brachte die Mädchen um, ehe sie ins Verderben stürzten wie seine Mutter. Das wollte er seinen Opfern verständlich machen – er erwies ihnen einen großen Dienst. Doch das konnten sie natürlich nicht verstehen, was wiederum seine Wut, Enttäuschung und das Gefühl, betrogen worden zu sein, erklärte.
Jordan spürte klammen Schweiß auf der Kopfhaut. *Warum fühle ich mich in diesem Zimmer immer so verdammt unwohl? Weil ich mich hier zum Narren gemacht habe.* An diesem Ort hatte er die Polizei unwissentlich beinahe davon überzeugt, dass er selbst der Messenger war. *Sieh dich vor, damit dir nicht zweimal derselbe Fehler unterläuft. Im Grunde weißt du nur eines von diesem John, nämlich dass er sehr geschickt darin ist, junge Mädchen umzubringen.*
Er ging seine Aufzeichnungen ein viertes Mal durch.

Konzentriere dich auf eine Sache, befahl er sich. *Beschränke dich bei deinen Schlussfolgerungen auf deutliche Anhaltspunkte.*
Deutliche Anhaltspunkte waren indessen rar gesät. Im Grunde genommen gab es keinen einzigen. Er kannte nicht einmal den richtigen Vornamen des Mörders. John, der durchschnittlichste aller Vornamen, konnte ein echter, aber auch ein erfundener Name sein. Andererseits hatte John seinen Decknamen vielleicht auch mit Bedacht gewählt. John ging mit großer Umsicht vor. Er präparierte nicht nur die Autos, sondern hatte auch den gesamten Ablauf der Morde geplant. Obendrein war er geduldig. Wenn die Autos der Mädchen in der Nähe einer belebten Gegend stehen blieben oder ein anderer Retter Hilfe anbot, hielt John wahrscheinlich nach einem neuen Opfer Ausschau. Er ging keinerlei Risiko ein. Wenn alles nach Plan lief, gut. Andernfalls wartete er auf eine nächste Gelegenheit.
Zwischen dem Mord an Beverly Casper und den anderen Opfern fiel lediglich ein Unterschied auf. Beverly war umgebracht und sofort in der Erde verscharrt worden. Die anderen Mädchen hingegen hatte man allesamt in spektakulären Posen aufgefunden. Wenn Jordan hätte spekulieren müssen – und im Grunde tat er ja nichts anderes –, hätte er angenommen, dass dieser Unterschied das Resultat von Johns verändertem Selbstbild war. Während er als junger Mann tötete, hatte er sein ganzes Leben noch vor sich gehabt. Auch Mörder haben Pläne und träumen vom Ruhm. Niemand wusste, welche Zukunft er sich damals ausgemalt und in welchen Jugendphantasien er mit fünfundzwanzig geschwelgt haben mochte. Vielleicht hatte er sich als millionenschweren Geschäftsmann, berühmten Schauspieler, Rennfahrer, General oder sogar als zukünftigen Polizeipräsidenten gesehen. Wäh-

rend diese Träume nach und nach wie Seifenblasen zerplatzten, wuchs seine Enttäuschung und Verbitterung. Aufgrund seines Verfolgungswahns waren die Enttäuschungen, die das Leben für jedermann bereithielt, für John besonders schwer zu ertragen und schienen Teil jener Verschwörung zu sein, die seine Pläne vereitelte. Mit einem Mal hatte er, aus unbekannten Gründen, womöglich weil er Niederlagen nicht länger verkraftete, erneut angefangen zu töten. Für ihn waren die Morde ein neuer Weg zum Ruhm. Endlich nahm ihn die Welt zur Kenntnis. Daher begnügte er sich nicht mit dem Mord allein, sondern stilisierte seine Tat.

Jordan warf noch einen Blick auf seine Unterlagen. *Na gut, hier muss doch noch irgendwas sein, vielleicht nicht sehr tragfähig, aber doch ein kleiner Hinweis.* Zwei Dinge sprangen ins Auge. Erstens: John hatte unterschiedliche Augenfarben, braun und grün. Zweitens: Er hatte in der Marine gedient.

Ließ sich daraus etwas entnehmen? Er konnte sich ohne weiteres eine Militärkarriere angedichtet haben. Vielleicht hatte er gehofft, dass eine Laufbahn bei der Armee ihm eine besonders männliche Aura verleihen würde. Er war bestimmt nicht der Erste, der diese Überlegung anstellte. Warum jedoch hätte er Beverly in diesem Punkt belügen sollen? Man belog ein Mädchen, wenn man ihm imponieren und es zu einer Verabredung überreden wollte. Warum sollte man jemanden belügen, den man umbringen wollte? Also hatte er wahrscheinlich die Wahrheit gesagt. Damit ließ sich das Täterumfeld vielleicht etwas genauer einkreisen … Damals war die Zeit des Vietnam-Krieges gewesen. Tausende junger Männer waren zwischen 1963 und 1970 zur Marine gegangen, und John musste zwischen achtzehn und fünfundzwanzig Jahren alt gewesen sein.

Vielleicht war er bei der Marine ausgemustert worden. Oder man hatte ihn, noch wahrscheinlicher, unehrenhaft entlassen. Paranoide Schizophreniker waren dafür bekannt, dass sie Autoritätsprobleme hatten. Jordan konnte sich mühelos vorstellen, wie John mit der Militärpolizei aneinandergeraten oder auf einen Sergeanten losgegangen war.

Wie viele Marinesoldaten waren zwischen 1963 und 1970 unehrenhaft aus dem Dienst entlassen worden? Vermutlich nicht allzu viele. Außerdem durfte man mit ziemlicher Sicherheit von einer weiteren Annahme ausgehen: John stammte aus der Gegend von Los Angeles, höchstwahrscheinlich aus dem Valley. Die meisten entlassenen Soldaten kehrten in ihre Heimatstädte zurück. Im Übrigen galt es in den späten sechziger Jahren als ausgesprochen schick, in Los Angeles zu wohnen. Die Menschen waren scharenweise in die Stadt geströmt.

Beverlys *Post-mortem*-Behauptung, dass Johns Augen unterschiedliche Farben hatten, verengte die Suche noch weiter, falls, und dies war ein wesentlicher Einwand in einer ganzen Reihe weiterer, es sich dabei nicht nur um eine optische Täuschung gehandelt hatte.

Bevor Jordan Zeit hatte, seine einfallsreiche Theorie in Stücke zu zerreißen, stürmte Lemoski herein. Er warf einen prüfenden Blick auf Jordans Notizblätter.

»Schon was herausgefunden?«

»Suchen Sie nach einem ehemaligen Marinesoldaten, Mitte fünfzig, mit unterschiedlich gefärbten Augen, der sich zwischen 'dreiundsechzig und 'siebzig irgendwo hier im Valley oder in L. A. zum Dienst bei der Marine gemeldet hat und unehrenhaft entlassen wurde.«

Lemoski hob eine Braue. »Sie scheinen sich Ihrer Sache ja sehr sicher zu sein.«

»So sicher nun auch wieder nicht. Das sind bloß Vermutungen.«
»In welchem Zeitraum diente er, Ihrer Ansicht nach, bei der Marine?«
»Ungefähr zwischen 'dreiundsechzig und 'siebzig. Besitzt die Marine überhaupt ein Archiv für derartige Unterlagen?«
»Bestimmt. Romero soll das überprüfen.«
Jordan hatte den Eindruck, als hätte er Lemoski ebenso gut den Wetterbericht vorlesen können.
Lemoski ließ sich auf dem Stuhl gegenüber Jordan nieder. »Ich hätte da noch eine Frage an Sie. Sind Sie tatsächlich von dieser ganzen Reinkarnationstheorie überzeugt?«
Jordan fühlte sich, als habe man ihm soeben einen Schwinger in die Magengrube versetzt. Er hatte die ganze Zeit geglaubt, Lemoski ginge, ebenso wie er selbst, von der Annahme aus, dass alle Morde einem einzigen Täter zuzuschreiben waren. Er hatte einfach vorausgesetzt, dass er, Jordan Geller, der Psychiater, und Lemoski, der Polizist, gemeinsam diese gefährlichen Gewässer durchschipperten. Nun erkannte er mit einem Mal, wie selbstbezogen sein Blickwinkel gewesen war. Naiv hatte er sich selbst für den Mittelpunkt gehalten, um den sich die Ermittlungen drehten.
Welch ein Irrtum. Denk doch mal nach, ermahnte er sich. Die ganze Dienststelle, die er durchquert hatte, um zu diesem Zimmer zu gelangen, glich einer Festung von Polizeibeamten, die nur ein Ziel verfolgten – den Messenger so rasch wie möglich dingfest zu machen. Er selbst hingegen war für alle außer Lemoskis engsten Mitarbeiterstab ein vollkommen Unbekannter. Die Reinkarnationstheorie war für Lemoski lediglich eine von vielen Hypothesen. Obendrein keine, die er an die große Glocke hängen wollte. Sollte was an der Sache

dran sein, prima; andernfalls ergab sich mit Sicherheit etwas anderes.

»Ja, Lieutenant«, erwiderte er schließlich. »Bis mich eine neue Information eines Besseren belehrt, glaube ich an diese Theorie.«

Lemoski nickte bedächtig. »Sagt Ihnen der Name Chip Estes etwas?«

Jordan schüttelte den Kopf.

»Nun, April Conniston, Ihrer Anwältin und Freundin, hat der Name offensichtlich etwas gesagt. Vermutlich war sie im Besitz von Informationen, die auf eine Verbindung zwischen Chip Estes und den Messenger-Morden hindeuten.«

Jordan starrte den Lieutenant entgeistert an. »Das ergibt keinen Sinn.«

»Sie hat Mike Fields davon erzählt, dem Cousin ihres Vaters ...«

»Ich weiß schon, wer Fields ist.«

»Und Fields hat es an Romero weitergegeben.«

»Wann?«

»Gestern Abend.«

»Noch mal ganz langsam. April hat Mike Fields erzählt, sie hätte Chip Estes als Serienmörder im Verdacht?«

»Das behauptet jedenfalls Fields.«

»Und womit begründete sie diesen Verdacht?«

»Das wusste Fields nicht. Sie sagte nur, was Beverly Casper anginge, seien wir auf dem Holzweg. Sie habe Beweise dafür, dass zwischen den Morden kein Zusammenhang bestehe.«

»Das kann ich mir kaum vorstellen.«

»Hat Sie Ihnen gegenüber nichts davon erwähnt?«

»Nein. Das hätte sie sonst bestimmt getan.«

»Fields behauptet, April habe ihm das mitgeteilt, kurz bevor sie in ihrem Auto davonfuhr und ums Leben kam. Haben Sie an diesem Tag noch mit ihr gesprochen?«

»Ja, aber wesentlich früher, so gegen vierzehn Uhr.«

»Das war ihr letztes Gespräch?«

»Ja.«

Lemoski schwieg und dachte über die Antwort nach. »Hat Miss Conniston versucht, Sie zu erreichen?«

Jordan nickte. »Zweimal. Auf meinem Anrufbeantworter waren zwei Nachrichten.«

Verdammt! Hätte ich April doch nur zurückgerufen. Wer weiß, was sie mir sagen wollte? Plötzlich fühlte sich Jordan sehr müde. »Nun, Lieutenant, wer ist Chip Estes?«

»Ein Schüler der Oberstufe an der Forrester Highschool in Northridge.« Die beiden Männer tauschten einen Blick. »Und der Junge, in den sich meine Tochter verknallt hat.«

Dienstag, 11 Uhr 15

Robin klingelte an der Tür. Niemand öffnete. Im Haus rührte sich nichts. Sie klingelte erneut und begann zu zählen. Wenn sie bis zwanzig gekommen war, ohne dass jemand an der Tür erschien, würde sie wieder gehen. Das hatte sie sich vorgenommen.

Bei siebzehn öffnete sich die Tür.

Die Frau musste um die siebzig sein, wirkte aber noch älter. Ihr breites, flaches Gesicht war voller Falten. Das weiße Haar war sorgsam gekämmt und zu einem akkuraten Nackenknoten geschlungen. »Ja«, sagte die alte Frau. »Was gibt es denn?«

Für einen Augenblick blieb Robin ihr die Antwort schuldig. Sie hatte so impulsiv gehandelt, dass sie keine Erklärung vorbereitet hatte.
»Was gibt es denn nun?«, wiederholte die Frau leicht gereizt. »Wer sind Sie?«
»Robin Norris.«
Die braunen Augen der Frau nahmen einen abweisenden Ausdruck an. »Moment, sind Sie … haben Sie vorhin angerufen und eine verkehrte Nummer gewählt?«
»Ja.«
»Warum sind Sie hier, wenn es die verkehrte Nummer war?«
»Ich musste Sie persönlich sehen, Misses Casper.«
»Was wollen Sie von mir?«
»Ich kannte Beverly«, sagte Robin schließlich. Ihre Stimme war kaum lauter als ein Flüstern.
Die Frau trat einen Schritt vor und blinzelte prüfend in Robins Gesicht. »Was wollen Sie damit sagen?«
»Ich kannte Beverly«, wiederholte Robin.
»Anscheinend sind Sie etwas verwirrt, junge Frau.«
»Hatten Sie denn keine Tochter namens Beverly?«
»Doch. Wie alt sind Sie?«
»Fünfundzwanzig.«
»Nun, Beverly starb, bevor Sie zur Welt kamen. Sie müssen meine Tochter mit einer anderen Beverly verwechseln.« Die Frau machte Anstalten, die Tür zu schließen.
»Pip«, sagte Robin Norris, diesmal mit lauter Stimme.
Die Tür schwang erneut auf. »Was haben Sie da gesagt?«
»Ihr Mann nannte Beverly Pip, während Sie Ihre Tochter mit ihrem richtigen Vornamen anredeten.«
Als die Frau antwortete, stieß sie die Worte wütend hervor, wie Pistolenkugeln. »Stimmt genau. Nur ihr Vater nannte sie

Pip, und der Einzige, der das außer mir wissen kann, ist ihr Bruder Peter. Hat Peter Ihnen davon erzählt?«

»Ich kenne Peter nicht.«

Die Frau musterte sie wieder prüfend.

»Sie hatten einen braunen Pontiac. Einen Grand Am.«

»Das ist das Auto …«

»Beverly mochte die Farbe nicht. Sie hätte lieber einen Sportwagen gehabt, aber Sie fanden einen Sportwagen zu unpraktisch.« Dieses unbedeutende Detail war alles, was Robin gerade einfiel. »Sie wollte sich mit ihren Freundinnen in Malibu treffen, aber Sie wollten es ihr nicht erlauben.« Robin wurde von Erinnerungen mitgerissen, ohne sagen zu können, woher die mit einem Mal kamen. »Die Straße nach Malibu war Ihrer Meinung nach zu gefährlich für eine Siebzehnjährige, die erst seit kurzem den Führerschein hatte …«

»Mit welchem Trick wollen Sie mich übers Ohr hauen?«

»Das ist kein Trick. Ehrlich.«

»Meine Tochter ist vor zweiunddreißig Jahren verschwunden. Mein Ehemann ist ein paar Jahre später deswegen vor Kummer gestorben. Mein Sohn hat seit zehn Jahren nicht mit mir gesprochen. Jetzt tauchen Sie plötzlich auf. Warum?«

Robin blickte Alice Casper voller Mitgefühl an. Das Leid dieser Frau war so heftig, als sei Beverly erst vor einer Woche gestorben. »Entschuldigen Sie, dass ich gekommen bin«, sagte sie. »Verzeihen Sie mir, dass ich Sie gestört habe. Ich gebe Ihnen mein Wort, dass ich nichts von Ihnen will. Ich gehe jetzt am besten.«

Damit drehte sich Robin um, und die Stimme der Frau wandte sich an ihren Rücken. »Tut mir leid, es war nicht leicht in den ganzen Jahren. Kommen Sie herein.«

Sie ging in das Wohnzimmer voran und führte Robin zu

einem abgenutzten roten Sofa. Robin hatte das Gefühl, sich mitten in einer Szene aus *Große Erwartungen* zu befinden. Der Putz löste sich allmählich von der Decke ab und bildete hässliche, offenen Wunden gleichende Taschen, während aus den Sofakissen an einigen Stellen die weiße Polsterung herausgeplatzt war. Auf dem Klavier stand eine große, gerahmte Fotografie von Beverly. Robin kannte sie aus dem Jahrbuch, es war die Aufnahme von 1970, Beverlys vorletztem Jahr an der Highschool. Daneben stand die Fotografie eines vierzigjährigen Mannes mit freundlichen, tiefliegenden Augen. Der breite Mund und die hohen Wangenknochen erinnerten an Beverly. *Das muss ihr Vater sein.* Sie hatte gehofft, er würde einen vertrauten Eindruck machen, doch das war nicht der Fall.

»Ist das Ihr Ehemann?«

Alice Casper nickte.

»Wann ist er gestorben?«

»Neunzehnhundertdreiundsiebzig.«

»Nur drei Jahre, nachdem Beverly …«

»Das stimmt. Nicht einmal drei Jahre … Bitte verraten Sie mir jetzt, warum sind Sie hergekommen?«

»Misses Casper, ich schwöre, Sie haben nichts von mir zu befürchten.«

»Das sagten Sie bereits.«

»Bitte, ich muss Ihnen eine Geschichte erzählen, und es ist wichtig, dass ich Zeit dafür habe.«

Die alte Dame nahm in dem Schaukelstuhl gegenüber Robin Platz.

Robin erzählte ihr alles, angefangen von den Schluckbeschwerden, den Schwierigkeiten beim Singen und wie sie einen Psychiater aufgesucht hatte, um sich hypnotisieren zu lassen. Wie dieser Psychiater eine hypnotische Regression mit ihr durchgeführt hatte, damit sie die Wurzel ihrer Probleme entdeckte, und wie sie dann plötzlich nicht mehr Robin Norris gewesen war. Stattdessen war sie eine Siebzehnjährige namens Beverly Casper, deren Auto eine Panne hatte. Ein Autofahrer, der anhielt und ihr half, entpuppte sich als böser Mann, der sich selbst John nannte.

»John«, wiederholte Alice Casper mit dünner Stimme. »John.«

Robin nickte.

»Von einem John haben wir damals nie gehört.«

»Die Polizei tappte damals bei der Aufklärung vollkommen im Dunkeln, nicht wahr?«

Alice Casper schüttelte den Kopf. »Eine Zeitlang hielten sie den Jungen der Keetons für den Schuldigen.«

»Larry?«, warf Robin ein.

»Haben Sie davon gehört?«

»Es stand in allen Zeitungen.«

»Beweise gab es nie. Bill«, sie nickte mit dem Kopf zu der Fotografie auf dem Klavier hinüber, »mein Mann, hat Lieutenant Broder regelmäßig angerufen. Nach einiger Zeit hat er einfach nicht mehr zurückgerufen. Wir sind zu drei verschiedenen Parapsychologen gegangen. Der erste wollte uns weismachen, Beverly sei mit einem desertierten Soldaten durchgebrannt und befände sich auf einem Schiff irgendwo im Pazifik.« Sie stieß ein kurzes, bitteres Lachen aus. »Diese ›Information‹ hat uns dreihundert Dollar gekostet. Dann gingen wir zu einer alten Dame, die uns sagte, Beverly würde an Weihnachten anrufen. Jahrelang bin ich an Weihnachten keinen Schritt nach draußen. Sogar im Badezimmer ließ ich die Tür offen stehen, damit ich das Telefon nicht überhörte.«

Sie hielt inne. »Inzwischen sind achtundzwanzig Jahre vergangen, seit ich diese Frau gesehen habe, und sie hat mir jedes Weihnachtsfest ruiniert. Nachdem Beverly verschwunden war, versuchte Bill, wieder als Versicherungsvertreter zu arbeiten. Aber er konnte einfach nichts mehr verkaufen. Er war mit dem Herzen nicht mehr bei der Sache. Genau wie ich, immer niedergeschlagen und depressiv. Schließlich gab er es auf. Wir blieben einfach zu Hause. Eines Abends, wir sahen gerade fern, kippte er vornüber. Ein Herzanfall. Der Arzt meinte, er sei wahrscheinlich schon tot gewesen, bevor er auf dem Boden landete.«

Robin wartete. »Was ist mit Peter?«

Alice beantwortete die Frage nicht. »Sie sagten, ein Psychiater hätte Sie hypnotisiert?«

»Ja.«

»Nun, es war ein Psychologe, der Peter – mein Sohn ist sieben Jahre jünger als Beverly – davon überzeugte, dass ich sein Leben ruinierte und ihn mit in meine Tragödie hineinriss. Er müsse sich von mir lösen.«

Die Trauer folgte der Tragödie auf den Fuß. »Sie sagten, Sie hätten noch einen dritten Parapsychologen aufgesucht«, äußerte Robin, um die Unterhaltung wieder auf Beverly zu lenken.

»Nach dem ersten Weihnachtsfest, an dem Beverly nicht anrief, wollte ich einen weiteren Parapsychologen aufsuchen. Bill hielt mich davon ab. Wir hatten einen furchtbaren Streit. *Sie ist tot*, brüllte er mich an. *Finde dich endlich damit ab.* Es war einfach entsetzlich. Ich sagte ihm, wenn Beverly tot sei, wäre das sein Fehler.«

»Der Fehler ihres Mannes?«

»Das hätte ich niemals sagen dürfen. Ich hätte ihm nie die

Schuld dafür geben dürfen. Wissen Sie, er hatte mir erzählt, dass Beverly ihn an jenem Abend angerufen und ihm erzählt hatte, die Proben würden etwas länger dauern. Aber sie hatte gelogen. Das lag für mich damals auf der Hand, und er gab endlich zu, dass er es auch gewusst hatte. *Hättest du ihr doch befohlen, nach Hause zu kommen*, warf ich ihm vor. Jedenfalls ging ich nach Bills Tod noch einmal zu einem Parapsychologen. Ich hatte ihn in einer großen TV-Show gesehen. Wenn man ihm ein Foto gab, wusste er alles über die fotografierte Person. Er hielt sich Beverlys Foto dicht vors Gesicht und sagte dann, sie sei in der Nacht ihrer Entführung ermordet worden und läge irgendwo vergraben in einem Canyon.«
Robin schwieg einen Augenblick. »Er hatte recht.«
Alice umklammerte die Stuhllehne und beugte sich vor. Mit der anderen Hand bedeckte sie ihre Stirn. »Im Grunde genommen habe ich das immer gewusst. Aber es ist sehr schwer, das ohne Leichnam zu akzeptieren.«
»Misses Casper«, sagte Robin. »Ich weiß, das muss unglaublich oder sogar verrückt für Sie klingen, mir selbst kommt es jedenfalls verrückt vor, aber irgendwie ist Beverly, ohne dass ich sagen könnte, wie das geschehen ist, in meinem Kopf.«
Die Frau nickte langsam und mit ausdrucksloser Miene. Robin hatte keine Ahnung, wie sie auf Beverlys Mutter wirken mochte.
»Die Beziehung zwischen Ihnen und Ihrer Tochter war äußerst gespannt, nicht wahr?«
»Welches Mädchen in Beverlys Alter hat keinen Streit mit der Mutter?«
»Aber an diesem Abend, als sie verschwand, kam es …«
Alice Casper beugte sich mit einem Ruck vor. »Geben Sie mir nicht die Schuld. Ich war nur …«

»Nein, nein«, fiel Robin ihr ins Wort. »Ich wollte Ihnen nur sagen, dass in jenen letzten Minuten, als Beverly begriff, dass der Mann sie umbringen würde …« Sie verstummte. Es war schwer für sie, diese Worte auszusprechen und sie so zu wählen, dass sie wirklich Beverlys Gefühle wiedergaben. »Sie hat sie geliebt. Und sie wusste, dass sie sie ebenfalls liebten. Es tat ihr leid, unendlich leid, dass die letzten Worte, die sie zu Ihnen sagte, so unfreundlich waren.« Mit einem Mal schien sich eine so beruhigende Wärme im Zimmer auszubreiten, als sei ein Engel hereingeschwebt. »Ihre letzten Gedanken, ihre letzten Gedanken …« Robin sprach plötzlich in einer fremden Stimme, einer Stimme, die Alice Casper glaubte, niemals wieder zu hören. »Bitte sagen Sie meiner Mutter und meinem Vater, dass mir alles sehr leidtut und dass ich sie liebe. Ich weiß, ich werde sie eines Tages im Himmel wiedersehen.«

Mit offenem Mund ließ sich Alice Casper gegen dic Rückenlehne des Schaukelstuhls sinken. »Diese Worte habe ich eine Million Mal in meinem Kopf gehört. Jahrelang kam es mir so vor, als würde ich sie vernehmen, sobald ich die Augen schloss. Aber ich hörte sie immer mit *seiner* Stimme, dieser höhnischen, grausamen Stimme des Mannes am Telefon.« Sie stand auf und ging auf die junge Frau zu. »Jetzt habe ich sie endlich von Beverly selbst gehört.«

Robin erhob sich. Die beiden Frauen hielten sich zuerst an den Armen umklammert, bevor sie einander umarmten. Obwohl diese Umarmung höchstens eine Minute dauerte, schien die Zeit stillzustehen.

Robins Gliedmaßen fühlten sich vollkommen schwerelos an, Energie schien durch ihren Körper zu pulsieren, als sei sie wie aufgeladen. Sie hatte den sonderbaren Eindruck, dass sich etwas im Universum bewegt hatte und vielleicht sogar der Himmel für einen Augenblick aus ewiger Ruhe aufgerüttelt worden war.

Dienstag, 12 Uhr

Um 12 Uhr hatte jedermann an der Forrester Highschool in Northridge von den neuesten Gerüchten um Chip Estes Wind bekommen.
Um 12 Uhr 15 zeigten Menschen, die Chip Estes nicht einmal kannte, bereits mit dem Finger auf ihn und warfen ihm drohende Blicke zu.
Um 12 Uhr 45, auf dem Weg von einem Unterrichtsraum zum anderen, flüsterte ihm jemand auf dem Flur im Vorbeigehen »Hey, Killer« ins Ohr.
Um 13 Uhr 15 hatte jemand einen Schädel mit gekreuzten Knochen auf Chip Estes' Spindtür gesprayt.
Gegen 14 Uhr hielt es der Direktor für das Beste, wenn Chip die Schule an diesem Tag vorzeitig verließ. Seine Mutter holte ihn ab.
Gegen Ende der letzten Stunde verbreitete sich rasch ein neues Gerücht unter den Schülern. Chip Estes hatte den Mord an Judy Cinch gestanden.

Dienstag, 15 Uhr 30

Robin erreichte das Theater gegen Viertel vor zwei. Sie war eine halbe Stunde zu früh und fühlte sich von der Begegnung mit Alice Casper emotional ausgelaugt.

Sonderbarerweise freute sie sich trotz ihrer Erschöpfung auf die Probe. Sie musste sich unbedingt ablenken. Nach dem, was sie gerade durchgemacht hatte, kam ihr das Singen und Schauspielern kinderleicht vor. Doch ihre Erleichterung war nur von kurzer Dauer. Nach einigen Stimmübungen stellte sie fest, dass ihre Stimme sich nicht lockern wollte. Je mehr sie übte, desto angestrengter klang sie. Ihre Kehle war plötzlich wieder wie zugeschnürt, genauso schlimm wie damals, als sie Jordan zum ersten Mal aufgesucht hatte. Sie hoffte, sich auf der Bühne mit Improvisationen über Wasser halten zu können. Vergebens. Die hohen Noten ebenso wie die niedrigen, ja sogar die Halbtöne dazwischen hörten sich heiser und unsauber an. Nach vierzig Minuten unterbrach Walter die Probe mitten im Lied. Er setzte eine zehnminütige Pause an und nahm Robin beiseite.

»Tut mir leid, Schatz, aber ich werde Deb White deine Rolle geben.«

Impulsiv wollte sich Robin im ersten Moment selbst verteidigen: »Gib mir noch zwanzig Minuten und ich schaffe es«, unterließ es dann jedoch. Sie wusste es genauso gut wie Walter: Sie konnte nicht singen und hatte nicht die geringste Ahnung, wann sie wieder bei Stimme sein würde.

»Ich weiß nicht, was das alles soll, Robin, deine Stimmprobleme, der ganze Reinkarnationskram, was zwischen dir und diesem Doktor läuft ...« Er hörte sich eher traurig als wütend an. »Ich habe jedenfalls die Aufgabe, eine gute Show auf die Beine zu stellen. Ich traue dir den Job einfach nicht mehr zu. Am einen Tag klingst du wie Judy Garland, am nächsten quakst du wie ein Frosch.«

Darauf hatte Robin keine Antwort.

»Pass auf«, sagte Walter, »ich denke mir was aus. Ich erzähle den anderen, zwischen uns sei es zu kreativen Unstimmigkeiten gekommen.«

Nachwuchsschauspielerinnen hatten grundsätzlich keine kreativen Unstimmigkeiten mit erfahrenen Regisseuren. Die Sache würde sich herumsprechen; der Ruch der Unzuverlässigkeit würde ihr anhaften. Für eine junge Schauspielerin kam das unter Umständen einem vorzeitigen Ende ihrer Karriere gleich.

»Geh zurück nach New York, mein Engel«, riet er ihr. »L. A. kann einem übel mitspielen. Nach der Show rufe ich dich an. Wir arbeiten bestimmt bald wieder zusammen.«

Robin dachte über seine Worte nach. *L.A kann einem übel mitspielen.* So war es ihr und Jordan ergangen. Eine einzige Woche hatte ihre in jahrelanger Arbeit aufgebauten Karrieren ruiniert.

Gefasst und würdevoll bedankte sich Robin bei ihren Kollegen und den Technikern. Alle wünschten ihr Glück und wirkten aufrichtig mitfühlend. Sie wusste jedoch nur zu genau, was das feierliche Lächeln auf den Gesichtern der anderen zu bedeuten hatte: Soeben war Robins Karriere zu Grabe getragen worden.

Deb White stiegen Tränen in die Augen, als sie Robins Handgelenke umfasste und sie anflehte, nicht zu gehen. Robin fand ihr Verhalten leicht übertrieben, doch vielleicht war das ein ausgesprochen unchristlicher Gedanke. Falls Deb es noch nicht verstanden haben sollte, würde ihr binnen kurzem klar sein, dass die Hauptlast der Show jetzt auf ihren Schultern ruhte. Eine Erkenntnis, bei der selbst die Knie der verwegensten Naiven weich geworden wären.

Als Robin das Theater verließ, die Sporttasche voller Kleidungsstücke und anderer Habseligkeiten über die Schulter

geworfen, warf sie einen Blick auf das größte Plakat neben der Kasse. *Karussell, Musical von Rodgers und Hammerstein, in den Titelrollen Robin Norris und Tom Reibmann.* Sie verweilte einen Augenblick davor. Sonderbarerweise hatte es überhaupt nichts mehr mit ihr zu tun. Dabei stand ihr Name darauf. Das war ihre große Show. Doch irgendwie schien alles plötzlich einer anderen Ära anzugehören.
Sie fragte sich, ob sie ihren Namen je wieder auf einer Programmanzeige sehen würde.

Dienstag, 16 Uhr 40

Jordan war auf dem Weg nach Brentwood, auf dem Nebensitz lag eine Kopie der Beverly-Casper-Akte. Der drei Zentimeter dicke Papierstapel steckte in einer neuen Mappe, die ein dickes Gummiband zusammenhielt, und glich haargenau jenem Stapel, den April vor zwei Tagen mit nach Hause genommen hatte. Lemoski hatte Jordan die Papiere beim Verlassen des Polizeireviers in die Hand gedrückt. Jordan konnte sich allerdings des Eindrucks nicht erwehren, dass es sich dabei eher um ein Geschenk oder ein Zeichen der Anerkennung handelte. Das Interesse des Detective an der Reinkarnationstheorie hatte merklich nachgelassen, seit es einen neuen Verdächtigen gab.
Jordan wusste nicht, was er noch glauben sollte. In der letzten Woche war einfach zu viel passiert. Vorausgesetzt, die letzten Mordfälle hatten tatsächlich nichts mit Beverly Caspers Tod zu tun, was sprach dagegen, dass Chip Estes der Täter war? Sein jugendliches Alter? Wohl kaum. Klagte Gott in der Genesis nicht auch über die Menschen, dass *alles Sinnen und*

Trachten ihres Herzens böse war immerdar? Wie viele zukünftige Mörder wetzten ihre Messer nicht schon in der Kindheit, indem sie Tiere oder Gleichaltrige quälten? In den frühen Neunzigern hatte es einen berüchtigten Fall in England gegeben, als zwei zehnjährige Jungen ein zweijähriges Kind umgebracht hatten. Die beiden Mörder hatten den Kleinen zu einem drei Kilometer langen Marsch aus der Stadt gezwungen und ihn dort zu Tode geprügelt. Ungefähr zur gleichen Zeit hatte ein Achtjähriger ein sechsjähriges Mädchen von einem Gebäude heruntergestoßen. Massenmorde an Schulen in Kentucky, Oregon und Colorado – jeden Monat stand etwas von den Schreckenstaten der jungen Mörder in der Zeitung, eine Nachricht überbot die anderen noch an Scheußlichkeit. Warum also sollte Chip Estes nicht der Messenger sein? Die logische Antwort darauf lautete, dass er ohne weiteres als Täter in Frage kam. Was Jordan allerdings nicht einleuchtete und ihn unaufhörlich beschäftigte, war die Frage, warum April Estes für den Mörder gehalten hatte. Die Antwort auf diese Frage, falls es überhaupt eine gab, musste sich in dieser Akte verbergen. Dort würde er die Antwort auf alle Fragen finden, das sagte ihm eine untrügliche Vorahnung.

Während er sein Auto über den steilen Sepulveda-Pass hinabsteuerte, der die Stadt mit dem Valley verband, wunderte er sich nicht zum ersten Mal darüber, wie jede neue Fährte unweigerlich zu demselben Personenkreis zurückzuführen schien. Zwischen allen gab es eine Verbindung. Auch der neue Verdächtige, Chip Estes, war mit der Gruppe verflochten. Zum einen kannte er Lemoskis Tochter, zum anderen hatte April seinen Namen gegenüber Mike Fields, dem Cousin Avery Connistons, erwähnt. Und Avery selbst hatte aller Wahrscheinlichkeit nach den Messenger oder zumindest dessen Opfer vor ein paar Abenden gesehen.

Wer gehörte noch zu diesem Personenkreis? Robin, Walter, Bolton, Lemoski, Swain, Bobley, Romero? Er ging einen Namen nach dem anderen durch. Mit einem Mal sprang ihm einer davon ins Auge. *Swain.* Detective Fred Swain. Er war von Anfang an dabei gewesen, hatte als junger Detective im Beverly-Casper-Fall ermittelt und gehörte jetzt wieder zum Team. War das etwa kein sonderbarer Zufall? Und damit nicht genug: Hatte Swain ihm nicht selbst erzählt, dass er früher bei der Marine gedient hatte? Wenn Bolton nun recht hatte und Aprils Tod keineswegs ein Zufall gewesen war? Swain gehörte zu den wenigen Personen, die wussten, dass die Anwältin im Besitz der Beverly-Casper-Akte gewesen war.

Jordan mahnte sich selbst zur Besonnenheit. *Verdammt, das war einfach zu weit hergeholt.* Erstens war Swain mit Sicherheit nicht unehrenhaft aus der Marine entlassen worden, sonst hätte ihn die Polizei nicht eingestellt. *Andererseits, warum nicht? Vielleicht habe ich mich in dieser Hinsicht getäuscht. Er hat Autoritätsprobleme, und statt dagegen anzukämpfen wird er selbst zu einem Teil dieser Autorität. Außerdem hat Swain keine unterschiedlichen Augenfarben. Aber vielleicht hatte Beverly sich geirrt und es handelte sich lediglich um eine optische Täuschung.*

Vielleicht sollte er Lemoski anrufen und Swains Alibi überprüfen lassen. Nein, so weit war er noch nicht. Schließlich hatte er am eigenen Leib erfahren, was es bedeutete, fälschlicherweise unter Verdacht zu stehen. Diese Erfahrung wollte er niemandem zumuten. Im Übrigen hatte Lemoski mehr Grund zu der Annahme gehabt, Jordan könne der Mörder sein, als Jordan in Bezug auf Swain. Bevor er mit jemandem über irgendwelche mutmaßlichen Verdächtigen sprach, musste er zuerst einmal gründlich recherchieren. Er durfte erst reden, wenn er sich so gut wie sicher war. Die Antwort würde er in der Casper-Akte finden. Sie musste dort sein. Er überlegte, ob er das Abendessen mit Robin streichen und sich stattdessen lieber sofort an die Arbeit machen sollte. Er hatte schon nach dem Handy gegriffen, um sie anzurufen, als er seine Meinung ebenso plötzlich wieder änderte. Er musste Robin unbedingt sehen. Ein Telefongespräch reichte einfach nicht aus. Er musste ihr in die Augen blicken. Er warf einen Blick auf die Digitaluhr des Armaturenbretts. Ihm blieb gerade noch Zeit, nach Hause zu fahren und zu duschen.

Dienstag, 17 Uhr 05

Er stellte das kalte Dosenbier auf dem Couchtisch ab, ohne wie sonst einen Untersetzer zwischen die feuchte Dose und das lackierte Holz zu schieben. Seine allabendliche Routineüberprüfung der Nachrichtensendungen, in denen er selbst eine herausragende Rolle spielte, hatte plötzlich eine unerwartete Wendung genommen. Wie versteinert, die Ellbogen auf die Knie gestemmt, starrte er auf den einunddreißig Zoll großen Bildschirm, den das hübsche Konterfei der Latino-Nachrichtensprecherin ausfüllte. Nachdem sie die Nachricht vorgelesen hatte, folgten die üblichen Werbeeinblendungen. Er konnte nicht fassen, was er soeben gesehen hatte, aber gleichzeitig ergab alles einen Sinn. Sein erster Impuls war davonzulaufen. Natürlich würde sie sich an alles erinnern. Wie hätte sie das auch je vergessen können? Sobald sie den Mund aufmachte, würden sie Bescheid wissen. Vielleicht würden sie schon innerhalb der nächsten Sekunden vor seiner Tür stehen.

Er marschierte auf und ab, rieb sich mit den Händen über die Arme und zerrte an seinen Haaren. Ihm war, als würde sich seine Haut abschälen. Je länger er darüber nachdachte, desto mehr wuchs seine Aufregung, bis er sich schließlich in einen gerechten Zorn hineingesteigert hatte.
Er konnte sich nur ausmalen, was Loni dazu sagen würde. Sie würde rasen vor Wut. Nein, es hatte keinen Sinn davonzulaufen. Wenn sie bis jetzt nicht aufgetaucht waren, drohte ihm keine Gefahr. Er würde das Problem selbst lösen, und zwar genau so, wie er bis jetzt all seine Probleme gelöst hatte.
Einer seiner Engel war entkommen.
Er musste diesen Engel finden und zurückschicken – noch heute Nacht.

Dienstag, 17 Uhr 10

»Ich habe im Theater angerufen«, teilte Romero ihrem aufgeregten Chef mit. »Anscheinend ist sie schon vor über einer Stunde gegangen. Die Frau am Telefon meinte, sie würde nicht mehr zur Besetzung gehören.«
»Wie bitte?«
»Offenbar hat man sie gefeuert«, erwiderte Romero. »Oder vielleicht hat sie selbst das Handtuch geworfen. Die Frau wollte es mir nicht sagen.«
»Haben Sie bei ihr zu Hause angerufen?«
»Ich habe drei Nachrichten auf dem Anrufbeantworter hinterlassen.«
»Geben Sie mir Bescheid, sobald sie sich meldet.«
Romero wandte sich zur Tür, aber Lemoskis Stimme hielt sie zurück. »Augenblick noch.«

»Ich dachte, Sie wollten …«
»Machen Sie die Tür zu.«
Sie folgte der Aufforderung und umklammerte den Türgriff, um sich vor dem heraufziehenden Sturm zu wappnen.
»Wer war das?«, brüllte Lemoski los. Seine Ruhe war verflogen.
»Sir?«
»Sie wissen genau, was ich meine. Wer hat dieses Video an die Medien weitergegeben?«
»Ich habe keine Ahnung.«
»Was ist mit Bobley?«, fragte Lemoski mit erhobener Stimme.
»Es könnte …« Romero verstummte. »Darüber möchte ich nicht spekulieren …«
Für taktische Feinheiten war Lemoski nicht in Stimmung.
»Setzen Sie sich, Karen«, blaffte er.
Sie folgte der Aufforderung.
»Bobley hat gestern in der Bar wieder eine ziemliche Klappe riskiert. Was genau hat er gesagt?«
Romero schwieg. Obwohl sie Bobley nicht ausstehen konnte, wollte sie doch nicht daran schuld sein, wenn es mit seiner Karriere ein jähes Ende nahm. »Hören Sie, er hatte ziemlich tief ins Glas geschaut.«
»Verdammt noch mal! Ich will wissen, was er gesagt hat«, schrie Lemoski und schlug mit der Hand auf den Tisch. Er blickte wie ein erzürnter Gott auf sie nieder.
Sie hatte ihren Chef noch nie so wütend erlebt. Sie hatte überhaupt noch nie erlebt, dass jemand so wütend werden konnte.

Dienstag, 18 Uhr

»Du hast tatsächlich ihre Nummer gewählt.«

»Der ganze Tag ist in diesem Stil verlaufen«, sagte Robin. Sie saßen in einer Sitzecke aus Rosenholz im *Moustache Café*, Jordan mit Blick auf die anderen Tische, Robin dem riesigen Fernseher hinter der Bar zugewandt. »Manches wusste ich einfach, beispielsweise die Telefonnummer, anderes, auch wenn es noch so wichtig war, war mir vollkommen fremd, wie etwa Alice, Beverlys Mutter. Sie sah ganz anders aus, als ich erwartet hatte. Während der Hypnose hatte ich sie gefühlt, aber nie gesehen. Andere Kleinigkeiten hingegen fielen mir wie von selbst ein. Als ich ins Badezimmer musste, wollte Alice mir sagen, wo es liegt. *Die Treppe hoch*, sagte sie, und ich unterbrach sie einfach: *Ja, die Treppe hoch, rechts und die erste Tür links.*«

»Wie hat sie darauf reagiert?«

»Du meinst, dass ich wusste, wo die Toilette liegt?«, fragte Robin mit spitzbübischem Lächeln.

Er liebte dieses Lächeln und ihren Humor. Sein erster Eindruck, dass sich hinter ihrem Charme eine bodenständige, starke Persönlichkeit verbarg, hatte ihn nicht getäuscht.

»Ich meine auf alles.«

»Ich fühlte mich heilig, Jordan. Das klingt seltsam, aber ich hatte das Gefühl, ich sei zu ihr gesandt worden. Alice hat ihre ganze Familie verloren, mein Vater, ich meine Beverlys Vater, starb, weil er die Schuldgefühle nicht ertrug. Er hatte Beverly nicht befohlen, direkt nach der Probe nach Hause zu kommen. Alices Sohn, Peter, ist weggelaufen. Das Haus war von Kummer erfüllt. Alice war davon überzeugt, dass Beverly sie gehasst hatte. Sie wollte sterben, Jordan. Jahrelang, nach dem Tod ihres

Mannes, wollte sie nur sterben. Aber sie brachte es einfach nicht fertig, sich umzubringen. Sie benutzte eine seltsame Formulierung: *Ich wäre ein Wächter gewesen, der seinen Posten verlassen hat.* Sie musste leben und erfahren, was mit Beverly geschehen war. Als ich ihr erzählte, wie sehr ihre Tochter sie geliebt hat, habe ich eine tiefe Wunde geschlossen.«

Jordan hörte zu, während Robin ihm detailliert berichtete, wie sie den Tag verbracht hatte, angefangen bei den Erlebnissen an Beverlys Schule.

»Jemand war vor dir in der Bibliothek, um sich die alten Jahrbücher anzusehen?«, rief Jordan aus.

»Genau dieselben Jahrgänge.«

Jordan stieß einen leisen Pfiff aus.

»Ich habe angenommen, dass es einer von Lemoskis Leuten gewesen sein muss«, fuhr Robin fort.

»Das ist keineswegs sicher. Ich frage ihn deswegen.«

»Als ich die Fotografie von Beverly während der Proben zu *Karussell* gesehen habe …«

Jordan überrieselte ein Schauer. »Du bist dir in diesem Punkt ganz sicher?«

»Sie trug genau das gleiche Kostüm wie ich.«

»Das würde erklären, warum der Umzug nach L.A. deine Schluckprobleme ausgelöst hat.«

»Als ich das Foto sah, hat das noch mehr ausgelöst, genau wie Bolton vorhersagte.« Sie erzählte ihm, wie sie in der Bibliothek Beverlys Streit mit ihren Eltern durchlebt habe und dann, eine Minute später, tränenüberströmt und schluchzend, wieder zu sich gekommen sei. »Ich glaube, ich habe dem Bibliothekar einen schönen Schrecken eingejagt. Aber weißt du, Jordan, genau aus diesem Grund will ich nicht vergessen, was ich unter Hypnose erlebe. Kannst du das jetzt verstehen?«

»Natürlich, auf jeden Fall.« Jordan blickte sich suchend nach der Kellnerin um und gab ihr dann ein Zeichen. Er drehte sich wieder zu Robin um. »Unglaublich, dass du es geschafft hast, direkt danach eine Probe zu überstehen.«

»Es gab keine Probe«, sagte Robin. »Ich habe versucht zu singen, aber es ging nicht.«

»Du hast ja noch ein paar Tage Zeit. Ich kann dir noch einige Entspannungsübungen zeigen.«

»Es ist vorbei, Jordan. Walter hat mich rausgeschmissen.«

»Wann? Heute? Gerade jetzt?«

»Er hat recht. Meine Stimme ist nicht gut genug für die Show. Die zweite Besetzung springt für mich ein.«

»Sie hat doch kaum noch Zeit bis zur Premiere, oder? Wäre es nicht besser gewesen, die ganze Show abzusagen?«

»Walter ist ein ausgezeichneter Regisseur. Er wird Tag und Nacht mit ihr proben. Weißt du, wie ich darüber denke? Ich gönne ihr diese Chance.«

»Kannst du wirklich damit leben?«

»Ich schwöre dir, Jordan, *Karussell* ist nicht das, was ich im Augenblick brauche.«

Jordan starrte sie ungläubig an. »Ich bin beeindruckt, wirklich beeindruckt.«

»Wovon denn? Weil ich die Anzahl arbeitsloser Schauspielerinnen in Los Angeles von fünfzigtausend auf fünfzigtausendundeine erhöhe?«

»Nein, ich meine es ernst. Du setzt die richtigen Prioritäten, du weißt genau, was wichtig für dich ist. Und du hast recht. Langfristig kommt es auf *Karussell* nicht an. Ich bin Psychiater und wünschte, ich würde mich selbst nur halb so gut kennen.«

»Was willst du damit sagen?«

Jordan nahm ihre Hand und hielt sie fest. »Ich will in unserer Beziehung nichts verpfuschen. Es wäre nicht das erste Mal, Robin. Glaub mir.«

»Die eine Beziehung, die wirklich zählte, hast du aber nicht verpfuscht. Harry hat mir alles über dich und Carrie erzählt. Du bist derjenige, den ich beneide. Ich hatte noch niemals eine so lange, schöne und liebevolle Beziehung.«

Jordan lächelte grimmig. »Ich kann mir ungefähr vorstellen, was Harry dir aufgetischt hat. Die Saga von Carrie und Jordan. In Wirklichkeit war es nicht immer so schön und ganz sicher nicht immer so liebevoll. An dem Abend, als Carrie starb, hatten wir uns furchtbar in den Haaren.«

»Alle Paare streiten sich«, sagte Robin. »Das erscheint dir nur im Nachhinein so schrecklich, weil sie kurz darauf ums Leben kam.«

»Ich wünschte, es wäre so einfach. Carrie hat mir an diesem Abend die Pistole auf die Brust gesetzt, damit ich mich endlich auf ein Datum für die Hochzeit festlege. Wir waren vier Jahre zusammen, und ihr Heiratswunsch war berechtigt. Aber ich weigerte mich. Ich hatte Angst.«

»Angst vor der Ehe?«

»Nein. Angst vor einer Ehe mit Carrie. Ich war schon eine ganze Weile nicht mehr glücklich. Ich wusste einfach nicht, wie ich ihr das sagen sollte.« Bei der Erinnerung stöhnte er leise auf. »Jedenfalls wollte ich mich nicht auf ein Datum festlegen. Sie war wütend. Wutanfälle waren keine Seltenheit bei Carrie, aber diesmal kam es zu einer besonders hässlichen Szene. Sie warf mir vor, ich hätte eine Affäre mit einer Medizinstudentin, die ich noch aus dem Praktikum kannte. Ich stritt das ab. Aber sie glaubte mir einfach nicht. Sie ging zu meinem Bücherregal und zog die riesige Bibel heraus, die mir mein Großvater zur *Bar Mizwah* geschenkt hatte. Sie drückte sie mir in die Hand und wollte, dass ich darauf schwor, nicht mit der Frau geschlafen zu haben.«

»O Gott!«

»Ich gab zurück, wenn wir eine derartige Beziehung führen wollten, sähe ich darin keinen Sinn. Sie müsse mir ohne Schwur glauben. Vergebens. Sie hörte einfach nicht auf, mich anzuschreien.«

»Was hättest du sonst tun können?«

»Ich hätte ihr die Wahrheit sagen können, Robin. *Sie hatte recht.* Ich hatte sie tatsächlich betrogen. Sogar mehrmals. Ich fühlte mich deswegen schuldig. Ich schätze, ich wollte dadurch den Bruch mit ihr erzwingen. Carrie muss das gespürt haben. Vielleicht ist sie mir heimlich zur Wohnung der anderen Frau gefolgt, keine Ahnung. Schließlich schrie sie: *Du bist ein Lügner. Du bist ein Lügner und ein Feigling.* Dann rannte sie aus der Wohnung und lief direkt vor das Auto.«

»Das ist ja entsetzlich.«

»Der Fahrer hatte einige Promille zu viel. Ich bin mir immer noch nicht sicher, ob es ausschließlich seine Schuld war oder ob Carrie einfach blindlings über die Straße rannte. In jedem Fall trage ich genauso viel Verantwortung wie er. Wahrscheinlich sogar mehr.«

»Das ist lächerlich.«

»Wieso? Hätte ich ihr die Wahrheit gesagt, nicht in diesem Augenblick, sondern schon Monate vorher, als ich längst wusste, dass ich sie nicht mehr liebte, wäre sie noch am Leben. Durch meine Schwäche, meine Angst, habe ich ihren Tod verursacht.«

Für einen Augenblick herrschte nachdenkliche Stille.

»Alle hatten ein idealisiertes Bild von uns. Harrys Version

kennst du ja schon. In der Öffentlichkeit wirkten wir wie das vollendete Traumpaar. Für Carrie war das sehr wichtig. Sie achtete mit peinlicher Genauigkeit darauf, dass niemand etwas von den Spannungen zwischen uns bemerkte. Sie wollte die Perfektion. Das forderte sie mir und sich selbst ab. Aber ich bin alles andere als perfekt. Ich möchte auch nicht, dass jemand das je von mir glaubt.«

»Dass ausgerechnet ein Psychiater das sagt, ist irgendwie witzig.«

»Warum denn?«

»Ich wette, deine Patienten halten dich für perfekt. Mir ging es jedenfalls so, nachdem ich aus deiner Praxis kam.«

»Psychiater und Schauspielerinnen. Zwei Berufsgruppen mit besonders hoher Scheidungsrate. Weißt du auch, weshalb? Weil es viel einfacher ist, Fremde dazu zu bringen, dass sie dich lieben, als harte Arbeit zu leisten, und die Frau, die du liebst, bei der Stange zu halten.«

Damit schlug Jordan die Speisekarte auf. »Das war jedenfalls eine äußerst amüsante Unterhaltung, so viel steht schon mal fest.«

Als er aufblickte, sah Robin ihm direkt in die Augen.

»Ich bin nicht auf der Suche nach Perfektion, Jordan.«

Er erwiderte ihren Blick und hielt ihn fest.

»Wissen Sie schon, was Sie nehmen?«, fragte die Kellnerin und brach den Zauber.

Sie wählten beide gegrillten Lachs. Jordan bestellte außerdem noch einen Salat sowie eine Flasche kalifornischen Chardonnay. Als die Kellnerin davonging, wandte er sich wieder Robin zu.

Aber Robin war nicht mehr da.

Eine andere hatte ihren Platz eingenommen. Natürlich war

es Robins Körper, doch ihr Gesicht war nicht mehr das der selbstbewussten Frau, mit der er sich eben noch unterhalten hatte. Er blickte in die Augen eines jungen, vor Entsetzen bebenden Mädchens.

»Was ist los?«

»John … er ist hier.« Ihre Stimme zitterte. Es war dieselbe Stimme, die er vor zehn Tagen zum ersten Mal in seiner Praxis vernommen hatte.

Jordan hielt beruhigend ihre Hand fest. »Ich bin bei dir. Alles ist in Ordnung, Robin.«

Sie hörte ihn nicht. Anscheinend war sie wieder in einem Zustand autohypnotischer Trance.

Ohne Robins Hand loszulassen, setzte Jordan sich auf dem Stuhl zurecht. »Beverly, kannst du mich hören?«

Keine Antwort. Endlich sprach sie erneut. *»Er ist hier. Er sitzt an einem anderen Tisch. Er hört alles, was wir sagen.«*

Jordan ließ den Blick schweifen und rechnete halb damit, ein neues, verdächtiges Gesicht zu entdecken. Aber innerhalb der letzten Viertelstunde hatte kein Gast das Restaurant betreten. Er begriff, dass Robin sich in einem anderen Restaurant befinden musste. Am liebsten wäre er aufgestanden und nach Hause gerannt. Direkt zu der Akte von Beverly Casper. John musste an jenem Abend im *Hamburger Heaven* gewesen sein. Er hatte Beverly gesehen und das Gespräch der Freundinnen belauscht. Daher kannte er den Namen von Larry Keeton. Dieser Gedanke war Jordan bereits vor einigen Tagen gekommen, aber er hatte nichts damit anfangen können. Nun verstand er mit einem Mal. Die Polizei musste damals die anderen Gäste des Restaurants verhört haben. Vielleicht war auch ein junger Mann um die fünfundzwanzig darunter gewesen.

Er konzentrierte sich wieder auf Robin. Sie wirkte erneut verändert, nahm seine Hand und legte sie an ihre Wange.
»Weißt du, was gerade passiert ist?«, fragte Jordan.
»Ich bin wieder abgedriftet. Habe ich was erzählt?«
Er wiederholte ihre Worte. »Ich habe folgenden Einfall. Wenn ich mir die Beverly-Casper-Akte noch mal vornehme …«
Robin riss mit einem Mal die Augen auf.
»Ich glaube …«, fuhr Jordan fort.
Aber sie hörte nicht zu. War sie schon wieder in Trance? So rasch?
Sie hob die Hand und deutete mit zitterndem Finger auf den Bildschirm über der Bar. Jordan drehte sich um. Dort stand in riesigen Buchstaben: HINWEISE AUF REINKARNATON BEI MESSENGER-MORDEN?
In weniger als drei Sekunden stand Jordan an der eleganten Kirschholztheke. »Lauter bitte«, sagte er. »Bitte, es ist wichtig!«
Die Nachrichtensprecherin war schon mitten in der Geschichte. »Zusätzlich zu dem heutigen Polizeiverhör von Chip Estes, der im Zusammenhang mit den Messenger-Morden unter Verdacht steht, erfuhr die Öffentlichkeit im Verlauf des Tages von einer weiteren und, wie manche behaupten, bizarren Theorie, der die Polizei im Zuge ihrer Ermittlungen nachgeht, dass nämlich die Morde des Messengers mit einem dreißig Jahre zurückliegenden Mordfall zusammenhängen könnten.« Die Sprecherin wandte sich an einen Reporter, der vor dem Revier in West Hills stand. Er berichtete, wie er am heutigen Tag die frühere Schule von Beverly Casper besucht hatte, und während er sprach, wurde eine stark vergrößerte Fotografie Beverlys eingeblendet. We-

nige Sekunden später flimmerte das Video von Robins Hypnose auf dem Polizeirevier über den Bildschirm. Man konnte lediglich Jordans Rücken sehen, während Robins Gesicht verpixelt worden war. Der Ausschnitt aus dem Video dauerte etwa zwanzig Sekunden. Robin/Beverly erzählte, wie sie auf ihre eigene Leiche blickte. Anschließend war wieder der Reporter zu sehen, der hinzufügte: »Wie wir erfahren haben, wird die Hypnotisierte, eine Schauspielerin aus Westwood, in geradezu unheimlicher Ironie des Schicksals in fünf Tagen in der Titelrolle desselben Musicals zu sehen sein wie damals Beverly kurz vor ihrem spurlosen Verschwinden.«

Sprachlos vor Entsetzen blickten Jordan und Robin einander an. Jordan hastete zu ihrem Tisch zurück, wo die Kellnerin bereits mit dem Wein stand. Er griff in die Tasche und warf drei Zwanzig-Dollar-Scheine auf den Tisch.

»Stimmt irgendwas nicht?«, erkundigte sich die Kellnerin.

Jordan sparte sich die Antwort. Er packte Robins Hand.

»Wohin gehen wir?«

Er zerrte sie ungeduldig mit sich. »Zum Wandsworth-Theater. So schnell wie möglich.«

Dienstag, 18 Uhr 15

Deb White strapazierte das Quentchen Geduld, das die Natur ihrem herrischen Regisseur zugedacht hatte, bis aufs äußerste. Er hatte beschlossen, ihr erst einmal ein rasches Abendessen zu spendieren und anschließend noch einige Stunden allein mit ihr zu proben. Sogar während des Abendessens wollte er die technischen und inhaltlichen Schwierigkeiten der Rolle mit ihr durchgehen. Deb gab die Julie wie die Anführerin einer Cheerleader-Formation. Walter stellte sich eine etwas subtilere Interpretation der Rolle vor. Julie hatte zwar allerlei romantische Blütenträume von der Liebe, daran war nicht zu rütteln. Andererseits hatte sie das einfache Leben in einem Fischerdorf aber auch zu einer realistischen und praktischen jungen Frau heranwachsen lassen. Robin hatte diese komplexen Charakterzüge mühelos durch ihre Darstellung vermittelt. Walter wusste noch nicht, ob Deb dazu in der Lage sein würde. An Talent mangelte es ihr nicht. Doch besaß sie auch die nötige Erfahrung? In jedem Fall musste er jede Sekunde vor der Premiere nutzen, um sie so weit zu bekommen, dass ihr Auftritt weder für sie noch für ihn zum Debakel wurde. Diese kostbare Zeit, stellte er gereizt fest, während er auf der Bühne auf und ab tigerte, durfte man keinesfalls vergeuden.

Deb war bereits vor einer geschlagenen Viertelstunde in Richtung Garderobe zu einem, wie sie es ausdrückte, flotten Kostümwechsel verschwunden, und bis jetzt war noch keine Spur von ihr zu sehen. Wo zum Teufel blieb sie nur so lange? Sie musste doch bloß in ihre Jeans steigen und sich einen Pullover überziehen.

»Verdammt noch mal, Deb! Was treibst du eigentlich da drin?«, brüllte er, während er auf ihre Garderobe zusteuerte. »Schminkst du dich komplett um, oder was?« Die neue Garderobe, gedacht für den Star nebst Entourage, war erheblich größer als das winzige Kabuff, das Deb als zweite Besetzung zugestanden hatte.

Als Walter die Garderobe erreichte, stellte er verärgert fest, dass man Robins Namenszug noch nicht übermalt hatte. Morgen früh würde er sich als Erstes darum kümmern. Im Augenblick war er jedoch auch auf seine neue Hauptdarstel-

lerin nicht gut zu sprechen. Er hatte keine Zeit für irgendwelche Spielchen. Ohne anzuklopfen, riss er die Tür auf.
In der Garderobe stand ein Mann über Deb gebeugt und mit dem Rücken zu Walter. Seine Hände, die in Handschuhen steckten, schienen an etwas zu ziehen. »Ich mach dich wieder zu einem Engel«, sagte der Mann mit sanfter Stimme. »Das verstehst du doch, nicht wahr?«
»Wer zum Teufel sind Sie denn?«, fragte Walter.
Der Mann wirbelte herum und riss Deb White dabei mit sich. Ihr Rücken war eng an die Lehne des Stuhls gepresst, und ein Ledergürtel schnürte ihre Kehle unnatürlich eng zu. Ihr Kopf war auf die linke Schulter gesackt. Die leblosen Augen traten weit aus den Höhlen. Walter blinzelte. Mit einem Mal verstand er. Alle Teile des Puzzles – Robins früheres Leben, die Messenger-Morde – fügten sich blitzschnell ineinander.
Er brach in schrilles, beinahe hysterisches Lachen aus. »Du verdammter, blöder Idiot! Robin spielt gar nicht mehr in dem Stück. Du hast die Falsche erwischt!«
Der Mann starrte zuerst auf Deb und dann zurück auf Walter. Mit der rechten Hand griff er quer über den Körper an seine Hüfte. Walter wartete nicht ab, um zu sehen, was der Mann hervorziehen würde. Er wirbelte zur Tür herum und versuchte zu rennen. Aber die Beine wollten ihm nicht gehorchen. Beim dritten Schritt spürte er einen scharfen Schmerz zwischen den Schulterblättern, gefolgt von einem noch heftigeren Schmerz in der Lunge. Seine Beine gaben unter ihm nach wie geschmolzenes Blei. Er schlug mit dem Kinn auf den Boden vor der Garderobe auf … und spürte nichts mehr … nie wieder.
Ihr Name stand doch an der Tür! Groß und deutlich! An der Tür, dachte er, während er fieberhaft den Tisch in der Garderobe durch-

wühlte. Es dauerte einen Moment, aber schließlich hatte er gefunden, wonach er suchte. Eine vollständige Besetzungsliste mit allen Namen und Adressen. Er wohnte lange genug in dieser Stadt, um zu wissen, dass es für jede Aufführung eine derartige Liste gab. Ganz oben, direkt neben dem Namen ›Julie‹ fand er den Namen und die Adresse, die er brauchte.
Seine Wut steigerte sich durch die Verwechslung – nicht, dass es seine Schuld gewesen wäre –, und während er aus der Garderobe rannte, stieß er ein zischendes, schnappendes Geräusch aus, als flögen ihm Insekten in den Mund und würden dort mit einem wütenden, höllischen Knirschen ausgelöscht werden.

Dienstag, 19 Uhr 15

»Keiner geht dran.« Robin hielt das Autotelefon hoch.
Er zwang sich, einen gelassenen Ton anzuschlagen. »Wahrscheinlich sind sie schon nach Hause.«
»Aber sie wollten die Nacht durcharbeiten.« Robins Stimme hob sich.
»Können sie das Klingeln von der Bühne aus hören?«
Sie überlegte. »Wahrscheinlich nicht.«
»Dann stecken sie mitten in der Probe«, erwiderte Jordan mit bedeutend mehr Überzeugung, als er verspürte. »Außerdem wissen wir nicht einmal, ob der Messenger die Nachrichten gesehen hat.«
»Bitte, Jordan, beeil dich.«
Verärgertes Hupen ertönte, als Jordan in Lindbrook über Rot fuhr.
»Er weiß doch auch nicht, zu welchem Theater er gehen soll, oder?«

»Das lässt sich schnell herausfinden. In der vergangenen Woche waren Anzeigen mit meinem Namen und dem des Theaters in jeder Zeitung.«

Eine schier endlose Autoschlange wälzte sich in Richtung Wilshire hinunter. Jordan scherte rücksichtslos in den dichten Verkehr ein. »Vielleicht solltest du besser Lemoski verständigen.«

Robin wählte bereits die Nummer.

»Lieutenant Lemoski, bitte. Es ist ein Notfall.«

Jordan schlug Haken wie ein Hase und wand sich durch die kleinste Lücke zwischen den Autos, um einige kostbare Sekunden zu gewinnen, während ihn Furcht erfasste und er sich zugleich fragte, ob er nicht vollkommen übertrieben reagierte.

»Sie können ihn nicht erreichen.«

»Hinterlass eine Nachricht, dass wir zum Wandsworth-Theater unterwegs sind. Er soll uns dort treffen. Sag ihnen, es sei sehr dringend.«

Während Robin seine Worte in den Hörer wiederholte, war etwas weiter vorn bereits das Theater zu sehen, ein breiter, imposanter Bau, der unweit des Veteran-Hospital-Komplexes im nördlichen Abschnitt des Wilshire Boulevards lag.

»Wir sind beinahe da«, sagte Jordan.

Robin nickte nervös, während sie die Haut an ihrem Daumen abnagte, eine Angewohnheit, die Jordan neu war. Als sie nach weiteren zehn Minuten in äußerst aggressivem Fahrstil ihr Ziel erreichten, war Robins Daumen bereits blutig.

Ein schwarzweißer Polizeiwagen mit eingeschaltetem Blaulicht wartete schon, als sie auf den Parkplatz einbogen. Nur noch ein anderes Auto, ein weißer Volvo, parkte dort.

»Das ist Walters Wagen«, stammelte Robin.

Ein uniformierter Chicano-Polizist mit dichtem, schwarzem Schnurrbart begrüßte sie. »Sind Sie Doktor Geller?«
»Ja.«
»Ich bin Officer Perez. Lieutenant Lemoski hat Ihre Nachricht erhalten. Ich soll Ihnen ausrichten, dass er hierher unterwegs ist.«
Drei weitere Dienstfahrzeuge waren inzwischen auf den leeren Parkplatz gefahren.
»Tut mir leid«, sagte Perez zu Jordan und Robin, während die anderen Polizisten rasch ausstiegen. »Aber Sie dürfen das Theater erst betreten, wenn wir alles überprüft und den Bereich gesichert haben.«
Jordan nickte. Er beobachtete, wie die Polizisten ihre Waffen aus den Halftern nahmen und das Gebäude betraten.
Gemeinsam mit Robin wartete er, bis die Polizisten wieder zurückkamen. Er hielt sie eng umschlungen, beide schwiegen.
Zehn Minuten später fuhren Lemoski, Romero, Davis, Swain und Jimmy Lee in Zivilfahrzeugen vor.
Lemoski beschränkte sich auf ein kurzes Grußwort, bevor er direkt in das Theater marschierte, die jüngeren Beamten im Schlepptau.
Im Inneren des Gebäudes ließ er sich von Perez auf den neuesten Stand bringen.
»Wir haben zwei Leichen gefunden, Lieutenant«, gab Perez Auskunft. »Eine Frau, vermutlich Anfang zwanzig, ohne Papiere, und einen Mann. Er hat einen Pferdeschwanz und ist Mitte fünfzig.«
Lemoski nickte. »Habt ihr das Gebäude überprüft?«
»Ja, Sir. Außer den beiden ist niemand hier.«
»Wir wollen lieber ganz sichergehen«, erwiderte Lemoski. »Fordern Sie ein paar zusätzliche Einsatzkräfte an.«

Eine Minute später kam Lemoski aus dem Theater und berichtete Robin und Jordan, was die Beamten aus Westwood gefunden hatten, drückte sein Mitgefühl aus und verschwand erneut im Theater. Nachdem er gegangen war, fing Robin an zu zittern. Jordan legte ihr den Arm noch fester um die Schultern, aber gegen die Eiseskälte in ihrem Herzen konnte er nichts ausrichten.

»O Gott, wenn Walter mich heute Morgen nicht hinausgeworfen hätte …« Ihr Mund war wie ausgetrocknet.

»Dann wärst du ermordet worden und nicht Deb.« Seine Worte klangen brüsk, aber Jordan wusste einfach nicht, was er sonst sagen sollte.

»Was hat Deb getan, dass sie auf so schreckliche Weise ums Leben kommen musste? Oder Walter?« Robin brach in Tränen aus.

»Sie haben überhaupt nichts getan. Genauso wenig wie du.« Robin presste das Gesicht gegen Jordans Schulter. Er spürte, wie ihre Beine zitterten. Sie musste unbedingt weg von hier, und er musste ebenso dringend nach Hause, zurück zu der Akte.

»Schaffst du es für eine Minute allein?«, fragte er. Sie nickte. Jordan rannte zum Theater hinüber und lief direkt Lemoski in die Arme. »Können Sie dafür sorgen, dass Robin nach Hause gebracht wird? Sie sollte auf keinen Fall hierbleiben.«

»Aber sicher. Sie brauchen sich keine Sorgen zu machen. Wir lassen sie nicht mehr aus den Augen, bis wir diese Bestie erwischt haben.« Er rief nach Jimmy Lee.

Jimmy, der in einiger Entfernung stand, setzte sich in Bewegung. »Wenn das kein Beweis dafür ist, dass es eine Verbindung zwischen dem Fall Casper und dem Messenger gibt, dann weiß ich es auch nicht mehr«, sagte Lemoski. »Ironischerweise ist Robin jetzt in Sicherheit. Wahrscheinlich war sie noch nie so sicher.«

»Wieso?«

»Weil der Messenger annimmt, dass er die einzige Augenzeugin ausgeschaltet hat.«

»Aber er hat die falsche Frau ermordet.«

»Das wissen aber nur wir. Robins Name stand noch an der Garderobentür. Das bedeutet, dass auch er ihn gesehen haben muss.«

»Zweifellos. Aber morgen wird Deb Whites Name in allen Zeitungen stehen. Sie ist also nur für kurze Zeit in Sicherheit. Wie hat er Deb umgebracht?«

»Die übliche Methode. Alle Erkennungsmerkmale des Messengers sind vorhanden, abgesehen von dem Engel-Kram. Wahrscheinlich wurde er unterbrochen.«

»Und Walter?«

»Hat ein Messer im Rücken.«

Jordan krümmte sich innerlich zusammen. »Lieutenant, ich muss unbedingt in meine Wohnung. Ich muss etwas in der Beverly-Casper-Akte überprüfen.«

Lemoski, Jordan und Lee gingen zu Robin hinüber. Der Lieutenant erklärte ihr, dass Jimmy Lee sie nach Hause fahren und bei ihr bleiben würde. Jordan versprach, sie in einer halben Stunde anzurufen.

Mittlerweile klapperte Robin mit den Zähnen. Sie stand sichtlich unter Schock. Jordan verließ sie nur widerstrebend, doch er wusste genau, dass er keine andere Wahl hatte. Er musste allein sein, er musste sich konzentrieren können, ohne sich Sorgen um Robin zu machen und ohne ständig von Fragen der Polizei unterbrochen zu werden. So gefühllos das auch klingen mochte, aber bei der Polizei befand sie sich in absoluter Sicherheit. Außerdem würde er, wie er ihr versicherte, auf der Stelle zu ihr fahren, sobald er die Akte in seiner Wohnung überprüft hatte. Er war sich allerdings nicht sicher, ob sie ihn überhaupt gehört hatte. Er wiederholte, dass alles in Ordnung ginge und sie keine Angst haben müsse. Sie nickte roboterhaft.

Er half ihr beim Einsteigen in den Polizeiwagen und wies Lee an, sie in Decken zu wickeln, sobald er sie nach Hause gebracht hatte.

Als er den Wagen vom Parkplatz lenkte, fragte er sich unwillkürlich, wie es John gehen mochte. Wie viele Mörder hatten je zweimal denselben Menschen umgebracht?

Dienstag, 19 Uhr 45

Josh Bobley hatte kaum die Garderobe des Theaters betreten, als Lemoski sich auf ihn stürzte und ihn gegen die Betonmauer presste. »Ist Ihnen klar, was Sie angerichtet haben? Ihretwegen ist ein unschuldiges Mädchen ermordet worden!«

Bobley versuchte vergebens, sich dem Griff seines Chefs zu entwinden. Gewaltsam drehte Lemoski das Gesicht des jungen Mannes zu Deb Whites Leiche hinüber. »Sind Sie jetzt stolz auf sich?«

Keiner der Anwesenden – Romero und Davis, die vor einigen Minuten hereingekommen waren, sowie zwei uniformierte Beamte und der Polizeifotograf – zuckte auch nur mit einem Muskel.

Bobley schnappte nach Luft. »Ich weiß nicht mal, wovon Sie reden.«

»Von dem Videoband, das Sie dem Nachrichtensender zugespielt haben. *Genau davon* rede ich.«

»Welches Videoband?«, brachte Bobley mühsam heraus.

»Sie verdammter Mistkerl! Sie haben sich gestern Abend in der Bar lautstark darüber verbreitet, dass ich die ganze Abteilung in Verlegenheit bringe.«

Schwer atmend verzog Bobley das Gesicht zu einer Grimasse. Romero trat heran. »Lieutenant, ich glaube, Sie brechen ihm die Rippen.«

»Eigentlich sollte ich ihm den Schädel einschlagen.« Lemoski quetschte Bobley noch dichter an die Wand.

»Ich habe nichts getan.«

»Sagen Sie mir die Wahrheit, Bobley.« Lemoskis Stimme ging allen durch Mark und Bein. »Nicht einmal Gott selbst kann Ihnen noch helfen, wenn Sie mich belügen.«

Bobley funkelte ihn wütend an und antwortete dann langsam und indem er jedes einzelne Wort betonte: »Ich habe niemandem ein Videoband gegeben.«

»Lieutenant, lassen Sie ihn los«, drängte Romero. »Bitte … Sir.«

Lemoski gab Bobley frei. Vornübergebeugt schnappte der junge Mann krampfhaft nach Luft.

Jimmy Lee schlenderte herein. Er deutete auf Bobley. »Was ist denn hier …?«

»Und was haben *Sie* hier verloren?«, schnauzte Lemoski. »Ich hatte Ihnen doch befohlen, das Mädchen nach Hause zu fahren.«

»Swain wollte den Job unbedingt übernehmen. Er sagte ständig, dort könne er mehr Gutes tun als hier. Er ließ einfach nicht locker. Im Grunde spricht ja nichts dagegen, also habe ich zugestimmt.«

Perez, der Polizist mit dem Schnurrbart, betrat jetzt ebenfalls die Garderobe. »Lieutenant, das habe ich im Flur gefunden. Es lag in einer Blutlache neben dem männlichen Opfer. Ich weiß nicht, ob es von Bedeutung ist.« Er streckte die Hand aus, über die er routinemäßig einen chirurgischen Handschuh gestreift hatte: In seinem Handteller lag eine leuchtend grün gefärbte Kontaktlinse.

Dienstag, 19 Uhr 52

Schlaff gegen den Rücksitz gelehnt blickte Robin aus dem Fenster des Zivilwagens. Die nächtliche Landschaft rauschte in verschwommenem Dunkelrot an ihr vorüber. Obwohl sie sich danach sehnte, nicht nachzudenken, jagten ihr alle möglichen Gedanken durch den Kopf. Walter war tot, Deb war tot. Wie konnte das sein? Es war keine Woche her, dass sie gemeinsam mit Walter in den Nachrichten zum ersten Mal von dem jüngsten Opfer des Messengers gehört hatte. Sie hatte Walter gebeten, den Fernseher auszuschalten. Deprimierende Nachrichten vermied sie lieber. Die Tat war zwar entsetzlich und tragisch, doch sie hatte nichts mit Robin zu tun. Nun würde man morgen früh in derselben Nachrichtensendung über diesen begabten Engländer berichten, der einen bis zur Weißglut reizen konnte. Dieselbe hübsche Nachrichtensprecherin, derselbe respektvolle Tonfall, dieselbe herzzerreißende Aufzählung der Einzelheiten, alles würde genauso sein, nur das Opfer war ein anderes. Wie würden die Zuschauer darauf reagieren, wenn sie Walters Gesicht sahen – sie überlegte, wo der Sender ein Foto von ihm auftreiben würde, und musste unwillkürlich lächeln, als sie dachte, dass sie hoffentlich ein schmeichelhaftes zeigten, sonst ärgerte Walter sich grün – und von den Umständen seines Todes erfuhren? Wahrscheinlich würden sie sich sagen, wie entsetzlich diese Tat sei, aber andererseits würde sich niemand von der Nachricht betroffen fühlen. Sie würden einen ganz normalen Tag verbringen, genau wie Robin vor einer Woche. Doch ihr eigenes Leben würde nie mehr so sein wie früher. Nicht jetzt. Nicht nach allem, was heute Abend geschehen war.

Mit einem Mal unterbrach Swain ihr dumpfes Brüten. Er stöhnte leise auf. »Ich bin schuld.«

»Was haben Sie gesagt?«, fragte Robin und blickte zum Fahrersitz. Sie verstand kein Wort.

Swain drehte sich zu ihr um. Sein Gesicht war rot und aufgedunsen. »Ich war's. Ich bin dafür verantwortlich.«

Robin wich vor der durchdringenden Alkoholfahne aus Swains Mund zurück.

»Passen Sie doch auf!«, schrie sie.

Swain war über die gelbe Doppellinie gefahren, die beide Fahrbahnen voneinander trennte. Als die entgegenkommenden Autos lautstark hupten, lenkte Swain den Wagen wieder auf die richtige Spur zurück.

»O Gott, o Gott«, murmelte er. Er fingerte einen silbernen Flachmann aus seiner Jackentasche, setzte ihn an die Lippen und nahm einen Schluck.

Robin zwang sich zur Ruhe. Der Mann war ohnehin schon ziemlich mitgenommen. Sie wollte ihn nicht noch mehr aufregen. Aber was zum Teufel meinte er eigentlich? Wieso sollte er schuld daran sein? An allem? Vielleicht war der Job einfach zu stressig für ihn. Polizisten hatten ja schließlich ständig Nervenzusammenbrüche, oder? Sie hob die Augen zum

Himmel und betete stumm. Nur noch ein paar Straßen und sie war zu Hause.
»Bitte, stecken Sie die Flasche weg. Und fahren Sie langsam und vorsichtig.«
»Hören Sie denn nicht, was ich gerade gesagt habe?«, beharrte Swain gereizt und drehte sich erneut zu ihr um. »Ich habe die beiden umgebracht.«

Dienstag, 20 Uhr 23

»Ich komme gerade zur Tür herein«, erklärte Jordan, als er den Hörer nach dem dritten Klingeln abnahm.
»Gott sei Dank, dass du da bist.«
»Was ist denn?«
»Du musst so schnell wie möglich herkommen.«
Jordan legte die Beverly-Casper-Akte auf den Küchentisch. »Was ist denn passiert?«
»Swain hat mich nach Hause gefahren und nicht Jimmy Lee.«
»Und?«
»Er ist betrunken!«
»Wie bitte?«
»Eine Mischung aus Schuldgefühlen und Alkohol. Swain war derjenige, der das Videoband an den Nachrichtensender weitergegeben hat. Er fand, dass Lemoski das gesamte Dezernat in Verlegenheit brachte. Er wollte ihn bloßstellen oder so. Vielleicht war er auch nur neidisch, ich weiß es nicht. Während der Fahrt hat er ständig gesagt, er sei ein Mörder.«
»Wo ist er denn jetzt?«
»Im Wohnzimmer.«

»Und wo bist du?«
»Im Schlafzimmer.«
»Du musst sofort Lemoski verständigen.« Er gab ihr die Telefonnummer des Lieutenants. »Sag ihm, dass er einen anderen Beamten zu dir schicken soll.«
»Das Komische daran ist«, sinnierte Robin, »dass ich bei Swain wahrscheinlich am sichersten aufgehoben bin. Er versichert mir ununterbrochen, dass er sein Leben einsetzen will, um mich zu beschützen. Anscheinend hält er mich inzwischen für eine Art Heilige, die aus dem Reich der Toten geschickt wurde, um den Bösewicht zu bestrafen.«
»Merkwürdige Ironie. Ich hatte Swain selbst eine Zeitlang als Täter im Verdacht«, sagte Jordan und streifte das dicke Gummiband von der Aktenmappe. »Er passte gut zu dem Täterprofil, aber vorhin am Theater habe ich plötzlich begriffen, dass der Messenger Deb White umgebracht hat, weil er sie mit dir verwechselte. Swain hingegen weiß, wer du bist. Er hätte Deb niemals getötet.«
»Du dachtest, er könnte der Mörder sein, und hast mich mit ihm fahren lassen?«
»Ich dachte natürlich, dass Jimmy Lee dich nach Hause fährt. Hör mal, Robin, ich muss dringend noch etwas in der Beverly-Casper-Akte überprüfen.« Noch während er sprach, durchblätterte er bereits hastig die Unterlagen. »Sollte dort tatsächlich der entscheidende Hinweis stehen, habe ich ihn im Handumdrehen gefunden. In jedem Fall bin ich in zwanzig, spätestens fünfundzwanzig Minuten bei dir.«
»Kannst du nicht früher kommen?«
»Ruf sofort Lemoski an.«
»Er hält mich wahrscheinlich für eine Primadonna.«
»Bestimmt nicht. Ruf ihn an.«

»Jordan?«
»Was denn?«
»Ich will nach Hause.«
»Du bist doch zu Hause.«
»Ich will nach Hause zu meiner Mutter.«
»Aber sie ist doch in Colorado, oder?«
»Ich will weg aus diesem Haus.«
»Ich bringe dich zu deiner Mutter oder zu mir, wohin du auch willst. Versprochen.«
»Bitte, Jordan, beeil dich.«
Jordan hatte kaum den Hörer aufgelegt, als er sich auch schon in die Akte vertiefte und rasch die Seiten überflog, bis er schließlich auf den Abschnitt mit der Überschrift *Hamburger Heaven* stieß. Der Bericht stammte von einem Detective namens Thomas Peters und dessen Mitarbeiter Fred Swain. Die Namensliste umfasste neben den drei Freundinnen Beverlys weitere dreizehn Namen von Gästen, die sich an jenem Abend gleichzeitig mit Beverly im *Hamburger Heaven* aufgehalten hatten und die die Polizei hatte ausfindig machen können. Fünf davon waren Frauen und schieden aus. Ein Mann namens Canter war 56, ein anderer, Kelley, 43 Jahre, und ein dritter, Fineman, 41 Jahre, sie kamen also aufgrund ihres Alters ebenfalls nicht in Frage. Ganz unten auf der Seite befand sich in winziger Handschrift ein leicht zu übersehender Vermerk über einen Franklin Jonathan Cole, 23 Jahre alt. Jordans Herzschlag setzte für einen Augenblick aus. Diesen Namen hatte er nicht vergessen. Um sicherzugehen, überflog er rasch seine Notizen, die er damals in der Universität nach der Durchsicht der Mikrofilme angefertigt hatte. Bei den Recherchen über Beverly Casper war er in der *L.A. Times* auf Coles Namen gestoßen. Cole war des Mordes an

seiner Freundin, Norma Thompson, einer Studentin, angeklagt und für schuldig befunden worden. Einige Monate nach dem Verschwinden Beverlys hatte man Normas verweste Leiche in einem Canyon aufgefunden, und dies hatte zuerst zu Spekulationen geführt, bei der Toten handle es sich möglicherweise um Beverly. Die Annahme hatte sich natürlich schnell als Irrtum herausgestellt. Coles zweiter Vorname und die Art des Verbrechens, das er begangen hatte, waren Jordan sofort aufgefallen. Er hatte Cole sogar Swain gegenüber erwähnt, aber Swain hatte gesagt, der Mann habe ein Alibi gehabt und sei außerdem während der Haft verstorben. Swain hatte die letztere Behauptung noch einmal überprüfen wollen, war dann jedoch wahrscheinlich von den laufenden Ermittlungen derart abgelenkt worden, dass er der Sache nicht mehr nachgegangen war.

Aufmerksam las Jordan in der Akte weiter. Swains Vorgesetzter, Detective Peters, hatte Cole zweimal verhört. Cole behauptete, dass er das Restaurant nach dem Essen verlassen habe und nach Hause gefahren sei; den Rest des Abends habe er damit verbracht, gemeinsam mit seinem Cousin Earl Smith einen Film im Fernsehen anzusehen. Peters hatte daraufhin den Cousin befragt, der Coles Angaben bestätigte. Das war das Alibi, von dem Swain gesprochen hatte.

Jordan lehnte sich zurück und atmete tief aus. Smith war zwar ein Allerweltsname, aber Earls waren dünn gesät. Earl Smith. Er hatte diesen Namen schon einmal gehört, aber wo? Es war nicht lange her. In dieser Woche noch. Er war sich sicher. *Nun mach schon, du kannst die Namen der sonderbarsten Krankheiten so mühelos behalten wie andere Männer die Namen von Baseball-Stars. Wo hast du diesen Namen schon mal gehört?* Plötzlich fiel der Groschen. Schockiert und mit einem Ruck setzte sich Jordan auf. Er hastete ins Schlafzimmer zur Kommode. Aufgeregt durchwühlte er einen Stapel Notizzettel, bis er fand, wonach er gesucht hatte. Es war der Zettel, den April ihm vor einer Woche auf der Party in die Hand gedrückt hatte – »Rufen Sie mich an. Ich beiße nicht, es sei denn, Sie wünschen es ausdrücklich« –, und mit diesem Satz hatte sie ihm ihre verschiedenen Telefonnummern übergeben, die Nummer der Ranch in Santa Barbara eingeschlossen. Hastig wählte er die Nummer.

»Hallo, Avery. Jordan Geller hier.«

»Jordan! Wie nett von Ihnen, mich anzurufen.«

Jordan tat es aufrichtig leid, den trauernden Mann zu behelligen, doch er hatte keine andere Wahl.

»Elinor hat vorhin auch angerufen«, fuhr Avery fort. »Sie meldet sich täglich seit … seit dem Unfall. Ich war wie vor den Kopf geschlagen. Elinor hat mir erzählt, sie hätte Sie suspendiert.«

»Stimmt.«

»Das ist ja schrecklich. Kann ich vielleicht etwas für Sie tun? Ich könnte mit ihr sprechen und alles wieder …«

»Sie können mir in der Tat helfen. Ich würde Ihnen gern einige Fragen stellen.«

»Natürlich, gern.«

»Ihr Cousin Mike …«

»Was hat Mike denn mit Ihnen und Elinor zu tun?«

»Es ist ziemlich kompliziert. Ist Mike bei Ihnen?«

»Nein.«

»Wissen Sie, wo er ist?«

»Nein.«

»Gut. Avery, ich muss unbedingt etwas wissen. Ist Mike Fields der richtige Name Ihres Cousins?«

Avery verstummte.
»Bitte, Avery«, sagte Jordan. »Es ist sehr wichtig. Hat Mike Fields einen anderen Namen angenommen?«
Nach kurzem Zögern kam die Antwort.
»Ja.«
»Wie lautet sein richtiger Name?«
»Franklin Cole.«
Wäre er nicht dabei gewesen, eine Tragödie von ungeheuren Ausmaßen zu entfesseln, hätte Jordan einen Luftsprung gemacht und vor Freude die geballte Faust hochgerissen.
»Avery, sagt Ihnen der Name Beverly Casper etwas?«
»In den Abendnachrichten wurde heute der Name des Mädchens erwähnt. Sie ist neunzehnhundertsiebzig spurlos verschwunden.«
»Genau. Kommt Ihnen der Name bekannt vor?«
»Wie gesagt, die Nachrichten haben darüber berichtet.«
»Avery, neunzehnhundertsiebzig hat die Polizei Sie befragt, wo sich Franklin Jonathan Cole an jenem Abend aufhielt, als Beverly Casper verschwand. Haben Sie ihm damals ein Alibi gegeben?«
Die Stimme am anderen Ende der Leitung nahm plötzlich einen schneidenden Klang an. »Woher wissen Sie das?«
»Vor mir liegt die Polizeiakte über den Fall Casper. Darin steht, dass sich Cole damals, am vierten August neunzehnhundertsiebzig, unter den Gästen eines Restaurants namens *Hamburger Heaven* befand, dem Ort, wo Beverly Casper zuletzt gesehen wurde. Nach Beverlys Verschwinden hat die Polizei alle Gäste, die sich zum gleichen Zeitpunkt dort aufhielten, befragt. Nachdem sie Ihren Cousin verhört hatten, kamen die Beamten auch zu Ihnen. Sie haben ihm ein Alibi verschafft. Trifft das zu?«

Avery schwieg für einen Augenblick. Als er antwortete, war seine Stimme sehr leise. »Ja, Franklin ist mein Cousin.«

»Haben Sie ihm ein falsches Alibi gegeben?«

»Natürlich nicht. Was für eine unerhörte Frage.«

»Sie müssen mir die Wahrheit sagen, Avery. Waren Sie an diesem Abend tatsächlich mit Ihrem Cousin zusammen?«

»Was soll das eigentlich?«, rief Conniston mit überschnappender Stimme. »Elinor hat mir schon gesagt, dass Sie völlig durchgedreht sind. Sie hat wie immer recht gehabt, so viel ist mir jetzt klar. Wie kommen Sie an diese Polizeiakte?«

»April hat die Akte ebenfalls gelesen.«

»April?«

»Ja, und Mike Fields hat sie mit der Akte unterm Arm gesehen. Er hat es mir selbst gesagt. April muss dasselbe gelesen haben wie ich, dass nämlich ein Mann namens Earl Smith seinem Cousin Franklin Jonathan Cole ein Alibi verschafft hat. Ich vermute, sie war auf dem Weg zu Ihnen, um Sie danach zu fragen.«

»Und dann ist sie verunglückt«, sagte Avery. Aber er sprach nicht zu Jordan, sondern zu sich selbst.

Eine lange Pause entstand. Jordan konnte Avery atmen hören.

Als er antwortete, klang seine Stimme wie erstorben.

»Als Kind hat Franklin mich vor den Schlägertypen in Schutz genommen … mehr als nur einmal. Wir alle kannten seine unberechenbaren Wutanfälle, aber zu mir war er immer freundlich. Meine Feinde in der Schule hat er sich allerdings gründlich vorgeknöpft. Dafür habe ich ihn verehrt. Er hat mich gebeten, der Polizei zu sagen, dass wir gemeinsam einen Film angesehen haben. Er sagte, sie seien hinter ihm her und wollten ihm was anhängen. Ich habe keine Fragen gestellt. Er brauchte meine Hilfe, und ich half ihm gern. Ich dachte, das sei ich ihm schuldig.« Seine Stimme nahm einen klagenden Ton an. »Was hätten Sie an meiner Stelle getan?«

»Ich verurteile Sie nicht, Avery. Ich muss nur über Ihren Cousin Bescheid wissen. Wann hat er seinen Namen geändert?«

»Er war im Gefängnis.«

»Ich weiß«, antwortete Jordan.

»Nach seiner Freilassung hat er einen neuen Namen angenommen.«

»Avery, wer ist Loni?«

»Loni?« Averys Stimme klang plötzlich alt und verwirrt.

»War Loni Franklin Coles Mutter?«

»Nein.«

»War Loni …«

»Loni war Franklins Schwester.«

»Seine Schwester? Wo lebt sie? Ich muss mit ihr sprechen.«

»Loni ist tot.«

»Wann ist sie gestorben?«

»Sie war fünfzehn. Unsere Familien verbrachten die Sommerferien immer an einem See draußen in Ojai. Es war ein heißer, schwüler Abend. Beklemmend. Merkwürdig, dass ich mich so genau daran erinnern kann, oder? Es gab einen entsetzlichen Unfall. Sie ist ertrunken.«

»Ertrunken? Waren Sie dabei?«

»Ich war in der Hütte, nicht im Wasser. Ich war nie ein guter Schwimmer, im Gegensatz zu Loni. Wir waren alle schockiert. Es war spätabends. Sie ging zu den unmöglichsten Zeiten schwimmen. Sie war eben so … vermutlich war es unüberlegt.«

»War jemand bei ihr?«

»Was?«
»Wer war bei ihr, Avery?«
»Franklin. Sie gingen oft zusammen schwimmen … Nein, das ist einfach unmöglich.«
Erneut entstand eine lange Pause, dann sagte Avery verzweifelt: »Sie standen sich sehr nahe. Er beschützte sie. Er war am Boden zerstört. Ich habe ihn danach gesehen. Ich kann mir nicht vorstellen …«
»Avery, wie sah Loni aus?«
»Sie war sehr hübsch. Langes, blondes Haar, ein strahlendes Lächeln. Sie entwickelte sich gerade zu einer jungen Frau, als …« Er verstummte.
Mit einem Mal war alles klar. Nur eine letzte Frage blieb noch offen. »Avery, ich weiß, das klingt etwas merkwürdig, aber hat Ihr Cousin unterschiedliche Augenfarben?«
»Wie bitte?«, tönte es distanziert, wie aus weiter Ferne zurück.
»Seine Augen …«
»Ja, in dem Punkt war er immer sehr heikel. Er trägt eine Kontaktlinse, um es zu kaschieren. Warum fragen Sie?«
»Entschuldigen Sie, Avery, ich muss jetzt Schluss machen.«
»Sagen Sie mir noch eines, Jordan. Sie meinten, Franklin wusste, dass April diese Akte hatte. Sind Sie sich ganz sicher?«
»Tut mir leid, dass ich Ihnen das nicht ersparen kann. Ja, er wusste es.«
»Nein, nein. Das ist doch einfach unmöglich.«
»Tut mir leid, aber ich muss los.«
Als er den Hörer auflegte, kam ihm plötzlich der Lieblingsspruch seines alten Geschichtsprofessors in den Sinn: »Gottes Mühlen mahlen langsam, aber sehr gründlich.«

Später wünschte er, er hätte sofort Elinor angerufen und sie gebeten, sich um Avery zu kümmern. Daran hätte er denken müssen. Aber er hatte keine Zeit gehabt. Robin wartete auf ihn.

Dienstag, 20 Uhr 42

Robin betrat das Wohnzimmer. Swain saß auf dem Sofa, eine unpassend wirkende Ausgabe der Illustrierten *People* auf den Knien. Sie teilte ihm mit, dass sie beschlossen habe, für einige Tage wegzufahren. Die Presse würde bald Wind davon bekommen, dass sie die hypnotisierte Frau auf dem Video sei. Dem zu erwartenden Medienrummel wolle sie lieber aus dem Weg gehen. »Ich besuche meine Mutter«, sagte sie. »Jordan kommt gleich vorbei und fährt mich zu ihr.«

»Wie lange dauert es noch, bis er hier ist?«, fragte Swain.

»Ich weiß es nicht genau. Ungefähr eine Viertelstunde.«

Swain nickte. Seine Wangen waren nicht mehr ganz so rot und die Augen etwas weniger blutunterlaufen. Anscheinend war er inzwischen nüchterner. »Wie Sie wollen. Ich fahre aber zur Sicherheit mit. Lemoski zieht mir das Fell über die Ohren, wenn ich Sie ohne Polizeischutz gehen lasse.«

»Gut«, stimmte Robin zu. »Fahren Sie einfach hinter uns her.« Im Augenblick hätte sie allem zugestimmt, um ihn zu besänftigen. Lemoski hatte versprochen, in einer halben Stunde hier zu sein. Sollte er die Sache mit Swain klären.

Sie deutete in Richtung Küche. »Sie können sich gern Wasser oder Fruchtsaft holen. Ich packe nur schnell das Nötigste zusammen.«

Damit ging sie in ihr Schlafzimmer zurück, zog ihre Übernachtungstasche vom Schrank und ging ins Bad, um einige

Toilettenartikel einzupacken. Nicht mehr lange, und Jordan würde sie abholen. Dann dauerte es nur noch einen Tag, bis ihre Mutter nach Hause kam. Sonderbar. Vor zehn Tagen hatte sie Jordan noch nicht einmal gekannt, und zum Thema Mutterliebe wäre ihr nur die Antwort eingefallen, dass sie diese Liebe als ausgesprochen erstickend empfand. *Du liebe Zeit*, dachte sie und musste lächeln, *ich frage mich, was ich denke, wenn die nächsten zehn Tage vorbei sind.*

Ein entsetzliches Krachen schreckte sie aus ihren Überlegungen auf. Im ersten Augenblick dachte sie, es handle sich um ein Erdbeben, doch der Boden vibrierte nicht. Das Geräusch kam aus dem Wohnzimmer. Die riesige Vase neben dem Esszimmer fiel ihr plötzlich ein. Sie musste umgefallen sein. Vielleicht war Swain dagegengetaumelt oder darübergestolpert. War er etwa schon wieder betrunken? Sie war bereits auf dem Weg zu ihm, als sie einen anderen, weitaus verstörenderen Laut vernahm: einen durchdringenden Schmerzensschrei, der mit einem Mal verstummte.

Schon im Laufen, rief sie aus: »Detective! Geht es Ihnen nicht gut?«

Fred Swain ging es überhaupt nicht gut. Er lag ausgestreckt auf dem Boden, und eine breite, blutige Wunde klaffte dort, wo seine Kehle gewesen war. Seine Waffe steckte noch im Halfter.

Plötzlich erlosch das Licht im Wohnzimmer. Robin blinzelte in die Dunkelheit, und ihr Herz hämmerte unkontrolliert. Sie konnte nicht das Geringste erkennen.

Sie vernahm nur ein Surren, als flögen Insekten direkt in eine Fliegenfalle. Das Geräusch kam langsam näher. Sie konnte die Umrisse einer männlichen Gestalt sehen. Und dann vernahm sie eine bekannte Stimme.

Dienstag, 20 Uhr 45

»Kriminalpolizei«, meldete sich eine weibliche Stimme.

»Hier spricht Doktor Jordan Geller«, sagte er. »Es handelt sich um einen Notfall. Verbinden Sie mich mit Lieutenant Lemoski.«

»Bitte warten Sie einen Augenblick.«

»Beeilen Sie sich.«

Jordan fluchte, als die Sekunden verstrichen. Dann knisterte es und die Leitung war tot. »Scheiße!«, rief er aus.

Die Ampel leuchtete rot. Er blickte rasch nach links und rechts und fuhr weiter.

Erneut wählte er hastig Lemoskis Nummer, ein Auge auf der Fahrbahn, das andere auf sein Handy gerichtet. Er bekam keine Verbindung.

Er würde von Robins Wohnung aus anrufen. In ein paar Minuten war er bei ihr.

Dienstag, 20 Uhr 48

»Guten Abend, mein Engel.«

Die schrecklichen zischenden, schnalzenden Geräusche folgten schneller und schneller aufeinander. Und sie kamen immer näher.

»Wie bist du mir bloß entwischt?«

Robin konnte ihn jetzt beinahe erkennen. Älter, beleibter. Aber unverkennbar derselbe Mann. Die zuckenden Lippen. Und diese Geräusche.

»Ich bin froh, dass ich dich endlich gefunden habe.« Ssst! »Dieser dumme Bulle hat versucht, mich aufzuhalten. Ich

hasse Bullen! Sie wollen immer alles aufhalten. Dinge, von denen sie keine Ahnung haben.« Schnapp!
Plötzlich flammte der grelle Lichtstrahl einer Taschenlampe auf. Schützend hielt Robin die Arme vors Gesicht. Sie versuchte zu schreien, doch aus ihrer Kehle kam kein Laut. Nur ein Wimmern, ein dünnes Wimmern. Dann hatte er sie gepackt. Sie versuchte, sich zu befreien, aber er war zu stark.
»Du siehst anders aus.« Er vergrub das Gesicht in ihrem Nacken und packte ihr Haar. »Du riechst sogar anders. Aber du legst mich nicht herein. Ich kenne meine Mädchen. Du warst was ganz Besonderes, Bev. Wir hatten eine tolle Zeit, nicht wahr? Bist du deswegen zurückgekommen? Weil du mich vermisst hast? Das verstehe ich. Zwischen uns hat sich nichts geändert. Ich bin für dich da. Genau, wie ich es dir versprochen habe.«
Als Robin antwortete, war ihre Stimme kaum zu vernehmen. Allein die Worte zu formen fiel ihr schon schwer genug. Aber sie musste reden, sie musste es irgendwie schaffen, ihn aufzuhalten. Jordan würde jeden Moment hier sein. Vielleicht hatten sie gemeinsam eine Chance. »Egal, was Sie denken, ich bin nicht Beverly Casper. Und ich lasse mich auch nicht einfach umbringen.« Sie machte einen erneuten Versuch, sich zu befreien. Vergeblich. Je heftiger sie sich wehrte, desto fester zogen sich seine Arme gleich dicken Seilen um sie zusammen.
»Ich habe es einmal mit Bev vermasselt«, flüsterte er, die Lippen an ihr Ohr gepresst. »Ich weiß nicht, was ich falsch gemacht habe, aber diesmal mache ich alles richtig und du steigst direkt in den Himmel auf, direkt hinauf zu Loni.« Sie hörte, wie er seinen Gürtel durch die Schlaufen zog. »Das verspreche ich dir.«

Die Türklingel schrillte.
»Robin«, rief Jordan von draußen. Sie öffnete den Mund zu einem Warnschrei, brachte jedoch trotz aller Anstrengung nur ein heiseres Wimmern zustande. Er riss ihr die Hände auf den Rücken und schlang den Gürtel darum. Bevor sie wusste, wie ihr geschah, hatte er ihr die Knöchel zusammengeschnürt und ihr mit einem Stück Klebeband den Mund verschlossen.
Sie hörte Jordan wie besessen gegen die Eingangstür hämmern. Schließlich flog die Tür auf. Seine Gestalt zeichnete sich in der Dunkelheit ab.
Der Strahl der Taschenlampe fiel auf sein Gesicht. »Stehen geblieben, Doc.«
Jordan hob die Hand, um das grelle Licht abzuschirmen. Hinter der Lichtquelle erkannte er die Umrisse zweier Gestalten. Fields hielt Robin mit einer Hand an den Haaren gepackt und presste ihr mit der anderen ein langes Jagdmesser an die Kehle.
Im ersten Augenblick wollte Jordan sich instinktiv auf den Angreifer stürzen, aber Fields würde Robins Kehle aufschlitzen, ehe er zwei Schritte zurückgelegt hatte. Nicht einmal eine Schusswaffe hätte Jordan im Augenblick helfen können.
»Hallo, John«, sagte er und schlug einen trügerisch sanften Ton an.
»Sie kommen zu spät, Doc«, erwiderte Fields sarkastisch lachend. Er drückte das Messer fester gegen Robins Hals. »Oder genau rechtzeitig, das ist Ansichtssache.«
»Ich habe nach dir gesucht, John. Schon seit einer Weile. Ich habe eine Botschaft für dich.«
Fields' erneutes Lachen klang diesmal wie ein kehliges,

selbstsicheres Kichern. »Von wem denn? Lässt mir ihr Kumpel von der Polizei vielleicht was ausrichten?« Er wies auf Swains leblosen Körper. »Oder der gute alte Ave?«

»Es ist eine Botschaft von deiner Schwester, John.«

Fields Augen verengten sich zu Schlitzen. »Schwachsinn. Meine Schwester ist tot.«

»Nein. Loni lebt. Ich spreche jeden Tag mit ihr. Sie ist zurückgekommen, genau wie Beverly.«

Die Messerspitze löste sich für einen Augenblick von Robins Kehle und richtete sich auf Jordan. »Du bist ein gottverdammter Lügner.«

»Heute hast du im Fernsehen gesehen, wie ich Beverly zurückgeholt habe. Ich habe auch deine Schwester zurückgeholt. Loni ist eine meiner Patientinnen.« Jordan war jetzt auf Vermutungen angewiesen, um glaubwürdig zu wirken. Dabei durfte ihm kein Fehler unterlaufen. »Sie hat mir erzählt, wie du abends zu ihr ins Bett gekommen bist und sie berührt hast. Sogar als sie noch ein kleines Mädchen war.«

»Meine Schwester war ein Engel. So was ist nie passiert.«

»Wer ist jetzt der Lügner, John?« Er musste Fields aufstacheln, die Schutzmauern des Mannes durchbrechen und genau das Gegenteil dessen tun, was man ihm beigebracht hatte – nicht heilen, sondern zutiefst beunruhigen und zerstören. »Du hast mit Loni geschlafen, John. Du hast deine eigene Schwester gefickt. Nicht mal Tiere tun das. Loni hat begriffen, dass du weniger wert bist als ein Tier.«

»Verdammt, ich hab gesagt, du sollst deinen verdammten …«

Der Mann war krank. Er musste dafür sorgen, dass sich Fields' Wahnsinn gegen ihn selbst richtete.

»Als Loni dir sagte, dass du nicht mehr zu ihr kommen sollst, hast du sie angebrüllt. Sie hat mir sogar erzählt, was du zu ihr gesagt hast: *Du verdammte Fotze. Du warst immer nur eine Fotze.* Dann hast du sie umgebracht. Du hast ihren Kopf unter Wasser gedrückt, bis sie keine Luft mehr bekommen hat.«

»Lügen! Lügen!«

Jordans Augen hatten sich inzwischen so weit an die Dunkelheit gewöhnt, dass er die Todesangst auf Robins Gesicht erkennen konnte. »Loni hat mir alles von eurem Picknick erzählt. Von der Hitze und den vielen Moskitos. Sie sind in deinem Mund, John! Ganze Moskitoschwärme. Sie schwirren dort herum. Sie verbreiten Keime. Du kannst sie hören, nicht wahr, John? Du hörst, wie sie zwischen deinen Zähnen zerplatzen und faulen.«

»Ich habe sie gerettet!«, stieß Fields hervor.

Jordan spürte, wie sein Feind in Wut geriet. *Reize ihn noch mehr. Bis er blind vor Zorn ist. Bis er die Kontrolle verliert.*

»Wovor hast du sie gerettet, John? Vor anderen Jungen?«

»Ja. Ja. Vor hässlichen Jungen. Verdorbenen Jungen. Vor allen.«

»Nein, John. Du hast sie vor *dir selbst* gerettet. Kapierst du das nicht? Du hast sie in dem See ertränkt, damit sie sich nie wieder von *dir,* John, ficken lassen muss. Du weißt nämlich genau, John, dass du nichts bist als Abschaum. Nicht mehr als Fraß für Fliegen und Moskitos. Dafür hält dich Loni jedenfalls. Und weißt du auch, warum? Weil ich es ihr jeden Tag aufs neue sage.«

Fields schleuderte Robin zu Boden und stürzte sich mit gezücktem Messer auf Jordan. Jordan wappnete sich für den Angriff. Eine Sekunde später stand Fields vor ihm, die Schneide zum Hieb in Jordans Brust hochgerissen. Instinktiv packte Jordan nach dem Handgelenk seines Angreifers, um die Klinge von seinem Herzen abzulenken. Aber die Wucht des Anpralls war zu heftig und der gezackte Stahl bohrte sich in seine Schulter. Jordan spürte einen durchdringenden Schmerz und kippte hintenüber in die Vitrine mit Porzellan. Fields stürzte mit ihm und durchbrach die Glasscheibe, deren Splitter seine Haut zerschlitzten. Trotzdem hob er erneut das Messer, um ein zweites Mal zuzustechen.

Das kann doch nicht wahr sein! Die Hände mit dem Ledergürtel auf dem Rücken gefesselt und die Füße zusammengeschnürt, musste Robin hilflos zusehen, wie Jordan sich gegen seinen Angreifer wehrte. Der ältere Mann wirkte wesentlich kräftiger als Jordan. Wie lange würde es dauern, bis er ihn überwältigt hatte? Wenn es ihr gelänge, die Hände zu befreien, könnte sie Swains Pistole packen. Als sie an ihren Handgelenken zerrte, lockerte sich der Gürtel zwar, aber nicht weit genug. Sie musste ruhig bleiben, befahl sie sich. Rohe Gewalt half nicht. Jordan hatte ihr Atemtechniken beigebracht. *Damit kannst du dich entspannen!* Sie schloss die Augen. *Tief einatmen. Langsam ausatmen.* Sie stellte sich vor, wie ihre Handgelenke erschlafften, als seien sie losgelöst und ohne Knochen. Es gelang ihr nicht. Sie spürte nichts als nacktes Entsetzen, das jede einzelne Pore ihres Körpers zu durchdringen schien. *Zuerst bringt er Jordan um, und anschließend bin ich dran!*

Unbarmherzig warf Fields sich auf Jordan. Jordans Bein schnellte hoch, und er trat mit der Ferse so kräftig gegen Fields' Schienbein, dass der andere zusammensackte. Während der Ältere taumelte, nutzte Jordan den Augenblick und stieß das Knie so wuchtig gegen Fields' Kiefer, dass sein Angreifer an die gegenüberliegende Wand prallte. Das Messer fiel ihm aus der Hand. Doch Fields nahm den Schlag völlig ungerührt und unverletzt hin, beinahe schien es, als genieße er insgeheim den Kampf. Mit neu entfachter Wut ging er auf Jordan los. Obwohl Jordan durch jahrzehntelanges Schwimmtraining gut in Form war, reichten seine Kräfte für einen Zweikampf nicht aus. Fields legte die breiten Pranken um Jordans Kehle, drückte die Daumen auf die weiche, fleischige Stelle und quetschte ihm die Luft aus den Lungen. Jordan streckte die rechte Hand aus und versuchte, Fields' Kinn zurückzustoßen, erzielte jedoch nicht die richtige Hebelwirkung. Es war die letzte, vergebliche Geste eines Sterbenden. Mit der Routine des erfahrenen Mörders ließ Fields Jordans Kopf zuerst vor- und dann gegen die Ecke des zerschmetterten Glasschranks zurückschnellen. Der Aufprall und das splitternde Mahagoniholz verursachten ein durchdringendes Krachen. Schlaff an der Schranktür lehnend und seinem Angreifer hilflos ausgeliefert ging Jordan ohnmächtig zu Boden. In einer geschmeidigen Bewegung hob Fields das Messer auf und riss es über der Brust des Psychiaters hoch.

»Geh weg von ihm oder ich schieße«, schrie Robin.

Fields hielt inne und drehte sich erhitzt und keuchend um.

»Ich schieße!«

Er blickte belustigt zu ihr hinüber. »Du warst mal so ein nettes Mädchen, Bev.«

Plötzlich erinnerte sie sich an alles. Beverlys kurzes Leben voll unerfüllter Hoffnungen, die graue Stunde nackter Angst, der qualvolle Augenblick, als sie neben der Grube um ihr Leben gefleht hatte, Alice Caspers jahrzehntelanges Leiden, Bill Casper, der an gebrochenem Herzen gestorben war. Und nun lag Jordan bewusstlos am Boden.

»Lass das Messer fallen.« Sie hielt die Pistole mit beiden Händen und zielte auf Fields. »Lass es fallen.« Sie spannte den Abzug. Das Messer fiel zu Boden.

»Du glaubst doch nicht, dass ich dir wehtun werde?« Seine Stimme klang sanft und einschmeichelnd. »Ich will dich beschützen. Vor Männern wie ihm.« Fields deutete auf Jordan. »Gibt es noch etwas, was du mir zum Schluss sagen möchtest, John?«
Er starrte sie entgeistert an.
»Das ist doch deine Lieblingsfrage. Jetzt ist die letzte Gelegenheit für dich gekommen.«
»Das ist doch sinnlos, Bev. Du kannst mich nicht töten, das weißt du genau. Ich komme zurück, so wie du. Für immer.«
Er ließ sie nicht aus den Augen und hielt ihren Blick auf so hypnotische Weise gefangen wie ein Wolf, der ein Reh reißt. Für eine Sekunde schien sie in seiner abgründigen Dunkelheit gefangen. Dann stürzte er sich mit höllischem Knurren auf sie. Mit zitternden Fingern drückte Robin den Abzug. Die erste Kugel durchdrang seine Kehle. Er griff sich an den Hals. Blut sprudelte aus seinem Mund. Sie feuerte erneut. Direkt in seine Brust. Sie verschoss alle Kugeln, die Swain im Magazin seiner 38er Dienstwaffe hatte – bis auf eine. Er fiel auf die Knie, die Augen ungläubig aufgerissen. Robin stand über ihm.
»Du kommst nicht zurück, John. Nie mehr.« Sie hielt ihm die Waffe an die Schläfe und drückte ab. Eine Sekunde später kippte er vornüber und zerschmetterte mit dem Kopf den Glastisch.
Robin eilte zu Jordan. Er war regungslos. Ohne ihn loszulassen, tastete sie nach dem Telefon und rief Hilfe herbei. Dann legte sie die Arme um ihn, küsste seine Wunden und betete aus tiefstem Herzen, dass er noch am Leben war.
So fand sie Lemoski, als er zehn Minuten später ankam.

Donnerstag

10 Uhr 15

»Wir hatten wirklich Angst, wir könnten Sie verlieren«, sagte Romero ehrlich erleichtert. Lemoski stand neben ihr. Außerdem gab es noch einen dritten Besucher, ein junges, etwa fünfzehnjähriges Mädchen.

Jordan saß in seinem Krankenhausbett, neben sich Robin. Seine rechte Wange war mit hässlichen, blutunterlaufenen Prellungen übersät. Um die Stirn trug er einen dicken weißen Verband.

Lemoski musterte den Kranken prüfend. »Also ehrlich, da hab ich schon Schlimmeres gesehen.«

Jordan brachte ein Lächeln zustande.

»Was sagen denn die Ärzte?«, erkundigte sich der Lieutenant.

»Sie konnten keine inneren Blutungen feststellen. Wenn mein Zustand stabil bleibt, kann ich in ein paar Tagen nach Hause.«

Lemoski nickte und drehte sich zu dem jungen Mädchen um. »Ich möchte Ihnen Kathy vorstellen, meine Tochter. Ich habe zu Hause so viel von Ihnen erzählt, dass sie Sie unbedingt kennenlernen wollte.«

Jordan nahm die ausgestreckte Hand des Mädchens und hielt sie fest. »Es tut mir leid wegen deiner Freundin Judy.«

»Danke«, erwiderte sie und blinzelte kurz. »Wie geht es Ihnen?«

»Gut, abgesehen von den Kopfschmerzen. Danke.«

Dann machte Lemoski seine Tochter mit Robin bekannt. »Unsere beiden Helden in Zivil«, fügte er anschließend hinzu. »Wenn man bedenkt, wie die Sache ausgegangen ist, sollten wir dafür dankbar sein, dass wir zu spät gekommen sind.«

Romero verdrehte die Augen. Sie wusste, was jetzt kommen würde.

Ihr Missfallen war Lemoski nicht entgangen. »Meine Mitarbeiterin Romero hat gewisse Schwierigkeiten mit der Todesstrafe.«

»Nein. Ich bin in dieser Hinsicht etwas gespalten, das ist alles. Es ist eine schwierige Frage.«

»Wenn es je einen Mann gab, der die Todesstrafe verdient hat, dann Franklin Jonathan Cole, Mike Fields oder wie man ihn nennen will«, entgegnete Lemoski. »Hätten wir ihn lebend erwischt, wäre er vor Gericht zu zwanzig Jahren in der Todeszelle mit Kabelfernsehen verurteilt worden, bevor der Bundesstaat ihn endlich ausgeschaltet hätte. Vorausgesetzt, er wäre überhaupt zum Tode verurteilt worden und einer der Richter hätte das Urteil nicht noch abgemildert.« Er warf Robin einen Blick zu. »Ich weiß nicht, ob Sie das auch noch von anderen hören werden, aber ich danke Ihnen. Jeder in diesem verdammten Bundesstaat sollte Ihnen danken.«

»Was erwidert man, wenn man Dank dafür erntet, dass man jemanden umgebracht hat?«

»Versuchen Sie es doch mal mit ›keine Ursache‹«, gab Lemoski zurück. »Machen Sie sich deswegen bloß keine Vorwürfe. Ohne dieses Monster ist die Welt eindeutig besser dran.«
»Lieutenant«, fragte Jordan, »haben Sie noch etwas bei Fields zu Hause gefunden?«
»Etwas? Alles! Er führte Tagebuch über seine Morde. Jedes Verbrechen war detailliert beschrieben. Schlimmer noch: Wir haben eine ganze Kollektion des Schmucks gefunden, den er seinen Opfern abgenommen hat. Er verstaute ihn in kleinen Samtbeuteln.« Robin und Kathy erschauerten. »Wir fanden auch einige wertvolle Hinweise. Eine handgezeichnete Karte von einem bestimmten Abschnitt des Topanga Canyons. Gestern Morgen waren wir dort. Wir haben die Stelle gefunden, wo er Beverly Casper vergraben hat.«
»O Gott!«, rief Robin.
Romero nickte. »Gestern Abend war ich bei Alice Casper. Sie wird Beverly in Forrest Lawn neben ihrem Mann beisetzen lassen.«
»Wann?«, fragte Jordan und legte seine Hand auf Robins.
Romero zückte ein dünnes Notizbuch.
»Sonntagmorgen, um elf Uhr.« Sie wandte sich Robin zu. »Misses Casper fragte mich, ob ich Sie sehen würde. Als ich sagte, das sei wahrscheinlich, hat sie mich ausdrücklich gebeten, Sie zu fragen, ob Sie zu der Beerdigung kommen können.«
»Selbstverständlich«, erwiderte Robin und lachte nervös auf. »Wie oft kann man schon zu Lebzeiten an seiner eigenen Beerdigung teilnehmen?«
»Was ist mit Fields?«, fragte Jordan Lemoski. »Wie viele Menschen hat er insgesamt auf dem Gewissen?«
»Das wissen wir noch nicht genau. Ich weiß nicht einmal, ob

wir das je mit Sicherheit erfahren. Wie sich herausstellte, hat er seine Freundin …«
»Norma Thompson. Während meiner Nachforschungen über Beverly bin ich auf ihren Namen gestoßen.«
»Nun, offenbar hat er sie, seinem Tagebuch zufolge, einige Wochen vor Beverly ermordet.«
»Obwohl ihre Leiche erst Monate nach Beverlys Verschwinden gefunden wurde«, schloss Jordan.
»Genau.«
»Unglücklicherweise konnte sein Anwalt die Geschworenen damals mit Erfolg davon überzeugen, dass es sich bei dem Todesfall um ein besonders hartes Sex-Spiel handelte, bei dem die beiden zu weit gegangen waren. Dafür wurde er sieben Jahre lang eingebuchtet.«
Avery hat gelogen, und Cole mordete weiter, dachte Jordan bitter. Hätte Avery die Wahrheit gesagt, hätte er alle Morde bis auf die an Loni, Norma Thompson und Beverly Casper verhindern können. Durch sein Schweigen hatte er eine griechische Tragödie mit unvorhersehbaren Auswirkungen heraufbeschworen. Hätte Avery Conniston vor dreißig Jahren die Wahrheit gesagt, wären nicht nur Swain, Walter und Deb White noch am Leben, sondern auch seine eigene Tochter April. Mit diesem schrecklichen Wissen würde der Fernsehproduzent in Zukunft leben müssen. Jordan fragte sich, wie.
»Nach seiner Freilassung aus dem Gefängnis«, fuhr Lemoski fort, »nahm Fields einen neuen Namen an, was auch irgendein Trottel von Richter ermöglichte. Anschließend verschwand er auf die Philippinen. Bevor man ihn hinausgeworfen hatte, war er dort mit der Marine stationiert gewesen. In diesem Punkt hatten Sie recht. Also kehrte er auf die Philippinen zurück, suchte sich eine Braut und brachte sie mit in

die Staaten. Wir haben die Frau in Phoenix aufgespürt. Sie war einundzwanzig Jahre mit ihm zusammen. In den ersten achtzehn Jahren war sie Miss Unterwürfig, was Fields natürlich wunderbar in den Kram passte.«

»Ja, das stimmt genau mit seinem Charakter überein«, bemerkte Jordan. »Solange er sie genauso beherrschen konnte wie seine Schwester, verspürte er keinen Drang zum Töten.«

»Aber allmählich färbte der amerikanische Lebensstil auch auf Fields' Frau ab. Sie hatte das Sklavendasein satt und machte sich aus dem Staub.«

»Erstaunlich, dass er sie nicht umgebracht hat«, sagte Robin.

»Wahrscheinlich hatte er Angst. Er war schon einmal wegen Totschlags verurteilt worden und wollte keinen zweiten Mord an jemandem, der ihm nahestand, riskieren. Nein, von jetzt an würde er nur noch Fremde töten. Jedenfalls hat ihn seine Frau vor ungefähr einem Jahr verlassen, und soweit wir wissen, fingen die Messenger-Morde acht oder neun Monate später an.«

»Es gab also mindestens neun Opfer«, äußerte Robin.

»Wahrscheinlich kann man April auch mit auf die Liste setzen«, erwiderte Lemoski. »Unsere Leute haben den Unfallort noch einmal gründlich überprüft. Wir können es nicht nachweisen, aber vermutlich hat er sie von der Straße abgedrängt.«

Jordan stöhnte. Lemoski war drauf und dran gewesen, ihn an dem Tag festzunehmen, als April ihn aufs Revier begleitet hatte. Nur weil Judy Cinchs Leiche aufgefunden wurde, hatte ihn Lemoski vom Haken gelassen und sogar in den Fall mit hineingezogen. Aus diesem Grund hatte April die Beverly-Casper-Akte mit nach Hause nehmen können. Andernfalls hätte Fields sie niemals damit gesehen und April wäre immer noch am Leben.

»Es gibt noch einen weiteren Mord«, fügte Jordan mit leiser, dumpfer Stimme hinzu. »Den ersten von allen. Der Mord an seiner Schwester Loni.«

»Hat er Ihnen das gesagt?«, fragte Lemoski.

»Nein, aber für mich besteht kein Zweifel. Ich vermute, dass er Loni bereits als kleines Mädchen, noch vor der Pubertät, sexuell missbrauchte. Man kann nur darüber spekulieren, warum er so fixiert auf sie war. Er hatte anscheinend ein starkes Bedürfnis, sie vor allen Männern zu schützen, mit Ausnahme seiner selbst. Er war davon überzeugt, dass der Einfluss anderer Männer das Mädchen verderben würde.«

Lemoski schüttelte nur den Kopf. Er hatte schon seit langer Zeit begriffen, wie abgrundtief böse Menschen sein konnten.

Jordan fuhr fort: »Ab einem gewissen Zeitpunkt, als Loni älter und reifer wurde, wollte sie wahrscheinlich, dass er sie in Ruhe ließ. Vielleicht hat sie ihm angedroht, den Eltern zu sagen, was er ihr antat. Oder er hatte sie im Gespräch mit einem anderen Jungen ertappt und rastete aus. Ich weiß es nicht. Offiziell kam sie während der Ferien bei einem Badeunfall ums Leben, doch in Wirklichkeit hat Cole sie ertränkt. Da bin ich mir sicher.«

»Und diese schrecklichen Geräusche, die er von sich gab, wie Insekten, die in eine Falle fliegen. Woher kamen die?«, fragte Robin.

»Ich vermute, sie stehen mit dem Mord an Loni in Verbindung. Die beiden gingen abends häufig zusammen schwimmen, aber bei diesem einen Mal beendete er ihr Leben. Es war ein heißer, feuchter Sommer und viele Insekten schwirrten herum und flogen in die Fliegenfallen. Diese Geräusche muss er verinnerlicht haben. Vielleicht drückte sich in ihnen sein eigentliches Selbstbild aus. Sobald er den Drang zu töten verspürte, kehrten diese Geräusche zurück, als würde er den ersten Mord erneut durchleben.«

»Ein heißer feuchter Sommerabend?«, wunderte sich Romero. »Woher wissen Sie über diese Details Bescheid?«

»Einiges habe ich von Avery Conniston erfahren, den Rest habe ich mir zusammengereimt.«

»Wie konnte die Familie eigentlich übersehen, was zwischen den beiden vor sich ging?«, wollte Robin wissen.

»Vielleicht haben sie etwas bemerkt und alles unter den Teppich gekehrt«, antwortete Jordan. »Wir befinden uns schließlich Mitte der sechziger Jahre. Weißt du, was Avery mir außerdem noch erzählt hat? Loni hatte lange blonde Haare und ein strahlendes Lächeln.«

Alle blickten auf Jordan und verdauten die Neuigkeit. Robin erinnerte sich, wie sie die Fotografien der Opfer zum ersten Mal im Fernsehen gesehen und sie für Schwestern gehalten hatte.

»Was ist denn mit Chip Estes?«, fragte Kathy Lemoski.

Jordan musterte das ernste Gesicht des Mädchens. Sie sah aus, als würde sie beim ersten falschen Wort in Tränen ausbrechen.

»Dein Vater hat mir gesagt, dass Chip dich gern hat.«

Kathy Lemoski lief rot an.

»Ich erzähle dir jetzt die Geschichte eines Opfers, eines anderen Opfers des Messengers, für das er nicht einmal verurteilt werden könnte, wenn er noch am Leben wäre. Vor zweiunddreißig Jahren, als Franklin Cole Beverly Casper ermordet hatte, rief er anonym bei der Polizei an und behauptete, der Mörder sei ein Mitschüler Beverlys. Der Junge hieß Larry Keeton. Larry mochte Beverly, und er hatte sie gefragt, ob sie mit ihm ausgehen wollte. Der Leiter der Ermittlungen verhörte Keeton, und die Zeitungen bekamen Wind davon. Beverlys Leiche wurde nie gefunden, und wegen der Zeitungsberichte hielten einige Schüler Keeton für den Mörder. Sie machten ihm das Leben zur Hölle. Sechs Monate später nahm Larry Keeton, dessen einziges Verbrechen darin bestand, dass er Beverly Casper gemocht hatte, das Gewehr seines Vaters und schoss sich eine Kugel durch den Kopf. Als man den Lieutenant damals fragte, ob Keeton tatsächlich ein Verdächtiger gewesen sei, sagte er weder ja noch nein und beschränkte sich auf die Aussage, der Fall Casper sei noch offen.« Jordan sah zu Lemoski hinüber.

»Ich ahne, dass mir etwas Unangenehmes bevorsteht.«

»Veranstalten Sie gemeinsam mit Ihrer Tochter bei sich zu Hause eine Party zu Ehren Judy Cinchs und entschuldigen Sie sich öffentlich bei Chip Estes.«

»Augenblick«, fiel Lemoski ihm ins Wort. »Ein Teil meines Jobs besteht darin, dass ich jeder möglichen Spur nachgehe. Wir hatten gute Gründe, dem Jungen ein bisschen auf den Zahn zu fühlen.«

»Erlauben Sie, dass ich Ihnen eine Frage stelle, Lieutenant. Wenn ein Mann mit normaler Geschwindigkeit eine Straße entlangfährt und plötzlich ein kleines Kind direkt vor ihm auf die Straße läuft, wird der Fahrer dann zur Verantwortung gezogen?«

»Wenn er vorsichtig gefahren ist, wahrscheinlich nicht.«

»Er ist zwar nicht für das Unglück verantwortlich, aber wenn er ein anständiger Kerl ist, wird es ihm leidtun, nicht wahr? Alle wissen, dass Sie die Ermittlungen im Fall des Messengers geleitet haben. Mit dieser Party könnten Sie Chip eine Menge helfen.«

Impulsiv lief Kathy zu ihrem Vater hinüber und umarmte ihn. Sie blickte zu ihm auf und bat: »Machst du das, Papa?«
Der Lieutenant warf Jordan einen kurzen Blick über die Schulter seiner Tochter zu und nickte zustimmend. »Wir gehen jetzt lieber, bevor dieser Besuch zu teuer wird.«
Jordan bat Lemoski zu sich. »Ich möchte mich bei Ihnen dafür bedanken, dass Sie mich ernst genommen haben, Lieutenant. Ich kann mir vorstellen, welche Zweifel Sie gehabt haben müssen.«
Lemoski warf Romero einen Seitenblick zu. »Zweifel? Detective Romero, haben wir an diesem Mann auch nur eine Sekunde lang gezweifelt?«
Romero lachte. »Ich glaube, Bobley überprüft immer noch, ob sein Alibi wirklich hieb- und stichfest ist.«
Lemoski legte die Hand auf Jordans Schulter.
»Doktor Geller, es war sehr lehrreich für mich, Sie kennenzulernen. Machen Sie sich nicht allzu rar.«

Donnerstag, 22 Uhr 47

Vierundfünfzig Jahre. Er gab die Zahlen in den Taschenrechner auf seinem Schreibtisch ein, 54 × 365 = 18 710. Er hatte 18 710 Tage gelebt, sogar dreizehn mehr, die Schaltjahre mitgerechnet.
Wenn man von seiner Familiengeschichte, seiner gesunden Lebensführung und der Leistungsfähigkeit der modernen Medizin ausging, lagen noch weitere dreißig Jahre vor ihm. Genauer gesagt 10 957 Tage. Jeder einzelne davon voller Qual, selbst verschuldeter Qual.
April war tot, daran konnte niemand etwas ändern. Franklin,

wie er jetzt in den Zeitungen genannt wurde, war ebenfalls tot. Aber es war zu spät, viel zu spät.
Er erinnerte sich, weder ausführlich noch besonders konzentriert – seine Gedanken wirbelten durcheinander –, wie Franklin damals zu ihm gekommen war. Ein Alibi. Franklin brauchte ein Alibi. Ein Mädchen war in einem Canyon verschwunden, ein Mädchen, das in demselben Restaurant gewesen war wie Franklin. Natürlich hatte er nichts mit ihr zu tun, aber wie sollte er das beweisen? Die Polizei würde ihn gründlich unter die Lupe nehmen, er hatte schon einige Zusammenstöße mit dem Gesetz hinter sich, Jugenddummheiten – ein Autodiebstahl, einige Schlägereien. Avery hatte ihm das Alibi geliefert. Aus dem Film, den er sich abends allein im Fernsehen angesehen hatte, war ein Film geworden, den er gemeinsam mit Franklin gesehen hatte.
Die Polizeibeamten hatten ihm nicht einmal besonders zugesetzt. Bereits nach einer Viertelstunde waren sie wieder abgezogen. Er hatte befürchtet, dass es schwierig sein würde, die Beamten zu belügen, doch es war kinderleicht gewesen. Zumindest war es ihm damals so vorgekommen. Jetzt nicht mehr. An jenem Tag hatte er durch seine Lüge Aprils Schicksal besiegelt.
Was die Augen sehen, glaubt das Herz. Er hatte sich damals entschieden, seinem Cousin zu helfen. Das war er ihm schuldig. Franklin hatte ihn vor diesen Mistkerlen an der Schule beschützt. Doch seine Entscheidung hatte weitreichende Konsequenzen gehabt.
Ohne das Alibi, das er Franklin damals verschafft hatte, hätte die Polizei Franklin vielleicht härter rangenommen und seine Untaten aufgedeckt. All jene Menschen, all die unschuldigen Mädchen, hätten gerettet werden können, nicht nur April.

Die Berichterstattung in den Medien war entsetzlich. Seit seiner letzten erfolgreichen Fernsehshow waren zehn Jahre vergangen, aber mit einem Mal war er wieder in aller Munde. Er las erneut den ersten Satz in der *L.A. Times*: »Der Messenger-Killer Mike Fields, alias Franklin Jonathan Cole, Cousin des TV-Megaproduzenten Avery Conniston …«
Besonders überrascht war er von diesem Mädchen, über das alle redeten, Robin Norris. Jordan hatte sie durch Hypnose zu einem früheren Leben als Beverly Casper zurückgeführt. Er dachte daran, was Jordan während der Trauerfeier in seinem Haus gesagt hatte, dass April hörte, was er sagte, dass ihr Geist immer noch lebte und dass sie sich wiedersehen würden. Elinor hatte sich über ihren Schützling lustig gemacht, doch Avery hatte inzwischen das Gefühl, als habe nicht sie, sondern der junge Arzt recht gehabt.
Also musste etwas dran sein, dass unsere Existenz nicht nur aus diesem einen Leben bestand. Nur war es für Aprils Rettung zu spät.
Er rief ihren Namen aus und blickte, wie es Menschen unter solchen Umständen zu tun pflegen, nach oben. »Tut mir leid, Baby. Es tut mir so leid.« Konnte sie ihn jetzt hören?
Er musste es unbedingt wissen.
Er konnte keine 10 957 Tage mehr warten.
Er musste es jetzt wissen. Auf der Stelle.
Ohne zu zögern hob er das Gewehr und steckte sich den Lauf in den Mund.

Samstag

14 Uhr 30

Jordan saß hinter seinem Schreibtisch, ging seine Patientenkartei durch, ordnete einiges und sortierte anderes aus, als plötzlich Elinor durch die halb geöffnete Tür eintrat.

»Pat hat mir gesagt, dass Sie hier sind«, sagte sie und trat näher, um einen Blick auf den Verband zu werfen, der seinen Kopf noch immer umhüllte. »Ich habe mir Sorgen gemacht. Hat man Ihnen im Krankenhaus ausgerichtet, dass ich angerufen habe?«

»Ja«, erwiderte Jordan. »Vielen Dank.«

»Ich scheute vor einem Besuch im Krankenhaus zurück. Ich wollte auf keinen Fall, dass Sie sich aufregen.«

»Ich hätte mich über Ihren Besuch gefreut«, erwiderte Jordan.

Zum ersten Mal, seit sie das Büro betreten hatte, lächelte Elinor. »Gut. Schön, das zu hören. Jordan, darf ich mich setzen?«

»Selbstverständlich.«

Elinor nahm etwas umständlich Platz. »In den letzten Tagen

habe ich viel nachgedacht. Es war entsetzlich, einfach entsetzlich.«

Jordan konnte sich genau vorstellen, wie sie sich fühlen musste. Auf seinem Schreibtisch lag die *L. A. Times*, auf deren erster Seite ein großes Bild mit der Schlagzeile »Selbstmord eines Hollywood-Titanen: Avery Conniston, 54 Jahre alt, hat sich erschossen« prangte.

»Sie werden es nicht für möglich halten«, fuhr Elinor fort, »aber heute Morgen hat mich Averys Anwalt angerufen, um mir von einem, wie er sich ausdrückte, *Silberstreif am Horizont* zu berichten.«

»Silberstreif am Horizont?«, wiederholte Jordan mit ungläubiger Stimme.

»Offenbar hat Avery den größten Teil seines Vermögens dem Dittmyer vermacht. Ursprünglich sollte sein Besitz zwischen uns und April aufgeteilt werden. Falls April vor Avery sterben sollte, sah eine Klausel vor, dass ihr Anteil dann ebenfalls dem Dittmyer zugeschlagen würde. Insgesamt sind es über zwanzig Millionen Dollar.«

Plötzlich stiegen Elinor Tränen in die Augen und sie begann am ganzen Körper zu zittern.

»Ich habe darüber nachgedacht, Jordan, dass wir daraus etwas Gutes machen sollten«, sagte sie und betupfte sich die Augen mit einem Taschentuch. »Was halten Sie davon, wenn wir hier, am Dittmyer, ein Zentrum einrichten, in dem wir uns mit der Psychologie des Bösen beschäftigen und untersuchen, wie wir diese Menschen behandeln können? Vielleicht gelingt es uns, das Verhaltensmuster eines Mannes wie Mike Fields zu ergründen. Ich möchte solch ein Zentrum aufbauen und es nach Avery und April benennen, den Opfern dieses Unmenschen.«

»Avery mag zwar ein Opfer gewesen sein, doch im Unterschied zu seiner Tochter war er keineswegs unschuldig.«

Elinor tat Jordans Kommentar mit einem Schulterzucken ab. »Jordan, ich möchte gemeinsam mit Ihnen an diesem Projekt arbeiten. Vielleicht könnten Sie sogar die Leitung übernehmen. Ich habe zu viele Menschen verloren, die mir nahestehen. Ich möchte, dass wir wieder zusammenarbeiten.«

Jordan, von diesem Angebot nicht minder überrascht als von Elinors Gefühlsausbruch, blickte auf sie hinunter. Vor zwei Wochen hätte er die Aussicht, gemeinsam mit Elinor an einem solchen Projekt zu arbeiten, als die größte berufliche Chance betrachtet, die sich ihm vielleicht je bieten würde. Doch inzwischen hatte sich alles verändert.

»Gibt es bei diesem Angebot irgendwelche Bedingungen?«, erkundigte er sich misstrauisch.

»Ich bestehe auf einem wissenschaftlichen Ansatz, Jordan. Mehr verlange ich nicht. Die Untersuchung des menschlichen Geistes muss der Wissenschaft vorbehalten bleiben.«

»Was genau meinen Sie damit?«

Sie blickte mit schmalen Augen zu ihm auf. »Das wissen Sie ganz genau. Ich will den Jordan Geller von früher – den Profi mit durchdringendem Verstand. Im Gepäck brauche ich weder Ihre wilden Theorien noch Geoffrey Bolton.«

»Mit Hilfe dieser wilden Theorien habe ich gerade den Messenger-Fall aufgeklärt.«

»Wenn ich das glaubte, Jordan, würde ich in den Ruhestand gehen. Auf der Stelle. Heute noch. Heute Nachmittag. Diese Annahme entbehrt jeglicher Grundlage. Informationen und Erinnerungen werden im Gehirn gespeichert. Es ist doch unmöglich, dass ein Mensch stirbt und die Informationen in seinem Gehirn drei, zwanzig oder sogar zweihundert Jahre später plötzlich im Geist eines anderen auftauchen? Das müssen Sie einfach einsehen.«

Trotz allem, was in den vergangenen zwei Wochen geschehen war, spürte Jordan immer noch eine tiefe Zuneigung für Elinor. In beruflicher und persönlicher Hinsicht würde er für immer in ihrer Schuld stehen. Doch jetzt ging es vor allem darum, dass er ihr die Wahrheit über sich selbst gestand. »Sagen wir einfach, dass ich Empiriker bin, Elinor. Was funktioniert, funktioniert eben. Über die theoretischen Grundlagen mache ich mir später Gedanken.«

»Was soll das heißen, *was funktioniert?* Nehmen wir mal an, Sie hätten recht, und wir alle wären Wiedergeborene.«

»Das habe ich nie behauptet. Ich kenne die Gesetzmäßigkeiten nicht. Ich weiß nicht, wer wann aus welchem Grund zurückkehrt.«

»Na gut. Immerhin ein Anfang. Sie haben sich noch einiges von Ihrer Skepsis bewahrt, wie ich feststelle. Gehen wir trotzdem einmal von der Annahme aus, jeder von uns hätte schon einmal gelebt. Was spielt das für eine Rolle? Was hätten wir davon?«

»Das ist eine gute Frage, Elinor. Ich habe in den letzten Tagen viel darüber nachgedacht, und ich glaube, dass ich die Antwort darauf gefunden habe.«

Seine Mentorin musterte ihn mit zweifelnder Miene.

»Können Sie sich vorstellen, welche Auswirkungen es gehabt hätte, wenn Südstaatler im neunzehnten Jahrhundert geglaubt hätten, sie könnten eines Tages als schwarze Sklaven wiedergeboren werden? Das hätte bestimmt tiefgreifenden Einfluss darauf gehabt, wie sie ihre Sklaven behandelten. Vielleicht hätten sie sogar von selbst die Sklaverei abgeschafft und es wäre nie zu einem Bürgerkrieg gekommen. Oder wenn die Nazis geglaubt hätten, sie könnten als Juden wiedergeboren werden? Dann hätte es den Holocaust nie gegeben.«

»Jordan, das kann ja wohl nicht Ihr Ernst sein. Das ist doch blühender Unsinn.«

»Vielleicht haben Sie recht, aber ich bin noch nicht bereit, schon jetzt aufzugeben. Jedenfalls nicht, bevor ich gründliche Nachforschungen angestellt habe.«

Elinor Fischer schüttelte den Kopf. »In diesem Fall muss ich vermutlich ein rationalistisches Relikt der Wissenschaft bleiben.«

Jordan erinnerte sich, was Bolton einmal über seine Mentorin geäußert hatte: *Elinor hält nichts von Umwegen. Gemeinsam erreichten wir eine Mauer. Ich sah eine Tür und ging hindurch. Elinor blieb davor stehen.* Andererseits wollte er Bolton ebenso wenig als neuen Mentor. Wie lautete die Zeile von Abraham Maslow, die er einmal gelesen hatte: »Wenn dir als einziges Werkzeug ein Hammer zur Verfügung steht, sehen all deine Probleme wie Nägel aus.« Reinkarnation war ein Werkzeug, vielleicht sogar ein wichtiges, aber nichtsdestotrotz eines unter vielen und keineswegs immer das richtige. Manchmal würde er Elinors psychologisches Wissen ebenso benötigen wie die Erkenntnisse Freuds oder Jungs. Manchmal würde er aber auch etwas aus New-Age-Theorien lernen können. Und manchmal würde ihm nur die Bibel weiterhelfen.

»Elinor«, sagte er, »Sie sollten wissen, dass ich hinter allem stehe, was ich beim Dinner gesagt habe. Sie waren meine wichtigste Lehrerin, aber ich muss meinen eigenen Weg finden. Ich muss für mich selbst entscheiden.«

Sie kniff die Augen zusammen, als wollte sie ihn schärfer sehen. Auf ihrer Miene spiegelte sich Stolz und Niederlage zugleich. »An jenem Abend bei Avery auf der Wohltätigkeitsparty wirkte alles so vollkommen.« Sie seufzte, drehte sich um und verließ sein Büro.

Samstag, 15 Uhr 30

Adrian Norris hatte nicht damit gerechnet, dass ihre Tochter in der Ankunftshalle des Flughafens auf sie warten würde. Sie hatte nicht damit gerechnet, dass Robin ihr mit ausgestreckten Armen und einem Willkommenslächeln entgegenlief und sie so innig umarmte, wie sie es seit Kindertagen nicht mehr getan hatte. Sie hatte nicht damit gerechnet, dass ihre Tochter zu weinen begann, als sie die Arme um sie schlang. Und sie hatte nicht damit gerechnet, dass sie selbst in Tränen ausbrach. Ihre Tränen waren warm und süß, und sie schämte sich ihrer nicht. Sie wusste noch nicht, warum ihre Tochter so aufgewühlt war. Sie spürte lediglich, dass in Robins Leben etwas Wichtiges und Folgenschweres geschehen war. Sie spürte es instinktiv und ohne jede Angst. Sie genoss den Augenblick und den tiefen Frieden, der sie mit einem Mal erfüllte, jenen Frieden, den eine Mutter empfindet, wenn sie ihr Kind nach langer Trennung gesund in die Arme schließt. Die Yoga-Lehrer hatten inneren Frieden oft als ›ein inneres Leuchten‹ beschrieben, aber erst jetzt, in den Armen ihrer Tochter, erhaschte sie einen kurzen Blick auf das, was sie gemeint hatten.

»Ich liebe dich, Mama«, sagte Robin schließlich und legte die Hände um das Gesicht ihrer Mutter, während ihr Tränen über die Wangen rannen.

Für Adrian Norris waren das die schönsten Worte, die sie je gehört hatte.

Sonntag

11 Uhr 24

Im Spätherbst 1964 klingelte ein Verkäufer im Seersucker-Anzug an Bill Caspers Tür. Er vertrat den Forrest-Lawn-Friedhof. Dieser Friedhof war wegen der vielen Filmstars, die dort beerdigt waren, in den ganzen Staaten berühmt.

»Den Menschen gefällt eben die Nachbarschaft und die schöne Lage«, bemerkte der Verkäufer, und der sarkastische Spruch verlieh der düsteren Thematik eine leichtere Note. Casper sagte dem Vertreter, er sei interessiert, benötige jedoch noch ein wenig Bedenkzeit. Eine Woche später kaufte er ein Familiengrab.

Er hatte es gewiss nicht erworben, weil er Todesahnungen hatte. Bill Casper war dreiundvierzig, Alice achtunddreißig, und ihre beiden Kinder waren noch nicht einmal zehn Jahre alt. Aber Bill Casper war ein Mann, der gern im Voraus plante. Er wusste, dass es sich rächte, wenn man Entscheidungen zu lange hinauszögerte. Die Grundstückspreise in der Gegend zogen an. Die Preise für Gräber würden ebenfalls steigen.

Sieben Jahre später, wenige Wochen nach seinem fünfzigsten Geburtstag, zog Bill Casper in seine letzte Ruhestätte ein. In zwei Metern Tiefe behaglich in eine Hügelflanke eingebettet, mit Blick auf den Ventura Freeway, das Warner Brothers Studio und die von Abgasdünsten vernebelten Umrisse der San Gabriel Mountains, war er, so stand es auf dem Totenschein, den Folgen eines schweren Herzanfalls erlegen. Alle, die ihn kannten, wussten jedoch über den wahren Grund Bescheid – Kummer, drei Jahre langer unendlicher, untröstlicher Kummer. Bill Casper war vor Kummer darüber gestorben, dass seine Tochter, das Licht seines Lebens, eines Abends verschwunden und nie mehr zurückgekehrt war. Er war ein nachsichtiger Mann, zwar nicht ausgesprochen religiös, aber an die christliche Lehre glaubend. Dennoch gab es einen Menschen, dem er nicht verzeihen konnte und den er, mehr als jeden anderen, für den Tod seiner Tochter verantwortlich machte: sich selbst. Er hatte ihre kleine Notlüge durchschaut und gewusst, wo sie an jenem Abend nach der Probe hingegangen war. Er war ihr Mitverschworener gewesen. Er hatte nett sein und ihr eine Freude machen wollen, wie es das Vorrecht eines liebevollen Vaters war, doch im Nachhinein empfand er es stets so, als habe er nie grausamer oder verantwortungsloser gehandelt. Er hätte sie aufhalten und ihr befehlen müssen, nach Hause zu kommen. Er hatte als Vater versagt, schicksalhaft versagt. Es quälte ihn insbesondere, dass ihre Leiche unauffindbar blieb. Er hatte ein Grab für sie, aber keinen Körper.

Hier, am Grab dieses gebrochenen Mannes, hatten sich ungefähr zwei Dutzend Trauergäste versammelt, um die kürzlich gefundenen sterblichen Überreste der Tochter Bill Caspers beizusetzen. Unter der Gruppe befand sich auch Peter

Casper, der seit zehn Jahren nicht mit seiner Mutter gesprochen hatte, und jetzt, einen Arm um sie geschlungen, neben ihr stand und lauschte, wie der Pfarrer den 23. Psalm rezitierte. Ebenfalls anwesend war das Ermittlungsteam unter Leitung von Lieutenant Lemoski – Romero, Davis, Bobley und Jimmy Lee. Für sie war dies die zweite Beerdigung innerhalb von zwei Tagen. Gestern hatten sie ihren Kollegen Fred Swain mit vollen polizeilichen Ehren beigesetzt.
Nachdem der Geistliche den Psalm beendet hatte, ließ Robin Jordans Hand los. Sie trat einen Schritt vor und stimmte das Schlusslied aus *Karussell* an:

Wenn du gehst durch den Sturm,
Beug dich trotzdem nicht
Und fürchte das Dunkel nicht …
Denn es strahlt nach dem Sturm
Bald ein goldenes Licht
Und die Lerche singt silbern und froh,
Geh, geh durch den Wind,
Geh, geh durch den Regen
Und sieh nur Sonnenschein –
Ja, geh, geh, geh
Und glaub an dich selbst
Und dann gehst du nie allein!
Dann gehst du nie allein!

Alle Zuhörer – außer einer – waren von den ergreifenden Versen tief erschüttert. Für Alice Casper hingegen schlossen sie eine tiefe Wunde im Herzen. Während sie Robins Stimme lauschte, die so klar und kräftig klang wie damals, als Jordan sie im Theater hatte singen hören, spürte sie, wie das Eis schmolz, das ihre Seele so lange Zeit umschlossen gehalten hatte. Vor ihrem geistigen Auge erblickte sie ihren Ehemann und ihre Tochter, die, Seite an Seite, lächelnd auf sie selbst und Peter herabblickten. Einige der Trauergäste sahen voller Mitgefühl und mit Tränen in den Augen zu ihr herüber.

Alice Casper nahm es nicht wahr. Sie lächelte unaufhörlich. Lächelte Beverly zu. *Willkommen zu Hause, flüsterte sie insgeheim. Willkommen zu Hause.*

Jordan schluckte, um seine Tränen zu unterdrücken. Er wollte nicht weinen. Wenn er anfing, würde er nicht mehr aufhören können. April und Avery, Deb White, Walter Amicke, Fred Swain, lauter Menschen, die er zum Teil gut gekannt hatte und die nun alle tot waren. Er hatte sie alle in einem Kreis des Todes zueinander gebracht. Das hatte er nie gewollt, und trotzdem war es geschehen. Vielleicht war es vorherbestimmt gewesen? Gab es einen Sinn? Einen größeren Zusammenhang? Hatte er weitere Morde verhindert, wie er so gern glauben wollte, und Unschuldige vor dem Verlust des Lebens bewahrt? Würde eine Schülerin, die in einem Musical an irgendeiner Highschool in Los Angeles auftrat, jetzt seinetwegen leben? Oder handelte es sich bei allem, was in den vergangenen beiden Wochen geschehen war, einfach nur um eine zufällige Kollision von Sternenstaub, war alles lediglich eine kurze, bizarre Episode, die in den Schlagzeilen auftauchte und bald schon in einer Universitätsbibliothek begraben werden würde?

Wenn je ein Mensch dazu verdammt war, allein zu gehen, war das nicht Beverly Casper gewesen? Ausgerechnet weil sie vor Leben sprühte, war sie umgebracht worden. Ihr blondes Haar und das strahlende Lächeln hatten ihren Henker auf sie aufmerksam gemacht. Er erinnerte sich mit einem Mal an eine Einzelheit aus Robins zweiter Hypnose. Hatte Beverly nicht gesagt, sie hätte jemanden singen hören, während ihre Seele den Körper verließ? Sie hatte angestrengt gelauscht, ohne die Melodie zu erkennen. Hatte sie vielleicht in diesem Augenblick zugehört, wie Robin bei ihrer lang verspäteten Beerdigung sang? Das wäre doch möglich, oder? Nach dem Tod steht die Zeit still. Es gibt weder Vergangenheit noch Zukunft. Bei diesem Gedanken überrieselte ihn ein Schauer. Vielleicht traf das Lied doch zu. Wir gehen nie allein. Vielleicht ist Gott immer an unserer Seite, bei Wind und Sturm, vielleicht sogar nach dem Tod. Vielleicht war das Ende nicht das Ende. Vielleicht war jedes Ende zugleich auch ein Anfang.

Zwei Jahre später

Auszug aus einer Reportage der *Los Angeles Times*, erschienen im Magazin der Sonntagsausgabe:

Vor zwei Jahren sorgte ein Fernsehbericht für großes Aufsehen in dieser Stadt. Demzufolge hatte das LAPD während der Fahndung nach dem berüchtigten Messenger-Killer mit Informationen aus einer sogenannten ›Regression in ein vergangenes Leben‹ gearbeitet. Noch beunruhigender war die Bestätigung aus verlässlicher Polizeiquelle, dass diese Informationen tatsächlich dazu beigetragen hatten, den Kreis der Verdächtigen einzugrenzen. Die größte Überraschung war jedoch, dass der Mörder durch die Hand jener Frau starb, die vermutlich vor drei Jahrzehnten gelebt hatte und damals als eines der ersten Opfer des Messengers ums Leben kam.

Dieser Fall sprengte sogar in Los Angeles, bekanntlich ein Mekka für Menschen mit ungewöhnlichen Ansichten über Leben und Tod, den sprichwörtlichen Rahmen und warf viele Fragen auf. Insbesondere eine Frage erhitzte alle Gemüter: Gibt es tatsächlich ein

Leben nach dem Tod? Je nach Gesprächspartner scheiden sich die Geister dabei in zwei Fraktionen. In den Augen der Skeptiker ist diese Angelegenheit lediglich eine weitere Ausgeburt verstiegener New-Age-Theorien und damit höchstwahrscheinlich nichts als fauler Zauber. Für die Gläubigen hingegen liefert der Fall nur einen weiteren Beweis für das, woran sie schon immer geglaubt haben – dass es nämlich sehr wohl ein Leben nach dem Leben gibt.

Um den Fall erneut unter die Lupe zu nehmen und die Frage der Wiedergeburt unter unvoreingenommenem Blickwinkel zu untersuchen, hat diese Zeitung zwei Reporter damit beauftragt, den Spuren der beiden Hauptpersonen nachzugehen: Eine davon ist tot, Beverly Casper, die andere am Leben, Robin Norris.

Besonders verstörende Beispiele einer Reinkarnation, wie etwa die beiden berühmten Fälle aus den fünfziger Jahren, Bridey Murphy und Oscan, gerieten ins Zwielicht, als eine frühere Verbindung zwischen den Lebenden und denjenigen, deren einstiges Leben sie zu führen behaupteten, aufgedeckt wurde.

»Na also, es gibt kein Geheimnis«, stellten die Skeptiker zufrieden fest. Die Wissenschaft hatte eine Antwort parat: Wir nehmen unbewusst Informationen auf, von deren Existenz wir keine Ahnung haben, bis diese durch einen Schock oder aus anderen Ursachen wieder in unser Bewusstsein katapultiert werden.

Es mag ja erstaunlich sein, dass Menschen sich mitunter an die Seite eines Buches erinnern können, in das sie vor Jahren einen kurzen Blick geworfen haben, aber was die Skeptiker betrifft, so ist dieses Phänomen in ihren Augen weitaus einleuchtender als jeder Gedanke an Reinkarnation.

Stellt der Fall Beverly Casper also tatsächlich ein Novum dar, handelt es sich hier um den Durchbruch für enthusiastische Anhänger einer Reinkarnationstheorie? Wir haben uns dem Thema ohne Vorbehalte genähert und Folgendes herausgefunden.

Im Juni 1983 besuchte Robin Norris gemeinsam mit ihren Eltern (der Vater ist inzwischen verstorben) ihre Tante und ihren Onkel in Los Angeles. Corrine Richards, Robins Tante, und ihr Gatte Robert waren mit einem Mann namens Fred Keeton befreundet. Eines Abends, während des Besuchs der Familie Norris, luden die Richards Keeton zum Abendessen ein. Während des Essens kam Mr. Keeton auf seinen Sohn Larry zu sprechen, der sich tragischerweise vor fast einem Jahrzehnt das Leben genommen hatte. Vor seinem Selbstmord hatte Larry Keeton monatelang unter schweren Depressionen gelitten. Seine Mitschüler an der Madison Highschool in Woodland Hills hatten ihm die Schuld an dem unaufgeklärten Verschwinden und mutmaßlichen Tod einer lebenslustigen und begabten Klassenkameradin namens Beverly Casper gegeben. Ein anonymer Anruf hatte den Verdacht auf Larry gelenkt, und der Verdacht war an dem Jungen haften geblieben. Die anderen Schüler hinterließen niederträchtige Witze und Drohbriefe in seinem Spind und riefen bei Larry zu Hause an. Da der Junge mit dieser Belastung nicht fertig wurde und sich vielleicht auch aus unbekanntem Grund die Schuld an Beverlys Tod gab, nahm er eines Tages die Flinte seines Vaters aus dem Gewehrschrank im Keller und schoss sich eine Kugel durch den Kopf.

Fred Keeton gab der Polizei die Schuld am Tod seines Sohnes. Aufgrund des anonymen Anrufes hatten die Beamten seinen Sohn für den Hauptverdächtigen gehalten. Obwohl es nie zu einer offiziellen Anklage gegen den Jungen kam, erklärte die Polizei ihn auch nicht für unschuldig. Ein gängiges Muster bei polizeilichen Ermittlungen. Nach dem Tod seines Sohnes befasste sich Mr. Keeton geradezu zwanghaft mit dem Fall Beverly Casper. Corrine Richards zufolge sprach er häufig davon. Daher war es auch keine Überraschung, dass an jenem Abend im Haus der Richards die Rede darauf kam. Mr. Keeton hatte eine Theorie, die jeden Aspekt

des Falles abdeckte. Diese Theorie teilte er dem ebenso faszinierten wie entsetzt lauschenden Ehepaar Norris mit – und deren fünfjähriger Tochter Robin Norris, die ebenfalls mit am Tisch saß.
Obwohl sich Adrian Norris noch gut an den Besuch erinnern konnte, hatte sie das Abendessen mit Fred Keeton offenkundig vergessen. Erst als Corrine während unseres Interviews mit den beiden Schwestern Adrians Gedächtnis mit Einzelheiten der abendlichen Unterhaltung etwas auffrischte, kehrte die Erinnerung daran zurück. Adrian Norris beharrte jedoch darauf, sie hätte niemals zugelassen, dass Robin bei einer derartigen Unterhaltung zugegen gewesen sei. Nichtsdestotrotz sind die Erinnerungen Corrine Richards so lebhaft, dass sie noch genau weiß, wie die kleine Robin in derselben Nacht einen schrecklichen Alptraum hatte. Das Kind erwachte schreiend und sagte, ein Mann habe versucht, sie mit seinem Gürtel zu erwürgen.
Robin Norris kann sich nach eigenen Worten nicht an den Alptraum erinnern. Sie behauptet auch, keinerlei Erinnerung an ihren damaligen Besuch in Los Angeles zu haben. Schließlich sei sie damals, wie sie unterstrich, erst fünf Jahre alt gewesen. Deswegen habe sie auch dem Psychiater Jordan Geller, der sie hypnotisierte und durch ihre Regression in ein früheres Leben führte, nichts davon erzählt. Auf unsere Frage, ob sie angesichts dieser neuen Information immer noch glaube, es habe sich in ihrem Fall um eine echte Wiedergeburt gehandelt, erhielten wir keine direkte Antwort. Ms. Norris sagte lediglich, sie sei glücklich, dass der Messenger keine Bedrohung mehr darstelle, und wolle ansonsten in ihrem eigenen Leben vorankommen. Ms. Norris ist wieder zur Schauspielerei zurückgekehrt und steht derzeit in dem Musical The Fantastics *im* La Miranda *auf der Bühne. Auf die Frage, ob sie je auf ihre wichtige Rolle im Messenger-Fall angesprochen würde, lachte Ms. Norris leise auf. »Ich hänge die Angelegenheit bestimmt*

nicht an die große Glocke. Und selbst wenn, bezweifle ich, ob das jemanden interessieren würde. Wir leben schließlich in Los Angeles. Das Übernatürliche gehört hier zum Alltag.«
In seiner kleinen Praxis in Westwood besuchten wir auch Dr. Jordan Geller, den Mann im Mittelpunkt der psychologischen Zusammenhänge. Zwischen zwei Terminen fand er die Zeit, unserem Bericht über die Enthüllungen Corrine Richards aufmerksam zuzuhören –, dass Robin als Kind in Los Angeles gewesen sei und bei diesem Besuch gesprächsweise von Beverly Casper gehört habe. Der Mann, der davon berichtet habe, sei vom Verschwinden der Schülerin direkt betroffen gewesen. Anschließend habe Robin wenigstens einmal, womöglich sogar häufiger, einen Alptraum gehabt, bei dem sie gewaltsam ums Leben kam. Dr. Geller, ein gut aussehender Dreißigjähriger mit durchdringenden Augen, die gut zu seinem Beruf passen, weigerte sich, Spekulationen über diese neue Information anzustellen. »Gott«, sagte er, eine jüdische Quelle zitierend, »hat den Zweifel erschaffen.« Befragt, ob dies auch Zweifel an der Reinkarnation einschließe, erwiderte er, er habe damals etwas »sehr Bezwingendes und Eindrucksvolles erlebt«. Ob er damit meinte, dass Reinkarnation wahrscheinlich sei oder nicht, blieb offen. »Meine Eltern haben mir gesagt, dass ich als Kind unaufhörlich Fragen stellte. Daran hat sich bis heute nichts geändert. Woher wusste Robin beispielsweise von einem Mann namens ›John‹ oder dass der Messenger verschiedenfarbige Augen hatte? Wenn Robin Norris' Regression in ein früheres Leben nicht echt war, wie hat sie davon erfahren können?«
Wir nahmen auch Kontakt zu Lieutenant Ben Lemoski auf, den damaligen Leiter der Ermittlungen, und stellten ihm dieselben Fragen. Er hatte darauf keine Antwort.
»*Gott hat den Zweifel erschaffen*. Na, so was aber auch!«
Jordan blickte von der Zeitschrift auf, die er vor sich liegen

hatte, ohne darin zu lesen. Was sagte man zu einer Frau, die man zu lieben glaubte und die man mit Sicherheit geliebt hat, ohne sie zwei Jahre lang gesehen oder mit ihr gesprochen zu haben? Zwei Jahre!
Ihr dichter roter Schopf war kürzer geschnitten. Das gefiel ihm. Aus ihren hellen, grünen Augen sprach mehr Tiefe und Reife. Das selbstbewusste Schauspielerlächeln war immer noch dasselbe. Darunter verbarg sich spürbare Nervosität. Jordan wollte sich lieber nicht vorstellen, wie sein eigenes Lächeln wirken mochte.
Sie hatten so vieles gemeinsam durchgemacht, zwei der intensivsten Wochen, die Menschen miteinander durchleben können – was sie übrigens nur mit knapper Not geschafft hatten –, und hatten dann einen Schlussstrich ziehen müssen. Ironie des Schicksals! Wenn sie je zusammenkommen wollten, blieb ihnen nichts übrig, als sich zu trennen. Sie hatten keine andere Wahl. Die Rechtslage war eindeutig. Aus diesem Grund hatte er unter allen Umständen verhindern wollen, dass sie damals, als sie ihn bei ihrem ersten Besuch in seiner Praxis um eine weitere Hypnose-Sitzung gebeten hatte, seine Patientin wurde. Aber das hatte er natürlich vermasselt. Er hatte gerade noch verhindern können, dass seine Karriere vom Landesverband der Ärztekammer vorzeitig beendet wurde. Nach einem lautstarken Treffen erklärte sich der Verband schließlich bereit, die ungewöhnlichen Umstände seines Falls zu berücksichtigen. Unaufgefordert hatte Elinor Fischer außerdem einen leidenschaftlichen Brief zu seiner Verteidigung geschrieben. Jordan zweifelte nicht daran, dass dieser Brief aus der Feder einer für ihre Integrität geachteten Ärztin die Disziplinarstrafe von ihm abgewendet hatte. Der Verband stellte jedoch unmissverständliche Bedingungen.

Eine zweijährige Kontaktsperre zwischen Jordan und Robin. Keine Anrufe. Keine E-Mails. Ein Straferlass war ausgeschlossen. Eine einzige Übertretung, und Jordans Zulassung war für immer dahin.

Er erhob sich. Er sehnte sich danach, Robin zu umarmen, sie zu küssen – er erinnerte sich an die Wärme ihrer Lippen –, doch nach der langen Trennung erschien ihm das ein wenig zu forsch. »Es ist so schön, dich wiederzusehen«, sagte er.

Robin stellte ihre Tasche ab und nahm Platz. »Ist das dein Ernst? Ich hatte schon befürchtet, du könntest wütend sein.«

»Wütend? Weswegen?«

»Wegen dieses Artikels, dass ich von Beverly gehört hatte, als ich fünf Jahre alt war. Ich hätte dich gern angerufen, bevor der Artikel veröffentlicht wurde. Aber«, sie hob die Hände, »das konnte ich nicht. Das weißt du ja. Jedenfalls hat mir deine Antwort gefallen. Die unterschiedliche Augenfarbe.«

»Stimmt doch auch.«

Sie studierte aufmerksam das Muster auf dem Tisch. »Ich hätte es dir gesagt, Jordan. Ich hatte es einfach vergessen.«

»Das weiß ich. Das Merkwürdige daran ist, dass wir es vielleicht selbst herausgefunden hätten, wenn deine Mutter damals in der Stadt gewesen wäre.« Er wusste, dass er sich steif und verlegen anhörte.

»Da bin ich mir nicht sicher. Sie sagt, dass sie sich nur daran erinnert hat, weil Corrine – wie haben sie die eigentlich aufgestöbert? – ihr auf die Sprünge geholfen hat.«

»Möchtest du einen Kaffee?« Sie saßen wieder in demselben Westwood Starbucks, wo Jordan ihr zum ersten Mal von Beverly erzählt hatte.

»Warte noch eine Minute.« Aufmerksam studierte sie seine Miene. »War es für dich genauso lange wie für mich?«

Wie er ihre direkte Art liebte, ihre Aufrichtigkeit. Die Anspannung ließ ein wenig nach.
»Ich glaube, es sind keine zwei Minuten vergangen, ohne dass ich an dich gedacht habe.«
Sie nickte. »Haben wir uns verändert?«
»Bei mir hat sich alles verändert. Ich lese überhaupt nicht mehr. Schaue mir Wrestling an. Gehe jeden Abend aus. Ich trinke. Du weißt schon, das ganze Programm.« Sie warf ihm einen misstrauischen Seitenblick zu und lachte dann. »Dein neuer Haarschnitt gefällt mir«, sagte Jordan.
Sie warf den Kopf zurück und holte tief Luft. »Wir müssen von neuem beginnen. Ich hoffe, es gelingt uns, aber ich weiß nicht, ob es möglich istgeht. Ich kann nichts versprechen.«
Jordan lächelte. »Ich auch nicht.«
»Jetzt nehme ich einen Kaffee.«
Er stand auf, um ihn zu holen.

»Ein brillanter Thriller.«
Tess Gerritsen

Robert Gregory Browne

Devil's Kiss – Dir bleiben 48 Stunden

Thriller

Als die Freundin des Terroristen Alexander Gunderson bei einer spektakulären Verfolgungsjagd mit der Polizei so schwer verletzt wird, dass sie ins Koma fällt, schwört er Rache. Ohne Rücksicht auf Verluste entführt er die Tochter seines Widersachers Agent Jack Donovan. Gunderson setzt ihr eine Atemmaske auf, die sie 48 Stunden lang mit Sauerstoff versorgen wird – und lässt sie lebendig begraben. Kann Donovan sein Kind finden, bevor das Martyrium qualvoll endet? Alle Hoffnung scheint verloren, als Gunderson von einem Polizisten erschossen wird. Denn niemand ahnt, dass der Terrorist dies eiskalt geplant hat …

Knaur Taschenbuch Verlag

»Wer ›Risk‹ gelesen hat, wird um mehr betteln!«

Publishers Weekly

Scott Frost

Risk

Du sollst mich fürchten

Thriller

Gelähmt vor Angst sitzt der junge Mann auf einem Stuhl. In Schweiß gebadet, die Augen weit aufgerissen, auf seinem Schoß eine Bombe mit einem Bewegungsmelder. In allerletzter Sekunde können Lieutenant Alex Delillo und ihr Partner sein Leben retten. Doch der Täter ist dennoch auf seine Kosten gekommen. Nicht der Tod seiner Opfer verschafft ihm Befriedigung, er weidet sich an ihrer Verzweiflung und Panik. Auch Alex spürt bald die eisige Hand der Angst im Nacken: Der Psychopath entführt ihre 17-jährige Tochter – und stellt die Mutter vor eine grausame Entscheidung ...

»Preston weiß, was Leser wünschen.«
Publishers Weekly

Douglas Preston

Der Canyon

Thriller

Ein Schuss zerreißt die Stille des Canyons. Wenig später findet der Abenteurer Tom Broadbent einen tödlich verwundeten Archäologen. Mit letzter Kraft vertraut ihm dieser ein Notizbuch an, das mit verschlüsselten Informationen gefüllt ist. Tom bleibt nicht viel Zeit, um herauszufinden, wer ihn umgebracht hat – denn die Polizei hält ihn für den Mörder. Als er mit Hilfe eines Kryptologen endlich den Code entschlüsseln kann, wird klar, dass der Canyon seit Jahrhunderten ein unglaubliches Geheimnis hütet …

Knaur Taschenbuch Verlag